선창

船艙

- 2 -

천승세

선창 〈2권〉
천승세

2022년 4월 1일 초판 1쇄 발행

지 은 이 천승세
발 행 인 조동욱
편 집 인 조기수
기   획 천의경
펴 낸 곳 출판회사 헥사곤 Hexagon Publishing Co.
등   록 제2018-000011호 (등록일: 2010. 7. 13)
주   소 경기도 성남시 분당구 성남대로 51, 270
전   화 070-7743-8000
팩   스 0303-3444-0089
이 메 일 joy@hexagonbook.com
웹사이트 www.hexagonbook.com

ISBN 979-11-89688-80-6 04810
     979-11-89688-78-3 (세트)

선창

船艙

-2-

천승세

WWW.HEXAGONBOOK.COM

미완의 유작 〈선창〉을 발간하며

　선친께서 떠나가신 후 두 번째 봄을 맞습니다. 아직도 선친의 부재가 실감이 나지 않아 가끔 당황스럽습니다. 때와 곳을 가리지 않고 만나게 되는 선친의 모습은 그러나 다가서면 홀연 사라져 버리고 맙니다. 여러 달 와병 중에 계시다 돌아가시기 얼마 전 늦가을 오후, 모처럼 낚시터 물가에 앉혀 드렸을 때 눈을 감은 채 하늘을 우러러 "오십 년 지기의 손길 같은 햇살이 정말 좋구나" 하며 만족해하시던 모습이 눈에 선합니다. 저승에서라도 성한 몸으로 따스한 봄볕 가득한 물가에서 낚싯대 한 대 펴놓고 평안하시기를 그저 소망할 뿐입니다.

　선친의 작품들을 다시 읽어가며 어떤 이유에서든 마무리 짓지 못한 미완의 작품과 단행본으로 발간하지 못한 여러 작품을 정리, 발간하고자 계획했습니다. 나중에 선친의 전집 발간을 위한 선작업이기도 하고, 천승세 문학세계의 전모를 이해하는 데 당연히 포함돼야 할 중요한 부분이기에 그렇습니다.

　그 첫 번째로 준비한 〈선창〉은 1981년 1월부터 1982년 10월 30일까지 '광주일보'에 연재되었던 소설입니다. 애초 3부작으로 구상, 집필하셨던 작품입니다만 1부만 마친 상태로 남게 되었습니다. 당시 자유실천문인협의회 활동에 전념하시면서도 방대한 자료를 참고해가며 글을 써나갔지만 1부만 마친 상태로 남게 되었고, 여러 이유로 결국 선친 뜻대로는 완성되지 못했습니다.

　그러나 1부 자체만으로도 충분한 한 편의 완성작으로 볼 수 있기에 독자들께서 읽어가며 작가의 노력을 이해할 수 있고 치열한 작가정신 또한 전달될 수 있다고 생각합니다.

발간 준비작업을 하면서 가급적 당시 광주일보에 실린 원고 그대로를 싣고자 했으며 어려운 한자, 단어에는 각주를 달아 읽는 데 도움이 되게 했습니다.

당시 〈선창〉을 쓰실 때 남기신 말씀이 떠오릅니다. 밤새워 몇 회의 분량을 겨우 마친 아침 탈진한 모습으로 "내가 이 소설을 쓰면서 확 늙는구나!" 하며 힘들어 하시던 뒷모습이 아직도 안쓰럽고 생생합니다. 그만한 노작이었음에도 미완으로 남게 되어 안타깝습니다.

선친의 여러 작품 속 인물들에선 폭포를 거슬러 오르는 연어가 연상되는 생존을 위한 몸부림, 시대의 부조리, 현실의 모순에 저항하며 역경을 이겨내려는 강인한 사내들을 만나게 됩니다. 또한 인물에 투영된 작가의 일면을 종종 만나게 되어 뭉클해지기도 합니다. 〈선창〉도 예외는 아니었습니다.

모쪼록 〈선창〉이 일반 독자는 물론 소설을 공부하는 후학들에게 읽는 재미와 함께 작가의 노력과 예술혼을 전해주고, 소설 공부에 큰 도움이 되어 주길 기대합니다.

선친의 미완성 유작을 정리, 발간하는데 뜻을 함께하고, 선뜻 출판해 주신 출판회사 헥사곤에 감사드립니다.

2022. 3.

河童 千勝世 기념사업회 천의경

작가소개

천 승 세 (1939.2.23.~2020.11.27.)

1939년 전남 목포에서 소설가 박화성의 아들로 태어나 목포고등학교를 졸업하고, 1961년 성균관대학교 국문과를 졸업했다. 1958년 동아일보 신춘문예에 단편소설 '점례와 소'가 당선되어 등단하였고 1964년 경향신문 신춘문예에 희곡 '물꼬'가 입선하고 같은 해 3월 국립극장 장막극 현상 모집에 '만선(3막 6장)'이 당선되었다. 1989년 창작과 비평(가을호)에 시 '축시춘란' 외 9편을 발표하며 시인으로 등단했다.

주요 작품으로 소설 '포대령' '황구의 비명' '낙월도' '이차도 복순전' '혜자의 눈꽃' '신궁' 등이 있으며, 60여 편의 중·단편, 5편의 장편소설과 미완의 장편 3편, 희곡 '만선' 등과 〈몸굿〉, 〈산당화〉 2권의 시집, 4권의 수필집, 3권의 꽁뜨집 외 다수가 있다.

신태양사 기자, MBC 전속작가, 한국일보 기자로 활동했고, 한국문인협회 소설분과 이사, 자유실천문인협의회 고문, 민족문학작가회의 자유실천위원회 위원장과 회장단 상임 고문을 역임했다.

1965년 제1회 한국연극영화예술상 희곡상, 1975년 제2회 만해문학상, 1982년 제4회 성옥문화상 예술부문 대상, 1989년 제1회 자유문학상 본상을 수상하였다.

암으로 투병 중 전신으로 암세포가 전이되어 약 2개월 와병 후 2020년 11월 27일 자정을 막 넘긴 시각 영면했다.

일러두기

1. 〈선창〉은 1981년 1월부터 1982년 10월 30일까지 《光州日報》에 연재되었던 소설입니다.
2. 애초 3부작으로 구상, 집필하셨던 작품입니다만 1부만 마친 상태로 남게 되었습니다.
3. 1부 자체만으로도 충분한 한 편의 완성작으로 볼 수 있고, 작가의 노력과 작가정신, 작가의 예술혼이 전달될 수 있다고 판단되어 이 소설을 출판합니다.
4. 작가의 의도를 충실하게 전달하기 위하여 가급적 당시 광주일보에 실린 원고 그대로를 싣고자 했으며 어려운 한자, 단어에는 각주를 달아 읽는 데 도움이 되게 했습니다. 따라서 최근의 맞춤법 규정이나 띄어쓰기 규칙과 일부 다르게 표기된 경우가 있습니다.

목차

세가(勢家)

297~350

제1부 황년(荒年)

제1장 군도(群盜)

297. 세가(勢家) 1

온통 노랗게 뵈는 세상이었다. 하늘도 땅도 노랑색 한가지로만 물들여졌나 봤다. 가물가물 혼줄이 나가는 낌새였다. 노랑색 하늘 가운데로 씨가지 열리듯 아슴아슴한 얼굴들이 떠돌았다. 조부의 얼굴인 듯도 싶고, 병삼노인의 얼굴인 듯도 싶었고, 그리고는 승주댁과 어린 상모놈의 얼굴인 듯도 싶은 형상들이 백근짜리 바윗덩인양 내려앉는 거였다.

당포는 그제야 '제포' 땅이 아니란 것을 알아차렸다. 시린 눈꺼풀을 닫는데 청승맞은 가락이 고막을 채웠다. 공발 영감과 병삼 노인의 목소리인 듯싶었다. 주고 받고 매기곤 되받는 소리에 어지간한 신명이 돋쳤다. 당포는 애써 귀를 종그리며 그 아련한 소리들을 담는다. 그렇겠다. '합포' 땅의 먼 세월일 것이었다.

어이허야 지점이야아-

수동해지 조선이라 산맥이고 장군이라,

영상이고 선민이니 수성에다 국군이라,
병신존어 손어하고 민불방초 요순이라,
태벽혈에 지두하고 수불탑이 원부카네,

어히허야 지점이야아-
천하명기 나릴즉에 태백용이 함께내려.
소백산 기봉하여 소백산에 내린용이,
주마뫼 떨으져서 명승당이 되얏고나

어히허야 지점이야아-
이명당에 터를잡고 초가삼칸 지을적에,
오행으로 주추놓고 인의예지 기둥세와,
팔조목 도리얹고 하도낙서 대붕얹고
계계연목 걸으놓고 차차로 잔자메니

어히허야 지점이야아-
오셕초로 알매치고 사대문을 지을즉에,
일륙수를 북문내고 이치하라 남문내고,
삼팔목에 동문내고 사구구문 서문내고,
고방장에 고방내고 천울방에 문을내가

어히허야 지점이야아-
이명당 이터으다 좋은일 가려받어,
새집짓고 들은연후 왕운을 받들즉에
남전북납 장만하여 우리부모 봉양카고,

자손만 번성혀라 한탯줄에 팔형제라

어히허야 지점이야아-
한사당에 글을갈쳐 경주서울 첫서울에,
과거보기 힘을쓰니 등방급제 하얏고나,
알상급제 하온후에 부귀영화 좋을시고,
우리인생 두고보면 호사다마 분명하다

어히허야 지점이야아-
한두살에 철을몰라 부모은공 갚다카나
이삼십을 당해놓고 부모은공 못다갚네
무정셰월 여류하여 원수백발 돌아오니
한심하고 가련허다 애롭고도 설은지고

어이허야 지점이야아-
절통허고 분통허다 헐수없제 헐수없어,
홍안만 늙어가고 사람의 이공도를
뉘라서 막을손가 춘초만 연년록이라
사람칠십 다살어도 죽을인셩 불쌍코나

어히허야 지점이야아-

당포는 이내 사흘난 송장처럼 길게 누워 뻗었다.

298. 세가(勢家) 2

잿빛 환몽속으로 합포땅 당산(堂山)[1]이 뵜다. 가매섬(부도釜島)의 여린 눈웃음을 내려다 보며 갯바람만 싫커장 들여마시고 섰는 삼봉산(三峰山)도 보였다.

아슴아슴 들려오는 그 노래가락은 당산 산기슭을 질펀하게 깔아대며 구성지게 간드러지고, 온통 땀물로 범벅이 된 공발 영감과 병삼 노인의 굽은 등짝들이 물비늘처럼 섰다가 눕곤 했다. 멀거니 앉아 가쁜 숨을 할닥거리는 승주댁도 뵜다. 솔가지를 쳐서 덮어놓은 꾀죄죄한 봇짐들이 풍장(風葬)친 송장꼴들인데 집터는 용케 다져져가고 있는 것이었다.

지점노래[2] 한판 신명이 돋쳤다. 병삼 노인은 박씨처럼 누런 이빨을 몽땅 내놓곤 입꼬리가 찢어져라 소리를 받고 공발 영감은 모가지로 시퍼런 힘줄을 갈래갈래 찢어대며 소리를 매긴다.

"집터 디게 좋네에-- 기린양성으로 지둥만 세우모 다 됐다 앙이가. 성님요, 뱃놈집이 요레 짝짭해사 쓴다 앙인교. 웅천바다 괴기로 다 퍼담으모 요 꽁발이놈 머 묵꼬 사노야."

부황이 들어 부석부석한 얼굴로 승주댁도 피식 웃고, 이마는 잔뜩 찡그린 채 입꼬리만 샐죽 찢어 병삼 노인도 웃는다. 쪼그려앉아 졸창이 시원하도록 똥줄이나 내갈길 부춧돌[3]만 놓는다면 포근한 초가 삼칸 한채 고대 설 판이었다.

병삼 노인의 손이 바들바들 떨어댄다. 어지간히 기쁜 기색이었다.

"사설 고만 짤르고 어여 심이나 쓰여."

병삼 노인이 별안간 목청을 돋웠다.

"얼럴러야 상사뒤여어- 사나 나면 효자낳고 딸년 나면 열녀두고, 소를 치면 황우

---

1 마을이나 토지의 수호신이 있다고 여겨지는 마을 근처의 산이나 언덕
2 터다지기노래. 집터를 다질 때 부르는 노동요, 지경다짐노래, 지경닦기노래, 지점노래, 달고지, 성주노래 등 다양하게 불린다.
3 용변을 보기 위해 발 받침대로 사용히는 돌.

되고 말셰끼 치먼 용마되고, 개를 치먼 청삽샬이고 달구를치먼 황계만되고오- 얼럴러야 상사뒤여어- 얼럴러야 상사뒤여어-"

공발 영감이 일손을 놓고 멀뚱히 선다.

"낮에 베락질매꼬로 먼 지점소리가 요라요 성님."

"전라도 고사말 지점소리제 머여?"

"치소 고마! 지점소리는 한나로 불르사 쓴다고요."

"하이갸야- 씨잘데 없는 소리 하덜 말라고잉. 고향 땅에서 못 죽고 갱상도 땅 빌리서 살자형께 대편수[4]만 니가 살고 대령은 내가 맡어사 쓰는 거여.… 자알 들어보그라. 지점소리사 전라도 것이 그중 당관보랑게… 어릴러야 상사뒤여어- 감투봉이 비쳤으니 고관대맹이 날것이요, 당상학발이 천년순게 자손대대 만수영, 에에라아 만수여 성주로다 성주여어-"

당포는 싸아 하게 우는 콧날을 쥔다. 병삼 노인이 저렇듯 신명돋치게 놀아본 적은 없었다.

당포는 얼굴을 들고 치렁치렁한 당산어깨를 올려다 본다.

"… 엉?… 아부지!…"

그새 당산이 간 곳 없다. 지점소리도 뚜욱 끊겼다. 병삼 노인도 공발 영감도, 그리고 승주댁도 간 곳 없다.

당포는 어금니를 빠드득 갈아붙이며 천근처럼 무거운 눈꺼풀을 열려고 애를 썼다. 겨우 눈꺼풀이 열렸다. 사위가 연기속 처럼 마냥 뿌옇다. 당포는 허억 흐느끼고 만다. 집터 닦던 먼 세월을 잠깐 봤던 것이었다.

"이제 정신이 드나보네."

당포는 이 소리에 흠찔 놀란다.

---

4 도편수(都邊首). 건축공사를 담당하던 기술자 중, 각 분야의 책임자인 변수의 우두머리.

299. 세가(勢家) 3

아물거리던 형체가 점점 또렷이 살아왔다. 예순살은 넘겨 살았을 법한 노인 한사람이 방벽에다 등짝을 기댄 채 엇비슷이 앉아 있고 그 노인의 자식일 듯한 사내가 당포의 머리맡으로 바투 붙어 앉았다. 노인은 가쁜 숨을 헐떡대며 멀건 눈길로 당포를 내려다보고 있었다.

당포는 방속을 두리번거려 보고 나서 이내 눈꺼풀을 닫아내렸다. 시시콜콜 따져 물어보기도 싫었고 또 그럴만한 기력도 없었다.

뻔한 일일 것이었다. 함길도(咸吉道=함경북도)의 부령포(富寧浦=청진) 뱃놈들이 이곳에다 내려놨을 것이었다. '망상이다, 내리라우'했던 소리를 들었던 듯도 싶었다. 당포는 배에서 내리자마자 곧 정신이 흐려왔고, 집터 닦던 세월속으로 묻어나는 헛것들만 푸지게 봤던 것이었다. 죽었나 싶었는데 숨줄이 붙어있으니 무작정 업어 날랐으리라. 뱃놈들 사는 곳이면 예사일이 아니던가.

가래를 끓여대며 희멀건 눈을 뜨고 있는 노인장에다 상투는 버젓이 틀었으되 계집 손길은 영 미치지 않는 듯싶은 사내 본새가, 어지간히 강죽도 못먹는 가난뱅이 집구석 같았다. 게다가 방구석으로 널린 삼줄타래며 헐은 고미께를 뚫고 선 장목이며, 필경은 그물질마저 파장 본 뱃놈 집이렸다.

"속이 타는 모양인데 뭐 목추길 게 있어야지. 새암물이라두 넘겨볼련?"

사내가 당포의 어깻죽지를 흔들었다.

당포는 마지못해 다시 눈을 떴다. 사내는 얼추 당포의 나이 또래 같았다.

"고것보다도… 여그가 하서주 망상이랑가?"

"망상? 하서주 땅이긴 한데 망상은 한참 내려야지. 여긴 우계야 우계."

"우계는 또 뭣이랑가?"

"땅이지 뭐야. 여기가 우계땅이란 말여."

"아, 누가 고것을 몰라?… 땅은 땅인디 으째 망상이 아니냔 말이여?"

"이런 답답한 사람 봤나!"

사내는 당포를 불알친구로나 여김했는지 황밤을 먹일 기세로 주먹을 불끈 들었다놨다.

당포는 큰일났다 싶었다. 이럴 줄 알았으면 차라리 '제포'에 눌러앉는 거였다. 어디를 가나 먹성이놈의 혼이 따라붙는 통에 견딜 수가 없었다. 죽은 집식구들 생각만 하면 '제포'란 말만 들어도 진저리가 쳐지는 판이었지만 무엇보다도 치풍이녀석 눈총때문에 어차피 '제포'를 떠야했던 당포였다. 치풍이만은 먹성이를 죽인 사람으로 당포를 점찍었을 것이요 기회만 잡았다 하면 목줄을 딸 양으로 칼을 갈고 있을 것이었다.

당포는 부시시 일어나 앉아봤다. 그나저나 용총 영감을 찾는 일이 그중 급했다.

"용총 영감이라고 몰라여?"

"용총 영감이라니?"

"벌써 두삭 전에 망상 왔는디."

"… 뱃사람인가?"

"겡상도 뱃사람이여. 망상 뱃사람덜 따라 왔을 거여."

사내는 연신 고개를 갸웃거리더니 노인께 물었다.

"용총 영감님 아셔유, 아버님?"

노인은 뜻모를 웃음을 지으며 말했다.

"그 멍청이 영감 말인가?… 외지에서 온 영감이라고는 그 멍청이 하나지…"

당포의 귀가 솔깃 뚫린다.

300. 세가(勢家) 4

"… 멍청헌 영감이라우?… 용총 영감이라고 합디여?"

당포가 눈을 휘둥그랗게 뜨자 노인은 희멀건 눈을 들어 고미께를 올려다봤다. 뻔지른 장목 틈새로 새어 들어오는 햇살이 싫었던지 노인은 파르르파르르 눈꺼풀을 떨어대며 쓴 입맛을 다졌다.

"용총인지 개총인지 알게 뭐야. 우계땅에 외지사람이라곤 그 노인 하나야… 맞지, 그 멍청이가 우계에 온지 두삭 돼가나 봐여."

노인이 예의 야릇한 웃음을 지어보이며 인중골을 씰룩거리자 사내가 이제야 알겠다는 듯이 고개를 끄덕거린다.

"아하, 고 노인장 말씀인가? 용총인지 뭔지는 몰라도 성씨가 백가라 했지. 백가 맞나?"

당포는 어찌나 반가운지 사내의 손을 덥석 쥐었다.

"맞었셔! 백씨제잉… 웅천 땅 용총이라면 부신 영감님덜도 모다 알고 기시는 노인장이여! 그물질이라면 물코로 그물코를 삼는 양반잉게."

"… 오오라아- 고 멍청이가 또 상뱃놈이라?… 흐 흐 흐으-"

노인은 기분 나쁘게 웃더니 그새 기침다발을 풀어놓으며 자지러졌다.

당포는 어리둥절해서 사내와 노인의 얼굴만 번갈아 건너다봤다. 필경 사람을 헛 짚었을 거였다. 웅천바다 용총 영감이 하서주 망상 땅에서 뱃놈들의 비양질이나 받다니 말이 안되는 일이었다.

당포는 허엄- 하곤 헛기침을 짜낸다. 눈꼬리가 아리도록 노인을 노려봤다. 사리따져가며, 위아래 법도 살펴대며 불붙는 뱃놈들의 싸움도 있더냐. 노질엔 내가 상좌네, 내 그물질이라면 부신 영감들이 서로 나서 인당(引當=보증서는 짓 따위)을 서네 하면서 서로 제 자랑을 앞세우다 보면 저도 모르게 각력판(씨름판)을 벌이고 마는 것이렸다.

'니기미 붙을!… 망샹인지 믄지, 아니 우계땅이라고 혔제맹… 느그덜 그물질이 솔찬히 짭짤해서 웅천 뱃놈 몰라보고 대방정을 뜨는 모냥인다, 화뿔이 상투 꽈리께로 몰린다치면 쪼깨 설을 꺼여! 갈비짝 몇대 부서져나가사 지 정신들 채릴 놈덜 아니라고여… 죽은 놈 업어다가 실렸든지 말었든지 간에 복장을 긁어주다 보면 막장에

사지 뻗는 놈덜은 니놈들잉게! 허음-'

당포는 이쯤 숨이 닳았다. 반은 죽은 몸이나 다름없던 몸뚱이로 그새 슬근슬근 힘줄이 뻗치는 낌새였다.

"사람을 잘못 봤을껴."

한판 어울려도 좋고 허리뼈가 절단나도 상관없다. 선친부터 자식까지 모두 죽여놓고 '제포' 땅을 뜬 내가 아니더냐, 거기다가 시체도 못 찾은 죄인인데 부질날이 눈알로 박혀든들 무서울 게 뭐냐- 하는 생각이 북새질을 치는 거였다. 용케 잘 어울려서 우계땅의 뱃놈이 되든지 아니면 가뜩이나 살맛 없는 판에 훼질이나 쳐놓고 줄행랑을 친들 설마 혀 빼물고 죽을 자리 한 곳 없겠느냐, 하는 두마음이 겹쳐 달곰씁쓸 야릇하겄다.

"개⁵에 나가서 그물질 염탐이나 혀야제!"

당포는 오기스럽게 뱉아놓고 일어섰다,

"사람을 잘못 봤다?… 이 사람도 멍청이 통박이구먼. 그 용총인가 뭔가 군선내 수량에 가 있을걸세. 망상에서 뱃놈 못 살구 우계로 들었다는 풍문을 내 들었어."

당포는 주춤 굳었다.

301. 세가(勢家) 5

"군선내?… 어쩌면 검단이내로 내렸을거야."

사내가 노인의 말을 받았다.

당포는 사지의 맥이 풀릴 대로 풀리는 기분이었다. 두사람의 말이 맞다면 용총 영감의 팔자 한번 벼락질처럼 뒤바뀐 것이었다. 구풍(颶風) 몰고간 하늘처럼 끝간 데 없이 바다가 널렸는데 무슨 할짓이 없어 산간의 물탕을 오르내리며 수량 접군 노

---

5 강이나 내에 바닷물이 드나드는 곳.

룻을 한단 말인가.

당포는 후둘대는 걸음으로 토방을 질러나갔다.

"어데 가는가?"

사내가 눈을 화등잔만하게 뜨곤 묻는다.

"개에나 나가 볼 맴이여. 뱃놈이 그물질 염탐이나 해사제."

"말씀 한번 배부르지!"

사내가 낮게 투덜댔다.

'섯바닥에 탕 낄 셰끼. 저 웬수놈이 정신 채리자말자부터 비양질만 깐당께!… 으디 을매나 물밥 좋은 곳인지 귀경이나 혀보자맹, 후웅.'

당포는 연신 웅절거리며 비탈길을 내렸다. 훤히 트인 바다가 하늘인지 바다인지 분별키 어렵도록 시원했다. 올망졸망한 바위들과 섬들이 뱃길을 막고 나서는 웅천 바다에 비할 시면 망망한 양중이나 진배없었다.

당포는 우선 큰 숨부터 들여마시고 본다. 아찔한 어지러움증이 일면서 한편으로는 오장육부가 구석구석 선뜩해왔다.

갯가에 이른 당포의 걸음걸이가 저도 몰래 멈칫멈칫 굳는다.

"허어- 아니, 먼녀려 개가 요렇고름 썰렁허데여!"

'제포'를 떠올려보며 한껏 부풀려 봤던 가슴이 금새 쪼들어진다. 눈에 드는 온갖 풍경이 딴 세상이었다.

석장 하나 제대로 된 곳이 없고 물 가까운 바위 위로 얹은 아슬아슬한 쪽다리가 고작이었다. 눈을 까뒤집고 훑어봐야 배랄 것이 없다. 쪽다리 곁으로 처음보는 야릇한 모양의 배가 두척, 그리고 닻줄을 길게 준 뗏배(筏船) 한척이 떠있을 뿐이었다.

"화메에- 나 환장헌당게! 저녀려 목자가 괴깃배랑가?"

당포는 거푸 한숨을 내뱉으며 쪽다리께로 다가붙는다. 뱃사람 한명이 막 닻줄을 풀고 있었다.

배 생긴 꼴이 이쯤 허술할 수가 없다. 기껏 세발쯤이나 될 듯싶은 길이에다 앞뒤가 따로 없이 둥글몽땅한 몸통하며 창나무도 따로 질르지 않은 쪽집개부리만 건들건들 물발에 놀고 있는 것이었다. 쪽집개부리만 없다면 영낙없이 띄워놓은 뒤웅박이었다.

"아니, 요것이 괴깃배여?"

당포가 허망해서 내뱉자 사뭇 험상궂은 표정으로 당포를 훑어내리던 뱃사람이 투욱 내쏷다.

"아니면 어쩔테야?"

"나 복장 터진당게. 아니, 요녀려 것이 큰 쪽박이제 괴깃배여?"

"이런 고얀놈 봤나! 이눔이 어데 놈인데 말버릇이 이렇담? 헛참, 별 거주뱅일 다 봤고오-"

녀석이 대뜸 막말을 해대며 으름장을 놨다.

"… 여그가 대체 으디랑가?"

"허어 그놈 모르는 것두 많다. 우계땅 먹진이지 어데야?"

'씨벌놈허고는… 배도 뭇도 아닌 것 한나 띄워놓고 성깔만 좆겉으여!'

당포는 이렇게 중얼대며 풀썩 주저앉아버린다.

302. 세가(勢家) 6

당포는 쪽마루에 걸터앉아 불김 같은 한숨만 연신 내뿜는다. 노인의 가래 끓어대는 소리가 하글하글 익고 있고 사내의 코고는 소리가 고미 서까래를 내려앉힐 기세다.

번쩍 하는 벼락질이 밤하늘을 시퍼렇게 밝히더니 이내 우루루쿵꽝 고막을 찢는다. 바람줄도 어지간히 더러웠다. 사방 정처를 모르고 몰아치는 바람이 쪽마루가 좁다고 놀아대는데 그때마다 선뜩한 빗발을 흩뿌렸다.

벌써 나흘째나 비바람이 드샜다. 그 통에 용총 영감 만날 일만 늘어졌던 것이다.

군선내 수량(水梁)까지 동행하자고 끝없이 사내를 졸라댔지만 녀석은 황밤만한 배꼽을 까고 즐펀히 누워서는 '누굴 죽일려는 맘인가? 이 비통에 어딜? 군선내 콧뿌리도 못 미쳐서 물발에 떠밀릴 게야. 안인 가는 길도 벌써 끊겼을 걸세'하며 콧구멍만 벌름댔던 것이다.

당포는 설레설레 고개를 내저었다. 보아하니 뱃놈들 배곯아 죽기 첩경인 곳이던 거다. 용총 영감만 만나보고 나서는 고대 이곳을 뜨는 수밖엔 다른 방법이 없다고 마음 먹는 것이었다.

강원도 하서주(河西州=강원도 명주군冥州郡) 우계(羽溪=강원도 명주군 옥계면玉溪面) 땅 먹진이(옥계면 금진리金津里)라 했다. 당포의 생각속에 서는 세상천지에 이쯤 살맛 없는 곳도 있으랴 싶었다.

벌써 열흘 동안을 참고 견뎌봤었다. 어장 접군 노릇이라도 해가며 기어코 한밑천 챙기려니, 그래서 '제포' 땅으로 다시 들어설 때는 뱃가죽이 얼얼하도록 헛기침 다발을 풀며 떵떵거려 보리라, 했던 마음이 그렇게 허망히 깨질 수가 없었다. 듣도 보지도 못했던 고깃배도 고작 열한척뿐인 데다가, 어장이고 어전이고 도무지 구경해볼 수 없는 황막천지(荒漠天地)였다.

후릿그물 쳐 놓은 곳이 모두 다섯장- 쓸개물 욱받치는 것을 용케 참아내며 다섯군데를 모두 번갈아 떠 봤었다. 모래판에다가 주목을 세워놓고 배로 그물을 실어 날라 둥그렇게 던져넣은 다음, 주목 양 끝의 삼줄을 당겨 고기를 몰아 담는 별난 것이었다. '약대구'만 골라잡고 '과미기'를 말리노라 어깻죽지가 뻐근해봤던 당포로서는 입맛만 버려놓는 그물질이었다. 그물속으로 든 생선이랄 것도 짚신짝만한 경자어(鏡子魚=소접小鰈=가자미)가 태반이었고, 어쩌다가 한발짜리 방어(方魚)가 여나믄 마리쯤 들기도 했지만 워낙 수가 적은 탓으로 단 한마리 챙겨먹기가 어렵던 것이었다.

"황메, 나 같잖고 디러워서 이짓 천금 준다쳐도 못한다고잉. 아니, 바다 가운데로 염발을 치면 괴기떼 쓸어담을 것인디 뭇헌다고 요런 꼬장시런 그물을 치냔말여?"

해봤다가

“이놈 미친 눔이구먼. 먹진이 그물질이 뭐가 어떼서? 이눔아 물 깊이가 수백발이여! 뭐가 어째? 바다속에다가 뭐를 쳐?”

해대며 날뛰는 뱃놈들 주먹질에 낯짝으로 피칠만했던 거였다.

“조선천지에 요런 개좆겉은 뱃놈덜도 씨어뿐졌응께!… 시상에 염발도 모르는 뱃놈덜도 있었당가?”

당포는 중얼거리다 말고 제 허벅지를 맵게 꼬집어 뜯었다.

“요녀려 발목때기! 카악 뿐질러놔사 쓰제잉!”

하필이면 이런 곳으로 흘러들었더냐 싶은 거다.

303. 세가(勢家) 7

불솥 같은 해가 온몸을 푹 푸욱 삶아댔다. 새벽 참에 떠났는데 벌써 한낮이 된 모양이었다.

“에엥 덥다아- 첫물 지고 났는데 어련할꾸. 좀 쉬었다 가지.”

사내는 길섶 그늘로 풀썩 주저앉는다. 혓바닥을 빼물곤 헉헉 훈김을 날리는 꼴이 어지간히 숨통죄는 더위를 타고 있는가 봤다.

당포라고 다를 바 없었다. 그렇잖아도 쉬고 싶었던 참이었다.

“자네 덕분으로 이 고생이지 뭐야.”

사내가 당포를 흘깃거리며 불퉁스레 내뱉는다.

“후웅- 나 혼자 가도 된다는디 꺼억 딸아붙은 사람이 누군디 그려.”

당포는 말 같지도 않는 소리 집어치우라는 투로 쏘아댄다. 겉으론 생색을 떨지만 당포는 벌써 사내의 속마음을 점친 지 오래였다. 사내는 당포와 용총 영감을 한사코 따라붙을 낌새였다.

“으디쯤 왔당가?”

"해 안으루 군선내에 닿을 거야. 자가곡 안인두 지났는걸."

자가곡(資可谷=명주군 강동면江東面) 땅이라면 샛강이 보일만도 하건만 물줄이라곤 기척도 없이 발목까지 빠지는 진탕길뿐이었다. 사내가 말한 군선내(群仙江) 수량은 띠앗(강동면 모전리茅田里) 동편에 있었다.

"하여튼지 간에 벨스런 데라고잉. 지길헐, 요녀려 땅 밟고나서는 술사발 귀경을 못혔으니!"

"아따 성질도 불 같아 그 사람! 수량 밑에 가면 술사발에다 무짜떡도 먹을 수 있네."

사내가 꿀꺽 단 침줄을 삼켰다. 말만 들어도 지레 배꼽께가 뻐근해 오는 당포였다.

"무짜떡이 머여?"

"무짜루다 찐 떡이지 뭐야. 아, 배암 몰라?"

"비암으로 떡을 찐다?"

"말두 말어. 고거 한번만 먹었다 하면 사타구니에 불이 붙어!… 양반들은 쳐다만 봐두 상투 떨어져라 치를 떨지… 상놈들헌테는 보약이야 보약…"

"후웅- 묵는 것도 벨시럽제!"

어떻든지 별스러운 곳이라는 생각뿐이었다. 오죽이나 그물질이 더러우면 뱃놈들의 음식이랄 것도 이쯤 청승맞으랴 싶었다. 바다고기 제쳐놓곤 뱀으로 떡을 쪄먹는 일도 따지고 보면 생선이 없어 하는 짓이지 뭐겠는가 하는 짐작이었다.

이런 생각을 좇다보니 또 억울한 생각만 차일질을 치는 당포였다. 꼬박 두달 동안을 덕포댁 때문에 허송한 거다. '제창' 땅 끝인 도토구지(거제군 동부면 저구리猪仇里)까지 내려도봤고 '천가'로 건너가 큰목(가덕도 대항리大項里)까지 내리훑으며 덕포댁을 찾아봤지만 허사였다. 부친의 시신도 못챙긴 죄도 년을 찾아서 '제창'으로 들어갔던 결과이려니, 아예 덕포댁을 만나 멱을 따놓곤 저도 그냥 죽어버릴 심산이었던 것이었다. '제포'를 뜰랴 치면 의당 고향땅을 찾아 공발 영감 후문이나 듣는일이 도리였지만 부친의 시신도 못본 불효자식이 어떻게 고향땅올 밟을 수 있겠는가.

두번 죽었다 셈치고 뱃놈세월이나 악착스레 살아 뿐대나게 원수를 갚으려니 다짐했을 때, 바로 그때 떠오른 사람이 하서주 망상으로 떠난 용총 영감이었던 것이다.

그런데 이 꼴이 뭔가. '제포'에다 비할 양이면 이런 곳이 뱃놈 살 땅이더냐.

304. 세가(勢家) 8

진탕길이 끊기면서 낮은 산길이 나섰다. 곡두목(穀斗木=眞本=참나무)과 상목(橡木=도토리나무)들이 질세라 어우러지며 불볕을 막고 섰다.

"안적 멀었당가?"

당포가 씨구퉁해서 묻는데,

"어따 그놈 무진 보채네! 산길만 내리면 띠앗이야."

사내는 대뜸 막말을 튼다.

"머여?… 노옴?…"

당포는 불끈해서 뚜욱 멈춰선다. 가뜩이나 속이 끓는 판이었다. 이렇게 먼 수량으로까지 찾아든 용총 영감의 팔자나 시퍼런 바다 놔두고 산속으로 파고드는 제 신세나 모두 '제포' 땅을 뒤엎어 놓은 왜놈들 때문이려니 생각하며 야릇한 울먹임마저 물었던 것이었다.

당포의 기세가 곰 때려 잡을 속셈임을 제꺽 알아차린 모양이었다. 사내는 금새 히죽 웃으며 손을 내저었다.

"아서어- 쌍놈들끼리니깐 허물없이 허는 소린데 뭘 그러나?… 경상도 뱃놈들은 다 이렇게 억셔빠졌나보지. 개총인지 뭔지 하는 그 영감도 그러더니…"

사내가 고분고분 먹혀드는 낌새이자 당포는 어깻죽지를 치켜올리고는 허엄- 헛기침을 깔아봤다.

사내가 금세 기가 죽은 목소리로 물었다.

"자네가 말한 그 제포란 바다 말야 그래 그렇게 좋은 곳인가?"

"좋다마다여?"

"고깃배가 수십척씩이구 그물질 물밥이 그리 좋다는 말두 참말이야?"

"근디 요놈이 사람을 으찌께 보고 허는 소리여? 참말 아니면 도체비 씹 애리는 소리란 말여?"

"또 왜 이러나? 하두 꿈 같은 얘기니깐 그렇지… 돛배들만두 열종자 넘는데며?"

"… 자꼬 물으면 니놈만 빙신이여. 배덜도 무지무지 크고 심도 용심이여.… 인자 지발로 더 묻덜 말어. 좋은 시월만 자꼬 생각나면 나만 서러워서 미치여!"

"… 뱃놈들 사는 세상이 이렇게 딴판일 수 있겠는가 말이지!… 우계에선 말야, 갯배보다두 수상선들이 더 윗자리야. 빤한 물속에다 후릿그물 넣는데 큰 배가 무신 상관이람. 함길도 마상이 어쩌다 들려보래지. 우계 갯배들은 그새 촉두 못써!"

"수상선은 믓이고, 마상은 믓이여?"

"수상선은 강배구 마상은 함길도 괴깃배지 뭐야."

사내가 고개를 설레설레 내젓는다. 눈에 익은 배라고는 '수량'의 수상선(水上船=강휘리선江揮䍡船)과 힘좋은 마상(함경도 마상선麻尙船)[6]이 고작인 판에 당포가 줏어넘기는 고깃배들이라는 것은 이름부터 주눅만 들게 하던 거였다.

"아니, 그 좋은 물밥 두구 여긴 뭣허러 왔어?"

"사정 몰르면 입 봉허는 거여! 오세미[7] 할망구라고 상관이여? 후웅-"

당포가 막 말을 끝냈을 때다. 사내가 당포의 팔을 덥석 안고 통사정이었다.

"이봐! 수량에 사봤자 밀쩡 황이야! 우리 제푠가 뭔가 하는 데로 뱃놈살러 가자구! 날 놓구 둘이만 줄행랑 놀려는 건 아니지? 엉?"

당포는 대답할 겨를도 없이 '허어-' 하는 탄성을 뱉았다. 멍청하게 굳었다. 눈이

---

6 조선 시대 평안도와 함경도의 하천 등에서 곡식의 운반, 군대의 이동, 기타 잡용에 쓰인 배. 조선왕조실록에는 마상선(麻尙船)•마상선(亇尙船)•마상(麼相) 등 여러 가지로 기술되고 있음

7 오세미 : 귀신을 섬겨 길흉을 점지고 굿을 하는 것을 입으로 하는 사람. 주로 여자 무당을 이른다.

부실 정도로 구비구비도는 강물과, 무지개 걸린 듯이 그 강을 가로질러 쳐진 후릿장을 봤기 때문이었다.

305. 세가(勢家) 9

"급살맞을 세끼, 이거 놔엿!"

당포는 사내의 손을 왈살스럽게 뿌리친다. 제풀에 몇걸음 총총 내려디뎠다.

고향땅의 숭어잡이가 생각났기 때문이었다. 도무지 강원도 땅이라고 여김할 수 없도록 죽목을 박은 곳이며 그물을 친 모양새하며, 그적 고향의 수량을 떼다가 옮겨놓은 듯하던 것이다.

바삐 따르던 사내의 발짝소리가 바로 등뒤에서 멈췄다.

"수량봤다구 미쳐 날뛸 건 없네. 외지 뱃놈이 뜰삼태 한번 제대로 잡게 잘도 놔두겠다. 헤엥-"

당포는 멍청한 얼굴로 사내를 빤히 뒤돌아다본다.

"접꾼놈이 뜰삼태기 못 쥐면 누가 괴기 담는당가?"

"누군 누구야? 전주 똥줄 빨고 사는 명화적떼거리지! 년석들이 모다 접꾼에다 수량상좌야."

"… 명화적?… 고놈덜이 므시랑가."

사내는 여지껏 움츠렸던 어깻죽지에다 바짝 힘을 넣고는 용 못된 이무기 심술 같은 거드름을 피워 대겄다. 말을 할까 말까 입술을 들석대다간 이내 통배기 밑창 본 새로 질끈 입꼬리를 쥐이고 만다.

'흥! 애갈비짝 두어개 부러져봐야 알걸? 년석들 성깔허구 뚝심을 어느 놈이 당해 낼꾸!'

사내는 이런 생각이었다. 겁없이 날뛰는 놈을 봤다하면 죽은 체 치근대다가, 잔뜩 기세가 오른 사람이 세상 내거다 하며 꺼드럭대면 그제야 이제다 하곤 인중골을 벼락쳐놓고 보는, 삭방도 명화적(明火賊=불한당) 패거리의 그 짝자그르한 소문줄도 못 들은 녀석이려니 구경 한판 신나겠다는 속셈이었다.

당포는 히죽 웃고 만다. 차라리 얼마나 살맛 날 일인가 싶다.

'온냐아- 심심허든 판에 참말로 반갑고 오지다잉! 이 댕포가 쪼깨 따둑거려 줄탱께, 흥-'

당포는 째앵 헛기침을 내뱉으며 빤히 내려다뵈는 '수량'을 가늠하고 걷는다. '후릿장' 옆으로 움집이 두채 나란히 섰다. 그리고 그 움집들과는 사뭇 떨어진 곳에 또 한채의 움집이 따로 앉았다. 강가 모래판을 어슬렁어슬렁 걷고 있는 접군들이 너댓명, 그리고 대발(죽렴竹簾)을 만들 양인 듯 잔가지를 치고 있는 패거리가 또 서너명 둘러앉았다. 아무리 살펴봐야 용총 영감이랄 본새는 영 없다.

당포가 주거진 접군들 앞에 이르렀을 때 사내가 낮게 속삭였다.

"… 참는 게 사는 게야. 뼉다귀가 성해야 그 좋은 제포에도 가지!"

"… 멀…?"

"화뿔이 돋더라두 나 죽었다 하란 말이지 뭐야!"

당포는 아까 했던 것처럼 히죽 웃어주며 어슬렁대는 접군들 앞에 섰다. 접군들이 위아래로 당포를 흘겨대며 느슨한 팔짱들을 꼈다. 눈으로는 당포의 행색을 살피고 손바닥으로는 콧날을 스런스런 쓸어내린다.

"노인장 하나 찾고 있는디… 용총 영감님 으디 기신당가?"

접군중에서 그중 땅딸막한 녀석이

"뭬라구?"

하면서 당포의 턱밑으로 바짝 다가섰다. 부러 손바닥으로 귀바퀴를 동그랗게 싸쥐고는 능청을 떤다.

"귀가 곯아서 무시기 들려야디!… 뭬라구? 뭬라해서?"

306. 세가(勢家) 10

땅딸막한 녀석이 너스레를 떨어대며 당포의 턱밑으로 차악 붙어앵겼다. 올려다보는 눈이 어미잃고 사흘 굶은 소리개 새끼처럼 독살맞다.

펑퍼짐하게 퍼져앉아 장목 썰개질을 하고 있던 패거리들이 또 못 참는다. 그중 한 녀석이 당포를 건너다보며 비웃적거린다.

"먼 길 오셨는데 거 안됐꼬망. 무시기? 개총 영감?… 날래 오시쟁쿠! 함께 있자해두 그 용총인지 개총인지 한새쿠 말려두 들어줘얍지."

나머지 두녀석들이 아구 맞춰 날름 받는다.

"그래 말입꼬망!"

땅딸막한 녀석이 능글맞게 웃어대더니 별안간 적삼소매로 눈두덩을 부벼대는 시늉이었다. 그러자 아까부터 땅딸막한 녀석 옆에 붙어선 채 당포를 노려보던 털복숭이가

"애구 형님! 울지마오, 운다고 간 사람이 다시 오겠읍매?"

하며 말리는 시늉을 했다.

"그 고생으 하고 살더니 어디서 뭘하고 사는지!… 이 험한 산중 어드메 가서 찾아보나 하는 맘이 들어 울잼… 애구우- 애구우- 용총 영감 보기싫어서 어쩜둥!"

"그래말입꽝이! 애구, 애구우-"

두녀석들이 사뭇 부둥켜 안은 채 별스런 능청을 떨어댄다. 썰개질을 하고 있던 패거리가 질세라 '애구, 에구우-' 우는 체 했다.

당포는 넋이 빠져 멀뚱히 서있기만 했었다.

'근디 이 썩어질 놈덜이 시방 먼녀려 굿판을 벌린다여?'

속으로 이렇게 중얼대며 접군 패거리들을 둘레둘레 살피던 당포는 찬 소름을 오싹 일군다. 녀석들의 눈이다. 우는 시늉을 할 양으로 손바닥을 펴 낯짝들을 가렸지만, 손가락 새로 당포를 살피는 눈빛들은 한결같이 불심지를 당겼다.

당포는 그제야 녀석들의 낌새를 알아차린다. 한발짝 두발짝 슬금슬금 당포께로 다가드는 꼴이 여간 심상치 않은 거다.

연간 한숨줄을 깔며 당포 옆에 붙어섰던 사내가 당포의 엉덩이를 녀석들 몰래 꼬집어 뜯는다.

"이봐! 어서 가세!… 자네가 찾는 용총 영감 말인데, 여기 없어! 벌써 내쫓긴 거야!"

사내의 속삭임이 불길 같았다.

녀석들의 말투가 귀에 설었으나 낌새를 짐작 못한 당포는 아니었다. 당포는 왜놈들의 부질 날에 싹둑 잘려나간 손가락이나 구경을 해보란 속셈으로 부러 오른 손을 휘휘 저어대며 콧마루를 쓸어본다. 기왕 물러설 판이라면 녀석들이 지레 지치도록 지드럭거려[8] 보자는 맘이었다.

"아, 뭘 허는 겐가? 어서 가자는데도 뭘 더 볼 게 있어?"

"거시기… 고거 못이냐, 그 무짜떡이다 술사발은 으짜고?"

"어따 이 사람이 왜 이래 뻑따귀 성할 때 가재는데두!"

당포는 사내의 간청을 뿌리치고 저만치 떨어져앉은 움집을 향해 걷는다. 모양새부터가 접군들 같은 상것들이 널브러져 눕기에 딱 안성마춤이었다. 녀석들에게 설마한들 맞아죽을까 보냐.

기왕 왔던 차에 용총 영감의 거처나 소상하게 알아두자는 맘이다.

"에엥– 미친눔! 내꺼정 죽나보다. 헐 수 없지. 어짜피 뒈질 팔짠걸!"

사내가 당포의 뒤를 따른다.

307. 세가(勢家) 11

움집 속은 겉보기와는 달리 꽤 널찍했다. 땅바닥으로는 거적떼기를 깔아놨고 사

---

8 지드럭거리다 : 매우 귀찮을 정도로 자꾸 성가시게 굴다

위의 벽으로는 썰개질 끝난 나뭇가지들이 겹겹이 늘어섰다. 나뭇가지들이 가리개도 없이 뚫린 벽창들을 막고선 탓인지 움집 속은 해거름 적처럼 어두컴컴 했다. '수량' 접군들은 그 거적 위에서 술도 마시고 잠도 자는가 봤다.

청승스러운 꼴로 검불을 지피고 있던 사내가 힐끗 뒤돌아보더니 아는 체를 했다.

"웬일이여? 여길 다 오게."

아까부터 못마땅한 눈길로 당포를 흘끔거리던 사내가 풀이 죽어 말했다.

"죽을려구 기어들었지… 이 매방이놈 오늘 죽을 팔짜야!"

당포는 속으로 '매방이… 매방이…' 하고 외어댔다. 한사코 따라붙는 '우계' 땅 사내의 이름을 그제야 안 것이었다.

검불을 지피던 사내가 흥 하고 콧방귀를 놨다.

"천하장사 매방이를 뉘가 죽인데?"

"수량 패거리들헌테 죽었지 뭐야."

"아니, 왜?"

"아 글쎄, 이놈이 녀석들을 근드려놨지 뭔가. 이눔허구 함께 온 죄루 나두 죽어야지 벨 수 있나. 녀석들, 설설 기어들께야!"

매방이가 당포를 흘기며 쩌업 쓴 입맛을 다셔대자 검불을 먹이고 있던 사내가 서슴없이

"그놈 어데 놈인데 그래? 죽고 싶거들랑 제놈 혼처나 죽지."

하는 거였다.

"저런 급살맞을 놈이 으디다가?"

당포가 불꿍 무릎을 세우는데 매방이의 억센 손이 당포의 허리춤을 옥죄고는 단번에 패대기를 친다.

"어따 이눔아, 사나가 좀 느끈적 굴어봐!… 뼉따귀 성해서 함께 제포 가자구 하잖었어?"

당포는 엉거주춤 일어나 앉으며 머리를 설레설레 저었다. 녀석을 두고 천하장사

니 뭐니 했을 적부터 이상스럽다 생각했었는데, 이 매방이란 녀석, 허리춤 나꿔채는 힘이 과연 외골장사 본새겄다. 매방이가 사내를 향해 큰 소리를 쳤다.

"여봐, 매방이놈 죽는데 극락갈 일이나 해라. 죽기 전에 무짜떡이나 한변 뜯자!"

"쥔이 따로 있는걸."

"아, 그러지렁 말구 좀 줘. 도토리쌀은 전대 아니라던?"

매방이는 허리춤에 찼던 꾀죄죄한 봇짐을 사내에게 휘익 던졌다.

"흥, 해묵은 도토리쌀 그깐눔어 것 누가 달래?"

"해 안넘긴 도토리쌀이 어딨어? 바루 나흘 전에 다시 쪄설랑 곱게 쳐낸거야."

당포는 사내쪽을 예사로 건너다보다 말고 눈을 휘둥그렇게 떴다. 사내가 독지 두껑을 열더니 두발은 됨직한 먹구렁이를 잡아 들었다. 작두를 들어 간단없이 꼬리께를 터엉 자른다. 그러더니 망구리(시루) 위를 가로질러 세운 겹가지에다 먹구렁이의 목아지를 비끌어매는 것이었다. 먹구렁이가 꿈틀댈 때마다 잘린 꼬리끝에서 핏물이 졌다. 그 핏방울들은 뿌연 김을 뿜고 있는 망구리속으로 뚝 뚜욱 떨어져 내리고 있었다.

매방이가 연신 단침을 삼켜댄다.

"흥- 조걸 한변 뜯어둬야 죽을 힘이라두 써보는 게지."

당포는 매방이와는 달리 야릇한 소름을 일군다.

308. 세가(勢家) 12

"왜? 비위 상해서 똥물이 넘어오나?… 한변만 넘겼다 하면 망구리째 껴구 줄행랑을 놀껄. 무짜 피가 골고루 떡에 배나면 떡변이 불긋불긋 색을 먹지. 고걸 목때기 델 지경으루 한입 우적거려 보래지! 복창은 고사허구 금새 정수낭이 열탕으루 끓어."

당포는 수다를 떠는 매방이를 못마땅해서 흘긴다. 아무리 고깃밥 더러운 곳의 뱃놈이라지만, 뱀피로 떡을 찌는 풍습도 처음 봤거니와, 거기다 한술 더얹어 무짜떡 한쪽에 정수낭(精水囊=불알)이 펄펄 끓는다니, 녀석의 허풍 한번 어지간히 팔면육비[9]로 놀아나던 것이다.

당포는 무짜떡이고 뭐고 안중에 없었다. 용총 영감의 생각만 간을 태웠다.

"… 거시기 얼뜩 물어봐여…"

"뭘?"

"아, 우리 영감님 말여."

"그깐눔어 영감 찾아서 뭣헐려구 그래. 무짜떡으로 뱃때야지 채우고 나면 정수낭 찢어져라 하구 줄행낭 놓는 게 상당이야!"

매방이는 도리질 몇번을 곁들이더니 그래도 좀은 찜찜했던 모양이었다. 무짜떡을 쪄내노라 찔꺽눈이 다된 사내를 향해 버럭 악을 썼다.

"여봣, 그 영감 어디로 쫓겨간 줄 모르나?"

"어 깜짝이야. 쇠창을 삶나 저게?… 영감이라니 누구?"

"거 왜 헛소리만 말마대로 쏟아놓는 노인장 말일세."

사내는 잠시 말을 끊더니 대수롭지 않게 내뱉었다.

"이적 안 죽었다몬 우계 땅안에 백혔겄지. 내가 고걸 어쩨 알아!"

사내는 땀줄을 손바닥으로 훑어내리며

"그건 왜 물어?"했다.

"이 사람이 사달 걸구 찾으니 그렇지"

매방이가 당포의 옆구리를 쿡 찔렀다 논다. 사내가 당포의 행색을 낱낱이 훑어내리고 나서 헛웃음 한자락을 곁들였다.

"허어 차암- 내 원 명 길게 살다 보니 별 귀경을 다 했어. 노인 악따귀 한마당 하늘 찔르겄더군!… 봇짐처럼 판대질을 치는데두 말야, 은애는 네눔들만 먹기냐구 쇠 창을 삶아대는 꼴이라니!… 당신두 은애 먹겠다구 악따귀 악따귀 깔구선 내쫓겼는

---

9 八面六臂 : 여덟 개의 얼굴과 여섯 개의 팔이라는 뜻으로, 언제 어디서 어떤 일에 부딪치더라도 능히 처리하는 수완과 능력을 이르는 말.

데 모르지! 은애 자알 먹는지 내원-"

당포는 저도 몰래 불끈 주먹이 쥐어졌다. 명치께가 당기도록 홧김이 욱받치는 것이었다.

"시상에!… 시상에 말여, 하늘이 시퍼런디 노인장을 판대질 친다? 쌍늠덜! 우덜 땅에서라면 복창으다 장목을 치서 죽여!"

사내가 비양질을 놨다.

"누굴 그렇게 죽인다네?"

"누구는 누구여? 노인장 판대질 친 호로셰끼 덜이제!"

"에라 이눔! 땅봐서 주둥이도 가리는거야."

당포는 순간 온세상이 먹장이었다.

"머시여? 초대면에 놈짜라?"

당포는 울빗장 부숴놓고 튀는 황소처럼 사내를 향해 달겨들었다.

그때 접군패거리가 움집으로 들어섰다.

"웬만하문 화르 참구 버테봅세당."

땅딸막한 접군녀석이 너스레를 떨며 꿩 본 수할치(매사냥꾼) 본새로 당포를 노려본다.

309. 세가(勢家) 13

무자떡 망구리를 덥썩 안아 내려놓은 사내는 그통에 불당(佛堂)에다 영주(靈主) 한짝 모신 본새로 신바람을 달았다. 적삼 소매를 둥둥 말아올리기 무섭게 와르르 당포에게 달겨든다.

"탯줄 다른 놈이 어디 땅에 기어들어 화뿔을 세워보겠다는 거야? 열두 가지가 죄 부러져야 제정신 찾을레나 이놈이!"

땅딸막한 접군녀석이 사내를 가로막고 나섰다.

"아하- 무시기 이런짓으!… 임자 죽패질 솜씨가 여간이 앙이란것 다 암메. 음전한 사람이 참으야지. 간대루[10] 여기서 욕으 보겠음매?"

해놓고는 슬긍 당포께로 돌아선다.

당포는 죽을갑세 도리깨질 몇번쯤은 해놓고봐야 될 일이라 생각하며 패거리들을 훑어본다.

땅딸막한 사내 뒤로 세명이 둥그렇게 발을 쳤겠다. 늘퍽하게 주저앉아 썰개질을 하던 녀석들이었다.

'모다 니놈들이라먼 한판 벌리봐도 돼긋여잉. 사스미 뿔짤르는 전라도 벼락질을 쪼깨 귀경허겠다고들 지랄을 뜨는디 후웅-'

당포는 이런 생각을 하며 곁에 선 매방이놈을 살펴본다. 송점사(송충이) 기어대는 꼴로 두눈썹이 오르락 내리락, 거기다가 앙다문 입꼬리를 찢을 때마다 화등잔만한 눈알이 데룩데룩 굴러대겄다. 쓸모없는 놈이라고 작심했었는데 그게 아니었다. 뽄새가 화뿔이 돋쳐도 이만저만 돋친 게 아니었다.

매방이놈이 영락없이 한마디 걸고 나선다.

"무짜 한변 묵자는 게 영 글르나보지… 아, 죽더래두 배꼽 괄세야 뭇허지! 이 사람아, 거 한변 쓸어 줘."

매방이가 이렇게 뱉아놓곤 사내를 올려다보자 녀석은 패거리 눈치를 슬금슬금 살피며 그새 딴청이었다.

"귓구멍이 굻았댔나? 임자가 따로 있다구 얘기허질 않았어!"

"요런 죽일놈!… 여봐, 그만 가세!"

매방이가 당포의 손을 잡아 끄는데 땅딸막한 녀석이 매방이의 손을 투욱 나꿔챘다. 손으론 매방이의 팔뚝을 거머쥐고 눈으로는 당포를 노린다.

"임자, 나르 뉘껀 줄으 알으?"

---

10 간대로. '함부로'의 방언. '솔직히', '진짜로'라는 뜻으로도 쓰임.

"섯바닥 찰진 사람덜 말 자알 못들으여. 믓이라고 앙알댄당가?"

"그럴끼오… 흐 흐 흐으- 딴말 앙입매. 내 뭬 같냐는 말 앙이겠음둥!"

"수량 접꾼 아닝게부여?"

"접꾼?… 그게 뭬임매"

"아, 믓은 믓이여? 싹 받고 그물질 치는 놈덜을 고렇고롬 불르더구먼."

당포의 말이 끝나자마자 발을 치고 들러섰던 세녀석들이

"무시기? 싹으 받구서래 무시기?"

하며 불곰 한마리 때려잡을 기세였다. 땅딸막한 녀석이 또 막고 나선다.

"아하- 아들으 뭬 이래?… 참으야지!… 임자 별말으 다 한당이. 내 이 낫살에 쌈 지르 헐 수도 없구!"

녀석이 양 미간을 슬슬 쓸어내리며 잠시 말을 끊는다. 뭔가 한참 생각하고 나서 말을 다시 잇는다.

"영감 하나 찾았읍매까?… 내 면상 댈 곳으 없꼬망!…그 영감 싹두 안주구 막 부레먹다가 쫓아냈음매. 수량으 팽가치구 종적으 감췄으니 어디메으서 무시기 하는 줄 모르겠음!"

310. 세가(勢家) 14

당포의 가슴속에서 다글다글 피가 끓는다. 참고 견딜 일이 따로 있겠다.

"네에라. 요 보밴데[11] 없는 개세끼덜! 조선 천지에 일심 부려놓고 심 띠여묵는 놈 덜도 있다디야? 나 안적 고런 행티 귀경 못혔다! 시상에, 심 띠여묵는 짓도 베락으 다 처벌이 칠 텐디, 믓이 으째여?… 판대질을 앵기서 쫓아뿐졌다고?"

아니나 다를까, 그동안 부질없는 넉살만 길게 늘어놓는다 싶었는데 녀석이 화지

---

11 '본데'(보고 배운 예의범절이나 솜씨 또는 지식)의 빙인.

끈 박치기를 선뵌다. 눈 깜짝할 새에 턱주가리를 슬쩍 건드려놨다 싶었지만 그새 턱 뼈가 어긋난 모양이었다. 귀밑이 뻑적지근 해 오면서 맵게 아린다.

"요곳 보쟁이! 에구 요골으 그냥… 너 말으 이렇게 하는 버릇 어디메서 배와개지구 온게야?… 큰 벤 당하지 말구 얼피둥 네 갈 곳으 가야 되겠당이… 내 성미 급해서 단마디 흥정 깨지문 되비 너만 곱쥑는게야!"

둘러섰던 세녀석이 못마땅해서 투덜댔다.

"에구 형님두! 걸쩍한 송장으 주물르는 줄 알았당이… 이거, 새완이들 욕만 봤읍매!"

일이 이쯤 되자 무짜떡 찌던 사내가 망구리를 들고 와 땅딸막한 녀석의 가랭이 아래다 바쳤다.

"목심값 모르는 눔이 사람목자일려구. 고만 해뒀으면 제눔들 알아 허겠지. 무짜떡 한번 자알 떴다! 어서 들우. 시장끼가 가셔야 정탐길 뜨지."

접군 패거리가 망구리를 싸안고 풀석 엉덩이를 붙였다.

"간나새끼, 얼피퉁 안가면 되기 혼이 날꺼당이!"

당포와 매방이가 멀건히 서있자

"아들으 기어쿠 쥑잔 말인가?"

이번에는 털복숭이 녀석이 슬근 무릎을 세운다.

당포는 이때라고 생각했다. 팔뚝으로 워럭워럭 힘줄이 뻗쳤다. 곁에 선 매방이를 흘낏 살펴봤다. 어쩌면 이렇게도 때맞춰 맘들을 잡았는가 싶다. 매방이가 녀석들 몰래 못쓰게 된 시렁가래[12]를 막 집어 든 참이었다.

대낮에 마른번개질 본새였다. 매방이가 시렁가래를 휘저어대기 무섭게 당포도 간단없이 도리깨질 서둘었다.

"에쿠! 에쿠우-"

---

12 시렁을 매는 데 쓰이는 긴 나무

"에쿠!… 이 새끼드르 몰매질 친당이! 에쿠-"

녀석들의 꼴이 임통에 박힌 고기떼었다. 펄쩍펄쩍 뛰어대다간 이내 거꾸러지고, 살아날 구멍을 찾노라 서로 도리도리 뭉쳤다간 다시 흩어져 뒹굴었다. 토벽으로 줄지어 섰던 염목(簾木)들이 와르르 무너져 내렸고 망구리가 박살났다.

이러다간 기어코 사람 하나 잡으라. 추욱 추욱 늘어지는 녀석들이려니 이만 해 놓고 줄행랑 치 게 상책이었다.

둘이는 화다닥 움집을 튀어 나왔다. 천애지각(天涯地角)[13] 모른다 하고 정신없이 뛰었다.

너슬을 돌자마자 둘이는 길게 퍼져 누워 버린다. 미간 맞은 황소 꼴로 흐리멍텅한 눈길들로만 서로를 살핀다. 목소리는 없어도 '큰 일 저질러 놨으니 이젠 죽는 길만 남았네!'하는 속마음들이 드러난다.

매방이가 배통이를 깔고 엎드리더니 느닷없는 탄성을 뱉았다.

"개는 다 죽었는데 수량세월은 좋기두 허지!"

당포는 매방이의 눈길을 쫓아 수량을 내려다본다.

311. 세가(勢家) 15

매방이의 탄성에 질세라 당포도 단내나는 숨을 후우 내뿜는다.

'수상선'(水上船=강선江船) 세척이 수량을 향해 물길을 거슬러오르고 있는 참이었다. 벼리목(망구網口)처럼 강물을 잘숙하게 옹췬 수량으로도 어느새 십여명의 접군들이 모였다.

당포는 강선들의 크기에 우선 놀란 거였다. 갯가에서 봤던대로 기껏 대여섯발짜리 배들이 고작이겠거니 짐작했었는데 그게 아니던 거다. 수량으로 오르는 배라면

---

13 하늘 끝과 땅의 귀퉁이. 아득하게 멀리 떨어져 있음을 이름

짐배일 리는 만무일 터, 세척의 배들은 자연 고깃배일 수밖에 없겠는데, 배들은 크기가 왠만한 짐배와 맞먹는 것이었다.

먼 눈어림으로 짚어봐도 두척은 길이 마흔대여섯자 넓이 아홉자 짜리의 중선(中船)들이요 맨 앞에 선 한척은 마흔자 길이에다 여덟자 넓이의 소선(小船)에 어김 없었다.

"허어- 우계 땅 수량 물밥이 요렇고롬 쓸쓸허단 말이여?"

당포는 웅천바다를 떠올려본다. '제포'에서 '천가', 그리고 '칠천수로'를 넘어 '사등' 앞바다까지 겁없이 갈아부쳤던 제 '어정'이래야 맨 앞에 선 '소선'의 절반에나 겨우 미칠까말까한 것이었다. 그 작은 '어정'도 사나흘 그물질에 만선하기가 어려웠었는데 수량선주(水梁船主)나 탔을 법한 '전도선'이 저쯤이라면 두척의 강선들이 실어나르는 고깃밥은 예사 것이 아니리라.

당포는 이런 생각 끝에 매방이를 향해 쏘아붙였다.

"느덜 땅 뱃놈덜도 빙신들이제! 쪼빡 같은 배로 깨잘시런 후릿그물 놓느니 수량으다 죽발을 박으면 시월 팬할 꺼 안여?"

매방이는 당포의 말을 듣자마자 꺼들꺼들 웃어제꼈다. 당포가 영문을 몰라 멀겋게 건너다보자

"보자허니 네놈두 염섬 속의 무짜리구먼!"

하녀 그새 웃음을 거두곤 새하얗게 당포를 흘긴다.

매방이가 목소리를 가라앉혔다.

"에라 이눔 정신채럿! 우계 땅 단물이 얼매나 맵고 짠 줄 아니!… 초피보담두 더 매워 년석아, 흥-"

"나사말고 벨시런 말을 다 들겄여. 무담씨[14]로 헐말 없응께 백창 뜨고 환장이여 고놈이!"

---

14 '공연히'의 방언

"한 탯줄에 그 종잘세 그것들이… 개총 영감인지 뭔지두 네놈 곁에 소리만 허다가 그꼴 된 거야. 그놈 죽게 놔둘걸 괜시리 살려놨네 그려."

뜻 모를 소리만 줄창 웅얼대던 매방이가 뭔가를 덥석 한입 물겄다. 계란 망울이가 쌍그네를 뛰어대기 무섭게 연달아 꿀꺽 단침을 넘겨댄다.

"… 믓을 묵능겨?…"

"무짜떡이지 뭐긴 뭐야."

"무짜떡?… 고것은 은제 또 숨켜 왔데여?"

"목구멍에서 불김이 인다치면 곱게 달래나보지, 헤엥- 아, 고거 맛있기두 허다아-"

당포는 앞뒤 가릴 새 없이 매방이를 덮쳤다. 졸창이 쓰리도록 허기가 치미는 판이었다. 한줌 뺏아 들기 무섭게 입속으로 날라 우적거렸다. 맛이 꿀맛이었다.

당포가 통개구리 삼킨 중병아리 본새로 머리통를 까닥대며 눈알을 뒤집어 까는데 매방이가 들으라는듯이 흔연스레 읊는다.

"개총 영감 어디 백인 줄 나만 알게다!… 눈에 훤언 허쟎구!"

312. 세가(勢家) 16

당포는 매방이의 말 따위는 아랑곳 않았다. 한사코 따라붙을 구실을 만들자니 저쯤 는지럭거리는[15] 수밖엔 다른 도리가 없을 것이라고 쉽게 여김해버렸던 것이다.

"눌 자리 맡어 놓고 상투를 틀어봐라. 내가 니말 고지듣는가, 후웅-"

빈정대볼랴 치면 무짜떡 한번쯤 더 앵겨주며 애걸복걸 명치가래 떠받들곤 통사정을 틀 줄 알았는데 녀석은 그렇다면 할 수 없지 하는 본새로 한주먹 남은 무짜떡을 냉큼 입속에다 털어넣고 우적거릴 뿐이었다. 차일질을 달며 행여나 하고 단침을 함

---

15 는지럭거리다 : 심하게 물러지도록 자꾸 매우 힘없이 축 처지다

방지게 섞었던 계란망울이 허망하게 곰죽어버리자 당포는 저도 몰래 내뱉었다.

"급살맞어 디질 셰끼! 졸창다발이나 꿰서 디져라!"

무짜떡 한변을 괜히 넘겼나 싶었다. 맛만 뵈놓고 말았더니 목젖만 몸살을 떨어대 겠다. 외모나 다름없이 식성 한번 사막스럽다[16] 체념하며 쓴 입맛만 몇차례 마무리 하는 당포였다.

당포의 이런 속마음을 짐작이라도 한 듯이 매방이가 천연덕스레 묻는다.

"붙을 자리 봐놓구 상투를 튼데두 내 말은 곧이 안듣겠다?"

"그려! 요 니애미 붙을 놈아!"

"이런 고현놈 또 봤고오-… 용총 영감님 있는 곳을 안데두 소용없다?… 이런 말 인가?"

"요런 자발머리 없는[17] 셰끼… 고렇다는디 으째 물어?"

"거 차암, 딱한놈 또 봤고오-"

매방이놈 놀아대는 꼴이 청낭에다 가부좌를 튼 양반행세 해보겠다는 심사렸다. 끝말에다 잔뜩 힘을 주고는 유독 '…고오-' 해대며 길게 뽑아보지만 당포는 그저 '수량'에다 눈길을 떨군 채 무슨 미친 지랄이냐 하는 양이었다.

당포는 생각해 보는 것이었다. 매방이가 용총 영감 있는 곳을 안다는 일은 말짱 거 짓말일 거였다. 그렇다면 어떤 수단을 쓰는지 간에 녀석을 떨쳐내고 볼 일이었다. 혼자 몸 추세우기도 힘든 세상에다 정처없는 발길만도 몇천리랴.

이렇게 맘 먹고 나니 속은 한결 가벼웠지만 그에 못지 않게 억울할 일이 또 있었 다. '수량' 고깃밥이 꽤는 널부럭지는 판세려니 내 몸만 죽었다 셈치고 정강말을 타댈시면 한몫 챙길 운이었는데, 하필이면 이때를 골라 '우계' 땅마저 떠나야 한다 는 일이던 것이다.

당포의 이런 다짐을 있게 한 것은, 바로 얼찐한 줄도 모르는 접군패거리였다. '

---

16 매우 악한 데가 있다
17 가볍고 참을성이 없다

강선'이 와닿고 초망을 든 접군들이 또 한패 와자하게 끓어대는데 녀석들만 이렇게 잠잠할 수 있겠는가 말이다. 필경 뭇매질 받고 죽었을 것이었다. 사람을 또 죽여놨으니 똥덩이 뒤에 숨는 호랑이처럼 냉큼 자취를 감추는 것만이 상책이었던 까닭이었다.

"… 다덜 죽은 모냥이제!"

"누가 죽네?"

"명화적인가 뭇인가 하는 늠덜…"

"철딱서니 없는 늠 또 봤고오-"

"……?"

"내 그런 생각헐 줄 알았지. 이 미친 늠아, 녀석들은 시방 무짜떡만 한 망구리 다 축내고 있을 게야!"

"… 고럼 으째 현신을 않는당가?"

"우계 땅 속에서 튀면 어디로 튀랴 허는 맘이지 뭐야… 좌우당간에 자알 가게나. 용총 영감은 시방 역말에 있네!… 상면이나 주선헐렸더니 어 고거 참 안됐다!"

313. 세가(勢家) 17

"… 역말?…"

우선 마음속으로는 반가왔다. 고대 죽는들 용총 영감 얼굴이나 한번 뵙고 가면 원이 없겠다는 생각뿐이었다.

'먹셍이놈 쥑여뿐졌다는 소리는 혀고 죽어사!… 고레도 하나 남은 어른이신디…'

첫 만남에 대뜸

"요 개셰끼! 니 와 제포 뜨가 우계왔노? 멀 묵겄다꼬 왔나 말이다! 낫살 묵은 놈도 요레 파인데 젊으나 젊은 놈이 와 왔노 말이다! 니기미, 니놈 살로 삐지가 호이로 묵어사 알끼제!"

이러고 나설 용총 영감이 떠올랐고, 당포는 '제포' 땅을 떠야했던 마땅한 말을 궁리해봤던 거였다.

종잡을 수 없는 짐승은 우계 땅 매방이었다. 성깔도 다 죽었다 여김 했었는데 대낮의 마른번개질로 접군녀석들을 거진 죽여놨고, 물렁물렁한 살점만 올라 개씹 옹두리 본새 밖에 더 되랴 짐작했었는데 무짜떡 삶던 녀석이 첫마디에 천하 장사 매방이라 불렀었다. 매방이를 어디까지 믿어볼것인가. 당포의 걱정은 이것 한가지뿐이었다.

'한정읍시 딴청을 부려사 쓸 판이여잉! 니놈 쓸개쪽 뵈 줄 때 까정은 내 쓸개쪽도 죽어뿐졌응께!'

"역말에 믓이 있당가?"

"한창 나이에 귓창 곯은 눔 또 봤고오-"

"아, 믄 소린줄 모릉께 이럴베께 더 있당가, 지에미이-"

당포도 슬근 끝말을 길게 뽑아본다.

"이눔이 근데 뭘 들었댔나? 이눔아 용총 영감 역말에 박혔다지 않았어?"

"내나 우계 땅이랑가?…"

"역말이 요 땅 속이라는 말이렸다? 그렇지?"

"… 그려…"

"이제야 귓청이 뚫렸겠다아- 내 봤어. 구찮아서 주둥일 닫고 있었던 것뿐야."

이쯤 돼서야 죽었다 하고 늑쳐질 수밖에 없는 당포였다. 이 자리에다 뼈가래를 묻더라도 용총 영감님만은 뵙고 보자- 당포는 매방이께로 바짝 다가 붙는다.

"가셰! 얼뜩 가잔 말셰!"

"… 어델?"

"아, 역말이제 으디랑가."

"근데 이눔 가쟁이[18]론 날짜[19]가 돋았나? 이눔아, 시방 어델 날아가자는 게야?"

"내나 요 으딩가, 거 머시기 요 땅속이라고 혀놓고 또 이라네잉."

매방이가 삽자루 같은 손으로 푸석대는 흙더미를 한줌에 쥐었다가 이내 후우- 하고 흩뿌렸다.

"약조 헐테야?"

"…?"

"또 틀렸겄다아-"

"안여! 절대로 안여!… 약조사정을 몰릉께 요렛데이… 먼 약조랑가?"

"나 데리구 제포 갈테야, 아니면 우계 수량에서 접군 될테야?"

"떼끼이 사람하고는! 뱃놈이 짠물에서 디져사제 단물에서 으찌께 산당가?"

"제포 간단 말이렸다?"

"아문. 요렇고롬 약조혀뿐졌응께!"

"징그러워 이눔아!… 한숨만 자다 갈꺼야."

매방이놈 거동봐라. 당포의 손을 횅뿌리치더니 선과수댁 밤하늘만 보고 울듯 번듯이 배꼽까고 늘어지겄다.

314. 세가(勢家) 18

'우계' 땅 북말(옥계면 북동리北洞里)이었다. 서쪽으로는 만덕봉(萬德峯)이 우뚝 섰고 그 산슭을 도랑 파대며 흐르는 내가 동편으로 줄곧 내달아 역말(역촌驛村=옥계면 낙풍리樂豊里)을 안는다. 역말에 이른 물줄기가 기세좋게 흐르던 힘을 풀곤 갈곳을 물색 하는 쨤인데 목타는 가슴을 헤벌려 간 우계벌(옥계평야玉溪平野)이 즐편히 누워 물줄을 보챈다. 우계벌을 흠벙히 적셔주며 무짜리 기어대듯 또 흐른다.

---

18 '가랑이'
19 '날개'

조산(造山=옥계면 조산리助山里)에 닿으니 숨이 차 주춤 여울지지만, 뺑 배앵 맷돌질을 해대는 물줄에 옥내(옥계천玉溪川)가 합세하니, 물줄은 그제야 꿀렁꿀렁 쐐르르- 거침없이 달려 동해의 짠물속으로 섞여버리던 것이다.

낙풍내(樂豊川)였다. '군선내'에다 비할 시면 폭도 좁고 물깊이 또한 두어발 얕은 것이었지만 물 색깔을 놓고서야 '군선내'가 어디다 쪽을 대볼까 보냐. 게다가 청류의 기세마저 어지간히 세차서 강고기떼 오르기엔 더없이 좋은 물줄이었다.

당포는 오랜만에 두둑히 배퉁이를 불려 봤었다. '먹진이'에다 비하면 역말은 상것들 놀기로 딱 알맞았다. 대창(대창도大昌道)으로 가닿는 역(驛)이 자리하고 있는 탓일 거였다. 내지 상인들도 꽤는 북적거렸고 주막으로는 부상(負商=등짐장수) 패거리들도 줄달아 들락거렸다.

매방이 덕분에 괵실묵(도토리묵)[20] 안주에다 탁배기로 배를 채웠던 당포였지만 속마음은 되우 언짢다.

"아니 물갓을 따라가사 영감님을 볼꺼 안여? 뭇한다고 물갓 놔두고 산길로만 올른데여, 헤엥-"

"속 모르면 내 송장이다 허구 가만 있기나 해."

"몸땡이가 팔팔헌디도 송장 신청을 허랴?… 니기미 혈놈어 술을 카악 오욕질[21]로 기알쳐 내뿐질 수도 읎고… 아, 은제까정 간당가?"

"허어 그눔 차암- 좀만 참으란데두 그러네. 요 재만 넘으면 바루 거기야."

당포는 할 수 없이 입을 다물고 만다. 속이 지랄 같은데 딴 생각이나 해보자며 고향 땅을 떠올려봤다.

알다가도 모를 것이 우계 땅 '수량'이었다. 고사말 '수량'에서는 물밑이 훤히 들여다뵈는 물탕은 너나없이 천대를 했었다. 숭어란 고기가 한사코 물탕을 눈돌림하는

---

20 《본초강목-木果部》: 도토리는 상실(橡實),갈참/졸참/물참/떡갈나무 과일은 괵실(槲實)(곡실)이라 함.
21 외욕질. 먹은 것이 메슥거려 계속 욕지기를 하는 짓

천성 때문이었다. 물줄을 거슬러 오르다가도 물탕에 이르르면 벼락같이 숨어버리던 것이다. 그래서 물탕에다 발을 박는 것들은 고미서까래[22] 내려앉도록 가난한 상것들이요 물탕 아닌 곳들은 죄다 양반들이 독차지했었다.

물론 물탕 아닌 물골도 양반들의 것이긴 했다. 그대신 물살이 빠른 곳이어야 했다. 은구어(銀口魚=은어) 때문이다. 숭어 발(렴簾)을 친 곳은 장목으로 밑바닥을 헤적여놓고, 은구어 발을 친 곳으론 상것들의 그림자도 얼씬 못하도록 다구쳐 세우는 통에, 상것들은 물살도 없는 죽은 물골에다 장목질이라도 해 봤으니 그것이 바로 물탕이던 것이었다.

"후우- 용케도 때 맞췄지. 녀석이 없으면 어쩌나 했었는데!"

고개마루에 올라 선 매방이가 밑을 내려다보며 히죽 웃었다.

내리막길 옆의 산늪으로 움집 한채가 앉았다. 어떤 사내 한사람이 움집 앞에서 어물적거리고 있었다.

315. 세가(勢家) 19

움집 앞을 서성대고 있는 사내는 첫눈에도 용총 영감은 아니었다.

당포는 심드렁해서 말했다.

"용총 영감님이 아닌디?"

"이런 꼴대모 겉은 녀석 봤나. 누가 개총이랬어?"

매방이는 톡 내쏘아대며 내리막길을 타내렸다. 녀석이 다시 입을 열었다.

"내 뭐 귀신이라구 개총 영감 있는 데를 알았겠나. 군선내 화적패거리 말을 듣자허니 그 개총 영감 쉽게 우계땅 뜰 사람 아니잖겠어.… 생각을 짚어봤지. 아, 글쎄 젊은 늠들헌테 판대질을 당허면서두 우계땅 은어는 네늠들만 먹느냐구 강짜를 부

---

22 (서민주택)천장에 고미받이를 건너지르고 서까래같이 약간 경사지게 걸어주는 고미가래. 고미가래 위에는 산자를 엮고 흙을 깔며 아래에서는 앙토를 해 마감한다

려댔다 했겠다아… 그 영감 박힐 곳은 여기 뿐이더란 말일세!"

"고럼 저놈은 누구여?"

"그눔 말 븐대허군, 에잉, 쯔읏- 같은 말이면 초대면 헐 건데, 저 사람 뉘신가 허는 게야 년석아!"

"그려?… 화이고 나 눈 꼬시라와서!… 종체에- 저 사람 뉘시랑가?"

"부상 늘복이야."

"부상?…"

"아, 등짐장수 말일세."

당포는 그제야 알 것 같았다. 보상(褓商=봇짐장수)과 부상(負商=등짐장수)이 한결같이 뜨네기 상인이되, 한가지에서 둘이는 또 서로 달랐던 것이었다. 봇짐장수는 어물(魚物)을 팔지 않는 반면 등짐장수는 잡물(雜物)에다 어물을 얹어 팔던 것이다.

뱃놈들의 친구는 자연히 등짐장수들이었다. 전주(箭主) 몰래 생선 몇꼬리 팔아먹거나 혹은 간물(염장어물鹽藏魚物)을 맡길랴 치면, 가난한 뱃놈들은 엎어진 신주 떠받들세라 등짐장수를 찾는 수밖엔 다른 방법이 없었던 것이다. 게다가 등짐장수치고 열이면 열명 다 속 못된 놈들 없었겠다.

당포가 도리질을 곁들이며 잡힐 듯 말 듯 아슬거리는 생각을 펴는데 매방이가 묻는다.

"이젠 알겠나?"

"글씨이- 그랑께는 내동 은근짜[23]질로다 단물괴기 묵겄다 요 소리제맹?"

"년석허군. 요럴 땐 대갈통 한번 자알 돌지. 바루 고거야 고거! 사방천지 삼줄처럼 깔린 양반들 수량 피하구, 수량선주들 눈에 안들게 발이라두 박아보자 치면 여기가 그중 숨기 좋은 데야. 워낙 깊게 숨은 물골이라 차인[24]들 발길두 거진 못 닫지.… 고기가 없냐 하면 또 그게 아니거던. 물가의 덕이 높아서 사람 그림자가 물위로 떨어

---

23 겉으로는 어리석은 체하나 속으로는 엉큼한 사람을 이르는 말.
24 차인(差人). 개인 단위의 영세어부.

질 새가 없어. 은어 놀기로는 천하명당 아니겠나."

당포는 슬근슬근 숨결이 더워왔다.

늘복인가 뭔가 하는 등짐장수만 형제 삼아봐라, 매방이 녀석을 그 당장 떨쳐버리곤 용총 영감과 둘이만 한밑천 뽑아 황서랑(黃鼠狼=족제비) 병아리 물고 튀듯 종적을 감추려니-

움집 앞을 서성대던 사내가 슬핏 숲속으로 몸을 숨기는가 싶었는데 이내 상투가 마골을 긁적이며

"여긴 왠일이여?" 했다.

"세월 관찮어?"

매방이가 잔뜩 힘을 줘 인사말을 틀었다.

"… 뭐 그저 그렇지… 명줄 길어서 살지 뭐 당상 앉겠다구 살았댔나?"

말을 마치고 난 사내가 당포를 두리두리 살핀다.

316. 세가(勢家) 20

사내의 눈길을 당포도 맞쏘아 봤다.

당포의 눈길이 생각 밖으로 매섭자 사내는 매방이께로 슬그머니 눈길을 돌렸다.

"뉘여?…"

사내가 낮게 물었다.

"누구?… 아, 이 사람? 이 치 이거 나 없으면 죽은 송장이야."

"……?"

"타지눔인데… 거 왜 있잖나, 용총인지 개총인지 고 영감 사돈네 팔촌이래?"

사내는 그제야 안심이라는 듯이 슬금 뒤돌아섰고. 매방이는 괜히 한번 그래 본거니 성내진 말아, 하는 기색으로 당포를 보며 씨익 웃었다.

'암시랗게 지랄방정을 떨어도 상관없어!… 후딱 영감님 기신 데만 대도라! 고때 버

텀은 느그덜이 쪼깨 짠 눈물줄 짜댈탱께!'

생각하며 당포도 웃었다.

매방이가 사내의 뒤를 쫓아 움집속으로 사라졌다.

당포는 홀로 남아 세월을 곱아봤다. 칠월 아흐레였다. 다 죽었다 찾아들어도 고방(자질구레한 살림살이를 넣어 두는 방)에 든 듯 포근하던 아버님을 잃고 거기다가 외동아들 묶어서 마누라까지 잃었으니 미쳐 나돌던 세월만 넉근히 두달이요 낯선 땅에 흘러들어 죽지 못해 연명한 날이 또 열사흘이었다.

'은구어' 살점 오르기 딱 알맞는 칠월이었다.

버들이 잎가지를 따내렸겠다.

'그려! 한판 챙겨부아! 제포 땅 댕포놈 그리 숩게 쥑이던 못할 꺼여!'

그런데 한가지 일이 맘에 걸렸다. '낙풍내'로 오르는 고기가 은구어만이라면 말짱 황 잡는 세월일 수도 있었다. 머지않아 음우계(陰雨季=장마철)가 판칠 판이었다. 댓쪽 같은 빗줄이 산이고 강이고 가리지 않고 송곳질을 해댈 시면 황톳물만 기승일 것이요, '물탕'만 가려 오르는 '은구어'는 단물 초입(상류上流)에서만 논지작거릴 것이었다.

매방이놈 말은 만나서부터 지금까지 읊어대노니 '은구어'뿐이었다. 다른 고기는 없을까?- '음우계' 안 타는 고기가 있을 법도 했다.

'눈뿌럭찌… 숭애… 송애… 년애…'

이렇게 곱아보고 있는 참인데 매방이와 사내가 움집을 나선다. 사내의 손에 헐은 삼태기 겹두리만 숭숭 묶어 만든 야릇한 봇짐이 들렸다. 겹두리가 풀린 틈은 모두 삼줄로 옹궜다.

삼줄 한번 흔하겠다. 그 삼줄을 보자하니 또 이상한 맘이 드는 당포다. 웅천바다 고깃배들은 상기도 '소포망'이 거개였던 것이다. 그물줄 맞잡아 올린들 물이 빠질 새없는 '소포망'이 어디 그물이더냐. 바로 옷감이나 진배없었다. 그런데 '우계'땅 그물들은 모두 그물코가 넓었다. 그리고 그 그물이란 것들이 죄다 삼줄을 꿰어 만든 '설키그물'(결절망結節網)이던 것이다.

'끄섰다 하먼 뭇이 백여도 보통 백일 그물이 아닌디… 으째서 짠물 마다허고 단물로만 을른당가잉!'

이런 생각을 펴다보니 한껏 걸음이 뒤처졌다. 당포는 녀석들을 놓칠세라 잰걸음을 놨다.

"… 그래, 수월찮게 허긴 허던가?"

"은애는 좀 들었지… 근데 맘이 지랄같아서 아예 않는 짓만 못하이…"

둘이가 주고 받는다. 한참 갈 것이라 짐작했었는데 금새였다. 벼리목을 옹죄며 서툰 죽발이 꽂힌 수량이 내려다봤다.

317. 세가(勢家) 21

당포는 작심해 버리는 것이었다.

판세를 짐작하니 늘복이놈은 용총 영감과 몰래 짜고 '수량' 고기들을 뒷거래 하는 모양이었다. '군선내' 수량보다는 한결 아늑하고 물골도 좋았다. 수량을 점탈한 세가(勢家)들 눈만 피해 한 두어달만 고생할 시면 한밑천 장만 할 수 있을 거였다. 그렇게 되면 이번에야말로 전라도 '구차례' 땅으로 돌아가 그곳에다 뼈를 묻으리라-

그런데 매방이에게 철석같이 걸었던 약속이 맘에 걸렸다. 수량 접군 안 살고 '제포' 바다 뱃놈 되자고 단단히 못을 박았으니 당포의 이런 낌새를 눈치 잡았다 하면 사생결단의 싸움을 걸어올 매방이었다.

에라, 모른다 죽기 밖에 더하랴. 나중 일이야 어떻게 되든 우선은 죽발만 봐도 달근 숨이 오르는 당포다.

"얌전히들 서 있게. 영감 놀래서 흔절하면 모다 황이야."

늘복이가 둘이에게 당부해 놓고는 울울한 숲속으로 잠깐 몸을 감췄다. 잠시 후 늘복이가 나타났고 뒤 따라 용총 영감이 얼썽얼썽 모습을 보였다.

당포는 화다닥 다가섰다. 부들부들 떨리는 손으로 와락 용총 영감을 싸안는다.

"영감님! 접니다요!"

"이게 누고?… 니가 누구고?"

용총 영감은 정신 나간 사람처럼 희멀겋게 올려다봤다.

"댕포?……"

"맞제라우! 나 댕포 아닝게벼!"

짐작했던 대로 어김이 없었다. 용총 영감은 패앵 콧물을 풀어치며 못마땅한 얼굴로 등돌아섰다.

"… 우쨌든동 니놈아도 미쳤데이… 아니, 젊은놈 살 데가 고레 없나?… 여기가 어데라고 깔데드노!… 허어- 일마 요거 미치도 열두불로 미칭기라!"

용총 영감은 헛소리처럼 연신 '미쳤다, 미칬다꼬!' 웅얼대며 서 있었다.

용총 영감의 찰색[25]이 말이 아니었다. 어찌나 말랐는지 탕 얹어 내다버린 밴댕이 꼴이요 낯색은 거무죽죽 거진 감물을 들였다.

용총 영감은 한동안 그렇게 서 있더니 늘복이에게 말했다.

"거 요상시릅다 앙이거로. 날도 좋고 억수 물쌕도 좋은데 와 은애가 안오르제?… 밑 물골에다 누구 또 염발을 박았든강?"

"벌써 두군데나 박았어."

"고레?… 고레 요라제.… 우짠다?…"

용총 영감은 설레설레 고개를 내저으며 앞장서 걸었다. 잡목들을 쳐서 하늘을 가린 움집은 둘이 앉기도 비좁았다.

용총 영감이 그제야 생각이 난 듯 매방이를 건너다봤다.

"자낸 누고?"

"아, 아무 걱정 말우. 먹진이 뱃놈인데 내 종벗이지."

---

25 察色. 얼굴빛을 살피어 보다

늘복이가 얼른 대답했다.

한심스럽다는 눈길로 당포를 쓸어내리던 용총 영감이 물었다.

"내나 제포에 있었나."

"… 두삭 동안 제창하고 천가만 갈아부쳤응게!"

"와?"

"와는 뭇이 와여? 속이 지랄 같은디 제포에는 뭇한다고 백혀라우?"

"… 하기사!…"

매방이가 한마디 거든다.

"영감님 모시구 제포 가겠다우."

"제포?… 안간다!"

매방이의 눈이 화등잔만해 졌다.

318. 세가(勢家) 22

후질후질 비가 내렸다. 며칠 동안을 푹 푸욱 쪄대다가 비가 내리는 탓인지 설잠 깬 밤새떼들이 유독 수선스레 우짖어댔다.

늘복이는 현내(옥계면 현내리縣內里)에 볼일 보러 들어갔으니 내일 해거름 때에야 돌아 올 것이었고 방안엔 당포와 용총 영감, 그리고 매방이, 이렇게 셋이만 있었다.

용총 영감은 하느작하느작 놀아대는 관솔불에다 눈길을 못박은 채 멀거니 앉아 있을 뿐이었다. 짐작을 잡자하니 매방이 때문에 한사코 입을 다무는가 싶었다.

"제길헐, 벙추[26]들 맞선 보는 자리람 뭐람? 아, 말들 좀 하슈들!"

둘이의 눈치를 살피며 게슴츠레한 눈을 껌벅대던 매방이가 더는 못 참겠다는 듯

---

26 벙어리

이 하암--- 하품을 토해 낸다. 그래도 아무 대꾸가 없자 급기야 피식 모로 쓰러져 누워버린다.

"당폰지 뭔지, 자네… 나허구 건 약조 어겼다간 두다리가 사독 들 줄 알게나… 절 구뻑다귀가 저려서 잠깐 눕는 것뿐야!"

해놓고는 짐짓 안자는 체 헛기침을 짜대더니, 이내 드르렁드르렁 코를 곯아댔다.

매방이가 기어코는 깊은 잠에 떨어졌다 싶었을 때 용총 영감이 입을 열었다.

"니 내말로 쫓겄다꼬 우계 왔나?"

"… 갈 띠가 있어사지라우."

"와 없는강?"

"……"

"쇠살찌 할라카모 버들깨지 물고 백짱 찾으라켰데이! 웬수 갚고 살라카모 우짜든 동 제포에 백히사제! 안 그러나?"

"… 제포 땅으서는 못살 사정이 있응께 그제!"

"몬산다?… 와?……"

당포는 슬깃 매방이를 살폈다. 녀석은 필경 세상 모르고 곯아 떨어졌다. 들여마시는 숨이 끄윽 하곤 목젖에 걸리기 무섭게 하글하글 끓여대다가, 이내 어푸푸우- 방구둘 내려앉힐 기세로 쏟아내는 걸 보면, 떠메어가도 모를 지경으로 곤한 잠속에 빠진 것이 분명했다.

"사람을 쥑여놨는디!"

"… 제포 사람인강?……"

"바로 먹셍이랑게!"

용총 영감은 잠시 말을 끊고 한숨을 내뿜었다. 되려 당포 편에서 섬뜩해질 정도로 용총 영감은 흔연스러웠다.

"니가 사람을 쥑있다카모 그놈아가 죽을 짓을 안했겠나!"

"죽일 맘은 씨도 없었당게요… 먹셍이가 먼첨 낫을 휘둘러대는 통에 그러덜 말라고는 보듬고 엎어져 뿐졌제. 아 그란디 고녀려 낫날이 해필이먼 지놈 맹치를 쑤셔 뿐질 것은 뭇이여!"

"… 본 사람 있나?"

"치풍이놈이 눈치 채뿐짔여."

용총 영감은 뭔가를 한참 생각하는 눈치였다. 쓴 입맛을 몇차례 마무리한 뒤에 목소리에다 힘을 줬다.

"자알 떴다 고마! 잽힌다카모 목때기 따가 죽기배께 더 하겠나.… 내캉 우계 괴기 싸담어가선 들배 하나 챙기자!"

"… 고렇고름 괴기가 많당가요?"

"말또마라! 백히도 억수 백혔다 앙이가. 비가 오셌으니 낼은 웃물에다 발담을 칠끼라! 올른 은애는 고마 더 웃물 찰기 앙이거로."

매방이가 몸뚱이를 뒤채며 빠드득 이빨을 갈아붙였다. 어지간히 잔갈리는[27] 소리다.

319. 세가(勢家) 23

한창 은어철이었다. 버들개지가 파릇하게 단물을 올릴 때부터 9월 하순까지, 이렇게 대여섯달동안은 우계 땅 여울이란 여울로는 은어 안 노는곳이 없었다.

유독 양반들 입김이 드센 '군선강' 물줄기가 아니더라도 '하서주' 땅속의 굵직한 내(川) 만도, '두리내'['명주군 왕산면(旺山面) 목계리(木界里)의 구산강(邱山江)·'도마내'(都麻川)·'마상강'(망상=묵호) 땅 마루뜨루(마상평馬上坪)를 적시는 '馬上川], '큰내'(명주군 사천면沙川面의 沙川江)·'산내'(산계리의 山溪川)·'솔내'(연곡현連谷縣의 운곡천運谷川)·'쌀내'['산계리의 주수천珠樹川'] 등 시퍼런 물가지 뻗는 강이

---

27 잘고 곱게 갈려지다

안닿는 데가 없었으며, 우계 땅속에 만도 '낙풍내'에 질세라 옥구슬 채질하는 강이 또 세개나 더 있었으니 '주수천'과 '낙풍내'가 몸을 섞는 '도적내'(광포천廣浦川), '오일내'(남양리의 남양천南陽川), '흐내'(북동리의 허천虛川)였다.

그러나 이 많은 강줄기의 은어떼 박히는 여울목들로는 세가들의 발담들이 늘어섰다. 권문세가(權門勢家)들의 '수량'들이던 것이다.

상것들이 할 수 있는 짓이란 결국 '수량' 접군노릇뿐이었다. 그런데 차라리 죽는 짓만 못하던 것이 바로 접군노릇이기도 했던 거다. 접군 두어사람 에게 딸린 화적 패거리들이 대여섯명 싸고돌며 닷새 굶은 독취(禿鷲=독수리) 눈을 번뜩이는 통에 접군들은 자진숨 한가닥도 제맘껏 쉴 수 없던 것이었다.

강이 이럴 시면 바다 그물질이라도 어깨 뻑적지근하도록 해보면 원이 없는 것이 었으나 강원도바다는 이미 죽은 간물 밖엔 더 될 것이 없었다. 바다에다가 후릿그물 치는 뱃놈들이라야 객주(客主)들 돈줄 빨아대며 서서히 죽어가는 화객(華客=객주의 단골 뱃사람)들뿐이었다. 이름이 좋아서 화객이겄다. 객주들의 돈줄에 꽁꽁 묶인 화객 뱃놈들이야말로 죽을 날 잡아놓고 달구지 끄는 노새보다 더 불쌍한 신세던 것이다.

미주알 빠지게 가난하되 그래도 사지로 힘줄이 그적 뻗치는 젊은 뱃놈들은 죽지 못해 '수량' 접군들이 되든지 아니면 등짐장수 간쪽에 붙어설랑 '수량'의 고기들을 몰래 건지는 수밖엔 달리 살아갈 방편이 없던 거다.

물론 목숨을 내놓고 해 보는 짓이었다. 화적패거리들의 눈에 들켰다 하면 반죽은 송장 꼴로 평생을 불구로 살아야 할 것이었고, 그나마 매 맞을 복도 없어 세가들 토 방으로 끌려들었다 치면 어찌 살아날 구멍을 찾아보랴.

은어떼가 연신 웃물로만 오르는 통에 쳐놨던 죽발을 거슬러 또 발담을 쳐야 했다. 비 때문에 아랫물이 흐려졌으니 은어떼는 한사코 위로만 거슬러 올랐고, 용총 영감의 마음은 두 발담 새로 박힌 은어들을 후리망으로 훑어 담자는 속셈이었다.

이만한 짓거리라도 꿈꿔 볼 수 있는 것은 은어가 '향어'(香魚)철을 넘겼기 때문인지 몰랐다. 양반들이 탄식하는 은어는 5월에서 하순에 이르는 한뼘 크기의 은어였고, 그들은 이 은어들을 따로 '향어'라고 부르던 것이다. 7, 8월에 이른 은어는 크기는 자를 넘겼으되 살내음속에 향기가 덜해서일 것이었다.

삼줄타래를 놓곤 후릿그물을 엮고 있던 매방이가 허음- 헛기침을 짜댄다. 어련하랴 싶었는데 그새 삼줄타래를 내동댕이치며 무섭게 당포를 노린다.

320. 세가(勢家) 24

"네 이누움!"

대뜸 불호령을 앵기면서 벌떡 일어섰다. 썰개질 끝난 염목을 잽싸게 집어들었다.

"고현놈 겉으니! 나허구 건 약조는 어찌 된 게야? 흥- 우계 땅 매방이를 잘 못봤지 네놈! 헐 짓이 없어서 네놈 접꾼노릇을 헐 줄 알았니? 명치가래를 부숴서 결박을 질테닷!"

전혀 짐작 못했던 일은 아니었지만 녀석의 행패는 워낙 벼락질 같았다. 당포는 쪽마루 밑으로 쫓긴 닭처럼 숨줄만 할딱대며 멍청하게 굳는다.

"또 지랄 뜰제.… 어데 한판 씨르보거로. 누구 삑따구가 뿌가지나 귀경 좀 하제이. 씨르보지 와 고레 섰노?"

용총 영감이 비양질이나 다름없는 자새질[28]을 틀자 이번에는 용총 영감을 향해서 버럭 악을 써댄다.

"군소리 말우! 영감은 곱게 죽으면 되는 거야.… 내 우계 수량에서 은어 줍잖나? 제포 가잔 때가 벌써 언제야?"

"보그라. 내나 나흘밖에 더 지났나. 한삭은 버텨봐사 일또 된다 앙이가?… 빈 손 쥐고 바다 드가보그라. 수량접꾼보다 더 설을끼다!"

---

28 실이나 줄 따위를 감거나 꼬기 위하여 자새를 돌리는 일

"섦든 말든 그거야 산 사람들 일이지.… 영감은 죽는 일만 남았어. 영감 때문에다 이 고생인걸!"

매방이의 얼굴로 징글맞은 웃음기가 번졌다. 녀석이 용총 영감께로 슬근 다가섰다.

용총 영감은 태연스레 하늘을 올려다봤다.

"내 죽는기 섦어서 이러능기 앙이다… 나사 시방 죽으모 머시 섦겠노? 다 니놈아덜 살리자꼬 하는 짓이라! 어데 쥑여보그라, 퍼뜩!"

"흥- 능청을 떤다구 내 못 죽일 줄 알았나?… 불여수 겉은 영감쟁이!"

매방이의 꼴이 제 정신은 아니었다. 적삼소매를 둥둥 말아올리며 용총 영감께로 다가드는데 숨줄은 소갈증 든 황소같고 두눈으로는 시뻘건 핏발이 섰겄다.

당포는 매방이의 허리통을 가늠하고 정신없이 달겨들었다. 녀석의 허리통을 싸안고는 오금을 걸어 막 당기는데 관자놀이에서 불벼락이 친다. 매방이가 휘두르는 단 한번의 주먹질에 당포는 힘없이 나동그라졌다. 매방이의 날피(쟁기의 보습) 같은 발바닥이 당포의 목아지를 꾸욱 밟고 선다.

"이눔! 감히 어디서 심을 재보려는 게야? 이래뵈두 우계 열한골 각력판을 다 쓸었던 나야!"

"지발… 지발, 영감님콤은 살려주여!"

"… 네놈은 어쩐다?"

"카악 쥑여뿐지여?"

"후웅- 젊은눔이 늙은이 대신으루 죽겄다?… 별난눔 다 봤고오-"

당포는 겨우 눈꺼풀을 열고 곁의 용총 영감을 본다. 용총 영감도 모가지를 길게 뗄군 채 허망한 눈길로 당포를 맞내려다본다. 별안간 울음이 북받치는 거였다. 어쩌자고 이 꼴들이 되었는가. 죽일 마음만 먹자면 염목 도리깨질 한번에 관솔불 꺼지듯이 스러질 용총 영감이요 당포의 신세라고 용총 영감과 다를 게 없었다.

"네눔 허는 짓에 따라설랑 영감 목숨이 걸렸어! 이젠 고짓말 헐 생각말구 똑바로 대!"

매방이가 밟고 선 발에다 더 힘을 줘 누른다.

321. 세가(勢家) 25

용총 영감이 한동안 깊은 생각을 펴고있는 낌새더니 고대 입을 열었다.

"자네는 그 발로 치고오- 댕포 니는 퍼뜩 일어나그라!… 설은 뱃놈덜캉 요레 삼질로 하능기 앙이다!"

매방이가 꺼들꺼들 웃는다.

"영감쟁이 망령 한차례 걸치이- 흐흐흐으- 뉘 맘대루 일어나구 발을 거둔단 말야?"

"이놈아야! 그러거로 말로 해봐라! 모다 싹 씰어죽자는건강 아니모 모다 살자카는기강?"

"그야 배 부리구설랑 자알 살자는 게지!"

"하모오- 퍼뜩 그 발로 치라! 댕포 쥑이 놓고 니놈아가 제포 드갈 것 같나?"

매방이가 잠시 말을 끊는다.

당포는 녀석이 아주 단번에 죽일 맘은 아니란것을 짐작할 수 있었다.

날피 같은 발바닥에 슬근 힘이 풀리는 거다. 그 바람에 막혔던 숨줄이 좀은 터왔다.

당포도, 용총 영감도 꼭같은 생각을 하고 있을 것이었다.

어떻든 간에 살고 보자. 녀석을 단단히 구슬려놓곤 늘복이를 귀삶는 거다. 딱 한삭만 고생하자고 사정을 터 보는 것이 그중 수월한 일일 거였다.

서툴게 맛부리다가는 네놈만 죽을 고생을 당하리라-

"숨줄을 아조 터줘 뿐져!"

당포가 모가지를 슬근슬근 쓸어대며 사정해본다.

"아직은 멀었지!… 그럼 언제 제포 갈테야? 아, 약조를 허란 말 밖엔?"

"한삭만 요레 참자꼬마! 한삭 더 넘겼다카모 카악 죽이라! 강생이뽄으로 고마 죽어줄끼라…"

용총 영감의 숨가쁜 대답이었고,

"내나 고 소리랑게!… 요롷고롬 빌어뿐지네잉!"

모가지 뒤틀린 닭 뽄새로 날개죽지만 퍼득대는 판이려니 싹 싸악 부벼대는 손바닥만 애가 닳는 당포였다.

"분명하렸다?"

"그려!"

당포와 용총 영감이 함께 받는다.

"실상으루 말이지 내 입 벙긋했다 하면 이길루 현내 가는 게야… 현내 들어갈랴 치면 어찌 되는 줄 자알 알겠지들?… 현감 앞에서 큰집 잔치 받아보련?"

"… 현감나리 앞에서 으찌께 잔치상을 받는당가…?"

"이런 쓸개 말려 널은 눔 겉으니! 이놈아 누가 잔칫상 받으랬어? 큰집 잔치라는 게 밥상아니야! 논죄마당이야 년석아!"

'큰집 잔치'란 논죄이려니 바로 재판(裁判)이었고, 큰집 떡 먹는다 함은 곧 죄받아 죽음을 이르겠다.

"… 와?… 단물괴기 묵자칸 죄가 고레 씨나? 택도 없는 소리 챠라!… 죽기사 하겠나!"

매방이가 무슨 마음에선지 당포의 목줄을 밟고 섰던 발바닥을 거둔다.

"… 설마 죽기야 하겠는고 하는 말이렸다?"

"하모오- 고 소리베께!"

"사람을 죽여놓구두?"

용총 영감과 당포는 말문이 막혔다.

"흐응- 내 곯아 떨어진 줄로 알았겠지들.… 다아 들었어! 뭐랬나… 옳지! 먹생이를 당포 네눔이 죽였었다지? 사람 죽이구두 살겠다?"

322. 세가(勢家) 26

　한다 한다 하고 내버려뒀더니 매방이놈 하는 뽄새가 침 뱉고 밑 닦는 격이겠다. 앞뒤 안 가리고 탑새기 주는[29] 행태가 이쯤 흔연스러울 수도 있겠던가.

　그런데 한가지가 걸린다. 떠메가도 모를 지경으로 곯아 떨어졌었으려던 먹생이란 이름은 어떻게 외웠을까. 용총 영감과 당포의 귓속 말을 엿들었었다 쳐도 곤한 잠속이려니 다른 말들은 헛들을 수도 있었다. 그러나 녀석의 입에서 먹성이란 말이 흠방지게 내쏟아졌고 보니 일은 달랐다.

　당포는 용총 영감의 눈치를 살폈다.

　인중골을 잡아당기며 입꼬리가 찢어지도록 아금니를 질끈 물겄다. 그러면서 연신 눈거풀을 떨어대더니 숨가쁜 도리질을 곁들였다.

　'틈 박꼬 티라, 티 나가란 말따! 주막 강셍이 머라꼬 짖노 카란 말따!'

　하는 형색이었다. 하긴 그럴 법도 했다. 먹생이놈 죽인 사실을 곧대로 댔다간 우계 땅에서 다른 천지로 뜨긴 영 글른 거다.

　"누가 누구를 어찌께 혔다고? 네에라, 요 급살맞을 세끼!⋯ 우덜이 사람을 죽였다고야?"

　당포는 막바지 악을 써봤다.

　"그래 내 짐작이 옳았다는 게지⋯ 요것들 이거 수월찮게 뻔센 놈들이구먼!⋯ 뭐라구? 이눔아, 제 낫날에다 명치가래 찔렸다는 건 뭐야? 일이 어찌됐건 네눔이 죽일 맘으루 설쳐댔으니 그 먹생인가 뭔가 허는 눔이 낫날 안구 넘어졌겠지! 이눔아 이래두 딴청 떨 게야?"

　매방이가 둘이를 번갈아 살펴대며 히죽 웃는다.

　용총 영감의 어깨죽지가 금세 줄 타다 떨어진 곡령(=줄광대)처럼 추욱 쳐졌다.

　당포는 번듯이 누운 채 일어설 생각도 못했다. 일은 어차피 산통 깨지고 만 것이

---

29 탑새기주다 : 방해하여 망치다

었다. 난감천지 어디를 가늠해보랴 하는 마음으로 눅쳐져 누웠는데 매방이가 등걸 불이 다시 타는 기세로 말을 잇는다.

염목 끝으로 산섭을 헤적여대며 하는 말이다.

"내 임자들 모두 죽이구 보자는 게 아니야. 오죽했으면 오늘 낼 허는 아버님 놔두 구 이렇게 불강지 꼴을 놀겠우!… 난두 효심있구 인정 찰진 눔이야! 헌데에- 차인 변 물다가 집이 상그리 망해버렸거던… 차인변이 뭔지 모를 게야! 산사람 거죽 벗 기는 흉물이야! 우계 뱃놈들 몇 제허군 죄다 차인변에 다들 죽어버렸어!… 아버님 돌아가두 내가 그 차인변을 물어야 돼!… 허니 어쩌잔 말야? 배가 있어, 그물이 있 어? 후릿그물 칠랴 치면 삼줄 마흔타래는 그저 죽지. 헌데 삼줄 네동애에 미포가 허 리뼈 부서지는 값이야!… 이 매방이눔 괄세 말구 이쁘게 봐주면 뭐 큰탈 난댄가?"

매방이의 목소리가 소소리바람[30]에 문풍지가 떨듯이 울었다. 녀석은 한참 그렇게 기가 죽더니 다시 써레몽둥이 쥔 농부꼴로 억지힘을 뻗쳐본다.

"… 한삭만이라 했겠다?"

"……"

"아, 왜들 또 이러누? 따악 한삭만 수량놓구 그담엔 줄창 우계뜨자 했지들?"

둘이의 입에서 꼭같은 말이 한꺼번에 샌다.

"그려! 따악 한삭만…"

323. 세가(勢家) 27

'솔꺼리'(강릉시 옥계면 주수리珠樹里에 있는 마을=주막거리)로는 그 어느 때보 다 많은 사람들이 붐볐다. '현내리' 앞의 '전말'(전동廛洞)에 마침 전(廛=장날)이 섰 기 때문이었다.

---

30 이른 봄에 살 속으로 스며드는 듯한 차고 매서운 바람

주막은 오랜만에 흥청댔다.

우루루 한패가 들어선다. 잡설 늘어까며 한창 술맛을 당겨대던 주막 안 술꾼들이 흠찔 놀라며 기가 죽는다.

모두 여섯사람이다. 바로 '군선내' 수량에서 당포와 매방이에게 혼찌검을 당했던 삭방도 화적패거리였다.

땅딸막한 사내가 주막속을 훼훼 둘러보며 능청스레 한마디 뱉는다.

"우리들으 짐승 아님메. 무시기 겁으 먹고들 이럼둥… 아, 짐승으 앙이라는데두!… 얼피둥 술들으 드시구레."

패거리가 왁자하게 웃어제꼈다. 푸짐한 술상을 벌여놓곤 저들끼리 주고 받는다.

"간나들 왔겠지비?"

"나두 그런 생각이 앙이 드는기 앙인데… 고생으 할 셈으 치문야 못 할이 없지비."

"… 주모에게 물어봅세."

뭔가 한참 동안 수근거리더니 땅딸막한 녀석이 주모를 불러세운다.

"술꾼들으 언지버텀 몰렸는강?"

"전 서면서부터지요."

"내 좀 물읍세… 술꾼들 중에서 말입세, 영감허구 새완이 한나 짝 맞춰서레 안왔었나?"

"… 새완이라구요?… 내 그런 사람 모르오."

"그 말이 앵이구… 젊은놈이란 말입매. 영감허구 젊은놈 한나 못 봤음매?"

"글쎄요. 전날 주객들이 하두 많아야지요."

"… 알았음매.… 이런 쥐일 놈우 새끼들으!… 이번엔 죽은 송쟁으로 걸어가겠궁!"

"꼬락시 좋겠꼬망!"

땅딸막한 사내가 술꾼들을 둘러보며 물었다.

"뉘 아는지 모르지. 여보오들으 혹시 소문 들은 사람 없소꽝? 낙풍내 쪽으루다 수량친 영감허구 새완이가 있을 텐데?"

술꾼들은 여전히 주눅 든 표정들로 서로 얼굴만 쳐다볼 뿐이었다.

"기어쿠들 말으 않겠다는건강?"

땅딸막한 사내가 언성을 높이자 술꾼들 중 누군가가 겨우 대답했다.

"그런 소문도 못들었읍네다만은 양반나으리들 물에다 어떤 미친 상눔이 수량을 치겠우? 열번 미쳐설랑 죽을 작심 아니라면 하서주 땅 어떤 물에다 상것이 수량을 놓겠우?"

"하긴 고럴께지! 제정신이 있는 놈이라면 그런 철없는 짓으 할 리 만무지!"

"아무렴 고렇다마다겠우!"

땅딸막한 사내가 빠드득 이빨을 갈아붙였다.

"내 허리르 다쳐논 놈우 새끼드르 붙잡아서 이번엔 간나새끼드르 머리르 박살쳐 놀 작젱이야!"

패거리는 별안간 허겁스레 술사발을 비우고는 술청에서 일어났다.

"얼피둥 떠납세! 나으리가 명한 날짜래야 나흘뿐 앙입매? 차일피일 허송으 하다 가는 나으리 앙심만 북돋아 주게 되젤테니!"

패거리는 느근느근 주막으로 들어설 때와는 달리 발등으로 불씨를 얹은 듯 내쳐 밖으로 줄달음을 놨다.

324. 세가(勢家) 28

패거리들이 밖으로 자취를 감추자 술꾼중에서 낫살깨나 걸찬 사람이 부수깨[31]쪽을 향해 은근슬쩍 목소리를 높였다.

"여봐 화적눔들 갔어. 이제 넨눔 허리뼈 걸 사람 없으니 나와봐."

말이 끝나기 무섭게 평량립(平涼笠=패랭이) 콧부리가 검불단 뒤에서 슬금 솟는다.

---

31 부엌

늘복이었다. 그간 검불단 뒤에 숨어 달근 숨 꽤나 졸였을 거였다. 늘복이는 술자리에 앉자마자 대뜸 술사발 먼저 비우고 나선다.

"크으- 젠장칠 늙어 목자들! 극락내 건너가는 줄 알았지 뭐겠우!"

"맘 터억 놔두 괜찮아. 놈들 음말께루 내달았어."

늘복이는 주막 지게문을 슬쩍 열고 밖의 사정을 정탐해 본다. 패거리의 뒷모습들이 막 음말(陰村=옥계면 음촌리) 잔등을 넘어 중낙풍(中樂豊=옥계면 양촌리陽村里) 샛길로 사라지는 짬이었다.

낯살 걸찬 사람이 술사발을 들이밀며 물었다.

"그래 헐만 하던가?"

"헐만 하긴 제기일- 내 그놈들 밥줄 살피다가 고만 죽지 않나 몰라!"

"엄살 떨지 말게나. 척짜리 은구어로만 꽤 넘겼다구 소문을 접했는걸."

"은어가 천구면 뭘 허우? 눈치들 잡구 삼베도 천하 못쓸 것 두필 줍데다! 죄다 범포[32]깜이니 고걸 뭣에다 쓰겠우. 아, 녀석들이 배를 가졌어야 말이지!"

"어따아 벨 걱정 또 틀지. 범포깜으로라두 많이만 말지 그레. 조선천지 깔린 뱃놈들은 죄다 접꾼들뿐인가? 함길도만 가두 배 갖인 놈들 깔렸데. 돛폭 말래면 제놈덜은 삼베없이 어떻게 그물 칠 테야?"

"고렇잖구!"

술꾼들이 그나마 부럽다는 표정들로 목소리를 합친다.

늘복이가 쩌업 쓴 입맛을 다져댔다.

"고걸 누가 몰우? 허지만 수량선주들 눈에 들었다 보래지. 이눔 이거 그당장 죽고 말 껜데!⋯ 타지 목자들이지만 뱃놈치곤 상뱃놈들이야. 기가 그리 뻗지를 수 없어. 우계 땅속에 고런 뱃놈들 열만 있어보래지! 수량은 죄다 권문에게 내주구 간물괴기는 모다 화객뱃놈들이 차지할려구?"

---

32 의류용의 경포(輕布)에 대응하는 말로 중포(重布), 또는 덕이라고도 한다. 치밀하게 짠 두꺼운 평직물.

"자네 말이 맞아!⋯ 뱃놈들이란 게 그래야지⋯ 좋은 일 쌓아 두면 극락 가는 거야."

술꾼들의 입이 따악 다물어지는데 포졸 두명이 지게문을 부셔져라 밀치곤 들어섰다. 슬근슬근 걸어와 술꾼들의 봇짐들을 육모방망이로 헤적여댄다. 무슨 낌새를 잡았는지 유독 배가 부른 짐덩이 하나를 두들겨 팬다. 옹기 깨지는 소리에 이어 금세 새콤털털한 냄새가 간막을 치겄다.

포졸 하나가 버럭 악을 쓴다.

"또 난해렸다? 짐 쥔 누구야?"

"⋯ 나외다아-"

낫살 걸찬 술꾼이 상투고미를 벅 버억 긁적인다.

"전에다 내다 팔았으렸다?"

"원 무슨 말을 그리 하우! 아른낙풍 식솔들 찬이나 해볼까 허구 가는짬일 뿐이외다!"

"칭명이 없는 어물은 먹지도 바꾸지도 말라는 현감나리 명을 들었을 게지!곤장 맞기 싫으면 이짓들 말우! 알아 들었겠지들?"

포졸들이 주막을 나간다.

325. 세가(勢家) 29

"명줄이란게 뭐야? 혓바닥 카악 물어끊곤 뒈지면 그만일텐데 왜들 못 죽구들 이러는 건가! 에엥- 내 드럽구 꼴사나와서! 상것들 입성두 양반을 따르랴? 허차암-"

낫살 걸찬 사람이 박살이 난 옹기조각을 줏어모으며 내뱉았다.

"그러게 말이우. 제놈들 안먹으면 됐지 웬 챙견들이람!"

술꾼들이 푸념을 섞자

"과단으루 옳자면 제놈들이 수량괴기 도적질 시키는 짓이잖구. 사태루다 드는 괴기는 못먹게 허구 게다가 전포로 바꿀 생각도 말라고 불호령을 앵기니, 뱃놈들은 뭘 먹구 살란 말이야! 다른 방도가 없우! 수량 괴기들이나 억세게 훔쳐먹구 살 밖엔!"

늘복이가 맞받아 넘기며 벌떡 일어섰다. 술꾼들도 따라 일어섰다.

그러면 포졸들이 '먹지도 말고 팔지도 말라!'며 불호령을 내렸던 그 고기는 대체 어떤 것인가. 박살 난 옹기 속에 든 것도 그 먹어선 안된다는 고기의 난해(卵醢=생선 알젓)려니, 하서주 땅 바닷가라면 그 생선만 사태나던 것이다.

섣달 초물부터 이듬해 삼월 하순까지 그 고기의 떼거리는 온 바다를 메울 정도로 몰려 들었다. 한바다는 고사하고 갯가에로까지 차고들어 난리를 피워대는 통에 후릿그물이 터질 지경이요 갯가의 모래판으로는 미처 처치할 수 없도록 쌓인 고기들로 검불단 재놓듯 하던 것이다.

그뿐인가. 후릿그물 마당(갯가로부터 반마장 거리의 바다)의 물색깔은 온통 석회를 푼 듯 희뿌옇게 변했고 손바닥으로 떠내도 한아귀 가득 차게 알들이 담기던 거였다. 한소쿠리 떠담기는 눈깜짝할 새였다. 그 이름도 모를 생선떼거리가 알을 푸는데 거진 두삭 동안을 마다 않던 것이었다.

하서주 땅 뱃놈들은 상투가 개개비 될 지경으로 바빴다. 사태로 담기는 생선들을 '전말'로 실어나르랴, 떠내도 한없는 알을 염간 칠랴, 하서주 뱃놈들은 오랜만에 살판 만난 듯 싶던 거다.

먹다 먹다 지쳐 내팽개쳐 두면 빼득빼득 얼며 말라 가는데, 물 간 냄새라곤 티도 없이 고소할 뿐이었고, 막 잡은 것들을 다글다글 국을 끓여 댈시면 기름기 한방울 뜨지 않는 담백한 맛이, 또 목젖 꽤나 바쁘게 만들던 것이었다.

그런데 엉뚱한 변이 생겼던 거다. 그 이름 모를 어물은 실어나르는 대로 '말전'에서 썩어나게된 것이었다. 처음엔 쏠쏠하게 거래가 되던 어물이 보름도 못가 천물로 둔갑한 거였다.

그 내력이 이랬다.

우계 현감 주안상에 그 어물이 올랐겄다.

"이 선어가 무슨 고긴고?"

"글쎄올습니다아! 미감이 특미요 어육의 담백함이 타종 어물을 능가함이나, 아직, 아직 뚜렷한 칭명이 없아옵니다."

"칭명이 없다?"

"그런 줄 아뢰오!"

"에엥, 고현놈들! 칭명이 없는 선어는 불길어요 우환을 부른다 했거늘 어떤 놈이 주안상에다 이런 불길어를 올렸단 말이냐? 권문세가로부터 양가에 이르기까지 칭명이 무한 어물은 식금하는 것을 몰랐단 말이냐?"

326. 세가(勢家) 30

현감은 인중골을 앙당그리며 외통장이[33]처럼 한쪽 눈으로만 주안상을 살피는 거다. 그러더니 턱수염발을 할래할래 빗질하며 잔뜩 위엄을 부렸다.

"불길어가 파망될 지경으로 포어된다 했더냐?"

"그렇다 하옵니다."

"그럴 시면 하호천가들의 상식이렸다?"

"전촌이 장시할 때면 전소 처처에 깔리는 것이 이 선어라 하옵니다. 운물 인마가 장사진을 이루며, 행상 각색들 또한 이 선어로 교물할 지경이며, 곡곡에서 운집한 좌고[34]들도…"

"그만두지 못할까!"

현감의 호령이 족장침 놓는 한방의 기세였다.

"대변이로고!… 자고로 불길어가 포획되면 난세래도(亂世來到)할 징우라 했겠다…"

현감은 가부좌 튼 두다리를 들석대며 한동안 궁리를 편 듯했다.

---

33 '애꾸눈이'의 방언
34 坐賈 : 정해진 장소(한곳)에 가게를 내고 하는 장사.

"올커니!"

털석 무릎을 친다.

"하호천가들의 전촌 운물을 막고, 혹여 무심중에 불길어를 교물하는 자 있거던 낱낱이 책문하렸다!… 천가들이야 불길어를 상식하던 말든 간에 양가들의 체모마저 훼상시킬 수는 없는일… 제아무리 파망지세로 포획되면 무엇 할 것인고? 전촌의 교물을 엄히 막으면 불길어의 세가 누적의 기세인들 소용 없는 무용지물이라아 그렇지 않겠느냐?"

"묘책이옵니다아-"

"헌데에… 아무리 불길어라 한들 비속의 칭명은 있으렸다?"

"예에?"

"상것들은 뭐라 부르는가 이 말 아닌고!"

"… 혹칭 북어라 하옵고, 혹칭 명태라 칭하더이다!"

"… 북어라?"

"북방에서 내도한다는 뜻이라 들었아옵니다."

"명태는 또 뭣인고?"

"항간의 설을 일러보리까."

"어디 한번 일러보렸다."

"벌써 일백여년 전, 태모(太某)라는 해척[35]이 줄낚으로 칭명불명의 선어를 포어한즉 그 포어의 처해가 명천[36]연해였다 합니다."

"… 그래서?…"

"마침 명천도 관찰사가 순시도정을 행하던 차 불식간에 그 선어를 시식하고 말았다 합니다… 미감이 특별해서 어물의 칭명을 물으니 단 한사람 아는 자 없더랍니다. 관찰사는 어획한 어물의 유래를 물음에 이르러, 명천도의 밝을 '명'자 하나

---

35 뱃사람
36 함경도 명천군(明川郡)

와 해척의 이름자인 클 '태'자 하나를 따 명명하니, 바로 '명태'라는 칭명을 얻게 됐다 하옵니다."

현감은 별안간 실성한 듯 웃어제꼈다.

"으하하하- 뭣이라고? 거금 일백여년 전에 칭명 됐다고?… 으하하하하"

현감의 낯가죽이 금세 일그러졌다.

"발칙한 것들! 무민혹세의 잔재주렸다!… 그래, 일백여년 전에 칭명된 어물을 내가 모른단 말인고… 에잉- 필시 하호천가[37]들의 농간이렸다. 불길어를 교물하야 사복을 채우려는 속셈 아니냐!… 또 다시 불길어를 운물하는 자 가차없이 결박하야 논죄할 것이며 한번인들 명태니 북어니 칭하는 자 주리를 틀어 발기리라!'"

327. 세가(勢家) 31

현감의 엄명이 떨어지고 포졸들의 단속이 심해지자 권문세가는 고사하고 하호(下戸=상것들)들까지 자연 눈돌림을 하게 됐다.

미쳐나는 사람들은 뱃놈들뿐이었다. 사정 모르고 사태로 들어박히는 고기떼만 턱믿고는 줄낚채비 갖추랴 배를 장만하랴 눈에 핏발이 서도록 아등바등대봤던 막장은 골즙을 짜대는 혹독한 빚더미뿐이었던 것이다.

지천으로 쌓인 채 썩어문드러지는 불길어는 흙 한줌 값만도 못했다. 처음에는 관아의 눈치를 염탐하며 입성을 닦던 사람들이었지만 '칭명이 없는 불길어를 먹으면 자손대대로 우환이 미치느니라!'하는 소문이 워낙 짝자그르 깔리는 판이라 차츰 넌덜머리를 떨어대던 거다.

비단 우계 땅 뱃놈들뿐이랴. '달흘'(강원도 고성군高城郡)에서부터 '익령'(강원도 양양군襄陽郡), '적주'(강원도 삼척군三陟郡)에 이르는 뱃놈들도 사정은 매한가지

---

37 下戸: 가난한 백성. 賤家: 지체나 지위가 매우 낮은 집안. 또는 그런 사람의 집. 즉, 천한 백성들

였다. 뱃놈들 거개가 차인(差人=개인 단위의 영세어부) 신세들이어서 꿔다 쓴 전포(錢布)의 열다섯 반(半)을 미리 이자로 떼는 '두전'(頭錢)도 못 내고 나자빠져야 했던 것이었다.

고기 잡아서 꿔다 쓴 전포를 갚기는 커녕 두전더미에 우선 목이 졸린 뱃놈들은 사생결단코 덕원진(德源津=함경도 원산元山) 쪽을 향해 야반도주 하기가 일쑤였다.

우계 땅을 끓게 한 불길어 사정은 대강 이렇거니와 이 이름없는 선어가 선을 뵌 때는 이미 고려조 적이었고, 따라서 권문세가의 불호령 역시 이백여년 세월을 이어왔던 것이었다.

"항간 잡설을 청하자 하니 황조(皇祖=이성계)께옵서 이미 즐겨드셨었다하나 어찌 그럴 수가 있겠더냐! 금수나 다름없는 어한[38]들이 사외 이를 득하고자 하는 혹세의 편방일 뿐! 미미구진의 별어라 한들 칭명이 무하면 불길어요, 따라서 불길어는 시식하지 않음이 황조 이래 일백수십년의 엄도 아니던가? 공공연히 불길어를 포어하고, 인마가 운문의 장사진을 이루며, 전장의 좌고들까지 교물전포 한다니, 이런 불길한 징조가 또 있겠는고오-"

비록 전설이라 할지라도 북어(北魚)라는 이름은 고려적부터 붙여졌고, 조선개국 이래로는 명태(明太)라는 명칭이 엄연했었지만 이것들이 모두 어한들의 비속한 수작이라 하여 생선취급도 받을 수 없던 것이었다. 동짓날 앞서서부터 춘삼월 하순까지 몰려든다 하면 바다를 메울 지경으로 사태나던 이 '불길어'는 그래서 잡히면 잡힐수록 뱃놈들의 애간장만 닳여댔던 것이었다.

"그 이상타!⋯ 무슨 난리를 만난거야. 아무러면 열흘이 다 차오는데 현신않는다?"

매방이가 벌떡 일어나 앉으며 불퉁그레 내뱉는다.

"⋯ 내가 살 사알 내려가 본당가 으짠당가⋯"

---

38 漁漢. 어부를 천하게 이르는 말. = 漁夫干

"누굴 쥑일 맘인가?… 내 내려갔다 오지."

두발담 사이에 박힌 은어는 나흘 동안 중물속만 오르내리노라 살점이 내릴 지경이었다. 건져냈다 하면 고대 죽어 뜨는 은어려니 늘복이가 와야 후리망으로 훑어볼 것이었다. 그런데 전말에 간 늘복이는 무슨 일인지 아흐레째 새벽을 맞도록 감감소식이었다.

328. 세가(勢家) 32

움집을 나섰던 매방이가 무슨 생각을 했는지 다시 머리통을 들이밀었다.

"아, 빨랑들 일어나지 않구 뭣들 허는 게야? 일손 곱은 더 놀린 나두 이렇게 팔팔한데. 용케 늘복이놈을 끌어왔다 하면 금세 그물 몰아야 헐 게 아냐."

매방이의 호령바람에 당포와 용총 영감은 부시시 일어나 앉았다.

"내 다른 원청 아니구… 그럴리야 없겠지만 만에 하나 일이 깨지면 서루 낯짝들은 가려야한다구! 잡힌 눔은 죽더래도 안 잡힌 놈은 살아야할 게 아닌가? 이름 대면 다 죽어. 목숨 걸구 입 간수해야지! 내말 알아들었어? 엉?"

당포가 툭 내쐈다.

"어따 알아들었다고잉, 씨벌- 죽드라도 우덜 둘이만 죽제 우계 놈들 안쥑엿!싸게 내리가 봐여."

"그럼 그렇게들 알구."

매방이가 말을 끝내기 무섭게 바람처럼 사라져 버린다.

"급살맞을 놈허고는! 무담씨로 간쪽 내리앉을 소리만 해싼다고."

이렇게 투덜거려 보는 당포였지만 속으로는 늘복이의 기별이 불꾸러미 간수 하듯 애가 타는 것이었다.

"영감님, 부상놈헌티 화가 낀 것 아닐끄라우?"

"고랄 택이 있겠나."

"으쩨 옳당가요? 운수 옴 붙으면 벨시런 일 다 터지제잉."

"보거로. 수량주들 모르게 사알 요레 담는 은언데 그리 숩게 전포될 리 있겠나. 은어 홀체놓고 뒷줄로 잡을라카이 날만 잡어묵능갑다아 고마 고레 짐작잡고 말따!"

"… 고런다쳐도 아흐레는 너머나 질어뿐진디?"

용총 영감은 당포의 걱정 따위는 아랑곳없다는 표정이었다. 골돌한 생각을 펴 보던 기색이더니

"부상 말 매꼬로 오장뚠지(오장산五將山) 용쏘(용소龍沼)로나 기어들모 우짤까도 싶꼬오- 열목애 밥이 은어 볼따구 친다 안카나!"

"은애 밥보다도 더 좋데여?"

"하모. 잡었다카모 하루밤새 동난다 카더라."

용총 영감은 늘복이의 말을 떠올려봤던 것이었다. 늘복이의 말인즉 기왕 목숨 내놓고 수량고기 먹을 바에야 차라리 '여항어'(餘項魚=열목어)를 잡으라는 것이었다. '여항어'는 없어서 못팔 지경이란 거였다.

'상구정'(上邱井=명주군 왕산면旺山面) 오장뚠지의 개울로는 산치(한자짜리 열목어)들이 버글버글 오르고, 산치 외에도 바위틈에 숨어가는 금린어(錦鱗魚=쏘가리)가 또 수없이 박혔다는 것이었다. 오장뚠지 깊은 골의 용소(龍沼)로는 열목치(한발짜리의 큰 열목어)들이 우글댄단 말도 잊잖았다.

"개울 바닥에다 오리낚시만 깔아보우. 산치들은 줄줄이 꿰 나옵네. 산치눔들 습성이란 게 개울을 오를랴 치면 뱃가죽을 개울바닥에다 차악 깔구 오르거던. 낚시를 열댓개 반발 사이루다 매달어선 깔지. 숨어서 볼라 치면 산치들이 낚시 위를 바짝 기어오른단 말이지. 그때 나꿔채면 영락없어. 그게 바로 오리낚시라오… 권할 것은 못되지만 목숨 걸구 잡을 바에야 열묵치를 찍어내야지!"

늘복이의 말이 귀에 아슴거려 쓴 입맛만 푸지게 다셔대는 용총 영감이었다.

그때였다. 매방이의 숨닳는 고함소리가 거푸 들려오는 것이었다.

329. 세가(勢家) 33

"또 먼 구실을 만들라고 지랄을 뜬댜 저놈이 후옹-"

당포는 없는 트집도 애써 만들며 덥적이는 녀석이라 괜히 허겁을 떨어대는 것이
리라 여김해 버린다.

그러나 용총 영감은 당포와는 달랐다.

"… 발담이 씰렷나? 와 저레 숨줄로 끓여쌌는공!"

하며 저으기 걱정스러운 얼굴이다.

"어따 벨 걱정 다 하시네 거. 저놈어 셰끼 무담씨로 해꼬자 혀 보능겨. 지놈 없는
새에 우덜 둘이 으디로 도망질은 안놀 것인고 허는 짐작이 들었능게베."

"미쳤다꼬 와 고레? 발담이 씰렛든강 케서 저 지랄로 떤다 앙이가."

이내 매방이가 더 악을 써낸다.

"엠병을 앓다 뒈질 것들! 여봐여들- 아 빨랑 나와보레는데 뭣들을 허는 게야아?"

녀석의 목소리가 심상치 않았다. 자리개[39] 물고 실성하는 악도리[40] 기세였다. 녀석
의 모습은 보이지않고 목소리만 구지개 쪽에서 날아들었다. 영락없이 아랫물 발담
쪽이었다. 둘이는 사지가 얼크러지게 내달았다.

매방이는 물가의 덕에 댕경 선 채 등을 돌리고 있었다.

"와? 와 먼 일로 터짓나?"

용총 영감이 숨가쁘게 물어보지만 매방이는 번장다리[41] 본새로 옴싹 않는다.

덕에 오른 용총 영감과 당포는 허억- 하는 신음만 물 뿐 말문이 막힌다.

배둥이를 벌렁 뒤집어 깐 채 죽어 뜬 은어떼가 온통 하얗다. 두발담 사이에 든 은
어떼가 이렇게 많았단 말인가. 아랫물 발담 썰개나무들이 휘청 허리뼈를 굽힐 정
도로 죽은 은어떼들이 겹을 치며 밀렸고, 물살을 타고 흘러내려 오는 은어들이 또

---

39 옭아 매거나 묶는 데 쓰는, 짚으로 만든 굵은 줄.
40 모질게 잘 덤비는 사람이나 짐승을 이르는 말 (함남)
41 번정다리 : 마음대로 구부렸다 폈다 하지 못하고 늘 뻗기만 하는 다리

둥덩산 같았다[42].

"이기, 이기이 우짠일꼬?… 아고야! 우짠 일이 요레 삐지노!"

용총 영감은 풀썩 무릎을 꺾으며 그 자리에 주저앉아 버린다.

당포는 첨벙거리며 발담 장목께로 내려섰다. 아무리 휘둘러봐야 흙물이 들었던 낌새라곤 없다. 물빛은 옥돌색깔처럼 여전히 맑다.

손을 넣어 물을 휘저어본다. 어련한 일일까 손금이 시릴 정도로 물은 알마초[43] 찼다.

"… 먼녀려 재변이랑가!… 건물도 안들었고 물밭도 은애 놀기로 따악 맞어뿐졌는디, 아니 으째서 모다 죽어뻤냔 말이여?"

매방이가 거침없이 불퉁거렸다.

"내 뭐랬어? 부상눔 기다리느니 은어 훑어설랑 내려가구 보자고 사정을 안났던가! 천하에 벙주치 겉은 사람들 같으니! 자알들 했구먼, 자알 헌 짓야!"

세사람의 생각들은 한결같은 것이었다. 버젓이 수량 놓은 처지라면 되려 잘된 일일 것이었다. 앞뿔 치며 뒤뿔 치며 신이나서 실어나르면 그만일 거다.

그러나 목숨 내놓곤 몰래 먹는 은어 아니더냐. 이 많은 은어를 어디로 옮길 것이며 어느 뒷줄잡고 전포를 만들 것이랴. 늘복이를 기다리다간 천금 같은 은어들은 늘컹늘컹 썩어나게 마련이요. 그렇게 돼버릴 시면 그간의 죽을 고생은 말짱 헛일되는 거였다.

"아, 뒷들을 허는 건가? 어찌되던지 우선은 건져놓구 봐야지. 내 벼락같이 내려갔다 올테야!"

매방이는 말을 끝내기 무섭게 쏜살같이 내달았다.

---

42 많이 쌓여 수북하다
43 '알맞추'의 옛말. 알맞게, 적당하게

330. 세가(勢家) 34

"저놈아 말이 맞다. 씨러담꼬 봐사제 우짜겠노! 아나, 부상놈캉 퍼뜩 올 줄로 아나!… 퍼뜩 초망 가온나."

당포는 움집을 향했다.

아무리 생각해봐도 모를 일이었다. 두발담 새에 갇힌 채로 눈부신 배퉁이를 되작대며 펄펄 뛰던 은어떼 아니었더냐. 그러던 것이 기껏 하룻밤새에 벌죽벌죽 죽어 뜬다니 무슨 변괴가 이쯤 화급하랴 싶었다.

"느어멈 씨벌- 벌리논 일마닥 죽어라 죽어라 해여! 대체로 먼 똥금없는 짓이냥게…"

한숨을 내뿜으며 움집속으로 모가지를 들이밀던 당포는 그만 숨줄이 멎는다. 눈앞에서 불티 가난다. 뵈는 것이라곤 알로록 달로록 정신 못 차리게 장도감[44] 치는 혼불뿐이었다.

"이것두 타구난 팔재 아님매?… 그간 얼매나 고생했음매?… 흐흐 흐으-"

움집속에 떠억 버텨않은 사람이 너스레를 깔았다. 군선내 수량에서 만났던 땅딸막한 사내다.

"어데 찬찬히 좀 봅세… 따끈이는 모르갔지만 바로 나르 뭇매질 멕였던 임자 맞구만… 그래, 그물질 자알 여물뎁까?"

흘래 막 떨어진 숫캐 본새로 개걸음치며 엉거주춤 굳었던 당포는 그제야 제정신을 차려보는 것이었다.

또 한사람 더 죽여야 할 팔자인가 싶은 거였다. 몰래 쳐놓은 발담으론 은어떼가 새하얗게 죽어 뜬 판이었다. 녀석의 눈에 그 꼴이 들어비쳤다간 옴싹없이 죽고 말 일, 당포 편에서 녀석의 멱줄을 먼저 따놓는 짓만이 살아날 구멍을 찾는 길이었다.

당포가 기미를 살피며 막 멧돼지처럼 덥적일 판이었다. 그때 당포의 엉덩이께로

---

44 張都監 : 말썽이나 소란을 일으키는 일. 옛날 중국의 장도감의 집이 풍파를 만나 큰 피해를 입었다는 데서 유래했다.

불벼락이 친다. 사정 안보고 떨어지는 매질이 엉덩이뼈를 통째 들어내겠다는 기세였다.

"아이고 웜매에-"

당포는 그자리에 엎드리고 만다. 허리뼈를 추세울 수가 없었다.

"이 간나새끼! 엄살으 떨지 말구 얼피둥 나오레는데두!"

말이 떨어지기 무섭게 박살한 개 끌어 내듯 두다리를 잡아 당겼다.

"아아들으 음전하게 달과치르야 한당이. 송쟁으로 끌구가면 쓸 데 없겠잖네! 도장님 앞에서르 와난이 따제야지!"

"만지 단단히 묶어둬얍지?"

"그렇기 해얍지."

패거리가 당포를 옭아 묶었다.

"영감도 잡아얍지!"

"걱정들으 말아. 안오구서래 어쩌잼매? 흐응-"

땅딸막한 사내가 손짓을 하자 패거리가 우루루 숲속으로 숨는다.

당포는 용총 영감만이라도 살려보내고 싶었다. 그러나 허사였다. 당포의 입엔 자갈을 물려놨다.

"댕포야아- 머하노? 초망 한나 가오는데 와 요레 늦는강?… 빌어묵따 디질 셰끼, 고마 디비졌나?-"

용총 영감의 목소리가 다가왔다. 용총 영감의 모습이 막 비쳤다 싶었다. 숲속에 숨어있던 패거리가 우루루 몰려들어 난숨에 용총 영감을 덮쳤다.

"느놈덜 누고? 누고?"

땅딸막한 사내가 목 틀린 닭처럼 발버둥치는 용총 영감 앞에 섰다.

"영감으 되우 보고 싶었소꽝이… 자아들으 음전히 갑세꼬망."

패거리가 둘이를 한데 묶어 우악스레 등을 떠밀었다.

331. 세가(勢家) 35

당포도 용총 영감도 할 말을 잊었다.

이렇게 죽고마는 것인가 생각하며 불김 같은 한숨만 거푸 내뿜을 뿐이다.

용총 영감이 당포의 귀에다 바짝 소근댄다.

"니나 내나 인자 명이 다 된다… 우리 둘만 죽어사 한데이!"

"고렇고름 돼뿐졌는디 믄녀려 소리여!… 때려죽을 놈이 또 있답디여?"

"그말이 앙이지거로. 매방이나 부상놈 이름은 죽여도 모른따카고 쥐둥이로 봉해사 쓴다 요 말이라!"

용총 영감이 막 말을 자르는데 패거리가 간단없는 발길질을 곁들인다.

"간나새끼들! 무슨 도삽⁴⁵으 궁리를 하는 젬매? 말으 말라는데! 엥?"

발담 친 곳에 이르자 땅딸막한 사내가 두리두리 강물을 내려다보며 탄성이었다.

"아아들으! 이 은어들 좀 보랑이! 이 도적놈들으 독초 뿌려서레… 이거 어데 이빨이 스레서 보겠는강!"

용총 영감이 악을 쓰고 나섰다.

"머시라?… 독초로 우째?…"

"아아, 말으 맙세. 괴낭이 허튼 도삽 편다구 될일 아님매."

"도삽이가 머꼬?"

"거짓말이라는 뜻임메다아-"

당포는 그제야 섬찟했다. 그러면 그렇지, 한밤 새에 떼죽음 할 리 만무였다. 필경 독즙을 흘려보냈을 것이요, 녀석들의 짓거리가 뻔한 거였다. 꼼짝없이 죽은 것이었다. 남 몰래 발담을 쳤던 죄만으로도 살아날 길이 막막하려던 거기다가 독즙을 쏜 아부은 누명까지 겹쳤으니 자리개미⁴⁶질로 죽을 건 불을 볼듯 훤한 거다.

"네에라, 요 불여수셰끼덜! 느그덜이 독물을 붓어놓고는 우덜이 으쨌다고?"

---

45 거짓말
46 목을 졸라 죽이는 형벌

당포가 미친듯이 악을 써대자 용총 영감도 콩마당질의 콩깍정이처럼 몸부림을 친다.

"요 문디이세끼들! 쥑일라카모 요레 누고 안씨어도 될꺼로! 우째? 우리가 독물로 손아부가 은에 묵었다꼬? 텃씬년 털시래기만도 몬한 놈덜!"

패거리가 목소리들을 합쳐 와자하게 웃어재낀다. 땅딸막한 사내가 정색을 하며 말했다.

"초피말은 어드메서 구했쏘까?"

"… 초피말?…아니, 초피말이 뭇이여?"

"나르 뉘권줄으 알구 이런 수작 트지비? 무시래? 초피말으 모른대구?"

용총 영감이 펄쩍펄쩍 뛰어대며 반은 미친 낌새이더니 지레 지친다. 걸죽한 울음을 쏟아놓겄다.

"애통할 껩매! 눈물두 나올 껩매다!… 내 전촌 장사치들 한테서 다 들었쉐. 당싱이들으 솜씨가 여간이 앙이더구만."

해 놓고는 땅딸막한 사내가 당포의 멱살을 움켜쥔다.

"간나새끼! 바른대루 안댔다간 여러사람 쥑게 만들 께야!… 내 부탁으 자알 새기면 죽음으 면할 게야… 도장어른 앞에서레 초피말 개지구 은어 잡았다 할 겐가?… 아직으는 한창 살 낫살 아닌궁! 그렇게만 하면 간대루 쥑이야 하겠니?"

"초피말이 으찌게 생겨묵었는 줄도 모른당께! 니기미 씨벌, 한번 디지제 두번 디진다냐?"

"야아가 어째 이러니?"

녀석의 무릎이 벼락같이 당포의 명치를 박아놓고 본다.

332. 세가(勢家) 36

"간나새끼! 네 고집으 한번 먹은 마음이라 이겡가? 지금 생각이야 여엉 벤통으 없을 줄으 알겠지만 도장어른 앞에 가면 목숨이 제대루 붙어날 줄으 아쟁가?… 잔치 상 받아노면 조용하지능 않을 모얘잉갭네!"

패거리 중의 하나가 땅딸막한 사내의 무릎맥임에 질세라 당포의 정수리를 화지 끈 받아 넘긴다.

"야아 이 간나새끼! 시키는 데루 하랑이!"

당포는 풀썩 고꾸라지며 패거리를 노렸다.

"눈으는 어째 쌍불을 치구 똑바루 뜨는기야? 따지구 들겠당이 송쟁으 되야 알겠 다능깁지! 에엥-"

다른 한녀석이 당포의 치뜬 눈을 손가락으로 쿡 찔렀다.

"윔매매애- 나 봉사된다고!"

당포는 두손바닥으로 눈두덩을 감싼 채 다시 나뒹굴었다.

죽은 듯 눅쳐졌던 용총 영감이 입을 열었다. 사뭇 울음줄이었다.

"… 보거로, 날로 보거라!"

패거리의 얼굴들로는 금세 늘질긴 웃음기가 희번죽댄다.

"흐응- 그럴 줄으 알았당이… 얼피둥 말해봅세."

땅딸만한 사내가 용총 영감 앞에 버텨섰다.

"와 거 머시라 했제?…"

"무시기ㄹ?"

"… 초피말이라꼬 했든강?"

"맞소꼬망!"

"약조로 해사 쓸끼라… 거 머꼬, 초피말로 치서 은애 잡았다카모 이 댕포놈은 살 려줄끼가?"

"한사람만 죄르 받으면 다 되능깁지.… 다아 어떻기하문 죽잖구 살겠능가 하는 생각 앙입매? 영감은 한새쿠 잡아몌문 됨매. 초피말은 영감이 구했다구 하란 말입 매! 알았소꽝?"

"요 댕포놈만 살려주모 내 고럴끼다!… 내사 시방 섯바닥 빼물고 디지도 편타 앙이가!…"

용총 영감이 말을 마치는데 당포가 데굴데굴 나뒹굴며 짐승 울부짖듯 하는 것이었다.

"안됩니다요 영감님! 하도 안한 짓을 으째 혔다고 한당가요? 우덜이 은재 초피말을 귀경혔단말여? 고녀려 것이 으찌께 생겨묵은 것인지 알기나 헌단 말여?… 내동 둘이 같이 디지자고 혀놓고도 먼 헛소리냥게! 고냥, 고냥 둘이 다 디집씨다요! 이 댕포놈 고렇고름 간살 뜰으서 살 맴씨도 없응께!"

"댕포 이놈아야! 고마 차라!"

용총 영감이 당포의 볼따귀를 후린다.

둘이는 삼줄에 묶인 채 한동안 걸었다.

땅딸막한 사내의 거동이 완연 달랐다. 흘끔흘끔 둘이를 살피는데 안쓰러워 못견디겠다는 표정이요 그런 표정을 지어보일 때마다 마른 혀를 쯧 쯔읏 차대겄다.

"에엥- 앙이꼽아서 이 짓으 어찌께 더 하겠음?… 훌쩍 떠나면 팔째 고치겠궁!"

땅딸막한 사내가 이렇게 투덜대자 당포의 눈구멍을 찔렀던 녀석이,

"앙이꼽다구 훌쩍 떠나 봅세. 그 길루 고생문으 열구 들어가는 겝매! 조선 천지 어디메에 맘 놓구 살 곳 있소꽝… 앙이 그렀음?"

하며 한숨을 내리깔았다.

앞쪽에서 사람들 한 떼거리가 다가왔다.

333. 세가(勢家) 37

모두 다섯사람이었다. 헤진 삼태망자루며 장목이며 너줄그레한 것들을 들었다.

패거리를 목대질[47]하며 앞장섰던 사람이 휭 지나치다말고 물었다.

"얼추 다 온게요?"

땅딸막한 사내가 대수롭지 않게 받아 넘긴다.

"무시기라구?"

"아, 거 뭐야, 독물 든 수량 말이외다"

"거 무시기야, 구지개등만 넘으면 바루 거게야. 다 알면서레 갑재기 건 어째 묻소꽝?"

"원 별스런 흠을 다 잡지 그래. 상것들이 단물 곁에 얼씬이라두 해봤어야 말이지! 모르니깐 묻는 게오."

불퉁거리며 찰옂 같은 침을 툇툇 뱉는다. 삼줄에 묶인 채 끌려가는 당포와 용총 영감을 멀겋게 건녀다보더니만 쓴 입맛를 쩝 쩌업 다셔댔다.

"… 저 사람들이 내에다 독즙을 풀었단 말이오?"

"이 사램이 갑재기 어째 이럼둥? 은어나 져날르면 되는 겝지 무시기 허툰 수작으 떨으대능가?"

"흥- 호초목 껍질이 울겠다!… 조선 만방에 고해보지. 초피말 열근 쥘려면 상포(常布) 두필을 뒷전 얹어두 모자란데 무신 힘으루 독물을 풀었단말야? 체에-"

하며 가던 길을 재촉하자 땅딸막한 사내가 버럭 악을 쓴다.

"간나새끼들으 벨 말으 다 한당이! 음전하게 갈렛등이 틀레먹었궁! 피르 토하문서리 나르 살콰달래구 할 작쟁 앙이겠음?"

사람들이 아무 대꾸않고 걸음만 옮겨놓자 털북숭이가 땅딸막한 사내를 달래고 나섰다.

"철으 없는 아아들이 말으 탈기 있음매. 우리가 참아얍지. 얼피둥 갑세!"

"… 정싱이 없는 간나새끼들을 쥑여 송쟁으 만들어봤자 신싱이 우리들만 챙피하

---

47 두 사람 또는 그 이상의 사람이 짝이 되어 무거운 물건을 밧줄로 얽어서 뒷덜미에 대고 함께 메어 나르는 일

구 귀찮구!"

당포는 비칠비칠 걸으면서 생각해봤다. 화적패거리에게 비양질을 놨던 사람들은 샅군들일 것이었다. 삼태망은 은어를 담을 양으로 들고가는 것일 거고 장목은 목도질깜일 거였다. 은어가 죽어 뜨자마자 샅군들을 풀었다면 소문줄은 '현내'까지 파다하게 깔렸을 것이었다.

매방이와 늘복이는 어떻게 됐을까- 제발 두녀석들 만이라도 안 잡혔어야 할 텐데, 하고 생각하며 오싹 찬소름을 일구는데 땅딸막한 사내가

"쉤다 갑세."

내뱉고는 그 자리에 풀석 주저앉았다.

녀석이 느닷없는 말문을 튼다.

"이기 무슨 고생입매?"

"……?"

"눈으 앙이 떠지는 모양이지… 댕포라… 송쟁되문 여엉 못볼 겐데 내 이름이라두 알고 보우다… 나 충금이라 부르지…"

누명 씌워 죽을 자리로 끌고가는 주제에 무슨 족자리[48] 떨어지는 소린가 싶었다. 당포는 이빨을 갈아붙이며 내뱉았다.

"웬수놈! 저승 가서락도 섯바닥 닳으지게 니늠 이를탱께!"

땅딸막한 사내는 히죽 웃을 뿐이었다. 그러면서 패거리를 훑어봤다.

"아들으 일럴 오나라."

털북숭이가 재빨리 다가왔다. 충금이인가 뭔가 하는 녀석이 털북숭이의 귓볼을 바짝 잡아당기며 속삭였다. 털북숭이가 고대 내리막길을 타내렸다.

---

48 옹기 따위의 배 양쪽에 달린 손잡이

334. 세가(勢家) 38

당포는 연신 눈두덩을 부벼대며 정신을 모으려고 애를 써봤다. 숨을 쉴 적마다 명치께가 욱신거리는 것 쯤 참아낼 수 있었으나 눈에 뵈는 게 희부연 탓인지 정신이 헛갈리고 혼줄이 사름사름 꺼지는 것 같은 어지러움증을 견뎌내기 어려운 것이었다. 다쳐도 꽤는 모지락스럽게 다친 모양이었다. 불을 쐰 듯 화끈거리는 눈꺼풀을 겨우 열고 눈길을 모아보지만 하늘이고 숲이고, 사람들이고 간에 흐릿하게 옥작거릴 뿐 제나름의 형체들이 없다.

당포는 그런 눈으로 용총 영감을 어림짐작해본다. 곱똥질하며 거진 죽어가는 병아리꼴로 채머리를 떨어대며 가쁜 숨을 할닥이고 있었다.

충금이란 자가 용총 영감을 흘끔 뒤돌아봤다.

"반은 송쟁이군!"

해 놓고는 묻지도 않은 제 이름 대봤던 뽄새로 또 엉뚱한 말을 뱉았다.

"어째 팔째들으 이렇기 똑 같응가?… 내 시키는 대루 할 뿐이지만 충금이 이놈 됫새 나쁜놈 앙이야. 뉘긴 쓸개가 없능가?… 등골에서는 선땀이 솟는당이!"

당포는 흥- 콧방귀를 뀌어대며 서슴없이 욱박질렀다.

"불여수가 물어갈 놈! 털시래기 돋은 간쪽은 으디다 두고 섯바닥만 대구 지름질을 친데여? 섯바닥으다 불씨를 얹쳐도 두날은 타겄다, 네에라 요 베락맞어 디질 셰끼!"

"… 오올치이- 이젠 되비 나르 쥑이겠다구 선손을 쓰는궁. 현내에 가면 쥑을 목숨인데 맘대루 욕으 해보래지. 악으 써봐두 벨 쉬 있겠관디?"

"니놈 섯바닥으로 홰돌질 혔것다?… 시키는 대로만 했다고 말여!"

"아, 갑재기 막말으 하잰 말기루 합세… 그래, 내 그랬음매."

"물으다가 독물을 뿌린 놈덜이 바로 느그덜이여잉!"

"무시기? 벨 말으!"

"요런 구랭이셰끼!"

"어째 소리르 치구 야단잉가. 초피말 뿌려서리 은어밥 여물게 먹은 사램이 뉘긴데? 바루 요 영감하구 댕포 앙이야?"

"… 흠매에-"

당포는 홧김이 북받쳐 제 가슴패기만 쥐어뜯고 만다.

"나르 매정한 사람이라 말구 시키는 대로만 하랑이!… 영감은 죅더래두 새완이는 살아야잖겠나. 두사램 다 깝주리르 벳게 죽자는 겐가 어쩌잔 말이?"

녀석의 말이 끝나자 죽은 듯 말이 없던 용총 영감이 얼른 말을 받았다.

"댕포야, 이놈아 말이 맞다! 맞고 말고!"

녀석은 그것 보란 듯이 허엄- 헛기침을 짰다.

당포는 미련이 남아 숲속을 두리번거려봤다. 매방이와 늘복이가 금세 튀어나와 둘이를 살려낼 것만 같은 생각이 들어서였다.

"간나새끼, 어째 상기두 오잖을까."

혼자소리로 투덜대던 녀석이 잠시 뒤에 늘척한 탄성을 뱉는다.

"자알 탄다아-"

녀석의 눈길을 쫓던 당포는 돌덩이처럼 몸통이 굳었다. 앉았던 곳이 늘복이의 움집이 있는 등마루였던 모양이었다. 검은 연기가 덩이덩이 피어오르고 있었다. 대강 맞춰보는 눈짐작이었지만 그 연기는 늘복이의 움집쪽에서 뭉우리져 오르고 있었다.

335. 세가(勢家) 39

술시(戌時)가 다 돼서 당도한 곳은 '현내' 남쪽 드릉담(옥계면 효자리孝子里)에 있는 '도장'(道掌)집이었다. 관아에서는 세미(稅米)나 징수하고 궁둔전(宮屯田) 관리나 도맡는 척 했지만 정작 하는 짓거리는 어물산지(魚物産地)를 차고앉아 뱃놈들 등쳐 먹는 것을 업으로 삼는 벼슬아치였다.

강이나 하천에다 서슴없이 수량을 치고는 제 간쪽에 쓸개 격인 접군상좌들을 풀어 남몰래 사복을 취했으며, 바다에다는 또 포직이(浦直)들을 깔아놓고 눈치껏 어물을 수탈하던 것이다.

'도장'과 어깨를 맞짜고 놀아대는 벼슬아치가 또 있었다. 관아에서 전포(錢布)의 출납을 관장하는 '감관'(監官)이 그것이었다.

이 두 벼슬아치들은 바로 뱃놈들의 원수나 진배없었다. 온갖 구실 다 붙여 어물을 거둬들이고도 모자랐던지 심지어는 공물(貢物)이나 진상품(進上品)마저 절반쯤 뚝 잘라 먹는 예사였던 것이었다.

바다에서의 재미가 한껏 줄자 눈을 돌린 곳이 강의 '수량'이었던 거다.

당포와 용총 영감을 끌고온 화적패거리가 바로 이 벼슬아치들의 예복배(隸僕輩= 종들)였으니 강의 '수량'에 박혀들면 접군상좌요 바다에 깔리면 포직이 행세를 재보던 것이다.

'도장'집 대문을 들어서자마자 무거리[49] 쏟아지듯 고꾸라지는 용총 영감이었다.

'도장'은 대청에 선 채 멀거니 용총 영감과 당포를 내려다보고 있었다. 충금이가 쪼르르 잰걸음을 치며 대청앞으로 다가섰다. 녀석이 뭔가 간지럽게 속삭여대는 눈치였다.

당포는 그새를 틈타서 용총 영감의 귀바퀴에다가 간이 타게 속닥였다.

"영감님! 지발 정신 좀 채리랑게유! 기왕 디지는 판인디 헐 소리는 혀 놓고 디져사 지라우… 영감님! 디질 마당에 와뿌졌습니다요! 아, 정신을 채리세야 헌당게 그네!"

용총 영감은 꼼짝 않았다.

'도장'이 그제야 불호령을 앵긴다.

"네이놈드을— 네놈들이 낙풍천에다 금법을 어기고 은구어망량을 설한 종자들이렸다?"

---

49 곡식 따위를 빻아 체에 쳐서 가루를 내고 남은 찌꺼기

당포가 주밋거리며 대답을 잇지 못하자 충금이가 재빨리 대답했다.

"예이 꼬망? 그렇습매다."

"헌데 저 놈은 어찌 저런단 말이냐?… 혼절한 게 아니냐."

"영감이 되서레 기가 쇄한 모양이깁지."

'도장'은 당포가 뭐라 할 틈도 주지 않고 일장 호령을 까른다.

"계명시에 관아로 송금할 것인즉 네놈들의 죄상을 일호 숨기지 말고 낱낱이 고해야 하느니라… 듣자하니 더군다나 타지 천호들이라며? 아무리 년전과 같지 않은 흉어라 할지라도 타지산택에 잠행해서 망량을 설하다니! 에엥- 고현놈들! 게다가 초피말을 투수(投水)하여 은구어를 멸족했다고? 독물포어를 엄금하는 국법이 준연하지 않더냐!"

이내 충금이에게 명한다.

"저놈들을 가두되 함께 가두면 죄상 번말의 작모가 필유할 것인즉, 한놈은 마간에다 가두고 또 한녀석은 공청에 가둬 엄히 감찰하여라!"

두녀석들이 달라붙어 용총 영감을 떠매 갔다. 당포는 충금이에게 이끌렸다. 당포는 헛간 가래를 넘자마자 풀석 무릎을 꺾었다.

336. 세가(勢家) 40

당포는 고꾸라진 그대로 죽은 체 엎드려 있었다. 몸뚱이를 추세워보려고 허리통을 곧날 대패날을 박듯 해봤지만 등줄로는 식은 땀만 흥건할 뿐 삭신은 요지부동이었다. 이틀 동안 뱃속은 비어 있었고 거기다가 녀석들의 뭇매질로 어지간히 닥달을 당해낸 터였으니 제 신세한탄만 엉두덜거려[50] 봄이 고작이던 것이다.

가까운 곳에서 당나귀의 코푸렁이 짓이 익고 있었다. 그리고 보니 여물간에 갇

---

50 엉두덜거리다 : 불만이나 원망 따위를 혼잣말로 자꾸 중얼거리다

힌 듯싶었다.

딱이 그렇게 될 것이라는 믿음은 아니었지만, 매방이에게 걸어봤던 요행은 영 파장을 본 것이나 진배없었다. 매방이가 용총 영감과 저를 구해낼 지도 모른다는 일념으로 그 먼길을 질질 끌려왔음은 얼마나 허망하고 애긍스러운[51] 짓거리였던가. 차라리 죽기살기로 맞대들어 봤다면 죽음만이라도 속시원히 챙겼을 일, '도장'집 여물간 속에 이꼴로 처박히지는 않았을 것이라는 후회만 작매질치는 당포였다.

당포는 몽게몽게 구름지던 그 연기를 떠올리며 정신을 잃어갔다. 부상 늘복이도 매방이와 함께 잡혔을 것이었다. 녀석들이 붙잡히지 않았다면 뭣한다고 늘복이의 움집에다 불을 놨으랴. 어쩌면 '현내'로 먼저 끌려가 옥살이 신세가 됐는지도 몰랐다.

"… 목아지 넷이 고도리[52]놈 손에 꽉 죄 죽능겨!"

몰래 은어를 잡아먹기만 했다면야 곤장 불벼락에 볼기만 짓뭉개 터지고 말지도 모른다. 그러나 초피말(椒皮末=호초목胡椒木 껍질 가루)을 풀었다는 누명을 꼼짝없이 덮어쓴 처지 아닌가. 목아지에 동아줄을 걸고는 느지건히 힘을 써 죽이는 자리개미를 당할 지 모를 일이었다. 능갈진[53] 낯가죽을 씰룩씰룩 떨어대며 목을 죄는 고도리(자리개미를 맡는 형졸)의 땀밴 얼굴이 함지박만하게 자라나는 듯도 싶었다.

당포는 번뜻 제정신이 들었다. 수덕거리는 밖의 낌새가 심상치 않아서였다.

화닥닥 일어나 세로 빗지른 중동글이를 붙잡고 매달려봤다. 밖은 아직 껌껌했다.

그새 정신없이 녹아 떨어졌던 모양이었다. 닭들이 자청 울기 시작하는 것으로 미루어 계명인시(鷄鳴寅時)도 막바지인 것 같았다.

잠시 끊겼던 말소리가 다시 잇는다. 투시럭대는 양 하던 입씨름이 금세 목소리에다 날을 세웠다.

---

51 哀矜~. 애처롭고 가엾다
52 조선 시대, 포도청에서 죄인의 목을 졸라 죽이는 일을 맡아 하는 사람
53 얄밉도록 몹시 능청을 떪

"이런 고현놈 봤나. 이놈아, 네놈들이 이 지경을 만들어 놨겠지 아무러면 제놈 스스로 자해했더란 말이냐?"

"도장나으리 그렇지 않습매다! 피르 봅소꽝. 혀르 깨물구서리 쥑을 작쟁을 항깁매!"

도장과 충금이의 목소리였다.

"수문(守門) 입문했을 때가 술시 아니더냐? 작야에 벌써 절혼 되었었거늘 네놈들이 사체를 끌고온 것이렸다! 일이 그리 되었으면 응당 거적사체로 암장했어야 했지! 어찌하여 끌고와 나에게 화를 미친단 말인고?"

"그래 지 아아들으 때레 쥑였단 말입네까?"

"그렇잖고!"

"앙이 쥑였음매!"

"네 이노옴-"

"하늘이 내려다 봅네다!"

당포는 무슨 소린가 싶어 슬밋이 귀를 종그렸다.

337. 세가(勢家) 41

"이놈아 왜 이렇게 수선을 떠느냐? 조용하지 못할까?"

"이런 끔찍한 누명으르 쓰구 어쩨 조용하겠읍매."

한동안 말이 끊겼다. 그 자리에서 맴돌이 치는 발짝소리가 바삐 일더니 다시 '도장'의 목소리에 불이 당겼다.

"누명이라고?… 이런 간특한 놈 봤나! 네 말대로라면… 그렇다면 이 화난이 내것이렸다?"

"그런 말씀이 앙입매다! 때리죽이지 않았다는 말뿐입매다! 제가 제 혀르 깨물구 죽었는데 어쩨 나으리가 화르 당하시겠음둥?"

"… 에잉- 녀석을 얼른 깨워서 방안을 펴야지 않겠느냐. 네놈은 날 따라 와!"

'도장'의 발짝소리가 이내 멀어져 갔다. 충금이의 구시렁거리는 소리에 이어 사내들의 트작대는 기척이 낮게 들려왔다.

"가마이 누워 계시쟁쿠 어쩨 이럼둥?"

"이 머저리 새끼들으! 어떻게 누워 있겠음? 송쟁이 났는데!… 꿈자리가 뒤숭숭 하더랑이."

"송쟁?… 뉘기?"

"뉘긴 뉘기야 영감이지! 죽겠으문 산택에서나 죽을 기지, 에엥, 해필이문 여기서 혀르 깨물구 뒈질 것은 무시기야!"

당포는 펄쩍펄쩍 여물간 속을 뛰어댔다. 중동글이를 쥐곤 매달려봤다가 이내 푸석 거꾸러지고 다시 일어나 통빗장 질른 문을 두들겨대다가는 또 엎어지곤 했다.

"여봐여 충금이! 아, 여봐여들! 우리, 우리 영감님헌티 일 났당가? 엉? 아 나 좀 봐여덜!"

"잠이나 자두쟁쿠 어쩨 지랄잉가? 가이새끼, 조용히 안했다간 뇌천[54]으르 부숴놀 게얏! 죽여서 내보내야 알겐가?"

바로 눈을 찔러댔던 털북숭이 녀석이었다. 얼키설키 질른 중동글이 쪽문 새로 장목을 들이밀고는 대뜸 이마를 쿵 찍어놓고 본다.

당포는 여물간 벽에다가 뒷통수를 찍어대며 나동그라졌다. 좀전에 들었던 꿈속 같은 소리들이 왁시끌득시끌 살아나는 것이었다. 그러나 설마한들 용총 영감을 두고했던 말이랴 싶기도 했다. 무슨 일을 꾸미는 것인지 밖은 여전히 소란스러웠다. 달근숨 졸여대는 목소리가 낮게 일고 물건 옮겨대는 소리들도 어근벌근 섞여드는 것이었다.

희부옇게 쪽문을 밝히는 불길이 헐름헐름 죽다살아나곤 했다. 빛무놀이 쪽문을

---

54 腦天 : 머리 윗부분에 숫구멍이 있는 자리

훑고가더니 여물간 문앞에서 훤히 살아났다.

당포가 널판지 새로 들어오는 불길을 가늠하며 다가서는데 통빗장이 드르륵 울었다. 횃불을 다른 사람에게 건네주고 나서 누군가 성큼 들어선다.

여물간 속은 다시 깜깜한 먹장이었다. 들어섰던 사람이 벽에다 등을 묻는 기척이었다. 쿵 하는 소리에 이어 청승맞은 한숨줄이 길게 샌다.

"… 누구여?…"

당포가 나즉이 물어보지만 상대는 아무 대답이 없다.

"불이 없어두 훤히 알겠당이… 댕포 자네가 어쩐 꼴악시르 하구 앉았는가 말입세.… 가슴에 매치는 게 많으깁지… 욕보우다."

충금이의 목소리였다.

"여봐여!"

당포가 더듬더듬 기어대며 손을 뻗는데 충금이는 딴청이었다.

338. 세가(勢家) 42

소름이 오싹 솟을 정도였다. 애간장 다 녹여대는 목소리로 느닷없이 상도소리(만가輓歌)를 튼다. 숨을 곱죽이며 속으로만 잦아드는 소리가 흡사 앓는 짐승의 신음이었다.

"어허넝차 어허야넝차 어화리넘차 어허어야아-

먹고가나 쓰고가나 세상만 허사로다

사자님께 쇳다가세 들은척두 앙이허구

쇠몽치로 때리패구 어서바삐 가자하니

그렁저렁 열날만에 저승원문 들으간다

어허넝차 어허야넝차 어화리넘차 어허어야아-

우두나찰[55] 마두나찰[56] 소리치며 달려들으

무섭기두 끝이없구 두렵기두 측량없다

왕사장 분부대로 대령하구 기다리니

남녀죄인 잡아들으 벌과허구 논죄헌다

어허넝차 어허야넝차 어화리넘차 어허어야아-"

당포는 충금이의 손을 덥석 쥔다. 야릇한 짐작 때문인지 몰랐다. 충금이의 손이 이
쯤 싫지 않을 수가 없다. 아니 녀석의 가들지는 상도소리 때문일 것이었다.

"우리 영감님이 벤 당하싱겨? 자네는 알굿제!… 그려?"

충금이는 아랑곳 없었다. 당포의 손을 휑 뿌리치며 사뭇 울먹이는 것이었다.

"귀명칭죄 나졸들이 앞뒤좌우 늘어서

기치창검 삼열이 형장틀으 차려놓구

남녀죄인 잡으들여 차례차례 정구하며

무슨죄르 지었느냐 바른대루 아뢰어라

어허넝차 어허야넝차 어화리넘차 어허어야아-

간다간다 나는간다 북망산천 나는가아,

쇠파리로 벗을삼고 까마구도 동무삼아

매잔디로 이불삼고 북망산천 나는간다.

어허넝차 어허야넝차 어화리넘차 어허어야아-

어느누가 나를찾나 자식들아 잘살아라.

---

55 牛頭羅刹 : 쇠머리 모양을 한 악한 귀신
56 馬頭羅刹 : 말머리 모양을 한 악한 귀신. 혹은 사람의 몸에 말의 머리를 한 지옥의 옥졸

자식들아 잘살아라 수만년을 잘살아라

한손에는 사약들고 한손에 메영[57]들고

밤낮없이 구완터니 자는듯이 떠났구나

어허넝차 어허야넝차 어화리넘차 어허어야아-"

충금이의 상도소리가 뚜욱 끊겼다. 여물간 속의 어둠은 다시 칠석물 지듯이 흡벙
늘축 익는다.

"도장이 불려들이레구 해서 갔지비.… 아무리 나오랑이 나와죠얍지 말임매. 어쩌
서 기척으 없나 하구 까닭으 몰라 했는데 아, 글쎄 피거품을 물구서레 송쟁이 된깁
매!… 어쩌 막안이 간간하더란[58] 말이야!… 영감 상측으 자알 치랬다구 생각해얍지
무시기 딴 수가 있겠음!… 내덕원 상도가두 자알 틀었더랬으니 그리 압꼬망… 이말
밖엔 더 할 말이 없다니, 팔쩨 한번 내 데럽아서!…"

충금이가 말을 끝내기 무섭게 여물간을 나갔다.

"영감님!… 웜매, 영감님-"

당포는 그제야 혀를 깨물며 여물단 속에다 얼굴을 묻는다.

339. 세가(勢家) 43

당포의 논죄마당은 우계땅 사람들 간에 대단한 관심사였다. '현내'로 통하는 길목
으로는 덩이진 패거리가 다문다문 엉혔고 '전말'은 전이 서는 날이나 진배없이 사
람들 북새통이었다. 상것들이 들작대는 선주막 안으로는 뱃놈들이 오글보글 끓어
대고 세도깨나 부리는 토호(土豪)나 관아의 끈줄 잡고 설치는 호강(豪强)들의 대문

57 '무명'의 방언
58 간간하다 : 조용하다

밖으로는 객주(客主)·여각(旅閣)[59]과 그 졸개들이 줄을 잇는다.

우계땅 '현내'에 모여든 사람들은 대강 세가지로 나눠 볼 수 있었다.

첫째는 빈 주먹만 달랑 쥐고 사는 뱃놈들이니 이른바 차인어호(差人漁戶)들이었고, 그 둘째는 어전(海箭)이나 휘리장(揮罹場)을 갖고 있는 화객(華容)들이니 세속에서 부르기를 통틀어 상뱃놈이라 하는 '호강'들이며, 그 세째는 '화객'들에게 돈줄을 깔아놓은 '객주'·'여각'의 주인(主人)들이었다.

당포의 논죄마당에 대한 이들 세부류의 입장들은 저마다 다른 것이었다.

그 첫번째인 뱃놈들의 입장은 이랬다.

"그 어떤 놈인지는 몰라두 그눔 거 대단한 뱃놈 아닌가. 얼굴이라두 봐둬야지."

"게다가 타지 사람이라지. 허어- 그 사람 배짱을 인당 잡힌다면 벌써 선들이 한 틀 장만해 놓고 본 게지. 바닥 뱃놈들도 엄을 못내는 일을 하늘 무섭다 않구 해놨으니 거 보통사람인가?"

"아무렴. 문죄가 어떻게 날지 몰라두 그 사람이 우계 뱃놈들 살려 낼 수도 있구 마구리째루 죄다 죽일 수도 있잖겠나?"

"옳다마다요? 아니, 바다 그물질이 망했으면 강고기라두 줍게 해야지. 이건 통째 짠물 단물 가리지 않구 비린내라곤 죄다 양반들만 맡겠다니 어떻게 살란 말인구!"

"그놈이 내 보라하구 살아나야 하는데 고걸 짐작할 수 있나… 여든대는 맡아 놨겠지?"

"뭘?"

"곤장 말이지 뭐야."

"이사람 이거 정신 없군. 서로 짜고 돌아선 들통않나 그렇지 화객수량도 상적허지 않았다 하면 여든대 아닌가, 불벼락이 지는데 타지 쌍놈이 수량에다 발담을 박구 은어떼 싸담지 않았다던가… 여든대가 뭐야 곱은 더 앵길 거야."

---

59 연안 포구에서 상인들의 숙박, 화물의 보관, 위탁 판매, 운송 따위를 맡아보던 상업 시설.

"그렇다면 술값만 죽였군. 그렇게 맞구설랑 살아날 놈이 시상천지 어디에 있단 말야? 지길헐 뼉다귀가 상장목이구 살은 철갑이래두 살아남진 못허지."

"아주 죽여놓겠다는 작정이잖구! 고냥 죽이기가 떱떨하니깐 곤장질루다 숨줄을 끊어놓겠다는 속셈이야."

"… 수신님께 맡겨두는 수밖엔 없지. 아나? 그사람 통사정이 먹혀들어설랑 죽지 못해 사는 뱃놈들두 단물괴기 잡게 될지!"

"… 모르긴 해두 아마 숭개놈 본 될게야! 솔내 괴기 두담 먹었다가 그꼴 되지 않았어?"

"허긴… 끌망 한판 죄가 그 지경이었는데 이놈은 발담은 고사허구 독즙까지 처넣었대잖나!"

뱃놈들은 솔내(운곡천運谷川)에다 휘리장을 쳤다가 곤장질에 죽고만 숭개 영감 생각을 떠올리며 할 말을 잊는다.

그러나 뱃놈들은 잔뜩 원을 걸고보는 것이었다. 당포의 논죄 결과에 죽고 삶이 달린 것이다.

340. 세가(勢家) 44

뱃놈들의 소원이란 것도 두가지였다. 하나는 '호강'과 권문세가들이 독차지한 강줄기에서 단 한곳만이라도 발담칠 물줄을 얻어내는 것이요, 또 한가지는 접군노릇으로라도 목구멍 풀칠을 하게끔 화객들의 '수량'이 늘어나주는 일이었다.

그런데 이 두가지가 다 어려운 세상이던 거다. 물줄기가 뻗는 곳이면 으레 세가들의 새호(통발)어업이 거미줄을 쳤다.

권문세가들의 '새호'는 또 '전량'(筌梁)과 '망량'(網梁)으로 나눠졌다. 물줄을 수교(水橋)로 막고 가운데다가 대발(편죽編竹)을 쳐서 고기를 잡는 것이 '전량'이요 대발 대신에 그물(망자網子)을 막아 삽는 것이 '망량'이었다.

'하서주' 땅속의 물줄기를 이렇게 독차지 할라 치면 아예 상것들 발담 치는 곳을 한줄기 딱 떼어주면 되는 일이었다. 말하자면, 남양말의 '오일내'는 상것들의 전용이니라- 하는 식으로 말이다. 그런데 어유수류(魚遊水流)를 막는 일이라는 핑계를 들어 상것들은 물가에도 얼씬 못하게 만들던 것이다.

그렇다면 객주의 돈줄을 업고 꽤는 통매질 부리는 '화객'들의 '수량'만이라도 늘어주면 얼마나 다행스러운 일일 것인가.

이미 바다 그물질은 파장을 본 것. '화객'들이 '어전'이나 '휘리장' 대신 강물에다 '망량'을 칠 시면 '어전' 접군들은 곧 수량접군이 될 것 아닌가.

그런데 '화객'의 수량은 우계땅 안에 겨우 세곳뿐이었다. 왜 그런가.

세가들의 '전·망량'들은 속사정이 야릇했다. 그 많은 '수량'의 주인이란 것이 기껏 두셋이던 거다. 한사람의 '세가'가 수십곳의 '전량'을 갖는가 하면 일족(一族)의 '권문'(權門)에 딸린 '망량'이 또 수십처였다.

보기를 들어 볼거나.

현감 한사람의 '망량'이 열두곳이라 치면 그중의 다섯곳이 현감나으리의 '망량'이요 나머지 일곱 '망량'은 꽤나 낯선 이름들이 주인이 되는것이었다. 즉, 궁중 어떤 대감의 것이니, 한성 어떤 권문의 것이니, 혹은 강릉부의 관유(官有)이니, 하는 따위다.

궁중 어떤 대감, 한성 권문, 관의 소유가 다 뭐냐. 이 이름들은 말짱 헛것이었다. 물줄기란 물줄기를 다 먹어치울라 치면 서슬푸른 허깨비 주인을 만들어 놓는 짓 이상의 다른 묘방이 없을 것 아닌가.

이런 사정에도 '도장'이나 '감관'에게 후한 진상을 한 댓가로 '수량'을 따낸 '화객'이었지만 감당해내야 하는 고초가 여간한 것이 아니었다. 두번 세번 되풀이 되는 공납(貢納)에 진저리를 치며 나가떨어지는 것이었다.

"이거 참 도장인 내가 오히려 딱하이. 공물의 경품이 어찌 그런가?"

"이차 공납품은 모두 진품인줄 아는뎁쇼!"

"이런, 쯧 쯔읏- 격(格)이며 장(長)이며가 다 미달일세."

"… 예에?"

"과반이 점퇴(點退)[60]야아-"

"에쿠우- 살려줍쇼!"

'수량'이란 말만 들어도 겁부터 왈칵 치밀게 된 '화객'들은 좀체 수량을 늘릴 기색이 없었으니, 운수 좋게 접군이 된 몇몇 뱃놈들을 빼놓고는 먹고 살 일이 아득하기만 하던 우계땅 뱃놈들이던 것이었다.

341. 세가(勢家) 45

뱃놈들이 '타지 놈 당포야 우리를 살려라!'하고 잔뜩 기대를 걸어보는 속사정인즉 그러니까 어느 곳 내(川) 하나 쯤 상것들만의 '수량'으로 따낼지도 모른다는 것과 이 일이 화근이 되어 '화객'들의 '수량'이 늘어날지도 모른다는 이 두가지 사정이던 것이다.

'화객'들의 바람이란, 또 어떤 것인가. 모여앉아 궁리하는 일이 이런 것이었다.

"그 타지 놈이 우리 수량 주인들헌테 좋은 일 하나 하고 죽으면 그 얼마나 좋겠는가?"

"글쎄 말일세. 공물 점퇴도 만만찮은 눈치를 살필 수밖엔! 상것 한놈 죽인다는 게 말이 쉽지 어데 저들 맘대로만 되겠어? 상것이라구 뭐 큰 죄 졌겠나 말이지. 초피말 풀어설랑 은어떼 몰아죽인 축도 현감 명 받은 도장 짓이려니 무고를 트집잡고 죽일 수밖엔 다른 방도가 없으렸다?"

"아무렴! 제아무리 권문이요 세가라한들 눈치야 못죽이지. 우계땅 화객들이야 이번 일이 관아가 꾸민 굿판이란 걸 모를 사람 없지. 그러자면 의당 화객들에게도 미

---

60 공물 등 받은 물건을 살펴보아 마음에 들지 아니한 것은 도로 물리침. 퇴짜놓음

운놈에게 떡하나 더 주는 격의 아량이 없으란 법 있겠나!"

"그나저나 관아의 공물 점퇴는 너무 심했어. 세상에 내원, 그런 점퇴가 어디 있겠나? 세번 진공(進供)[61]에 겨우 한차례 공납되고 두번 진공은 말짱 저들이 다 챙기니 수량 한곳 가지곤 공납 밑대기에도 미주알이 빠질 수밖엔… 논죄마당의 화객들이 언짢은 기색을 할 시면 눈깔 족히 아플 게야. 눈치 염탐하느라구!"

"어데 한번 기다려보세. 아나? 덤으루다 수량 한처 더 줄지!"

대강 이런 것이었다. 즉, 관아의 이번 일을 트집잡아서 아예 공물만 도맡는 '수량'에다 저들 실리를 챙길 수 있는 '수량' 하나를 더 갖자는 속셈이던 것이다.

'객주'나 '여각'의 속셈은 또 어떤 것인가.

공물 점퇴(點退=진상 공물의 수납을 물리치는 일)는 기실 관아와 '객주'·'여각'이 서로 짜고 하는 짓이었다. 점퇴 된 공물이 '화객'이나 '어호'에게 다시 돌아가느냐 하면 일단 점퇴시킨 공물은 수량(數量)을 가리지 않고 관아와 나눠 챙기는 것이었다. 그런데 그 챙겨갖는 몫이 관아에 비할시면 택도 안닿는 양(量)이던 것이다.

"경주인(京主人=지방 객주·여각의 상전으로 주로 한성에 있었다)이 어찌나 들볶는 통에 숨을 쉴 수가 없어. 점퇴공물의 수량을 뻔히 알고 있는데 기껏 이거냐는 거지. 너희들이 사복을 채우기에 그렇다는 것이렸다?… 이런 누명도 세상에 있던가?"

"더 말씀하면 잔소리외다. 헌즉, 차제에 점퇴공물의 수량을 각각 과반으로 하자 허구 떼거지를 써 봅세다. 삼동설한 괭수(고양이)도 낯 씻을 염체가 있다는데 아, 제아무리 관아인들 이번에야 꼼짝 못할걸."

"옳거니! 분수를 채리자면 과반으로 않쿤 체통이 안설 게야."

"말두 마오. 이번 독물을 풀어 득한 은구어가 오승마포(五升麻布) 이십동 (同=한동은 사십필)에 당했다 합데다! 에엥 고현— "

당포의 논죄마당은 이래저래 큰 풍파를 물고온 것이었다.

---

61 조선 시대, 토산물을 임금에게 받들어 올리던 일

342. 세가(勢家) 46

 죽고 사는 일이 뭐 그리 대수이랴 하며 턱없이 잔드근한[62] 마음으로 논죄마당에 선 당포였다.

 두가지 생각때문이었다.

 이젠 당장 죽어도 한이 없다는 야릇한 심사가 그 하나였는데 이런 마음은 용총 영감의 죽음을 알았을 때부터 오지게 다져진 것이었고, 한켠 다른 생각은 용케 목숨을 건진다면 '제포' 뱃놈들을 이 지경으로 만든 녀석들을 한판 쓰레질로 기어코 앙갚음 하고 말겠다는 마음이었다.

 첫번째 생각은 의당하려니와 또 한가지 생각의 속사정은 이랬다.

 그러니까 그날 밤- 충금이로부터 용총 영감이 혀를 깨물어 스스로 목숨을 끊었다는 말을 들었을 때 차라리 죽고보자는 생각으로 맘껏 미쳐 봤다. 여물간의 통빗장이 덜그덕 댈 정도로 머리통을 죽어라 찧어대며 등껍질 다친 무당선두리[63] 맷돌질만큼은 허겁을 떨어 댔으리라. 덕분에 물매질만 또 한차례 당했다. 깜빡 정신을 잃었을 것이었다.

 누군가 여물간으로 들어서는 기척에 아슴아슴 정신이 트여왔다. 감긴 눈거풀 위에서 널름대는 횃불이 노는 듯싶었다.

 눈을 떴다. 충금이었다.

 "오솜소리[64] 있잖쿠 악으 쓰면 어찌잔 말이?"

 당포는 간이 타서 속삭였다.

 "영감님 시신이락도 뵈도란 요 말이시… 내 손으로 눈까죽만 감겨드려도 되여!"

 "영감 섧지않게서리 눈으 감게 마련 했응이 걱정으 맙꼬망. 사램 정두 중하지마는 산 사램 목숨이 더 중하젬둥!… 또 떠들으대면 가만 내뿌레 두지 않을 겜메… 내 지

---

62 침착하고 참을성이 있다
63 딱정벌레목 물맴잇과에 속한 곤충.
64 오솜소리 : '조용히'의 방언

금부터 하는 청의 자알 들어둬야 합메다. 딱이 쬑겠다면 할 수 없지만!"

해놓고는 다짐다짐 하던 것이었다.

첫번째 부탁인즉 불호령이 떨어지는 족족 무턱대고 모가지만 조아리라는 거였다. 아무리 원통한 무고래도 결코 우격다짐 말 것이며 그저 '예에, 예에-' 알쭉거리기만 해야 한다는 것이었다.

우계땅 안의 내(川)란 내는 다 들먹대며 누명을 씌워도 행여 '낙풍내' 한곳에다만 발담을 쳤었노라고 나섰다가 죽게 마련일 것이니 '예에!'할 것이요 '초피말을 풀어 은어를 멸족 시켰으렷다'하고 다그치더라도 하냥 혓바닥 닳게 '예에 예에!'만 읊조리라는 것이었다.

두번째 부탁은 용총 영감의 죽음에 관해서였다. 용총 영감은 도장 집에 들어서기 전에 이미 숨졌던 걸로 작정하자는 것이었다.

이 말을 듣고서야 견뎌날 재간이 없었다. 충금이의 멱살을 움켜쥐곤 또 한바탕 미쳤다.

"으째? 아니 으째 그란다여? 네 이 불사시른놈어 셰끼! 나는 못한다! 못한다고잉! 나 죽으면 그만인디 뭇한다고 고런 모사를 꾸민데여?"

"살재구 그러는 젭메!"

"니놈이 시킨대로만 하면 반다시 죽고 말 것 아닝게벼! 독물 퍼넣어서 괴기 묵었제 우계땅 강이란 강에다가는 모다 발담을 앵겼제… 아니 으찌게 살아난단 말여?"

충금이가 볼따귀에 밭이랑이 지도록 이빨을 앙다물며 말했던 것이었다.

"앙이꼽더라두 시키는 대루만 합세!… 당포 네놈 앙이 죽는당이! 앙이 죽게 돼있당이!"

뜻모를 소리 치고는 그쯤 당당할 수가 없었던 것이다.

343. 세가(勢家) 47

빗발 들치는 잔치(논죄論罪) 없다는데 오늘 잔치마당엔 비가 오실 기미였다.

충설(衝舌=추녀) 네귀퉁이로 들린 하늘이 잔뜩 으등그러졌다.

수문(守門) 밖이 소란스러웠다.

"밖이 어찌 저리 잡란스러운고?"

현감이 묻는다.

"에에- 하호잡색이 수문 밖에 운집한 줄 아뢰오."

"하호들이 운집했다고? 아니 왜?"

"논죄를 청문코자 함이오리다."

"오호? 그래에?… 거 자알 됐구나. 금법을 어김이 얼마나 무서운가를 제놈들 스스로 목도해야 할 것이라아- 엇허음, 허어음-"

잔뜩 위세를 재는 양 헛기침 두가닥을 곁들이고 난 현감이 그제야 꿇어앉은 당포를 내려다본다.

"호초독피를 입수하여 은구어를 족멸하고 수류산택을 횡행하며 위법을 자행한 놈이 바로 저 놈이렸다?"

"에에 그렇사옵니다."

대답할 기력도 없는데 마침 아전이 날름 받아 챙긴다. 거 잘 됐구나 하며 당포는 한숨 한자락을 푸짐하게 내뿜었다. 충금이의 말처럼 꼭 살아난다면야 당장부터 힘줄이 뻗칠 일이로되 당포는 이적 그 말이 미덥지가 않았다.

시큰둥한 심사대로 제풀에 하품줄 한번 걸렸던 거다.

"저런 고현놈! 네 이놈, 어떤 자리인데 감히 하품질이냐? 방자하고 무엄한 노옴- 죄상을 낱낱이 논거하여 주리를 발기면 하풍(下風=상놈 기질) 망동도 끝장이렸다!"

버럭 악을 써놓고는 논죄마당을 벌이는데 이런 가관이 없었다.

마침 '강능부'에 내려왔다가 논죄마당에 합세한 경차관(敬差官)[65]이 그새 한 통속 됐구나. 현감과 귓속 말을 주고받던 경차관이 천만뜻밖으로 물금체를 찾겠다. 도 장이 얼른 갖다바친다.

국법으로 금지된 일을 관아에서 특별히 허락하는 일이 물금(勿禁)이요, 물금의 사 유를 낱낱이 기록해 두는 서철이 곧 물금체(勿禁帖)였다. 아닌 밤중에 홍두깨도 유 분수이지 이 논죄마당에 물금체는 웬 것이랴.

현감의 속셈 좀 구경할꺼나.

"네 이노옴- 어유수류에 수량을 설함은 권문과 세가의 권분이요, 중민이 수량을 설(設) 할시면 관아에 문고하여 필히 물금고지를 답수해야 함을 알고 있었으렸다?"

당포는 밑져야 본전 밖에 더 되랴 여김하며 충금이의 청을 따르고봤다. 귀신 씨 나락 까먹는 소리인지 뭔지 도통 모를 소리들뿐이었으나 무턱대고 '예에, 예에!' 를 내뱉는다.

344. 세가(勢家) 48

"강어의 독물포어가 엄금의 국법임도 알고 있었을 터이지?"

"아문이랍녀! 폴쌔버텀 알고 있어뿐졌오잉 예에-"

"으음- 듣자하니 구산강·군선강·낙풍천·주수천·도마천·사천강·사계천 등의 수류 에다가 네놈 임의로 망량(網梁)·전량(箭梁)을 설하였다지?"

"홧다메! 거시기 너머 많십니다요! 낙풍내 한반데다가 처봤읍지랍녀!"

"이놈 닥치지 못할까?"

"홧다메 뜨그라!… 예, 예에, 다 쳐뿐졌다고 혀뿐집시다요, 예에-"

형감이 도장을 흘끔대며 능글맞게 웃는다.

65 조선 시대, 지방에 임시로 내려 보내는 벼슬을 이르던 말

"이놈이 국법을 어기고 사복을 채웠을 리는 없으렸다?… 물금체 속에서 물금수량을 점고해 보게나."

인중골이 당기도록 입꼬리를 찢어물고는 웃음을 참는가 싶던 현감이 더는 못 견디겠다는 듯이 흐흐흐- 웃는다.

현감의 걸죽한 웃음줄은 내림물살에 뒷바람 기세였다. 금세 신명돋는 '도장' 나으리 거동 봐라. 이리 빠져나고 저리 박혀들며 수울수울 거침없이 읊는데, 군선내 수량은 궁중 어떤 대감의 사점(私占)이요 사천강 망·전량은 한성 어떤 권문의 사유이며 주수천 수량은 강릉도의 관유(官有)요, 하는 본새로 우계땅 열한 물골을 남김없이 읊조려 대는구나.

그뿐인가. '한데에…'해 놓고는 잔뜩 뜸을 들이고 난 연후의 끝말이 이랬다.

"더구나 낙풍내는 시원(始源)에서 하구(下口)까지 전천(全川)이 공물헌수의 전량 아니오이까. 한데에- 어찌하야 공물 전량인 낙풍천에 망·전의 포어도 아니요 초피말을 입수하야 은구어 전족멸살을 자행 했다니 조정 호조에서 청문했을 즉슨 관 육방의 수점이 모두 나문(拿問)의 엄벌을 면치 못할 줄 압네다아-"

굿거리 장단의 초랭이에다 꽹과리 아니냐. 장단이 턱 터억 맞아들어 가는 꼴이 상모 열두발도 다 닳고 남겄다.

현감의 낯색이 푸르죽죽 죽는다. 인중골을 덩금덩금, 입꼬리를 씰룩씰룩, 한동안 오두방정질 다 깔고 나더니 '도장'에게 말하는데 눈길만 웃는 것이었다.

"재차 독찰(督察)[66]해 보오. 그럴 리가 있는가! 관의 물금체에도 상적치 아니했다면 필경 참수의 위법인즉 설마한들 일차인 하호해척이 어찌 그런 사복을 꿈이라도 꿔봤으랴.… 반드시 상적돼 있을 것!"

물금체를 뒤적대며 다시 훑어보는 양 하던 '도장'이 물금체를 따앙- 소리가 나도록 내려놓곤 "누적이외다!"하는 것이었다.

---

66 일을 단속하고 살핌

'도장'이 이쯤 권세를 재보는데 감관이 가만 있을턱 있더냐.

"에엥- 고현! 아니 관속 감관도 모르고 있는 물금처가 있었단 말이렸다?… 진상 공물이 모두 감관의 명복인데 나문의 엄벌이 내린다 치면 감관밖에 따로 뉘게 내리오리까?… 내 한몸만 존법에 순하면 될 일… 권속족문앞에서 유음이나 계할까 합네다아-"

묘방을 생각해 내는 데는 '도장'이 '감관'의 식견을 따를 수 없으렸다. 멀쩡한 술책을 펴면서도 그 짬에 유음(遺音=유언)까지 하고 나서겠다는 '감관'이던 것이다.

현감이라고 무엇을 더 기다려 볼 게 있던가. '감관'의 끝말을 날름 채기 무섭게 호령이 떨어진다. 자진모리로 치닫는 가얏고(가야금) 울음 같겄다.

"네 이노옴! 황조 이래로 엄칙이 유전했으니 산군공피물이요 해군공엄물이라 했으렸다?"

"… 예에! 워따 맞당게요, 예에!"

"알고 있었다? 이노옴- 무슨 뜻인가를 아뢰보렸다!"

"거시기가 머시기하면… 그랗게 내나 고 소리 아니겠읍녀?… 실인즉 먼녀려 소린지 몰라뿐졌읍니다요!"

"이런 죽일 눔 봤나? 여봐라 형방. 이눔을 반은 죽게 치렸다! 흐음- 물고장(物故狀) 한차례 내역이 다변이려고!"

산군공피물(山郡貢皮物)이요, 해군공어물(海郡貢魚物)이라- 현감의 말이 틀린 데가 있을손가. 그런 공법(貢法)이 분명 있었다.

국법으로 정했는데 어련 하겠던가.

내지(內地)의 공물은 짐승의 가죽이요, 연해(沿海)의 공물은 바다 생선이라는 턱없이 쉬운 말이던 것이다.

345. 세가(勢家) 49

그런데 이 공물 사정이란 것이 여간 복잡한 게 아니었다. 뱃놈들의 숨줄을 옥죈 공물의 내역을 모르고는 그 적 뱃놈들의 살림살이 역시 모를 수밖에 없을 것이려니, 당포의 논죄마당을 빌어 공물 사정 좀 구경해 보겠다.

'내지(內地) 산군(山郡)의 백성들은 짐승의 가죽을 공물로 바쳐야 하니라'하고 못박아놨으니 얼핏 생각하기로는 화숙(火田民)들에게만 해당되는 듯싶지만, 이 말은 기실 농민(農民)들 모두를 납공인(納貢人)으로 삼는 것이었다.

농사꾼들이 바쳐야 하는 공물은 또 잡공(雜貢)과 토공(土貢)의 두가지로 나눠졌다. 잡공은 진귀한 곡물(穀物)이나 과실(果實)·옷배(布) 등속을 이름이요 토공은 그 지방 특산의 토산물을 이름 이었다. 그러니까 '산군공피물'이란 말은 결국 잡공·토공은 물론이요 거기다가 짐승의 가죽을 반드시 얹혀야한다는 으름장이던 것이다. '해군(海郡)의 백성들은 어물을 공물로 바쳐야 하니라'하는 말이야 더 생각해 볼 필요도 없이 조선 뱃놈들 모두에게 내린 엄명이겠다.

공물을 바치는 뱃놈들의 처지는 농사꾼들과는 판판으로 달랐으니, 잡공·토공은 흉년이나 천재(天災)로 인해 공납을 미뤄주기도 하고 그 해의 공납을 거를 수도 있었던 반면 뱃놈들의 공납은 흉어철을 만났는지 천재지변을 당했든지 간에 무조건 공물은 바치고 봐야 하는 '상공'(常貢)이었던 것이다.

왜 그런가. 뱃놈들이 공물로 바쳐야 하는 어물(魚物)은 사시사철 줄곧 이어 지내는 온갖 제(祭)에 빠져서는 안될 이른바 천신(薦新)[67]의 필수품이었고 궁중 수랏상에 올라야하는 진상(進上)의 특목(特目)이었기 때문이었다.

이러고 보면 농사꾼들의 '잡공·토공'이나 뱃놈들의 '상공'이나 허리뼈 부려져나는 업과임에는 큰 차이가 없는 것도 같았다.

그런데 그렇지가 않았다. 뱃놈들은 목숨이 끊어져도 우선 바쳐놓고 봐야 하는 '

---

67 1.새로 나는 물건을 먼저 신위(神位)에 올리는 일.   2.봄가을에 신에게 하는 굿.

상공'은 물론, 거기다가 '내지산군의 백성들은 짐승의 가죽을 공물로 바쳐야 하느니라'하는 농사군들의 '잡공·토공'의 업과마저 어김없이 실행해야 했던 것이었다.

이 무슨 괴변이라. 그 이유가 이랬다.

'어전'·'어장'을 가진 상뱃놈들을 빼고 거개의 뱃놈들은 모두가 딱이 생선만 잡아먹고 사는 진짜 뱃놈들이랄 것이 없던 거다. 생선비늘 한쪽 구경해 볼 수 없는 흉어철을 만나면 밭갈이라도 서둘러서 목구멍에 풀칠을 하고봐야 하지 않겠던가.

뜨락을 일궈서 씨를 뿌리고 품밭을 얻어 겨우 죽사발이나 핥고 나면 곧장 바다로 내달려 어장의 접군자리를 염탐해야 하는 소위 반농반어(半農半漁)의 어정쩡한 목숨들이 바로 그때의 뱃놈들이었던 것이다. 그러니까 '어전'차려 놓고 떵떵거리는 화객들은 생선 공물만 바치면 그만인 뱃놈이 되는 반면, '어장'이나 '어전'에서 접군노릇하는 가난한 뱃놈들은 모두가 다 농사꾼에다가 뱃놈마저 겸해야 하는 희한한 운명이었다.

겨우 마련한 공물을 바치고 나면

"네 이놈. 상공만 납하면 될 줄로 알았으렷다? 허어- 이런 상것이 있나? 농경과 어업을 공히 생업으로 삼았으려던 어찌 네놈이 잡·토공의 수임을 실행치 않는단 말이냐?"

감관의 불호령이 간쪽을 도려낼 엄기세였던 것이다.

346. 세가(勢家) 50

현감의 기세가 바짝 오른다.

"네 이놈, 우계현 십수처 수량이 모두 진상품 헌납의 원급처임을 알았으렷다. 그러려던 감히 하호하풍의 주제인 네놈이 어찌 초피말을 풀어 은구어를 멸족하려 들었던고?"

당포는 화뿔이 불끙 돋칠 때마다 애써 충금이의 얼굴을 떠올렸다. 마지못해 그저 죽는 소리다.

"천번 디져도 쌉니다요! 죽을 죄를 졌읍니다요. 쥑이든지 살리든지 간에 하여간 후딱 으찌께 혀주셔뿐지씨요, 예에-"

"저런 고현놈 봤나! 네놈 맘대로 편케 죽을 줄 알았더냐? 낱낱이 죄상을 들어 논죄한 연 후, 명절해도 차차 명절할 것이니라아-"

현감의 말을 받고 현청의 좌중이 끄르르 끄르르 웃겄다.

"진공물(進供物) 원급수량에다 독물을 흡입시켰음은 바로 진공물을 시식하는 상조 모두를 독살하겠다는 작모나 여일 할지라! 그같은 대역의 작모에 네놈 홀로 당담했을 리가 만무려고… 듣자허니 역모의 대역이 또 한놈 있다 들었는데 어찌 네놈 혼자란 말이냐?"

"영감님 말씀인가요?"

"이놈! 장유를 묻더냐? 장유가 고하간에 네놈과 함께 역모를 도모한 놈, 그놈 말이다!"

"내나 용총 영감님 말씀 아닝게뷰?"

그때 '도장'의 급한 헛기침이 두어번 쩌르릉 울렸다. 당포의 눈길과 맞닿자 그저 대구 고개만 끄덕여대는 '도장'이었다.

그제야 얼핏 짐작이 갔다.

"디져뿐졌심니다요!"

"저놈이 뭐라 하는고?"

"그랗게 고 영감님은 시상을 떠뿐지셨다는 요런 말씀입져."

"죽었다고?"

"맛심니다요, 예에!"

"에엥, 고현!… 아니 어찌 그리 급히 죽었단 말이냐?"

"… 긍께로… 긍께로 당신이 진 죄가 원칸 커뿐징계로 섯바닥을 칵 끊고 먼저 가셨지라우… 결박당해서 끌려오는 길인디 고만 가세뿐졌신니다요! 나라고 영감님

속맴을 으찌께 알겠십니까요? 예에-"

"으흐흐흐- 환언할 시면 네놈 두번 죽을 자리를 마련코자 먼저 죽었다는 그 말이렸다?"

"암시락도 고런 말인게뷰!… 대체! 고 말씸이 옳겄읍니다요!"

현감이 가부좌 튼 상체를 좌우로 거드럭거드럭 명창 평시조가락 뽑듯이 뽑아대는구나.

"제도어전염분(諸道漁箭鹽盆) 분등성적(分等成籍)할 것이요 장어본조본도본읍(藏於本曹本道本邑)할 것이니, 누적자(漏籍者) 장팔십이요, 그 리(利)는 몰관(沒官)이라 아- 어전을 가진 호강도 누적의 예를 범하면 장팔십에 리를 몰하려든 하물며 네놈이 관의 물금체에도 무한 수량을 자의분방 설(設)한죄- 이를 어찌 엄벌하면 심족하겄느냐?… 우선 장팔십에 곱을 붙여 장 일백육십만 치고 살려주랴?"

"화이고 고맙고 황송헙니다요! 살아난다치먼 은혜 갚겄읍니다요!"

현감이 기어코 벌떡 자리를 차고 일어선다.

"이런, 이런 발칙한 놈!이놈, 네 이누움-"

어떤 논죄마당인데 논죄사설이 막히랴. 막혔다간 큰 망신살 뻗치려니 호랑이 화거 타던 시절의 케케묵은 쌈지를 풀어놓고 봤던 것이었다. 그 쌈지 좀 구경해 볼거나.

347. 세가(勢家) 51

바다가 뱃놈들에게 눈을 돌리면 죽지 못해 밭뙈기를 일구고, 밭뙈기의 곡물로 희멀건 죽을 끓여 허기를 메우기 무섭게 또 바다로 내달렸던 죄로, '잡공'(雜貢)·'상공'(常貢) 다 올려바치노라 거진 죽었는데 곰팡내음 물씬거리는 이 해묵은 사설은 또 뭐랴.

사설이 이렇던 것이었다.

"제도어전염분(諸道漁箭鹽盆)은 분등성적(分等成籍)해야 할 것이니, 반드시 장어본조본도본읍(藏於本曹本道本邑)할 것이요, 누적자(漏籍者)[68]는 장팔십 (杖八十)에 그 리(利)를 몰관(沒官)함이라. 또 어전염분을 사점(私占)하는 자도 그벌이 똑같음이라. 이에 어전을 빈민(貧民)에게 골고루 주어 삼년이체(三年而遞)함이 옳도다-"

태조 이성계가 즉위 원년(1392년) 모든 어전과 소금밭을 '사재감'(司宰監)[69]의 관할로 못박아놓고 어전·염분의 개인소유를 국용(國用)으로 하겠다는 서슬푸른 준령(遵令)이었던 것이다. 그 뜻을 쉽게 풀어보겠다.

'조선 경토 안의 모든 어전·염분은 반드시 등급을 정하여 적(籍=장부)을 이루어야 할 것이며, 이렇게 작성된 적은 반드시 어전·염분의 관할 조(曹)와 그 해당의 도(道)·읍(邑)의 관아에 비치해야 할 것이니, 만약 어전·염분을 혼자 독차지한 자가 그 어전과 염분의 등급을 낱낱이 밝혀 적을 이루지 않고 숨겼을 때는 곤장 여든대를 치고 아울러 그동안의 이득을 모두 관(官)에서 몰수한다. 이 준령을 지켜가기 위하여 엄명하노니, 조선경토안의 모든 어전·염분은 가난한 뱃사람들에게 골고루 나눠주되 그 운용(運用)의 기한을 삼년으로 하여 삼년 이상은 홀로 독차지하는 예가 없도록 하라'

하는 뜻이었다.

소문만 들어도 조선땅 안의 뱃놈들은 기뻐서 펄적펄적 뛰다 죽을 법이었다. 그런데 어인 일이랴. 태조 이성계의 불호령은 일백십팔년(중종 5년, 1510년) 동안의 세월을 흘러오는 동안 말짱 허깨비 금법(禁法)이 되고만 것이로다.

---

68 호적에서 누락된 사람. 여기서는 어전과 염전 등록장부에 올리지 않은 자를 말함
69 조선 시대, 궁중에서 쓰이는 생선, 고기, 소금, 연료 등에 관한 일을 맡아보는 관청.

중종 5년 - 세월치고는 그중 무서운 세월이었다. 약속한 법령은 모두 허깨비 목숨이었으니 그 긴 세월을 어찌 그답게 살아 버티랴.

현감의 말인즉 별 게 아니다. 모든것이 다 그대로이되 상투끝을 우습게 또아리 쳤고나.

'어전 염분을 다 임자에게 나눠 주되 네놈들의 사점 수량은 국법을 어김이라!'하는 것이었다.

그런데 과연 이 말이 옳더냐. 현감은 '조선 경토안의 모든 어전 염분은 가난한 뱃사람들에게 나눠주되 그 운용의 기한을 삼년으로 하여 삼년 이상은 독차지하는 법이 없도록 하라!'하는 끝말만 쥐꼬리 감추듯이 슬쩍 감춰버렸던 것이었다.

태조 이성계가 '가난한 사람들의 어전을 삼년으로 하라'하는 명령도 발하였을 즉슨, 조선 팔도안의 모든 어전·염분은 삼년 안에 주인이 바뀔 줄로만 알았을 것이었다.

그러나 자 치는데 울 넘는 중생이 없으란 법 없었다. 세월이 그 약이요 처방이었다. 살아있는 '세가'들이 어떻게 살 방편을 구하랴 치면 살아있는 가난한 뱃놈들도 그 '세가'들에게 지지 않고 살아남는 뜻을 배워야 했다. 곧, 앎이 세월의 잔혹함만을 못 따를 때도 있던 것이었다.

348. 세가(勢家) 52

'어전과 소금밭의 사점을 엄금하며 개인소유의 어전은 반드시 관아에 보고해야 한다는' 것쯤은 세가들의 꿍꿍이 속에서 얼마든지 허무맹랑한 것으로 탈바꿈 될 수 있는 것이었다. 이같은 짓을 교묘히 해낼 양으로 이른바 '물금체' 따위의 그럴싸한 수작을 미리 꾸며놨으니 말이다.

그러나 '모든 어전과 소금밭, 수량들을 가난한 뱃놈들에게 주어 골고루 삼년씩을 거둬 먹게한다'는 이 엄법은 어떻게 되어 기척도 없이 사라져버려야 했던가. 더구나 태조 이성계가 만든 이 엄법은 '그래야 할 것이니라'하는 식으로 기분내키는 짬에 거저 해봤던 소리가 아니요 육전(經濟六典)에다 명문규정(明文規定)하여 영포(領布)한 법령이었던 것이다.

이 법령을 흐지부지 있으나마나한 것으로 만들어 버린 것이 바로 사급(賜給)이란 별난 제도였다.

곧, 왕이 공신(功臣)이나 귀족, 그리고 지방관리들에게 상으로 내리는 전답이나 어전을 통틀어 사급이라 했는데, 그 하고많은 사급에 얹히는 상이란 것이 거개가 '어전'(漁箭)[70]이었던 것이었다. 강줄기는 고사하고 망망창해의 물속에까지 바둑판처럼 금을 그어 사급할 정도였다.

'어전사급'은 세조(世祖)·성종(成宗)·연산군 조(朝)에 이르러 바짝 성행하더니, 중종(中宗) 조에 이르러서는 튼튼한 기틀을 굳히던 거였다.

궁중의 왕족으로부터 연해지방의 호강(豪强)[71]들에게까지 허드레 물 쓰듯 어전을 사급한 탓으로 뱃놈들이 발 붙일 곳을 잃게 되자 뜻 있는 벼슬아치들이 그제야 어전의 사급을 막고 나섰다.

바로 중종반정(中宗反正) 때의 공신 성희안(成希顏)·박원종(朴元宗)·유순정(柳順汀) 등이 들고나온 사점어전(私占漁箭)의 혁파론(革罷論)이 그것이다. 어전을 사급받은 공신들마저 낯가죽 뜨거워서 못배겨날 지경이었으니 그 횡포와 폐단이 오죽했겠는가.

사헌부(司憲府) 대간(臺諫)[72]들을 충동질하여 왕(中宗)에게 어전사급과 모든 사점어전의 혁파를 계언토록 했으나 중종은 뻘소리 집어치우라는 격으로 대간들의 진

---

70 고기떼가 박히는 큰 물목에다 방죽(防竹)을 세워 신렴(薪廉)을 넓게 두르고 임통(袵桶)을 설치하여 그 넓은 물목을 완전히 막아버리는 것
71 향촌에 토착화한 지배세력으로서 관권(官權)에 어느 정도 대립적인 위치에 있었던 세력. 이들은 국가의 대민(對民) 지배의 범주밖에 존재하면서 국가의 수취기반을 불법적으로 침탈하여 사적 이득을 충족시키던 계층이었음. 중앙의 특정 세력이 또다른 세력에 의하여 교체되면 이들은 새로운 중앙 지배세력에 의해 토호(土豪)라고 지칭되면서 견제 대상으로 떠오르게 되었다.
72 조선 시대의 사헌부, 사간원의 벼슬을 통틀어 이르는 말

언을 물리칠 뿐이었다.

견디다 못해 입궐한다.

"전하, 대간들의 말이 천만번 옳을 줄 아뢰오. 신 역시 사급어전의 은혜를 입고 있아오나 이는 빈민급여 삼년이체 한다는 경육전의 영법에 어긋남이 아니오리까!"

박원종의 말이요.

"경육전의 법령은 엄히 만세통행의 엄법인즉 어찌 일시의 사은에 흡족하여 국지공물의 어전을 사점할 수 있겠나이까! 경토내지의 수류는 모두 권문세가의 사점이요 심지어는 망망창해까지 분등사점하야 어로하는 모든 어호들에게 각양각색의 어세를 수세하는 실정이옵니다. 어호의 생민지고가 참혹하니 경토 연해에서는 어상의 분방함이 단절된지 오래며 어호들의 유리산주(流離散走)[73]함만 빈발 하옵니다. 어전의 사급을 금하시옵고 사점 어전을 혁파하옵시와 육전에 준행 하심이 지당한 줄 아뢰오!"

유순정의 애간장 끓는 진언이었다.

그러나 중종은 어전의 사급은 조종조부터 내려오는 것이니 그 관례를 깸은 가당찮은 것이요 조종의 예를 관수할진덴 어전의 사점은 불가피하다는 이유로 고집을 꺾지 않았다.

뱃놈들은 이래저래 그중 모진 세월을 맞았던 것이었다.

349. 세가(勢家) 53

논죄마당에 겹붙어 저마다의 속셈을 펴며 서로 엉거능축하게 눈치만 살피던 간객(看客=구경꾼들)들이 수런대기 시작한다.

'도장'이나 '감관'같은 세가들은 한껏 튼튼히 가부좌를 틀며 헛기침을 다발째 풀

---

73 삶이 피폐해져 가족과 뿔뿔이 흩어지거나 일정한 집과 직업이 없이 이곳저곳으로 떠돌아다님. 유리산망(流離散亡).

어놓느니,

'육전영법을 어기고 그도 모자라 진상품 전량에다 독물을 풀었으려던 네놈은 벌써 열번은 죽은 놈이니라. 허니이- 네놈의 논죄가 엄벌백계의 본이 될 시면 우리들의 사복만포에는 하등 변동이 없을 것이요 되려 사점수량에 대한 감호만 더 튼튼히 하는 양방이렸다-' 하는 생각들인가 보더라.

'객주'·'여각'들의 낯색들은 판이 다르다.

수염다발을 널레널레 쓸어대며 쓴 입맛 풍년만 만났는데 구시렁대는 입술들은 경기든 갓난장이 사추리 떨 듯하고 낯가죽 찰색들은 거진 똥색이 다 됐겄다. 눈치를 잡자하니 필경

'저놈이 버텨줘야 할 터인즉 꼼짝없이 죽었고나! 공물점퇴는 관아가 놓고, 점퇴공물은 싹 쓸어 챙기느니, 이젠 저놈의 물고장을 들어 더욱 점퇴공물 관유하기에 혈안만 되렸다!' 하는 뽄새들이던 것이었다.

관아 탐관을 끈줄 잡고 '객주'·'여각'들 미주알[74] 빨아대며 겨우겨우 호강 노릇 해봤던 '화객'들의 표정도 거진 절망이었다.

홧김이 올라 눈두덩이 화끈댈 지경이매 깨적눈 겹두리의 백태만 손등으로 쓸어대며 불길 같은 한숨만 내뿜느니,

'저런 쓸개 빠진 놈 또 봤나. 기왕지사 죽을 마당이요 죽으면 그당장 썩어질 상것 체신이려던 어찌 당죄순벌만 고분고분 받는단 말이랴. 초피말 풀어 낙풍내 진상품 멸족시킨 것도 관아요, 공물점퇴 빙자하고 민고빈민 사방산주 조모 한것도 관아려던, 제놈이 뭐 그리 잘났다고 백죄천벌을 도맡는단 말이랴! 죽을 닭도 계명을 알리고 순할진덴, 제놈 목숨 거름쳐서, 우리 화객들 공물전압 망량이나 한곳 더 늘려주고 뒈지면 천추대역 면한다더냐아-' 하는 속앓이렸다.

먼 곳에서 천둥 한차례 꺼르릉 울었다. 으등그렸던[75] 하늘이 더는 못 참고 비를 내

---

74 똥구멍에 잇닿는 창자의 끝부분.
75 춥거나 하여 조금 움츠리다.

리시는 구나. 수문 밖이 더 소란스러웠다. 논죄마당은 삼오 장(長) 담장 안이려니 논죄풀이가 궁금해서 저들끼리만 부접 떨어보는 상것들일 것이었다.

당포의 몸뚱이는 벌써 흐늘근히 녹쳐진 참이었다. 우선 맛배기 곤장 팔십대를 맞은 연후겄다.

현감이 명한다.

"우선 저놈에게 사점수량을 상적치 않은 죄를 물어 장팔십을 더 치렸다. 어쩐 연고인즉 하며언… 일차타한 팔십장은 제놈의 응죄요, 이차타 팔십장은 먼저 죽은 공모 치장(齒長=늙은이)의 응죄라! 마땅히 이 순 일백육십장을 받아야 할지라… 행여 곤장맞다 죽더라도 준법엄행의 과려니 물고짱 자알 적하렸다.!"

그 통에도 죄인 죽여 보고하는 물고장(物故狀) 걱정하고 나서 술 수울 논죄마당을 넘는데 경육전 굽도리 한곳 안놓치고 잘도 읊어댄다.

현감의 선소리 받기 무섭게 관육방이 매기는데, 그 장단이 똥줄 급한 계집년 국거리 썰듯 하는구나.

350. 세가(勢家) 54

"일백육십장 치고나면 본죄가 또 두가지요 중죄가 또 두가지라. 자세히 이를테니 네놈 경청하렸다. 네놈 행색 보아하니 조선민이 아니로다! 호패(號牌) 소지 않았으니 네놈 설혹 조선민인들 관부(官府) 낙인(烙印) 바이없고[76] 생년간지(生年干支) 모르노니, 네놈이 어찌 조선민의 골육이랴! 풍문을 접했은즉 경상도 땅 제포에서 우계 잠행했었다지. 왜난에 초토됐다 들었거늘 네놈은 필시 왜첩자(倭諜者)라! 호패 소지 마다하고 조선경토 잠행한 죄, 이것이 본죄중의 하나렸다. 본죄 한목 더 들 테니 네놈 경청하렸다. 네놈 신분 은장하고 경토내지 잠행했으려던, 그것도 불급이라

---

76 전혀 없다

황조이래 경육전을 일거에 위법하고, 공물원급(貢物源給) 망량에다 임의 결전(結箭) 설한 죄에- 본죄중의 또 한목이 바로 이와 같으렸다!"

현감이 한숨 돌리는 새에 이방이 날름 받었다.

"본죄이목(本罪二目) 거증(擊證) 마쳤읍네다아."

"좋고오-"

해놓고는 또 넘어가는 것이었다.

"본죄 일목만 가지고도 네놈은 참수엄형 못 면할지라. 경육전에 명문(明文)하길, 망량 상적아니하면 장팔십 곤장에다 그 리(利) 관몰(官沒)한다 했으렸다! 벌죄를 종할시면 의당 리를 관납(官納)해야 할지니, 은구어 삼천미(尾)를 사후(死後) 필납하렸다아- 중죄(重罪) 이목 거할 테니 네놈 경청하렸다. 네놈의 망동(妄動) 보아하니, 필경 미세해척(未稅海尺=세금을 못낸 어부) 손(孫)이려고. 당대미납세(當代未納稅)하면 후대필납세(後代畢納稅)라아- 경육전의 세법인즉 징세세습(徵稅世襲=자손대대로 내리는 납세의무)이 분명코나. 어세미납(漁稅未納) 중죄려던 관유망량에 설망하야 국용(國用)의 지실을 꾀한 죄! 이것이 바로 중죄 한목인데, 또 한목 거할테니 네놈 경청하렸다. 수류산택(水流山澤)의 독물포어(毒物浦魚)는 개국이래 엄금이라. 엄죄를 불문하고 설망결전(設網結箭)한 죄만도 종사(從死)의 벌이려던, 사복실리 하겠다고 초피말을 입수(入水)한 죄에- 진상공물 멸족은 차외에 치한다손, 독물 먹은 은구어도 그 역시 독장(毒藏)의 물(物)이리라. 네놈 의중을 알고 보면 염하한출(炎夏汗出)의 경이려니 사지는 당풍이요 식은 땀은 수류 같고나! 네 이노옴- 알았으렸다? 민생복락 시화연풍[77]이 성은의 덕이려던, 진상필목(進上必目) 은구어에 독물을 포식시켜 누굴 독살하렸더냐? 천언만설이 부질없는데 논죄가 무슨 소용이랴! 효시(梟示)[78]의 벌만이 당적하려니, 네놈의 목을 베어 우계 스무골을 경중(警衆=백성들에게 본때를 뵈주는 짓거리)한 후, 강능도에 송포하야 백날 경중을 또 하리라-"

---

77 나라가 태평하고 풍년이 들어 시절이 좋음.

78 죄인의 목을 베어 높은 곳에 매달아, 경계하는 뜻으로 뭇사람들에게 보임.

우계현의 곤장 맛은 살점을 도려내는 아픔이었다. 볼기짝이 짓뭉개지도록 벼락질을 앵겨주더니 그 소리가 차츰 마구리 싸움판처럼 요란스러워져 가는 것이었다. 살점 발를 곳이 마땅치 않았던 모양이더라. 턱 터억 내리꽂히던 곤장마다 사뭇 쇠그릇 깨지듯 터드렁 터드렁 소리가 섞이는구나.

당포는 스물두대까지 헤다 말고 정신을 잃었다.

정어(丁魚)

351~416

제1부 황년(荒年)

제1장 군도(群盜)

351. 정어(丁魚) 1

당포는 몇날이나 흘렀는지 짐작 잡을 수가 없었다. 내쳐 두날쯤 실신해 있었는
지, 아니면 사나흘쯤 아둔패기[79] 간일학(학질) 앓는 본새로 퍼져 잠만 잤는지, 도시
알 수가 없었다.

갇힌 곳이 우계 땅 옥(獄)인 것도 같았고 강능부의 뇌옥(牢獄)인 것도 같았다. 다만
이적 목숨이 붙어있다는 사실이 믿기지 않았을 뿐이었다.

당포가 정신을 차린 것은 조금 전이었다. 수런대는 기척이 예사스럽지 않아서였
을 거였다.

당포는 희미하게 불빛이 새어 들어오는 곳에다 눈길을 모았다. 사람의 형체는 없
었지만 불빛에 드러나는 그림자가 너댓개는 돼 보였다.

그런데 야릇한 일이었다. 그림자 노는 본새가 가만히 서있는 것 같지도 않았고 그

---

79 지혜롭지 못하고 미련한 사람을 얕잡아 이르는 말

렇다고 바삐 서성대는 것 같지도 않던 것이다. 그림자 두개는 뭔가 자꾸 밀쳐내는 모양새인데, 나머지 서너개 그림자들이 바짝 붙어섰다간 떨어지고 또 따라붙었다간 다시 물러서고 하는 그런 낌새였다.

"거 차암 쩨시락 떠네. 아 낸들 뭐 좋아 이 짓 하겠나? 그러지들 말구 가오."

"모르는 처지두 아닌데 어찌 이리 구찮게 굴어대나? 어서 가랄 밖엔."

옥쇄장(獄鎖匠=옥사장이) 아니면 옥정(獄丁)[80]의 투덜거림 같기도 했다.

"제에길 내 원! 우리 우계 땅을 발칵 뒤집어논 그 녀석을 고만 내손으로 죽여놓구 싶어설랑 이러는 게야. 자낸 우계놈 아닌가?"

밀어내고 달라붙고 하며 한동안 트시작거렸다. 그러더니 조용해졌다.

"지발 좀 쥑여주여. 내 목아지 강능도 유람헐 맴 씨도 읍응께!… 나 죽여준 놈 디져서도 은혜 갚을란다, 후웅-"

당포는 기진해서 웅얼댔다.

그러고 보니 아직 우계 땅속인 모양이었다. 강능도에까지 송금시키느니 아예 우계 땅에서 죽이고 볼 심산이리라. 죄상 낱낱이 밝혀가며 죽인 녀석 물고장을 만들려니 몇날쯤 잡아먹어야 했을 것이었겠지.

당포는 희멀건 눈을 뜨고 옥문대(獄門臺=죄인의 모가지를 매다는 나무)를 떠올려 봤다. 죽으면 그 당장부터 만사태평이라고 다짐다짐 해뒀던 생각이 금세 싸악 가시는 거였다. 푸르죽죽 색바랜 모가지가 옥문대 끝에 댕겅 매달린 채 우계 땅을 유람하는 모양새란, 생각만 해도 바늘끝 같은 소름발이 솟는 것이었다.

결국은 충금이에게 속고 만 것이리라 생각하며 죽는 마당에 녀석의 얼굴이나 똑똑히 새겨두자는 당포였다. 그런데 야릇한 심사렸다. 녀석이 밉지가 않는 것이다. 용총 영감의 죽음을 알려주면서 흐들지게 깔아놨던 그 상도가 귓청에 살아있기 때문이리라.

---

80 옥에 갇힌 죄인을 지키는 사람을 이르던 말

당포가 이런 생각을 마무리 지었을 때였다. 우루루 들이닥치는 발짝소리들에 이어 '어쿠! 어쿠'하는 비명이 자지러졌다. 옥문 밖은 삽시간에 난장이었다. 그나마 뿌옇게 빛밝히던 횃불도 죽었나봤다.

옥문이 덜크덩 덜크덩 몸살을 떨더니 이내 와글작 열리는가 싶었다.

"네 이놈! 곱게 죽게 놔둘 줄 알았더냐?"

하는 소리가 떨어지기 무섭게 시꺼먼 그림자들이 벼락같이 당포를 들춰맸다. 녀석들은 쏜살같이 내달았다. 눈에 뵈는 것이라곤 칠흙 같은 어둠뿐이었다.

352. 정어(丁魚) 2

사위는 칠흑의 어둠뿐. 녀석들의 어깻죽지 위에 얹혀 몸살을 떨어대는 몸뚱이가 흐느적 거릴때마다 뼛대는 뼛대로 살점은 살점들 대로 발려지는 것 같은 아픔뿐이었다. 몸뚱이 사정은 이렇거니와 또 못견딜 것이 죽을 마당이었다.

전라도 '구차례'답 당포란 뱃놈의 목숨 한번 짐작했던 것 보다는 어그러지게 길었다. '낙풍내' 수량에서 카악 못 죽고, '도장'집으로 끌려오던 길에 또 카악 못 죽고, 용총 영감의 죽음을 알고도 카악 못 죽고- 끈질겨도 유분수렸다. 옥살이 몇날 흘려보내면서도 왜 또 못 죽어 이런 꼴을 당해야 하랴- 하는 생각만 어귀차서[81] 마냥

"여그서 카악 쥐여주여!… 으디로 간당가? 느놈덜도 뱃놈일 것이여잉! 요롷고롬 찰지게 주물서 사람 쥐이는 꼴 못 봤다잉… 여봐여딜! 고냥 내려놓고 여그서 카악 쥐여주여! 지발 고레주여!"

숨닳게 통사정을 놨지만

"고현늠! 잠자코 못 있겠니? 네놈 소원대루 여기서 죽여주랴!"

"고려! 지발 고려주어! 허리빽따구가 뿐질러질라고 지랄이여! 삭신이 애리고 쑤

---

81 뜻이 굳고 하는 일이 빈틈없이 여물다.

셔서 못 참겄여잉!"

"내 사십 평생에 이런 엄살 처음 보지. 년석아 또 한번만 쥐둥일 놀렸단 봐!아주 예서 내려놓구 이삭꽝이들 잔치상 받는 걸 볼테야!"

대꾸하며 줄달음 칠 뿐이었다.

삵팽이가 뜯어먹게 버려놓겄다는 말은 영 싫은 당포였다. 살점 한쪽이라도 남아서는 기어코 고향 '고사말' 땅에 묻혀야 할 것이라는 허기진 소망때문이었던 거다.

이런 생각이 곧 지워지면 또 '여그서 카악 죽여주엇!' 해대며 어렁구렁 혼줄을 빼갔었다.

아버님 얼굴, 승주댁 얼굴, 아들 상모놈 얼굴… 이렇게 차례로 오롱조롱 부시적거리다간 끝장에는 용총 영감의 모가지가 푸실푸실 날아 산봉우리를 넘는다 싶었을 때, 당포는 막바지 제정신을 모아봤다.

"기왕 디질 마당인디 느놈덜 본색이나 알아사져… 다 죽은 뱃놈을 요롷고롬 져날라다가 오각을 뜨겄다는 느놈덜은 대체로 본색이 믓이당가?"

"이눔아, 사람죽은 송장 또 죽이는 사람들이지 뭐긴 뭐야?"

"올매나 묵었냐잉?"

"……?"

"… 기척도 읍시 이 댕포놈 죽이는 값으로 을매나 묵었냥게!"

"거 좀 박하더라. 상포 열동에다 게우 곡미 두섬 먹었지."

"네에라아- 요 짝다구 같은 셰끼드을- 고것 묵고 날 죽여이잉- 생피나 붙어서는 자손대대로 베락맞어 디져라잉……"

당포는 가물가물대다가 그새 멀어져가는 정신속에서 이빨 앙당 물며 이렇게 방자(저주=詛呪)를 봤던 것이었다.

"어라? 이눔 이거 죽나보다?"

"죽으면 말짱 헛짓일세! 방댕이를 대구쳐!"

"칠재까정 아직 멀었는데… 어쿠 이눔 되게 무겁다!… 눔 이거 송장 될려구 이리

근수 매기나봐!"

"헛소리들 작작 놓구 빨랑 이눔 살점이라두 도려내엿! 살려가야지 뒈지면 공불타령이야! 절기(絕氣) 않도록 살점이라두 발라내라는데!"

이런 소리들만 희미했었다.

353. 정어(丁魚) 3

온몸이 선뜩거리면서 숨이 컥컥 막혀오는 것이었다. 정신이 겨우 희붐하게[82] 트여온다 싶었는데 오진 물벼락이 또 한차례 머리통을 덮씌웠다.

"경을 칠놈 하군! 고만하면 혼낌이 붙을만도 한데 천년 묵은 대망 팔자라구 이리 지독스럽담? 아, 년석아 제발 정신 좀 채려다구."

"두밤을 오는 동안 뭘 넘겼어야 말이지. 년석 뱃가죽이 벌써 별완지(別浣紙)[83]가 다 됐잖나. 속이 비어서 그러는 게야… 여봐여 안 뒈겼으면 그만 정신좀 채려봐!"

"됐우. 이제 혼낌이 붙나보오. 비시적대는데… 대구 물을 퍼부어 빨랑."

이런 말소리들이 들리면서 거푸 물벼락이 쏟아졌다.

당포는 팔을 허우적대며 앓는 짐승처럼 신음만 내뱉았다. 그제야 물벼락이 멎었다.

눈을 떠봤다. 여전히 밤 속이었다. 구시렁대는 말소리가 두날 밤을 넘겼다 했으니 녀석들의 어깻죽지 위에 얹혀 이틀을 죽을 고생 치른 모양이었다.

손을 놀릴 때마다 철버덕 철버덕 소리가 났다. 자세히 살펴보니 납작 엎드려 있는 땅은 온통 물바닥이었다. 볼따귀가 잠기도록 흥건한 물이 괸것이었다.

"어 그놈 참 이쁘기도 허다! 고냥 죽는가 했었는데… 자아들 빨랑 들춰메라구들."

녀석들이 당포의 사지 한가닥씩을 불끈 들더니 이내 복태(卜馱=짐꾸러기) 들어 나르듯 했다.

---

82 날이 새려고 빛이 희미하게 감돌아 밝은 듯하다.
83 빛이 누르스름하고 줄진 결이 뚜렷한 재래식 종이.

"아갸갸갸아-"

당포가 자지러지자

"죽일놈 같으니! 혼낌 돌아 붙는다니깐 그새 또 엄살지랄을 떨지."

불퉁거리면서 쿵 내던져 버린다. 방속이었다.

"우린 이만 가오."

녀석들이 문을 타앙 닫고 돌아섰고 방속의 사내는

"고새앵 했읍메다. 주막 간나 눈치르 앙이잡게서리 오솜소리 얼피덩 내리갑세."

하는 것이었다.

당포는 그 목소리에 선뜻 놀랐다. 눈을 부라려뜨고 사내를 쏘아봤다. 사내는 토벽에다 등을 붙이고 앉은 채 멀끔히 당포를 내려다본다.

"… 충금이!…"

"정신으 차렸으면 일럴 오랑이."

"… 아니, 으찌께 된 판이여?"

당포는 생시인지 저승속인지 분간키 어려웠다. 연신 머리통을 내저어보며 눈길에다 불을 밝혀보지만 영락없이 충금이었다.

"무시레?… 당포 너 앙이 죽는다구 말했었잖네?… 허차암- 입서엉 꼴악지르하군 볼만하당이."

충금이는 히죽히죽 웃을 뿐 한동안 말이 없었다.

"… 여그는 으디랑가?…"

"칠재지 어드메야."

"… 칠재?"

"고개만 넘으가면 망상 골안이야. 고개 위쪽은 우계 땅이구 고개 넘으는 망상 땅이랑이."

당포는 주밋거리다가 물었다.

"자네가 날 살렸여?"

충금이는 대답 대신 등뒤에다 감췄던 술망치를 당포앞으로 들이밀었다.

"술이나 쳐먹으랑이. 술배께 더 약이 있겠관디…"

당포는 술이란 말에 정신이 번뜩 트였다. 망치째 들고 꿜꿜 쏟아넣고 본다.

354. 정어(丁魚) 4

"에엥- 술에 걸신으 든 놈우 새끼!… 죽었다 살아난 놈이 정성으 못 채리구서레. 내 마음으 놓을 쉬가 없구만."

말은 모질게 쏟아놓지만 얼굴은 그 적 잔주름을 잡는 충금이었다. 눈으로는 당포의 하는 양을 건너다보고 손가락으론 발샅의 때꼽재기를 후벼대는데 그쯤 아느작거릴[84] 수가 없었다.

부엉이 울음이 산슭을 울려댔다. 첩첩이 늘어선 옻나무 가지 사이를 깃치고 날며 계집 생각에 눈이 뒤집혔을 것이리라.

골안이(강원도 묵호읍 괴란리槐蘭里) 땅속이었다.

밑으로는 검단이(금단리琴丹里), 두마암(두암리斗岩里), 샛말(간촌리間村里), 올밑(칠저리漆底里)이 줄을 대며 늘어앉고 위로는 우계땅 오일말(옥계면 남양리南陽里)이 폈던 어깨를 슬근 감춘다. 말하자면 우계 땅과 망상 땅을 경계짓는 곳이었고 칠재는 그 경계의 한가운데 솟은 그중 높은 고개마루였던 것이다.

동쪽을 가늠하고 줄곧 나아가면 동해의 갯가에 가닿고, 서쪽을 향해 나아가면 척주도호부(陟州都護府=강원도 삼척군)의 박곡(璞谷=강원도 삼척군 북평읍北坪邑)에 가닿는다.

당포는 술망치를 다 비우고 나서야 제 혼줄이 제대로 불어오는 기분이었다. 궁금한 것이 한두가지가 아니었다.

---

84 가볍게 자꾸 흔들리다

"크으- 인자사 댕포놈 혼줄이 돌아왔능갑다… 니놈이 도장놈 접살이꾼 충금이란 놈이 분명하제?"

"간나새끼! 쥐둥이르 닥치랑이! 미친 사설으 작작 읊으라는 소리야!… 이 간나새끼가 송쟁으 돼봐야 알겠다는 것이잉가?"

"… 엇따 뜨그라!… 내가 먼 못헐 소리를 했드랑가?… 고럼은 니는 뭇헐라고 이 댕포놈을 살려냈디야?… 고것이 무지허게 궁금해뿐지여…"

"네놈하구 함께 망량 튼 그 영감 오즉 참욱하게 죽었어야 말이지!… 영감귀신 고이고이나 갑쏘꼬망 하는 맘으루 네놈으르 살콰낸기야. 헛소리 이젠 고만 치우구서레 음전히 굴으랑이! 알갔네?"

"그려… 고것은 인자 알았다구 치여. 그란디 말여… 거시기 니놈이 죽겠다는 나를 살려냈으면 이 댕포놈을 우계 땅서서 무사도주 허게꼬름 으찌께 도와줘사 쓸 것이여잉… 그란디 우덜이 서로 생각덜 혀보자고잉!… 옥장에 갇힌 놈을 닷짜곳짜로 보듬어 내뿟졌으니 시방쯤에는 현내 구석구석마다 이 댕포놈 찾는 포졸들이 겁나게 깔려뿌렀을 것이여잉… 아니, 호패도 안찬 놈이, 거그다가 내 목때기를 비어서는 말마닥 굿판을 돌려야 허겠다는 죄인 처신에 말여, 아니 으디로 도망질을 놔사 쓸 것잉가? 살려냈으면 도망질이라도 지데로 놓게꼬름 방도를 퍼줘사 도리 아닝게벼? 또 소락때기[85] 칠께베 겁부터 왈탕 솟지만 말여… 이 댕포놈 끝까정 돌봐돌란 이 말이시!"

"뉘기 내뿌리 둔다구 했네?… 한잠 시들구 나면 다른 치들이 널 또 모셔 갈께야!" 이건 또 무슨 소린가. 당포는 무릎으로 곧추 서며 달근 숨을 끓인다.

"므시여?… 어뜬 놈덜이 또 댕포놈을 떠매간다고야? 어엉?"

"믿을 쉬 없응이 고만 사나흘 퍼자란 말 앙이젭메?… 언진간 다시 보겠지!… 난 이젠 가면 고만이당이!"

---

85 '큰소리'의 방언

충금이는 이내 밖으로 사라졌다.

355. 정어(丁魚) 5

이틀밤을 그렁저렁 넘기고 나니 거덜났던 삭신이 저 붙을 곳 찾아 나서는 짐작이었다. 덕지덕지 피딱지가 엉킨 엉덩이만 빼놓고는 한결 몸뚱이가 가벼웠다.

"허어- 도채비 환갑잔치 상을 받았데냐! 후웅- 대체로 으찌께 돼가는 팔짜여?"

옥 안에서 살아 나왔던 것부터 지금까지 꿈속 아닌 것이 없겠다.

당포는 제 꼬락서니를 훑어보면서부터 다시 정신이 흐려지는 것이었다. 충금이가 사람을 시켜설랑 말끔한 새옷으로 갈아 입힌 거였다. 새옷이고 술망치고 간에, 기실 보고 싶고 간절한 것은 충금이의 낯짝인데, 녀석은 콧뱅이도 안뵈 주며 새옷에다 술망치에다 부지런히 들여보냈다.

그때마다 전갈을 보내는데, '죽고 싶으면 방속에서 나오고 살고 싶으면 한발짝도 밖으로 나오지 말라' '이틀 밤만 견디면 사흘 밤 되는 날엔 다른 패거리가 네놈 모셔가리라' '술이나 거푸 넘기면서 양기나 채워라. 좆발이 송곳 기세여야 살아나리라'- 하는 따위의 종잡을 수 없는 말들뿐이었다.

오늘 밤이 그 사흘째 날이었다. 시르시르 톰방톰방- 하는 소리가 연잇는 걸 보면 가는 빗줄이 들치는 낌새에다 토담벽 헐어내는 낙수 소리마저 겹쳤으리라.

당포는 술망치를 집어들고 또 꿜꿜 넘겨댔다. 그러면서 생각해 보는 것이었다.

죽어도 예사 죽음은 못 면할 팔짜겠다. 새옷에다 술망치에다, 속셈들이 뻔하고나. 불쌍한 타지 뱃놈 죽이자니 술이나 원껏 마시게 할 것이요 핏물 얼룩진 중의 입힌 채로 또 멍석말이를 어찌하랴. 정수낭 단물이 찰박찰박 넘치도록 양기나 채워두란 말, 마지막 보내는 마당에 은근짜년 옥문 맛이나 뵈주겠다는 심사 아니고 뭔가.

"허어- 목심이 찔게도 지 처신에 맞도록 찔게사허는디!… 먼녀려 명줄이 요롷고롬 찔기당가!"

당포는 술을 넘기면서 또 생각한다. 신분 지천한 상뱃놈치곤 죽을 날 한번 자알 잡았다는 생각이었다. 밖은 비오시는 깜깜 어둠이요, 토막(土幕)[86] 속은 술망치가 다섯개렸다. 죽일진덴 제발 딴곳으로 업어나르지 말고 한창 술이 넘어갈 때 벼락같이 들이닥쳐 개 잡듯 죽여주면 천복에 없는 호강 한번 누리려니-

그런데 한가지 말이 영 어려웠다. 어찌 생각하면 죽일 맘은 아닌 듯싶고 또 달리 생각을 좇을시면 새옷 입혀 우계땅 안에다 묻어주겠다는 뜻같기도 하던 것이다.

충금이란 놈이 휑 밖으로 사라졌을 때 당포는 악이 받쳐 내쌌던 것이었다. 살려내 줬으면 우계 땅 벗어나게 도와줘야 사람목자다 하고 반은 미쳐봤었는데 충금이놈은 목소리만 남겨놓곤 감감소식이었다.

"미친소리 작작 하라는데 저 간나새끼가!… 나르 음전한 사람이루 믿는데 황잽는기야. 잔소리르 말구 업혀가문 그만이당이, 쥑든 살든 무시레 내 어찌 알아?"

당포는 이 소리를 되씹어대다 말고 섬뜩 놀란다. 밖에 야릇한 기척이 있었다. 술망치를 내려놓고 당자목 하나를 집어들었다. 이젠 매질이라면 학을 뗄 지경이었다. 맞아죽기 전에 한놈 때려잡고 보자는 마음이었다. 조심스러운 발짝소리들이 바짝 토막 옆으로 붙는다.

356. 정어(丁魚) 6

당포는 슬금슬금 기어 문미(門楣)[87]옆으로 바짝 붙었다. 멀뚱하게 서 있다가는 기별도 없이 휘두르는 몽둥이질에 정수리나 박살나기 딱 알맞을 것이었다. 부러 밑으로 납작 엎드린 이유 역시 들이닥치는 녀석의 정강마루를 단번에 부러뜨려 놓곤 녀석들의 가랭이 새를 잽싸게 빠져 달아날 속셈이었던 거다.

한치는 실히 벌어진 문미 밑에다 귀바퀴를 들이대곤 밖의 기미를 정탐해 봤다. 숨

---

86 움으로 지은 막
87 문이나 창문 위에 가로 건너지른 나무

소리를 참느라고 무척 애를 쓰는 듯 했지만 드렁거리는 가쁜 숨결들이 고대 귀바퀴에 와 닿았다. 족히 대여섯명은 됨직했다.

밖의 녀석들도 당포가 하는 짓을 그대로 해보는 눈치였다. 낮게 주고 받는다.

"년석 골아떨어졌나!"

"… 웬걸 숨소리가 자는 소리 같잖아."

"어떻게 싸담는다?"

"마대꾼을 문앞에다 세워놓구 내몰으면 어쩔꾸!"

"옳거니!"

당포는 관자놀이께가 욱진거려 못참을 지경이었다. 녀석들의 말뜻을 풀이해보지만 뭐가 무슨 소리인지 알아들을 수가 없었다.

우선 한가지에서만은 맘이 놓였다. 내몰아 내겠다고 지랄들이니 되레 도망질만 도와주자는 미친 생각들이려고. 들이닥치자마자 삼망태 콧줄 빠져나는 족제비처럼 날렵하게 달아나리라.

그런데 그 짓거리가 별로 묘방만은 아닐 것도 같았다. 첩첩 산중이려니 길 잃곤 굶어 죽기 십상일 것이요 살아난다 쳐도 어떻게 우계 땅을 벗어날 것이랴. 충금이의 말대로 개미 한마리 놓칠세라 포졸들이 진을 쳤다면 대무릉이 속에다 얼굴 처박은 율서(栗鼠=다람쥐) 본새 밖엔 더 되랴. 악지[88] 세워봐야 빠져 날 틈새기 한곳 없을 것이었다.

이런 저런 생각이 가슴속을 득시글대서 잠시 멍청해 있을 때였다. 와들짝 문이 열리더니 서너명 패거리가 벼락같이 들이닥쳤다. 녀석들은 당포의 상투 윗께를 강종 강종 뛰어넘는 기색이었다. 이내 굵은 멧돼지 몰아 잡듯 수선이었다.

"우우- 우우-"

"곧추 내몰아! 아, 빨랑!"

---

88 잘되지 않을 일을 억지로 해내려는 고집.

겁을 주는 양으로 어떤 녀석은 헛 몽둥이질을 서둘고 남은 녀석들은 우우 우우-연신 짐승몰이 시늉을 내겠다.

당포는 이때다 하고 튀어나갔다. 불끼 한점 없는 어둠속이려니 제놈들이라고 당포의 거동을 짐작잡았을 리없다.

"어엉?… 이곳이 뭇이엿?"

당포는 고대 부르짖었다. 용케 도망질을 놨다 싶었는데 야릇하게도 갇혔다. 손을 내저어보는데 사방으로 걸치적대는 것은 뜻밖에도 얼큹설큹한 삼망태 아닌가.

"웜메메!"

당포는 죽을 힘을 다해 발버둥쳤다. 그때 녀석들이 우루루 달려들어 마대 윗쪽을 질끈질끈 묶어대는 것이었다.

"단단히들 동여매우!"

"암면! 어련혈꾸."

"후우- 놓치는가 했는데, 글쎄 폭삭허게시리 박혀주지 뭔가."

"누가 요런 사나를 물색했던구? 어휴 골대 한번 굵고 길다! 덕장 마대에 꽉 들어차네 글쎄."

"자아들, 사설 고만 틀구 어서 갑세!"

당포의 몸뚱이는 마대속에 든 채로 불끈 들리웠다.

357. 정어(丁魚) 7

푸르릉- 푸르릉-

당포는 느닷없는 이 소리에 또 한번 놀랐다. 영락없이 당나귀 콧바랭이 치는 소리였다. 당포의 몸뚱이는 당나귀 등위에 실린 것이었다.

당나귀가 금세 걸음을 쟀다. 발굽소리가 유독 자처딛는 걸로 봐서 짐 한번 졌다하면 수백리도 마다않고 가는 방울나귀 같았다.

패거리가 두패로 나뉘는가 싶었다.

"나허구 세사람만 있으면 되네. 세사람만 남구 자네들은 어여 가서 기별 넣게나."

"다 끓은 죽에 쇠똥 들면 어쩔려구? 사지대골이 거각 삼팔목 같은데 난동이나 피워대면 네사람이 당해낼 것 같잖수!"

"별 걱정 다 허지. 아니, 마대 쥐둥일 옹도리 쳐 동여놨는데 힘이 장사면 뭘 허구 사지대골이 삼팔목이면 뭘해? 그깐 걱정말구 내서 달려설랑 일 자알 됐다구 기별 넣으라는데."

"일이야 안채에서 벌릴 건데 기별은 무슨 기별?"

"그렇잖네. 여각엔 화객들에다 내지상 패거리들두 들었어. 눈치 잽혀선 안되잖나."

"맞수. 그렇게 하는 게 좋겠우. 여각 마당 지날 때 악다구리나 써보우. 미리 기별 넣어설랑 별채 뒷문 열어노라구 하오."

이런 소리들 끝에 한패가 내달아 가는 낌새였다.

빗방울이 사뭇 굵어지나 봤다. 마대 속으로 흥건한 물줄이 배어흘렀다.

당포는 그만 모든 걸 체념하고 만다. 방울나귀까지 일을 거드는 걸 보면 세도 깨나 재는 것들의 수작일 것이었다. 안채니 별채니 하는것만 봐도 알쪼였다.

'충금인가 뭣인가 허는 요 웬수놈! 막장에는 요렇게 되고 말 것인디 뭣헌다고 살려내서는!'

당포는 이빨을 빠드득 갈아붙이며 연신 불 같은 한숨만 내뿜었다. 혹시 '도장'집으로 되잡혀 가는것은 아닌가 하며

"여봐여덜. 죽을 마당이나 알고 보세. 대체 으디로 실어날르는 거여?"

당포는 흔연스레 물었다. 그런데 뜻밖이었다. 이놈 저놈 하며 막말을 터야 옳을 녀석들이 분수에 안맞는 말로 깍듯이 말을 올리겠다.

"건 왜 묻소?"

"… 답답혀서 그요…"

"바란이루 가는게오."

"… 바란이는 또 으디여?"

"바란이루 간다는 말 밖엔 다른 말은 더 못하오."

"… 고럼 포졸들잉게벼? 그려?"

"포졸? 에이끼 여보슈! 뱃줄 사루구나서 육모방망이 한번 쥐어 본적 없수."

"… 삼망태에다 싸담은 채로 불 처질러 쥑일 참이여?"

"… 불? 고거 참 대답허기 딱허다아- 뭐라구 말을 해야할꾸?"

하는데 좀 젊은녀석의 목소리가 날름 받는다.

"옳커니! 그러고보니 불은 불일세! 죽든살든 불나지, 불 나!"

그 말끝에 패거리가 와짜하게 따라 웃는다.

"쉬잇- 사등치만 넘으면 바란이가 코앞이야! 왜들 웃구 수선들을 피워?"

찰싹하고 나귀 엉덩이 때려붙이는 소리가 났다. 방울나귀의 걸음이 금세 화닥닥 자친다.

358. 정어(丁魚) 8

마대속에 담겨 짐바리처럼 얹혔다 뿐이지 팔자에 없는 방울나귀를 타고 먼 길을 왔던 것만은 분명했다. 방울나귀란 놈의 잰걸음질 탓으로 뱃가죽은 껍질이 짓물렀나 봤다. 몸뚱이가 흐느적댈 때마다 쓰라리고 아려 신음이 절로 샜다.

방울나귀의 걸음새도, 녀석들의 발짝 소리들도, 한껏 조심스러워지는 듯했다. 뭐라고들 주고받는 속삭임들에 이어 삐꺼덕 하고 빗장 푸는 소리가 났다.

녀석들이 당나귀 등 위에 얹혀 거진 추욱 늘어진 당포의 몸뚱이를 들어내렸다.

"악다구리질이라두 떨어대는 날엔 말짱 황일세. 소리 못지르게시리 목줄 단단히 간수허게나."

이 말에 이어 녀석들의 기친 손들이 당포의 입께를 사정없이 틀어막는다. 당포는 몸뚱이를 뒤척대며 앙탈을 부려보다간 이내 콧구멍만 벌름벌름 가쁜 숨을 잇기에 바빴다.

발짝소리들이 다가왔다. 그 발짝소리들이 당포의 머리통 바로 윗쪽에서 뚜욱 군는다.

"… 짐작이 잽히지 않구 감쪽같이 왔으렸다?"

하는 물음에 녀석들의 말소리는 금세 짐벙지게 놀아난다.

"여부 있겠읍니까요! 분부허신데루 자알 치렀읍죠."

"육신 사지가 좀 장대해야 말씀입죠. 나귀 정강이가 두번이나 풀석 꺾일 지경이었읍죠. 간쪽떨어지나 허구 담수낭 꽤나 졸였읍니다요, 예예."

"흐음- 수고들 했다아… 어여들 끝을 내야지! 행여들 미리 마대 풀지 말구설랑, 보쌈 지를 때 마대 쥐동일 풀어 잽싸게 넣곤 밖에서 문을 걸어 잠그는 일, 다들 자알 알고 있으렸다. 에엥?"

"암먼입죠. 벌써 골백번은 더 들은 말씀입니다요."

바로 그때였다.

"쥔 어른 저는 이만 갑메다.… 내 뭐 쥔 어른 믿을 쉬 없어서 이러능기 앵이구 말씀입메… 약조헌대루 꼭 일으 되게 해주셔야 합메다!"

당포는 귀가 번쩍 트이는 것이었다. 충금이의 목소리가 아닌가 입속에서만 '충금이! 충금이' 소리가 끓어댈 뿐이었다. 녀석들의 손이 상기도 단단히 당포의 입을 틀어막고 있기 때문이었다.

"거 참 말도 많지. 몇번이나 빈통을 놓는 게야?"

"빈통으 놓능기 앙입메다… 내 이 새완이르 살려내느라구 두해 삯벌이르 다 꼴아박았읍메다! 내 쥔 어른 약조르 믿지 않았다문 이런 미친 짓으르 할끼 무시김메?"

"글쎄 약조대루 헌데는데 웬 방자를 떠나? 어여 가보랄밖엔!"

"그럼 쥔 어른만 믿구 갑메다! 내참 데럽어서!… 이별장에 자알 가란 수인사두 못하구서리…"

충금이의 발짝소리가 멀어져 가기 무섭게 당포는 둥둥 허공에 떠 또 들려 갔다. 당포는 그제야 일을 짐작잡아 볼 수 있었다.

"느놈어 셰끼가 나를 폴아묵었구나!"

오지게 이빨을 갈아볼 때였다. 방속인 듯싶은 곳으로 처넣어지기 무섭게 딸그락하고 문이 걸렸다.

당포는 다시 한번 귀를 종그려본다. 야릇한 소리가 있었다. 낮게 흐느끼는 여인의 울먹임이겠다.

359. 정어(丁魚) 9

당포는 죽은 듯이 꼼짝않고 가쁜 숨만 헐근거리고 있었다. 목젖께에 걸려 준득거리는[89] 침을 한모금 쓸어 넘기는데 느닷없는 기침줄이 제 세월을 만나겠다.

질죽한 기침 몇차례 마무리한 뒤에 생각해보는 것이었다.

모를 일들만 줄을 잇기로서니 이쯤 해괴할 수도 있겠던가. 내던져진 곳이 필경은 공청(헛간)일 것이라 생각 했었는데 어김없는 방속이었다. 우선은 살갗에 와닿는 여물이 없었고 등짝으로 깔린 것도 널판자나 먼지 푸석대는 맨땅이 아니었다.

그뿐인가. 갇힌 곳이 공청이라면 계집의 흐느낌이 이렇게 콧부리 바로 앞에서 넘빌 수는 없으렸다. 사람이 내뱉는 목소리란 것들은 휑한 간소를 질러 얼키설키 빗지른 중동글이 새를 빠져나가기에 바쁜 것이었다. 계집의 흐느낌이 귀바퀴살 문께에서 바투 익는 걸 보면 사위가 꽁꽁 막힌 방속임엔 어김이 없던 거다.

당포는 연신 콧망울을 벌름거려봤다. 마대속으로 스며드는 야릇한 냄새 때문이었다. 샛뱀이 용 되기로 서니 이쯤 느닷없을 수도 있더냐. 방속으로는 퀴퀴한 여물 냄새대신 이적 한번도 맡아본 적이 없는 향훈이 가득 넘노니고 있는 것이었다.

---

89 끈기가 많아 탄력 있게 씹히는 느낌이 자꾸 들다

살든 죽든 간에 막장 본새나 구경해보자하며 당포는 슬근슬근 마대 주둥이를 풀었다. 흙탕전에 버린 마괘자(馬褂子=마고자)를 몰래 벗어 감추는 동자(童子) 본새였다.

당포는 깜깜한 어둠속에서 무릎다리를 세웠다. 그 향훈은 더욱 코를 찌르고 계집의 흐느낌 또한 고비를 넘고 있었다.

속곳 벗어부친 앵모(벙어리) 꼴로 하냥 정신을 높곤 어쭝정 앉아 있는데 계집의 흐느낌이 뚝 멎었다.

"… 뉘신 줄 모르오만 제 팔자 떼우겠다구 못할 죄를 짓는 것 같으오.… 제 뜻만은 아니옵고 부모님 분부가 이러하니 어찌 제 생각대로만 거역할 수 있겠읍니까!… 좋은 일 쌓아두면 극락간다 했으니 잘잘못 간에 적선해 주십시오."

"… 믓이라고우?… 대체로 낭자는 뉘시냥게… 예에?"

"바란이 여각주인 박씨 문중의 둘째 여식입니다!"

"… 믓이여?…"

당포는 숨닳게 부르짖었다. 여각주인이라면 지체 높은 세가 아닌가. 내쏟는 불호령 한번에 왼땅이 에구데구 엎드러지고도 남을, 그런 호강이겠다.

그렇다면 이 방속이 여각주인 박씨 집의 규방이란 말인가. 충금이의 흉계대로 잡색노복신세 잡고 팔린 몸이려든, 감히 어떻게 호강의 둘째 딸과 마주앉아 있으랴.

당포는 제정신이 아니었다. 뺑 빼앵 울어대는 귓청을 종그리며 넋을 빼는데 조심스러운 발짝소리들이 문밖에서 일었다. 방속의 기척을 살피는 듯, 그 발짝소리들은 문앞으로 바짝 붙어섰다간 이내 떨어지고 또 사박사박 다가들다간 고대 멀어지곤 하는 것이었다.

계집이 다시 숨을 졸여됐다. 그러면서 말하는 거였다.

"… 팔짜 기구하기로서니 어찌 이런 죄를 짓는답니까!… 적선하면 반드시 극락갈 것입니다.… 면액을 못하면 죽는 것만 못한 몸… 어서 제게 오십시오!"

파들파들 떨리는 목소리가 앙가슴[90] 속에서 호되게 끓는다.

360. 정어(丁魚) 10

당포는 계집의 '… 어서 이리 오오…' 하는 소리에 저도 몰래 무릎을 비적거렸다. 그러다간 이내 또 굳었다. 워낙 급하게 당한 일이라 상기 제정신이 아닌탓도 있었지만 행여나 두번 죽을 덫에 걸려든지도 모른다는 의심 때문에 닳던 숨줄이 조잡들던 것이다.

그런데도 몸뚱이 사정은 영 달랐다. 온몸 구석구석으로는 따끔한 불씨들이 떨어져 버얼건 밑불을 살쿤 기세요. 땀줄이 늘녹는 목아지께론 싸다듬이질 받는 미친개처럼 불 같은 신음이 솟겄다. 그간 계집맛 못본 탓도 있겠거니와 무엇보다도 이때다 하고 불끙 차오르는 술김 때문이었으리라.

당포는 답답해서 미칠 지경이었다.

계집 생각만 앞세워 대뜸 진망궂게[91] 덮치자니 무릎이 안 떨어지고 멀겋게 앉아 치룽구니[92]처럼 뭉기적대자니 디딜방아질을 해대는 사타구니가 또 못견뎌나던 거였다.

계집의 포오- 내쉬는 한숨소리가 더한 향훈을 어둠속에다 섞었다.

"어찌 그리 앉아만 계십니까? 불륜 통정한다 유념 마시고 기구한 여인의 액을 면해 준다 생각하시지요!… 머지않아 계명입니다!…"

말소리는 서름하지만[93] 하글하글 끓여대는 가쁜 숨소리가 어지간히 애간장을 녹이는 낌새였다.

---

90 두 젖 사이의 가운데
91 방정맞고 버릇없게
92 어리석어서 쓸모가 없는 사람을 얕잡아 이르는 말
93 어떤 대상에 익숙하지 못해서 어색하다

당포는 가슴패기를 쥐어뜯으며 한두번 큰숨을 들이마셨다. 기껏 해 본다는 소리가

"나, 요거 시상 막장에 상것인디!… 요런 상것이 뭇을 으찌께 혀서 여각 쥔딸 팔짜를 때 준다요잉!"

하고 만다.

"… 그런 말씀 마십쇼! 아무리 면액의 방편이라지만 기연을 맺음도 전생연분 아니겠읍니까!… 답답 하십니다!… 머지않아 계명이라 말씀드리지 않았읍니까!"

말을 마친 계집이 그제야 몸을 움직여보는 모양이었다. 부시럭대는 소리가 간그르더니 그새 코 매운 살냄새가 연연이 풍겨왔다.

당포는 더는 못참고 무릎걸음을 쟀다. 어둠속을 더듬거려본다. 계집이 손목을 주었다.

당포는 계집의 손목을 쥔 채 몸뚱이를 부르르 떨었다.

"… 아아-… 무슨 죄를 져서 이런 인연을 맺는답니까!"

계집은 목소리를 떨며 슬며시 누웠다. 이내 연한 흐느낌을 문다.

당포는 좀 전까지 해왔던 생각들을 모조리 잊었다. 은근짜년 덮치듯이 사납게 타오르며 대뜸 계집의 가랭이부터 벌기고 봤다.

"제발!… 제발 이렇게 함부로 다루지 마십시오!…"

계집은 허벅다리를 단단히 조으며 동부새 맞는 대숲처럼 모질게 몸뚱이를 떨었다. 기왕 내친 김이었다. 당포는 꼬옥 쥔 채 꼼짝않는 계집의 허벅지를 벌거대며 헉 허억 가쁜 숨을 몬다. 얄기죽 얄기죽 허리통을 떨어대며 감창을 내뱉을 줄 알았던 계집이었는데, 신살 오르는 요분질은 커녕 몸뚱이는 널빤지처럼 굳었다.

당포는 계집의 두팔을 양손으로 단단히 누르고 허벅지 새에다 무릎를 세웠다. 드디어 꽃술의 찰진 문이 열렸다. 떨꺼덩- 팽팽히 당겼던 허리를 떨구며 덥턱스러운 양물을 꽂는다.

"에구머니나아-"

계집의 비명이 문미 별완지(別浣紙)를 파르르 울린다.

361. 정어(丁魚) 11

널름널름 놀아대는 횃불이 물고(物庫=창고)의 낡은 벽과 마방(馬房)을 어슴푸레 밝히고 있었다. 여물을 먹는 나귀만도 다섯마리였고 마방 앞으로는 복태(짐바리)를 실은 달구지가 가즈런히 늘어앉았다. 여각(旅閣)은 화객들과 보부상(褓負商)들로 짐벙진[94] 세월을 만난 듯싶었다.

당포는 무릎을 꿇고 앉은 채 횃불 노는 꼴만 멀뚱멀뚱 올려다보고 있었다. 횃불을 들고 섰는 패거리는 여각의 종놈들인 듯싶었고 윷짝 가르듯 쌀쌀한 얼굴로 당포를 내려다보고 섰는 사람은 다름아닌 여각주인 박씨 같았다.

당포는 아직까지도 숨이 자지던 판이었다. 머리속으로 가득한 것은 그 방속의 코매운 향훈과 그 계집의 몸뚱이뿐이었다. 곧 죽는 듯 버글댔던 계집의 뜨거운 입김이며 몸뚱이를 뒤챌 때마다 일던 계집의 아린 살냄새며가 이적 가실줄 모르고 여전하던 것이다.

꿈속 같은 그 일- 허리통을 퉁기치며[95] 막바지 힘을 쏟았다 싶었을 때, 바로 그때 당포는 방속에서 끌려나왔던 것이었다.

"여보게!"

"…예?…"

당포는 화닥딱 놀라며 그제야 좇던 생각을 떨궜다.

"내 자네를 막 부를 순 없지… 좌우지간에 내 딸 면액을 시켜 준 자네니 말일쎄…"

여각주인은 쓴 입맛을 몇번 다셔대고 나서 말을 잇는다.

"… 아비 죄가 컸던 게지. 영무(靈巫=무당 중에서도 주로 예언을 맡아 했던 오세미)의 점복인즉 둘째 여식 팔짜가 두 사내를 섬겨야 한데잖나!… 보쌈을 질러야 그 팔짜를 떼운다 해설랑 헐 수 없이 해 본 짓일세!"

"…?…"

---

94 신명지고 푸진
95 세차게 움직이다

당포는 그제야 짐작 집히는 데가 있어 하아- 하고 긴 탄성을 뱉는다.

"소문이 무서워설랑 주청이던 판에 충금이녀석 헌테서 자네 소문을 잡았어. 우계 땅에 있다간 꼼짝없이 옥문대(獄門臺)⁹⁶ 겹사를 허구 만댔지… 그래 자넬 피신시키기루 약조허구 보쌈을 질렀던 게야. 난 약조를 지키는 사람이야.… 기구헌 여식 팔짜 떼 준 은공이야 갚을 길이 없네만 서로가 없던 일로 쳐야잖겠나?… 난 약조를 지킬테니 자네두 죽을 때까정 함구 허겠지?"

당포는 그만 왈칵 울음이 치받히는 것이었다. 충금이녀석 때문이었다. 당포는 울음을 참노라 절꿍 입술을 깨물었다. 짭짤한 핏물이 그새 감쳐 든다.

"… 약조허겠읍니다요! 예에."

"암먼 그래야지… 고만 길을 떠야지. 짬이 없어. 이 사람들 따라 개말로 가게나! 함길도 덕원으루 뜨는 배가 있어. 마상이선(麻尙船) 한척 허구 귓배(耳船)가 또 한척이야. 곤포 풀구가는 배들이야. 마상이를 타든지 귓배를 타든지 한시 지체말구 뜨게나! 이 사람들이 그 뱃사람들이야. 공임들 후하게 치렀으니…"

여각주인이 말을 끝내자 물고 뒤에 숨어있던 녀석들이 횃불밑으로 다가들었다. 한눈에 험상궂기 이를 데 없는 몰골들이었다.

"아들이 얼피덩 실으랑이."

한녀석이 명령하자 남은 녀석들이 짐덩이 부리듯 당포를 떠매다가 달구지에 싣는다. 그리고는 당포의 몸뚱이 위로 짐바리들을 덩이덩이 쌓는 거였다.

362. 정어(丁魚) 12

짐바리 틈에 낀 채 얼마를 흔들려 왔는지 몰랐다. 눈으로 볼 순 없었지만 가파른 고갯길을 서너번은 치어오르는 듯했으니 개말이란 곳에 거진 다와가는 모양이었다.

---

96 죄인의 목을 베어 높이 매달던 나무

당포는 그동안 줄창 울다 지친 것이었다. 이제야 비로소 훤히 트인 바다로 살아나간다 싶은 생각이 목젖을 울려댔었고 충금이놈의 하는 짓거리가 또 오장육부를 갉아놓고 보던 것이다.

우계땅 현내 옥속에서 용케 살아나왔던 일, 그리고 보쌈에 들어 벼락질 같은 방사를 치러봤던 일 따위는 생시 아닌 꿈속이라 쳐두고 싶었다. 그러나 이 모든 일을 충금이가 꾸몄던 짓이라 새김하면 꿈속 같은 사실들이 고대[97] 바늘끝 같은 생시로 둔갑되던 것이다.

"… 내 이 새완이르 살려내느라구 두해 삯벌르 다 꼴아박았읍메다. 내 쥔어른 약조르 믿지 않았다문 이런 미친 짓으 할끼 무시김메?"

했던 말을 들었을 적만 하더래도 녀석이 두해 삯벌이를 밑천 삼아 열곱은 더 이(利)를 챙기며 '도장'집으로 되잡아간 줄로만 알았었다. 그런데 오직 당포를 살려내겠다는 뜻으로만 두해 삯벌이 다 날리며 이쯤 눈물겨운 거춤군[98] 노릇을 해 줄지를 어떻게 짐작이라도 잡아봤으랴.

당포는 연신 '충금이! 충금이!' 해대다 말고 거듬거듬[99] 울음을 지워갔다. 기왕 살아났으니 억세게 살아갈 밝은 세상이나 한번 구경하자며 짐바리를 떠밀고 머리통을 내미는데, '이 간나새끼가 뉘길 죽이제는 맴인가? 오솜소리 있잖쿠 야당으치구 지랄 떨면 다산몸 고영이[100] 다시 송쟁으 되는기야!'하며 상투 골에다 붓찜질을 앵겼다.

당포는 자라목 움츠리듯 짐바리속으로 다시 머리통을 감췄다. 식은 땀이 절로 솟았다. 아직 어둠속이려니 했었는데 그새 희뿌옇게 날이 샜었다.

끄르릉- 끄르릉- 천둥이 잦더니 작대기 같은 빗방울이 들쳤다. 쏴아 몰아가는 기

---

97 이내, 곧
98 거추꾼 : 남의 일을 주선하거나 거들어 주는 사람
99 흩어져 있거나 널려 있는 것을 대충대충 거두어들이는 모양을 나타내는 말
100 괜히

세가 새벽 백우(白雨=소나기)치고는 꽤나 모질게 어우르는가 봤다.

그자리에서 잔잔누비질[101]을 치던 달구지가 뚜욱 멈췄다. 패거리중 한녀석이 '얼 피둥 나오랑이!'하며 당포의 목덜미를 거칠게 싸쥐었다. 당포가 땅에 내려서기 무섭게 '저기 저 배루 얼피뎡 만지 가라이…' 해놓고는 도롱이를 덮씌워 버린다.

당포는 가늠해 뒀던 배를 향해 죽어라 내달렸다. 닻줄을 당겨 막 배에 오른 당포는 '어어?'하기 무섭게 또 혼줄이 빠진다.

"이렇게 다시 만났군 그래!"

매방이었다.

"… 아니, 니가 믄 일이여?"

"죽은 줄 알았니?… 네놈 보쌈 담을 때 삼마대에다 널 싸담은 게 누군데? 바루 내야! 후웅-"

"… 믓이라고…"

"년석 잘두 놀래지. 다 충금이놈 덕분이야!"

매방이는 멀끔히 갯가를 내다보고 앉아 말했다.

"에구우- 아버님두 가셨어! 낙풍 내수량에게 줄행랑쳐 와 보니 벌써 가셨잖겠네!"

당포는 넋을 뺀 채 매방이의 눈길을 따라 갯가를 내다보고 있었다. 덕원 뱃사람들이 짐덩이를 실은 양으로 막 닻줄을 당기고 있었다.

당포가 눈에 담고 있는 땅은 보쌈 당했던 바란이(강원도 명주군 묵호읍 발한리發翰里)의 동쪽 등에 업혀앉은 개말(묵호읍 부곡리釜谷里) 땅이었다.

363. 정어(丁魚) 13

소 옹두리뼈[102]처럼 잘숙 허리를 조였다가 덕원 신성땅을 마주보며 주춤 트레머리

---

101 줄을 아주 잘게 누비는 누비질.
102 짐승의 정강이에 불퉁하게 튀어나온 뼈.

를 틀고 굳은 호도(虎島)가 여느때 같지 않게 바로 눈앞이었다.

호도의 옆구리를 질러 주항말(舟項末=난말리難末里) 서편을 할퀴며 말발굽처럼 자른자른 띠를 조인 덕원 앞바다(영흥만永興灣)로 담겨 빙 비잉 맷돌질을 틀어만 대던 선바람줄이, 어느새 여도(麗島)와 신도(薪島) 사이를 비집는 섬뜩한 갯바람을 마중나간지도 오래였다.

바람줄이 이렇게 변하는 동안 세월도 석달을 흘러갔다. 신도의 종긋한 머리위로 갈꽃들이 희부슴 피어 하루 온종일 갯바람만 업고 부시적대기에 바빴고 호도의 석봉(삼상봉三上峰) 또한 본때 재며 그렁대는 아린 파도를 달래느라 희끗희끗 늙어간다. 10월도 중순을 넘긴 늦가을이던 것이다.

당포는 덕원 땅에 이르면서 뱃놈 체신을 한껏 누려볼 수 있었다. 왜놈들의 고깃배들이 닻줄 걸을 석장도 비좁다며 줄줄이 뱃전을 묶고 늘어섰던 '제포'같진 않았지만 강원도 바다에 비하면 판이 달랐다.

마상선은 마상선들 대로 바다를 갈고 다녔으며 그보다 작은 귓배들도 마상선에 질세라 하루 온종일 갯가를 들락대던 것이었다.

그뿐만 아니었다. 고기를 못 잡으면 몇날이고 내쳐 굶어야 했던 다른 바다와는 달리 고기를 못 잡아도 배는 곯지 않을 일들이 꽤 쏠쏠하게 잇달던 거였다.

역시 배들이 북적북적 끓어대야 바다는 제 세월을 챙기는 모양이었다. 고깃배만이 아니더라도 물비늘을 가르는 그 노질들 말이다.

온갖 배들의 그 노질들 한번 왁시끌대는 덕원 땅이었다. 멀게는 경상도에서부터 이어지는 뱃길인데 미곡을 싣고 오는 배들이 거개였다. 그렇다고 그 뱃놈들이 경상도 뱃놈들이냐 하면 모두가 함길도 뱃놈들이었다.

위쪽에서 내리는 배들도 마찬가지였다. 닻배·벌선(뗏배)·상선(장사배)들이 닫는데 열척이면 그중 여덟척이 부령포(富寧浦=함경북도 청진淸津) 배들이었다. 함길도 뱃놈들의 배짱이 그 바다를 펄펄 뛰게 만들고 있을 것이었다. 다른 땅의 뱃놈들 같으면 덕원에서 경상도까지의 그 멀고 험한 뱃길을 어찌 틀 엄두를 내보랴.

뱃놈 떼거리들이 갯가로 올라섰다 하면 주막거리에 또 불이 붙는 거였다. 한녀석이 술망치 열개 쯤 단숨에 비우는 것은 예사요 생판 낯선 사람일지라도 술청에 앉았다 하면 곤드래가 되도록 술을 앵기는 것이었다. 짐덩이 쳐 엮어주면 배꼽이 곤두설 정도로 배퉁이를 불리고도 남았다.

그런 판에 이 늦가을이 바짝 익은 것이었다.

한달 거웃 넘기면 비의청어(飛衣鯖魚=동해청어) 철이어서 호강들이 접군을 모으느라 진땀을 설쿼대야 하는 판에 용내(龍興江龍興江) 수량에서는 연어 때문에 또 난리가 났다는 소문이었다. 용내 물골인 덕지(德池江), 단속내(端屬川), 슨돌내(입석천立石川)로는 알밴 연어가 사태로 올라 그곳 수량주인들이 또 접군을 모으느라 애간장을 태운다던가.

그동안 짐덩이나 나르며 장사배 잔심부름이나 거들던 덕원 뱃놈들은 콧구멍을 쑤석여대며 흐늘근히 늘어질 수 있었다.

당포의 입장도 마찬가지였다.

364. 정어(丁魚) 14

한시바삐 길을 떠나야 할 판인데 매방이를 찾아낼 수 없었다. 짐배들의 잔심부름이나 거들어주면서 주막 지게문 닳게 술 동냥질을 하다가 술기운이 이마 끝까지 차오를 양이면 이틀도 사흘도 좋다 하며 내처 곯아 떨어지기 일쑤요, 그렇게 사나흘 몸을 풀었다 하면 또 십리 길도 마다않고 술맛 다른 주막 찾아 나들이를 나서는데 어디를 무슨 속셈으로 쏘다니는 것인지 종잡을 수가 없었다.

술배만 흐멍지게 채우고 얌전히 돌아오기만 한다면야 그다지 허물이랄 것도 없다. 그런데 그때마다 반드시 삭신 한군데쯤은 결단내곤 다 죽어 들어오니 탈이었다.

덕원 땅 뱃놈들 천성들이라는 것이 어찌나 유별난 것인지 술사발 돌리며 형님 아우하며 갈마들다가도 시건드러지는 꼴만 봤다 하면 금새 불벼락질을 앵겨놓고 보던 것이다.

그 때마다 전하는 싸움판이란 것이 대강 이랬다. 매방이는 부어터진 눈두덩을 쓸며 사뭇 어처구니 없다는 듯한 한숨을 내쏟기 일쑤였다.

"형님, 내 술의 까악 넘기구서리 앵태나 줏으르 갑세꼬망."

"앵태? 그건 또 뭐야?"

"괴기지 무시깁메? 앵태 아니문 망태가 없으란 법도 없읍메."

"… 명태 말이렸다?"

"맞소꼬망."

"허어- 덕원 뱃놈들 이거 상것들이로고. 우리 우계에선 칭명 없는 고긴 안 먹어. 지천으루 쌓여도 말짱 황 잡는 게지. 그런데 그런 고기를 잡는다? 잡아설랑 뭣 하자는 거야?"

"먹는다는 그 소립지, 덕원 뱃놈들이 쌍것으 앵이구 형님 땅 뱃놈들이 못나서 그러능겝메다!"

"떼에키- 상수 면전에서 고런 잡소릴! 못써어-"

"무시기? 하문 덕원 뱃놈들은 사램이 앙이라는 그런 말임둥?"

"그렇다마다. 암먼!"

"무시레?… 간나새끼, 말 한번 씨언하게 하지비! 널루서는 뱃놈으 다 된 것 같애두 아직 너는 더 배와야 뱃놈 된당이! 간나새끼, 송쟁으 되봐얍지! 에이키!"

낯짝을 바꾸는데 이쯤 허겁스럽게 굴었다. 일 되어가는 꼴만 글먹하게 정탐하며 연신 '저 아르? 저 아르 어쩌하지?'해대던 부령포 뱃놈들이 곱게 참아 줄 리없다. 슬근슬근 다가와서 매방이의 뒷덜미를 바짝 죄곤

"펠스럽당이. 내 뉘긴줄 따끈이는 모르겠다만 이런 버릇으 삭방도 뱃놈들 앞에서 붙이당이! 얼매르 맞아야 정신 들겠니? 손때값으 아까워서 이 새끼르 어찌 친다?"

하기 무섭게 타작질을 놓던 것이었다. 부령포 뱃놈들은 고대 제 땅으로 뜨면 그만이었지만 덕원 뱃놈들은 언제 그랬더냐 하며 이틀도 채 안되

"그동안 편안했을둥?… 버들말에 좋은 삯일자리 있읍메다."

하며 흔연스레 찾아들던 것이었다. 매방이는 이렇게 찾아온 동문이란 녀석하고 금세 어깨를 짜고 나갔던 거다.

당포는 갈매리(갈마 반도) 주막거리까지 찾아들고 말았다. 장단지가 뻐근해서 그만 가던 길이나 재촉할까 망설이는데 사지를 흐럭흐럭 제멋대로 놀리며 왠 녀석이 길모퉁이를 돌아나온다.

어련할까 싶었지만 대낮부터 얼큰한 매방이었다.

365. 정어(丁魚) 15

"저런 불쌍늠 좀 봐여? 아이갸- 저긋은 또 믄 지랄이란 거여? 에잉 빌어묵다가 디질놈!"

당포는 낯가죽이 뜨거워 눈 둘 바를 몰랐다.

고의춤은 흘러내려 방방한 배퉁이가 풍계(風鷄=두꺼비) 뱃가죽 기세인데 그 가운데로 황밤톨만한 배꼽이 살팍지게도 열렸겄다. 그꼴에 무슨 신명 돋칠 일이라도 만난 것인지 어깨죽지를 으쓱으쓱, 중의 가랭이를 깐딱깐딱, 한판 거리낌없이 덩드럭거려보는 것이었다.

"… 저 아르 데리구 가재는겝메?"

쨤버들(세류촌細柳村)에서 덕원까지 수량접군 물색하러 왔다는 녀석이 대뜸 혀를 내둘렀다.

"아문. 저늠 저거 술에 홀딱 미치서 저라제 통빽다구 장사에다가 일심이 여간 아니랑께."

녀석은 더 말도 말라는 듯이 휑 등돌아선다.

"술 그렁기 앙입메. 대낮 중의 까붙이구서레 미치는 저런 놈을 수량에 대리구 가서레 무실하겠다구?… 쨤버들에 가기도 전에 걸쩍한 송쟁이 될 탱이 두고봅세!"

녀석의 말이 틀린 데가 없었다. 매방이놈 놀아나는 꼴이 용케 살아있다 싶었다. 햇살이 상투가마에서 익는 대낮이려든 미친놈 아니라면 저런 짓하는 놈을 누가 살려둘까보냐. 앙칼진 계집의 비명이라도 '에구머니!'하고 터지는 날엔 포졸들의 육모방망이질에 우선 반죽음은 당해야 할 것이었다.

그러기에 더욱 마음을 놓을 수 없는 당포였다.

"여보씨요, 그라덜말고 대꼬 갑씨다. 어장이나 수량 접꾼 되겄다고 여그까지 깔대들었는디 으찌께 저늠을 띠어놓고 간데여? 용내 연어도 접꾼 없으먼 못 잡어묵능거 안여?"

"무시기! 그게 앙이야. 상기두 용내 연어보단 접꾼들이 많지비! 접꾼 되겠다는 사람들이 얼마나 많은데 저런 미친놈의 메구 짬버들까지 가자 이깅가? 흥."

"고레도!…"

"여기 오래 있겠음? 가겠다면 씨언한 소리르 하구 그기 앵이면 나 만지 가오. 접꾼들이나 모아서레 얼피덩 가봐얍지."

녀석이 이러는데 매방이가 둘이 앞에 떠억 버텨섰다. 만도리 [103] 심일 마친 농사꾼 본새로 여전히 싱글거린다.

"요런 민친늠! 고춤[104]이나 후딱 올리고 어여 용내로 가여! 한삭만 일 해도 괴기밥이 상포 댓동이레여!"

당포가 매방이의 어깻죽지를 나뀌채는데 접꾼 물색하러 왔던 녀석이 슬긍 거들었다.

"그뿐만이 앙입메. 음전히 일만 하면 술도 있구 찬선 때 밥맛이 꿀맛입메. 햄새[105]가 좀 좋아야지………"

매방이는 버얼겋게 핏발이 선 눈을 데룩거리며 딴청이었다.

---

103 벼를 심은 논에 마지막으로 하는 김매기
104 고의춤. 남자바지인 고의의 허리 부분을 접어서 여민 사이
105 '반찬'의 북한 사투리

"용내구 연어구 난 모른다밖엔! 두무개 앞바다(송전만松田灣) 원뜰(원평리)에 가야 헌다구… 네눔이나 나가렴."

"… 거그는 또 믄 괴기가 몰랬당가?"

"미친누움- 괴긴 무슨 우라질 괴기야?"

"미친놈이 놈말 해여!"

"뭐라구? 사연을 모르면 꿀먹구 죽는 게야. 원뜰개 주막에 내 웬수가 있다지 뭐야!"

매방이는 이내 비치적거리며 걸음을 옮겼다.

366. 정어(丁魚) 16

매방이 생각만 뻘지르지 않는다면 오랜만에 살맛나는 당포였다. 수달리의 문천여각에서 한밤을 자고 두무개 앞바다가 빤히 내다 보이는 갈포(조포리鳥浦里)에 이르기까지의 하루 새에 일어난 일들이 이 당포의 기분을 그렇게 만드는 것이었다.

낙풍내 수량에서 은구어 몇마리 먹겠다고 수떨다가 치렀던 그 허기진 기억들에 비하면 숨자락 틈틈이가 신살이 돋던 것이다.

뱃놈들 어울려 살 땅이란 것이 시끌벅적 끓어야 감칠맛을 챙기려니 우선은 워글워글 복작대놓고 봐야 그물줄 잡고 살손 붙일[106] 맘도 동하게 돼 있으렸다.

그물 벼리줄이 곰삭든지 아물 새 없든지 간에 바다가 우선 펄쩍펄쩍 뛰어 대야 뱃놈들은 없는 일이라도 만들었던 것이다.

물론 짐작 못한 일은 아니었지만 '쨈버들 수량'의 접꾼 수장입네 어쩌네 해가며 제딴엔 못견딘 수작을 시적거려 봤던 녀석이 나모른다 하며 낯짝을 바꿔버린 것도, 기껏 수달리 문천여각에서 지샜던 한밤 사이였다.

---

106 살손 붙이다 : 일을 정성껏 다잡아 하다

이 방속에는 '단속내' 수량 패거리, 건넌방엔 '덕진강' 낫꾼들(쇠갈고리로 찍어 고기를 잡는 어부)이 들어차서 수달리의 문천여각 주인은 오랜만에 제정신을 차리지 못하도록 바쁜 낌새였다. 그런데 '입석천' 접꾼들이 또 몰려든 것이었다. 방을 내놔라, 방이 없다, 그러면 마방이라도 내놔라, 나귀 잘틈도 없는데 네놈들 거할 틈이 어디 있느냐, 쥔어른 나좀 봅세 그렇타문 사램값이 짐승값입데? 네놈들보다야 나귀 신세 높지않구서 해대며 한창 트시작거렸다.

주인편 들랴 뱃놈들 편을 거들랴 어쩔줄 모르던 녀석들이 급기야는 '에엥 내 앙이꼽아서? 뉘기 내 편이구 뉘레 쥔어른 편인지 모르겠당이! 우선은 아들의 행패르 막아줄 쉬밖에 무시기야?' 하면서 이방 저방에서 방문을 차고 나가던 것이었다.

여각주인의 '네 이누움들-' 하는 불호령이 되려 부질없었다. 등짐장수 봇짐장수, 거기다가 뱃놈들 쓸개쪽 우려먹으며 여각 차린 여각주인이란 것들이 팔백리 길 마다않고 삭방도까지 흘러든 양광좌우도(楊廣左右道=경기도) 종자려고.

그렇게 한창 어우르는데 여태까지 얌전했던 '참버들 수량' 접꾼 수장이란 녀석이 느닷없이 당포의 상투가마골에다 황밤을 먹여대는 것이었다.

"간나새끼! 너 어디메 뱃놈이라 했네?"

"얼라?… 근디 요셰끼가 으디다 함부로 주먹질이여?… 씨벌, 전라도 딱새라고 혔잖어?"

"너 자알 봐둬야 할끼당이! 함길도 뱃놈들 성질이 저렇당이!… 짬말에 가지두 쪽대질(물오르는 연어를 찍어내는 일) 자알 해야한당이. 너 음전히 일하쟎쿠 화판의 놓다간 찬선 때 햄새 한쪽 못 먹능기얏!"

이렇게 판을 바꾸던 것이었다. 생각 같아서는 녀석의 갈빗대 몇개 뽑아내서 발담 장목을 만들고 싶었다. 그러나 녀석의 허풍이 어찌나 드센지 영 주먹이 나가지를 않던 것이었다.

"내 이래뵈두 영산내(용흥강) 물줄 닿는 곳은 어디메라두 상감이야! 알았으면 오솜소리 죽으얍지, 헤엠-"

당포는 워낙 느닷없이 당하는 일이라 병추 본새로 히번죽대며 고대 죽어볼 수밖엔 없었다.

367. 정어(丁魚) 17

오포(갈포) 갯가로 희뿌연 새벽이 밝았다. 대여섯 패거리가 섞여 옥작복작 끓던 문천여각은 트여오는 새벽과 함께 텅 비어버렸던 것이다.

용흥내(용흥강=영산강嶺山江)의 물골을 놓고 서로 제 주장들을 썰겅거렸던 패거리들은 제 물골 찾아 뿔뿔이 흩어졌다.

입석천(선돌내)으로 갈 패거리들은 삼경이 지나 여각을 나가버렸고, 덕지(德池江)를 잡겠다는 패거리들도 질세라 밤길을 재촉했던 것이다. 미처 배를 준비하지 못했던 탓으로 줄창 산길을 타야했기 때문이었으리라. 두서너 패거리들의 갈 곳이란 게 또 엉뚱했다.

애초의 목적이야 용내의 연어를 줍자는 것일 것은 뻔했으려던 새벽이 가까워오자 느닷없이 행선지를 바꿔 떠나버렸다. 용내로 가는 패거리들의 텃세가 워낙 그들 먹해서 였었는지 아예 물줄을 바꾸는데 강원도 땅을 보고 홍원, 안변으로 내리겠다는 거였다. 용내 연어가 아니면 뗏섬(황토도黃土島)을 파고들어 낭성강(浪城江=강원도 남대천南大川) 여항어[107]라도 찍어낸다는 것이었다. 연어나 은구어 같지 않아 날이 써늘해졌다 하면 깊은 소에 들어박혀 옴싹달싹 않는 여항어의 습성을 잘도 짚어보던 것이다.

하도 딱해서 당포는

"교주도 땅 물줄은 그 땅 뱃놈들이 임자여. 아니 그놈덜은 함길도 뱃놈들이 괴기 쓸어가라고 가만히 보락꼬 있데여? 빽다구도 못 치를텡께 두고봐여!"

---

107 열목어(熱目魚). 여항어(餘項魚), 세린어(細鱗魚)

했다가 또 한번 된통으로 당했었다.

"이 아가 무시기라구? 삭방도 뱃놈들 어드메가나 수장노릇만 한당이. 우리들으 허수애비루 아능가?"

하기 무섭게 이녀석이 걷어차고 저녀석이 쥐어박고 금세 벌집을 만들던 거였다.

당포는 그제야 충금이의 세도를 떠올려봤던 것이었다. 강원도 뱃놈들이 함길도 뱃놈들이라면 명화적떼거리라 불러대며 넌덜머리를 떨던 짓거리 말이다.

이렇게해서 오포갯가에 몰린 패거리들은 용내의 두 물꼴을 먹겠다는 당포의 패거리와, 단속내(端屬川)를 먹겠다는 패거리, 둘이었다. 이 두 패거리가 관아의 끈을 단단히 메잡고 있다는 것은 고대 짐작잡을 수 있었다.

갯가로는 놋배(노선櫓船)와 광선(廣船)들이 용내로 오를 채비들을 갖추고 있었다.

당포는 배에 오르면서 물었다.

"원뜰은 여그서 멀당가?"

"바로 재 하나만 넘으문 원평입지. 어째 그러지비? 짠고기 잡을 맴으 있으면 얼 피덩 내리랑이."

대답 한번 독살맞게 모질었다. 당포는 매방이를 생각해봤던 것이었다. 원수를 찾아 원평으로 간다했던 말이 줄곧 마음에 걸려서였다. 무슨 일을 꾸며놓고 그러는지는 몰라도 종내는 갈비짝 부러져 몸져눕기 십상일 것이었다.

"저 아들으 어쩨 저럼둥? 상씨름으 한판 놓자는겐가? 뱃놈들도 앵인 아들이 찔기워 죽겠다는게지비!"

말없이 낚줄(주낙)을 매고 있던 뱃놈들이 쩌렁 악을 써댔다. 녀석들이 타고 있는 배 모양세 한번 야릇했다.

배 앞쪽은 좁고 뒷쪽은 넓게 퍼진 세모꼴 형상이었다.

당포는 곧 알아차렸던 것이다. 뭐라고 욕바가지를 씌울 줄 알았는데 옴짝 못하고 기가 죽는다. 용내로 연어잡이 나서는 녀석들은 뱃놈들이라기보다 거의가 곡인(穀人=농사꾼) 잡색이란 사실 아니던가.

368. 정어(丁魚) 18

밑바닥이 세모꼴 형상의 그 야릇한 배가 스르르 미끄러져오더니 뾰쪽한 이물로 광선의 옆구리를 쿵 박아놓고본다.

"이놈덜이 믄 짓이랑가? 벨시런 해꼬자를 또 본 다고잉."

당포는 패거리들을 올려다보며 심심하던 차에 싸움구경이나 해볼 양 꼬드겨보지만 어느 한녀석 맞대들어 뚜드럭거릴 징조가 없다. 다른 녀석들이야 그런다치고라도 쨤버들 수량의 접꾼상좌입네 하며 떵떵 부레끓였던[108] 녀석이야 한마디 있을 법했다. 그런데 웬걸 연신 허리통을 납신납신 휘청대며 매끈둥하게 놀아보겠다.

"어구, 배 깨집메다! 얼피덩 갈테니 고만 참읍쏘꼬망!"

"얼피덩 가구 앵이가구 그기 앙이야. 갈포에다 강선을 띄웠으면 절으 없을 쉬있나?… 절으 해라!"

녀석은 뒤통수를 긁적긁적 입술을 실룩실룩 한동안 망상스레[109] 굴더니 급기야 납작 엎드려 큰절을 올리것다.

"절으 받았으니 길은 안터질 쉬없지… 아아들으 연어 잡으러 가는 모앵이지?"

"그렇습메다!"

"용내에 연어르 함방쳤대든가?"

"알으 실려구 사태졌다는데…"

"… 연어라아- 아아들이 꼴기르 채레야지 용내 연어는 잡아서 어드메 쓰겠다는 거야?"

"… 삯으 받구서레 고냥 수량주인 장사르 시켜주는깁지!"

"후웅- 게으른 농새꾼에게 딱 알맞겠궁!"

훌쩍 광선으로 뛰어올라 챙긴 물건덩이들을 둘레둘레 살펴보던 녀석이 뜻깊은 웃음을 물었다.

---

108 부레 끓다 : 몹시 성이 나다
109 요망하고 깜찍한 데가 있게

"얼매를 팔텐가? 내가 좀 사줘야지 모른 체 할쉬 없지?"

당포는 무슨 말인 줄을 몰라 어리벙벙해지는데 짬버들 접꾼수장이란 녀석은 금세 기미를 챈 모양이었다.

"팔자능게 앙입메다."

"무시기? 앙이 판다구?"

당포는 그제야 알아차렸다. 말하자면 갈포 갯가에다 광선 띄운 값으로 뭐 하나쯤 공물이 있어야 할 게 아니냐는 그런 트집 같았다.

"팔게 앵이라면 할수없지비… 용내 물골이나 하나 잡아줘야 내 도리 앙이겠능가. 어디메루 간다했지?"

"짬버들루 가는 길입메다.… 거 뭐 수고르 끼쳐줄 쉬도 없음메! 용내로 올르는 물줄도 못 잡구서레 연어르 잡자 하겠음둥?"

"음전하게 있으랑이!"

녀석은 꺼렁 악을 써놓고는 듣든지 말든지 내 알바 아니라는 투로 술술 읊어넘겼다.

"네군데 물줄이 있당이. 그중에서 동쪽을 버들섬(유도柳島) 잡구서레 올르는 길이 팬안하당이. 석북말에만 이르러두 물이 얕아 밑창으 다 깨지는 모앵이구… 버들섬 동편 끼구서레 올르는게 물길 음전하구 속도 깊지! 헤엠-"

"다, 다아 알고 있읍메다! 그렇잖아두 버들섬으 끼구 올르려던 참입메다!"

"값으 칠께 무시기 있어얍지… 이 햄새박이나 값으르 칠까?"

녀석은 흔연스레 짐덩이 하나를 가지고 내렸다. 다 알고 있는 물길을 제가 가르쳐 주었답시고 값을 챙기는 것이었다.

당포는 아드득 아금니를 갈아붙였다. 말 한마디 못하고 기가 죽는 이런 녀석들에게 어찌 눌려살까 보냐. 짬버들에 오르기 무섭게 접꾼상좌는 제가 맡겠다는 다짐이던 것이다.

369. 정어(丁魚) 19

용흥강은 '진흥'·'홍성'·'마산장'을 지나는 동안 허기진 물줄을 심심찮게 가지 치다가 영흥 땅 짬버들(세유촌)에 이르러서야 '잣뫼'(함경남도 영흥군永興郡 자산리子山里)를 바라보며 큰 물줄 하나를 흘려보낸다. 잣뫼를 향해 달리는 물줄은 그대로 단속내를 이루고 거기서 또 '용천'을 향해 새로 뻗는 물줄은 선돌내(입석천立石川)를 만들던 것이다.

멀게는 입김만 전해오는 맹부산, 와갈산의 허리를 파고드는 '장진'·'허천'의 큰 두 강물을 마중나가고 동으로 내달려서는 '성천'·'금진'의 두 강물을 불려주며 함흥평야의 젖줄이 돼주던 것이었다.

알집을 깨고 나왔던 그곳이 아니면 죽어도 알을 풀줄 모르는 연어가 지느러미를 피로 물들이며 오르는 곳이 바로 짬버들이었다. 써늘한 물색이며 서너자 깊이의 물바닥이며 죽기살기로 오르는 연어의 천성에 그쯤 딱 맞아들 수 없었다.

세찬 물줄을 거슬러 오르는 연어떼는 어떤 때는 된바람에 몰려가는 솔개그늘만하게 무리를 짓기도 했다. 그런 무리들은 필경 두어발은 치솟아 뛰어오르며 몸뚱이를 부쉈댔다. 대여섯발 높이의 홍천(虹泉=폭포수)을 뛰어넘지 못하고 뒤로 처지는 연어들이 자꾸자꾸 무리를 지어가면 그 길이가 물 한골을 다 차지하도록 길게 뻗치기도 했다.

연어잡이는 연 나흘째 욕심을 들이지르도록[110] 신이 났다. 처음엔 서로 맞손 잡고 다붓하게 어울리던 접꾼들이었지만 연어잡이가 맘먹는 대로 돼가자 데시근히[111] 틈을 벌리며 경성드뭇하게[112] 뿔뿔이 흩어지기 일쑤였다.

"미둔말에 내리가지 화냥간나 몸땡이르 앙이타겠음?"

---

110 들이지르다 : 마구 내다
111 데시근하다 : 기대하는 반응을 일으키지 못하고 미적지근하다
112 듬성듬성 흩어져 있는 듯이

"미둔말에 화냥간나가 있다구? 뉘기 그랍데까?"

"들었읍메다. 초막 접꾼아들으 상좌놈 말입메… 그 새끼가 연어 알으 두 보삭지[113] 르 짜개지구서리 간나 배퉁이르 타구 술 찬선으루 했다지 않습메?"

"간대루!"

"도삽이 앙이라잉까. 그것뿐인줄 압네까? 술망치르 개져오라 전갈을 넣구서레 그 간나가 오이까 그양 좆물으 싸갈겼다는 겝메다. 초막 접군아아들은 수장 덕분에 재미르 단단히들 보는 모양이야."

"그래 그 새끼들으 기상이 송쟁으 다 됐꼬망."

"우리 연어 잡으서레 그냥 풀장칠기 앙입메!"

"… 풀장으 안치면 어쩨자는겝메? 한마리만 감춰두 접꾼자린 황본다구 합두구만."

"흥! 연어 직히라구 준 풀장이지. 풀장질 맡은 새끼들은 몰래 연어 내다가 좆물 짜는 박대질으다 쓰구 죄없는 접꾼들만 뒤지개질 치구… 에잉 데럽아서!… 연어 알으 감춰 말리자는 겝메다."

"몰래 팔자면 쥑기보다 에러울 겝메! 미친소리 칩소꽝."

"하긴 그 말도 맞지비! 접꾼 수장새끼들 때뭉이 그렇타잉가. 일으 머리르 깨자지도록 해두 뉘기 정성의 알아 조야지! 오늘부터는 풀장간에서 좀뺍세다."

초막 사정은 벌써 도적놈 소굴이 된지 오래요 풀장간도 이쯤 모사가 익고 있다는 소문이었다.

당포가 속해 있는 중막만 아직은 조용했다.

---

113 '보시기'의 방언

370. 정어(丁魚) 20

'중막' 접꾼들도 급기야는 들먹거릴 일이 터졌다. 무슨 변고인지는 몰라도 잡은 연어꼬리 수가 영 맞아들지 않아서였다.

연어떼가 모여 죽기살기로 알을 까대는 자갈밭은 '초막'(初幕)이요, 초막으로 오르는 연어무리가 홍천에 이르러 뜀질을 해대다가 힘이 부쳐 물가로 바짝 떠밀리는 놈들을 찍어내는 곳이 '중막'(中幕)이었으며, 알을 푼 연어들이 주둥이를 떠억 벌린 채 떠밀리는 끝물쯤이 '막물'이었다.

'초막'·'중막'이란 이름이 애당초 물골을 가리키는 말은 아니었다. 말하자면, 그 물골 연어를 잡아내는 접꾼들이 떼거지로 몰려 자는 움막을 그렇게들 부르던 것이다.

따라서 '초막'은 휘리장이었다. 알을 푸는 연어는 아가미 옆에서 불벼락질이 일어도 혼줄을 빼는 게 예사였다. 무릎깨를 막 넘어 허벅지 옹두리 마디를 잘박 적시는 물깊이에다가 자갈들이 바닥을 깔아댄다. 이 연어들을 거울속 들여다보듯이 훤히 내려다보며 휘리망으로 싸담는 일이 '초막' 접꾼들의 품일들이었으니 그중 텃세 재는 녀석들이 몰린 곳이었다. 휘리망 장목줄을 나눠 쥐고는 물 건너편과 이편에서 슬금슬금 조여가면 일은 끝나는 거였다.

낫꾼들이 몰려 물가에 늘어선 채로 연어를 각두(角頭)질해내는 곳이 '중막'이었다. 초막을 향해 오르는 연어떼는 돌멩이를 앵겨도 여간해서 무리를 흩뜨리지 않았다. 그러나 세길씩 되는 홍천(虹川폭포)을 뜀질해대다가 힘이 달린 연어들은 물살에 떠밀려 물가로 바투 붙게 마련이었다. 이 연어들을 각두로 찍어내는 접꾼들이 바로 '중막'의 낫꾼들이던 것이다. 어떤 때는 각두를 쥔 채 물살에 떠밀려서는 느닷없는 무자맥질을 해야 될 팔자였으니 연어잡이 접꾼들로는 그중 고달픈 접꾼들이었고 '중막' 접꾼들이란 녀석들은 거개가 접꾼수장에게 낯이 설거나 성깔이 못됐다 싶은 녀석들의 패거리였던 거다.

'막물'에서 죽어 떠밀리는 연어나 줍는 녀석들은 그야말로 곡인잡색들이었다. '초막'·'중막' 접꾼녀석들도 거진 곡인들이었지만 '막물' 접꾼들이야말로 사람대접도 못받았다. 우선 삯을 못받는 거다. 떠밀리는 연어를 줍되 그대신 풀장칠 때 일이나 거들며 수량에 빌붙어 먹으라는 것이었다. '막물'에서 노는 접꾼들이 그래도 수량을 지키는 연유는 품삯 대신 죽은 연어를 거저 먹기 때문이다.

잡은 연어를 상하지 않게할 양으로 연어 다섯마리씩마다 와초(蛙草=부평초)를 켜켜로 깔아 덮는 일이 풀장 일이었다. 풀장깐은 '초막'과 '중막' 사이에 있었다. 풀장 일이라는 것이 또 고됐다. 물이 얕아서 채 못오르고 멈춘 강선이 있는 곳까지 연어를 날라야했던 것이다. 영흥현 마산장 물줄까지 연어를 날라야했다. 그런데 텃세로 말하면 풀장깐 접꾼들이 그중 고뿔 쥐는 녀석들이었다.

당포는 기어코 녀석과 한판 어우를 작정이었다. 덕원에 내려와서 접꾼들을 모아온 바로 그 녀석말이다. 이름이 갈창이라던가.

이녀석 하는 짓거리라는 것이 '초막'·'중략' 오르내리며 신바람줄을 잡는데 끝으론 '풀장깐'에 들려 납신거리는 일이 고작이었던 것이다.

그렇잖아도 눈에 가시였는데 말이 되는가? 연어 팔십미(尾)를 올린 일이 어제 밤이려던 무슨 수작을 떨었기에 '중막' 연어가 기껏 이십미란 말이더냐.

371. 정어(丁魚) 21

풀장깐녀석들이 앞뒤를 에워싸고 스르슨런 다가들었다. 당포의 투정을 낱낱이 고해바쳤던 '중막' 패거리들도 그들 기세 속으로 휩쓸렸다.

당포는 괜히 주둥이를 떠벌렸다 싶어 은근슬쩍 기가 죽는다. 머릿수로 따진다면야 녀석들에게 딱이 당하란 법만은 없었다. 갈창이놈 놀아나는 짓거리에 어지간히 신물을 넘겨대던 '중막' 접꾼들 열댓명이 당포의 편을 들고 나섰으니 말이다. 그런데 내편이라는 녀석들 거개가 있으면 먹고 없으면 굶는 곡인녀석들로, 제대로 각두 한번 휘젓지 못하고 당하기 안성마춤이었으니 탈이었다.

"무시기라구? 덕원에서 찬선 한 끼니 제대루 못 먹구 반송쟁으 다 된 놈을 접꾼으 시켜주잉까 은공을 갚재는깅가? 풀장깐 형편으 틀레다구 했다지. 형편으 틀렛당이 무시레 틀레다는깁지?"

"판이 달러도 에지간히 틀려사제! 아니, 바로 엊지녁에 마흔마리 풀장 쳤는디 으째서 뚱금없이 시무마리데여?"

"우뭉스런 간나새끼! 네놈 손으로 풀장깐에 메달르구서레 무시기 딴수작잉야?"

"므시여? 내가 시무마리만 띠메고 갔다?"

"아니래문 어쨌단 말이야?"

갈창이가 앞뒤를 에워싸고 늘어선 패거리를 훑어내리며 능청을 부린다.

"아아들으! 내 말으 맞네 틀리네?"

녀석들이 날름 받아넘긴다.

"맞지비! 중막 수장이 연어르 한마리라두 더 잡겠다구서레 얼매나 애르 쓰는데 뉘기 그걸 모르겠소꽝!"

갈창이는 더 신이 나서 바짝 다가든다.

"너 기어쿠 송쟁으 되겠다는깅야? 잡으라는 연어는 잡잰쿠서리 도삽으 떨구… 너 덕원으루 얼피덩 가라우! 연어르 앙이 잡겠다는 노무 새끼는 소용없당이!"

당포는 불꿍 주먹을 쥐다 말고 설레설레 고개를 내젓는다. '초막'이나 '풀장깐'에서 일어나는 싸움과는 판이 다를 것이었다. '중막'에서 싸움이 터졌다 하면 몸 성해서 돌아갈 녀석이 몇이나 되랴. 소달깃날[114] 받아놓고 곰여물 넘기는 황소 본새로 미련스레 눈알들만 데룩거리지만, 이편 저편 어우러들기 시작하면 손에 쥔 각두들이 갈비짝을 뜯어낼거였다.

"애먼소리 허덜 말으여. 으쩐 씨벌늠이 삯도 안받고 수량 뜬데여!"

---

114 음력 정월의 첫 축일(丑日)을 이르는 말. 이날은 소나 말에게 일을 시키지 않는다.

"이 간나개끼가가 불으 지구 검불가리에 뛰어들겠다는 기잉가? 어르대봐야 깝대기만 남을 일으!"

갈창이의 말이 떨어지자 녀석들이 묘안 한가지 떠올랐다는 투로 신바람을 달았다.

"수장 형님 봅세! 각력으르 정하면 되지 않겠음"

"그기 좋겠궁. 송쟁으 주물르는 짓두 이젠 치챗구."

"수장 형님이 이기면 저 아르 당장 내쫓구 저 아가 버테내면 고냥 두는겁메다."

녀석들이 왁자하게 웃음을 터뜨렸다. 보나마나 뻔할 일이려니 네놈 샀 받구 내려가긴 다 틀렸다는 그런 속셈들 같았다.

"후웅- 어디 한판으 앵게 보겠네?… 무시기라구 했지비?… 전라도 딱새?"

웃음줄을 깔던 녀석들이 안쓰럽다는 듯이 끌끌 혀를 차댔다.

"에엥- 시언잖은 몸으 개지구 앵기긴 무시기 앵기잉가? 그냥 내려가지."

372. 정어(丁魚) 22

당포는 녀석들의 이런 비양질을 더는 참아낼 재간이 없었다. 씨름판을 벌여봐야 밑에 깔릴 사람은 뻔한데 몸 상하고 낯가죽 닳아 체통만 버릴 일을 무엇때문에 하려는 것이냐, 아예 각두날 되돌려주고 짬버들을 떠나라, 하는 으름장이었다.

온몸의 피가 상투끝으로 몰렸다. 제아무리 텃세를 재기로 열흘을 넘게 일한 삯을 간단없이 자르며 곧장 내쫓겠다니 이런 녀석들이 어디 뱃놈들이더냐.

당포는 갈포 갯가에서의 일을 떠올려봤다. 바다에다가 그물 담그며 살아가는 뱃놈들이라면 아직까지 함길도 뱃놈들 같은 녀석들을 못봤다. 짠물 고기잡이가 시원찮을 시면 너도나도 수량접꾼질 나서겠다고 따라나서던 게 다른 땅 뱃놈들이었다. 그런데

"아아들으 연어르 잡으러 가는 모양이지? 홍, 개으른 농새꾼들에게 딱 맞겠궁"

하며 눈썹 한가닥 까딱않던 녀석들 아니었던가.

햄새박 들려주며 큰절까지 넙줄 올려붙였던 곡인 패거리에게 질소냐, 이래뵈도 왜놈들 부짓날에 손가락들 날려 보낸 당포다, 하며 갈창이놈 앞으로 바짝 다가들었다. 힘이 모자라 녀석의 정수낭 밑에 깔릴지언정 샀만은 꼭 챙겨 내려가리라 다짐해본다. 피를 고아내며, 땀줄을 끓여대며 모은 샀을 어느 놈 사복에다 밑채워 줄 것인가.

갈창이 중의가랭이를 걷어부치며 을근거리기 시작했다.

"어쩌문 좋께네. 또 한사램은 허리르 부질레 놓게 됐응이!… 아양 버릇없게 굴지 말구서레 음전하게 내려가능이 팬안할 겝메."

"못 간다고 잉! 검불않는 굴뚝에 냇내[115] 필일 없다고. 솔래솔래 연어 빼묵은 도적늠이 므시라고 씨불대는 거여?"

"무시기? 이 간나새끼가 뭬라구 하능가?"

갈창이가 제 패거리를 두리두리 훑어보며 능청을 부리자,

"앙이 땐 구묵에 내굴이[116] 나겠냐구 하능겝메다. 송쟁으 되는 꼬락시르 보게 얼피둥 목줄을 땁소꽝!"

녀석들이 낯짝들을 짱당그리며[117] 재촉이었다.

"내 이래뵈두 삼두세절 각력장은 맡아놓구 도결국만 때앵긴 사램이야, 이 간나새끼! 어드메르 어찌케 손때르 뵈주란 말잉가? 삼구르 다 쓰쟁이 편력[118]이 울겠구!"

갈창이의 말이 어려울 게 없다. 5월 초닷새 천중절(天中節=단오절), 7월 보름 백종날(百種=백중날), 9월 초아흐레 중양절(重陽節)의 각력장(角力場=씨름판)은 죄다 쓸어 도결국(都結局=씨름판의 승자)만 낸 몸이려던, 네까짓 전라도 뱃놈 하나 메던지겠다고 내구(內句=안걸이)·외구(外句=밖걸이)·윤기(輪起=둘러메치기) 다 쓸

---

115 연기, 불길 냄새
116 '구묵'은 '굴뚝', '내굴'은 '연기'의 방언
117 마음에 못마땅하여 몹시 짱그리다
118 遍歷. 여러 경험을 하거나 그런 경험.

수 있겠더냐, 머리통 박고 들어올 때 꼭두잡이 한손질로 목뼈를 부러뜨려 놓겠니라- 하는 말이겠다.

"네에라 씨벌, 선사설이 너머나 질으여!"

당포는 화닥닥 엉켜붙고봤다. 누구는 각력장 안 쓸어봤더냐, 하며 녀석의 허리통을 담쑥 죄곤 물경늘근 늘어진 불알통 새에다 무릎을 껴넣자마자 끄응 들어올렸다

"어어? 이 간나새끼가 무시기르 하제는겐가? 어어? 요새끼 놀아보자 한당이! 내 웁버서!"

눈깜짝할 새였다. 털석- 내던진 짐바리처럼 갈창이가 나가떨어진다.

373. 정어(丁魚) 23

갈창이가 나가떨어지자 당포 편을 들었던 접꾼들이 왁자하게 함성을 내질렀다. 반대로 갈창이를 에워싸곤 을근거리던 녀석들은 삼백창이 되도록 희번덕 눈을 까뒤집는다.

갈창이는 연신 체머리를 떨어대며 어이가 없다는 표정이었다. 그통에도 눈알을 섬벅거리며 엉뚱한 너스레를 떨어본다.

"앵이 내 이 꼬락시르 어째 된긴가? 내 혼줄은 떠나간 게 앰매?… 무시기 어떻게 된 게야! 엉?"

"무시기 어떻게 되당이. 이 간나새끼가 팽가친겝매다."

녀석들은 되우 쑥쓰러운 낯짝들로 실없는 웃음줄만 얼러먹는다.

"나르?… 나르 팽가쳤다구?… 홍- 조련할 일이 앵이궁!"

얼쭝거리며 그냥 서있기가 미안했던 모양이었다. 녀석들이 갈창이께로 다가가 어깻죽지를 부추긴다.

"얼매나 욕으 봤음!"

"맴으 팬안하게 할 말이 무스거 있어얍지… 이거이 이랠 쉬가 있겠관디? 하늘두

무심하젬메… 운수도 데럽구!"

갈창이는 녀석들의 이말에 제정신이 드는 듯했다.

"이 빌어먹을 곰새끼들이! 내 뭐 욕으봤다구 그런말으 하는겐가?… 뭐가 어쨌다구? 하늘이 무심하구 운수르 데럽아?… 에잉- 이 간나새끼가 이런 버릇으 놓당이! 버릇으 없는 노무새끼르 고만 쥑여 놓구서리 봐야겠궁. 감히 쌈으 걸어왔승이!"

갈창이는 녀석들을 떠다밀며 벌떡 일어섰다.

"이 새끼 웃기는? 씩하문 웃능거 아주 고별장 돌리게서리 해주겠당이!"

"아 이녁 맴대루 히여! 사나이 목심 걸고 붙었으면 각력이나 얼래붙을 일이여잉."

"이렇기 불쌍한 노무 새끼가 어드메 있겠음. 깝주리르 벳게서리 쥑일 작정이얏!"

갈창이가 당포를 향해 벼락 같은 기세로 달겨들었다. 둘이는 금세 한 덩이가 됐다. 넘어갈 듯 잦바듬히 밀리다간 다시 옭동여 어우르는데 모래들이 상투께까지 튀어오른다.

"이런 새끼는 뒷새 혼으 멕에야 합메다! 목뼈르 카악 분질러놓소꽝!"

"자알 합메다! 안다리르 걸구서레 허리뼈르 뽈가칩소꽝. 이 간나새끼 정수낭 굽어먹구 봅세다!"

녀석들의 부추김도 허사였다. 갈창의 몸뚱이가 불끈 들리운다 싶었는데 사지를 접질리며 그새 나가 떨어진다.

"에구구- 허리 뼈르 사둑쳤당이! 에구, 이 허리뼈 이거이 결단난 모양인데, 에구우-"

어찌할 바를 몰라 점직스럽게만[119] 놀아보던 녀석들이 급기야 각두를 휘둘러대며 우르르 달려들었다.

"간나새끼 눈깔으 빼서레 나귀 울방울으 삼으얍지!"

당포는 재빨리 갈창이의 모가지를 조여쥐고는 각두를 갖다댔다.

"오기만 와바옛! 이늠 목때기를 짤라뿐질 거여! 니기미씨벌, 이 댕포늠 성질도 쪼깨 더럽다고잉! 요레뵈도 함길도 짬버들에서 죽을 내가안옛!"

갈창이놈이 숨가쁘게 부르짖는다.

"아아들으! 음전하랑이! 각두르 놔두구 쉐랑이!… 나 죽으문 어쩌겡이…"

374. 정어(丁魚) 24

풀장깐 접꾼들이 당포를 예쁘게 봐줄 리 없었다. 새하얗게 눈을 흘겨대며, '에잉 앙이꼽구 데렵어서! 접꾼수장 노릇으 아무나 하는가? 뻴통으 있어얍지 고집만 가지구서레 수장질으 하다간 깝주리도 앙이 붙어날 겜메!' 이쯤 까놓고, 비양질들이 었다.

당포는 풀장깐 접꾼들이 뭐라고 하든 간에 풀장깐을 죽치고 앉아 지분지분 검질지게[120] 굴었다.

갈창이를 대여섯차례나 메다꽂았던 덕택으로 거뜬히 '중막'의 접꾼 웃대가리에 앉았다. '중막'의 연어가 풀장깐으로 옮겨갈 때면 낱낱이 마릿수를 헤어봤고 그 연어가 강선이 있는 마산장으로 실려갈 때까지 눈을 부릅뜨곤 '중막'의 연어들을 지켰다.

그렇게 아귀세게 놀았던 탓으로 절반씩이나 잘려나갔던 마릿수들이 열흘 동안을 내리 딱 들어맞았다.

당포는 '중막' 접꾼들 대여섯명을 데리고 풀장깐을 지키고 있었다. 이틀 동안을 내리붓는 비 때문에 강선에다 싣지 못하고 쌓인 연어들이 눅무를 지경이었다.

통살문이 삐그덕 열리면서 한 패거리가 들어왔다. '초막'의 접꾼수장에다 '중막'·'풀장깐' 접꾼들까지 쥐고 흔들어대는 풍백이란 녀석이었다. 녀석은 말하자면 '초

---

120 성질이나 행동이 몹시 끈덕지고 질기다.

막' 수장이면서 쨈버들 수량의 접꾼 상좌였던 것이다.

"에구, 이 빗속으 어쩨 오셨읍메. 앉읍소꽝."

풀장깐 상좌녀석이 낯간지럽게 살근거린다.

"에엥- 가슬철으 비가 무시기 이리 찔긴지 모르겠당이. 마산장 가는 길이 맥혔다구 합두구만… 문흥말에 다 내 팔면 쉴기인데."

하며 두리번대던 녀석이 구석에 웅크려 앉은 당포를 알아내고는 눈을 살모사 눈처럼 살똥스레 치뜬다.

"저거 중막 아아들 앵이야?"

"맞습메다!… 흥, 데럽어서!"

"중막으 더 간간할텐데 풀장깐에는 무시레 와서르…"

"중막 연어르 직히겠다구 무시레 대새[121] 난 것처럼 택없이 놓는 꼬락시르 봅세. 내 앙이꼽아서 미치겠음!"

풀장깐 수장녀석이 투덜대자 풍백이가 능갈치게[122] 놀아본다.

"별장깐에 무시래 연어르 빼가는 사램이 있겠다구 뒤지개질을 치능가? 따제서 무시기 하겠다구 풀장깐 아아들으 달과치르구서레!"

"고냥 심심헝께로 쌀 싸알 모실을 돌았제머… 가슬비가 옹께로 고향생각도 나고는…"

당포는 눈알만 껌벅대며 문치적 문치적[123] 능청을 떤다.

"에쿠우- 눈물으 강으 되겠구만. 상측으 곡소리두 나겠궁!… 우뭉으 떨지말루 음전히 가랑이."

"눈물은 폴새로 말라붙아 뿐졌응께… 쪼깨 더 있다가 갈랑만."

풍백이는 한동안 당포를 쏘아보더니 풀장깐 수장녀석과 뜻깊은 눈길을 주고 받

---

121 큰일, 난리
122 아주 능청스럽다
123 생각이나 행동을 자꾸 망설이거나 주저하는 모양을 나타내는 말

는다.

"나 만지 가잉까 저 아들으 자알 대접허구 와난이 얘기르 하랑이."

풍백이가 통갈문을 나갔다.

당포를 따라나섰던 접꾼들이

"그만 갑세다. 잠으 자야지 내일 일으 할 쉬 있잖습메."

하며 자리를 털고 일어섰다.

그때였다. 당포는 바짝 귀를 종그려본다. 뒷쪽에서 야릇한 소리가 났다. 장목을 뜯어내는 소리가 분명했다.

375. 정어(丁魚) 25

"엉?… 이것이 먼소리여?"

당포가 소리나는 쪽으로 다가가며 사분거리자,

"고영이[124] 잘난 체 하지맙세. 삵괭이 아니문 전서새끼겠지비… 무시레 야당이 났다구 뚜럭이르 떨구!"

풀장깐 수장녀석이 톡 내쏜다.

잘못 들었나 싶어 다시 돌아섰다. 그런데 그 야릇한 기척이 또 일었다. 밖은 깜깜 밤중이요 거기다가 빗줄이 발을 엮는데, 삵괭이가 나들이 할 턱도 없으며 겨우 짚신짝만한 전서(田鼠=두더쥐)가 무슨 힘으로 장목을 덜그덕대랴.

당포는 '중막' 접꾼들을 이끌고 풀장깐을 빠져나왔다. 널름대는 횃불의 불기가 발걸음보다 앞서 뿌연 빛뭉우리를 그려대자 풀장깐 벽에 바짝 붙어섰던 형상들이 후다닥 뛴다.

그새 장목 너댓둥치를 들어냈음이려니 풀장깐 벽에 반발쯤 되는 구멍이 뚫렸다.

---

124 괜히, 유난히

풀장친 연어 죽자(竹子=대소쿠리)가 세개나 비를 맞고 있었다.

"연어 도적놈덜을 잡으여! 놓치덜 말고 붙잡이야 써!"

당포는 내닫는 발짝소리만 가늠하고 가랭이가 찢어져라 내달렸다. 패거리중에서 한녀석이 뒤쳐진 모양이었다. 녀석이 가팔막진 땅을 헛딛은 낌새였다.

'에쿠우우!'하는 비명과 함께 벌렁 나가 떨어지면서 질척한 흙물을 튕긴다.

당포는 녀석의 모가지를 단단히 움켜쥐었다.

"네 이 불여수셰끼!"

"모, 목으 놓구 말으합세!"

"간사시런 짓 말으여! 느늠덜이 중막 연어 빼묵은 놈덜이제?"

당포는 우선 너덧차례 갈비짝을 후려댔다. 축 처진 녀석을 들쳐메고 풀장깐으로 내려왔다.

풀장깐에는 풍백이가 다시 와있었다.

당포는 들쳐멨던 녀석을 내동댕이치며 발끈 성질을 돋군다.

"사삭시런 모사들 고만 허라고 잉! 징그랍고 갠지라와서 못 살겄어!… 아니, 이래도 살쾡이셰끼고 두개지셰끼랑가?"

풍백이의 낯짝이 뭉그러졌다. 겹주름을 잔뜩 지어보이며 그통에도 웃음을 버물린다.

"너엉이 연어르 훔쳐갔네?"

"죽을 죄르 졌읍메다!"

"너어 어드메 간나새끼야?"

녀석이 고개를 들고 빤히 풍백이를 올려다본다. 풍백이의 낯가죽이 유들유들 야릇한 웃음을 물린다.

"단속내 수량의 접꾼입메다!"

"단속내?"

"그렇습메다. 연어르 잡자구서리 암만 애르 써봐두 쨈버들 수량이 두물골을 막아

줘서리 연어가 앵이 오릅메다… 할쉬없어 아아들으 끄을구……"

"이 간나새끼르 어쩌문 좋응야. 욱다지르봐야 속만 썩구서레… 손가락으 한두어 개만 절단으 내조야 할기잉가?"

으름장 한번 싱거웠다. 풍백이는 곧 당포에게로 얼굴을 돌렸다.

"좋은 쉬가 있읍메. 소문으 듣자하니 힘이 장사라구 합두구만.… 중막 연어르 빼간 간나새끼들이 단속내 접꾼들 앙이겠음?… 단속내 아아들으 깝주리르 배끼는겜메! 앙심으 먹구서레 이러는데 단속내로 처들어가서 갈비 몇개르 꺾어놓든지 다리 동갱이르 분지러놓든지 해조얖지! 앙이 하겠음?"

당포는 귀가 번쩍 트였다.

376. 정어(丁魚) 26

그날로부터 이틀뒤 밤이었다. 당포는 오랜만에 배꼽이 일어설 지경으로 술망치를 비웠다.

"앙심으 품은 아아들은 톡톡이 혼으 내조야합메.… 봅소꽝. 일으 애써 하구두 욕바가지르 쓰능건 중막 사람들뿐 아잉가?"

풍백이가 거푸 쓴 입맛을 다셔대며 양냥거린다. 풍백이의 말인즉, 짬버들 수량의 연어를 빼먹은 단속내 접꾼들에게 앙갚음을 해보여야 한다는 거였다.

당포는 풍백이의 말이 천만번 옳다고 생각해버렸다. 처음엔 단속내의 접꾼녀석들 하는 행티가 안쓰러워 모른 체 접어둘 맘이 었었다. 오죽했으면 남의 풀장깐에 밤도적질을 나섰으랴.

단속내 수량이란 것이 빤한 외길 물줄이어서 짬버들을 지나자마자 '성말'에 허기지게 가닫고 거기서 '잣뫼'에 이르면 시원찮은 물줄기를 겨우 '천흥'과 '동하' 쪽으로 두갈래 가지치다가 시름 끝물을 달던 것이었다.

짬버들 수량이 '문흥'쪽으로 좀 물러나 주든지 아니면 '고읍'으로 갈리는 물줄기를 단속내 수량에다 양보해 주든지 해야 할 터였다. 그런데 용내의 모가지께를 암 팡지게 조르며 짬버들 수량이 앉았으니 단속내 접꾼들로서는 횟병이 안돋칠 리가 없던 것이다.

그러나 당포의 이런 안쓰러움이 더는 맘놓고 물렁댈 수만은 없게 됐다. 문흥·영 흥·마산장, 이 세 도박처(到泊處=강의 요로要路)에서 불호령이 떨어진지 오래였다. 관아의 '도장' '감관'의 졸개들이 도박처를 지키고 앉아 짬버들 수량의 연어 풀장질 이 왜 이러느냐고 중뿔을 세우던 거다.

"필경 사복을 채우며 밀상하는 것들이 있으렷다. 망일(望日=보름) 정도 과하면 결 강(結江=결빙)이 눈앞이려던 그 수만미 상삭한 연어들이 다 어디로 갔더란 말이냐? 삼장 수장들을 생금하여 물고를 내기 전에 모작을 당장 철하라 일러라!"

이 지경이 됐고보면 한시 바삐 야금야금 소드락질[125] 돼가는 연어 수를 지키는 길 밖엔 다른 도리가 없었다.

"당싱도 생각으 해봅소꽝. 삼장 수창들으 읆아다가서레 물고르 내겠다 이기 앙 입메? 일삯으는 못 받는다 체두 사램이 주검으 당해서야 말이 됩메까!"

풍백이가 꺼어-하며 개트림을 짜댄다.

"암문! 인자 더는 못 참겠응께. 시상으 베락맞어 디질 세끼덜이제, 삵일하는 팔자 끼리 요럴 수가 없제!"

"뉘기 앙이랍메까?… 혼으 내조야 합메다!"

"고란디 고것을 자알 몰르겠단 말여. 사람을 해치면 안되는 일이고… 연어를 들집 으서 튀자니 고것이 을매나 든 것이며… 수장늠을 만나서는 단판을 논다?"

"앵이지비! 벨말으 다 합메…"

"… 그라면?"

"풀장깐에다 불으 놓는 겝메다!"

---

125 남의 재물을 빼앗는 짓

"불을?… 단속내 풀장깐을 불 처지른다?"

"바루 그겝메다! 사램으 다칠 쉬도 없구… 흔으 내주는기잉야 상책입지! 갸들 콧대르 꺾어노문 되능겜메!"

당포는 한동안 눈거풀을 떨어대보다가 이내 허벅지를 쳤다.

"기중 좋은 방도여!"

"… 얼피덩 떠얍지…"

"암문! 시방 뜰 것잉게!"

당포는 중막접꾼 넷을 데리고 움집을 나섰다.

377. 정어(丁魚) 27

'깜버들'에서 '잣뫼'까지는 그리 멀지 않았다.

당포와 중막접꾼들 넷은 단속내 수량에 이르러 가쁜 숨을 고루 내쉬었다.

사위가 깜깜해서 확실히 분간키는 어려웠으나 횃불 하나가 널름널름 타고 있는 곳이 독하게 먹자고하면 그럴수록 기분이 내키지않는 당포였다. 단속내 수량이란 것이 이렇게 허기진 물줄일 줄은 몰랐었던 것이었다. 왔던 길도 온통 바위투성이었는데 강안을 끼고도는 곳도 모두 절벽들이어서 제대로 덕하나 세울 만한 자리도 없어 보였다. 이런 물줄에 연어떼가 제대로 오를 수 있으랴 싶었다.

더욱 안쓰러운 일은, 쨤버들 수량때문에 용흥강을 눈돌림하고 '서성말'까지 가서야 '금내'(금진강錦津江)로 흘러 파지(巴只=함경남도 정평定平)에 든다는 얘기였다. 잡은 연어 한번 실어나르는데 오진 고생은 도맡았다 싶은데, 거기다가 '금내' 물줄은 정평 관아의 끈줄 잡고 설치는 호강들의 수량이 거미줄을 쳐서 어지간히 설움을 겪어야 물줄이라도 겨우 빌어 흐르는 모양이었다.

쨤버들을 떠날 때부터 줄곧 불만을 익히던 녀석들이 또 투정이었다.

"그만 돌아갑세. 쨤버들에 가서는 불으 놓구왔다구 도삽으 떨면 앵이 되겠음!"

"그러능거이 사람 할 짓입메다. 단속내 아아들 이거이 불쌍한 노무 새끼들입메. 용내르 차고앉은 수량이야 영흥관아 줄으 잡구서레 세도르 부리는 것들입제만 이 단속내 아아들은 공물으 바치겠다구 뼈르 깎는 화객수량 접꾼들입메!"

당포는 벼락같이 황밤을 먹이고봤다.

"잡셰끼덜, 앙알대지 말란디 그려!… 불쌍한 줄은 나도 알어. 그라제만 폴장깐은 불 쳐질르고 봐사혀! 즈덜 연어잽이가 황이라구 넘덜 연어 도적질해가는 셰끼덜이 사람이여? 본때를 봐줘사 뒷탈이 없어!"

녀석은 정문을 쓸어내리며 그래도 불만이었다.

"수장이 몰라 그럽메다. 뉘기레 연어르 훔체갔다는깁지?… 단속내 아아들 짓이 앙입메다!"

남은 녀석들도 입을 모은다.

"이 사램 말이 맞습메다. 그렇기 앙이지비!"

"단속내 아아들으 짓이라구 그렇기 뀌메댕깁메다!"

"요런 미친 셰끼덜 말 좀 보게여? 아니, 연어 도적질 하다가 들킨 놈이 지 입으로 단속내 접꾼이라고 혔잖었어?"

"하하— 내참 딱해서리 미치겠음! 그 아가 단속내 접꾼이 앙이라는데 어쩨 이럼 둥?"

"… 아니, 고럼?"

"뉘긴 뉘긴멥까? 초막 아아들입메! 풍백이 밑줄으 타는 초막 접꾼들입메다!"

"말도 안된 소리여! 어여 내리덜 가자고잉."

당포는 녀석들의 말을 딱 자르고 너설[126]을 타내렸다. 녀석들도 쓴 입맛을 다셔대며 당포를 뒤따랐다.

당포는 너설을 내려서자마자 횃불을 든 채 풀장깐을 향해 내달았다. 단번에 불을

---

126 험한 바위나 돌 따위가 삐죽삐죽 나온 곳.

질러놓고 곧장 줄행랑을 쳐댈 생각이었다.

풀장깐에 불이 붙었다. 화지직 화지직- 풀장깐은 금세 불길에 싸였다.

녀석 하나가 풀장깐에서 뛰어나왔다. 이내 당포를 뒤쫓는다.

378. 정어(丁魚) 28

그통에도 걱정되는 것은 당포를 따라나선 네명의 접꾼이었다.

"여봐여딜! 욜로 오니라, 욜로!"

고래고래 목청을 돋아보지만 녀석들은 대답도, 뒤따라오는 기척도 없었다.

풀장깐을 태우는 불길이 강안을 훤히 밝혔다.

"저런 빙신늠딜!"

당포는 불길에 드러난 형상들을 훔쳐보며 내뱉았다. 필경 녀석들일 것이었다. 패거리가 개 잡듯이 뭇매질을 놓는데 중막녀석들 넷이가 타작마당의 멍석꼴이 돼가는 참이었다.

뒤를 쫓던 기척이 유독 가까와졌다 생각하며 당포는 불곰 뛰듯 내달았다.

"웜메메에-"

당포가 발을 헛딛고 나동그라졌을 때였다. 뒤쫓던 녀석이 당포의 명치께를 두 무릎으로 찍어대며 덮쳤다. 연해서 멱살을 옭죄는데 힘이 장사다. 헤어나 볼 양으로 제아무리 힘을 써보지만 사지가 어금막혀 옴짝달싹 할 수가 없었다.

"이 고현늠! 불가레로 주둥일 삶기 전에 바른 말을 대랄밖엔! 네눔, 짬버틀 넉세비렸다?"

"… 숨, 숨통 좀 트주고…"

"에엥 베락맞어 죽을 늠! 그새에두 살려달래지. 이런 뻔뻔한 늠!"

녀석의 왕죽 같은 팔뚝이 허공을 훼훼 내젓는다 싶더니 두어번 당포의 이마를 벼락쳐 놓는다. 혼줄이 가물가물 달아나는 것 같았다.

그런데 야릇한 일이었다. 가슴패기를 타고앉아 간단없는 매질을 치는 녀석의 목소리가 간간쨟쨟하게 귀에 익었다.

'… 이늠이 누구랑가?… 근디 이늠이 누구여?… 웜메! 이 웬수놈!'

당포는 속으로 읊조리다 말고 목청껏 내뽑았다.

"내 이 씨벌 매방이늠앗!"

"… 어엇?… 이놈이…"

매방이도 그제야 당포를 알아차린 모양이었다. 절구 넘어지듯이 땅바닥으로 내려 앉는다.

"시상 야릇허지! 아니 웬녀려 연줄이 이렇다?… 허어- 팔짜한번 드럽고오-"

매방이는 그 틈에도 긴 가락 뽑는 말투를 챙기며 능갈지게127 놀아보것다.

"네 이 베락맞어 디질 늠! 웬수 찾어 원뜰에 간다든 셰끼가 안 디지고 살어서는 이 댕포를 죽일라고? 네에라, 천벌을 받을 셰끼! 섯바닥 쭉 빼물고 디질 녀려 셰끼!"

당포가 허리통을 추세우는 판인데 뒤쪽에서 또 한 패거리가 쫓아오는 낌새였다. 발짝소리가 수선스럽다.

"엄살 작작 떨구 줄행랑 놔 녀석아! 잽히면 오각을 뜨구 죽어!"

"므시여? 엄살?"

"그눔 말두 많고오- 빨랑 못 가겠니? 사위가 벼랑이야. 들장목 타구 가야 제 길 찾아!… 원뜰에서 만나보자."

"만나면 그 당장 니놈 멱아지를 끄서불탱께로!"

당포는 황망중에도 이렇게 내뱉고 줄달음을 놨다. 매방이가 가르쳐준 대로 둑을 더듬어 기어댔다. 고기떼 놀라고 심어놓은 들장목(어부림魚付林)을 향해 제가 고기인 양 헤엄쳐 나갔다.

들장목에 올라서니 턱주가리가 덜그덕덜그덕 아귀를 엇갈리며 제맘껏 놀아났다.

---

127 얄미울 정도로 능청스럽게

어찌나 선뜩한지 불알 두쪽이 쓰르르 말리며 올려붙는다.

당포는 한기를 다스릴 겸 해서 성리쪽을 향해 경중경중 내달았다.

379. 정어(丁魚) 29

"허허 차암- 요런 미련시런 곰이 셰끼!… 내 차암, 허어-"

당포는 만 하루가 지나도록 그저 이 헛소리뿐이었다. 생각같다면 이 당장 정문을 찍고 바스러지든지 혓바닥을 질끔 물고 죽었으면 원이 없었다. 그런데, 머리통을 들이받을 돌멩이 한개 뵈는 것이 없을 뿐더러 제 혓바닥을 스스로 잘라버리기란 맘 같잖게 어렵기만 하던 것이다.

눈에 뵈는 것이라곤 청승맞기 그지없는 접꾼녀석들의 등짝에다가, 모가지 끝에 겨우 매달려 푸욱 시들어 꺾인 상투꼭지들뿐이었다. 모두 스무명이나 됐다. 그중에 갈창이란 녀석도 껴앉았다.

"삯으르 자르겠다문 음전히 보내조야지 무시기 사램으 가둬놓구서레!"

"쇠 부레먹듯잉이 일으 시키다가 삯으 잘라먹겠다문 이렇게 우뭉한 짓으르 꿰메 대능깁지. 예상새르 개지구 할말이 무시레 있겠음!"

녀석들이 투덜대자 곧바로 한숨가닥들이 줄을 잇는다.

"씨벌늠덜 씨끄릿!"

당포는 버럭 악을 써댔다. 흘금흘금 눈치를 살펴대며 그새 기가 죽는다. 그런 꼴을 보니 또 가슴이 벌겅벌겅 뛰놀았다.

생각할수록 기가 막힐 일이었다. 당포는 단속내 풀장깐에 불을 놓고 돌아왔던 바로 그때부터 '초막'에 갇혀버렸던 것이었다. 풍백이놈 패거리에게 붙잡혀 초막속으로 고꾸라지고보니 웬걸 갇힌 녀석들이 또 스무명이나 됐던 것이었다.

"수장, 내 말으 들어봅소꽝."

갈창이가 또 늘근지근 앵겨붙는다.

"니미 씨벌헐! 나 중막 수장 안이여! 수장이란 소리 듣기만혀도 오장육부가 삭어 뿐징게!"

"앙심으 부리자는 게 앙입메. 일한 삯으 받자는겝메… 송쟁이다 하구 간간이 굴다가 마산장 도박처 연어르 챙기자는 겝메다! 강선의 몰구서레 진흥말 화객에다 연어르 팔구봅세다!"

"삯을 줘도 인자는 안 받으여. 디러운 놈의 삯 고까짓거 인지 씨잘데 읍서. … 원 뜰에 내리가서 짠물괴기 잡으먼 되여!"

"딱두합네다 수장! 짠물괴기르 뉘기레 제대루 삯이 받을 줄 압네까? 그기 그깁메!"

"으짜든지 간에 나는 싫다고잉. 느늠덜 맴대루 하란디… 도박처를 때려부시든지 강선째로다가 연어를 묵든지 느덜 맴대로 하랑께!"

당포는 또 상투가 떨어져라 머리통을 내흔들었다. 아무리 천성이 우직하기로 풍백이놈 술책에 이쯤 휘말려 들 수도 있겠던가.

"허어- 홤메에, 나 미친다고잉!"

하다말고 당포는 그 궁금증을 또 떠올려보는 것이다. '중막' 접꾼들만 모조리 가두었다면 짐작이갔다. 당포놈 내쫓을 요량이면 그 패거리도 함께 몰아붙여야 속 편할테니 말이다. 그런데 '중막' 접꾼들 일곱명에다가 '풀장깐' 녀석들이 여덟명, 그리고 난데없이 '초막' 접꾼 다섯명이 합쳐 스무명인 것이었다. '풀장깐' 녀석들이나 '초막' 접꾼들이라면 풍백이 제놈 부하들일 것인즉 어찌해서 함께 가뒀는지 알 수 없는 일이던 거다.

그때 초막의 통살문이 삐그덕거렸다. 문이 열리면서 부신 햇살이 부챗살을 폈다.

"얼매나 고생으 했겠음?"

풍백이었다.

380. 정어(丁魚) 30

　여느때완 달리 썰개목을 지팡이 삼아 들었다. 풍백이의 뒤로 줄줄이 늘어붙은 녀석들도 너나없이 장목 한개씩을 들고 있다. 잡아 가둔 녀석들이 자그마치 스무명이려니 만약의 사태가 일어날 시면 간단없는 몽둥이질로 싸다듬겠다는 으름짱일 것이었다.

　"이 불여수셰끼!"

　당포는 벌떡 일어서며 풍백이를 노려봤다.

　"썰개목으로 눈깔으 파내야 알겠음? 눈으는 어째 삼백창으 뜨구서레!"

　"단속내 풀장깐으다 불을 놓란 눔도 니늠이었는디, 시상에 요렇고롬 싸잡는 수도 있데여?"

　"… 갬히 누구한테 네냄즉 하구 화르 돋꾸지비? 뒤들게 맞아서리 반죽음으 당하겠다는 이 말이잉가!"

　풍백이는 썰개목을 요란스레 휘둘러보이고 나서 말했다,

　"따제구보면 단속내 아아들두 불쌍한 사램들이지비… 삷으 받구 살겠다문서리 고생들으 하는데 사램 맘으 어째서 그럼둥?… 콧대르 꺾겠으문 꺾구 갈비뼈르 튕게 놓겠으문 튕게 놓구 할 일이지 갸아들으 풀장깐에 불을 놓당이! 수량이구 접꾼아아들으구 한껍에 망해놓구서레 무시기 할말으 또 있능가?"

　"머, 머시여?… 웜매나 미쳐쁜진다고, 나 미쳐쁜져!… 니늠이 불을 처질르라구 달달 볶아놓고는 인자 뭇이여?"

　풍백이가 눈짓으로 신호를 하자 녀석들의 장목이 당포의 몸뚱이를 금세 다듬는다. 숫구멍께가 터졌는지 뜨근한 핏줄이 질컹 무르게 타내렸다.

　'복장터지서 디져쁠면 웬수도 못 갚제잉! 그여코 살어서는 네늠 살점을 볼라사 할 것잉께!' 당포는 속으로 다짐하며 짜장 흔연스러워본다.

　"좋다고 치여… 그라면 이 댕포만 쥑이먼 고만일턴디 사람들은 으째 열아홉명이나 갇윘당가? 요 사람덜은 믄 죄랑가? 엉?"

풍백이는 그 말에 한동안 입을 다물었다. 여태까지 죽은 듯 말이 없던 녀석들이 그제야 한마디씩 읊조린다.

"음전히 내려 가겠읍메다! 그냥 보내만 줍소꽝이!"

"삯으 못받아두 좋습메다! 오솜소리 가겠응이 얼피덩 가게 해줍소꽝!"

"무시기 씨언한 소리르 듣자능 게 앙입메다!… 빈가매 걸어놓구서레 눈물으 바람할 안깐[128] 생각에 사램이 제절루 송쟁으 됩메다!… 허튼 소리르 되비 앙이 할 겝메다. 보내만 줍소꽝이."

풍백이가 마른 혀를 끌끌 차대며 엉너리친다.

"내 처지르 생각해보랑이. 얼매나 가슴으 찢어지겠능가!… 말으 말장이! 내 아무리 말으 해두 도샵으 떤다구 할기잉가 내 대신 사정으 전할 사램, 앵이 어른이 오셌지비.… 삯두 못주구 서리 돌려보내야 하당이… 어디메르 간데두 맨목이 서겠능가?… 에엥- 내팔자 데럽아서!"

풍백이가 통살문을 지키고 선 녀석에게 눈짐작을 보냈다.

"하구싶은 말이라두 조심으 하람이. 마산장 도박처으 차인 두목께서 오셌응이!"

녀석들이 바튼 신음들을 '에구우-' 뺀다. 말만 들어도 상투가 곤두서는 모양이었다.

381. 정어(丁魚) 31

통살문이 열리면서 그 차인두목(差人頭目)이란 자가 허리통을 왜굿 재며 들어섰다. 차인 두목이라면 도박처를 차고 앉아 불호령을 안기는 차인들 중의 상좌려니, 수량의 일이라면 눈감고 졸면서도 훤히 됨새를 짚어보는, 그런 위인이었다. 화객들

---

128 아내

이 꾸려가는 수량의 차인들은 거개가 '여각'·'객주'의 심부름꾼인 반면 명색이 관유(官有)인 수량의 차인들이라는 것들은 어김없이 관아의 졸개들이었다. '도장'이나 '감관'의 쓸개쪽 노릇을 실행하려다보면 자연 세도 앞세워 거드럭대는 행패 또한 하늘 무서운 줄 모르고 뻗지르는 사람들이었다.

"으음- 앙이 본 것만 못하당이. 어디메 가문 쉬언하겠네만은 기왕으 일으 이리 됐응이 버테 볼 생각들으 말구서레 음전히 가랑이!"

차인 두목답게 대뜸 오랏바람을 피웠다. 차인 두목은 마른 침을 몇번 삼켜대고나서 다시 말을 잇는다.

"당시잉들이 더 자알 알겠지만두 연어잽이도 끝장으르 봤지 않응가?… 시절으 이렇다해도 간대루 일으 시키구서레 삯두 못주구 보내게 되당이 맴으 찢기구 쓰라립구… 당시잉들이 알고 있능 것처럼 용흥강 수량은 영흥현의 관유에다가 덕원 부사 나으리의 사점수량이기두 합메다."

날개죽지 옭동여 놓은 닭처럼 두눈들만 껌벅대고 있던 녀석들이 그 말끝에 수런대기 시작했다. 영흥현의 관유면 됐지 덕원 부사의 사점수량이란 말은 또 뭔가. 그렇다면 '고원'·'천내'·'문천' 세골의 현감들은 갈포 앞바다의 짠물에다 새끼줄을 치고 바닷물을 사점했더란 말이냐- 하는 불만들이던 거였다.

"오솜소리 있으랑이!"

차인 두목이 목청을 돋구자 배앵 둘러싸고 있던 녀석들이 장목들을 불끈 들고 겁을 준다. 차인 두목이 차악 목소리를 가라앉혔다.

"내 연어르 보자항이 모두 점퇴물들 아잉가? 조정 호조에 필납해야 할 공물으 수천미인데 과반에두 못 미치구서리 그나마 모두 장(長)이 미달되지 않겠능가!… 그건 그렇다치구 봅세… 부사 나으리의 엄명이 떨어졌는데 이번 버텀은 접꾼들으 수를 헤아려서리 공물을 따로 바치라는 겝메다아-. 접꾼 한사램당으 공물이 삼십미씩이라! 어쩔수없이 접꾼들 수르 줄여야 해거레 당시잉들으 보내게 됨겝메.… 삯으 받겠다구서리 수량 접꾼으 된기잉게 내 이루 더 할말이 있을 쉬 없음둥!"

당포는 더는 견딜 수가 없어 죽기살기로 물어보고봤다.

"고란디 고것이 요상시릅기 한이 없읍니다요. 접꾼덜 대갈박수를 시어서 공물을 붙인다는 소리도 츰 들었고잉, 아니 해필이먼 으째서 우덜 시무명만 요 꼴을 당헌답니까요?"

"간나새끼! 어떤 면전으 함부로 찍구 썰구 쥐둥이르 놀리능가?"

당포는 움찔 기가 죽는다.

"화르 삭히는데야 술백기 동무 되능기 또 있겠능가? 내 술으 내놓을 테니 음전히들 술으 먹구 얼피둥 수량을 떠나랑이."

당포는 또 물었다.

"접꾼 수를 시어서 공물 맥이는 목자가 뭇이랑가요? 듣도 보도 못한 소링게 그요……"

"딱이 알고싶다문 말으 하지… 정어라구 부릅두구만. 인제 알겠네? 정어, 바루 정어란 말이!"

382. 정어(丁魚) 32

'초막'에 갇혔던 스무명 접꾼들은 그날 해거름때 짬버들 수량에서 내쫓겨났다. 하늘이 내려앉지 않고서야 달리 앙갚음 해볼 수도 없는 처지였지만 그래도 느닷없는 작폐질을 놀 줄 모른다 싶었는지 장목을 든 패거리들이 '문흥'까지 뒤따랐다.

짬버들 수량을 떠날 때 차인 두목이란 자가 단단히 못을 박았었다.

"앙이꼽다구 도산으 떨어봐야 당시잉들만 주검으 되능기야. 각두르 뉘기제 가슴에다 디리[129]댓데봐야 피르 쏟구서레 죽을 사램두 없구! 음전히들 가야지 한사램이라두 도산으 떨었다가는 모두 죄르 씌우구 디리 쪽체서리 관노(官奴)로 삼을 것

---

129 '들입다'의 방언

이잉까!"

'문흥'과 '영흥'의 갈림길에 이르렀을 때 패거리는 일곱명으로 줄었다.

당포는 나머지 여섯놈마저 제발 제곁을 떠나줬으면 싶었다. 겨드랑이에 태종이 솟을 정도로 기쁜 일을 만났다해도 귀찮기만 하려던 비칠비칠 따라붙는 녀석들의 혼줄 빠진 꼴들이라니 곁눈질만 해도 눈이 아려오던 것이었다.

"내 우습어서레 가슴으 피가 식능당이. 정어라? 정어라고 하능거이 무시기야?"

갈창이가 불퉁거리자

"뉘기레 아니람메? 벨스런 어세에다 벨스런 공물으 다 봤읍메마는 접꾼들으 머리르 세서레 공물으 걷는단 소린 처음 들었읍메다!"

"꽥해서리 투정만 놀게 앵입메다. 정어라는 공물을 강수량이나 짠물에서구 다 걷는데문 화객들이나 어전주인들으 접꾼을 모을 쉬가 있겠읍메까?… 함길도 뱃놈들 다 주검으 당했읍메! 접꾼노릇으 못한당이 뉘기 할것없이 뱃놈들 다죽었지비!"

녀석들도 한마디씩 곁들고 늘어졌다.

당포는 꾹 입을 다물었다. 정어(丁魚)라는 공물이 세도를 재 볼 시면 녀석들의 말대로 뱃놈들은 곯아 죽기 망정이었다. 그러나 당포는 이내 고개를 내저었다. 삶을 자르고 싶으니까 제놈들 마음대로 만들어낸 것이겠지 아무러면 버젓이 법으로 통할까보냐 하는 마음에서였다.

녀석들의 힘담들이 제 세월을 만난 낌새였다. 주고받는데 대강 이런 말들이었다.

쨈버들 수량 근처의 숲속에 동장(冬藏=야적野積)을 친 연어더미가 서너곳 섰을 것임에 어김없을 거라는 말들이었다. 솔레솔레 빼먹은 연어를 으슥한 숲속에다 쟁여두고 바짝 얼린 채 겨울을 내는 짓거리가 동장인데, 이렇게해서 모은 연어는 해빙기를 맞기 무섭게 '여각' 밑줄 잡고 밀상되기 일쑤요, 혹은 겨울내내 점퇴공물(點退貢物)과 맞바꿔 큰 이득을 얻는다는 것이었다. 공물을 점퇴당한 수량주인이나 화객들은 규격에 맞는 공물을 다시 사들이노라 눈알이 뒤집히기 마련이며 이때를 만난 동장연어는 하늘 찌르도록 비싼 값으로 팔리게 돼 있다는 그런 말들이었다.

당포는 짐짓 모른 체 능청을 떨면서도 속으론 귀가 번쩍 트이는 것이었다. 녀석들의 말이 사실이라면 동장연어 한곳쯤 털어 귓배 한척 장만 못할까보냐 하는 맘이었던 것이다.

그러나 당포는 우선 '원뜰'로 가기로 마음먹고 말았다. 그런 짓이야 목숨 내걸고 보는 막장에나 생각해 볼 일, 강수량이 이쯤 망했기로서니 바다야 어디 그러랴 하는 믿음 때문이었다. 짠물고기를 못 잡으면 육태(陸駄=하역작업) 접꾼이라도 돼서 삯받고 살면 되는 것이렸다.

383. 청어(丁魚) 33

섣달 초순에 접어들면서부터 '덕원' 앞바다는 꽤나 시끌벅적 끓었다. '문평'에서 '두무개' 앞바다에 이르는 갯가로는 삯일을 염탐하는 접꾼들과 들고 나는 배들이 오구구 어우르며 새벽부터 수선을 피워대던 것이다.

얼핏 보기로는 함길도 바다가 제 세월을 만난듯도 싶었다. 그러나 정처를 모르는 사람 패거리의 발길과 괜히 들락거려 보는 뱃길들일 뿐 속사정은 전혀 달랐다.

이같은 설렁댐이 빈번한 까닭인즉 어차피 청어와 명태의 철을 눈앞에 둔 때문이었다. 고기를 잡든 못 잡든지 간에 고기철을 만나 우선은 미치고봐야 속이 풀리는 뱃놈 천성들이 겉만 멀쩡한 수선을 만들고 있을 뿐, 배들은 배들대로 뱃길을 못잡고 사람들은 사람들대로 갈곳을 몰라 아드등거릴 뿐이었다.

명태도 청어도 섣달 초순부터 내리려니, 기름이나 고아내면 고작일 명태라도 줄줄이 낚아올릴 것인가 아니면 청어 휘리장을 쳐서 그래도 값비싼 청어를 건져볼 것인가 하는 마음들이던 거다.

그런데 청어 그물질의 싹수가 이해 따라 초장부터 글러먹은 낌새였다. 청어 그물질이 제대로 될랴 치면 동짓달에 내리는 동청어(冬青魚)떼가 벌써 선을 뵀어야했고, 드문 일이지만 한여름에 불쑥 밀리는 막청어(아주 작은 청어)떼가 마양 앞바다

(함경남도 신포마양도新浦馬養島)로 들었다는 기별이라도 접했어야 했다. 그런데 막청어는 커녕 동청어 한마리 구경 못해 보고 섣달 문턱을 넘어서버린 것이었다.

그렇다고 지금부터 제 철인 청어 휘리장을 속편히 눈돌림해 버릴 수는 없는 일이었다. 누가 알랴. 수십리 뻗친 청어떼가 '덕원' 앞바다로 파고 들지- 이런 기대로 괜시리 오리밖 물길을 들락대면서 재보는 패거리가 바로 화객들이었다.

"후웅- 왜태[130]르 잡겠다문서리 운남으 간대능가? 어디메 가서르 맨목으 세워보능가 해보겠당이!"

해대며 은근슬쩍 접꾼들에게 으름장을 놔보는 것이었다.

그런데 명태 사정은 달랐다. 운남(雲南=함경남도 여남與南) 갯가로 몰리는 명태떼가 벌써 서호진(西湖津) 앞바다를 다 메웠다는 소문이었다. 고기는 상것들의 상식(常食)이려니 값은 없다 쳐도 기름만 잘 고아내면 그것도 청어값에 뒤지라는 법도 없것다. 명태 기름 아니면 불이라도 제대로 밝힐 것이며, 곤포를 어찌 따내랴. 일렁이는 물결을 숨죽여 놓기로는 명태 기름이 으뜸이요 물결을 다스려놓지 않고는 바다밑의 곤포를 제꺽 찾아낼 수 없던 것이다. 명태 기름을 뿌려 물이랑을 잔잔히 만들어놔야 곤포덤불을 찾아내기가 쉽던 것이었다.

하루 온종일 갯가를 서성대던 접꾼녀석들은 운남으로 뜨는 배를 타든지 아니면 '고기밥이야 기레두 청어 앵이겠음!'하며 공술 몇사발 넘기고는 화객 패거리가 되곤 하던 것이었다.

원평리 주막 안은 뱃놈들로 들끓었다. 당포도 그속에 껴앉아 매방이를 기다리고 있었다. 당포는 청어 휘리장에 남고 싶었고 매방이는 한사코 명태배 타고 줄낚 뜨자는 고집이었다.

매방이가 들어섰다. 녀석의 낯색이 말이 아니었다. 불그레 상기된 낯가죽을 파르르 떨어대는가 하면 핏발선 눈알을 데룩대며 안절부절 못하는 것이었다.

---

130 큰 명태

384. 정어(丁魚) 34

매방이는 당포 옆에 붙어서자마자 술사발을 빼앗아들곤 벌컥벌컥 넘겼다.

"내술을 으째 니늠이 묵는거여?"

당포가 내뱉자,

"열병 삼년에 연주나력(連珠瘰癧)[131] 목도리를 감고 뒈질 녀석! 군소리 쫑알댔다 간 숫구멍[132]을 갈라 놓을 꺼야."

매방이는 새하얗게 눈을 흘겼다.

단속내 풀장깐에다 불을 놨을 때의 그적 일을 되씹으며 한삭 넘게 상좌행세를 해오는 녀석이었다. '내가 아니었으면 오각질을 당해 죽었을 녀석이 살려놓으니깐 웬 잔소리야?' 해대며 악지부리기 일쑤요, 그때마다 당포는 기가 죽어 말 한마디 자드락거려 볼 수가 없었다.

당포가 멀거니 앉아 분통을 다스리는데 매방이의 억센 손길이 당포의 귀바퀴를 싸쥐었다. 아예 찢어버릴 듯 거세게 끌어대더니 제 입술에다가 바짝 갖다붙였다.

"고집부리지 말구 내일 미명에 서둘러 운남으루 뜨자구.… 일이 터졌어!"

"……?"

"이런 병추 같은 녀석허군. 갈창이 녀석이 기어쿠 당했데니깐!"

"갈창이놈이 당해뿐졌여?"

"짬버들 동장처에서 팔 하나를 잘리웠대지 뭐람. 동장 적가리를 구멍내구선 손을 뻗쳐 연어를 들어내는데 안에서 탁 하는 소리가 일더래지 뭐야. 부질날이 녀석 팔뚝 하나를 싹둑 잘라버린 게지!…… 에엥- 그래 내 뭐랬니? 쫓아보내라구 통사정을 놨는데두 녀석은 뭣헌다구 끌구와선!"

"… 고럼 갈창이놈은 으디 있능겨?"

"이 녀석이 시방 제정신인가? 팔뚝 하나만 남겨놓구 숲속으로 줄행랑쳤는데 어떻

---

131 목 주위에 염주처럼 줄지어 멍울이 생기는 림프샘염. 이것이 헐어서 터지면 연주창이 된다.
132 갓난아이의 정수리가 채 굳지 않아서 숨쉴 적마다 발딱발딱 뛰는 곳.

게 살아? 벌써 죽었겠지.… 피를 쏟아냈어두 냇물 한가닥 만들었겠다!"

당포는 기가 막혔다. 어금니를 질끈 물어보지만 연신 신음이 샌다. 등짝으로 선뜩한 소름발이 솟으면서 식은땀이 질컹 흘렀다.

"웜메, 그 웬수!… 허어, 그 불쌍한녀려 세끼!"

그렇게 말렸지만 염려말라며 기어코 일을 꾸몄던 갈창이었었다. 동장을 친 움집을 두곳이나 발견해냈으니 한 움집에서 일백여미만 들어내도 귓배 한척 챙긴다, 도적놈들의 밀장연어려니 움집째로 져날라도 죄될 게 뭐냐, 한몫 단단히 챙겨서 우리 셋이 뱃놈세월 자알 꾸려보자 하며 영독스럽게[133] 일을 밀고나갔던 거다.

당포는 으스스 몸뚱이를 떨면서 물었다.

"다른 놈덜은?"

"다들 뿔뿔이 흩어졌대지 아마… 두녀석만 돌아와선 그 전갈 주구 곧장 줄행랑쳤어. 모르지, 운남 배를 탔는지."

매방이는 푸우 한숨을 내쉬면서 혼자소리로 '문흥에 좋은 한방이 사는데 제눔이 살아갈 팔짜라면 피막음을 했을 거야… 근데 게서 문흥까지가 또 얼만구?' 해대며 설레설레 머리통을 내저었다.

당포는 자리를 차고 일어섰다. 주막 밖으론 함방함방 내리는 눈송이가 하늘을 다 메웠다. 하늘을 바래 후끈후끈 닳아오르는 얼굴을 식히는데 갈창이의 팔뚝들이 그 허공속에 가득 열렸다. 녀석의 팔뚝들이 그새 하늘을 버얼겋게 물들였다.

385. 정어(丁魚) 35

한 밤을 앉은 채로 꼬박 새워보기는 처음이었다. 부친과 승주댁 그리고 자식놈까지 쓰레질[134]로 잃고나서도 사흘을 내쳐 용총 영감의 움막에서 곯아 떨어졌었으며,

---

133 영독(獰毒)하다 : 모질고 독하다
134 비로 쓸어 깨끗하게 하는 일

'낙풍내' 수량에서 잡혀 '도장'집 공청에 처박힌 그 짬에도 깜박 시드는 통에 용총 영감의 시신마저 볼 수 없었던 당포였다. 뿐인가, 덕포댁을 잡겠다고 '제창'·'천가' 땅을 누벼대면서 마땅한 누울 자리 눈에 들기 무섭게 널부러져 잠을 청해야 했었다.

그런데 무슨 괴변인지 몰랐다. 갈창이만 떠올리면 눈꺼풀이 말아올려 붙으면서 그새 눈딱부리가 되고 마는 것이었다.

베고 누운 목두기[135]가 녀석의 팔뚝이 되어 쓰르르 낫날 본새로 굽는가 하면, 고미로 향해 뻗은 연목(椽木=서까래)들마저 갈창이의 팔뚝들이 되어 팔닥팔닥 뜀질을 해대는 거였다.

"차라리 카악 디져뿐지제 으짜자고 폴뚝만 짤려서는… 웜매 그 웬수! 산속 으디를 쏴댕긴당가!"

당포는 또 몸서리를 쳤다. 녀석의 모습을 지워버리자고 기를 써보면 그럴수록 한사코 당포를 따라붙던 녀석의 처량한 모습이 떠올라 못견딜 지경이었다.

"니놈 갈 데로 가랑게?"

"사램 하나 살려줍소꽝. 갈 곳으 없읍메다!"

"농사 지으면서 살먼 되제잉"

녀석을 떨쳐버릴 양으로 잰걸음을 놓으면 그새 또 따라붙어 상투가마를 긁적거렸었다.

"농새꾼이 앙입니다… 삼대가 뱃놈입메… 지금으는 이 꼬락시르 됐꼬망"

"고럼 니놈 바다에서 괴기 잡어묵고 살 일이여잉. 타지 뱃놈이 든 심이 된다고 따라붙능 거여?"

"접꾼 머리르 세서레 공물으 맥이는 곳에서 뱃놈 노릇의 어쩨 하겠음! 수장 따라서 전라도 갈 작쟁입꼬망."

"나 시방은 고향에 못가여."

---

135 나무를 다듬을 때 잘라 버린 나뭇개비

"용내 동장처 찾아내서리 연어르 훔체냅쉐다! 한데문 기어쿠 하구마는 냅꼬망!"

당포는 귀바퀴를 틀어막고 아금니를 앙당물었다. 겨우 갈창이의 목소리가 지워지는 듯했다.

인시(寅時)도 사뭇 지났을 것이었다. 한데도 밖은 상기 깜깜한 어둠 속이었다.

당포는 생각해봤다. '운남'으로 뜨자는 매방이를 떨궈버릴 요량이면 지금 슬쩍 자취를 감추는 것이 그중 좋을 것이었다. 청어 휘리장의 접꾼 하겠다고 공밥을 넘겨댄지도 벌써 한삭을 채웠으려던 청어 그물질이 잘 되든 망해버리든 간에 끝까지 남아 화객 백씨에게 보답하는 짓이 사람된 도리일 것이며, 아울러 갈창이 녀석의 송장이라도 보고 나서 다른 곳으로 뜨든지 말든지 작정할 일이라고 생각해보는 것이었다.

마지막으로 꼭 해야할 일이 있다면서 초저녁에 방을 나간 매방이었다.

무슨 일인줄은 알길이 없으나 일을 치렀다면 지금쯤 들어닥칠 것이었다.

당포는 벌근대는 가슴을 쓸어내리며 가만히 방문을 밀었다. 그때 마침 매방이가 후닥닥 방속으로 들어선다.

"빨랑 떠야지! 빨랑 년석아!"

매방이가 숨닳는 소리로 속삭였다.

당포는 혼줄을 빼고 말문이 막힌다.

녀석의 억센 손길에 손목을 잡힌 채 오들오들 떨고 있는 사내아이 때문이었다.

386. 정어(丁魚) 36

사내아이는 여덟살쯤 돼보였다. 잠결에 끌려나온 아이 치고는 입성이 말끔한 게 상것 종속은 아니었다. 숭굴숭굴한 얼굴을 빤히 들고 잔뜩 매방이를 노리는 꼴이 차돌처럼 떼글떼글 영글었다.

사내아이를 내려다보고 선 채 어지간히 정신을 빼고 있던 당포는 그제야 똥줄이 당겨 견딜 수가 없었다.

"… 먼녀려 동자랑가?"

매방이는 봇짐을 챙기며 시큰둥 받는다.

"사람새끼지 뭐야?"

"사람새낀 줄을 누가 몰라? 대체로다 먼 뚱금없는 일이야 요 말이여. 야반도주
하겠다는 놈이 제몽뚱이 한나도 귀찮을 판인디 느닷없는 새끼까지 달고 뭣하겠다
는 거여?"

"아휴- 이 뻴아먹을 놈이 목청은 왜 돈구구 지랄을 떤담. 군소리말구 빨랑 서둘
기나 햇!"

"… 나는 안 갈란다!"

"뭐야?"

"운남 안 가여. 청애 휘리장에 남으서 갈창이놈 폴뚝이나 보고 죽을 거여!"

"이런 벼락맞아 뒈질 놈!"

매방이는 벌떡 일어나 당포의 멱살을 쥐었다.

"철딱서니 없는 녀석 같으니. 년석아 청어 휘리장은 벌써 황이야. 벼릿줄 보굿[136]
이나 제대루 뜰줄 아니?… 운남에 가설랑 왜태 기름이나 열댓방치 고아내자구! 한
해 내내 접꾼살이 쳐봐야 암껏두 안야. 그저 내 말만 듣구 운남으루 뜨는 거야!"

당포가 어찌할 바를 몰라 멈칫거리는데 매방이가 사내아이 앞으로 성큼 다가들
며 주먹을 불끈 세워보인다.

"앙탈을 부리면 그땐 그만 머리통을 깨버릴테닷! 알았네?"

사내아이는 나이에 걸맞지않게 흔연스러웠다. 몸맨두리[137] 추세우는 꼴이 사뭇 어
른스럽다. 미적지근히 웃는다.

"줴박지 않아두 오솜소리 있겠읍메."

매방이가 들었던 주먹을 스스로 내리며 대견스럽다는 듯이 샐쭉 웃는다.

---

136 그물이 가라앉지 않도록 그물의 벼리에 매는 가벼운 물건.
137 몸의 모양과 태도

"꼭 지 애비 하는 꼴이구먼! 허우대두 꼭 닮았구."

셋은 방을 나왔다. 상투께가 사박대는 걸 보니 상기도 눈이 퍼붓는 모양이었다. 안집은 불기 한점없이 껌껌 죽었다. 몰래 갯가로 내달아 운남 배를 타기로는 더없이 좋은 기회였다.

"여봐여, 이 사나새끼는 대체 누구여?"

"사람새끼라는데? 년석 말두 많고오- 헤엠."

"칵 갈비짝을 뜯어뿐질라 씨벌늠!… 뉘집 세끼냔 말여?"

"… 충금이눔 새끼야!"

"뭐, 뭣이여? 충금이?"

매방이는 잠시 뭉그적거리고 나서 입을 열었다.

"충금이 년석허구 약조했던 거야, 네눔 살려내구 나 살려주는 대신 제 자식놈 찾아달라구 말씀이지… 용케 애비헌테 건네주면 더 바랄 게 없구 불가하면 내자식이라두 삼으랬어… 충금이눔 계집년이 원뜰 화객허구 붙어버렸데지 뭐람. 한몫에 자식 계집 다 뺏기구는 화객놈 정강이를 부러뜨려놓구 강원도에 숨어들었다는 게야."

당포는 충금이란 말만 들어도 피가 끓었다. 이 녀석이 제 목숨을 건져준 충금이의 자식놈이란 말인가. 당포는 더는 못참고 사내아이를 싸안는다.

갈비뼈가 드그럭대도록 힘줘 안아본다.

387. 정어(丁魚) 37

'운남'땅에만 내리면 그 당장 살길이 훤히 열릴 줄 알았던 믿음은 말짱 허사였다. 닷새 동안을 접꾼자리 물색하며 가랭이 찢어져라 쏴다녔지만 비집고 들 틈도 없었다.

'휘리장'은 남아도는 접꾼들로 아우성이었으며 '뎜장[138]'을 놓은 곳에도 발붙일 수가 없었다.

합란(哈蘭=함흥)이 이웃해서인지 화객들을 찾아 오는 여각들이며 장사패거리가 뻔질나게 줄을 잇긴 했다. 그러나 접꾼자리 한곳 파고들기란 하늘 속의 별을 따내기로 어렵던 것이다.

'덕원'의 강수량에나 있을 줄 알았던 그 해괴한 공물 정어(丁魚)가 운남 땅에서도 득세하는 때문이었다.

'휘리장' 화객들은 접꾼 한사람이라도 줄일려고 생트집을 부리기에 눈들이 뒤집힌 낌새였고 '뎜장'을 가진 호강들도 접꾼이라면 상투가 떨어져라 넌덜머리를 떨던 것이었다.

이런 사정에 업혀서 접꾼녀석들의 하는 짓거리도 되우 독살스러웠다. 기왕에 끈줄을 달고 있는 접꾼 자리를 놓칠세라 낯선 뱃놈만 봐도 웍적거리며 쌍심지 돋군 눈길로 홀태질을 하던 것이다.

'운남'에 내린 당포와 매방이는 텃세 재는 운남 뱃놈들에게 좋은 구경거리였다. 닷새 동안을 줄곧 걸개꼴로 해매다니는 데다가 충금이의 아들 곡봉이녀석까지 딸렸으니 거지치고는 폭삭 꺼져가는 묵은초 가속 꼴들이었다. 낮에는 육태질로 겨우 끼니나 얻어먹었고 밤이면 접군녀석들에게 통사정을 놔 겨우 끼어갔다.

"이사램들 또 왔당이. 어드메 다른 데루 가예지 운남 땅에서레 접꾼으하겠다문 어찌잔말이?"

"대새 났소꼬망. 운남도 전에 같아야 말이지 지금으는 네냄없이 모다 죽으나는 판입메."

"접꾼들으 머리르 세는 정어만 앵이라두 조선천지 고기밥으는 운남이 젤이였지."

처음엔 이렇게 뱃놈 신세타령 늘어놓다가도 정작 엉댕이를 붙일 양이면 금세 낯

---

138 물고기가 지나는 길목을 막아서 물고기 떼를 한곳에 몰아넣을 수 있도록 치는 그물.

짝을 바꿨다.

"우리 쥔어른 알면 우리 모가지르 자를라들겝메. 다신 오지맙소꽝. 또 오면 그때는 뒷새[139] 쫓아보낼기잉까."

"같은 뱃놈 처지에 할 일은 아닌 줄으 아네마는 무시기 다른 방도가 있겠관디."

"말으 음전히 하문 또 찾아옵메다.… 당시잉들 또 오면 다리뼈르 분질러 놓을탱이 웃음으 떼구 말으 할때 자알 들으랑이!"

이쯤 불퉁스레 굴며 천대하던 거다. 당포는 더 걸을 수가 없었다. 끼니를 걸렀더니 무릎이 절로 꺾였다.

"여봐여."

"중뿔나게 부르긴, 제길헐."

매방이가 퉁명스럽게 내쏜다.

"신포 배 한나 몰래 닻줄 걷어서는 도망치면 으짜겠어?"

"후웅- 년석들이 불을 쓰구 지키는데 무슨 재주로 배를 훔쳐? 설사 닻줄 걷구 줄행랑났다 치지. 신포에 가닫자마자 들키구 말텐데 그딴 미련스런 짓을 왜 헌단말야?"

"씨벌늠! 고럼 으짜란 말여?"

"이런 벨아먹을 년석이 혐구는 왜 하는 게야?… 곡봉이 애비헌데 기별만 닿으면 만사가 운통인데 제길헐 강원도로 내리는 배가 있어야 말이지.… 네놈이 갔다오련?"

"뭣이여? 게우 살아나왔는디 가서 다시 디지라 요것이여?"

388. 정어(丁魚) 38

매방이의 빈정댐은 당포의 가슴에다 불을 질렀다. 그렇잖아도 '운남' 뱃놈들의 야

---

139 아주 단단히

당스러운[140] 인심에 쓸개쪽이 마를 지경인 데다가 오갈 데없는 거지꼴로 갯가를 누비며 눅처져야 하는 한심스러운 들썽거림을 누가 만들었던 것이랴.

당포의 말대로 '휘리장' 주인 집에 얌전히 묵고 있었더면 어뗗든지 생거지꼴은 면했으리라. 날벼락질 기세로 '원뜰'을 빠져 달아나 '운남'에 왔지만 소문과는 판이 다른 실정에 아린 눈물만 솟던 것이었다. 접꾼은 커녕 막살이로 빌어먹기도 암담한 판에 다시 강원도 땅을 다녀오라니, 되잡혀서 옥문대에다 시퍼런 모가지를 댕경 매달고 죽으라는 말밖에 더되랴.

"니애미 씨비여, 요 개셰끼!"

녀석의 멱살을 움켜쥐고 거진 미치는데도 매방이는 흔연스레 시실거린다.

"믓이 으째여? 맹태 지름을 고아내서 귓배를 장만혀?"

"딱헌눔 또 봤고오- 년석아 명태가 있어야 말이지."

"큰소리 땅땅 친 놈이 누구여?"

"이럴 줄 몰랐기에 해봤던 말 아니겠나. 접꾼자리도 다 틀렸는데 명태 기름을 어찌 고아내누? 별 미련스런 놈을 또 봤고오-"

"근디 요 급살맞을 셰끼가 말가닥만 질게 뽑아댐시러 놈의 간장만 달달 볶는단 말여! 어따, 한방 터져봐여!"

당포가 머리통으로 녀석의 명치께를 들이받자 기다렸다는 듯이 벌떡 일어서서 대뜸 발길질이었다.

"명태 지름을 고아내여! 후딱 약조를 지키여!"

"명태만 잡아주면 어련헐꾸!"

"네에라 여 도적놈어셰끼! 지름 짜서 귓배 장만헌다고 했든 니놈이 잡아사제 날 보고 믓을 어찌여?"

"접꾼 자리만 내놔! 기름은 사태루다 고아낼테야."

---

140 아주 쌀쌀맞고 악한

"웜메여! 나 미치여!"

"얼씨구 이 매방이두 미친다."

둘이는 엎치락뒷치락 엉겨붙었다. 살기등등한 싸움판치고는 주고받는 말들이 되우 야릇하겠다.

뱃놈 패거리들이 스런스런 모여들었다. 당포는 '운남' 뱃놈들 앞에서 이게 무슨 짓이랴 싶어 손을 털고 일어서려는데 매방이는 더욱 기세를 잰다. 바짝 끌어당겨 당포의 귓불을 잘근잘근 씹어대며 숨가쁘게 속삭인다.

"년석아 쌈판에 더 불을 질렀!"

"아갸갸가아- 내 귓때기 찢어지여! 귓때기 안놔여?"

"자알 헌다! 암먼 그래야지!"

당포는 머리골이 어지럽다. 싸움판에다 더 불을 지르라는 소리는 뭐며, 남은 강그러지는데 자알하는 짓이라니, 끼니를 걸르더니 이젠 미쳐가는 녀석인가 싶었다.

"또 앵겼구먼. 이 사램들으 어째서 이러지비?"

"꽁이 꽁이 생각으 할 게 무시기야? 일으 할 쉬도 없구서리 앵게붙는 재미밖에 무시기 더 있겠능가."

뱃놈들은 더 구경할 것도 없다는 듯이 무춤하게 자리를 뜬다.

그제야 매방이가 악줬던 당포의 모가지를 놨다.

"에엥 벨아먹을 녀석들 허군. 쌈판을 벌리면 불쌍히 생각해설랑 끼니라두 적선하구 접꾼자리라도 물색해 줄줄 알았잖겠나! 젠장 엄지붙을!"

녀석의 속셈을 알고난 당포는 금세 두눈이 아려온다.

389. 정어(丁魚) 39

'신포'로 뜨는 명태 줄낚배가 막 닻줄을 거두고 있었다. 한배에 열두어명 타던 접꾼 수가 대여섯으로 줄었다. 그나마 뱃길이 멀어서 대여섯 명이요, '서호진' 앞바다로 뜨는 배들은 기껏 세명 정도의 접꾼을 싣고 들락거렸다.

조태(釣太=줄낚으로 잡는 명태)래야 왜태(큰 명태) 구경을 할 수 있고, 왜태들은 '신포' 앞바다에 몰렸다는 소문인 반면 '서호진'으로 몰리는 것들은 거개가 아익태(兒翼太=노가리)들이어서 일손도 수월하다는 풍문이었다.

청어 그물질이라면 몰라도 생선값이 똥값인 명태잡이의 접꾼들마저 수를 줄여야 할 게 뭔가 하며 뱃놈들의 투정이 보글짝 끓어댔지만 화객의 입장에선 속사정이 달랐다. 곧 명태대신 청어를 따로 사서 공물을 바쳐야했으니 접꾼들 수대로 '정어'를 치룰랴 치면 청어 '덤장'을 통째 사서 바쳐도 모자랄 지경이었던 것이다.

엎친 데 덮친 격으로 동지바지(冬至바지:동지 전후해서 잡는 명태)떼가 물길을 바꿔버린지도 오래였다. 몰려올 것이라곤 선달바지(선달부터 잡히는 명태)뿐인데 전과 달리 초장 그물질이 시원찮았다.

매방이가 당포의 귓가에다 바짝 소근댔다.

"슬겅슬겅 눈치 살피다가 그냥 배에 뛰어오르는 게야! 배에만 올랐다 하면 나죽여라 하구 버티는 거야 알겠니."

"흥, 물속에다 처박어 뿐지면 얼어죽는 수베께 더 있다디야?"

"군소리 말구 내 시키는 대로만 하라는데! 눗좆에다 배꼽 박구 죽으면 죽었지 물속으론 안처박혓! 벨아먹을 녀석, 겁두 많고오-"

"우덜 둘이라만야 목심 내걸고 믄 일은 못혀? 허제만 곡봉이놈이 딸렸잖냔 말여."

"곡봉이놈은 내가 맡을테야. 네놈은 뱃머리로 뛰어오르기만 하면 돼!"

매방이가 곡봉이를 들춰업더니 당포의 등짝을 떠다밀었다.

둘이는 뱃머리가 와닫기만 기다리며 슬며시 뱃놈들 틈으로 섞여들었다.

닻줄을 당기던 녀석이 흘끔흘끔 둘이를 살폈다. 야릇한 기미를 눈치잡았는지 당기던 손을 슬그머니 놓는다.

"아아들으 닻줄 옆으로 붙는 까닭은 무시기야?"

매방이가 능청스레 받는다.

"녀석 별스런 참견을 다 허지. 뱃놈끼리 섞이는 게 무슨 죄람. 닻줄 당길 땐 구경
허지 말라는 법이 있던가?"

"무시기? 내 기상만 살펴두 안당이. 접꾼 자리를 살펴서레 뱃머리로 튕기 오를 맴
으 아잉가? 아꺼버텀 눈치르 잡았당이!"

"이런 벨아먹을 녀석 봤나?"

"샹 간나새끼! 거짓부레르 떤다구 나르 속일 줄 알구? 에구, 야를 어찌잔 말이?"

녀석이 대뜸 매방이의 멱살을 움켜쥔다. 가쁜 숨을 벌근거리며 낯가죽을 떨어대
던 매방이가 녀석의 허리통을 와락 싸안는다. 짐바리처럼 불끈 들어 내동댕이 쳐놓
고 주먹질을 서두르는데 다른 녀석이 우당탕 달려든다.

"와들 요레? 퍼뜩 서둘러도 마아 심포로 갈까 말까 싶은데 누가 한판 씨르라더나?
삑따구로 뿌가놓기 전에 고만 못하겠나? 앙이?"

당포는 금세 피가 끓었다. '운남' 땅에서 경상도 뱃놈을 만나게 될 줄 어찌 상상
이라도 해봤으랴.

390. 정어(丁魚) 40

당포는 "여봐엿!" 해놓고는 움찔 굳었다. 별안간 어지러움증이 일어서였다. 경상
도 말씨를 듣는 순간부터 당포는 제정신이 아니었던 것이었다.

닻줄을 당기노라 힘을 쓰던 그 뱃놈이 힐낏 뒤돌아보며 모질게 악을 써댔다.

"시껍이야, 문디이셰끼! 와 날로 보자카노?"

당포는 와락 달겨들어 대뜸 녀석의 손목을 움켜 쥐었다.

"치아라 고맛! 이 문디이가 와 요레?"

잡혔던 손목을 잽싸게 털어내며 한손으로 밀어 붙이는데 삼장목으로 등짝을 맞
은 것처럼 손뗴가 맵다.

당포는 생각했다. 녀석이 보통 뱃놈이라면 이 험악한 함길도 땅에서 떵벙 큰소리

치며 어찌 살아가랴. 뻣대지르며 텃세를 재는 기세가 안두리기둥[141] 꼴이려니 필경은 외곬장사의 막급한 힘을 내세워 함길도 접꾼녀석들을 옴싹못하게 다스리는 것이렷다. 그렇다면 죽일테면 죽이고 살릴테면 살리라는 투로 직수긋하게 땋고 보는 수밖에 달리 살아날 방도가 없을 거였다.

녀석과 함께 닻줄을 당기던 뱃놈 하나가 슬겅슬겅 다가오더니 벌렁 나자빠져 있는 당포의 멱살을 움켜쥐고 끄응 힘을 쓴다. 일으켜 세우기 무섭게 엉덩이를 냅다 내지른다. 당포는 다시 나가떨어졌다.

"간나새끼. 어드메서 이런 버릇으 놓는 겐가? 엄살으 떨지말구 얼피덩 일어나랑이."

녀석이 또 달겨들었다. 배퉁이가 그들먹하도록 끼니만 제대로 때웠다면야 꼭두놀음 한솜씨면 녀석쯤 간단히 다듬어볼 수 있었다. 그러나 허기에 지치고 추위에 시달려서 거진 된새바람[142] 앞의 허수아비 꼴이려든 또 다시 발길질을 당했다간 꼼짝없이 송장될라.

당포는 녀석의 손이 멱살을 움켜쥐기 무섭게 목청을 돋궜다.

"여봐여! 나, 나도 경상도 뱃놈이시!… 나도 경상도 뱃놈이여!"

경상도 말씨를 쓰던 녀석이 그제야 닻줄 당기던 손을 놓고 멀뚱히 군다.

"머시라?… 저놈아 시방 머라꼬했노?"

당포는 재빨리 무릎을 세웠다.

"나나 자네나 다 경상도 뱃놈이란 마시!"

녀석이 절쑥거리며 다가왔다. 오른쪽 다리를 약간 절름거렸다.

"… 갱상도 뱃놈이라꼬?…"

"아문!"

"말이 틀린다 앙이가."

---

141 벽이나 기둥을 겹으로 두른 건물의 안쪽 둘레에 벌여 세운 기둥
142 북동풍

"고향만 전라도제 뱃놈 시월은 경상도에서 다 보냈여!"

"… 어데?…"

"제포여 제포! 제창 우개말여!"

녀석은 한참동안 당포를 구석구석 살폈다. 그러더니 개안쪽을 향해 앞장을 섰다. 접꾼들을 향해 소리쳤다.

"내 퍼뜩 주막에 드갔다 오꾸마."

주막이란 소리가 떨어지자 매방이 녀석이 금세 단침을 꿀꺽 삼킨다

"누고?"

매방이와 곡봉이놈을 흘낏거리며 녀석이 물었다.

"… 거시기… 머시기…"

당포가 멈칫거리는데 녀석은 더 들어볼 맘도 없다는 본새로 절쑥절쑥 주막을 향해 걸었다.

"에구 어쩨 또 옵메? 배르 타구 신포 간 줄 알았등이."

주모가 녀석을 향해 사들사들 눈웃음을 친다.

391. 정어(丁魚) 41

술기운이 익을 때까지 녀석은 아무 말이 없었다. 당포를 멀뚱히 건너다보다가는, 술사발 넘기기에 정신이 없는 매방이를 또 구석구석 훑어보고 나중엔 눈길을 돌려 곡봉이놈을 한동안 뜯어볼 뿐이었다.

천성이 여간 차분한 녀석인가 싶었다. 웬만한 녀석 같으면 공술 내는 기세잡고 어지간히 새롱거릴 만한데 군소리 따악 자르고 제 턱수염만 어루더듬고 앉았다.

한참만에 겨우 입을 연다.

"제포에서 왜난 피해가 왔구마."

당포는 '제포'에서 당한 일로부터 강원도 '우계'에서 겨우 살아나온 일, 그리고 '덕

원'땅 원뜰을 야반도주해서 '운남'에 이른 일들을 낱낱이 말해줬다.

눈거풀을 지그시 내려닫고 있던 녀석이 푸우 하고 긴 숨을 내뿜었다.

"내 빼간지[143]는 와 안문소? 경상도 어데 빼간지냐고 물어보거로."

"… 내가 으찌께 안데여…"

"나 진남 두룡포 뱃놈이라… 백장도라꼬 부르제."

당포는 낯가죽이 후끈 달아오른다.

진남(鎭南=경상남도 통영군)의 두룡포(頭龍浦=경상남도 충무시) 뱃놈을 '운남' 땅에서 만나다니- 경상도 바다의 자질구레했던 일들이 오비작거려서[144] 눈물이 솟을 지경이었다.

"고람 웅천바다도 흘러봤겄네잉?"

"하모. 웅천바다가 머꼬? 제창 천가로부터 사량 욕지바다까지 동서남북 뱃길 안 비빈 데가 없능기라."

장도는 또 한참동안 말을 끊었다.

당포는 그 틈에 바짝 제 신세를 죄어치고본다.

"장도!… 우덜 좀 살려주여!"

"머시라? 와 몬살아서 날로 보고 살려달라카나?… 뱃놈이 우짜든동 지가 살고봐사제!…"

"살 방도가 칵 맥혀뿐졌는디 으찌께 산당가? 뱃놈이 배타고 괴기 잡자는 팔짜시! 니기미 씨벌늠으거 으뜸 놈이 접꾼자리 하나 내주냐 벼리 보굿줄 한번 만지게 해주냐?"

"… 알았으모 됐네 고마… 퍼뜩 운남 뜨모 된다 앙이거로!… 몬산다꼬! 배 몬타서 디비진 뱃놈들이 고마 억수 깔렸는데 백힐틈이 어데 있노?"

장도는 일어서면서 마지못해 구시렁댔다.

───────────

143 '뼈다귀'의 방언

144 오비작거리다 : 계속 조금씩 갉아 파내다

"빼간지는 달치만서도 그래도 경상도바다 뱃놈인데 디비져죽으라꼬 띠삐릴 수는 없제. 접꾼자리 날 때까지 우선 우리 접꾼들 방에 있거라."

절쑥거리며 나가더니 주모를 향해 소리쳤다.

"보소, 이 사람들 우리 방이나 일러주거라."

당포는 매방이를 건너다본다. 녀석은 주모의 허리통에다 눈길을 박은 채 사뭇 태연하다. 설미지근하게 눈웃음을 친다. 주모가 탄탄한 무명골(無名骨=골반)을 뒤틀며 나긋나긋 웃는다.

"씨벌늠! 살 걱정은 않고 그새 단물 올리는것 좀 보라고!"

당포는 매방이에게 내쏘며 화들짝 장도를 따라나섰다. 술기운이 온 몸뚱이를 검불삼고 불을 지르는 판이었다. 장도의 맘이 변하기 전에 굿마당 한판 벌려놓고 보자꾸나- 생각하니 그새 신명이 돋치겠다.

392. 정어(丁魚) 42

장도가 슬밋거리며 따라붙는 당포의 앞가슴을 떠다밀었다.

"와 요레? 함길도가 우짠 땅인동 알고 씨르나? 빼간지 뿌가져가 디비지지 말고 내 말로 듣거라."

당포는 콧방귀를 뀌어대고 나서 장도를 매섭게 쏘아봤다. 녀석의 하는 짓거리가 되우 밉쌀스러워서다. 정작 도와줄 마음이 있다면 고물 막깐에다 껴앉히면 되는 거였다. 그 짓이 뭐그리 어렵다고 말만 번지르하게 쩌금거리고나서 제 갈길만 가는 것이랴.

"걱정허덜 말고 지갈길이나 가여. 나는 나대로 가고볼탱께로! 후웅-"

관자놀이를 욱씬욱씬 쑤셔대며 차오르는 술기운에 때맞춰 새척지근한 욕지기가 울컥 치밀었다. 함길도 그물질도 그물질이라고 텃세를 재는거냐 하는 생각이었다. 경상도 뱃놈들의 그물질에다 비할시면 어린것들의 장난이나 진배없으려던 누구앞에서 허튼 뱃놈생각을 내는 것이랴- 하는 마음이 느닷없는 언턱거리[145]를 만들고 보겄다.

당포는 주막앞에 서있는 나무를 올려다 본다. 뼈가래만 앙상하게 남은 달주나무[146]다. 겹가지 하나의 두께가 허벅지만한것이 엉덩이를 걸치고 앉아 불호령을 앵겨 주기로는 딱 알맞고나.

"함길도 뱃늠덜 으디 한번 당해봐여. 니기미, 그물질도 못허는 셰끼덜이 소갈창만 더러워서는! 하갸아- 그래도 뱃놈티 내겠다고 잉!"

당포는 달주나무를 타고 오른다. 엉덩이를 터억 걸치고 앉아 두리두리 살피는 꼴이 혈붕(血崩)[147] 앓는 잔나비 본새렸다.

"네애미요 급살맞어 디질놈어 셰끼덜아아- 개좆대가리만도 못헌 함길도 뱃놈덜아아-"

꺼르릉 목청을 뽑는다.

사람들이 모여들었다. 장도녀석이 어이가 없다는 듯 팔짱을 느긋히 낀채 올려다 본다. 매방이가 곡봉이녀석을 들춰업고 어기죽거린다.

"저 간나 새끼르 벌써 쥐겨놨어야 합메. 채일필[148] 묵게 놔뒀덩이 무시기 어째? 함길도 뱃놈이 개좆머리라구? 끌어내려서리 됫새 쥐여농구봅세!"

사람들이 웅성대기 시작했다.

"후웅- 빙신노무 셰끼덜이 솔찬이 모였구먼."

당포는 헛기침을 두어 번 짜대고 나서 고래고래 악을 쓴다.

"느늠덜 그물질 고거 개접시럽고 짜깍시러워서 오욕질이 나와뿐지여. 후릿그물이라고 니기미 망낭도 읎는 고런것은 내 츰으로 봤다고잉! 고것도 후릿그물이라고 치

---

145 남에게 억지를 부리거나 떼를 쓸 만한 핑계나 근거
146 팽나무
147 血崩 : 해산(解産)한 뒤나, 또는 갑자기 피가 자꾸 나와서 멎지 않는 병(病)
148 차일피일

기는 치는디, 내 눈꼬시러와서 못 봐준당게. 아니 으째서 뭍으다 장목치고 갯가에서만 지랄을 뜨냥게? 양중 쬐끔만치만 나가서 들망을 쳐봐여.… 그라고 말여, 느그덜은 방렴이란 목자를 몰르는디이- 두날개 양그물치고 가운데로 축그물 떠억 쳐놓고 포망을 숨겨놔 본다치면 괴기떼가 복작복작 백히여!… 이 멍청헌 곰셰끼덜아- 함길도 뱃놈덜아아- 이 댕포놈헌티 접꾼자리 하나 도라아- 요런 지랄같은 그물질로는 괴기 못잡엇! 괴기? 아나 니기미 씨벌늠들!"

당포는 달주나무 위에서 그대로 얼어죽을 기세것다. 당포놈 사설은 대체 어떤 것인가.

393. 정어(丁魚) 43

강원도 땅을 밟으면서 부터 당포는 한심천만한 허전함을 느껴야 했었다.

강원도 뱃놈들의 그물질이라는 것은 고기를 잡기는 커녕 되려 잡은 고기도 놔주기 알맞은 '휘리망' 일색이었으니 제쳐놓고라도, 짝자그르 퍼진소문 한 번 걸죽한 함길도 그물질만은 꽤나 살팍진 재미를 챙길 것이라고 믿어 봤던 것이었다.

그러나 생각과는 너무 판이 달랐다. 배가 많고 웬만한 모래바닥이면 '후릿그물'이 시침질을 해대고, 호강들의 '덤장'(거망擧網)[149]이 쥐좆같은 세도를 재는 것만 빼면, 강원도 그물질보다 한결 윗자리라고 봐 줄 수가 없었다.

흔해빠진 '휘리망'이란 것도 별스러웠다. 고기 떼를 몰아담을 낭망(囊網)[150]도 없어 정작 그물을 갯가로 바짝 죄었을 때는 담긴 고기보다 빠져나간 고기가 더 많았다.

당포는 경상도 바다의 '거휘리'(擧揮罹)를 떠올려 보며 목젖 따가운 한숨만 내쉬었던 것이었다. 갯가로만 바투 붙어 감질나는 후릿그물질을 하느니 공역이 크더라도

---

149 물고기가 지나는 길목을 막아서 물고기 떼를 한곳에 몰아넣을 수 있도록 치는 그물.
150 통그물에 들어온 물고기 떼를 가두는 자루 모양의 그물

오리장쯤 바다로 나가 '거휘리'를 칠 시면 맘 먹은대로 고기떼를 싸담을 것이었다.

휘리장 뿐이랴. '덤장'이란 것도 여간 옹색한 그물질이던 거였다. 가운데의 축그물 한 가닥만 달랑 뻗혀놓고 그 축그물 끝에다 알량한 임통 한 곳 간막은 본새려니 고기떼 달아날 곳이 사방으로 트였겄다. 양쪽에다 닻그물을 쳐서 고기떼가 달아날 길을 막아야 축그물을 따라 오는 고기들이 임통으로 박힐 것은 뻔한 이치려던, 축그물 한가닥만 내주고는 대구나 무태어(無泰魚=명태)떼들이 고스란히 박혀 들기만 바라는 함길도 뱃놈들이던 것이었다.

답답해서 복장이 터질 일이었다. 경상도처럼 '방렴'(防簾)을 쳐봐라.

'덤장'보다는 열곱은 더 고기떼를 싸 담을 것이었다.

가운데로 오십간(間)쯤 뻗는 담그물(도원道垣)을 놓고, 좌우 양쪽으론 엇비슥히 뻗는 닻그물(수원袖垣) 두 날개를 요분질 떠는 계집가랭이처럼 벌려놓은 '방렴'이면 고기떼들이 어디로 빠져나가랴. 담그물에 도망칠 길이 막힌 고기들이 지느러미에 핏발이 서도록 길을 터봐야 겨우 닻그물 두날개에 갇히게 마련이었다. 고기떼는 결국 닻그물 두날개를 타고 내리다가 계집 옥문 본새로 헤벌어진 임통 속으로 옴쌀없이 처박히고 말더니라. 그 임통 속에서 꿔렁꿔렁 노는 고기떼를 장망(長網)으로 퍼담는 재미라니- 그 재미로 십년은 더 젊어지는 놈들 아니더냐.

당포는 눈앞으로 훤히 트인 경상도 바다를 보고 있는 것이었다. 그 바다가 시름시름 지워지자 당포는 다시 악을 써냈다.

"괴기덜이 아깝다 괴기덜이 아까워, 요 빙신녀려 운남 뱃놈덜아아- 이 댕포늠헌티 그물좀 쥐어도라! 괴기는 내맘대로 다씰어담을 판잉께 나 좀 배으다 실어도라! 고미 씹만도못헌 함길도 세끼덜아-"

운남땅 뱃놈들은 달주나무만 올려다보고 선채 멀뚱히 굳었다.

장도란 녀석이 신바람을 일것다.

"됐소고마. 인자 내려오소 고마! 상뱃놈하나 났다앙이가. 옳고말고!"

394. 정어(丁魚) 44

당포는 물 먹이던 삼줄을 놓고 입김을 후우-내뿜어 봤다. 한나절을 꼬박 버렸는데도 삼줄은 기껏 네 타래가 줄었을 뿐이었다.

두 손바닥에다 대고 연신 입김을 내뿜어보지만 빼드득 빼드득 얼어붙은 손가락들이 쉬이 녹을 기미는 없다. 물기만 같아도 더러는 녹다가 얼어붙고 얼어붙다간 녹기도 할 것이었다. 그러나 끈적대는 송고(松膏=송진)로 덧칠을 한 손바닥은 그대로가 죽창이었다.

두서너 타래는 마저 물을 먹여놔야 끼니라도 얌냠하게[151] 챙겨 먹을 거였다.

다시 삼줄을 잡고 송피(松皮)를 문질러 가는데 손바닥이 낫날에 베어지는 것처럼 아렸다.

"웜메 내 팔짜여어- 씨벌헐, 괴기 잡자는 손이여잉! 삼줄 물맥이다가 손목떼기 아조 육창 돋쳐 절단나겄네여."

당포는 다시 삼줄을 놓고 멀거니 갯가를 내다본다. '신포'쪽에서 내리는 배들은 더러 있으나 밑에서 오르는 배는 여전히 감감무소식이다. 용케 강원도로 내리는 장사배를 만나 충금이에게 전갈을 넣은 지도 벌써 열흘을 넘겼건만 장사배는 커녕 벌선 한척 기척을 안하겄다,

"뱃길 피해서 내지로 잠행헌다 치면 시무날은 더 걸릴꺼여."

당포는 이렇게 마음을 다스리고 말았다. 충금이가 올 때까지는 이 짓으로 빌어먹는 수밖엔 다른 방도가 없다는 생각이었다.

달주나무 위에 올라앉아 화풀이를 했던 덕택으로 '휘리장' 세 틀을 가진 호강 집에 겨우 빌붙긴 했다. '덤장'도 가진 호강이었다.

그런데 일이라는 것이 사람 골병들어 죽기 딱 알맞게 시리 고된 것이었다.

하루 왼종일 산속을 누비며 송피를 벗겨야 했고 그 다음 날은 휘리망 삼줄에다가

---

151 '남냠하게'의 북한어. 맛있게

송피로 물을 먹여야 했다. 송고를 먹은 삼줄이 갈색을 띄어야 망목(網目=그물코)도 여물고 그물도 질기기 때문이었다.

삼줄에 물 먹이는 짓이 끝나면 '덤장'에 나가 잔손질로 또 하루를 보냈다. '덤장' 그물은 갈피(葛皮)로 엮었기 때문에 오랫동안 물을 먹었다 하면 느슨히 풀리기 일 쑤였다. 줄이 풀린 담그물(원망垣網)을 조이고 바닥에서 한발은 거진 떠오르는 몸 그물(신망身網)을 가라앉혀 놔야 했다.

삼줄에 송피 물을 먹이면서도, '덤장' 그물을 손질하면서도, 당포는 함길도 뱃놈들의 고집에 사래 머리를 쳐야 했었다. 갯가로 바투 붙는 '휘리망' 그까짓 것 싸악 거두고 양중으로 나가 '거휘리'를 치면 고기밥이 얼마나 쏠쏠하랴. 또 '덤장'을 쳐놓고 고기떼 박히기만 기다리느니 '방렴'을 치면 얼마나 좋으랴. '덤장'이란 것이 애당초 갯가의 얕은 모래불(사빈砂濱)에다 쳐놓고 고기떼의 물길(내유로來游路)을 막는 그물이려니, 천운을 만났다 하면 그물코가 터지도록 고기가 사태지만 고기떼가 물길을 바꿔버린다 하면 천 날이고 만 날이고 말짱 헛일이던 것이었다.

"에잉- 빙충이 셰끼덜!"

당포는 삼줄을 놓고 일어섰다. 남은 손바닥이 터져나는데 매방이는 뭘 하고 있는 지 모를 일이었다. 국봉이놈 핑계대고 주막에 처박혀 있으렸다.

395. 정어(丁魚) 45

술 한 사발만 넘겼다 하면 헤어터진 손바닥에서 금새 후끈후끈 불김이 일 터였다. 매방이 녀석 하는 꼴이 되우 고깝긴 했지만 그 녀석 아니면 술 한 사발이라도 구경 해보랴 하며 당포는 주막을 향해 걸었다.

당포는 연신 마른 혀를 차 댔다. 사람 못 할 짓거리는 고루고루 해대는 함길도 물정 때문이었다. 뱃놈들이 보글짝 끓어대는 땅 치고는 인심 한번 몰강스럽다.

다른 땅에서라면 접꾼들의 잠자리는 제가 정하면 그만이었다. 집이 있는 접꾼은

제 집에서, 집이 없는 타지뱃놈들은 주인(어장의 화객이나 호강)집 공청이든 문간
채든지 간에 골라잡아 샅일이 끝날 때까지 제 거처를 삼던 것이었다.

그런데 함길도 호강들은 유독 접꾼들의 잠자리를 가렸다. 제 집 안에서 접꾼들을
재우는 법이 없었다. 방이 모자라서가 아니다. 함길도 호강들의 집이란 것이 또 유
별나서 다른 곳과는 달리 한울안에 대여섯 채의 집이 다문다문 앉아있게 마련이려
던 마음만 먹으면 아예 한 채쯤 접꾼들의 거처로 떼줄 수도 있는것이었다. 그런데도
그 짓만은 딱 잘랐다. 뱃놈을 제 집 노복만도 못하게 보는 관습이렸다.

이런 연고로 당포와 매방이는 곡봉이녀석을 껴안고 장도의 거처에 곁따르게된거
였다. 장도의 패거리들이 곡봉이녀석을 흘겨대며 어찌나 중덜거리는지[152] 주막에다
가 담살이를 주고 봤다. 우선 잠자리 한 틈새기와 먹성을 줄이자는 생각에서였다.

앙큼스러운 매방이녀석이 그 짬을 이용해서 틈만 있으면 주막 행보를 놓던 것이다.

"에구우- 국봉이눔은 뭘 허누?… 왠 팔자가 그리 사나워설랑 그 어린것이 담살이
를 허누!"하면서 흘깃흘깃 당포의 눈치를 살피다간,

"안들여다 볼수 없지. 그저 일손 위에서두 고놈 낯짝만 열린단 말씀이야… 허음-"
헛기침 한 자락 어정쩡하게 내뱉으며 슬며시 엉덩이를 떼는 것이었다.

"… 머시야?… 누가 생각나냐?"

당포가 사백창으로 흘겨대면

"누군 누구! 우리 곡봉이눔이지… 어차암, 애비 노릇 힘들다아-"
하며 너스레를 떨었다.

"못가여 못가! 지집년 사추리 생각때미 지랄환장인 세끼가 애만 곡봉이늠 핑계
는 으쩨 대여?"

"이손 놔라, 노라는데두!"

"샅을 받는것도 아니고 죽을 고상 치룸시러 목구멍 풀칠이나 하는 일인디 일밀쳐

---

152 중덜거리다 : 매우 못마땅한 태도로 자꾸 혼잣말을 하다.

놓으면 누구 손해랑가?"

녀석의 팔뚝을 붙잡고 늘어져 봐야 허사였다. 녀석은 그새 담창 밖으로 상투를 경중대며 사라져버리는 것이다.

"웬수놈. 고런세끼는 정수낭을 볼라뿐져가 쓰는것인디! 에엥-"

당포는 주막 앞에서 잠시 멈칫거렸다. 매방이가 어름적거리는 통에 일만 사태로 밀렸다. 한 사발 넘기고 삼줄 물이나 다시 먹이려니 생각하며 살며시 들어섰다.

아나나 다를까보냐. 부스깨[153] 속에 청승스레 껴앉았다. 주모는 고두밥을 쪄 내는지 불을 지피고 있다.

396. 정어(丁魚) 46

매방이는 사람이 들어선 기척도 까맣게 모르고 있는 듯싶었다.

매방이놈 수작 봐라. 주모의 펑퍼짐한 방댕이 뒤로 바짝 붙어 앉아 한쪽 다리를 은근슬쩍 뻗치는데, 질깃질깃 흐믈대는 방댕이 골패자리를 음충맞게 비비적대며 허리통을 휘청 굽뜨린 꼴이라니, 각력장의 안번지기[154] 행세 아니더냐. 실속없이 지드럭거리는[155] 짓도 분수가 있으렸다. 필경 한뻠은 실히 들리운 사타구니가 당금질 속에서 막 빠져나온 정날 본새인가 보더라. 겸연쩍음을 다스릴 마음으로 죄 없는 불당그래[156] 하나 달랑 들고는 괜시리 밑불만 해적여대겄다. 이녀석 하는 꼴을 보자하니 밑천 안들이고 물타작을 하려 드는구나.

녀석의 무릎이 골패 밑쪽을 슬긍 비비적대면 화닥닥 놀라 방댕이를 들썩대고, 피둥피둥한 허리통을 간질밥 먹이며 오한을 타는 양 오싹 목을 움츠리며 가량스럽게

---

153 '아궁이'. 혹은 아궁이가 있는 부엌의 방언
154 씨름에서, 오른쪽 다리를 상대의 앞에 가까이 내디디어 버티는 기술
155 매우 귀찮을 정도로 자꾸 성가시게 하다
156 아궁이의 불을 밀어넣거나 그러내는 데 쓰는 작은 고무래

놀아보지만, 계집의 몸뚱이 역시 벌써 알자리 틀어놓고 느긋함을 생색내 보는 삼반순(三班鶉=메추리) 암컷 꼴이었다.

"… 거 뭐야… 곡봉이 눔은 어데갔누?"

"… 곡자르 걷으러 갔지비… 얼피덩 오쟁쿠."

"… 우리 둘이 뿐이렸다?"

"……"

"일손이 잡혀야 말이지. 일손 끝에선 고냥 주모 얼굴만 열리구!"

"… 에구…"

"이거 단단히 미친게 아니겠나! 내 이렇게 사람이 그리워 보긴 처음이야."

"… 에구!…"

"이봐!… 이봐!"

"말으 맙쏘꼬망!… 에구, 숨으 간간 넘어갑메다!"

"… 좀 자알 생겼어야 말이지!"

"… 간대루!"

"… 거짓뿌렁 아닐세.… 뱃놈 살림이야 자식놈 아니겠나!… 내 비록 미세해척의 손일쎄만 종자야 어데 빠진데 있으려구. 금밭에다 종자 한톨 뿌리자는 걸쎄!"

"에구!… 한번 건드레 볼 맘으 가지구서레! 그런 말으!"

"내 이러다간 미치구 말아!"

매방이가 주모의 허리통을 바짝 쥔다.

"놉소꽝! 아직으는 못합꼬망!… 나르 뉘귄줄 알구 이런 짓으 함둥?"

주모가 옆으로 피식 쓰러진다. 입으로는 연신 '나르 뉘귄 줄으 알구!' 읊조리며 게 거품을 바글짝 끓여대지만 허리통이 연굽이 치는 꼴이며 '방렴' 두 날개 벌어지듯 벌어진 가랭이며가 당장이라도 사내를 받아들일 기세것다.

"저런 쌍것들! 대낮이 든 짓이레여?… 저 웬수늠을 으짠다?…"

당포는 우선 매방이가 걱정돼서 못 견딜 일이었다. 아무리 주모라한들 대낮에 붙

어먹는 짓거리가 짐작 잡혔다 하면 삼릉장(三稜杖)[157] 모서리가 다 닳게 혼찌검을
당할 것이었다.

그때 마치 주막 밖에서 기척이 일었다. 장도 패거리였다.

"와 드가지 않고?"

"머시기… 주막 부수깨에서 쌍것들이 난리여. 매방이늠이 시방 막 주모를 타뿐
졌구만!"

장도는 놀라는 기색이 없었다.

397. 정어(丁魚) 47

"그래 시방 붙어삐릿나?"

장도는 몇 발짝 절쑥절쑥 내디디며 묻는다.

"몰르것여… 막타뿐졌응께 지대로 붙어뿐졌는지!"

날벼락이 떨어진 줄 알았는데 장도는 여전히 대수롭지 않게 지껄인다.

"지대로 붙기 전에 고마 띠사제. 저놈아 눈치 잡는다카모 누구 하나 죽고볼거로."

장도가 뒤를 흘낏 돌아다 봤다. 닻줄을 주고 나서 막 뒤돌아서는 녀석이 성큼성큼
걸음을 떼놓는다. 장도를 처음 봤을 때 당포를 패대기쳤던 그 녀석이었다.

장도와 당포는 잰걸음을 놨다. 주막 토방에 들어서자마자 헛기침 몇 가닥을 앵겨
봤다. 부스깨 안에서 화닥닥 놀라 튀는 소리가 일었다.

"벨 일으 다 본당이!… 뉘기 불으 떼달라구했음? 안깐으두 앵인데 정짓간으 들어
와서리! 헤엠."

주모의 능청스러운 투정이 때맞춰 터지고 이어 데퉁스럽기 그지없는 매방이의 낯
짝이 부스깨를 나온다.

---

157 죄인을 때리는 데 사용하던 세모진 방망이

"불김이 맥혀야 말이지… 곡봉이녀석 보러왔다가 고만 냇내만 쐤지. 에엥- 눈만 아리구 맵구…"

매방이가 어슬렁대며 머릿살 어지럽게 맴돌이를 친다.

"보소, 강원도 뱃놈 나 좀 보그라. 깨새[158]도 요레 택없이 붙자고는 안 한다 앙이 가. 장삿배세로 받겠다꼬 수줄이 깔려 삐릿는데 그놈아들은 술로 묵지말라는 법도 있더나? 들킸다카모 고마 우짤라꼬?"

장도가 막 말을 끝내는데 예의 그 녀석이 성큼 들어선다. 야릇한 낌새를 잡았는지 매방이와 부스깨 쪽을 두리두리 살핀다.

"아주망이는 어드메 간겐가?"

주모가 에부수수한 머릿결을 쓸며 모른 채 딴청을 떤다.

"청봉우는 앙이 왔읍매?"

"눈으 뜨구서레 못 보당이. 앙이 오당이?"

"… 냇내르 맡았덩이 눈으 흐레서리 못 봤고망… 술으 마시겠음?"

청봉인가 뭔가 하는 녀석이 매방이를 노려대며 한 판 어우를 기세였다.

"이 사램이 갑재기 주막으는 어쩨 온건가? 일으는 않구서레 놀판만 찾는다구 소 문이 짜아하잖등가?"

매방이는 별 미친 녀석 다 보겠다는 듯이 콧방귀를 꾸어댔다.

"후웅- 내원 별 솔쐐기[159]같은 녀석 또봤고오- 누군 주막행보 못 하는가? 어따대 구 침을 세워?"

"이 새끼르!"

"한 판 하련?"

"애개개? 간나개끼 논당이."

---

158 '박새'의 비표준어
159 '송충이'의 방언

매방이는 한창 언구럭부리더니[160] 급기야 청봉이를 향해 와락 달겨든다.

"에구, 어째 쌈지르 하구 이럼둥? 에구 내 살쉬 없어서!"

주모가 가운데로 끼어들었다.

그때 장도가 당포의 손목을 슬근 끌었다.

"우린 고마 가자꼬.… 나캉 갈 데가 있능기라!"

"으디를?"

"쉬잇- 가봄사 다 알게 된다 이기라."

당포는 장도의 뒤를 바짝 따랐다.

398. 정어(丁魚) 48

장도는 절름발이 답지 않게 잘도 걸었다. 사지가 멀쩡한 사람도 힘이 딸리는데 녀석은 다람쥐처럼 너설을 타 내렸다. '본궁'을 지나 샛길로 한참 빠져들었다 싶었다.

숲속에서 거무튀튀한 연기가 올랐다.

"먼녀려 영기랑가?"

"불로 피는데 내가 안나겠나."

장도는 골틀리다[161]는 투로 한 마디 내뱉고는 숲속으로 빨려들었다.

나무를 베어 토장을 다진 땅이 대여섯간쯤 펑퍼짐 누웠고 한가운데로 화덕이 앉았다. 그 화덕 위에 가마솥이 얹혔다. 가마솥 겹두리에서 알량한 김이 시드럭부드럭[162] 새어 나오고 있었다.

화덕 앞에 쪼그리고 앉아 불을 지피던 녀석이 깨적눈을 부벼대며 일어섰다.

당포를 혐상궂게 살핀다.

---

160 언구럭부리다 : 입을 놀려 남을 농락하는 듯하다
161 마음에 언짢아 부아가 나다.
162 차차 시들다. 기세가 약해지다

"… 뉘김매?"

"고향 뱃놈이라… 지름은 잘 끓이나?"

"불김으 앙이 먹습메다. 간기두 없구."

"간이 와 없어?"

"반 질동이[163] 밖에 더 있었음둥?"

장도는 쩻쩻 혀를 차대며 움집속으로 기어들었다. 당포는 움집앞에 쭈그려 앉아 둘레둘레 살펴본다.

큰 질동이들이 가즈런히 앉았다. 질동이마다 뭔가 골막하게 찼다.

"… 믓을 허는 데여?"

당포는 그제야 믈었다.

"보모 몰라? 지름가매 앙이거로."

당포는 그 말에 정신이 번뜩 들었다. '덕원'을 뜰때 매방이가 했던 말이 생각났던 것이었다.

"명태 기름을 고아내 보래지. 지길헐, 기름값이 청어 밥만 못 하란 법 있나? 후웅-"

하며 몹시 되룽거렸던, 그 명태기름이 질동이마다에 가득하단 말인가- 당포는 숨이 가빠왔다.

기분만 같다면야 장도놈 허리통을 싸안고 펄쩍펄쩍 뛰어 볼 일이었다. 그러나 넉재비 본새의 낯선 녀석이 줄곧 당포를 흘금질해대고 있겄다.

당포는 무릎깍지를 껴고 앉아 부러 태연해 봤다. 빼득빼득 얼어붙은 강의 샛줄기가 가로질러 있었다.

"여그가 으디여?"

"지갱이라. 쪼매 내리모 정평 앙이가."

___

163 질흙으로 빚어서 구워 만든 동이

"요녀려 샛강은 으디로 가닿는 거여?"

"영성말 우로 올르모 금진내라. 사방으로 금진내 물줄 안닿는데가 없다. 관아 눈 피해서 지름 폴아묵기로사 천하에 명당 앙이거로!··· 마아 강물만 풀렸다카모 이 장도놈 시월이라! 정평여각캉 벌써 줄 안잡았나."

"그려?"

말만 들어도 신명이 돋는 당포였다. 그러나 벌근거리던 가슴이 무춤하게[164] 식는다. 접꾼자리 하나도 물색못하는 주제에 남의 요행에 겹붙어 새살 떨어봐야 뭣하랴 하는 마음 때문이었다.

당포의 입에서 노작지근한 한숨이 샐때였다. 장도의 손이 당포의 손목을 꼬옥쥔다.

"내캉 손잡고 맹태로 잡자꼬마! 선주인 눈쏙여서 간땡이만 빼내모 되는기다!"

당포는 장도의 손목을 쥔채 울먹였다.

399. 정어(丁魚) 49

정월 삭망을 넘기면서 함길도 바다는 오진 흉어에 바글짝 끓었다. 뱃놈들은 갯가의 날바닥에 몰려 앉아 숨줄 멎기만 기다릴 지경이었고 '휘리장'이나 '덤장'을 가진 호강들도 서리맞은 이무기꼴들이었다.

여느 철 같으면 뻔질나게 오르내리는 장사배들로 꽤는 흥청댈 바다가 하루 온종일 물사태만 끓여대며 썰렁하게 비었고 육태질[165]을 하노라 복대기[166]칠 갯가 역시 뱃놈들의 흥타령 한가락도 없었다.

'운남' 바다뿐만이 아니었다. '덕원'에서 '신창'에 이르는 바다가 모두 그 꼴들이라는 소문이었다.

---

164 무춤하다 : 놀라거나 열없어서 하던 짓을 멈추고 갑자기 뒤로 물러서려고 하다
165 陸駄- : 짐을 배에서 육지로 옮겨 나르는 일. 하역작업
166 정신이 얼떨떨하도록 일이나 사람을 서둘러 죄어치거나 심하게 몰아치는 일.

함길도 바다가 이 지경이 된 것은 우선 청어 그물질 때문이었다. 시절이야 청어 제 철이었다. 예년보다 늦기는 했지만 밑으로 내렸던 청어떼들이 정월 삭망께면 '운남' 바다를 파고들어야 옳았다. 그런데 '휘리장'이며 '덤장'이며 어느 한곳 청어를 담아봤다는 기별이 없던 거다.

'덕원' 앞바다를 오르는 청어가 잠시 물길을 바꿨거니 여김하며 버려 봤던 '운남' 뱃놈들이었다. 그런데 청어 비늘쪽도 못 봤다는 그쪽 기별이던 것이었다.

여나므명씩 패거리를 짠 '덕원' 뱃놈들이 하루에도 서너 차례 '운남'으로 잠행해 들었다. 장사배가 옴싹 않는 판이니 발바닥 얼어 터지게 내지로 걸어왔을 것이었다.

행여나 하며 기다렸던 호강들이 체면도 잊고 상것들에게 매달리기 일쑤였다.

"덕원으는 청어르 좀 줬다등가?"

"에구, 말으 맙소꽝. 덕원 덤장이구 후릿그물이구 됫새 황으 맞았읍메. 관아에서는 어세르 바치라구 목으죄구 청어는 앵이잡히구… 화객들은 공물으 사겠다문서리 되비[167] 아래 바다로 떠났읍메다"

"무시기야?… 공물으 사겠다구 아래바다로 가당이?"

"그렇잖구서리 어쩔깁매?… 따끈이는 모르지만서두 청어 한 마리 값이 상포 네 필이라구 합두구만! 재개내들이라구 벨 쉬 있겠음?"

"아래바다랑이? 어드메르 말 하능가?"

"경상도 백기 더 있겠음둥."

"경상도?… 앵이, 어쩨서 애무한 사람들이 청어 한 마리르 상포 네필로 산단 말잉가? 청어가 앙이 잽혀서리 공물으 못 바치는데 그게 무시레 죄인으 짓이라구?"

"뉘가 앙이랍메?"

"간대루!"

"도삽으 앙입메다. 어느 앞이라구 그런 버릇으 놓겠읍매! 그러잰애두 데럽아서 못

167 '도로'(원래 상태로 다시)의 방언(함경).

살겠다구 원성이 높습메다. 공물으 봐 주던지, 어세르 봐조야지!··· 그래두 운남이 숨으 쉴 수 있다구 해서레 왔는데 나으리 접꾼자리 하나 마련해줍쏘꽝. 다리뼉다귀르 튕게 놓더래두 벤통으 없게 일하겠읍메다!"

"미친소리 작작 하랑이! 귀싱으 헛소리르 하는겐가?"

빼액 소리를 내지르고 나서 묻는다.

"장사배들은 어째 안오능가?"

"장사배가 어드메르 옵네까. 선세르 두번이구 세번이구 물리는데!"

이건 또 무슨 소린가.

400. 정어(丁魚) 50

바다가 완연 죽어버리지 않고서야 장사배(수상선水商船) 없는 그물질은 생각할 수도 없었다. 육상(陸商) 패거리들이 아무리 들락거려 봐야 잡은 고기들을 제 때에 운물(運物)할 수 없어 물근물근 썩어나기 일쑤였고, 여각주인이 부리는 달구지라는 것도 방울나귀 불알통만 닳아빠졌지 운물을 줄이는 데는 별 힘이 못 되던 것이었다.

청어가 비늘 한 쪽 안보여 주는 흉어이기에 망정이지 제대로 물길을 잡았다 했어도 생난리가 났을 거였다. 장사배는 거진 한달을 뱃길을 끊었기 때문이었다.

여느 때 같으면 청어가 잡히든지 안 잡히든지 간에 장사배들로 북새통을 쳐야 마땅했다. '덤장' 주위를 맴돌며 끈질기게 버텨보는 패거리에다, '휘리장'과 '덤장' 새를 오가는 패거리들이 어울려 놋좆이 닳을 지경이었을 거였다.

그런데 웬 일인가. 이유가 이랬다.

관아와 수사(水使)가 서로 내가 질세라 하며 언턱거리를 놓는데, 열번이고 백번이고 좋다하며 상세(商稅)를 뜯어내겄다. 등쳐먹을 뱃놈들의 그물질만 제철 만났다면야 굳이 장사배를 노릴리가 없었을 것이나 뱃놈들의 그물진 싹수가 배냇니 빠지듯 훤한 판이려니 장사배나 죽치자는 속셈이었다.

엄법의 으름장 좀 보겠다.

　　"장사배 대선(大船)은 매삭(每朔)[168] 저화(楮貨)[169] 일백장(一百張)이요, 중선(中船)은 매삭 오십장이요, 소선(小船)은 매삭 삼십장을 납세(納稅)할지라.…
본도영문(本道營門), 제궁가(諸宮家), 각아문(各衙門)이 그 소관(所管)에 따라
징수하되 즉시 수세표문(收稅標文)을 발급할 것이요, 일차 수세한 연후는
비록 십차왕래(十次往來)한다 한들 다시 수세할 수 없노라. 또한 수세의 표
문이 있는 선(船)은 그 선이 통과하는 각읍(各邑), 진(鎭)에서도 재차 수세함
을 엄금함이라… 어염(魚鹽)의 경우나 포어(浦魚)의 예문에 수상(水商)의 경
우도 다를 바 없으니, 토호(土豪)로서 위법한 자는 호강률(豪強律)로써 엄히
논죄 할 것이요, 본관(本官) 및 진(鎭)의 소속관원이 어해민(漁海民)을 부당
침탈·수세할 즉슨 장(杖) 일백에 원지정배(遠地定配)함이며, 그수령(守令)은
제서유위율(制書有違律)로 엄중 논죄할 것이니라…"

　엄법대로라면야 함길도 바다로 장사배가 어우러들어야 옳았다.
　저화(楮貨) 한 장(張)이면 쌀 한되(升)요 상포(常布) 한필이면 저화 스무장을 당했
다. 그리고 보면 두어사람 겨우 껴앉을 쪽배라도 명색이 장사배임에, 달 마다 어김
없이 상포한필과 쌀 열되를 상세로 물어야 했던 것이다.
　그런데 법이 어디다 써 먹을 법이었으랴. 오는 뱃길 가는 뱃길 깡그리 막아서는
그 적마다 상세를 뜯어먹던 것이었다.
　"에구, 표문(標文)으 봅소꽝! 벌써 두 번은 물었읍메다!"
　"닥치랑이! 이게 덕원관의 표문으 앙이쟁가? 여기는 운남이당이! 죽엄으 당하고
싶응가?"

뱃놈들 보다 장사배들이 먼저 죽어 나자빠진 것이었다.

401. 정어(丁魚) 51

눈발들이 하늘속을 다채웠다. 바람이 그 눈발들을 몰아대며 바구말(문암리文岩里)쪽으로 내달았다. 바람의 기세에 따라 구름지는 눈발들이 흡사 섬자락을 싸감고 피어오르는 해무같았다.

배는 마양도(馬養島)의 동북각(東北角)을 빠지며 남서로 뱃머리를 세웠다. 돌구미(보돌구미단保乭九味端)를 빠져나 '신포' 서쪽을 파고들었다. 첨봉(쌍첨봉雙尖峰) 두 봉우리가 허옇게 눈을 뒤집어썼다.

'신포'의 서쪽 너바위(사암四岩)를 바짝 비껴 '영덕'·'산서'로 바투 내려, 여호 앞 바다(퇴조만退潮灣)를 타야할 것이었다.

명태만 아니라면 미쳤다고 정월을 넘겨 이 뱃길을 흐르랴. 여름이면 그런대로 순한 뱃길이려던 동지달만 넘겼다 하면 허연 물거품을 끓여대며 물지붕(파두波頭)을 세우는데, 이것이 모두 유별스러운 '신포' 앞바다 바람줄 탓이었다.

'덕원'이나 '운남'이 추위는 매섭되 바람줄임세가 얌전해서 거칠게 불던 바람줄이 한번 잔다하면 경기 든 젖먹이 숨줄 넘어가듯 판을 뒤엎는 반면 '신포' 앞바다는 추위가 덜하고 해무가 적은 반면 멀쩡하다가도 신시(申時)만 닥쳤다하면 으레 바람줄이 일었고 그 바람줄은 여간해서 자는 법이 없었다. 미시(未時) 넘겨 이는 북새(북풍北風) 숨죽는 법 없다던가.

"괴기를 한 시무 연(連) 덜어내뿔면 으짤꼬?"

"임마가 미쳤나? 괴기 시무 연이모 지름 받을 간끼가 사백개 앙이거로!"

장도가 눈꼬리를 찢어대자 아까부터 못마땅해 부스대던[170] 녀석들이 욕바가지를

---

170 가만히 있지 못하고 몸을 자꾸 부산스럽게 움직이던

씌우며 그 중 한녀석이 당포의 허리통을 걷어찬다. 창나무를 뺏아쥐곤 악을 쓴다.

"간나새끼로! 다리동갱이르 분질러 놓던지 깝대기르 뱃깨놓던지 해야 알겐가? 갱상도 뱃놈으느 상뱃놈들이라구 떠들어대덩이 무시기야? 이깐 바램으 못 견뎌서레 맹태르 버리자구? 에구, 이새끼르 그냥 송쟁의 만들구 보면 살겠당이!… 헛소리나 하는 갱상도 뱃놈이 제 버릇으 개르 주겠는가!"

듣고있던 장도가 그 소리에 오장이 뒤틀렸던모양이었다.

"머시라? 갱상도 뱃놈덜이 우째? 덤장 치뿔고 방렴 놓자는 소리가 와 헛소리고? 절마가 죽고싶어 시방 눈이 디집힜나?"

녀석이 금새 목아지를 움츠린다.

"에쿠쿠- 수장보구 하는 소리가 앙입메다. 이새끼 하는 꼴악시가 앙이 꼽구 데럽아서 그랬지비… 고영이 화르 끌이지 맙소꽝!"

당포는 사뭇 어색해서 입을 다물었다. 아닌게아니라 바람줄이 무서워서 해 본 말이었다. 이물을 발끈 들어 물이랑에다 처박는 파도 기세가 기어코 배를 부숴먹겠다는 꼴인데, 게다가 조태(釣太)[171]만도 일백 연(連)은 실히 깔렸고, 멀지않아 해넘이가 시작될 사면 '운남' 뱃길을 제대로 잡기도 전에 배가 넘어갈 줄을 어찌 알랴. 당포로서는 처음 겪어보는 물사태였다.

"고마 신포로 붙이라! 몬 갈성싶구마."

장도가 소리쳤다. 배는 '너바위'를 비껴 흐르다 말고 뱃머리를 돌렸다.

402. 정어(丁魚) 52

색이끝(색작단色作端) 북쪽을 잡고 동편으로 내리는 후포앞바다(양화만陽化灣[172])로는 여남은 척의 고깃배들이 고물을 물고 줄줄이 늘어섰다. 북새에 밀려오는 파도

---

171 주낙으로 잡은 명태
172 함경남도 신포시의 가층단과 색작단 사이에 있는 동해의 만.

를 피할 곳으로는 후포앞바다를 따를 데가 없기 때문일 것이었다.

'후포리'(厚浦里)와 '유호'(楡湖里) 갯가의 석장은 닻줄 걸을 자리가 없도록 욱적북적 끓었다. 텃세를 재는 '신포' 뱃놈들과 물사태를 피해 몰려든 '신창'(新昌) 뱃놈들이 심심찮게 으릉대며 석장 한 모서리라도 서로 차지할 양이었다.

"닻주면 될기인데 어째 남우 배 고물에다 닻가지르 깡깡 찍어대능가?"

"장파 때뭉에 혼빵에 빠진 사램들으 가지구 무시레 이러능가? 닻가지르 걸지 않구서리, 뭍으는 어찌 오르잰가?… 간나새끼들으! 인심한번 데럽당이"

"무시기라구? 남우 석장 빌려서리 장파르 피하는 새끼들이 무시기 잔소리르 놓는겐가?"

"앙이꼽아서!"

"앙이꼽다면 당시잉들의 신창으루 가면 되능깁메. 배가 장파에 넘어가두 당시잉들 사정입지."

"아아들으 사램도 앙이지비. 야아, 이 간나새끼들! 신포 뱃놈들은 청애밥으 목구덩 터쳤다능 그런 모양인가?"

"따제서 무시기 하겠다는 겐가?"

"아아들으 웃구만 있응이까 개버릇으 놓는구만. 야문 똥줄으 빨구서리 산데두 그렇지비. 대구어 없는 줄낚으 매우 댕기니까 사람으루 앙이 뵈능가?"

"웃지 않으문 어쩔테잉가? 만지 송쟁으 되지말구 음전히 굴으랑이! 귀시잉들은 무시기 하는가 저런 간나새끼들으 햄새 앙이 치구!"

상앗대[173]가 허공을 가르고 작두날이 고물에 걸은 닻줄을 컹컹 내려 찍는다.

"아아들으 미쳤당이!"

당포 뒤에서 닻줄을 잡고 멀뚱 굳었던 녀석이 불같은 한숨을 토했다.

"괴기 없고, 공부(貢賦)[174]는 내야 하고, 마아 안미치고 우짜노? 절마들 대구 줄낚

---

173 물가에서 배를 떼거나 댈 때나 물이 얕은 곳에서 배를 밀어 갈 때에 쓰는 긴 막대
174 나라에 바치는 물건과 세금을 이르던 말

배 앙이거로. 대구가 잽히사 공부를 바치제!… 그라고 보이 괴기밥 똥물인 맹태배가 그래도 성님이라 앙이가."

장도도 어이없는 표정이었다.

아닌게 아니라 함길도 뱃놈들은 거진 미쳐간다 싶었다. 여느때 같으면 닻줄 잡아주고 닻가지를 걸어주고, 서로 굳은살 만져주며 의를 나누던 뱃놈들이었다. '신창' 바다라는 것이 곧바로 양중(洋中)으로 내뻗쳐서 물사태만 일었다 하면 배가 견뎌나지 못 하겠다. 이 거센 물길에 다시 제터로 돌아가라는 '신창' 뱃놈들의 텃세도 말이 안되려니와, 가뜩 아문의 불호령에 시달리며 납공물(納貢物) 마련하기에 눈들이 뒤집힌 '신포' 뱃놈들더러 아문의 똥줄이나 빨고 살으라는 '신창' 뱃놈들의 화풀이 역시 벌써 열겹은 미친꼴이었다. 더구나 비늘 한쪽 안보여주는 청어려든, 그 청어로 목구멍 터져나라는 비양질이 어찌 가하더냐.

'신포'·'신창' 두 뱃놈 패거리들의 싸움은 결국 납공어물인 '청어'와 '대구어'가 불씨를 일구는 것이었다.

403. 정어(丁魚) 53

장도의 수완이 그럴싸하게 먹혀들어 용케도 석장 모서리에다 닻줄을 걸었다. 처음엔 눈알들을 희번죽대며 살기등등하던 '신포' 뱃놈들이 술한상 잘내겠다는 장도의 말에 은근슬쩍 횃불을 껐던 거다.

뭍에 오른 당포는 명치께가 당기도록 불김이 치미는 것이었다. 이 무서운 바람통에 대여섯척 배가 뜬다. 다섯척(尺) 폭에다가 길이가 삼장(丈)을 넘으려니 첫눈에 대구어 줄낚배겠다.

"아아들으 얼피덩 닻줄으 풀지 않구 무시기르 하는가?"

"기리기 말입메. 얼피덩 나오쟁쿠."

"간나새끼들! 날쎄 데럽다. 물지붕 높다, 찍구썰구 한다구 대구가 우리 배 기달려

준다등가?··· 수장 새끼들으 만지 안나오당이!"

"쳴! 저기 옵메다."

"어드메?··· 이 간나새끼들으! 부체같은 쳴이라구 타구오르자는 모영인가? 달과체질 않았등이 되비 쳴 행세르 한당이! 에엥-"

당포가 명치께를 불질하며 발랑 뒤집힌 땅풍뎅이 꼴이 된 연유는 이랬다.

불호령을 놓고 있는 사람은 마땅히 접꾼 수장이어야 옳던 것이다. 그런데 보아하니 선주인(船主人) 아니더냐. 세월 그들먹하게 챙겨먹던 때 같으면 중청에 가부좌를 틀고 앉아 바짓부리나 쓸어대고 있을 것, 그런데 목숨을 건 뱃길을 몸소 탔겠다. '정어'라는 어세(漁稅)가 얼마나 무서웠으면 접꾼들의 목을 싹둑싹둑 잘라내고 제 스스로 줄낚을 들었겠는가.

"시상에, 믄 일이랑가. 저녀려 대구 배덜은 으디 배랑가?"

당포가 '신포' 뱃놈들에게 묻자 녀석들은 당포의 한숨가닥을 뺨쳐먹게 더 매움한 푸념을 쏟아났다.

"복주 앞바다 차호[175] 배들입지. 장파르 피해서리 왔두구만. 대구가 그 바다로 몰렸다 합두구만.··· 그러나 저러나 대새낳지비. 대구 잡아서리 공부르 답하장이 접꾼 아아들으 손이 모자라구 접꾼 아아들으 손으 빌자니 정어라는 어세가 배값이구! 졸연한[176] 일이 앙입메! 배 한 틀으 줄낚 열 벌으 풀어 놔두 공부르 어찌 당하겠음? ··· 뱃놈들 짐으 싸가지구 갈 곳으 어드메 있겠관디! 어드메 가문 버테 나겠음? 후우-"

녀석들의 탄식이 아니라도 짐작이 훤했다. '복주'(福州=함경남도 利原郡) 앞바다의 '차호'(遮湖)라면 그 거칠은 '신창' 앞 뱃길을 올라야 할 것이었다. 얼마 안가서 해가 떨어질 것인즉 닻줄을 거두다니--

술기운들이 차오르자 '신포' 뱃놈들이 되려 장탄식이었다.

---

175 遮湖 : 함경남도(咸鏡南道) 이원군(利原郡)의 어항(漁港). 군(郡)의 남부 해안에 자리 잡고 있으며, 이원 철산(鐵山)의 광석(鑛石) 적출항(積出港)이고 명태·청어·대구 등의 어획이 많음.
176 猝然- : 갑작스런

"뱃놈들이 무슨 원쉬르 졌다구 아문으 잽혀가서 뒤딜게 맞구 이러능가? 아야 송쟁
으 만들겠다문 숨통으 뜯어놓던지 그거이 앙이라문 그물 터지게 잽히는 맹태르 제
값으 맥이든지 해조야지!… 청애나 대구만 고기구 맹태는 고기가 앙이라니 이 사설
이 무시기야? 기름으 짜봐야 뉘기 좋자는겐가? 배 쥔들만 살구 뱃놈으는 입성두 못
뗴우구! 우리르 모두 쥑이자는 젭메다아-"

당포도 장도도 목메 핏발이 서도록 맞장구치다가 고대 곯아떨어져 버렸다.

404. 정어(丁魚) 54

삼망태 속에서 명태 간기(肝)가 짓물러 터지나보았다. 욕심껏 채워넣었더니 벌써
간물이 끈적끈적 새나왔다.

"고만 갑세. 안집으 간간할때 가야지 짐작으 잡히면 쥑끼다가 죽습메!"

청봉이가 소근댔다.

"디지게 무거운디!… 안집딜은 기척이 읍제?"

"에쿠, 이걸 메구 지경으 갈레문 반송쟁으 되겠꼬망."

둘이는 물고장(物庫藏=곳집)을 나왔다. 흐물대는 간기들이라 여느 짐바리같지 않
게 무거웠다. 걸음걸이를 따라 이리저리 쏠리는 통에 여차했다하면 발을 헛딛고 나
동그라질 기세였다.

선주인(船主人)의 낌새가 요즘들어 바짝 야릇했다. 기름을 고아내는 물고장 뒷터
를 뻔질나게 들낙대며 방정맞은 채머리를 떨어대던 것이다.

"거 참 펠스럽당이. 어쩨 간끼가 좀 모자란다 싶쟁가? 조태 수야 우리게를 뉘기 따
르능가. 사흘동안 백련으 간끼르 냈응이 간끼가 되비 남아돌아두 될 판이 아잉가!
그런데 어째서 지름 내는 꼬락시르 이렇단 말이?"

해내다가는 급기야

"… 다리벵신노무 새끼가 아무레두 수작으 떠능거 아잉가! 작두르 가슴에다 디리

대구 디리 쪽체 보문 알 모앵인가?"

하던 것이었다.

'다리벵신 노무 새끼'라는 말은 어김없이 장도를 가리키는 말일 거였다.

말이 이쯤 험악스러워 졌고 보면 선주인도 눈치를 챘음이 분명한 일이었다.

선주인 집 울을 빠져 막 '본궁'쪽 샛길을 타는데 뒷쪽에서 헛기침 소리가 터졌다.

둘이는 대못처럼 굳었다. 고개만 돌려 뒷쪽을 살펴봤다. 어둠 속에서 사람 형체가 어른거렸다. 그 형체는 흔연스레 걸음을 떼놓았다.

"좀스러워서 어디 견딜 재간이 있나! 세월 한 마당 자알 꾸리지!"

둘이 앞에 떠억 버텨선다. 매방이었다.

"쉬잇- 쥐둥이 닥치엿!"

당포가 매방이의 어깻죽지를 찍어대자 녀석은 마음놓고 걸근거린다.[177]

"이제야 능청부릴 수도 없으렸다?… 나두 끼워주겠니 아니면 이길루 선주인 집 으루 가련?"

당포는 할 말이 없었다. 당포가 장도를 따라 명태줄낚배의 접꾼 패거리에 섞여들 자 그 때부터 줄곧 불퉁스레 굴던 녀석이었다. 매방이를 떼어놓고 당포 혼자서만 편해보자는 생각을 해본 적은 없었다. 그러나 녀석의 하는 짓거리 낱낱이가 가납사니[178] 본새라 장도는 매방이란 말만 들어도 진저리를 쳐대던 것이었다.

"고따위 서툰 도적질두 처음 보지. 간물이 물고장에서부터 뻗쳤어! 내가 다 지웠으니 망정이지 고대루 뒀으면 고대 덜미를 잽혔을걸?… 그간 간물 지워주고 죽은채 썩었던 나야! 이래두 따돌리련?"

매방이는 다짜고짜 당포의 산망태를 뺏아들었다 끄응- 힘을 써대며 어깨에다 메기 무섭게 걸음을 떼놓는다.

청봉이라고 따로 할말이 없었다. 씨근벌근 홧통을 끓이면서도 꾹 참는다.

---

177 남의 음식이나 재물을 얻으려고 자꾸 구차스럽게 굴다
178 쓸데없는 말을 크게 떠들어 대기 좋아하는 수다스러운 사람

405. 정어(丁魚) 55

　매서운 추위가 네댓새 동안 기세를 꺾지 않았다. '여호' 앞바다의 모래불을 타고 내리는 빙책(氷柵=부빙浮氷)들이 여나문 짝씩 '운남'으로 흘러들었다. 거기다가 북새가 하루 왼종일을 끓어 뱃길마저 막혔다.

　명태 줄낚배가 닻줄을 바투 조이고 높이 얹혔으려든, 그 핑계 대고 명태기름이나 죽기살기로 고아 내 보자는 속셈들이었다. 장도 패거리는 선주인집과 기름가마를 번갈아 들락대며 용케 선주인의 눈치를 피했고, 매방이는 아예 삼줄에다 송피(松皮)물 먹이는 짓을 팽개쳐버리고 기름가마의 움막으로 처박혀 버렸다.

　산 속이라 불김도 오지게 바람줄을 탔다. 사방에서 불쑥 불쑥 이는 바람 때문에 불길들 또한 화덕 굽도리만 달궈대다간 시름시름 죽게 마련이었다.

　게다가 불깜들이라는 것이 시퍼런 솔가지들이라 여간해서 불길이 안 잡히던 것이었다.

　"엠병 삼년에 새암 물을 다 말린데두 이렇게 가슴이 탈꾸! 기름이 다 뭐야? 이런 불김에 뭐가되누?… 에구, 경치게두 춥지!"

　매방이가 으스스 사레질을 쳐보며, 그새 물컹하게 불어터진 간쪽 몇 개를 날름 입 속으로 날라다가 우물거린다

　눈가늠질 한 번 딱 부러지게 매서운 청봉이가 그런 매방이를 벌써 서너 차례 정탐했었다.

　"간나새끼! 머리르 마스줴야 알겐가? 천금같은 간끼르 벌써 몇 쪽으 축으 내능거잉가?"

　독살맞게 악을 쓴다.

　"뵐아먹을 년석허군. 허기에 고만 송장되게 생겼는데 어쩌누? 간끼 몇쪽이 천금이라? 년석 허풍치레 드럽지이-"

　매방이는 태연하다.

"지금이 어느 세생이라구 간나새끼가 거저 목심으 붙이겠다는 거잉가!"

"접꾼 말장인 주제에 웬 참견이야? 네눔이 수장이니?"

"에쿠 저 간나새끼르!"

주먹을 불끈 쥐고 제 가슴패기를 터엉터엉 찍어대던 청봉이가 더는 못참겠다는 듯이 화들짝 내닫는다.

"네노무 새끼는 사람이 아잉야! 일으 얼피덩할 생각은 앞쿠서리 가매속으 간끼나 축으 내구, 잠으 잘 때는 내 다리 동갱이르 카악 죄구서레 에구 에구 하문서리 씹방애나 찧구! 기름으 자알 내야 우리게 모두가 살 쉬 있잖응가? 에엥?"

"이런 때려죽일 눔 또 봤나? 정수낭에 단물이 불어서 그런걸 내 제 정신으로 그랬을꾸! 이눔아 정수낭 관장은 하늘이 하시는 일이야! 사람이 고걸 어떻게 다스려?"

"에쿠 간나새끼! 좆의 머리르 화덕 구멍에 박으랑이! 허기르 못 참아서레 간끼르 축으 내는 새끼가 정수낭으 단물은 어찌 그리 잘두 넘치네?"

"이런 박살을 칠 이?"

둘이가 한 판 어우른다. 주막의 주모를 두고 서로 원수 삼은지 오래겄다.

"택아지가 오그라붙으게 추운디 잘 됐구먼."

당포는 둘이의 싸움 따위는 안중에 없었다. 불김이 이 지경인데 무슨 낯으로 장도를 보랴 하는 근심 뿐이었다.

406. 정어(丁魚) 56

매방이와 청봉이의 싸움은 둘 중 한녀석의 숨줄이 꼴깍 넘어가야 끝날 기세였다. 귓볼이라도 물어뜯는 것인지 두녀석이 번갈아 비명을 내지른다.

당포는 시커먼 연기만 멍울멍울 내뿜을 뿐 좀체 불길이 일지 않는 화덕만 내다보고 앉아 있었다.

녀석들의 싸움 까짓것 생각에도 없었다. 지쳐뻗는 녀석의 등줄에다 얼음쪽하나

넣어주면 제정신을 되찾으려니 생각하며 끄응 무릎을 세웠다.

가마 뚜껑을 열어보던 당포는 영 살맛이 없는 거다. 아까운 간기들만 다 버려놓는가 싶었다.

간기가 끓을 징조라곤 도무지 없다. 팅팅 불어터진 간기들이 오골오골 뭉쳐서는 열창돋친 황소숨만큼 시원찮은 김을 모락대고 있을 뿐이었다.

기세좋은 불김이 가마 밑두리를 달궈대야 거품이 솟을 것이었다. 끓으며 넘치는 거품을 그적마다 말끔히 거둬내고 나서, 재빨리 간기들을 다시 섞어 끓이다가, 한 소끔만 지났다 하면 고대 식혀놔야 첫불이 끝나던 것이다.

첫불질이 끝나고 나면 곧 두불질이 시작되는데 첫불질보다 더좋은 불김으로 가마를 달궈야 기름기가 위로 뜨게 마련이었다. 맑은 기름기가 위로 솟고 찌꺼기가 가마바닥으로 가라앉는다 싶을 때 냉큼 불김을 죽여 또 차게 식혀야 했다.

기름을 떠내어 다른 질동이에다 옮겨붓고 엿새를 기다렸다. 이처럼 첫번에 떠낸 기름이 첫걸름이요, 그 첫걸름에서 얻은 기름을 다시 다른 질동이에다 옮겨붓고 나서 그질동이 밑바닥에 가라앉은 찌꺼기들을 다시 모아내는 일이 두걸름이었다.

두 걸름에서 모아진 찌꺼기들이 짠득짠득 굳어 졌을때, 그 찌꺼기들을 다시 끓여 '튼 기름'을 뽑는데, 이 '튼 기름'은 질이 나쁜 기름이요 '튼 기름'을 고아내기 위해 하는 불질이 세 불질이었다.

그런데 사흘째를 내리 첫 불질 한번 제대로 못 먹여준 것이었다.

"불사시런 새끼덜 고만 안둬엇? 지름이 쇠똥되는 판인디 먼녀려 쌈판이여?"

당포는 불당그래를 들고 화닥닥 달겨든다. 불당그래 끝에 불씨가 묻힌 꼴이려니 시퍼런 연기가 피어 오르겠다. 불당그래 끝으로 녀석들의 낯짝을 번갈아 콩 콩 찍어대고 봤다. 녀석들은 그제야 자지러지며 떨어졌다.

"저런 초강왕[179] 사자 같은 눔! 누굴 화장치겠다는 겐가?"

---

179 初江王. 초강대왕. 명부에서 죽은 자가 두 번째 맞이하는 칠일간의 일을 관장하는 관리. 초강(初江)가에 관청을 세우고 망인이 건너는 것을 감시하므로 초강왕이라고 부른다.

매방이는 미간을 부벼대며 제 풀에 펄쩍펄쩍 뜀질이고, 청봉이는 그 짬에도 불김이 걱정됐던지 슬밋 슬밋 화덕옆으로 다가 선다.

"… 간끼야 훔쳐내기라두 하지비. 불김으 어찌 살릴 쉬 있겠는가. 바램줄으 데럽아서!… 장작가비만 있데문 얼마나 좋겠음."

장도가 오기 전에 첫 불질이라도 끝내야 할텐데 걱정이 태산이었다.

"봉태말에 내려가서리 헛간이라두 뜯어볼 테잉가?"

청봉이가 말을 하는데 매방이가 '쉬잇!'하며 허리통을 납작 구부린다. 두런대는 사람들의 인기척이 건너왔다.

세 사람은 숲속을 기어댔다. 인기척은 꽁꽁 언 강위에서 이는 듯싶었다.

407. 정어(丁魚) 57

당포는 너설 뒤에다 몸을 숨긴채 앞을 내다봤다.

세 사람이 꽁꽁 얼어붙은 샛강을 건너지르고 있었다. '만년산'을 향해 뻗은 샛강 쪽에서 걸어드는 꼴이 길을 잘 못 잡아 '영성'을 한껏 웃돈은 모양이었다. 샛강을 따라 곧장 내리면 '신덕장'이요 그 샛강 줄기만 타고 내린다면 어차피 '지경'에서 '운남'으로 오르는 갈림길을 잡아야 할 것이었다.

두 녀석이 앞장을 섰는데 뒤로 처진 한녀석이 웬만한 중기둥깜인 나무를 엇갈려 묶은 장태에다 짐바리를 얹고 끌었다. 녀석들은 필경 짐바리를 옮기기에 편한 샛강을 택하여 '운남'으로 흘러들 것이었다.

"저눔들 산호충 아닐까? 덕원 쪽에서 운남이루 올랐다치면 의당 경흥 쪽에 올라야 옳지! 산호충이 아니라면 뭣헌다구 영성 쪽 강줄기를 타겠나 말이지. 함길도 산속 사정을 꿰뚫은 산호충이렸다?"

매방이가 겁에 질린 얼굴을 들고 쓴 입맛을 다셔댄다.

"행장으 따제보문 산호충은 앵이야. 아이들으 산호충이래문 벌써 냇내르 안 맡았을 쉬 있겠관디? 뉘긴 줄으 알 택은 없지만서두 산길사정에는 훤한 새끼들이야 짐바리르 옮길 맴으로 꽁꽁 얼어붙은 강상으 타는 것만 봐두 알아조야지."

청봉이가 숨을 죽이며 나즉히 내뱉는다.

당포는 두 녀석들의 말에 다 일리는 있는 것이라고 생각해 봤다.

함길도에서도 '만년산'과 '도봉'의 어깨를 긋는 경계 안의 숲이란 숲은 모두 벌목(伐木)을 엄금하는 봉산(封山)이던 것이다. '백뫼'(백산白山), '사수봉'(사수산泗水山)의 산자락을 서북 간으로 이어 동남을 싸고도는 '천의산'(天依山) 밑섶에 이르기까지, '정평'(定平)과 '운남'의 만만한 땅들은 거진 그 봉산 속에 안겨 있던 것이었다.

한 삭(朔) 삭망께부터 그믐까지 벌목을 감시하는 관아의 졸개들이 사방 팔면에서 순차(巡差) 하는데 이 관졸들을 가리켜 산호충(山號蟲=박쥐)이라 부르던 것이다. 녀석들은 강선(江船)의 주인들과 짜고 딱장(장작長斫) 벌이로 심심찮은 돈줄을 쌓아가는 것이었으니 산호충의 뒷줄에는 어김없이 관아의 힘이 버텨있던 것이었다.

녀석들이 정말 산호충 패거리라면 이젠 꼼짝없이 죽었다 싶었다.

그런데 청봉이의 말이 더 걸맞는 것 같았다. '덕원'에서 곧장 '파춘장'을 가늠하고 올랐으면 '붓뜰'(부평富坪)을 거쳐 '정평'에 이르고, '지경'에서 '서상', '합란'(哈蘭=함흥)을 곧추 올라 '운남'으로 내리는길이 예사였다. 그런데 '영성' 쪽에서부터 얼어붙은 샛강을 내려 짐바리를 옮기는 짓거리를 보면, 녀석들은 필시 '덕원' 뱃놈들이되 산속 사정에 눈이 밝은 녀석들일 것이었다.

천만다행이었다. 녀석들은 모락모락 오르는 연기를 짐작 잡았는지 잠시 멈칫거리다간 이내 '서상' 쪽의 동북간 숲속으로 재빨리 빨려들던것이다.

당포도 청봉이도, 그리고 매방이도 그제야 안도의 한숨을 걸죽하게 내뿜었다.

408. 정어(丁魚) 58

이해 겨울따라 유독 눈이 많았다. 바다는 눈발들로 끝간데 없이 사욱했다. 그 눈발속을 흐르며 뱃길을 잡기란 배고 사람이고 송두리째 결단내겠다는 짓이나 진배 없었다. 선주인들은 배들을 모래턱 끝까지 높게 얹혀놨다. 날씨가 번뜻해질 때까진 아예 그물질을 마다하던 것이었다.

세 자는 실히 넘도록 쌓인 눈을 뒤집어 쓰고 모래턱에 얹힌 배들의 알량한 꼴들이라니 어쩌면 그렇게도 함길도 바다의 그물질을 쏘옥 빼닮았는지 몰랐다. 엇비스듬히 선 창나무 끝이 겨우 눈을 헤집고 솟았으니 망정이지 그 처량한 본새를 배라고 가늠하기란 여간 어려웠다. 이른바 평저삼각선(平底三角船)이라 불리우는 배들로 함길도 바다에서가 아니면 좀체 구경해 볼수 없는 야릇한 모양새겠다.

줄낚을 못 잡아 안달이 날 양이면 '지경' 숲속에다 차린 기름가마에다 불김을 먹이는 짓거리라도 쏠쏠해야 옳았다. 그런데 평평 내리붓는 눈 때문에 '지경'으로 가는 길이 꽁꽁 막혔다. 기름가마는 희멀겋게 불어터진 간기들을 담은채 눈속에 파묻혔을 것이었다.

고미께를 올려다 보며 넋을 빼고 앉아있던 장도가 허망하게 내뱉는다.

"쥔어른만 시월 잡았다 앙이가. 물고에 쌓아둔 간끼만도 오백태는 넘을꺼로!"

당포는 거푸 한숨만 내뿜었다. 매방이가 받는다.

"보자아- 어고 한 관이면 열장은 어김없으렸다? 뺀 어고만도 오십관이 넘으려니 값만두 오백장아닌가?"

아닌게 아니라 선주인은 기름 뽑아내기에 제정신이 아니었다. 뱃길이 막힌 핑계를 대고 하루 온종일 기름가마에 불질을 먹였다. 겨우 한잠 시든다 하면

"아아들으 가매불으 안맥이구 무시기 하는게야? 얼피덩 나와서리 불으 맥이랑이! 밥으는 뉘기 공불인 줄으 아능가?"

악을 써대며 달달 볶아댔다. 간기를 발라내고 불질을 서둘고 하다보면 어느새 닭이 자쳐 울던 것이었다. 술 한사발은 커녕 되레 마구발방[180]을 놓기 예사였다.

---

180 분별없이 함부로 하는 말이나 행동

"… 거 차암 펠스럽지. 물고 속의 간끼가 눈으 쏟아지는 날으 대서레 고대루 있당이… 그 동안 물고 간끼에 뉘기 손으 댄 사람이 있었다는 증빙이 아닌가? 내 이새끼들으 잡아서리 아문의 곤장 맛으 뵈조야지!"

그 때마다 장도도 당포도 섬뜩 가슴이 졸여들던 것이었다.

"쥉이 어고르 뽑고 앵이 뽑고가 무시김메?… 대새났지비! 눈으 펑펑 붓구 이 칩운데 아아들으 어쩨 됐겠읍메?"

청봉이의 장탄식이 떨어지자 방속은 금새 한숨줄이 줄을 잇는다. 벌써 닷새동안 아니던가. '지경' 기름가마에 남은 두 녀석 말이다. 곡기 한톨 남긴 게 없었으려던 무얼 먹고 살아버틴단 말이더냐.

"길이 막혔응이 갈수도 없구!"

청봉이가 눈두덩을 쓸며 맹맹한 콧소리를 내는데 방밖에서 인기척이 있었다.

409. 정어(丁魚) 59

장도가 밖을 향해 소리쳤다.

"쥔어른잉교? 고마 시방 나갑니더! 빼간지가 얼어붙능가 싶어서 쪼매 쉰다 앙입니꺼?"

밖에서 일던 인기척이 장도의 소리에 슬근 죽는다. 자박 자박 하는 소리가 뒷봉창께로 옮겨갔다. 그러더니 고대 또 잠잠했다.

세 사람은 다시 말을 이었다.

"수장 봅세. 내 생각으 같아서문 지경가매 움집으 간끼르 가지구서레 지름으 더 빼겠다문 대새 날겝메다. 그렁이까 눈으 멈추는 대로 지경에 가서레 움집으 헐구 지름은 얼피덩 처분합세다! 정평여각 말으 믿을 쉬 있겠음? 여각주인이라고 우리게 앙입메다. 관아와 한 통속의 앙이겠음둥?"

청봉이의 말을 받아 매방이가 장단을 맞췄다.

"내 생각두 그렇구먼. 여각주인들이란게 어디 상것들 편이던가? 봉간 솔낭구(소나무)는 죄다 꺾어놨지, 냇내(연기냄새)는 하루 왼종일 피어댔었지, 지금쯤 관아에 밀고했는 줄 어찌 아누? 기름까짓것 사설랑 이를 챙기겠다구 저들 손해를 자청할 까닭이 없지않구. 약조사항이 삐꺽 했다하면 죄를 모다 우리에게 뒤집어 씌울 걸세!"

"맞습메다!… 그날 영성 샛강 얼음으 타구 내리던 사램들이 뉘긴 줄으 어찌 알겠음? 숲속으로 얼피덩 몸으 숨기던기 영 맴에 걸립메다.… 내굴(연기)으 보구서리 피했응이 순차 도는 관방들으 앙이겠음? 지금쯤해서레 소문으 짜아 깔린줄으 뉘기 알겠음!"

장도는 여전히 고미께에다 눈길을 박고 있었다. 머리 속으로 지경의 가마에 남은 두 녀석들 모습이 어른거리는 때문이었다. 딱 부러지게 말은 못하지만 십중 팔구 얼어죽었을 것이 뻔했다. 오늘까지면 닷새가 넘었다. 곡기나 쪄나를 작심으로 가마를 내려 온 뒤부터 한 치 앞도 못 볼 눈이 줄곧 퍼부은 터였다. 움집엔 흘린 곡기 한톨 없었으니 얼음쪽을 씹어대며 허기를 견뎌냈기로 어찌 닷새를 버졌으랴. 거기다가 전에 없는 추위가 산속을 삭도질 했을 터인즉 산저(山猪=멧돼지)라도 못 살아 남았을 거였다.

그러나 장도는 애써 살아남은 녀석들을 떠올려 보는 것이었다. 순차 도는 관방에라도 잡혀서 목숨을 부지한다면 얼마나 다행일 것인가. 수상쩍은 녀석들을 잡아 아무 곳에서나 한 밤을 나게 하는 '열음기'(閱陰氣) 말이다.

녀석들이 '열음기'를 치러내며 용케 살아버렸다고 생각하니 그새 또 걱정이 꼬리를 물었다. 호된 곤장질에 엉덩이가 짓물러 터질 시면 지경의 기름가마 속사정을 낱낱이 안불고 어떻게 견뎌날 것인가 하는 근심이던 것이다.

장도가 겨우 입을 연다.

"나사 고래되모 시상 편코말고! 하제만 장사배가 뱃머리도 안뵈주는데 어데다 대고 기름을 팔긴고?… 내라고 정평여각만 믿겠나?… 그나저나 죽을 맘묵꼬 두놈들 찾아나서사 쓸끼다!… 너머나 불쌍타 앙이가!"

그때 뒷봉창쪽에서 털썩하는 소리가 일었다. 발을 헛딛고 넘어지는 사람의 소리
가 분명했다.

410. 정어(丁魚) 60

청봉이가 후닥딱 뛰어나갔다. 엎치락 뒷치락하는 소리가 잠시 일더니 청봉이가
방문을 찬다.

"에쿠우--사램으 음전히 달과쳬랑이!"

방속으로 처박혔던 낯선 녀석이 오똑이처럼 고대 일어나 앉으며 되려 호령이었
다. 청봉이가 와락 달겨들어 녀석의 멱살을 움켜쥔다.

"간나새끼! 에구, 요고올 어찌하문 좋네? 바른대로 대랑이! 너어 뉘기야?"

낯선 녀석의 성깔도 어지간했다. 청봉이의 손목을 터억 붙들고 잘근잘근 씹어대
고 본다.

"간나새끼, 어디서 이런 버릇으 놓능가? 너어방에 손이 찾아들었으문 대접으 해
두 모자랄기인데 나르 치당이?"

"무시기야?"

다시 달려드는 청봉이를 말리면서 장도가 끼어들었다. 매방이는 영문을 몰라 눈
알만 데룩거리며 퍼져 앉았다.

"보거로. 당신은 누고?"

"사람이지 무시기야?"

"사람인줄 누가 몰른단켔나? 누군데 우리들말로 사알 엿듣고 이라노얏!"

"미친 수작으 작작 하랑이. 내 언제 너어 말으 들었다구!… 사램으 찾는 중이야."

"머시라?"

녀석은 세 사람을 두리두리 살폈다. 그리고 나서 물었다.

"당포라는 사램이 뉘기야?"

장도가 야릇한 낌새를 짐작했는 지 당포를 향해 눈짓을 해대고 나서 녀석 앞으로 바짝 다가앉는다.

"와?… 댕포는 와 찾소?"

"있데문 있다구 하구 없데문 없다구 하문 되능깁지. 좋은 소식으 전하려구 했덩이 되비 마전으루 돌아가야 할 모얘잉인가."

녀석이 일어섰다. 좋은 소식이란 말에 당포는 서슴없이 나선다.

"내가 댕포여!… 근디 니놈은 누구고 또 누구 헌터서 전갈을 맡았단 말이여?"

녀석은 물끄러미 당포를 내려다 봤다. 실쭉 입꼬리를 찢는다.

"귀래[181] 가 댕포라?"

"그려!"

"꼬락시르 머저리같은 새끼르 가지구 고생이했구만. 기왕이 왔승이 전갈은 넣구 봐야지… 귀레 우계땅에서 줄행랑으 친 사램 아잉가?"

당포와 매방이는 찬소름이 오싹일궜다. 기어코 죽고 말았다는 생각이들던 거다. 우계땅에서의 내력을 샅샅이 꿰고있는 녀석이라면 상것으로 변장한 관졸이든지 아니면 관아의 밀정(密偵)임이 분명하던 것이다.

"얼피덩 따라나서랑이. 마전까정 가제문 걸음으 째게놔야 쓸테잉가!"

당포도 매방이도 혼줄을 빼고 앉았을 뿐이었다. 생각 같아서라면 녀석의 숨줄을 당장 따놓고 봐야 할 것이었으나 워낙 황망중에 당한 일이어서 사지가 대쪽처럼 굳는 것이었다.

"무시기 하는겐가?… 충금이가 왔당이!"

당포와 매방이는 벌어진 입을 다물 수가 없었다.

"머, 머시엿? 충금이?"

---

181 귀래 : '그대'의 방언

당포는 생시인가 꿈인가 짐작이 멀다.

411. 정어(丁魚) 61

'마전'(馬田)까지는 '서호진'에서 '여호 바다' 쪽의 서북(西北) 간을 질러가야 했다.

"곡봉이눔을 데려가야지 않겠니. 눈에 아른거리는게 제 자식눔이려던!"

하며 한사코 따라붙는 매방이를 겨우 떨궈냈다. 만약에 모를 일이니 충금이를 데리고 올 때까지 꼼짝말고 곡봉이를 지키라는 말도 잊지 않았다.

'마전'까지 함께 갔으면 했던 장도는 되려 차분했다.

"댕포한테사 은인인데 둘이 만나 할 말이 얼매나 많겠노? 내가 매방이캉 남을꺼로 댕포나 퍼뜩 드갔다 오이라."

청봉이도 거들었다.

"그거이 나을겝메. 몸으 조심하구 얼피덩 댕겨옵소꽝."

'마전'의 주막에 당도했을 때는 계명이 가까운 시각이었다.

당포는 희뿌연 별완지로 그림자 짓는 충금이의 머리통을 보면서부터 왈칵 목구멍이 메이는 것이었다. 방문을 밀치기 무섭게 와락 충금이의 가슴패기를 싸안았다.

"이것이 누구여?··· 안디지고 살았응께 충금이를 다 보고잉!"

충금이는 술망치를 사타구니 께에다 껴고 앉아 그쯤 흔연할 수가 없었다. 주막의 봉놋방을 제혼자 차지한 본새가 술꾼들을 죄다 몰아 낸 모양이었다.

"그만 두랑이까! 에구, 그만 두랑이까!"

충금이는 머리통을 이리 저리 휘휘 돌림질 해대며 마지못해 웃을 뿐이었다.

당포는 버얼겋게 물든 눈두덩을 손등으로 쓸어대며 그제야 충금이를 똑바로 건너다 본다. 충금이는 당포의 눈길을 잡고 한동안 살근살근 눈웃음을 쳤다.

"그동안 펜안했능가?"

"모다 자네 은덕이제! 안디지고 요롷고롬 살아 있잖여?"

"벨 말으 다 한당이."

"영영 안올줄 알았디말로!"

"운남에 온기 잘못이란 말잉가… 왔승이 댕포 앙이 찾으문 뉘기르 찾을겐가?"

당포는 그중 급한말을 빼먹었다 싶어,

"곡봉이놈 자알 있여!"했다.

충금이는 연해 샐쭉거릴 뿐이었다.

"잘있으문 당생입지… 꼬락시르는 어쩠등가?"

"셰끼가 아조 땡글땡글 영글었여. 애비허고 똑같으여!"

"후웅- 매방이가 좀 수고르 했겠능가!… 아비노무 새끼가 자식두 간수르 못 하구 서리… 일럴오게. 술으 들면서 얘기나 하장이."

당포는 여지껏 꿈인지 생시인지 분간키가 어려웠다. 술망치를 주둥이에다 갖다붙이기 무섭게 꿜꿜 들이붓고 봤다. 술김에 대뜸 터놨다.

"자네헌티 죄를 지었여… 삼반이나 지대로 찾아묵으라고 곡봉이놈을 주막으다 담 살이를 줘뿐졌는디!"

충금이놈 성깔에 앞뒤 안가리고 '무시기야?'하며 홧뿔을 세우려니 짐작 했었는데, 녀석은 되려 당포의 등을 도닥거려 주며,

"잘 했지비!"

하는 것이었다.

412. 정어(丁魚) 62

강원도 '우계'에서 함길도 '덕원'을 거쳐, '영성' 쪽의 금진내 샛줄기를 타고 '운 남'에 흘러들 때까지, 갖은 고생을 함께 겪었다는 두 녀석들을 내보내고 나서야 충 금이와 당포는 둘이 마주 앉았다.

"자식놈 보고싶어 속으로는 미칠껴."

하면,

"그기 무시기 그리 급한 일이라구. 주막에서 담살이르 하문서리 삼반 찬선으 제 때르 맞출게구, 햄새두 좋을게구… 팔재에 없는 호강 도랭이 아잉가?"

하면서 정색을 하던 충금이가 말을 바꾼다.

"내 상포(常布)르 열댓필 가져왔당이. 밀상노무 새끼들에게 거저 넘긴데두 이백장 은 잽혀놨응이까… 내 보기루 운남은 그래두 사램살만 하젱가?"

"모르는 소리여. 괴깃배 접꾼덜은 몽땅 정언가 뭇인가 허는 공물땜시 일자리를 잃어뿐겼고 바다로는 장사배 한척도 얼씬허덜 안혀. 말이 갯가상이제 지옥이랑게 그네."

"펜한 사설으 작작 하랑이. 장사배가 어드매르 올겐가? 백번이고 천번이구 선세 르 물리는데 올택이 무시기야?… 덕원은 사람이구 바다구 한새쿠 다들 미친 꼬락시 르 아잉가. 강원도 선세는 대구로 물지 않던가? 대구르 사겠다문서리 덕원으로 몰 린 강원도 뱃놈들이 짜아 깔렸당이! 강원도는 더 말으 할 기 없구!"

"고런 난상에서 으찌께 상포 열 댓필은 장만했데여?"

"… 댕포 덕으 본깁지!"

"뭇이여? 내 덕을 봐?"

충금이는 술망치를 비우고 나서 말했다.

"… 망상땅 바란이 여각주인 생각으 잊은 모양이지."

"… 바란이 여각주인?…"

"고영이[182] 엄살으 떨지비!… 보쌈으 맥여서레 팔재에 없는 혼방으 채려 준 사람이 뉘기구 정수낭 단물으 쏜 옥문두 잊었다문 할 말으 없지."

당포는 충금이의 말 끝에 허리통이 쩌르르 당긴다. 그제야 꿈속만 같았던 그 날의

---

182 괜히, 유난히

일들이 거미줄을 쳤다. 향훈이 가득하던 그 방 속이며, 액땜을 하기 위해 당포와 몸을 섞었던 여각주인의 둘째 여식…

"댕포 소식으 마악 듣구 난 몇 날 뒤인 모앵인데…그 남자가 궈레 소식으 묻질않덩가?… 운남으로 피해서리 고생으 찔기워 송쟁으 다됐다고 그랬덩이, 뉘기 알면 대새 난다고 하문서리 궈레 앞으루다 상포르 내놓지 않덩가!"

당포는 '후우-' 신음 뺨쳐먹을 한숨을 내뿜고 눈거풀을 지그시 닫아내렸다.

괜한 말을 서둘러 했다 싶은 모양이었다. 충금이는 또 말을 바꿨다.

"간대루 운남은 사램 살 곳입매!… 산속에서는 찬선으 짖는 내굴으 피워대구. 운남으 다 와서리 산속의 내굴으 보구서레 얼피덩 피했응이!"

당포는 '지경'의 가마터에서 얼핏 봤던 녀석들이 바로 충금 패거리였다는 것을 짐작했다. 일은 갈수록 야릇하게도 꼬여든다 싶었다. 술기운 때문인지 정신은 말짱한데 몸은 눅쳐져 들었다.

413. 정어(丁魚) 63

세상 돼가는 꼴이란게 날이 갈수록 흉흉스러웠다. 주막안도 썰렁하게 비었다. 접꾼자리를 물색할 양으로 '운남'으로 흘러드는 뱃놈들이 덩이덩이 패거리를 짜건만 어느 한녀석 선뜻 술청을 차고앉는 법이 없었다. 군침을 삼켜대며 주막 주위를 뱅뱅 맴돌이치는게 고작일 뿐 낯가죽을 도려낼 기세인 추위속에 떨며 하루 온종일을 버티던 것이다. 그렇게 반송장이 다된 녀석들은 마지못해 '운남'을 떠 정처없이 길을 재촉하는 것이었으니 보나마나 죽어나자빠지는 녀석들의 시신들을 먼가래 치노라[183] 눈물줄도 짜들었을 것이었다.

충금이는 주막밖에서 다 죽어가는 녀석들을 불러들여 공술을 먹여주는 짓에도 어

---

183 객지에서 죽은 사람의 송장을 임시로 그곳에 묻는 일

지간히 지쳐버린 것이었다. 막무가내 인정을 쏟다가는 목숨이나 다름없는 상포(常布)만 바닥내기에 딱 알맞을 거였다.

소문이 하루 다르고 뒷날엔 또 달랐다. 강원도 쪽에서 함길도로 흘러드는 소문들 말이다. 충금이는 이런 소문줄이나 접하자 하며 피같은 술사발을 녀석들에게 앵겨줬던 것이다.

서너명이 술 한 사발을 번갈아 마셔대고 나선 이제야 살았다하는 꼴들이었다.

"내 먼저 죽어설랑 극락에다 상편깔구 보은허겠우.… 한 사발만 더 나눠 마시면 더 좋겠구먼. 극락에다 상편 대신 유장을 깔지!"

어깻죽지가 떠억 벌어진 허우대가 하루 삼반(三飯)만 걸쳤다 하면 오갈데 없이 상뱃놈이었다. 다른 녀석들은 모두 함경도 말을 쓰는데 이녀석만 말본새의 탯줄이 다르다.

"나르 주봉이로 보능가?"

충금이가 슬며시 떠보자

"무슨 망언을 그렇게 허슈. 적선헌다치면 극락가는게지 뭘."

하며 목아지를 움츠린다.

충금이는 아예 술망치 하나를 녀석에게 떠맡겨줬다.

"어드메 사램잉가?"

"감바위 뱃놈 좀 살았우!"

"나두 우계 땅 좀 설쳤덩이… 운남으는 무시기 먹구살 게 있다구서리 찾아왔능가?"

"강원도 땅이 고대루 지옥난장이야. 화객들이구 호강이구 다 죽어 자빠지는데 뱃놈들이 어떻게 살구배기누?"

"뱃놈새끼들으 쥑이자구 사는 호강노무새끼들인데 어째 그 아아둘이 죽능가? 뱃놈으 깔구 쪽체서레 돈줄으 장만했데문 이제 제놈들 살 판 아잉가?"

"이치루 따져서야 그렇지. 그런데 이런 변을 또 봤나? 대구 한 마리 값이 면포 스무 필을 넘었거던!"

"도삽으 작작 떨으랑이!"

"정말이우. 납공어물 한 짝이면 면포가 사백필이라?… 제눔덜두 움썩 못허구 죽었어!"

충금이는 불같은 한숨을 내뿜었다. 강원도라면 납공어물도 대구어요 선세(船稅)도 대구어로 바쳐야 하는 땅이겠다. 관아와 여각이 얼마나 튼튼히 어깨를 짰으면 대구어 값이 그새 그렇게 뛰었으랴. 공물을 점퇴(點退)하고 점퇴공물을 다시 납해야 하는 그 야릇한 농간을 모를 바 없는 충금이었지만, 그래도 면포 스무 필 값이 대구어한마리 값이라니-

414. 정어(丁魚) 64

충금이가 강원도 땅을 뜰 적만 해도 사정은 달랐었다. 대구어가 물길을 바꿔서 전에 없는 흉어를 맞기는 했지만 그래도 면포(綿布) 한 필(匹)로 대구어 이십미(尾)를 당했지 않던가. 그런데 대구어 한 마리 값이 면포 스무필을 당했다면 바다고 세상이고 완연 거꾸로 서버린 것이었다.

"선주인들이라구 대구 없이 어떻게 선세를 장만허겠우? 거기다가 어세 또한 바쳐야지?… 그렇잖아도 죽어 나자빠지는데 납공어물은 모다 점퇴겠다아- 강원도 바다로는 대구어 한마리 도는게 없구, 죽더라두 납공은 치러놓구 봐야겠구, 저어기 경상도 땅에까지 가설랑 대구를 사 오던지 해야 하는데 노자가 얼마야? 노자 축내구 노독에 심신 곯구 하니 에라 모르겠다 하고 여각 물고만 들낙 댈 수밖엔! 그런데 자그마치 면포 스무필이래여! 헛차암- 이게 왠 난리야 글쎄… 강원도 갯가로 뱃놈들은 벌써 씨가 말랐우. 사방산 주해설랑 횡 비었어."

녀석은 술기운이 오르는 모양이었다. 입꼬리에다 허연 백태를 끓여대며 사뭇 아령칙[184]한 도리질을 해보겠다.

"… 근데에- 내 아무리 생각해봐두 모를게있어. 이게 왠 도깨비 사설인지 머리골만 때려대구… 뭐라더라?… 옳지, 정어라구 했지.… 그 정어라는게 대체 뭐야? 강원도땅 버리구 운남 오면 접꾼 한 자리야 거져먹겠지 했잖겠나! 아, 그런데 그 정언지 뭔지를 핑계삼구설랑 한끼니 구걸도 못하게 따악 잘라대니 이게 왠 날벼락이람?… 지어멈 붙을! 아니, 그 정어라는게 괴긴가? 엉?"

"어째 나르 보구 그러능가? 술으 얻어묵었으면 음전히 굴으야지! 관아에 가서레 물어보랑이. 다리동갱이르 분질러 놓기전에 얼피덩 나가랑이!"

충금이가 버럭 악을 써대고 나자 녀석은 비칠비칠 물러섰다. 함길도 바다의 속사정을 모를 리 없으려던 느긋한 비양질로 맞대드는 녀석의 도리에 횃불이 일던 것이었다.

녀석들이 주막을 나갔다.

"곡봉이 도랭 술으 가져오랑이."

충금이가 악을 쓴다. 곡봉이가 주밋거리며 술망치를 날라왔다.

"사람허고는! 애비 처지를 쇡이는것 까정은 고렇다 치고말여, 지 자석놈 보고 도령은 또 뭇이여?"

당포는 그제야 한 마디 끼어들었다. 어떻든 지간에 매정스럽기 짝이 없는 녀석이었다. 곡봉이놈과 대면하던 때부터 지금까지 한결같다. 눈으로만 사들사들 웃어줄 뿐 군소리 한마디 없었다. 곡봉이를 보자말자 짐승처럼 울고나서려니 했었는데 울음이 다 뭔가, 눈웃음 몇 가닥으로 반가움을 대신하며 핏줄을 감쪽같이 쇡이고 나서던 것이었다.

"얼라… 독살시런 놈!"

했더니

---

184 또렷하지 않아 기연가미연가하다

"내 새끼인 줄으 알면 대새 나지비. 서루 만나봤승이 더 말으 할끼 무시기 있겠관디?… 모른체 하구서리 음전히 굴으야 된당이!… 되비 찾을 때르 생각해 조야지, 알겠네?"

당포의 귀바퀴를 바짝 끌어당겨 속삭이고 말던 것이었다.

415. 정어(丁魚) 65

펑펑 퍼붓던 눈발이 기세를 꺾어 짚나라미[185] 처럼 폴폴 흩날리고 모래불을 쓸 듯이 약스럽게 몰아가던 바람줄 또한 잔풍(潺風)[186]해 지자 충금이는 아예 딴 사람이 된 듯 싶었다.

아직은 곡봉이 녀석의 손목 한 번 제대로 안잡아 본 녀석이었다. 수년을 넘겨 겨우 눈에 담아 본 자식을, 엊저녁까지 윽박지르며 하찮게 봤던 머슴의 핏줄 보듯하던 본새가 완연 바뀌었다. 눈에 쌍심지를 돋구곤 곡봉이를 살피는 품이 여차했다 하면 들춰업고 내달을 낌새요, 상포 짝을 동여매는가 하면 봇짐들을 챙기며 들성거리는 거다.

당포는 이런 충금이의 거동을 눈치잡고 녀석의 어깻죽지 옆으로만 죽어라 따라붙었다.

'마전'에서 만나보기로 약속한 매방이와 청봉이는 두 밤을 넘기기까지 기별이 없었다. '지경'의 기름가마에 남은 두 녀석들의 시신이라도 보겠다며 곡기를 들춰매고 산속을 파고든 후 감감무소식이던 것이다.

봉놋방 구석에 쪼그리고 앉아 꾸벅꾸벅 졸고 있는 곡봉이를 살피던 충금이가 쩌업 쓴입맛을 다셨다.

"아아들으 다 송쟁이 됭기 앙입매? 두지냑으 넘기구서리 앙이온다?… 한 사램이

---

185 새끼 따위에서 떨어지는 너더분한 부스러기
186 고요하고 잔잔하게 부는 바람, 혹은 바람이 잔잔해 짐.

라두 기별으 있다문 페릅은 일이 애잉데 이기 무시기야? 아무래도 싱구럽지 못한 일이 터진깁매!"

"마아, 우짤낍니꺼?… 일로 자알 보고 시방온다꼬 생각해야지예! 죽기사 했겠읍니꺼, 올낍니더!"

장도가 가들가들 목소리를 떨었다.

"그랑게 내가 머랬깐디? 내동 내가 간다고 고렇고름 사정혔는디도 꺽 즈덜이 나서드란말여!"

당포라고 달리할 말이 없었다.

방속이 한숨들로 들뜨는 낌새이자 충금이가 입을 열었다.

"내 말으 할까말까 됫새 근심이 했었읍매.… 이 방속에 모인 사람들이 얄아무살배기 철으 없는 사램들도 앙이구 해서레 딱 잘가 말으 하는데… 나르 따라 갑세다! 갈길이 됫새 데럽지만서두 운남에 남아서리 똥숫개 팔째 되능기보다는 났읍매다!"

당포는 금새 신명이 돋아 입이 떠억 벌어지고 장도는 영문을 몰라 싱겁게 웃는다.

"길성루 갑세다! 얼피덩 가지 않구 며출만 더 기다리다가는 우리에게만 시레손[187]이 되능깁매… 삼월 삭망이문 곤포 미역이 한창 납매다! 상포르 가지구서리 채곽선 하나 장만으 합세다! 멱바우 하나만 우리게 것으로 만들어두 양쪽 자댕이[188] 아프도록 미역으 땁매다! 길성 미역이문 조선천지 어드메서두 진품으루 짜아 합매다.… 괴기 없는 바다라고 미역 못따란 벱 있겠음?"

충금이가 다시 말을 이으려 할때였다. 발짝소리가 우루루 다가오더니 방문이 부셔져라 열린다. 낯가죽이 시퍼렇게 얼어붙은 매방이었다.

"기어쿠 일이 터지지 않았겠나! 선주인이 관아와 짜구 우리 뒤를 밟았겠지!… 가마터에서 청봉이눔은 잽혔구!… 두 녀석들은 죽었어! 어이구, 청봉이눔 불쌍해서 어쩐담!"

---

187 손해
188 '겨드랑이'의 방언

"허어– 머시라?…"

장도가 실성한듯 부르짖었다.

416. 정어(丁魚) 66

청봉이는 저 혼자만 죽을 작심으로 모든 죄를 뒤집어 쓴 모양이었다. '합란'으로부터 온 전갈인즉, '지경'의 기름가마도 죽은 두 녀석과 제가 꾸민일이요 선주인 집의 물고에서 간기를 도적질 해낸것도 제가 한짓이라며 꾸욱 입을 다문다는 것이었다.

청봉이를 다시 본다는 일은 어차피 틀려먹은 일이었다. 선주인이 거진 미쳐 날뛰는 꼴이려니 도적질 죄값만으로도 엉덩이가 짓물러 터질 것인데, 거기다가 봉산에 들어가 청송을 벌목한 죄를 피해볼 길이 없을 거였다. 곤장틀에다 살점을 발라놓고 꼴딱 숨줄이 넘어가기 십상일 것이며, 설령 목숨을 건진다해도 관노(官奴)가 아니면 변방의 수졸로 충군(充軍)될 것이 뻔했다.

잠시도 지체할 수가 없는 사정이었다. 운남까지 함께 흘러들었던 세 녀석은 이미 길성을 향해 길을 떠났다.

용케 살아 버티면 길성에서 만나자고 노끌노끌 구슬려서 떼어버렸으니 남은 사람은 충금이와 당포와 매방이, 그리고 장도와 곡봉이놈이었다.

"얼피덩 갑세다! 길성에 가서레 곽암 하나 장만하문 됩매다. 간대루 맹태 간끼 밥만 못하겠음?"

충금이가 몸이 닳아 비비대기 쳐보지만 장도는 옴짝 않는다. 장도의 머리속으로는 함길도 뱃놈들을 이 지경에다 몰아넣은 연유 두 가지가 버끌버끌 끓어댈 뿐이었다.

그 한 가지는 정어(丁魚)라는 해괴망측한 공물이다. 그 야릇한 별공(別貢)을 피할 양으로 접꾼들을 마다하는 바다 사정이려니 갯가로 널린 것이라는게 오갈곳 없는 뱃놈 떼거지들 아니던가.

또 하나는 명태였다. '한 바퀴'(발鉢)의 줄낚이면 오백 발을 뻗는데 '한 바퀴'에 매달린 낚시만도 거진 일천개에 이르겄다. 명태가 바닥을 놀아대는 동짓달 초순까지는 배 한 틀(雙雙)이 '세 바퀴'의 깔낚(수저승水底繩)을 치고 동짓달 하순부터는 배 한 틀이 자그마치 '다섯바퀴'의 뜰낚(부승浮繩)을 치는데도 무진장 달려나오는 명태겄다. 그런데 무슨 연고로 이 많은 명태들이 생선 대접을 못 받는 것이랴. '정어'라는 공물이 뱃놈들의 뱃가죽을 벗기고 기름을 고아낸들 이 무진장한 명태만이라도 생선 몫을 해준다면 굶어죽을 뱃놈들은 하나도 없을 것이었다.

장도는 아금니를 빠드득 갈아붙이며 내뱉는다.

"죽어도 살아도 운남 몬뜬다! 맹태가 생선꼴값하고 함길도 그물질이 지대로 될때까지 여그서 살꺼로!… 웬수 갚고 한판 자알 살끼다! 너거들이나 가거로!"

충금이와 당포는 할 수 없이 등을 돌렸다. 매방이가 곡봉이를 들쳐업고 뒤를 따랐다. '차호' 쪽을 가늠하고 무작정 '길성'으로 오르는 머나먼 발걸음이다. 배를 만나면 다행이려니와, 설령 가다죽는 일이 있더라도 어쨌든 '운남'은 떠야했다.

"자알 가거로!… 죽지말고 꼭 살거로!"

장도는 목이 맨다.

백 장도- 장도는 용케 '운남' 땅에다 씨를 남긴다. 그 후손이 함길도 방렴어업(防簾漁業)의 태두가 된다.

향호배(鄕豪輩)

417~441

제1부 황년(荒年)

제2장 주망창해(蛛網滄海)

417. 향호배(鄕豪輩) 1

'길성'(吉城縣=함경북도 명천군明川郡) 땅의 한 가운데를 우람한 허리통으로 가르며 내닫는 함경산맥이 동남(東南)에 이르러 망망창해의 동해(東海)를 열어놨을 뿐, 서북(西北) 간을 뻗치면서는 다시 모진 달음새로 땅을 나누니 서쪽으로는 '길주'(吉州)를 밀어내고 북쪽으로는 '경성'(鏡城) 땅의 등을 떠밀어 붙인다.

이렇게 '길성' 땅을 싸안은 함경산맥은 그래도 양이 덜 찼던지 서북간에다가 만탑산(萬塔山)·감티봉(감토봉甘吐峰)·기운뫼(기운봉氣雲峰)를 우뚝세워 '경성' 땅의 광막풍을 막고, 동남간에도 상응(上鷹峰)·하응(下鷹峰)을 세워 칠보불산(칠보화산七寶火山)의 병풍발로 하여금 억센 동부새(東風)를 막아주던 것이다.

산세가 이러하니 물줄은 흐르기에도 숨닳아 지친 꼴이었으나, 그래도 젖줄 없는 땅을 어찌 장만하랴 하며 높고 험한 땅의 갈증을 식혀주노니, 명간천(明間川)을 북쪽으로 달리게 하여 어랑천(漁郎川)과 섞이게 했고 화대천(花臺川)을 남쪽으로 불러들여 '길성' 땅의 두 젖줄을 마련하던 것이다.

이 두 강의 어울림에 힘입어 비옥한 '길성' 땅은 두 쪽으로 나뉜채 의좋게 물줄기을 빨아댔다.

산과 물이 이쯤 좋은 금실로 휘청능청 연굽이 치려던 '길성' 바다의 뱃길도 마땅히 땅의 성질을 닮을 법 했다.

그런데 바다는 딴 판이었다. 무시곶(茂時串=무수단舞水端)에서 북쪽 어랑끝(어랑단漁郎端)에 이르는 일백사십리 넘는 물길로는 험산고봉(嶮山高峰)이 구름지며 달려가고 바다 속 또한 층층단애의 갯바위들이 칼끝같은 몸을 숨기며 앉았다.

첩첩이 이어지며 내닫는 암벽들의 모양새도 함길도 뱃놈들의 성깔을 쏘옥 빼닮았다. 내지(內地)의 준봉이 옮겨 앉은 듯 팽이 똥구멍같은 봉우리를 세우는가 하면, 수만대군의 공략 앞에 버텨 선 성벽(城壁)처럼 한참을 들쭉 날쭉 내닫기도 하는데, 급기야는 평저삼각선 밑창쯤 거뜬히 물어 으깰 본새의 암벽들이 상어 이빨처럼 물결을 씹으며 내뱉으며 횟뿔이 돋쳤겄다.

수풀이라도 다붓이 엊고 있으면 되려 절경일 수도 있었다. 그러나 끝간 곳 없이 내닫는 암벽들은 거진 백갈색(白褐色)의 삭막함이려니 그 험한 몰골의 어디 틈새기에다 뿌리를 내릴 수 있을 것이랴.

별안간 몰아닥치는 물사태라도 만난다면 배고 뱃놈이고 살아 날 재간이 없다. 물지붕에 덩실 얹혀 밀리는 배는 꼼짝없이 갯바위에 부딪혀 박살나게 마련인 것이, '무시곶'에서 '어랑끝'에 이르는 뱃길로는 변변한 모래불 한 곳 찾아볼 수 없었다.

'길성'의 바다를 잇는 물길에서 풍파를 피할 곳이라곤 기껏 두 곳- 북쪽 멀리로는 '대량화'(大良化) 앞바다요 남쪽으로는 '갈마포'(葛麻浦) 앞개였다.

서북 간을 막고 선 암벽들이 뒤로 어깨를 뻗쳐 불주바람(西北風)을 막아주며, 앞개가 남쪽을 향해 빼꼼히 열렸다. 북쪽에 서서 톱날같이 이빨을 갈아대는 치매바위(상암산裳岩山)가 이 갯가를 보살핌이려니, 바로 '길성' 땅 남녘끝의 '갈마포'다.

418. 향호배(鄕豪輩) 2

당포는 앞개(갈마만葛麻灣) 동쪽의 뱃길을 내다보며 멍청히 앉아 있었다. 상대바위(상대봉上臺峰)의 꼬리께를 질끈 물며 '무시곶' 북쪽으로 달리는 '상암산'이 오늘따라 더 이빨을 번뜩이는 양 성이 돋쳐 보였다.

올 때가 지났는데 뱃머리가 안보였다.

'개바위'(문암門岩=고려혈高麗穴) 정탐을 나가라는 주인의 호통에 새벽같이 닻줄을 거뒀으려던 한 낮이 기울도록 소식이 없는 충금이다.

당포는 연신 쓴입맛을 다셔대며 시린 눈을 부릅떴다. 한 끼니 걸른 뱃속이 쭈그르 쪼르락대며 허기를 못 참는다.

마음 같아서는 우당탕 퉁탕 들이닥쳐 끼니를 챙겨먹고 싶었지만 꾸욱 눌러 참았다. 굵고말지 접장녀석 눈치 살피며 목젖을 놀릴까보냐, 하는 생각을 곁들이니 더욱 토심스럽겠다[189].

"보나마나 뻐언헝게. 고려굴에서 한판 앵겼을꺼여."

당포의 짐작이 틀린 것만은 아닐것이었다.

얼핏 보면 두 마리의 황구(黃狗)가 마주앉아 으르렁대는 본새인데 그 밑으로 음충한 굴이 뻥 뚫렸다. '무시곶'의 끝머리 북쪽으로 한 마장쯤 떨어져 앉은 이 괴상한 바위를 두고, 윗쪽 사람들은 '문바위'(문암門岩)로 불렀으며 '대포개'(大浦)에서 '누럭개'(황암리黃岩里)에 이르는 아랫쪽 사람들은 '개바위'·'고려굴'이라 부르던 거였다.

그런데 이 '개바위'를 두고 '목개'(목진리木津里) 뱃놈들과 '갈마개' 뱃놈들이 심심찮게 트시작거렸다. 서로 저들 소관이라는 주장인데, 이런 싸움은 물론 양쪽 호강들의 사주를 받은 접꾼녀석들이 치러내는 것이었다.

'개바위' 발치에서부터 굴의 양쪽섶에 이르기까지 덕지덕지 붙는 감곽(甘藿=미역) 때문이었다.

---

189 吐心~ : 불쾌하고 아니꼬운 마음

당포가 이런 생각을 하고 있을때 상대바위 남쪽에 배가 얹혔다. 검은여(암암暗岩)를 돌아 잽싸게 뱃머리를 세우는 품이 틀림없는 충금이었다. 저만한 노질을 해댈 뱃놈은 당포와 충금이 두 녀석뿐 이겠다.

뱃머리에 곡봉이놈이 달랑 앉았다.

당포는 닻줄을 당기면서도 괜히 미안한 맘이 든다. 검은여 겹두리를 뱅글뱅글 돌며 입맛을 다시는 '목개' 뱃놈들을 몰아내며 정신없이 상앗대를 휘둘렀던 탓으로 허리통이 삐걱 돌았었다. 연사흘을 누웠는 통에 충금이 저혼자 '개바위' 정탐을 나섰던 것이었다.

"오솜소리 누워있잰쿠 어쩨 나왔는가?… 허리뼈르 다친사램이."

말은 이렇게 건네지만 충금이의 낯짝이 말이 아니다. 광대뼈가 황밤 열리듯 울퉁불퉁 부어오른 꼴이 상앗대 찜질 한번 몰강스러웠던 모양이었다.

"목개 그늠어 새끼덜 또 지랄환장을 놨구먼?"

"서이 하고 앵깄지. 한 노무 새끼 찜질으 먹여서리 머리르 마사놨응이 거게노무 새끼들도 음전히 굴잰켔나!"

곡봉이가 배퉁이를 쓸어대며 졸라댔다.

"얼피덩 점슴으 줍소, 배곪아서 죽습메!"

"점슴으는 무시기야, 이 비렁뱅이노무 새끼."

충금이가 곡봉이의 머리통을 쥐어박으며 소리를 치는데 주인영감이 다가왔다.

419. 향호배(鄕豪輩) 3

새벽같이 떠났다가 해걸음이 다 돼서야 돌아왔으면 끼니 걱정이라도 해줘야 주인의 도리였다. 그런데도 되려 낯짝을 앙당그리[190]고는 눈꼬리를 세워 모진 반땀침

---

190 앙당그리다 : 움츠리듯 찡그리다

질을 박아댄다.

충금이의 꼬락서니를 살피고나서 영 못 마땅하다는 듯이 묻는다.

"어찌 된 기잉가?"

"어쩌긴 무시레 어쩌겠음?… 보시는대루 이 꼬락시르 앙이겠음!… 머리르 마스구 피르 흘리문서리!"

"… 인패가 났다는 말잉가?"

"목개 새끼들이 만지 매질으 하는깁메다. 상앗대르 죄구서레 몸땡이르 뒤딜기구, 각두르 달은 장목으로 배밑창으 깡깡 줴박구서레 짐승의 행패를 놓덩이 말으 하는데, 개바우는 저게들 것이라문서리 되비 또 앵겼다간 아주 송쟁으 만들어서레 수장으 치겠답매다!… 내 데럽어서! 목개노무 아아들 그거 사램이 앙입메."

"사램이 아니기는 마찬가지지… 인패가 나문 뉘가 손해잉가? 한새쿠 참구서리 말으 따제야지. 그래 목개 아아들두 다쳤단 말이잉가?"

"한 노무 새끼 머리르 마사서레 반송쟁으 만들었읍매."

"무시기야? 반 송쟁으 만들어?"

"아니문 어쩌겠읍매? 만지 앵기는데 내 무시기 부체라구 맞구만 있읍메까?"

"흥- 내 그럴 줄으 알았당이! 앙이 땐 구묵에 내굴이 날 택이 있겠관디!"

여태까지 흔연스럽던 충금이가 그말에 발끈 성을 돋구었다.

"무시기라구? 앙이, 그러문 내가 만지 그 아이들으 때릿단 말입매까?"

"반 송쟁으 만들어 놨다구 말으 한 사램이 뉘기야?"

"쥔! 내 아무리 삯살이르 산다구 말으 그렇기 하능게 앙입메! 베락으 맞습메다!"

"무시레? 베락으 어쩨?… 이 머저리노무 새끼 쥐둥이르 놀리는것 좀 보랑이! 어따 대구 개버릇으 놓는게야? 갈마개 이 복운이르 뛸루보구 갬히 농으 치능가?"

"무시레 달리 볼 게 있음둥? 내 쥔 어른입지!… 흥--"

"이노무 새끼, 너 삯살이르 고만두랑이! 쌍노무 새끼 버릇으 개르 주겠능가? 내 정으 두터워서레 꾹 참구 봐중이까 무시기야?"

"좋습매! 샀살이르 그만 두겠응이 내 상포르 되비 내놓소꽝!"

"무시기야? 상포르 되비 내노라구? 이노무 새끼가 미쳤능가! 열 삭 동안 하루 삼반의 먹구나서 상포르 내노랑이 웬쑤노무 새끼르 길성현 감악에 쳐박아 조야 할껜가?… 이노무새끼! 상포르 못 내놓겠다문 어쩌잔 말이? 엉?"

당포는 견디다 못해 한 마디 거들었다.

"쥔어른! 요 충금이나 내나 쌍것 뺵따구제만 말씀이 쪼께 모집니요. 머던[191] 사람 같았으면 재바우고 뭇이고 내빼 와 뿐졌을틴디 볼태기가 다 찢어지면서도 쥔어른 팬을 안들었당가요?"

"사설으 그만 두랑이! 둘이다 집으 나가랑이!"

복운영감은 휭 등돌아 서버린다.

420. 향호배(鄕豪輩) 4

"에구우- 이 주먹이 운당이! 열삭 동안 지대루 찍구 썰구 앙이하고 숫똥개 꼬락시르 해줬덩이 무시기야? 집으 나가라구?"

충금이가 낮게 내뱉는다. 복운영감의 생트집엔 어지간히 이골이 난터라 왠만하면 '나 죽었읍매!'하고 견뎌내던 충금이가 사뭇 독풀이를 했다. '용개'(龍浦)에서 '큰개'(대포大浦)에 이르는 바다를 제 집의 토방인 양 누빔질 해대는 호강이기로서니 열 삭 동안을 생게망게[192]한 생떼로만 달달 볶아대는 복운영감이었다.

곡봉이놈이 쪼르르 내달려 복운영감의 정강이를 붙들고 나뒹굴었다.

"점슴으 줍소! 점슴으는 앙이주구 어째 집으 나가라구 합매까? 한아방이는 사람이 앙입매!"

"무시기라구? 이 비렁뱅이노무 새끼가 어른으 보구 갬히 사램이 앙이라구?"

---

191 '어떤'의 방언
192 말과 행동이 갑작스럽고 터무니없음

"그렇습매! 한아방이가 사람이라문 점슴으 줍소꽝!"

"에구, 이런 걸신으 든 노무새끼! 이노무새끼 배퉁이속에 쇠가 살림으 채렸잖구 서리 주둥이르 깠다하문 거저 점슴, 점슴!… 에구 이노무 상것 새끼르! 에구, 요고 올 그냥 어쩔까? 에엥?"

복운영감이 사정없는 발길질을 했다. 곡봉이놈이 금새 자즈러진다.

"아그냐 욜로 오니라! 쪼깨만 견디문 배때지가 봉봉허게 살어나여!"

당포가 곡봉이를 안아 들었다. 충금이는 못본채 흔연하다. 기껏

"쥏 어른두 앵간합매다."

실죽 웃는다.

"치랑이! 내 무시레 어쨌다구?"

"그 어린 것으 어드메 줴박을 데가 있다구 때리구 그럽매?"

"앙이 줴박으문 어쩔궁? 어른신다리르 붙들구 개버릇으 놓는 노무새끼르!"

"점슴으 달라는 기 무시기 죄가 됩매? 쥏 권속들은 하루 오반으 자알 잡숫구서리 우리게 삼반으 제대루 먹여줬읍매? 형펜 틀레두 너무 합매다! 오반으 다 챙겨먹은 사램들이야 배퉁 내밀구 숫뚱개르 죽입두구만. 헹-"

"그렁이까 데렙구 앙이꼽으문 집으 나가라는 소리야."

"길성 바다 어드메 가문 못 산답매까? 멱바우 하나 봉으 박으문 됩지."

"미친노무 새끼! 너같은 머저리가 어드메 가서 구실으 할겐가? 무시기야? 멱바우 에다 봉으 박으문 어째? 꺼, 꺼, 꺼, 꺼어-"

복운영감이 올눌수(물개) 우짖듯이 한바탕 웃어 재꼈다.

"후웅- 못 할기 무시깁매? 쥏은 수백처 멱바우르 가지구두 개바우도 봉으 박을 맘 앙이겠음?"

복운영감의 얼굴에 경련이 일었다.

"무시기야? 너노무새끼 감악으 가서 송쟁이되구싶어서레!… 너놈이 깸히 나르 노엽혔승이 손발 닳게 빌든지 앙이문 당장 나가든지 둘중으 하랑이! 네 이노옴-"

홧김에 비양질을 놔본것 뿐이었다. 그런데 일이 커졌다.

충금이와 당포는 멀건히 선채 노기등등한 복운영감의 뒷모습을 쫓고 있었다.

421. 향호배(鄕豪輩) 5

충금이는 이틀 동안을 복운영감과 맞서봤다. 팽팽히 당긴 줄을 늦춰줄 기미는 어느 한 쪽에도 없었다.

복운영감으로서는 충금이의 성깔에다 불을 지펴놓느니 하루 삼반을 따악 자르고 나서 녀석이 손발 닳게 빌어 올때까지 기다려 보자는 속셈이었고 충금이는 상포를 내세워 버텨 볼 때까지 버텨 보자는 마음이었다.

복운영감은 생각해 보는 것이었다. 멱바위에다 봉을 박는 접살이 녀석들을 다 떠올려 봐도 충금이만한 녀석이 드물던 것이다. '목개' 김씨 문중(門中)이 '개바위'에다 봉을 박아온 이상 기어코 맞싸워 이겨야했다. '용개'에서 '무시곶'까지의 바다를 거진 일백여년동안 제것 삼아왔던 이씨 문중이 '목개'의 김씨문중에게 밀려난다는것은 말도 안되겠다.

복운영감의 세도라면야 충금이 하나쯤 쥐도 새도 모르게 없애버리기는 식은 죽사발 겹두리 핥기였다. 그러나 충금이 없이 '목개' 김씨 문중을 깔아뭉갠다는 일은 썩 어려울 것이었다. 녀석의 악받힘도 예사 것이 아니려니와 무엇보다도 '목개' 패거리의 접살이 상좌가 매방이란 녀석 아니던가. 충금이가 나서서 매방이란 놈만 자알 구슬린다치면 '개바위'는 당장 복운영감의 손에 떨어질 거였다. 충금이놈 뿐이랴, 황소같은 우직스러움으로 접살이 녀석 대여섯 몫은 거뜬히 해내는 당포녀석도 놓칠 수 없었다.

이래저래 속만 끓여대며 울안만 서성대는 복운 영감이요, '홧불으 달쿠다보문 농갬이 만지 말으 앵길 쉬 밖엔!'하며 느긋이 퍼져누운 충금이렸다.

그러나 충금이는 결국 자리에서 일어나고 말았다.

"미친 짓거리여. 여그가 으쩐 땅인디 영감허고 꺽 혀보겄다는 거여!"

하는 당포의 말도 일리가 있거니와

"배곪아서 죽습매! 에구 나 밥으 줍소!"

하며 푸욱 꺼진 눈두덩으로 온종일 보채대는 곡봉이를 더는 볼 재간이 없었던 것이다.

"무담씨로 상포 말 끄집어내덜 말어. 자네뿐만이여? 타지에서 잠행헌 뱃놈들은 모다 그 꼴 아니랑가! 정수낭 두 쪽으다 신두만 멀쩡혀도 시상 천행인디 으따가 대고 상포여? 상포 고거 폴쎄로 없어진거여."

당포는 끄응 무릎을 세우는 충금이를 향해 간이타게 속삭이고 봤다.

복운영감의 발짝소리가 일었다. 당포의 속삭임을 엿듣고 나서 우정 신명이 돋친 것이리라.

충금이는 토방을 딛기 무섭게

"젠!"

하고 불렀다. 복운영감은 못 들은체 안집께를 향해 걸어나간다.

"젠! 젠어른 나 좀 봅소꽝!"

"너같은 머저리 새끼르 보문 무시기할겐가?"

"벌써 이틀을 굶었읍매."

"그기야 너어들 사쟁이지!"

"… 빕네다!… 내가 잘못했승이 용서르 해줍소!"

"알았으문 얼피덩 따라오랑.… 빌을라문 음전히 절으하구 해야지 배통 내밀구 서서리 그런 버릇이 어디다가 하는가?헤엠-"

복운영감은 담서리를 돈다.

422. 향호배(鄕豪輩) 6

충금이가 풀이 죽어 바짝 뒤를 따르자 복운영감은 그제야 생색을 내본다. 부엌 쪽을 향해 소리친다.

"어쩨 정지가 간간한가? 뉘기 없능가?"

종년 서넛이 뛰어나와 납죽납죽 허리를 굽혀댔다.

"바깥채 밥으 얼피덩 조랑이. 햄새두 잘으 채려서리!"

복운영감은 성큼 대청을 올랐다. 누마루[193]에 앉아 가부좌를 튼다. 충금이보고 누마루로 따라 오르라는 낌새였다.

웬만해선 상것들과 함께 누마루에서 대좌 앉던 복운영감이 오늘따라 유별났다.

딴엔 긴요한 밀담을 터놓을 양이겠다.

충금이는 누마루에 올라 우선 절을 올려붙이고나서 무릎을 꿇었다.

"줸어른, 상것 뼈르 못쇡여서레 큰 죄를 지었읍매다! 용서르 해주시문 일으 벤통으 없게 하겠읍매다!"

복운영감은 인중끝이 중정으로 당겨오르도록 입꼬리를 앙당물고 서너차례 헛기침을 쥐어짠다.

"잘못으 했다구 이리 빌었승이 내 용서르 앙이할 쉬 없지… 삼반으 자르고서리 욕으 하는기 무시기 너어르 천대로 하구 싶어서리 그러능 것만두 아잉야."

"… 다 압매다!"

"기리야지… 헌데에- 만지 개바우 사정으 똑똑이 일러보랑이. 목개 김가문중 아 아들으 만지 행패르 놓덩가?"

"말두 맙소꽝. 개바우는 저게들이 벌써 관에 등적했승이 너어들은 임명바다 먹바우나 먹으라구 하문서리 미쳐 날뛰는 꼬락시르라니!"

"앙이, 어떻게?"

---

193 樓마루 : 다락처럼 높게 만든 마루.

"각두장목으르 배 밑창으르 꽁꽁 쾌박구……"

"무시기야?"

"상앗대르 휘둘러서리 낯짝으 이렇기 맹글어놓구."

"… 당하구만 있었는가?"

"내 말씀으 올렸지 않았음둥? 한 새끼르 반송쟁으 만들어서레 좀 달과쳐놨읍매다."

"인폐가 컸능가"

"앙입매다. 한 새끼 뿐입매다."

복운영감이 낯가죽을 파들파들떨어댔다. '목개' 김가문중이 감히 '갈마개' 이씨 문중을 건들어 봤겄다. 황조 개국이래 함길도 이씨문중이라면 태산험봉도 넙죽 기를 꺾어 마땅하거늘, 더구나 '임명해(臨溟海=유진단楡津端¹⁹⁴) 동쪽바다'의 바위나 찾아먹으라니 곧 '명천' 바다로는 아예 오를 생각말고 '사포'(사진 泗津) 아래로나 처지라는 험구겄다. '명천' 바다를 떠나 어디서 그만한 채곽(採藿)을 해볼 수 있겠더냐.

"매방인가 하는 그 새끼도 나왔덩가? 목개 접장으 따냈승이…"

"그 날에는 앙이 나왔읍매."

매방이란 말이 나오자 충금이는 금새 기가 죽는다.

"그노무새끼르 다리 동갱이 하나 분질러 놓아야 할기지!… 김가문중이 미쳐 뛴데 두 접장노무새끼가 힘으 못쓰게 되문 허사 아잉가? 채곽은 아아들 농새라구 했승이!… 힘쓰는 장새놈만 없으문 어드매다 봉으치구 말구할겐가?"

복운영감이 야릇한 눈웃음을 치며 충금이 앞으로 다가앉는다.

---

194 함경북도 남단 동해안 도시인 성진시(城津市=김책시金策市)는 북쪽에 유진단(楡津端)이 있으며 림명해 옆 림명리(臨溟里)가 있다.

423. 향호배(鄕豪輩) 7

주위를 두리번 두리번 살피는꼴이 남이 들어서는 안될말을 눅느러지게 속삭일 낌새였다.

"일럴 와서리 내말으 들어보랑이."

"더 당겨 앉을자리가 어드매 있음? 말으 합소꽝"

"그래 말이… 너 채수르 하고싶지 않쟁가?"

"그기야 싫다는 사램이 어드메 있겠음? 간대루 저 같응기 갬히 채수르 어쩨 바라겠음메!"

"길성바다에서레 채수르 하기가 그리 쉽지는 않지… 한데두 내가 너르 채수 시키겠다문 어쩔테잉가?"

"숫똥개가 벼슬으 하능깁지!"

복운영감은 삼사하게 끼끼끼 웃었다. 마른 침을 꿀꺽 삼키고 나서 말을 잇는다.

"너어들이 다아 알고있겠지만서두 목개 김가문중이 앙이꼽게 놀아대는 것은 모다 그 매방인가 뭔가 하는 새끼 때뭉이야! 채콱 농개르 하자문 멱바우 너이 가지는 것보다 채수 한놈장새로 가지라 했당이… 힘으 자알 쓰는 채수가 당생이란 말인데, 우리게 채수란노무 새끼는 힘두 없구 주벤두 없는 머저리새끼 아잉가?"

"힘으 못쓰구 주벤이 없지만서두 일으 벤통없게 자알 하지 않습메?"

"그기 앙이라니까! 일으 벤통없게 하문 무시기 할겐가? 멱바우 하나 지데루 못 앗아오는 병충이 새끼르 개지구… 내 생각으 해봤덩이 채수는 너밖에 할 사램이 없더랑이까."

충금이는 속으로 가뿐 숨을 몰았다. '길성' 바다에서 삯살이를 할바에야 채수(採首=접장)만 따놓으면 팔자 한번 걸지겠다.

"간대루 저 같은 노무새끼가……"

마음과는 달리 느글느글 놀아보는데 복운영감이 정색을 한다.

"앙이야… 누럭개 장가가 나르보구 이보우다 하덩이 말으 하는데, 귀래[195] 미역 농개르 짖자는겐가 아니문 파하자는겐가 하문서리, 귀래 접꾼중에 충금이르 채수 삼아서레 목개 채수 매방이르 달과체문될 테잉데 어째 그생각으 못하냐구 하지안 쟁가?"

"에구, 부끄럽습매다!"

"무시기 헛소리르!…… 그래 내 너르 채수삼기로 작쟁으 했당이!"

"고맙습매!"

"너 목개르 가서리 매방이노무새끼 음전하게 굴도록 좀 손질으 해주지 않겠네?"

"… 그기야 쉽습매다. 송쟁으 안만든다문!"

"송쟁으 앙이 만들구 버릇으 고체줄래문 소문이 짜아 할테잉가…"

"… 무시기?…"

"… 남우 눈에 들키지 않게서리 그 새끼르 아주 송쟁으 만들어서 수장으 치문…"

"에구, 베락으 맞습매! 그 새끼가 목개 접장으 따내가지구 대새 선무당 짓으 하지 만서두, 정으 가지고 변치말구 살자 하문서리 약조르한 사입매다!… 내 내지루 잠 행해서리 버릇으 고체 놓구 오겠읍매!"

복운영감이 충금이의 귀에다 대고 간이타게 속삭였다. 충금이는 그 말을 듣자마자 대못처럼 굳었다.

424. 향호배(鄕豪輩) 8

며칠 동안 잠을 설치며 궁리한 것이 '목개'로 매방이를 찾아가 담판을 짓자는 것이었다. 하루 이틀 미루다가는 그나마 또 오갈곳 없는 신세가 될 것이었다.

"그 간나새끼! 사램같으문 그런 일으 어찌 하겠관디. 앙심으르 품을라면 저게 젤

---

195 당신

이나 길성바다 먹바우르 웬쑤 삼을 일이지 우리르 웬쑤삼구서레 그런 짓으 할기
무시기야?"

충금이가 빠드득 이빨을 갈아댄다.

"누가 아니랑가!… 무담씨로 내죄만 같아서는 카악 섯바닥 깨물고 디져뿐지고싶
은 맴 뿐여."

막상 매방이와 맞닥뜨릴 생각을 하니 더욱 더 충금이를 똑바로 쳐다볼수없는 당
포였다.

매방이 녀석의 본디가 게을러 빠져서 일손도 맺힌데가 없고 어쩌다가 일손을 잡
은들 얼마 안가서 녹느즈러지기[196] 일쑤요, 남들은 죽기살기로 삯일을 찾아나서는
데 하루 온종일 거나한 술기운으로 계집의 방댕이만 염탐하며 군침을 닳궈대기 십
상이라.

그러나 한컨 수더분한데도 있어 간특한 일을 모사하는것은 질색이요 맞갖잖은 일
만봤다 하면 그당장 훼방을놓고 나서는, 뒤가없는 녀석이렸다.

그런데 그 매방이가 그간의 정리를 따악자르고 당포와 충금이를 원수삼고 나선
거였다.

당포는 어차피 충금이의 편을 들어야 했다. 말싸움이 커지면 부질날이 번뜩이는
목숨건 싸움이되지 말란법없었다.

당포는 강원도 '우계' 땅에서부터 함길도 '길성'에 까지 흘러든 그간의 야릇한 일
들이 새삼스레 떠오르고 그 야릇한 인연속에서 매방이와 함께 겪어냈던 갖가지 사
연들이 구름걷힌 하늘처럼 하도 쟁명해서 콧날마저 맵게우는 것이었다.

"그 쩍으 제포에서 왜놈 칼에 칵 디지는 거여!… 씨벌헐! 맹이 질다봉께 벨시련
일을다 당허잉!"

당포의 푸념은 처량했다. 충금이가 당포의 속마음을 모를 리 없다.

---

196 녹느즈러지다 : 긴장이 풀리거나 하여 힘이 없고 나른하게 되다.

"댕포!… 내 모를 쉬 있겠관디. 뱃놈들이 정이 오즉 찔기우문 놋좆으 정이라 부르 겠네!… 간대루 매방이르 오솜소리 놔 둘 수는 없당이!… 그 새끼는 사램이 아잉야! 꼴기르 채리게서리 됏새 혼으 내조야 한당이."

"… 고것을 누가 몰른당가!… 하제만 여그까지 살아 온 우덜찌리 으째 요런 쌈을 벌리야 허냥게!"

"신다리 하나 분질러 노문 되능깁지. 목심으건 싸움으 뉘기 하쟁가?"

워낙 끊고 자르는데 독살스러운 충금이다. 쓸데없는 소리는 그만 치우자는 투로 쪽마루를 내려선다.

복운영감이 아그작대며 다가왔다. 뒷줌을 쥔채 갈돌이를 친다

"배르 타구 가랑이."

충금이가 놀란다.

"배르?… 어째 배르 젓구 갑매까? 배르 타구갈 까닭이 없습매."

"… 오솜소리 굴으랑이… 그노무 새끼르 송쟁으만 들어서리 수장으 칠래문 배밖 에 더 있겠능가!"

"무시기?"

복운영감은 입꼬리를 징글맞게 찢으며 뜻모를 웃음을 물었다.

425. 향호배(鄕豪輩) 9

복운영감의 은근한 웃음기며 충금이의 열통적은[197] 말투가 당포에게는 다 짐작 이 설었다.

잠시 혼자말로 종잘거리며 새치부리던[198] 충금이가 무슨 생각을 했는 지 뚜벅뚜 벅 갯가로 걸음을떼놨다.

---

197 말이나 행동이 조심성이 없고 거칠며 미련스럽다. 규범 표기는 '열퉁적다'.
198 사양하는 체하다

"쥔어른, 곡봉이르 부탁으 합매다. 뱃길 데러워서리 같이 갈 쉬도 없승이 되비 올 때까지 아아 찬선이나 지대루 챙기줍소꽝."

충금이의 말에 복운영감은 세월 만났다하며 아양을 떤다. 곡봉이를 덥석안아 배꼽노리[199]에다 터억 받히고는 뱁새눈을 반짝반짝 굴려대며

"펠스런 걱정으 다 한당이. 한 가매 밥으 먹구 사는 아아르 가지구 무시기 다른 벤이 있을 택이 있겠관디… 내 손쥐나 같응이까 말으 안해두 벤통으 없을끼구…"

하며 느닷없이 곡봉이의 볼따귀에다 쩌업 입을 맞추고 보겄다.

물도 거진 다 밀었다. '목개'까지의 뱃길을 타기로는 딱 들어맞는 시간이었다.

"야아, 너 앙가프므 자알 해내문 채수랑이! 이 복운이의 곽소 채수라문 바다두 알아주쟁가?"

둘이가 배에 오르는데 복운영감이 충금이의 귀에다 바짝 소근대는 말이었다.

당포는 아무 말없이 노만 저었다.

충금이 편에서 무슨 말을 하겠지 짐작하며 녀석을 살피는데, 충금이는 고물에 앉아 등짝만 뵈주고 있었다.

당포는 견디다 못해 입을 열었다.

"… 머시기, 거 눈치가 쪼깨 요상스러운디 쥔허고는 믄녀러 약조를 헝겨?"

충금이가 슬며시 등돌아 앉았다.

"… 무시기 약조르 달리 했겠네? 매방이르 퇴퇵이 혼으 내주구 앙가프므 해달라는기지!"

"그것이사 나도 알고 있재맹… 그란디 해꼬자허는 방도가 쪼깨 궁금혀! 쥔어른 낯짝으서 요상시런 눈치가 뵈뿐졌는디…"

"내 댕포헌테야 쇡일 쉬 없지… 쥅말으는 매방이 새끼르 아주 송쟁으 치라는게야!"

---

199 배꼽이 있는 언저리

"뭇이엿?"

"놀랄기 무시기야? 쳴 처지루서야 매방이노무새끼가 웬쑤아잉가.… 그노무새끼
만 송쟁으 만들면 나르 채수 시켜준다구하문서리…"

"시상에!… 시상에!…"

"너어하구만 말이니까 말이지 매방이 새끼 백번 송쟁으 되두 할말이 없당이!우리
르 속이구 도망으 간 것만두 베락으 맞을텐데 목개 가아들과 짜구서리 기어쿠 우리
르 죽이겠다는 맘으는 무시기야?"

"… 그사 헐말이 옳여! 허제만 우덜이 고런 죄를 지면 쓴당가! 시상에! 요런 소리
들은 것만도 귀빼기가 미안혀!"

"내 그럴 쉬 없다구 말으 잘랐덩이 기상으 불쾌해지문서리 이빨으 갈아붙이지
않쟁가! 그노무새끼르 꼭 송쟁으 치라구!… 난도 앞바다에다 수장으 치라는기야!"

"웜매매 으짤꺼엿!"

당포는 노를 놓고 우뚝 서버린다.

'난도'(卵島) 바다까지 생각해 냈다면 복운영감의 흉계가 어지간히 튼튼하다는
증거였다.

426. 향호배(鄕豪輩) 10

당포뿐만이 아니다. '난도'라는 말만 들어도 오싹 소름발을 돋구는 함길도 뱃놈들
이었다. 한바다에 맹겅 떠서 뱃길의 눈짐작몫만 하면 될것이 어찌하여 무서운 저승
사자로 탈바꿈을 했는지 모를 일이었다.

그 '난도'의 내력좀 구경해 볼꺼나.

함길도 '성진'(城津)에서 동향(東向)하면 '쌍포'(双浦) 앞바다(성진만城津灣) 말발
굽 형상의 개를 만들기 무섭게 송곳날 같은 땅끝을 바다로 내밀은 '버드개끝'(유진
곶柳津串)이 있겄다. 그 콧부리 동편으로 십오여리, 그리고 '양바우'(양도洋島)에서

남쪽으로 한마장 떨어진 바다위에 풀한포기 없는 하이얀 암서(岩嶼)가 앉았더니라.

이 암서를 부르기를 '난도'요 또 달리 '달기섬'(鷄冠岩)이라 부르는데, 바짝 북(北)으로 빗대 서거나 혹은 남(南)으로 붙어 바라볼 시면 오갈데 없는 닭벼슬의 형상이더라.

그런데 이 '난도'가 갖가지 조화를 부리기 시작하면 뱃놈들의 혼줄을 송두리째 뺏겄다. 이른바 느닷없는 '신시'(蜃市=신기루) 형상이 그것인데, 대개는 사월초에서 오월하순 동안에 부쩍 성하나 어떤 해에는 오월 하순에서 구월 중순에 이르기까지 기세를 펴기도 했었다.

'난도'의 신기루는 거진 사시(巳時)에 일어 없어지기도 했으나 어떤 때는 미시(未時)에 불쑥 이는 수도 있었다. 어림잡아 말하자면 이 신기루가 처음 생기는 때가 오월 열 이틀이요, 마지막 뵈는때는 칠월 스무이레였다.

'난도' 신기루의 조화는 그야말로 백가지 형상을 제맘껏 그려내던 것이다. 섬발치께에다 희뿌연 해무(海霧)의 띠를 두른다 하면 그새 조화가 시작되는 것이었으니 그 옛적 '동여진'(東女眞) 해구(海寇)의 '익선' 떼거린가 하면 층층고루(層層高樓)의 도성(都城)이요, 울울한 숲을 키우는 모래불이 끝없이 달리는가 하면 그새 닻줄 걸을 뭍이 되던 것이다.

억센 동부새(동풍)라도 만나 배가 한없이 떠밀리다보면, 뱃놈들의 머리속으로는 그저 떠오른다는 게 닻줄 걸을 뭍이요, 버적버적 타는 갈증을 식혀줄 한모금의 물이었다. 울울청청한 허깨비숲이 보이는 것이려든 우물이 있을법 했고 닻 걸을 자리 마땅한 바위가 눈앞에 불쑥 서있는 것이려니 깜빡 정신을 잃고 날뛰는 뱃놈들이렸다.

"아아들으! 물이당이! 물, 무울!"

"보랑이! 뭍으 보랑이! 닻가지르 얼퍼덩 걸으랑이, 내 무시기 죄르 지었다구 부신영감이 나르 죽이겠능가?… 부신영감 고맙습매! 고맙습매다아!"

풍덩풍덩 뱃놈들은 빠져 죽고, 빈 배만 한없이 흘러가던 것이다.

그런데 이 '난도' 신기루를 핑계삼고 미운 뱃놈 좀 간단없이 죽여 없애는 사람들이 있었으니 바로 텃세 재는 향호배 무리것다. 제 계획대로 죽여놓고도 깨적눈 겹두리를 부벼대는 양.

"에구 불쌍해서리 어쩔궁! 그노무 신시르 봤승이 정싱으 지대루 붙었을 택이 있겠관디! 에구우-"

하면 그만이었다.

'난도' 앞바다- 뱃놈들로서는 마지막 가는 저승 문턱이던 것이다.

427. 향호배(鄕豪輩) 11

복운영감의 앙심만을 나무랄수는 없었다. 영감의 처지로써는 매방이를 쥐도 새도 모르게 죽이고 싶을 것이었다. 다섯달 동안을 명색이 복운영감의 삯살이로 굶어죽지 않고 살아 버렸으려던 하필이면 원수나 다름없는 '목개' 김가 문중의 채수가 될 것은 무엇이랴.

옛 정을 생각해서라도 얌전히 채수 노릇만 하면 됐을텐데 매방이의 놀아대는 본새가 기어코 복운영감의 세도를 꺾어놓고 보겠다는 악지가리질²⁰⁰이었다.

"… 쥅만 나쁘다구 욕으 할 쉬는 없지. 멱바우르 앗아 간 것만두 다서이 아잉가? 눈으 똑바루 뜨구 그런 일으 당하는데 쥅두 한둔하게 됐지!"

"… 허기사…"

"그노무새끼 미쳤당이. 한 삭 전의 행패르 생각해 보랑이! 다른 아아들이 그렇더래두 말려야 할 테잉게 그노무새끼가 만지 나르 쥑이겠다구 눈깔으 사백창으루 뜨구 거품으 보굴보굴 끓여 대문서리 각두장목으 휘두르지 안챙가?"

"… 글씨말이시!…"

"데럽아서!… 엊지냐 잠으 설치문서리 생각으 해 봤잰가? 명천으 떠서 어드매 다

---

200 '악다구니질'의 방언 (평북)

른데루 간데문 몰라두 명천바다 멱바우 밥으 먹고 살래문 그노무새끼하구 앙이 앵 길 쉬는 없지! 그런데 그노무새끼 성질이 데럽아서리 보통으루 앵기기는 틀렜다 는 그 말잉야. 뽈창으 돋친 쇠모앵으루 뒷새 지랄으 털테잉데 내 무시기 혼자 부 체 되겠네?"

당포는 욱진거리는 관자놀이께를 꾹 꾸욱 눌러대며 난감한 심사였다. 삯살이로 다섯해는 굴러야 겨우 채수 자리를 따낸다는 명천바다에서 열삭만에 채수자리를 넘어보게된 충금이겄다. 복운영감이 시키는대로만 일을 해내면 채수자리는 맡아 놓은 밥상이려니, 녀석이 설령 매방이를 죽여없앤들 목숨걸고 말려야할 건덕지가 없었다.

'매방이사 그냥 이물없는 뱃놈 사이제만 충금이는 내목심을 두 번이나 살려 준 은 인이여잉!… 암짝혀도 충금이놈 편을 들어사 사람목자여!' 당포는 이런 다짐을 하 며 우걱뿔이[201] 땅섶 들이받듯이 머리통을 내저었다. 속이 지랄같아서였다.

한 편으로는 이런 걱정도 들었다. 힘으로 치자면 매방이를 당해 낼 장사가 없다. 녀석의 힘이 얼마나 장사면 타지 놈이 제꺽 채수 자리를 따내고 나섰겠더냐. 그 매방이를 충금이가 당해낼 수 없음은 자명한 터, 그렇다면 당포 역시 충금이와 힘 을 합쳐야 될 것이었다.

이런 저런 생각에 골똘했던 때문이었을 거였다. 배는 '목개'를 훨씬 지나 '운문대'(운문대단雲門臺端) 앞까지 흘렀다.

당포는 배를 돌려 '석개봉'(삼포봉三浦峰)을 가늠하고 노를 저었다.

'목개'에다 닻줄을 걸고 주막을 향해 걷는데 벌써 삯살이 패거리가 뒤를 따른다.

"갈마개 머저리새끼들으 무시기 목개에 볼일으 있다구! 심심하덩이 새끼들이 제 절루 찾아왔승이."

녀석들의 비양질이 익는다.

---

201 뿔이 안으로 굽은 소

둘이가 주막으로 들어섰다. 매방이놈이 술청을 차고 앉았다. 게슴츠레한 눈을 뜨고 둘이를 노려본다.

428. 향호배(鄕豪輩) 12

당포와 충금이를 알아차린 매방이가 얄망궂게[202] 헛기침을 쥐어짜며 슬쩍 외면을 한다.

'갈마개'에 비할시면 '목개'는 살맛 나는 갯가였다. 술망치 따위는 아예 괄세요 술상 옆으로 술중두리[203]가 통째 놓여 있다.

'목개' 사정은 어떤가. 주막이 다 뭔가. 열삭동안 곰삭으면서 술 내음 한번 제대로 맡아본 적이 없었다. '목개'는 하고(下古) 땅 '오리평'(五里坪)에다 미역을 운물하는 본바닥이매 뱃놈들과 장사치들이 온종일 어우르는 탓이요 '갈마개'는 기껏 인가 열두채의 썰렁한 갯가였기 때문이다. 물사태를 피해 들어오는 배들만 아니라면 복운영감의 울안이나 진배 없었다. 강(江)으로 친다면 차인두목의 도박처쯤 될 것이니, '누럭개'·'용개'로부터 '솔말'(함경북도 하가면 송동松洞)에 이르는 미역 전(廛)의 돈줄을 쥔 복운영감이 채곽을 감독하기 위해 터를 닦았던 것이다.

당포와 충금이가 매방이 옆에 엉덩이를 붙이자 슬금슬금 뒤를 밟아온 녀석들이 둘이를 빙 둘러싼다.

"갈마개 머저리 새끼들 버릇으는 이러능가? 채수르 보겠다문 만지 우리들 허락으 받구서리 나중으 문안으 다리야지, 앙이 그런가?"

한녀석이 충금이의 상투를 잡고는 훼훼 비틀고

"송쟁으 되겠다구 치문야 못할기 무시기야? 너어 저엉 신다리르 튕게조야 알겠네? 에구 요걸! 깝대기르 벳게서리 지팡목대르 씨어야겠궁."

---

202 괴상하고 까다로워 얄밉다
203 中두리 : 독보다 조금 작고 배가 부른 오지그릇.

또 다른 녀석이 당포의 정갱이를 툭툭 걷어찬다.

"애무한 사램으 죄인 달과체듯 하문 앙이 됨매! 상투르 뽑겠다문 뽑구 신다리르 튕기놓겠다문 재개내들 맘대루 하는깁지. 하지만 잘못 앵겼다가는 만지 송쟁으 될 줄으 뉘기 알겠음? 이 손으 치우다!"

충금이가 녀석의 손을 뿌리치며 점잖게 타이른다.

'이런 씨벌눔!'

당포는 금새 피가 끓었다. 녀석들의 행패쯤 아무 것도 아니었다. 녀석들의 행패를 그 당장 막고 나서야 할 매방이가 술기운에 보삭보삭[204]해진 낯짝을 쳐들고 대갈못처럼 꼼짝 않는 거다.

술 한 사발 들어보라는 말도 없다.

중두리 속을 훼훼 저어대더니 한 사발 떠서 꿜꿜 들이킨다.

"커어- 술맛 좋고오… 그런데 어쩐 일이람?… 듣자허니 멱바우 봉 박는데 난고가 많다구?"

"그기야 무시기… 내 의논으 할기 있어서 왔당이. 어드매 다른 곳으 가서리 말으 했으문… 여기야 도산해 말으 할 쉬 없구."

충금이의 볼따귀에 밭이랑이 진다. 겉으론 혼연해 보지만 아금니를 갈아붙이며 분통을 삭히는듯 싶었다.

"나허구 긴요하게 할 말이 있다? 내원 답답해서!"

"답답하당이?"

"이런 빙충이녀석허군! 나 벌써 네눔들 옛친구 안야. 새우 벼락맞아설랑 등짝 굽을 때 얘기를 하자는거야? 미친눔들 같으니. 허엄-"

당포는 참다못해 벌떡 일어섰다.

---

204 살이 조금 부어오른 듯한 모양

429. 향호배(鄕豪輩) 13

다짜고짜 매방이의 멱살을 죄고 늘어졌다.

"워매, 이 징한놈으 세끼! 니놈도 사람이여? 나같은 놈은 백번 천번 괄시혀도 암소리안혀! 그라제만 니놈이 으찌께 충금이헌티 요랄 수가 있당가? 우계땅서버텀 여그까지 누구 심으로 살어왔어? 말을 혀부아, 아 말을 혀보랑께!"

충금이가 되려 당포를 막고 나선다.

"댕포, 어쩨 이러능가? 내 무시기 했다구… 내 매방이르 위해서리 한기 무시기야! 오솜소리 있으랑이."

매방이가 당포를 번쩍들어 매꽂았다. 발로 당포의 목아지를 꾸욱 밟고 숨통을 조인다.

"년석아 뭐가 어쩌구 어째? 다시 한번 그따위 소리 했다간 그만 멱을 따놓구 말테야. 난두 헐 짓 다 했어. 곡봉이년석은 누가 찾어준 거야? 내 아니었으면 곡봉이년석이 사람구실이라두 했을 것 같니? 어때? 내 말이 틀렸어?"

당포는 눈앞이 노랗다. 설마 '목개'까지 찾어온 사람들을 전들 어쩌랴 했었는데 짐바리 부리듯 매다꽂아 붙이다니. 술사발이나 돌려주며 제놈처지를 야긋지게 털어놓는데도 모자랄 일이려던 아무러면 똥강아지 내쫓듯 할 수 있겠더냐.

"네에라 요 짐승새끼만도 못헌 새끼! 으디 죄여봐여!"

"이런 멍충이놈을 또 봤나? 그래두 주둥일 놀려?"

하더니 장목을 든다. 이마를 쿵쿵 박아대며 닥치는대로 낯가죽을 비틀어댄다. 흡사 곤포를 따내는 양이었다.

"내 오솜소리 봐줬덩이 사람새끼가 아니궁! 이노무새끼, 댕포르 곤포로 아는가?"

충금이가 벼락같이 달겨들어 봤지만 허사였다. 매방이가 휘두르는 장목이 충금이의 허리통을 벼락쳐놓기 무섭게 패거리의 억센 손들이 충금이의 몸뚱이를 옴싹 못하게 조이고 늘어졌다.

"이노무새끼 아야 버릇으 고체줘야지 안되겠당이."

"너어 어드메 와서리 갬히 그런 말으 씨버리능가?"

"어쩨 눈으는 똑바루 뜨구 쳐다보네? 목개 채수르 어찌보구 야, 자, 하문서리!"

사정없는 뭇매질이 충금이의 몸뚱이를 덮쳤다. 웬만해서는 눈썹 하나 까닥않는 충금이가 연신 '에구 에구!' 숨닳는다. 당포는 충금이의 비명이 샐적마다 일어나려고 발버둥쳐 봤지만 허리 뼈를 삐었는지 꼼짝할 수가 없었다.

매방이가 충금이 앞에 떠억 버텨선다.

"네눔 문바위 일로 왔으렸다?"

"알아주니 고맙궁! 개바우는 우리게 바우야!"

"허어 그 눔 재롱두 잘 부리지!"

"우리게 개바우르 너어 것 망글겠다구? 이 새끼드르! 뉘기 송쟁으 되나 해보장이!… 나르 이렇기 패났승이 너어두 몰매르 맞구 송쟁이 되봐야지!"

"말을 허자면 갈증두 날게구…"

매방이가 술질동이를 불끈 들어 그대로 내리꽂는다. 가늠한 자리가 충금이의 이마다.

퍼억- 질동이가 깨지면서 충금이의 얼굴은 금새 피범벅을 친다.

430. 향호배(鄕豪輩) 14

복운영감의 체통이 말이 아니었다.

'목개' 김가문중의 세도쯤 콧대가 납작하게 꺾어놓는 것은 물론이요 하늘 무서운 줄 모르고 날뛰는 매방이녀석도 반은 죽게시리 물타작을 해놓고 올 줄 알았던 충금이와 당포가 겨우 목숨만 건져 살아왔겄다.

그 뿐인가. 병이 돋쳐 누운 충금이의 원수를 갚겠다며 제딴엔

"젠, 두고봅소꽝. 내 이 새끼드르 깝주리르 벳겨서리 봉깃줄으 삼아 오겠읍매!"

하고 주눅좋게 떠났던 채수 도문이란 녀석마저 초주검이돼 돌아왔으니 말이다. 그나마 길떠날 때 데리고 갔던 접꾼 세녀석들은 다른 곳으로 줄행랑을 놔버렸다.

"이노무 새끼드르 어찌하문 좋겠네!… 에구, 이 복운이 체면으 어드 메 가서 찾을 궁! 에구우-"

복운영감은 헛소리처럼 이말만 짓씹어대며 아예 몸져 누워버렸다.

충금이는 열흘을 넘게 앓다가 겨우 일어났다. 누워 앓는 동안 다짐다짐한 것은 기어코 매방이를 없애버리겠다는 속셈이었다.

당포의 마음도 충금이와 같았다. 복운영감을 위해서라기보다 두번씩이나 제목숨을 건져준 충금이를 생각해서였다.

"여봐여 충금이, 보락꼬 앉았을 일이 안여. 어찌든 간에 쥔영감헌티 가서 문안허구 봐사 쓰여… 그라고나서는 찬찬이 일을 꾸며 보드라고.… 매방이 지놈이 먼첨 짐승 짓을 혔는디 우덜이라고 못 할 것이 뭣이랑가? 그 셰끼가 심만 장사제 대그빡은 곰새끼 볼따구 치게 미련헝께 사알 사알 끗어내는 방도가 있니이-"

"그렇지않두 안집으 문안해얍지 하문서리 생각으 했잖겠네… 채수 그 아아가 어째 그리 머저리잉가? 머리르 마스구 반송쟁으 되서리 올래문 아아들이나 지대루 간수르 했어야지, 세 노무새끼가 다른 데루 튕기는데 무시기르 했단 말이잉가!"

"누가 아니랑가!"

충금이는 곰곰히 생각해 본다. 어차피 복운영감과 말문은 터야 할 것이었다. 복운영감과의 삿살이 관계를 자르고 볼랴치면 당장 봇짐을 싸야 할 것이었다. 그런데 그 것이 아득한 일이던 거다. '길성' 땅 골골마다 향호배들의 터요 그 터 속에서 목숨을 부지하는 접꾼들은 남아도는 형편이었다. 그러려든 이제사 말고 봇짐을 챙겨 접꾼 끝자리에 끼어들어 눈치밥을 먹어야 할 까닭이 없었다. 이 고비만 넘긴다면 남들은 다섯해 죽살이쳐야 겨우 따내는 채수 자리를 열 삭만에 거저 따내는 게 아니냐.

"내 길성 바다를 떠서리 어드매 가겠관디! 길성바다에다 기어쿠 내 멱바우 몇 개 장만하겠다구 목숨으 걸구 왔당이!"

"암먼! 암머언- 디져도 채수 자리는 따내야 혀! 쥔 맴이 다른데서 채수 될 놈 하나 끄서 오겄다는 거여. 그렇게 되면 우덜만 헛고상항겨!"

"… 기왕 길성으 왔승이 채수르 앙이 할 쉬 없궁!"

충금이는 주먹을 불끈 쥐었고, 당포는 충금이가 채수 자리만 따낸다면 뼈를 깎아서라도 은혜를 갚으려니 했다.

431. 향호배(鄕豪輩) 15

충금이가 막 나가려 하는데 누군가 기척도 없이 성큼 쪽마루에 걸터앉는다. 장목 끝에다가 알량한 봇짐을 삼줄로 꽁꽁 동여맨채 엇비스듬히 어깻죽지 위에다 걸었는데, 상투가 떨어져 내리도록 푸욱 고개를 떨군 채수 도문이었다. 장목을 들고 나섯으면 뻔한 일이었다. 정처없는 길을 떠나는 것이리라. 하찮은 장대였지만 삯살이를 끝내고 쫓겨날 때는 제 장목은 꼭 챙겨 떠나는 '길성' 뱃놈들이었다.

"… 으디를 가신데여?"

"어드메 가는 길입매?"

도문이의 속사정을 모를리 없었지만 당포도 충금이도 건성으로 묻고 봤다. 도문이는 깍듯이 올려부르는 두녀석들의 말투가 싫지 않은 모양이었다.

"내 이젠 채수도 앙인데 무시기 말으 올리는가… 야, 자, 이렇기 하랑이."

"그럴 쉬가 있겠슴!… 기기는 기리타하구 지냑으 다 됐는데 길으 떠나십매까?"

"지냑이문 어떻구 계명이문 어떻구 무시기 사정으 따젤 팔째잉가."

"그레두 기립지.… 참구 버테보지 그러십매까. 쥌이 지금으는 저레도 몇 날으 지나문 화르 식힐겜매다. 앙이 그렇슴?"

"앙이야!… 내 쥌 볼 멘목으 없는데 찬선이나 쥑이구 할게 무시기겠능가… 내 기어쿠 도망으 친 그 간나새끼드르 찾어서리 웬쑤르 갚을 맘이궁!"

도문이는 쪽마루에서 일어나 멀끔히 하늘을 올려다 봤다.

"배바우 앞바다 창꾸미 있쟁가?"

"가보지 않았응이 잘은 모르지만 있다구 합두구만."

"거게에 새루 곽소르 열었다구 소문이 짜아 하드랑이. 거게 가서리 샀살이르 살
문 될테잉가…"

"… 에구, 맹색이 채수르 지내구서리 어쩨 그런 짓으 합매까?"

"못 할기 무시긴가?… 하문 되능깁지."

당포도 충금이도 말문이 막힌다. '배바우' 앞바다(함경북도 명천군明川郡 이암
만梨岩灣)라면 '길성' 바다의 맨끝자락이나 진배없다. 그 바다 남쪽 콧부리에 있는
마을이 바로 '창꾸미'(재창구미財昌九味)였다. 위로는 '경성'(鏡城) 땅이려니, 미역
농사로 이름높은 '길성'에선 그중 괄세받는 북쪽 끝머리이던 것이다.

'창꾸미'에 새로 곽소를 열었다는 말도 위안삼아 지어낸 말일 것이었다. '길성' 땅
에다 미역바위를 가진 향호배들이라면, 어느 개(浦) 어느 골에 어떤 채수가 있다는
사실쯤, 훤히 내다보고 있는 터다. 따라서 '갈마개' 채수를 살다가 힘이 없어 쫓겨
난 도문이를 모를턱이 없겠다. 도문이는 결국 '창꾸미'로나 틀어 박혀 접꾼 끝자리
라도 감지덕지 살고보자는 속셈이리라.

"자아- 그러문 일으 벤통없게 잘들하구 펜안히 살으랑이…"

"에구, 무시기 일이 이렇습매까!…… 에엥 데럽어서!……"

충금이와 당포는 할말을 잊고 멀뚱 굳는다.

도문이의 장목 끝이 담창 위로 삐쭉 얹힌채 사라져 갔다. 장목끝에 매달린 봇짐
이 가시처럼 눈을 찌른다.

432. 향호배(鄕豪輩) 16

충금이가 '하아-' 하고 불김같은 한숨을 내뿜자 당포도 덩달아 쩌르르 콧날이 울
었다. 도문이의 꼴이 제 자신들의 막장을 보는듯 해서였다.

"헤엠-"

뒷쪽에서 헛기침 소리가 일어 돌아다보니 그간 콧뱅이도 안뵈주던 복운영감이 험상궂은 얼굴로 둘이를 노리고 있었다.

"어째 불가매같은 한숨으 뿜구 허새비 꼬락시르 하구 섰네?"

충금이가 뒷통수를 긁적대며

"채수 꼬락시르가 불쌍해서 기립매. 어드매 가문 멘목이 서겠음."

했고

"눈꾸녁은 알알허고 무담씨로 복장은 지랄같고혀서…"

당포는 눈두덩을 쓸어대며 말끝을 흐렸다.

"흥- 남우 일으 가지구 그럴 틈으 없을낀데… 나흘뒤까지 너어들두 다른 곳으로 가랑이."

복운영감이 뒷줌을 쥔채 스렁스렁 맴돌이를 쳤다.

"오늘이 초닷새 아잉가? 나흘 뒤문 아흐레라아- 중양세절이궁!"

맴돌이를 하며 의미심장한 실웃음을 짓던 복운영감이 오뚝 굳어서면서 목소리를 높였다.

"비렁뱅이 새끼들! 말으 들었으문 답으 해야 되쟁가?"

흐물흐물 물러섰다가는 꼼짝없이 쫓겨날 판이었다. 미역농사의 삯일을 팔고 사는 길성 뱃놈들이라면 구월에서 시월에 이르는 두 삭동안을 그중 악착스레 버텨봐야 했다. 서로 내것이다 하며 미역바위 하나라도 더 봉을 박는 싸움도 이 두달이 고비였다. 그래야 삼월부터 시작되는 채곽(採藿)을 탈없이 서두를 수 있던거다. 매방이 녀석이 옛정마저 싹둑 자르고 미쳐 날뛰는 것도 그 때문이던 것이다.

충금이는 미친척 허리통을 떨어댔고 당포는 충금이가 하는 양으로 그저 머리통만 조아렸다.

"간나새끼드르, 뉘기 너어들 절으 받자 하덩가? 문진에서리 중양세절 각력장으 크게 벌인다 하쟁가? 내 문진에 가서 도결국으 따내는 장새놈 하나 재수르 삼구 올테잉가 두구보랑이!"

"에구, 젤! 갈곳으 어드매 있다구 그럽매까?"

"갈 곳으 있구 없구 무시기 상관이야? 나가라구 할 때 음전히 나가조야지 새 채수가 와서리 너어드르 신다리르 꺾어 쬧게내문 이 젤 맘으로 펜안할 택으 없구."

충금이가 복운영감의 허리통을 덥썩 안는다.

"젤! 한 삭 안에 목숨으 걸구 개바우두 앗아오겠읍매! 몍바우 봉두 자알 치겠읍매!… 기리구, 내 기어쿠 목개 매방이르 송쟁으 망글어서 수장으 칠깁매다!"

"… 무시기야?… 앵이 어떻게?"

"조이밥²⁰⁵으 칠 때 감쪽같이…"

"조이밥으 칠 때라구?… 네 삭이나 기다린다?…"

복운영감은 가쁜 숨을 몰아쉬었다. 정월 보름날 조밥을 쪄서 액땜을 하는 '어부슴'²⁰⁶ 때라면 사람 한 놈 수장치르긴 어렵지 않겠다. '길성'의 배란 배는 모두 떠 복작댈 것이니 말이다.

433. 향호배(鄕豪輩) 17

'어부슴' 때를 골라 매방이를 없애겠다는 약속 덕분에 충금이는 그처럼 바랐던 채수 자리를 따냈다.

'문진'의 중양세절(중양절重陽節) 각력장에 다녀 온 복운영감이 갓을 벗자말자,

"거참 장새들 많더궁. 앵기는 노무새끼드르 모두가 힘으 쓰는데 어떤 노무새끼는 신다리 두개가 튕기나가구 어떤 노무새끼는 허리빽다구르 분질르구서리… 내 도결국으 따낸 장새놈 업어와서리 채수르 삼구 싶은 마음이 납두구만 너어 믿구 되비

---

205 '조밥'의 방언
206 음력 정월 대보름에 그해의 액막이를 위해 깨끗한 종이에 밥을 싸서 물에 던져 넣는 풍속. 새해에 운수가 대통하기를 기원하는 어부슴은 물고기나 오리에게 밥을 베풀어 먹이므로 '어부시(魚鳧施)' 또는 '어부식(魚鳧食)'이라고도 한다.

오구 말았쟁가?… 조이밥으 칠 때까지만 기다려달라구 약조르 했승이 내 부체 됐다하구 행팬으 봐조야지!"

했던 뒤로 부터 입만 뻥긋 했다 하면 '어부슴'만 되뇌이던 것이다.

채수 자리를 따 낸 뒤 충금이는 과연 살맛이 동했다. 그러나 한켠으론 사람 가죽 쓰고는 못할 짓을 많이 배워간다 싶기도 했다. 그 동안, 억지를 부려 봉을 박은 멱바위만도 다섯개요 충금이의 상앗대질에 몸을 상한 '큰개' 뱃놈들도 대여섯은 헤아리리라.

그런데도 복운영감은 충금이와 눈길이 마주치기 무섭게 '조이밥으 칠 때두 게우 한 삭 남았궁!'해대며 못을 박는 거였다.

복운영감의 속셈은, '목개' 채수 매방이 녀석만 쳐내면 적어도 '갈마개'에서 '포항'(浦項=고진古津) 앞바다에 이르는 뱃길만은 제 집 울안이나 진배없지 않겠는가 하는 생각일 것이었다.

정월 보름날의 '어부슴'- 함길도에서는 그중 큰 잔칫날이요, 더구나 '길성' 바다 사정으로는 새벽부터 한밤이 이울 때까지 먹고 마시고 알제기게 놀아보는 유별난 날이었다.

장사배들은 한해 장사에 대운(大運)이 따르도록 해달라며 놋좆이 닳을 지경이요, 고깃배들은 한해 내내 풍어만 불러달라고 또 잔치요, 미역바위 주인들은 미역이 많이 붙게 해달라며 횃불이 사그러 들때까지 조밥을 뿌려대겄다.

그런데 바다가 '길성' 바다인만큼 그중 거개가 채곽선(採藿船)들이었고, 장사배들 역시 미역을 운물(運物)하는 배들이려니, '길성' 바다의 '어부슴' 날은 '길성' 바다에서 내노라 하는 향호배들의 세도 경합장이었다.

오글작 보글작 끓는 그 북새통에 눈에 가시본새인 뱃놈 한명 멱줄을 따 수장치기란 오죽 쉬운 일이겠더냐.

'갈마개' 채수 충금이의 소문은 어느새 '대량화'(大良化)까지 뻗쳤다는 귀띔이었다.

도삽이놈이 그 소문줄을 전하면서 제일인양 신명을 달겄다. '문진' 각력장에서 판을 놓쳐 도결국(都結局) 자리를 놓친 녀석 말이다. 덕분에 복운영감의 눈에 쏘옥 들어 접꾼으로 몸을 붙였는데, 이 녀석의 허풍이 어찌나 센 것인지 이름마저 도삽인가 보더라.

"대량화 장사배 사람드르 말으 하는 데, 거게 롄들이 갈마개 채수 같으문 정포 백필으 주구레두 메구 오겠다 하문서리 피르 말린답매다!"

정포(正布)면 바로 오승마포 (五升麻布)를 이르겠다. 정포 한 필이 상포(常布) 두 필을 당하려든 천하장사 채수인들 어떤 향호배가 상놈 몸값을 정포 일 백 필로 부를손가.

434. 향호배(鄕豪輩) 18

도삽이의 거짓부렁을 듣고 있노라면 멀쩡한 사람도 덩달아 실성할 지경이었다. 신명이 돋쳐 작산치기[207] 시작하면 풀어도 풀어도 한이 없는데, 녀석의 허풍이 밉지만은 않는 연유는 금새 들통날 뻔한 거짓말도 눈썹한가닥 까딱않고 읊어대는 그 우직스러움이었다.

이런 때는 녀석의 거짓부렁이라도 실커장 들었으면 덜 심심하겠다 싶어 옆구리를 꾸욱 찔러보지만, 자오(玆烏=가마귀) 똥 한톨 약방문에 첨작하려니 '칠산탄'에다 내갈기면서 삼백 문을 부르더란 본새로 녀석은 느닷없이 코만 곯아대것다.

당포는 유독 술 생각이 일어 미칠 지경이었다. 도삽이에게서 들었던 그 '황진'(黃津) 주막의 술맛 말이다. 설령 술맛 찬사가 녀석의 허풍에 곱은 불어터진 맹탕일지언정, 충금이 핑계대고 '황진'에나 들어갔다 오면 신살이 돋을 것 같았다.

충금이는 '황진' 한방에 누워있는 것이었다. 느닷없이 먹은것을 토해내는가 하면 똥줄이 막혀 댕댕불은 배퉁이로 '황진'에 남았다는 접꾼들의 전갈이었다.

---

207 작산치다 : '떠들다'의 방언

이틀이 넘자 복운영감은 안달이었다.

"먹성으 토해내구 똥줄으 막혔으문 열격병[208] 아잉가. 여름으두 앵이구 섣달인데 무시기 열격병으 앵깃단 말잉가!… 오늘 지냑에두 앙이 오문 사램으 보내서리 행편으 살펴야 될기잉가? 에엥-" 해대며 성화일분, 사람을 보낼 기미는 없었다.

당포는 도삽이의 볼따귀를 힘껏 비틀었다 놨다. 그바람에 소스라쳐 일어나 앉는다.

"그 말이나 다시 해주여."

당포의 말에 도삽이는 굿마당 넘어가는 걸이사설 읊듯 대뜸 뽑는다. 벌써 천번은 들었음직한 거짓부렁이다. 도결국을 따낸 녀석에게 부러 한 판 져줬다는 그 허풍 말이다.

"… 간나새끼가 머리르 디리밀구서레 안걸이루 들어오쟁가? 회목받치기[209]루 새끼 신다리르 터억 걸구서리 막 힘으 쓰는데, 간나새끼가 귓속말으 하지 않쟁가! 조실부모하구 삯살이 담살이루 비렁뱅이 해서리 게우 농새나 짓구 삽매다! 에구 살려줍소꽝, 한번만 져주면 주검으 되서랍두 은혜르 갚겠읍매!… 아, 이러문서리 눈물으 뚜욱 뚜욱 흘리구 절으 하는데 내 어째 새끼르 신다리르 튕기겠네?… 푸우- 인정으 쓸 때르 잡구 써야 할기구, 할 쉬 없이 내가 저주구 말았잖겠네!"

당포는 손을 내저었다.

"그 말 말고… 고것은 귀꾸멍에 못박히게꼬름 들어뿐졌응께."

"… 하문 무시기르?"

"황진 술맛하고, 거 머시기 방댕이 이삔 지집년말여…"

"하아- 그 얘기 말이궁… 말으할 까닭두 없지. 한 사발만 넘겼다하문 길성바다가 내거이구… 내 간나 허리르 감았덩이 오매야 하문서리…"

---

208 噎膈病 : 음식을 삼키기 어렵고, 삼켜도 위에서 바로 토하게 되는 병
209 상대방을 앞으로 당겨서 들며 오른쪽으로 자기의 몸을 돌리면서 상대방의 허리샅바를 앞으로 당겨 상대방의 왼쪽다리 발목을 자기의 오른쪽 다리 발바닥으로 대며 오른쪽으로 넘어뜨리는 기술.

"…오매야?…"

당포가 저도 몰래 놀라는데 요란한 발짝소리가 다가왔다. 방문이 부셔져라 열린다.

435. 향호배(郷豪輩) 19

"간나새끼드르 얼피둥 나오랑이!"

복운영감이 입꼬리를 파들 파들 떨며 삿대질이었다. 둘이는 후닥닥 튀어나갔다.

"짐승노무 새끼드르!… 어쩌나하구 봐줬덩이 너어노무 새끼들은 사람이 아니궁. 멩색으 채수가 그런 벤으 당해가지구 타지에서리 고생으 하는데 하루 삼반이 어쩨 넘어가구 잠으 어쩨 잘쉬 있단 말이잉가?"

당포는 그제서야 안도의 한숨을 내쉬었다. 장목 끝에다가 봇짐 매달고 당장 집을 나가라는 호령이면 어쩌나 하고 잔뜩 가슴을 졸였는데 되레 충금이 걱정도 않는다는 나무람 아닌가. 그렇지 않아도 술맛좋고 계집년 방댕이 좋다는 '포항' 나들이나 해봤으면 원이 없겠다 하던 차에 일이 스스로 풀려나가는 낌새였다.

이런 때야말로 도삽이의 허풍이 기세를 재봐야 할 것이었다. 간이 타서 녀석을 흘끔거리던 당포는 '포항' 나들이는 맡아놓은 밥상이다 싶었다.

어련할까. 도삽이의 적삼소매가 날렵하게 눈두덩 위로 올려붙더니 이내 슬근슬근 비질을 해대겄다.

"쩰! 그렇잖아두 맘이 맘같지 않습매다! 좀 전에 꿈으 꿨지 안겠음? 아, 그런데 채수 꼬락시르가 물송쟁입매다!"

복운영감이 제풀에 껑충 뛰어대며 질겁을 한다.

"무시기 송쟁?… 에쿠우-"

"머리르 풀어헤치구 피르 흘리문서리 나르 안뎅이, 에구 에구 도삽아 내 주검으 갈마개루 얼피덩 내가랑이, 하지 않겠음?"

"무시기?… 주검으?… 이노무새끼, 어쩨 꿈두 그런 데럽구 흉한꿈으 꾸네?… 에구, 이거이 무시기 대새난 게 아잉가!"

"… 그래 내 그랬읍매다. 나야 채수주검으 내 가구싶지만 젠이 보내줘얍지!… 그랬덩이…"

"머저리노무 새끼! 그만 치우랑이! 내 언제 안보내준다구 했네? 너어 노무새끼드르 배통 내밀구서레 펜안했쟁가?"

도삽이가 이때를 놓칠소냐하며 헉허억 흐느끼는 시늉이었다.

"… 젠! 우리게 채수만한 사램 길성 땅 어드메에두 없습매다!… 에구, 내 팔째에 그런 채수르 어쩨 받들겠관디… 에구, 그 채수 밑에서 내 기어쿠 일으 벤통없게 하겠다구 작젱으 했덩이…"

"이노무새끼가 어쩨 울음으 울구 재수없게 이러능가?… 얼피둥 길으 떠날 맘으는 없구!"

당포와 도삽이는 못 견디는 척 길떠날 채비를 서둘렀다.

"포항 한방이라문 고진 박가 아잉가?"

"… 옛꼬망."

"약체는 얼마라도 상관 없승이 기어쿠 내 채수르 살려내라구 말으 하랑이!"

"옛꼬망!"

복운영감이 허겁지겁 안집께로 내달았다. 뭔가 들고 고대 돌아온다.

"날쎄가 이렇기 칩웅이 채수에게 신기구."

향호배들이나 신어보는 노파리[210] 한 켤레다.

436. 향호배(鄕豪輩) 20

채수 자리에 오른 충금이의 팔자는 윷판의 넉동무늬 뾴새로 애지중지 느즈러졌

210 삼이나 짚, 종이 따위로 꼰 노로 결어 만든 신. 주로 겨울에 집 안에서 신는다.

다. 짚다발로 엮은것도 아니요, 삼줄로 누벼엮은 노파리를 하찮은 뱃놈이 어찌 신어볼 것이랴.

노파리의 쓰임새라는 것이 집안에서만 신는 겨울짚신이고 보면, 양반들이나 향호배들의 정강마루를 포옥 싸덮고 넓직한 중마루위에서 아작거려야 옳았다. 그런데 더구나 삼베노파리를 충금이에게 선뜻 보내주며 발목 얼지않게 살피라고 신신당부 하는 복운영감이었다. 그것은 바로 병이 나을 때까지 꼼짝말고 누워 있으라는 명령이나 다를바 없었다.

복운영감이 이쯤 찰진 정을 충금이에게 쏟는 속사정은 무엇이랴. 말끝마다 '미역농새는 힘좋은 장새 채수르 가지구 짓는다 했승이!'하는 복운영감이었지만, 따지고 보면 '길성' 바다의 내노라하는 향호배들은 거개가 복운영감의 이같은 짓을 서로 다투어 해내던 것이다.

마음 어질고 일손 부지런 하면 상뱃놈이려던, 이런 것 다 마다하며 유독 힘 잘쓰는 녀석이라야 채수를 삼는 뜻이 어지간히 그악스럽겠다. 채수 뿐이랴. 그 채수 밑에서 접군행세를 해야하는 녀석들도 성깔 한 번 씩둑꺽둑 못되먹어야 밥줄을 제대로 간수할 팔자였다.

미역바위를 위해서라면 사람 목숨쯤 간단없이 처치할 수 있는 악도리 패거리를 졸개로 삼고 '길성' 바다를 주름잡는 향호배들- 이 향호배들의 본새 좀 구경해 보겠다.

'길성' 바다의 향호배들은, 여늬 땅, 다른 바다의 권문세가(權門勢家)나 호강(豪強)들과는 판이 달랐다.

뱃놈들의 골즙을 짜대는 다른 바다의 세가들이 거진 아문(衙門) 관속의 '도장'(導掌)이나 '감관'(監官) 따위의 벼슬아치인 반면, '길성' 바다의 향호배들은 누가 봐도 아문과는 아무 연줄이 없는듯한 토박이 뱃놈들이었다.

그렇다면 대를 이어 '길성' 바다에다 세도를 내린 토호(土豪)의 무리여야 옳겠는데, 또 그것도 아니다. 이 점이 다른 바다의 호강들과도 다른 구실일 수 있었다.

'삼능장' 휘두르고 '육모방망이' 앞세워 세도를 부리는 권문세가도 아니요, 그렇다고 자손대대로 물려받은 돈줄로 뱃놈들을 부리는 호강마저 아니라면, '길성' 바다 향호배들의 명색은 과연 어떤것이랴.

그 옛적, '도장'·'감관'의 세도밑에서 어세(漁稅)를 거둬들이던 '복노배'(僕奴輩)들- 그리고 '경차인'(京差人)의 염탐꾼으로 갯가를 어슬렁대며 어세를 물릴 묘안을 짜내던 '포직'(浦直)이의 무리- 이것이 바로 '길성' 바다 향호배들의 본디이던 것이다.

복운영감이 이를 갈아대며 '목개 김가문중'이니 '갈마재 이씨문중'이니 하고 떠들어대는 몇 안되는 '호강'의 무리가 없는 것만은 아니었다. 그러나 '무수단'에서 '어랑단'(漁郞端)에 이르는 '길성' 바다로는 수십명에 이르는 향호배들이 저마다 채곽의 터를 잡고 기세 등등 아귀다툼을 벌이는 것이었다.

제 바다의 뱃놈들을 잡아먹고 살이찐 역모의 뱃놈들이 바로 향호배들이었으니 원래는 맨주먹뿐인 상것들이던거다.

437. 향호배(鄕豪輩) 21

뼈대가 어떻든 간에, 흐르는 세월따라 누마루 위에 허벅지 꼬고 앉아 불호령을 내리는 세도가로 탈바꿈한 '길성' 향호배들인데-

이들의 패거리가 또 셋으로 나눠지는 것이다.

그 첫째 패거리는 이른바 '길성' 토호문중의 단단한 뼈대를 자랑하는 알짜 호강들이니 복운영감의 위세가 이에 속했다. 그러나 문중족벌을 내세우는 호강들은 한고을에 기껏 한명쯤 남아 명맥을 유지하는 신세여서 '길성' 땅을 다훑어봐야 열댓을 헤아렸다. 이를테면 '대량화 최씨문중', '다진 정씨문중', '우동포 박씨문중', '포항 김씨문중', '황진 조씨문중' 따위로 말이다. 따라서 소드락질[211] 해먹는 판에서도 양반행세 하겠다며 그중 점잔을 떠는 패거리였다.

둘째 패거리가 제 땅 뱃사람들의 불행을 밑천삼고 돈줄을 모은 녀석들이었으니, 바로 '차인'의 명을 받고 갯가를 지켰던 '포직이' 후손들이었다. 어느 뱃놈 어세는 더 높이 올려매겨도 되느니, 혹은 어떤 선주가 관아 몰래 봉산에 임산하여 벌목했고, 그 목재로 배 두 척을 밀조했는 데도 선세(船稅)는 한 척 몫만 바치느니, 하며 낱낱이 고해바쳐 염탐의 값으로 차근차근 돈줄을 늘려왔던 것이다. 조상이란 게 기껏 갯가에서 어세를 거둬들이던 체신이었던 관계로 뼈대는 오갈 곳 없는 상것이라. 그러자니 자연 관아에다가 튼튼한 끈을 댈 수 없는 속사정이 있었다. 조상이 지었던 죄가 대낮처럼 훤해서 목아지 꼿꼿이 쳐들곤 제 땅 뱃놈들을 막무가내 족칠 수도 없고, 그렇다고 관아의 세력을 믿고 느긋한 거드름을 피울 수 있는 처지도 못돼서, 벌여놓은 돈줄이나마 악착스레 간수할 요량으로 악다구니치는 패거리겠다. 말하자면 두더쥐라고 나비 못되란 법 있더냐 하는 오기로 미역바위를 지키는 패거리더라.

셋째 패거리는 아문(衙門)의 '도장'·'감관'의 복노배 노릇으로 터를 닦은 녀석들이었다. 토호문중의 호강이나 포직이 후손의 향호배들이 모두 '길성' 땅 사람들인 데 반하여 이 복노배 패거리의 향호배들은 거진 타지 녀석들이었다. 밑으로는 '운남'·'덕원'에서 잠입한 녀석들에다가, 위로는 '부령포'(富寧浦=청진淸津), '경흥 신안포'(慶興 新安浦=함경북도 나진羅津)에서 숨어들은 녀석들인데, 이 복노배 패거리는 두 가지의 뚜렷한 특징을 가지고 있었다. 그 하나는 관아와의 튼튼한 끈이려니, 제 조상들의 상전이 바로 뱃놈들에게는 저승사자 격인 '감관'·'도장'들이었던 까닭이겠다. 또 하나의 특징은 녀석들이 거진 통뼈장사라는 점이었다. 조상들의 내력만 봐도 멀리는 고려 적의 '악소'(惡少)[212] 후손이요 가깝게는 각력장 휩쓰는 복노배 아니더냐.

---

211 남의 재물을 빼앗는 짓
212 성질이 고약하고 못된 짓을 하는 젊은이

어세를 거두되 '포직이'는 땅에서 거두고, '감관'·'도장'의 복노배들은 배를 몰고 나아가선 한바다 속에서 어세를 거뒀으려니, 그들의 힘을 짐작하기란 어려움이 없겠다. 핏줄을 못 속여서인지 배고 사람이고 닥치는대로 물타작질 하는 패거리가 바로 복노배 패거리의 향호배들이더라.

이런 '길성' 땅에서 채수를 따낸 매방이나 충금이는 과연 상뱃놈들이었다.

438. 향호배(鄕豪輩) 22

'포항' 술맛부터 보여주겠다며 떵떵 큰소리를 쳤던 도삽이가 '운문대' 동쪽 뱃길을 잡고 그냥 북쪽께로 흘렀다. '포항'으로 들어갈랴치면 '망조곶'(望潮串=해망대단海望臺端)을 향해 남북간을 뚫고가야 할 것이었다. 그 콧부리 북쪽에 있는 마을이 바로 '포항'이요, 콧부리에서 남쪽으로 바투 앉은 마을이 '고진'아니던가.

그런데 도삽이는 '앞섬'(전덕반도前德半島)을 가늠하고 노를 저었다. 곧추 나아가면 '고래뜰'(경평鯨坪) 앞바다, 그 바다를 지나면 '복우끝'(복우단福宿端)에 이를 거였다. '복우끝'에서 북서(北西)로 뱃머리를 세우면 바로 '황진'이었다.

당포는 차라리 내지를 밟고 갈걸 그랬다 하며 아까부터 화뿔이 치밀던 것이었다. 내지의 험한 길을 타고 가느니, 뱃길을 터서, 날씨 핑계대고 '포항' 술맛부터 핥고 보자, 그리고 '포항' 주막에서 한밤 늘어지게 시들고 나서 '황진'에 들자 했던 녀석이 느닷없이 뱃길을 바꾼 때문이었다.

천한 뱃놈 나들이를 하늘이 돌봐줄리 없었다. 배를 뒤집어 엎어야 직성이 풀리겠다는 듯이 억센 녹새풍(綠塞風=北西風)이 일었다. 그만 잘때도 됐는데 끝바람줄의 힘이 외골장사다. 닻줄 잡을 '몽깃돌'이 쓰르르 쓰르르 굴러대며 정강이를 뜯어대고, 풍랑이 배를 삼킬세라 골장 틈을 단단히 막아둔 '뱃밥'이 벌써 뒤엎어져 굴러댔다.

굴러도 깨어지지 않도록 죽통을 '뱃밥' 삼았는데도 제구실을 못했다.

"요 씨벌늠! 탯줄 꼬실르먼서버텀 그짓말만 배운 늠이 지버릇을 개셰끼헌티 줄꺼여? 꺼억 포항버텀 가자고 지랄치든 셰끼가 으째 뱃길을 요렇고롬 잡는당가? 엉?"

당포가 막말을 트자 도삽이가 얼씨구 하며 맞받는다.

"간나새끼, 내 그 동안 어쩨나 보문서리 말으 참아좃덩이 무시기야? 탯줄으 내굴피우문서리 도삽으 익혔다구?"

"느그어멈! 함길도 길성 땅 말로 고짓말이 도삽 아닝게벼? 내가 먼 못할 소리를 했냐?… 씨버럴- 오직이나 풍이 쎴으면 이름까정 도삽이냔 말여!"

"에구 요걸 수장으 칠까? 너어 어쩨서 남우 조상으 썰구찍네?"

"시방 으디로 가능겨? 그 말버텀 혀부아, 느거멈 씨벌늠아!"

"욕으 작작 하라이!… 어드메는 어드메야? 황진입지!"

"포항 술맛은 으디로 가뿐졌여?"

"머저리새끼! 내 포항 술으는 맛두 못봤당이."

"웜매 요 웬수늠!"

"웬쑤르 삼으문 어찌겠음? 너노무새끼는 한 대 치문 송쟁이야."

"하이갸아- 또 그 말 나오겄다. 상대가 불쌍혀서 억지로 도결국 뺐겨줬다고!… 안 고러냐?… 허제만 니놈 같은 것은 깨끼손꾸락으로 튕게 뿐지엿!"

"쌈으는 황진에 가서리 하기루 작졍하구 놋대 좀 잡으랑이. 뱃밥으 자알 쳐야지 대새 나겠당이!"

오랜만에 옳은 소리 한 자리 하겄다. 아닌게아니라 바람줄이 심상치 않았다. 당포는 노를 건네쥔다.

439. 향호배(鄕豪輩) 23

뱃길을 트자면 그중 더러운 목에서 노를 건네받았다 싶었다. 아래로 내리는 뱃길이라면 알량한 외돛 한 폭이 큰 힘이 돼 줄 것이었으나 배는 '포항' 북쪽의 '학뫼'(

진학봉(眞鶴峰)를 거슬려 '새재'(신도령新道嶺)를 곧추 보고 있었다. '복우끝'만 후벼대면 바로 '황진'이다.

뱃길을 용케 잡는다쳐도 '황진'석상으로 배를 붙일 일이 또 난사였다. '황진' 앞개가 하필이면 북동(北東)으로 바다를 열어 녹새풍만 불었다 하면 생지옥이나 다름없던 거다. 서남풍이 후릴 때라야 겨우 바람막이 구실을 달아보는 '황진'이거늘 녹새바람이 몽치찜[213] 기세로 거세가는데 어찌 석장을 가늠하고 닻줄을 날릴 수 있으랴.

안개를 양쪽으로 싸고 선 벼랑으로 말할 시면 '무시곶'에서 '어랑단'까지, 그쯤 험준한 단애도 드물었다. 이런 바람이라면 배를 그 단애 발치께로 밀어붙여 막깐 골장부터 부셔놓기 십상이겄다.

"빙신 육갑을 뜰 새끼, 창나무 하나도 못 잡고 뭇허능겨? 배가 한정없이 외약쪽으로 밀리는디!"

"한새쿠 노나 저으랑이! 간나새끼, 햄새르 당초로 먹었쟁가? 어쩨 콧소리르 행행해대문서리 이빨으 갈아대네?"

"맴 같어서는 이빨로다 니늠 정수낭이나 물어뽀개뿐지고 싶다고잉! 우웅시런 새끼가 내동 젤로 디러운 뱃길에서 노를 놔뿐진단 말여."

"잘두 아는궁. 기리야지 주막 간나르 타구서리 정수르 퍼내겠쟁가? 힘으 다 쓰구나면 무시기있겠네? 간나 옥문이구 무시기구 다 없는게지. 헤엥- 알갔네?… 멱바우 봉으 치듯이 신두리 쓰윽 디리줴문 오매야, 오매야, 감창으 할탱이… 에구! 내 앵이 미치구 어찌겠음, 에구우-"

도삽이는 그 통에도 태연하다. 이리 저리 굴러대면서도 불끈 들리운 사타구니께를 움켜쥐곤 늘근늘근 허리통을 죄어본다.

'으짜든지 쌍것은 쌍것이여!'

당포는 노를 저어대며 숨이 차 내뱉는다. 도삽이에게 하는 욕지거리가 아니다. 제

---

213 '몽둥이찜'의 방언 (함경)

스스로 저를 향해 불퉁그려봤던 거다. 녀석이 '… 오매야! 오매야!'하는 소리를 어찌
나 찰지게 흉내내는 것인지 저도 몰래 사타구니께가 후끈후끈 달아오르던 거였다.

당포는 도삽이의 '오매야, 오매야!'하는 소리를 속으로 중얼거려 봤다. 이상 야릇
하게도 그 '오매야' 소리가 귀에 익기 때문이었다.

"거시기 말여… 그 머시기가…"

"말으 할레문 짜지게 하든지 아니문 그만 두람이. 거시기구 머시기구 그기 무시
기야?"

"… 황진 주막 그 지집년이 함길도 지집이랑가? 함길도 지집년도 씹애리는 소리
는 오매야오매야 고런당가?"

"에구 저 쌍노무새끼 쥐둥이랑이! 같은 말이문 감창이라구 하는게지 씹으 애리당
이?… 함길도 간나드는 에구 에구 에구 좋습매! 숨으 넘어감매! 이러지.… 그 간
나 경상도 사램이라구 합두구만."

당포는 연신 도리질을 했다. 경상도라는 말만 들어도 가슴이 뛰는 거다.

440. 향호배(鄕豪輩) 24

'황진' 조씨문중의 접꾼들이 그래도 사람구실을 하려 들었다. '목개' 김가 패거리
같으면 배가 부숴질 때까지 좋은 구경거리 만났다 하면서 늘퍽한 텃세를 재봤음은
물론, 배는 고사하고 뱃놈 하나 수장되는 꼴마저 보고 싶어 했을 것이었다. 그런데
녀석들은 넘어갈 듯 넘어갈 듯 떠밀리는 배를 보면서부터 발을 동동 굴러대는 거
였다. 복운영감의 말을 빌면 '길성' 바다에서 그중 뼈대가 튼튼한 호강자라 하던가.

"황진 조가 문중만 같으문 먹바우 농새르 펜히 거두는게지. 서로 체면으 봐서라
두 썰구찍구 하는 개버릇으 할 쉬 없음이까 싸움 앵길 택으 있겠관디!… 저어드르
뱃길 안에 있는 튼바우도 우리게가 가지겠다문 내주구, 또 우리게두 내 뱃길 안의
튼바우르 서이나 주었구… 미역농새르 서루 이렇기하문 뉘기 미쳤다구 쌈으 하구

그러겠나?"

했던 복운영감의 장탄식이 귀바퀴에 생생할 정도로 녀석들은 제 주인 체면을 세워 보던 것이다. 물결이 배를 쓸어낼 때마다 닻줄을 잡은 녀석들이 우루루 쓰르르 몰리며 나뒹굴기도 했고, 정강이를 찍어대며 고꾸라지기도 했다.

배가 가파른 모래터 위에 얹히고 났을 때에야 녀석들은 혀를 내두르던 것이었다.

"너어드르 용궁 수문장잉가? 바램이 일으체도 이렇기 사나운데 어찌 배르 댄단 말잉가?"

"목개 채수하구 갈마개 채수가 젤 독한 노무새끼라구 소문이 짜아 하덩이 과연 말이 맞궁. 접꾼 아아들이라구 채수하구 다르란 법 없음이까. 바램이 저렇기 미쳐 치는데 배르 몰구서리! 에구, 독한노무 새끼드르!"

"뉘기 앙이렌가!"

녀석들은 한 마디씩 내뱉고 그냥 자리를 뜨던 것이다. 술 한 중두리 내라는 말도 없었다.

주막에 들어 선 당포는 눈을 휘둥그렇게 떴다. 봉놋방 구석에서 끙끙 앓고 있을 줄만 알았던 충금이가 거나하게 취해서 술청을 차고 앉았기 때문이다.

'황진' 땅의 좋은 세월을 보여주는 것이려니, 술청으로는 장사패거리가 또 덩이덩이 술자리를 펴고 있었다.

"기상이 좋습매다. 그간 펜안했구 재미도 좋았음?"

이렇게 아양을 떨며 덥석 술사발부터 들고나서는 도삽이의 짓거리로 봐서 충금이가 열격병으로 죽어간다는 말은 말짱 헛소리였든가 봤다.

"허어 내참 요상시러워서!… 송장이 시방 술을 퍼묵는거여?"

당포가 끼어들며 한 마디 찍접부리자 충금이는

"몇 날 펜이 쉬구싶응이까 도삽이하구 짜구서리 벵 핑계르 댄게지… 내 무시기 벵 앵기 갔다구 황진으 왔나? 튼바우 몇 개 염탐하라는 젤말의 듣구 왔지."

태연히 읊었다. 미역은 안붙으나 더운 여름철에 깔고 앉으면 뼈속까지 써늘한 '낙수'(落首=해조海藻)가 붙는 튼바위 말일 것이었다.

술사발을 들자마자 우선 삼성들리게²¹⁴ 꿜꿜 넘겨대던 당포는 삼베를 찢는 듯한 여인의 비명을 듣고 얼굴을 들었다.

"오매얏!"

441. 향호배(鄕豪輩) 25

그 소리 끝에 술망치 깨지는 소리가 또 요란했다. 계집의 손에 들렸던 술망치 두 개가 깨지면서 물근 술이 바닥을 먹어들어 갔다.

"어쩨 피같은 술으 베리구 이럼둥? 무시기 놀랄게 있다구 상측 만난 사램같이 소리르 지르문서리!"

충금이가 버럭 악을 써서야 당포는 눈을 똑바로 떴다. 계집이 막 등돌아 서 부수게 쪽으로 휑 내닫는 참이었다.

"에구, 이 간나가 어쩨 술망치르 깨구 대새르 떠나?"

사내의 소리가 부수게 쪽에서 일었다. 홧김에 계집의 머리통을 쥐어박는 모양이었다. 계집의 낮은 비명이 두어 번 터진다.

사내는 깨어진 술망치 조각을 줏어들면서 제판엔 주막 주인 행세를 한답시고 욕지거리를 늘어놨다.

"미안해서리 어쩔궁! 이거 정말 미안합매다. 웬쑤같응 간나가 괌으 지르구 술망치르 깼승이 술맛두 달아났지 않겠음. 샹간나르 뒷새 달과체서리 혼으 내조야지. 에엥-"

사내가 돌아가자 충금이가 고개를 갸우뚱 거렸다.

"펠스럽당이… 간나가 댕포르 보자말자 혼줄으 빼더랑이까! 어쩨 그랬을궁?"

---

214 삼성들리다 : 음식을 욕심껏 먹다

도삽이도 끼어들었다.

"채수 말이 옳습매. 아주망이가 댕포르 보문서리 닻장쇠처럼 고냥 굳어서더랑이!… 오매야 비명으 놓구 술망치르 놔버릴 정도래문 저 아주망이가 댕포르 알구 있다는 말입매."

둘이가 당포의 얼굴을 똑바로 건너다 보며 얄기죽거렸다.

당포는 계집의 뒷모습을 애써 떠올리며 생각을 쫓지만 집히는 데가 없었다.

"무담씨들 그려… 아니 함길도 길성땅인디 나같은 뱃놈을 알 지집년이 으디 있당가?… 도삽이 느놈이 흘레 붙었다는 지집이 바로 저 지집년이여?"

도삽이가 간이 타게 나무란다.

"쉬잇- 에구 이 새끼르 어쩔까? 사내 있는 간나르 내 무시기 재주로 붙어먹겐? 고영이 심심해서리 한 번 도삽으 떨은 말으 가지구 큰소리루 떠들어대당이!"

그때 투시럭거리는 소리가 일었다. 사내의 목소리가,

"에구 이 샹간나 같응이. 정싱으 어드메다 빼구 길손드르 앞에서 미친 수작으 떠네? 엥?"

하는데 계집도 맞받아 목소리를 높였다.

"… 내 쏙도 모르고 와 치노야? 내 술로 베리고 싶어 그랬나? 고마 술맞치가 사알 빠지나 가는데 우짤꼬?… 내 강생이가? 와 차고 때리고 이라노얏!"

"에구, 얼피덩 닦기나 하랑이! 빽다구르 분질러 놓기전에!"

당포는 그제야 명치끝에 불김이 당긴다. 계집의 목소리가 귀에 익었다.

계집이 써래[215]를 들고나왔다. 얼굴을 보이지 않을양으로 고개를 푸욱 떨궜다.

"… 어엉?…"

이번엔 당포가 신음을 뱉았다. 한사코 입을 틀어막아 보지만 신음이 거푸샌다. 꿈속이었다. 계집은 분명히 덕포댁 아닌가.

---

215 '써레'의 방언. 갈아 놓은 논밭의 흙덩이를 잘게 부수고 바닥을 판판하게 고르는 농기구

곽암(霍岩)

442~532

제1부 황년(荒年)

제2장 주망창해(蛛網滄海)

442. 곽암(藿岩) 1

정월 보름 '어부슴' 때가 다가오면서 '길성' 바다는 꽤나 시끄러웠다. 조밥을 칠 때까지는 '어느 바위는 누구네것,' '어떤 바위는 내 것,' 그리고 '어디서 어디까지가 우리 뱃길'하는 따위의 문제들이 탄탄하게 매듭지어져야 했기 때문이었다.

조밥을 치되, 제 미역바위나 저들 뱃길만 골라 뿌리겠다고, 한 치 양보 않는 싸움을 벌여야했다. 그러자면 앞뒤 생각할 겨를 없이 우선 우격다짐으로 다좆치고 봐야 제대로 일이 될 것이라는 속셈들이던 거다.

"너어드르 다 알구 있쟁가? 목개 김가가 문중이 어쩨구 도산으 떨어대문서리 택의 없게 놀지만 그노무새끼가 언제 길성땅 문중잉가? 신안포 미세해척[216] 손으루 야문(衙門) 끈으 잡구서레 어세르 거두던 조상 아잉가? 그렇다문 사방산주 유랑하문서리 여러 군데르 돌아댕겼던 비렁뱅이 노무새끼잉데… 하아- 내 읍버서 말으

---

216 未稅海尺 : 세금을 못낸 어부. 350회 세가 54

안나온당이!"

복운영감이 접꾼놈들 방에 들기는 지금이 처음이었다. 아랫목을 터억 차고 앉아 게거품을 끓여대는 것만도 유별스러운 일이려든, 파르르 파르르 떨리는 눈꼬리 겹두리로 찌걱찌걱한 눈물줄이 비치겄다.

"읍버서, 내 읍버서!… 조상 대대루 길성땅 호강으 살문서리 루문첨정 밝은 날만 이어온 이씨문중이당이! 하아, 기린데 목개 김가 이 샹노무 새끼드르 갈마개 이씨문중의 멱바우르 탐으 내구, 뱃길으 막구… 내 어쩨 조상 앞에 멘목이 서겄네?… 그것만두 숨으 쉴 쉬 없는데 무시기라구? 목개 채수노무새끼가 내 가매 밥으 먹었던 매방이라?… 에구, 에구우- 내 팔째야! 인복이 없어두 무시레 이럴쉬 있겄관디!"

복운영감은 목소리를 가들지게 떨어대며 그 틈에도 흘낏 충금이의 눈치를 살핀다.

"멘목이 없읍매다! 기리타쳐두 조이밥으 칠 때까지만 참아줍소꽝. 내 기어쿠…"

충금이가 주먹을 불끈 쥐어 보이고

"요참에는 목심 걸고 눈꾸멍 하나 쏘옥 뽑아다가 염장을 칠탱께 벨걱정 허덜 마시게라우"

당포가 아금니를 빠드득 갈아붙인다.

"채수 말으 믿어줍소!"

접군녀석들도 한 마디씩 걸치는데 제판엔 간을 맞추겄다며 또 느닷없는 허풍을 떨어대는 도삽이겄다.

"젠, 걱정은 없읍매다. 엊지냑에두 한노무새끼르 혼으 내좃잖겄음?… 한대 을러줬더니만, 뻐엉 나가떨어지덩이, 골장에서 삼장으 튕기면서 물속으로 빠지잖겄음?… 되비 끌어내서리 또 뻐엉 줴박았거덩?…"

"이노무새끼! 말으 바루 해야지! 너어노무새끼가 피르 흘리구 와서리 무시기야? 또 도삽으 띤당이!"

복운영감이 꽥 악을 쓴다.

"… 앞으루는 그렇게 하겄다는 말입매다!…"

도삽이가 무당사설 뺨쳐먹게 말을 돌린다.

"너어드르! 하늘이 무너져도 내일은 개바우봉으 박으랑이! 뉘기 한노무새끼 송쟁으 되더라두! 알겠네?"

접꾼들 낯색이 조밥 똥색이더라.

443. 곽암(藿岩) 2

"아아드르! 눈, 눈이당이!"

복운영감의 숨가쁜 고함소리에 번뜩 눈을 떴다. 머리통만한 뒷봉창이 희뿌옇게 밝을 참이었으니 아직은 새벽인듯 싶었다.

무슨 화급한 일로 저러는가 싶어 당포는 멀뚱멀뚱 충금이의 눈치만 살폈다. 충금이도 도삽이도, 다른 접꾼 세녀석도 멍청한 얼굴들이었다.

"이노무새끼드르! 얼피둥 나오쟁쿠 무시기르 하능가?"

우루루 방문을 차고 나갔다. 소담스러운 눈이 사륵사륵 내리고 있었고 복운영감이 하늘을 바래 오똑 섰다. 그 앞에 질동이 한 개가 놓여있었다.

"맴드르 정결히 갖구 거게들 서랑이!… 눈!… 눈이 이렇게 팡팡 내리쟤?"

충금이가 영문을 몰라 묻는다.

"… 눈이 붓는다구 세상 달라졌읍매까? 고영이 좋은 꿈으 꾸는 판인데!"

"머저리새끼! 오늘이 납달 미일이 아니쟁가?"

"… 맞습매다. 납달 미일이기는 합매다…"

"에구, 요고올 어쩔까?… 쌍노무 빽다구르 가진 새끼들은 할 쉬 없단 말이야!"

납월(臘月=섣달) 미일(未日)이라면 돈줄 거드러대는 호강이나 양반들에겐 그냥 지나칠 수 없도록 중한 날이었다. 대운통천(大運通天)하고 복명대길 해달라는 향제(享祭)를 모셔야 하기 때문이었다.

그러나 바다에다가 그물을 치고 미역바위의 물밥을 돈줄로 삼는 호강들은 향제

따위는 뒷전으로 밀어두고라도 우선 눈이 내려주기를 간이 타게 바라던 것이다.

청수로 말끔히 씻은 질동이에다가 이날 내리는 눈을 받아두고 그 눈이 녹아 된 설수(雪水)로 눈을 씻으면, 물길 바꿔 달아나는 고기떼도 훤히 보이고 물 속의 미역다발도 옹달샘 들여다 보듯이 훤히 뵌다 하던가.

복운영감만은 아닐 것이었다. '길성' 바다를 주름잡는 향호배들은 지금쯤 복운영감과 똑같은 짓을 하고 있으렷다.

복운영감이 질동이 앞에 푸석 무릎을 꿇고 앉는다.

"에구, 이 칩운데 눈밭의 어쩨 앉습매? 한독으 잡으문 어쩰겜매까!"

제단엔 아양 한 가닥 떨어볼 양으로 도삽이 녀석이 읊는데, 복운영감은 시퍼렇게 눈을 흘기며 꽥 소리를 지른다.

"에구! 저 썅노무새끼! 어쩨 부정으 탈 소리만 하네? 에엥?"해놓고 나서 눈을 꼬옥 꼬옥 뭉쳐 질동에 속에다 넣는다.

"길성바다 멱바우 주관하시는 용청영감님 보오다아— 납달 미일에 이렇게 좋은 눈으 팡팡 주셔서 고맙습매다! 이눈으로 설수 망글어서리 우리아아드르 눈의 씻어주겠읍매다! 우리 아아드르 이 설수로 눈으 씻구, 열길물속두 백일처럼 밝게 봐서레 한해 미역농새르 대풍 맞겠읍메다아— 그리구 오늘 우리 아아드르 개바우봉으 자알박게 펜의 들어주십소사아— 길성바다 멱바우 주관하시는 용청영감님 고맙습매다! 고맙습매다아"

444. 곽암(藿岩) 3

무시곶 코쟁이(대포大浦)에서 '목개' 뒤 '운문대'에 이르는 바다로 여늬때와 달리 여남은 척 배들이 떴다. 미역바위를 가진 향호배 등쌀에 그간 옴싹 않던 '사포'(사진四津)·'정호'(井湖)·'황암'(黃岩)의 배들이 뻔질나게 오갔다.

미역바위 중에서도 채곽이 많은 일등암(一等岩)들은 거개가 '길성' 땅 향호배의 소유인지라, 기껏해서 채곽이 시원찮은 바위나 혹은 '낙수' 다발쯤 달려붙는 튼바위 몇 개씩 가진 '사포'·'황암'·'정호'의 배들은 기실 늘짱거려 볼 수 없는 뱃길이었다.

그런데 그곳 배들이 허옇게 눈발을 뒤집어쓰며 악착을 떨어댄다.

"에구 불쌍한 아아드르! 저렇기 뱃길으 트는데 과년 뱃길이 올해두 저드르 뱃길 이란 벱 있겠음?"

도삽이의 말이요.

"뉘기 앙이랜가? 기기 다 야문관속새끼드르 때뭉이지. 조상 대대루 미역으 따내던 뱃길이잉가 내 송장으 됐다 하문서리 모른척 할수 있겠네!⋯ 그렁이까 야문새끼드 르 일으 딱 분질러지게서리 해조야 할테잉데 일으 더 꽈대구 있단 말이야. 저아드 르 뱃길안에다 호강드르 멱바우르 있게 해놨승이 미칠 일이 아잉가? 호강드르는 제 게 내 멱바우가 있승이 뱃길두 내 뱃길이다 하문서리 디리[217] 족체구, 저 아드리는 조상대대루 채곽권으 따냈승이 우리게 뱃길에 당시앙드르 멱바우가 있던지 말던지 기기 무시기 상관입매, 하능기 아잉가! 제게들두 야문에다 채곽세르 바치문서리 하 는 미역 농새인데 어떤 머저리 새끼드르 나 죽었읍매 할쉬 있겠관디!"

충금이의 한탄이었다. 충금이의 말뜻은 어렵지않다.

말하자면, 관아의 소유인 '공암'(公岩)에서의 채곽권을 따낸 지선부락(地先部 落)[218]의 영세어호(零細漁戶) 사정이 너무 딱하다는 뜻이렸다.

'공암'에서의 채곽권을 따낸 대신 어김없이 채곽세를 물어야하는 패거리는, '공 암'이 있는 뱃길을 트지 않고서 달리 살아버틸 방도가 없던 거다. 왜냐하면 저들 몫 으로 봉을 박은 이른바 '사암'(私岩)이 없었기 때문이었다.

그런데 이들의 뱃길속에 호강들의 '사암'이 덩이덩이 버텨앉았다. 게다가 어엿한 '공암'이 며칠새에, 번개 벽도질 기세로 느닷없이 '사암'으로 둔갑되기 일쑤였다. 호강들은 저들 미역바위를 지킨다는 그럴사한 사정을 앞세워 '공암'에다가 목숨을

---

217 '들입다'의 방언
218 길성바다 근처의 마을들.

걸고 살아가는 뱃놈들의 뱃길을 가차없이 박아대는 것이었다.

"후웅- 멱바우르 가지구 이렇기 썰구찍구 도산으 떨으대다간 가난한 뱃놈드르 서루 앵기다가 다 죽구 말겠궁!"

"기렇기 말입매! 삯으 받구 일으 하지만 뉘기 앵기구싶어 앵김매까? 따지구 보문 찬선두 제대루 못 먹는 가난한 뱃놈드르…"

충금이는 접꾼녀석들의 투정을 들으면서 입술을 질끈 문다. 호강들의 생떼가, 그리고 미역바위 뜬 뱃길이 이 지경으로 돼갈랴치면 죽지못해사는 뱃놈들끼리 떼죽엄을 당할 것이었다.

445. 곽암(藿岩) 4

연신 쓴입맛을 다셔대며 멀뚱멀뚱 앞만 내다보던 도삽이가 한마디 했다.

"채수 보오다. 우리드르 맘으는 기렇지 않드래두 기리타구 너어드르 맘대루 하라구 놔둘 쉬는 없읍매다… 무시기라구 욕으 해주긴 해조야 됩매."

접꾼녀석들도 입을 모았다.

"도삽이 말이 옳습매. 저기르 보오다. 형제섬하구 부체바위 젤 아아드르두 있쟁가? 우리게 뱃길으 제게들 맘대루 꽈는데, 우리드르 그 꼬락시르 보구두 허세비 꼬락시르 하문서리 고냥 눈으 감더라구 일러바쳐봅세. 젤이 그 소리르 듣구 음전히 있을 택이 있겠음?"

충금이는 못 들은체 하면서 눈길을 날려보냈다. 아닌게 아니라 '황암'에서 텃세를 재는 구봉이네 접꾼들 낯짝이 보였다. 복운영감에게 비하면 호강이라고 부를 수도 없었지만 그래도 '형제섬'(형제도兄弟島)·'부체바위'(불암佛岩), 이 두 바위를 가진 구봉이었다. 더구나 '황암' 구봉이라면 '갈마개' 복운영감의 오른팔 노릇을 하는 녀석이었다. 선대(先代)가 포직이었다던가.

도삽이의 말이나 접꾼녀석들의 걱정은 이런 뜻일 것이었다. '공암'에다가 채곽세를 붙여먹고 겨우 살아버티는 녀석들일지라도 어차피 그 '공암'까지의 뱃길은 흘러야 마땅함을 누가 모르겠느냐.

그러나 '공암'에 이르는 뱃길로 '길성' 땅 호강들의 '사암'이 수 십개 들어앉았고, 그 '사암'들의 주위로는 '여기서 저기까지는 이 미역바위의 뱃길이요, 이 미역바위 사방 반마장은 우리 뱃길이니라'하는 식으로, 뱃길이란 뱃길은 어차피 거미줄 본새 아니던가. 그러니 건성으로라도 혼찌검을 내주는 흉내를 내봐야 할 것, 그렇지 않으면 구봉이네 접꾼들이 저들 주인에게 날름 일러바칠것이요 구봉이는 곧 바로 복운영감에게

"영감님, 채수구 접꾼 모두 바꿰체야 할겜매. 기리지 않아도 뱃길이 도산스러워서레 미칠 일 앙임둥? 아, 기린데도 영감님 채수 노무새끼가 혼으 내줄 생각을 않구 허세비 꼬락시르라는 겜매다! 채수노무새끼가 그렁이까 접꾼노무새끼드르두 배통 내밀구 펜안하구… 디리 족체구 혼으 내조두 제게드르 조상 뱃길이니 무시기니 하문서리 악으 쓰는데 가망히 구경만 하구 있당이 말이 됩매까?"

하고 투정할 것이었다. 그렇게 되면 누구만 손해보는 것이랴. 그러니까 눈 딱 감고 상앗대 몇번 휘두르는 흉내를 내자-

"… 그렁거 쯤이야 무시기 어렵겐? 기리치만 뱃길으 가지구 어쩨 저 아아드르만 족체쟁가?"

충금이가 푸우 한숨을 내뜸는데

"에구, 그런 말으 맙소꽝! 지금은 그런 사설으 할 때가 앙임둥. 뉘기 그거으 모르겠음… 기리타문 채수부터 우리드르 모두 앙이꼽구 데러운 이 짓으 당장 그만 둬얍지!"

도삽이가 말을 끝내기 무섭게 상앗대를 쥐어들고 휘둘러댔다.

"너어노무 새끼드르! 어쩨 우리게 뱃길으 따라붙네? 정싱이 없다문 뼉다구르 분질러서리 경탕으 삶아주란 이런 말이잉가? 에엥?"

446. 곽암(藿岩) 5

꺼렁- 호령을 쳐보는 도삽이나, 뱃머리에 앉아 얼쩍지근한 허세를 재보는 충금이나, 또 욕지거 리한마디씩 겨끔내기[219] 본새로 돌아가며 해대는 접꾼 녀석들이나 뱃길도 제대로 못잡아 쩔쩔매는 미천한 뱃놈들 보다 나을게 없다. 아니, 오히려 그들보다 더 천덕꾸러기 팔짜였다.

불호령이 떨어지면 놀란 자라 행세라도 해줄줄 알았는데 녀석들은 여느 때처럼 비위좋게 뻗대지르고 나선다.

미역바위 한 개 가진 것 없고 거미줄처럼 결결이 쳐진 뱃길을 피해 비지땀을 설퀴대지만, 그래도 호강들의 삿살이로 죽으라면 죽고 호통 한 자락이면 껌벅 죽는 네 놈들의 짐승팔짜에다 비길소냐, 하는 오기 일 거였다.

"고영이들 달과체지 말라궁. 아니 멱바우라문 몰라두 길성바다 뱃길으 언제부터 쥌드르 있었능가?"

"송쟁으 만들겠다문 만들구 배르 엎어체겠다문 엎어체 보랑이! 우리드르 제게네들 바우에다 봉으 박겠다구 했네? 제게네들 멱바우르 돌아서 공암에 가자문 백리두 넘게 뱃길으 터야 할낀데 그러자문 우리게는 모두 물송쟁이 되라는 말이궁! 흥- 기기야? 앙이문 무시기야?"

뗏물에 절인 적삼은 바다 간물까지 뒤집어 써서 오갈데없는 오동철갑[220]인데, 녀석들은 그 적삼 소매를 둥둥 말아올리며 눈알들을 데룩거린다.

"그만 했승이 이제 개바우로나 가장이. 우리드르 혼으 내주는 거를 구봉이네 아아드르 다봤쟁가."

충금이의 나직한 귓속말에 접꾼녀석이 뱃길을 돌려잡는다.

"개바우나 자알 간수르 하라구웅- 읍버서리 말으 못한당이!… 말으 할 때마다 사암, 사암, 하는데 앙이 언지부터 사암이 호강드르 멱바우잉가? 에구- 베락으 맞슴

---

219 서로 빈갈이 하기.
220 烏銅鐵甲 : 때가 묻어서 온통 까맣게 됨

매애- 앙이 그렇슴?"

녀석들의 비양질이 길게 이물 꼬리를 따라왔다.

"거 시원한 말으 하는궁. 말이야 천만번 옳지만 뉘기 알아조야지… 간나새끼드르!
죽기살기루 야문에 가서리 말으 할 일이지 어쩨 죄없는 우리르 보구 사설으 읊나?"

충금이는 쓸쓸하게 웃고 만다. 녀석들의 말이 틀린 데가 없기 때문이었다.

'길성' 바다 속의 '사암'이란 것이 야릇하기 그지없었다. 바위 암(岩)자 위에다 사(
私)자를 상투 얹었음이려니, 얼핏 듣기로는 개인의 소유여야 의당하였다.

그러나 본디는 그게 아니었다. '길성' 바다 속의 미역바위는 두 가지 뿐이려든, 그
하나가 '공암'(公岩)이요 또 다른 것이 '사암'(私岩)이라, '공암'은 관유(官有)일 것이
나, '사암'은 각 지선부락(地先部落)의 공유(共有)였으니 이 무슨 해괴한 둔갑일 것
이랴. 말하자면, 어떤 한 문중의 호강이나 어떤 향호배 한 사람의 미역바위가 '사
암'이 될 순 없었고, '사암'은 그 미역바위 가까운 곳의 뱃놈들이 채곽권(採藿權)을
따낸 그들의 미역바위이던 것이었다.

그런데 내노라 하는 호강들이 '사암'을 야금야금 제 것 삼아갔고 빙 둘러 뱃길마
저 나눠 갖겄다.

그러면 호강들의 '사암'은 어떤 것인가.

447. 곽암(藿岩) 6

호강들의 미역바위는 두가지 이름으로 불렸다. 하나는 '문중암'(門中岩)이요, 또
하나가 '사암'(賜岩)이었다.

'문중암'은 근본이 그들의 재산인 관계로 트집을 잡아 볼래야 트집을 잡을 건덕지
가 없는 미역바위여서, 이름마저 이쯤 서슬푸르던 것이다.

그런데 '사암'이란 이름의 미역바위가 썩 야릇한 것이었다. 가난한 뱃놈들의 공동
소유인 '사암'(私岩)이나 호강들의 '사암'(賜岩)이가 부르는 소리는 같되 글자만 틀

렸던 것인데, 아둥바둥거려 봐야 맨주먹뿐인 뱃놈들이 어찌하여 호강들의 '사암'에다 대고 언턱거리를 부리며 뱃길 투정을 일삼아보는 것이랴. 그 내력이 이렇더라.

호강들의 '사암'은 본시가 가난뱅이 뱃놈들의 것인 '사암'이었다. 그 미역바위에 가까운 여러 골의 뱃놈들이 미역을 따내되 관아에다가 채곽세를 바쳐왔던 미역바위였다.

그런데 가진 것 없는 가난뱅이들이 하는 짓이라 채곽에 여러가지 난고가 따르던 것이었다. 송목을 사들여선 배를 짜는 일이며, 일렁이는 파도를 재울 양으로 수면에다가 어고(魚膏)를 뿌리는 일이며가 모두 돈없이는 못할 일이려든, 미역바위 층층이 미역다발이 어우러졌다 한들 그 절반도 채곽하기가 힘들던 것이었다.

"아니 어찌하여 사암 곽세가 이렇단 말인가. 채곽의 공역이 어장보다는 미세하다 하나 그역시 심대할 것인즉 적수하호(赤手下戶)의 신분으로 채곽의 역사를 실행하기란 실로 난고가 지대할 것… 선조(船造)할 재력도 없을 뿐더러 심지어는 어고를 매입할 재량도 없는 하호들에게 채곽을 전담시키느니 그 채곽의 공역을 호강들에게 지배케 하면 실적이 과승할 것이라."

관아가 이렇게 골머리를 썩힐 즈음해서 호강들은 제꺽 그 기미를 밀탐케 했던가 보더라. 어고를 닥치는 대로 사들여 어고값을 하늘 끝까지 치솟게 작모해놓고, 낌새만 엿보는데 과연 관아가 그들의 등을 떠밀어 주던 것이다.

이른바 곽세의 세납(稅納)과 공납(貢納)의 실적이 부진하다는 이유를 들어 호강들에게 '사암'의 채곽권을 줬던 것이었다. 채곽의 공역(功役)에 드는 경비를 호강들이 부담하되 부락민들에겐 삯전을 주고 그 대신 세납을 어기지 말 것이며 공납을 후하게 바치라는 조건이었다.

그러나 어전을 고양이가 지킨 격이다.

"이거이 대새 났읍매다! 하호들 삯으 주구, 세납으 바치구, 공납으 넣구 해봤덩이 채곽에 든 공전만 손해봤음매! 그런데두, 하호드르 샀으 더줍소, 바우 임자드르 체면으 더 세워줍소, 하문서리 달과쵭매다!··· 할쉬없음매! 손으 뗄쉬밖에!··· 공납으 더 자알 넣겠응이 우리게에게 무시기 권리르 주던지 채곽권으 우리게에게 넘겨주던지···"

뻔질나게 관아를 들락대던 호강들은 기어코 '사암'의 지배권을 따내기에 이르렀다. 말이 지배권이지 소유권을 넘겨받은 것이나 다름없었고, 이름마저 '사암'(賜岩)이라 바꿨다는 내력이더라.

448. 곽암(藿岩) 7

충금이와 접꾼녀석들이 사생결단을 낼 양으로 '개바위'를 향해 가고 있을즈음- 당포는 꾀병을 앓노라 엉뎅이가 짓무를 지경이었다. 한숨 깜빡 잠이 든다쳐도 덕포댁이 아른거려 못견딜 판이었고 소스라쳐 일어나 앉으면 고미끝까지 다 차서 둥둥 떠도는게 또 덕포댁의 얼굴이었다.

"윔매에- 덕포댁!"

당포는 영귀접[221]을 끝낸 무당처럼 식은땀을 얹고 화닥닥 일어나 앉았다. 갓난장이 잠투세도 이쯤 요란하진 않을 거였다.

"허어- 고녀려 지집년이 길성 황진으로 백혀들었다? 아니 해필이면 으쩨 길성땅이디냐!"

입속으로 가득 고인채 잘근거리는 엿물같은 침줄을 꿀꺽 삼켜대면서 허망하게 읊고 본다.

꿈자락이나마 짐승들 희작을 마다하면 오직 좋으랴. 그러나 눈거풀 감기기 무섭게 펼쳐지는 꿈자락이란 것이 한결같게 살을 섞는 짓거리 아니면 제풀에 그만 정수

---

221 靈鬼接 : 귀신이 접한 것과 같이 척척 알아맞히다. 혹은 접신하다

낭을 짜대서 물근물근 단물이 솟는 해괴망측한 것들이었다.

당포는 허리춤 속으로 손을 뻗쳐 사타구니께를 더듬었다.

"에라 천하 불쌍것!"

입천장으론 열비듬이 얹힐 한숨이 절로 새면서 한숨끝자락마다 끌끌 마른 혀질이
섞였다. 불끈 들리운채 떨거덩 떨거덩 노니노니 당고금(이틀거리 학질) 앓는 신열
도 무색하게 벌벌 끓어대는 신두요 그 신두 끝에서는 벌써 조청이 다된 정수(精水=
정액)가 천덩거리며 끈끈한 실을 자아내었다.

당포의 속사정을 아는 사람은 충금이와 도삽이놈이었다. 둘이가 어찌나 달달 볶
아대던지,

"자네딜 말이 옳니이─ 그짓말 안보태고 그 지집년은 제포에서 술장시했든 사람이
여!… 나허고 살도 섞고 죽자사자 좋아했든 지집이여!"하고 말았었다.

"사내노무새끼가 그기 무시기 허툰 수작이넨? 그 당장으루 사탱이르 봉으 박을 일
이지 내언제 본 사람인가 하문서리 능청으 떨당이!… 내 개바우 봉으 박구 황진에
갈탱이까 거게서 만나자궁! 목개 매방이가 황진에 있승이 염탐으 할 겸사루 황진에
가갔다문 쥅이라구 벨 쉬 있겠네?… 너어 맘대루 꾀병으 앓든지 도삽으 떨든지 해
가지구서리 실수 없게 일으 하라궁!"

충금이의 말이었고

"에구, 채수 말대루 하라궁. 어떤 노무새끼는 복두 많지! 사탱이르 까구서레 봉으
박구! 복으 타구 난 새끼는 가망이 있어두 사탱이가 일럴 오오다 하문서리 까벌려
주거덩… 에엥─"

단침을 꿀꺽 삼키던 도삽이었다.

"사알 사알 굿마당을 벌려본다냐 으짠디냐아…"

당포는 길 떠날 채비를 서둘렀다. 울안을 서성대던 복운영감이 눈을 화등잔만 하
게 치떴지만 매방이가 황진에 있다는 당포의 너스레에 속아 금새 딴사람이 됐다.

"기기 잘됐궁… 납월 미일에두 눈으 주시덩이 우리게 일으 도와주시는 용천농갬

의 은혜가 이리 바쁠 수 있겠네! 팔째에 없는 복이 아잉가."

449. 곽암(藿岩) 8

 턱주가리가 덜그덕 대도록 모진 추위가 기승을 부렸다. 간간이 몰아가는 바람이 바늘 끝을 세운 양 볼따귀를 쏘아댔다.

 당포는 주막 뒤안의 현삼초 덤불 속에 옹크리고 앉아 주막 안 동정을 살폈다.

 "먼녀려 날쌔가 요롷고롬 지랄같다여. 볼태기가 떨어져 나갈라고 한디 한정없이 지달릴 수도 없고… 으짠다?"

 해가 떨어지려면 아직도 멀었다. 바람줄이라도 피할 작심으로 현삼초 덤불속에 앉았지만 삐쩍 말라 비틀어진 민대들이 바람막이 구실을 할 리 없었다.

 생각 같아서는 성큼성큼 주막으로 걸어들어서 빼득빼득 얼어붙는 몸뚱이에다가 우선 술김을 지피고 싶었다. 그러나 덕포댁 때문에 그럴 수도 없겠다. 보나마나 '오매야!'하는 비명에 곁들여 눈을 뒤집어 깔 것이었다. 그 험상궂게 생긴 사내가 기미를 잡았다 하면 초주검되게 눅진눅진 주먹찜질을 앵길 지 누가 알랴.

 그 때 어린 것 칭얼대는 소리가 일었다.

 "에구, 이 머저리노무새끼 잠두 앙이자구 어쩨 사람 정싱으 빼네?"

 사내의 불퉁스러운 고함이 꺼렁 울리기 무섭게 어린 것 울음소리가 강그러졌다.

 "와 아는 쥐어박고 그러노얏!"

 덕포댁의 목소리가 앙칼지게 울렸다.

 "이 간나 사램으 생으루 잡는궁. 내 언제 줴박았넨? 신다리르 이렇기 가망이 튕기줬덩이 엄살으 떨구."

 사내가 토방으로 내려서는 모양이었다.

 "바램이 이리 체구 날씨가 침웅이 술으 먹는 새끼드르도 없궁… 용말에나 가서리 요곳드르 등골에 선땀이 나도록 달과줴야쟁가."

"흥. 뗄낭구도 고마 다 동나 삐릿는데 마실은 와?"

"썅간나 입으 닥치랑이. 내 술값으 받아오겠다궁… 요곳드르 물송쟁 기상으 해가 지구 수작으 떠는데 술값이 아니라문 장작가비라두 메구 와야 되지 않겐?"

"그라모 날로보고 낭구 해오라는 말이강?"

"… 기기야 너어 맘대루 할깁지. 저엉 엄살으 떨면 내 거게서 잠으 자면서라두 기어쿠 받아낼 태잉가… 알겐?"

"모른다카모 우짤끼요? 술도 앉치야할낀데 낭구도 없고… 내 집 두고 잠은 또 와 용말에서 자노야?"

"후웅- 말으는 열녀 말으 하는궁. 잠은 어드메서 자든지 상광이 무시기 있다구."

"누가 열녀라꼬 했나?"

"열녠줄으 알았덩이 기기 애이였구만… 기리타문 무시기 걱정잉가. 시나이두 없구 간간하잉가 어떤 장새노무새끼 하나 붙잽어서리 단물으 빨던지 하문 될기지. 내 언제 너어 시나이 체면으 했등야? 내 읍버서 말으 못 하겠다궁. 허엄-"

사내의 뒷모습이 토방을 질러 나갔다. 이내 경중경중 뛰어 모습을 감춘다.

"오매야아- 내 쏙 썩어 우쩨 살꼬오-"

덕포댁의 흐느낌이 낮게 일었다. 당포는 현삼초 덤불 속에서 빠져나왔다.

450. 곽암(藿岩) 9

가슴패기를 땅바닥에다 낮게 붙이고 기어대던 당포는 아차 싶었다. 염탐꾼의 눈에 들었다가는 개죽음을 당해도 할말이 없었다. 덕포댁과 더불어 한밤을 난질거리게 세워볼 참이면 우선 부정탈 것들을 말끔히 쫓아내는 액땜 한 자리 없어서야 말이 될손가.

무릎을 세우고 앉은채 고춤을 풀었다. 산중턱을 향해 늘비하게 내달리는 현삼초 더미를 동편으로 가늠해 보며 꿜꿜 오줌발을 내갈겼다.

이젠 어엿한 남의 계집 덕포댁이었다. 남의 계집을 후릴 맘이면, 동쪽을 향해 오줌발을 짜되, 꼭 세번 침을 뱉어야 뒷탈이 없다던가.

"퇴에- 퇴에- 퇴엣-"

당포는 걸쭉한 침을 세 번 길게 내 뱉고나서 고춤을 올렸다. 앞일을 짐작잡고 지레 달아오른 양 욱신욱신 후끈대는 양물 머리가 찬 바람 한 줄에 외가닥 김을 뿜어올린다.

당포는 단숨에 뒤안을 돌아 부스깨 속으로 닥쳐들었다.

"오매얏!"

부스깨 쪽마루에 달랑 걸터앉아 한숨줄을 감노르게 내뿜고 있던 덕포댁이 질겁했다.

"… 누, 누고오?… 요 사람이 시방 누, 누고오…"

눈앞에 떠억 버텨 선 사람이 당포임을 알아차린 모양이었다. 덕포댁은 연신 헛소리를 내뱉더니 머리통을 벽에다 쿠웅 찍어대며 끄윽- 된숨을 몰아쉰다. 당포를 올려다 보는 눈이 멀겋다. 거진 혼줄이 나간 꼴이었다. 주먹을 쥐고는 앞가슴을 몇 번 쳐대던 시늉이더니 고대 목아지를 옆으로 꺾는다.

당포는 와들와들 떨리는 걸음으로 덕포댁에게 다가갔다. 덕포댁의 머리통이 스르르 벽을 타내리더니 이내 쪽마루에다 몸뚱이를 털썩 눕혔다.

"요런 불사시런 지집년, 요런 판에 기절하먼다여?"

당포는 물질동이의 뚜껑을 열고 불끈 들었다. 물벼락을 씌울 요량이지만 쏟아지는 물이 없다. 주달병 앓는 머슴놈의 뱃구레 본새로 뎅뎅 부풀어오른 물이 모양새 그대로 꽁꽁 얼어붙었다.

당포는 맨주먹으로 껑껑 얼음을 내려 찍는다. 얼음이 깨지면서 당포의 손은 금새 핏물로 범벅을 쳤다.

덕포댁의 머리통에다 물벼락을 앵겨줬다. 덕포댁의 등줄이 움찔움찔 꿈틀거린다 싶었다. 몇 차례 머리채를 탈타알 떨어대고 난 덕포댁이 그제서야 희멀겋게 눈을 떴다. 몸뚱이를 추세우기 무섭게 그냥 울부짖는다.

"아고야, 아고야아- 내 몬산따아- 사나덜은 무신팔짜가 고레좋아 지맘대로 강산천지 다아 유람 댕기꼬오- 나너언 무신 죄를 지었다꼬 알로 업꼬 문디이 팔짜 됐능강- 누꼬?… 시방 내앞에 섰는 사람 누꼬오?-"

덕포댁을 싸안곤 함께 목을 놓고 울어도 시원찮을 당포였다. 그러나 마음같지 않게 느닷없는 울화가 치밀었다. 그 난리통의 '제포' 바다가 떠올랐기 때문이었다. 덕포댁의 머리채를 감아쥐고 당포도 미쳐봤다.

"몰강시럽고 독한 지집년! 나는 니년땜새 아부지 시신도 못 챙겼여!… 니년 땜새!"

451. 곽암(藿岩) 10

덕포댁은 당포의 허벅지 위로 가슴을 묻어온다. 콩닥콩닥 뛰는 염통의 고동이 당포의 아랫도리를 얼얼하게 닳쿠고, 흐느낄 때마다 헉헉 내뿜는 불김같은 입김이 하필이면 사타구니께에서 밑불 기세였다.

"… 울덜말어!… 참말로 대곡을 칠 늠은 나여. 니년 만나보겠다고 제창에 들어갔다가 식구덜 빽따구도 못 챙긴 생각만 하면 시방도 이가 갈려!"

덕포댁의 입김이 용케 사타구니 께에서만 늘부적거리는 통에 불끈 불끈 뻗지르는 양물이 삼동가마²²² 엏힐 이맛돌²²³도 떠받들 본새였다. 대뜸 배퉁이를 타고 오르자니 짐승의 색정만 일떠세우는듯해서 우정 지난 날의 투정을 핑계삼아 한전나게 체면을 세워보겠다.

"술꾼 들어오다가 듣는데도 이 지랄이엿!"

덕포댁의 등짝을 시렁가제 들어올리듯 해보지만 덕포댁은 두팔을 벌려 당포의 허리통을 오지게 껴안는다. 차악 달려붙는 꼴이 풀섶안고 샛바람타는 홍낭자(紅娘子

---

222 커다란 가마 솥
223 아궁이 입구의 위에 가로 걸쳐 놓은 돌

=메뚜기)나 진배없다.

"계접시런 지집허고는… 으째서 꼼마리²²⁴에다가 콧뱅이는 쳐박고 이런디야? 요거 치내랑께. 어여…"

당포는 이러다 말고

"웜매매"

바른 신음을 뺄고 말았다. 덕포댁의 두손이 당포의 양물을 물컹 옥쥐고 나선 거였다.

당포는 더 견딜 재간이 없었다. 덕포댁을 불끈 들어 두팔위에 엊고는 방속으로 들었다. 방바닥에 다 내려놓자 말자 막무가내 덮쳤다.

덕포댁은 '덤장' 두 담그물이 벌어지듯 가랭이를 까벌리고 벌렁 눕는다. 벌벌끓는 두손바닥으로 당포의 턱주가리를 받쳐든다.

"… 봅시더! 어데 보입시더!… 참말 댕포제? 구신 앙이제?… 구신이 아니모 말쫌 하거라!"

"… 그려!…"

"… 참말?…"

"댕포다, 댕포!"

당포의 손길에 앞서 덕포댁이 제 스스로 아랫도리를 까내렸다.

"오매야! 오매야아-"

덕포댁이 당포의 양물을 잡고 '임통' 속에다 장목을 질르듯 꽂는다. '임통' 속을 꿀렁꿀렁 노는 '초망' 본새겄다. 매끈매끈한 논지렁이를 함방지게 뒤집어 쓴 양물이 빠듯한 '임통' 속을 휘젓는다

"… 댕, 댕포야!… 나 고마 죽능갑다! 오, 오매얏"

덕포댁의 연굽이치는 허리통은 밭가랑 파대는 보습임에 다름없고 당초의 불두덩

---

224 '고의춤'의 방언

은 그 보습의 머리를 누르고 조인 아래덧방처럼 덜그덕거렸다.

당포는 불김 지핀 방속에 든 듯 녹작지근 지쳐갔다. 덕포댁의 후끈후끈 닳는 옥문 속은 그대로 고향땅의 놋방만 같았다.

당포는 거푸 세 번이나 아찔한 어지러움증을 느꼈다. 사타구니의 힘이 시르죽었을 때에야 곤한 잠속에 빠진 어린 것을 봤다.

당포는 여덟개의 술망치를 비우고나서 그대로 길게 뻗었다. 연해서 눈꺼풀이 무겁도록 졸음이 달라붙던 것이었다.

452. 곽암(藿岩) 11

생시보다 더 맛갈진 꿈속이었다. 눈알에다가 벌겋게 핏발을 세우곤 살기등등 계집 몸뚱이를 탐하는 생시가, 노그러지는[225] 뼈마디로 계집의 구석구석을 선자귀질[226]하는 꿈속의 희감을 어찌 당할까 보냐.

당포는 잠결속에서 덕포댁의 몸뚱이를 다시 끌어안는다. 동글반반한 방댕이를 위아래로 슬슬 쓸어내리다가 말고 허벅지를 바짝죄어 사타구니께에다 꼬옥꼈다. 불두덩이 있음직한 곳을 짐작해놓고 허리통을 느슨느슨 몽그작 거리는데 어쩐 일인지 나긋거리는 맛이 없겠다.

"… 지집년 빽따구가 느닷없이 간봉(杆棒)[227]이 됐다냐?"

하며 헛소리를 마무리 하는데, 맹맹거리던 귓청이 밝아오면서 두런거리는 사내의 목소리가 섞여들었다.

당포는 야릇한 낌새를 잡고 눈을 떴다.

"… 어엉?…"

---

225 쳐서 맥이 빠지고 축 늘어지다. 규범 표기는 '노그라지다'.
226 선자귀 : 두 손으로 들고 서서 나무를 깎는 데 쓰는 큰 자귀
227 좀 굵고 기름한 막대기

당포는 벌어진 입을 다물 새가 없었다. 윗목에 쪼그려 앉아 버선코만 비트작거리고 있는 덕포댁이요, 그 옆에서 어린 것의 잠투새가 한창이다.

당포는 눈길을 돌려 바로 코앞을 올려다본다. 사내가 중둥화로를 사타구니에다 껴고 앉았다. 눈알을 멍청스레 껌벅대며 당포를 내려다 보는가 싶더니 떡판처럼 넓은 가슴패기를 부풀리며 푸짐한 하품을 내뿜는다.

꼼짝없이 개죽음을 당하는구나 생각하며 당포는 눈둘 바를 모른다.

"잠으는 펜히 잤읍매?… 이제 내 신다리르 돌려주오다. 에구, 힘이 어쩨 그리 장세입매? 내 신다리 분질러주능구나 하문서리 근심으 했읍매다아-"

사내가 그제야 다리를 뺐다. 사내의 장단지가 당포의 사타구니 속에서 스르르 빠져나간다. 잠결속에서 덕포댁의 허벅지이거니 여김했던 것이 바로 사내의 다리였던 모양이었다.

'디져도 고냥 디지지는 못하겄제… 먼 죄로 요런꼴을 당헌댜!'

당포는 이렇게 생각하며 일어나 앉았다. 사내의 봉깃돌 같은 낯짝을 간단없이 벼락쳐놓고 줄행랑 놓는 일이 그중 묘방일 것이로되, 당포는 머리통을 푸욱 꺾고 만다. 사지가 떡벌어진 허우대며, 제 팔뚝 두 곱은 실히 되고 남을 간목같은 두 어깨며, 철없이 대들었다가는 발길질 한 번에 혀 빼물고 죽기 십상이었다.

"… 재미도 자알 봤구, 잠으도 자알 자고 났승이 얘기나 합세다."

별난 녀석이었다. 다른 사내들 같으면 벌써 초주검을 만들어 놨을 거였다. 그런데도 녀석은 하냥 야젓하게[228] 놀아난다.

불도두개[229]로 불심지를 세우고난 사내가 덕포댁을 보고 말했다.

"간나가 어쩨 저렇게 맥으 못쓰구 저러능가. 날쎄두 칩구, 손두 들었구 한데, 술백기 무시기 더있겠네? 술으 조야지. 에구, 저 병신간나르 보랑이! 얼피둥 술으 내오라는데 무시기하능야?"

---

228 점잖고 무게 있게
229 '부삽'의 방언

덕포댁이 방을 나갔다.

"기리구봉이까 낯이익습매… 갈마개 채수르 보러왔었쟁가?… 맞습매?"

사내가 당포를 빤히 건너다본다.

453. 곽암(藿岩) 12

당포는 앉은 자리가 바늘방석 같아 견딜 재간이 없었다. 명색이 사내체신이려던, 중등화로를 들어 사내의 머리통을 으깨놓든지 계집의 허리뼈를 작신작신 부러뜨려 머리채를 정강마루에다 매달든지, 어떻든 간에 한 번쯤은 횃불을 터뜨려 놔야 옳았다.

그런데도 녀석은 도시 횃불 돋치는 기미가 없다. 늘근늘근 시시적거리며 왜장치는 꼴이 보통사내가 아니었다.

덕포댁이 술을 가져왔다. 두 사내 앞으로 죽소반을 밀어놓고난 다음 웃목에 가서 앉는다.

"내 당시잉하구 인연으 맺게될 운쉬였을겝매… 건너 말에서 밤으 세우구 뒷산에나 올라가서리 꽁이나 줏어올까 했거덩. 날쎄가 칩구 눈으 쌓이면 동태기난 꽁이 죽어 떨어지거덩… 꽁괴기 뻑따구르 아삭아삭 씹어먹겠다는 술꾼이 좀 많쟁가?… 기린데 고냥 집으로 왔덩이 저 간나하구 당시잉하구 신다리르 짜악 겹쳐 얹구서리 자구있쟁가?"

사내가 눈길을 돌려 덕포댁을 살폈다. 덕포댁이 어린것을 안아들며 휑 돌아앉는다.

"좀 나가있쟁쿠. 나 이 사램하구 할 말이 있승이까."

"… 요레 추분데 알로 업고 어델 나가요?"

"말으 들으랑이! 음전히 나가라궁… 내 제게네들 재미 본 것으 가지구 무시기 욱다지르자는 맘인 줄으 아네? 시나이끼리 할 말으 알아조야지. 얼피둥 나가랑이까."

사내의 목소리가 높자 덕포댁이 부시시 무릎을 세웠다.

"죽일라카모 고마 여기서 쥑이삐리소… 와 내만 나간답니꺼?"

덕포댁은 당포가 걱정되는 모양이었다. 흥건하게 눈물이 고인 눈을 내려깔고 당포를 담는다.

"에구 요고올- 미친 말으 작작 하랑이까! 무시기 죽을 죄르 지었다구 사램으 죽일네?… 말으 얼피덩 끝낼탱이까 되비 들어오라궁."

덕포댁이 멈칫멈칫 뭉적거리다가 방을 나갔다. 사내가 술사발을 당포에게 건냈다.

"자아- 와난이 술으 먹구 얘기나 합세다."

당포는 단숨에 술사발을 비웠다.

"에구, 기리 바삐 마시면 주갈독으 잡습매다.… 주량이 보통이 앵이궁. 옛날에는 서너이 중두리르 비워야 술끼가 겨우 돌았는데 이제는 한사발만 마셔두 취기가 오르거덩."

사내는 능갈지게 엄살을 떨며 술사발을 비웠다.

"말투가 하삼도 사램이궁. 거게 중에서두 전라도 앙이겠음?"

"… 전라도 뱃놈 맞으여…"

"나는 공성땅 방진노무 새끼오다."

사내는 꺼억 개트림을 뱉었다. '공성'(孔城=함경북도 경흥군慶興郡) 땅 방진(芳津=나진) 뱃놈이라면 뱃놈들간에서는 어지간히 소문난 종자들이겄다.

함길도 뱃놈들 중에서도 그중 억척스럽고 성깔 드센 패거리라면 영락없이 '공성'에서 흘러든 녀석들이었다.

"… 똥쇠라구 합매. 우리 어망이가 똥깐에서 나르 나았거덩."

녀석은 좀전에 부렸던 엄살과는 달리 거푸 세사발을 단숨에 비웠다.

454. 곽암(藿岩) 13

"커어- 살으 섞어봉이 맛으는 어쩝데까? 저 간나 겉으루는 내 옐네오다 하문서리 음전이 피우지만 속으로는 화양끼가 있거덩."

똥쇠놈이 손바닥으로 주둥이를 닦아내며 능청스레 웃는다.

가뜩이나 몸 둘 바를 몰라 비지땀을 일궈대는 판인데 비양질마저 얄궂었다. 맞받아 농을 치자니 이때다 하고 주리를 틀 것 같고, 성깔을 돋궈보자니 내세울 건덕지도 없고- 당포는 똥쇠놈의 오련한[230] 마음 속을 알 길 없어 생목이 오를 지경이었다. 조볏조볏 부끄럼기를 타며 엉덩이를 들썩거려 보던 당포는 제풀에 실죽 웃어 보이고 말았다.

똥쇠놈이 푸우 한숨을 내뿜었다. 떠억 벌어진 가슴속에서 익은 한숨이어서 그런지 헌갈차게 물결을 높이는 바람줄 기세였다.

"그렁건 기리타 치구… 내 조상두 전라도 사람이라구 했읍매. 백년 전에 우리 한아방이가 전라도에서 공성으루 왔었다구 합두구만."

똥쇠놈의 말은 옳았다. 세종25년(1443년)에 하삼도(下三道=충청·전라·경상도) 백성 이백여호를 이주시켰던 그 일을 이름일 것이었다.

당포는 똥쇠의 그 말에 좀 전까지의 부끄러움도 말짱 가셔지는 느낌이었다. 하필이면 전라도 핏줄끼리 계집 하나 놔두고 싸우는 신세랴 하는 생각이 들어 또 술 사발을 비웠다.

"당시잉이 전라도 사램만 앙이라두 대새났지비, 어쩐 머저리노무 새끼가 이런 꼴으 당하구두 내 부체다 하문서리 가망이 있겠음?… 내 같은 전라도 핏줄이다 하구 말탱이까 그대신 내 부탁으 들어옵소꽝!"

똥쇠는 당포의 코앞으로 바짝 머리통을 들이밀었다.

"저 간나가 내 가물덕[231]이나 된대문 몰라두, 술으 파는 간나에게 엎쳐서리 밥으 비러먹구 사는 팔째잉가, 저 간나가 서방질으 한데두 내상광으 할 쉬도 없읍매… 내 무시기 그럴 팔째라구 간나르 달과체구 하겠음?"

---

230 모양 따위가 분명하게 드러나지 아니하고 보일 듯 말 듯 희미한
231 마누라

"……"

"간나두 간나겠지만 당시잉두 그렇습매. 술으 파는 간나르 한 번 붙어 먹었다구 기기 무시기 죄르 지은겐가?… 애무한 사램에게 죄르 씨우구서리 앙가프므 하자능기 앙이오. 그렇이까아…"

똥쇠는 무릎걸음으로 다가앉더니 당포의 손목을 덥석 쥔다.

"보오다! 나르 접꾼으 망들어 줍소 꽝… 어쩐 일이라두 시키는대루 벤통없게 하겠읍매다! 미역바우르 앗아오라문 앗아오겠구 다른 개노무 새끼드르 빽따구르 퉁기라문 빽따구르 퉁겨 놓겠읍매다!… 하루 이틀 앙이구 간나 눈치르 보문서리 어쩨 살겠관디. 봤지 않았음? 저 간나 눈살으 꼿꼿하게 뜨구 나르 허새비꼴악시르 망글으는지…"

당포는 순간 매방이의 얼굴이 떠올랐다. 매방이를 똥쇠놈에게 떠맡기면 실타래 구르듯이 일은 자르르 풀려 갈 것이었다.

"따끈이는 모르겠지만서두 아아 아방이가 당시잉 앵이겠음?"

"… 뭇이여?…"

당포는 이게 무슨 헛소린가 싶었다.

455. 곽암(藿岩) 14

"놀랄게 무시기 있다구!… 내 쭈욱 봐왔읍매."

당포는 상투꼬리가 산벼락질 치도록 놀라며 이때를 놓칠세라 똥쇠의 기를 굽잡고 나섰다.

"고런 말을 허면 베락맞으여! 지 정수낭 짜대서 맹글은 자식새끼를… 시상에!…"

똥쇠가 여태까지 부러 얌전을 떨던 기미를 싸악 걷우고 술망치가 깨져라 팔을 세웠다 놨다.

"앙입매! 내 말으 도삽이라구 하문 이 공성땅 똥쇠 화뿔으 돋칠깁매!… 똥쇠르 두구 사램드르 말으 합두구만. 그 사램 보기는 머저리노무새끼 같아두 속이 음전하기가 부체같다구… 내 무시기 뒤가 튕긴다구 도삽으 떱매까?"

이런 말을 듣고서야 술 들어갈 배가 따로 있더냐. 당포는 빈 술망치를 들고 대구 흔들어 보지만 술망치들은 말끔히 비었다.

"술백기 없음매."

똥쇠가 방을 나갔다.

'뭇이여? 저녀리 셰끼가 내 셰끼라고?… 안여! 택도 안닫는 소리여!… 햇수로 두 해 흘렀지 않다고?'

당포는 생각을 쫓다말고 흠찔 굳었다. 똥쇠가 아예 중두리째 들고 방에 들어섰기 때문이었다.

거푸 두 사발을 넘긴 똥쇠가 혓바닥을 길게 빼물고 입술을 핥아내린다. 어지간히 소갈증이 동한 모양이었다.

"… 내 쭈욱 봐왔쟁가?… 내 저 간나르 만났을 때부터 맴으 놓을 쉬 없었읍매다. 무시기 그렁가?… 핏덩이 게우 면한 아아르 업구서리 갯가르 해매이능겝매다. 가망히 봉이까 마생이르 타구 내린거이 분명합두구만. 마생이라문 함길도에서 강원도르 갔다오는 장사배 앵이겠음?… 봉이까 그 주제에 상포르 여서이 필으 메구 있잖겠음. 기린데 일이 터진겝매. 황천 뱃놈드르 저간나르 붙들구서리 내게다 제게다 하문서리 한 판 앵깁두구만.

뱃놈드르 간나 사챙이[232]르 뒤제기구 쌩난리르 피우는 통에 간나가 뻐엉 나가떨어지덩이 기르절 합두구만.

쌍간나노무 새끼드르 두 신다리르 붙잡구서리 튕기는데 가망이 뒀다가는 간나 옥문두 베기날끼 같잖옵매… 내 지금으 생각해도 알쉬없궁.… 내 무시기 힘으 쓴다구 기랬는지…"

밖은 매서운 추위가 물고 생가지고 쩌억쩌억 얼어붙이는데 똥쇠는 이마 위로

---

232 '새끼'의 방언

땀방울을 송글지며 느닷없는 더위를 타는 양이었다.

"… 그래서 으쨌당가?"

"무시기 어쩨구 저쩨구 합매까? 아아아드르 벽다구르 튕게주구 살점으 썰구찍구 해서리 간나르 구했읍매다. 봉이까 뱃놈드르 상포르 노리잰겠음?… 내 무시기 자 알 났다구 그러겠음. 황진 조씨문중 담살이르 사는 팔째에!… 오죽 못난노무 새끼 가 미역바우 접꾼두 앙이되구 담살이르 살았겠음?… 야문에 끌려가서리 곤장으 서 른장으 맞구 나와봉이 저 간나가 눈물으 흘리문서리 살제는 젭매다! 살았지비이-"

생긴 것과는 딴판으로 똥쇠가 눈물을 글썽거렸다.

456. 곽암(藿岩) 15

그적 일을 낱낱이 들춰내는 똥쇠의 말솜씨가 어찌나 생생했던지 당포의 콧마루 도 찡 울었다. 장사배 속에 껴앉아 '황진'까지 왔다면, 덕포댁은 필경 당포가 지나 간 자리는 다 수소문 해대며 죽을 고생을 치러냈을 거였다.

'황진' 갯가에 떨어지자 말자 무지막급한 뱃놈들에게 그 곤욕을 당하고, 가랭이 를 까벌리고 나동그라진채 그통에도 상포를 움켜쥐고 발버둥쳤을 덕포댁이 새삼 안쓰럽던 거다.

덕포댁은 당포란 뱃놈 못 잊어 고생을 제 스스로 사서 했다치자. 더욱 기특한 녀 석은 똥쇠놈이었다. 제 말마따나 '길성' 땅에서 미역바위 접꾼도 못된 담살이 팔자 였다면 그 같은 짓을 어디 엄두라도 내보랴. 그런데도 가엾은 계집을 위해 목숨을 내걸고 그 죄로 관아의 곤장맛을 그쯤 호독하게 당해냈으렸다.

"… 으찌께 되얏든지 자손대대로 복받을 일을 했니이!"

당포는 삼복염천에 생숙탕(生熟湯)[233] 들이키는 마음으로 이렇게 말하고 말았다.

---

233 끓인 물에 찬물을 탄 것을 이르는 말. 곽란, 구토 따위에 쓴다.

"기리구 말입매다… 내 갬히 아아 아방이가 당시잉 앵인가 하구 말으 한 것은 하나투 도삽이 앙입매!… 여러차례 봤읍매다. 아아르 안구서리 눈물바램이 하문서리, 댕포야, 댕포야아, 하지 않겠음? 잠으 자는 척하구 가망히 들어봤덩이 또 이러능겝매다. 너거 아부지는 어딨노, 니는 너거 아부지 있는 곳을 아나?… 이러문서리. 간나가 아아 아방이르 찾아서리 왔구나 하구 짐작으 잡았는데, 바루 그날 일이 터진깁매. 당시잉으 보자말자 눈살으 사백창 해가지구 술중두리르 바스구……"

"… 허어-"

당포는 사지가 접질러 오는 기분이었다. 만만한게 불솥같은 탄식이었다.

"공째루 밥으 얻어먹는 짓두 지금으는 진저리가 처집매다! 접꾼 삼반으 짖는 꼴악시르도 좋응이까 나르 데리 갑소꽝! 이렇기 빕매다!"

똥쇠가 두 손바닥을 싹싹 부벼대며 청승스레 무릎을 꿇는다.

"저 덕포댁은 으짜고?"

"에구, 저 간나가 어쩨 지 가물덕(마누라)이겠음!… 이젠 아주망이 앵이겠음? 성(兄)예 안깐(아내)으 개지구!"

똥쇠가 대뜸 말을 올려부르고 본다.

당포는 형님이요 덕포댁은 형수 아니겠느냐는 말일 것이로되 일의 진전이 너무 화급스러웠다.

"함께 떠납세다!"

"… 당장은 안되여! 나 하나 목심도 간수 못하는 팔짠디."

"기리타문 성님하구 나하구만 떠납세다! 도망으 치문 되는깁매!"

"으찌게 고런 짓을!"

"아아 때뭉입매? 기리타문 아아르 돌체매구 도망으 칩세다!"

"… 고것도 당장은 에렘당게……"

"에구, 그럼 나는 어쩨란말이? 내 어망이두 전라도 사람이었음! 같은 핏줄으 가지구 어쩨 이럽매까?… 곡자나 마스구 술가매에 불으땔때, 새완이 팔째 이럴 쉬 있겠음?"

똥쇠가 당포를 싸안았다.

당포는 다짐했다. 똥쇠는 갈마개로 대려가면 되겠고, 덕포댁과 제 씨들은 세월 좋을 때 챙겨 가리라.

457. 곽암(藿岩) 16

각력희(角力戲=씨름판) 세절도 아닌데 '갈마개' 갯가로는 느닷없는 씨름판이 벌어졌다.

소문이 이웃다섯골에 가닿은 연유인지는 몰라도 구경꾼들이 심심잖게 모여들었다.

똥쇠를 데리고 왔을 때 복운영감은 펄쩍뛰며

"내 장새 채수 충금이르 대리구있잰? 갈비짝으 다쳤다구 송쟁이 됐낸… 아양 접꾼이라문 치가 떨린당이. 황진조가문중에서 담살이르 살았데문 저노무새끼가 조가 염탐꾼인 줄으 어찌 알겐?"

하며 채머리를 떨어댔었다. 그런데 오늘은 딴판이었다. 똥쇠의 우격다짐이 예사것이 아니라고 짐작 잡았기 때문일 것이었다.

그때 똥쇠는 대뜸

"젠농갬님, 말씀으 정으 가지구 합세다. 내무시기 채수르 하겠다구 했읍매?접꾼 돼개지구 멱바우나 직히겠다는 겝매다.… 기리구, 무시기라구 했음둥?… 황진조씨 문중 염탐꾼이라구 했읍매까? 내 읍버서 말으 못하겠음! 기리타문 고만 둡세다! 어드메 가문 담살이르 못하겠음.… 내 맘으는 내 각력 솜씨르 좀 뵈주겠다는 게지 다른기 앙입매. 보기 싫다문 고만둡세. 뉘기 오반으 먹구 배통이르 살으 찌웠다구 각력으 청한답매까? 후웅-"

목소리를 높이며 봇짐을 챙겨들었던 것이었다.

"접꾼으 삼꾸 앵이구는 나중으 일이구… 기리타문 너어 각력 솜씨나 구경으 해 보자잉."

이렇게 해서 벌어진 각력장이었다.

숨을 쉴 적마다 '에구 에구' 해대며 바튼 기침을 내뱉는 충금이가 당포의 어깨를 두들겼다.

"댕포! 고맙궁! 저어 똥쇠노무새끼같은 장새는 처음 본당이.… 저 노무새끼 채수깜 앵이잰?"

"고런 소리 허덜말어. 빙 낫으면 자네가 채수여."

당포는 충금이가 안쓰러웠다. '개바우'에다 봉을 박다가 매방이의 상앗대질에 갈비짝을 다쳐가지고 업혀왔던 충금이다. 좀 앓다가 고대 일어나려니 했었는데 시름시름 못 돼가는 꼴이 심상치 않았다. 한방말로는 흉막통(胸膜痛=늑막염) 이라든가.

접꾼 세녀석이 벌써 나가떨어졌고, 다섯 골에서 난다긴다 하는 녀석들 두명마저 초주검이 된 뒤였다.

"에구 무시기 이렁거 있네녠? 길성땅에는 장새뿐인 줄으 알았덩이 기기 앵이궁. 뉘기 앵길 장새 없능가?"

똥쇠는 숨도 돌리지 않고 주위를 두리두리 살폈다.

"한 판 붙어보자고."

당포가 나섰다.

"… 에구 고만둡소꽝…"

마다하는 똥쇠를 덥석 안고 당포는 밖걸이를 쳤다.

그런데 야릇한 일이었다. 녀석이 부러 뒤로 밀쳐나는 낌새더니 밖걸이 한차례에 피식 쓰러지고만다.

"내 이럴 줄으 알았당이! 에구, 이런 장새가 갈마개에 있었당이!… 에구, 허리뼉 따구르 튕겠쟁가!…"

똥쇠는 죽는 시늉이었지만, 당포는 배꼽노리가 간지러웠다.

458. 곽암(藿岩) 17

외골장사 채수가 새로 생겨났다 하며 복운영감은 홧홧하게[234] 잔치마저 치렀다. 당포의 비위를 얼맞추랴 충금이를 위로해주랴 뻔질나게 노대는 복운영감의 너스레도 막바지 희작을 부리는듯 싶었다.

"에구, 요 빙싱이노무 새끼! 어쩨 기리 음전만 떨구있었네?… 너어같은 장새르 두구 쭈욱 근심걱정으만 떨어댔당이 내가 머저리 앙이젱가?… 내 길성땅 어드메에 어떤 장새 있구, 어드메 뉘기 천노의 힘이 어떻구 하능거 모두 쭈욱 펜당이! 기린데 내 접꾼 속에 너어노무 새끼같은 장새가 있었당이 내 무시기르하구 세월으 보냈능가 생각으 앵이 할쉬 있겠는가!"

해놓고는 금새 차깔하게[235] 걸린 충금이의 방속으로 남몰래 숨어들겄다. 충금이의 볼따귀도 만져보고 가슴태기도 쓸어주며 일렁알랑 또 놀아난다.

"충금이, 너어 어쩨 이러너? 메칠 앓구서리되비 일어나서 갈마개 채수 체면으 세워줄 줄으 알았덩이 이 꼴악시르가 뭔가? 내 너르 믿구 미역농새르 지대루 걸풍 걸우겠다 했덩이 길성 바다 용첸농갬이 이렇기 무정할 쉬 있겠너! 에구우- 이제 나는 어쩰궁 무시기 팔째가 이렇기 데럽단 말이?"

이런 저런 낌새를 모를 리 없는 당포는 하루하루가 슬미지근해서[236] 몸 둘 바를 몰랐다. 무엇보다도 눈에 아픈 것이 곡봉이놈이었다. 제 아비가 반송장 꼴이 되고서부터 주눅만 잔뜩 들어 불강아지가 다 된 곡봉이놈이었다.

녀석을 덥석 안고 짭짤한 눈물바람을 하다가, 저도 몰래 발길은 충금이의 방을 향하던 것이었다. 그러나 방속으로 선뜻 들기가 또 어려웠다. 제아무리 심덕 좋은 녀석이기로 당포의 마음을 곧대로 짚으라는 법만은 없겄다. 앓아눕자 말자 그 새를 못 참아 채수자리를 빼앗고, 그 허세를 재볼 양으로 느닷없는 간살을 부려대는 것

---

234 달아오를 듯이 뜨겁게
235 굳게 닫아 잠가 두다
236 비위를 거스르게 조금 미지근해서

이려니- 할 줄을 어찌 알랴.

당포는 똥쇠의 뒷꼭지를 노려보며 한숨을 내뿜었다. 녀석이 미웠다. 제딴엔 접군 자리 물색해 준 은혜를 갚겠다고 부러 씨름 두 판을 고스란히 져줬겠지만, 충금이 가 두 눈 멀쩡하게 살아있는데 채수를 떠맡음이 사람의 할 짓이랴, 하는 부끄럼 때 문이었다.

당포는 덕포댁을 떠올려 봤다. 똥쇠를 데리고 길을 떠나던 날 한사코 따라붙으 며 애걸이었다.

"날로 대꼬가거로! 아가 쪼매만 보체도 꼬자바 뜯고 죽일라 안카나! 나혼차도 몬 살겠는데 똥쇠가 또 올끼앙이요? 야아?"

눈물을 짜대다가, 똥쇠를 흘겨대며

"지가 머 호부라꼬 심자랑만 한단다! 발로 밟고 쎄리고………"

눈에다가 버얼건 핏발을 세웠었다.

"쬐끔만 견뎌봐여. 시절 피먼 댈러 올탱께!"

혓바닥 닳도록 이렇게 달래놓고 '황진'을 떠났던 것이었다.

당포가 덕포댁의 얼굴을 지우며 아린 눈을 감는데 곡봉이놈이 조심스레 방문을 열었다.

"아방이가 뫼시구 오랍매다. 쥍한아방이 눈치르 못잡게 얼피둥 오랍매다."

459. 곽암(藿岩) 18

충금이는 퀭한 눈을 뜨고 고미만 올려다 보고 있었다. 만 하루동안에 반송장이 다 된 꼴이었다. 일어나 앉으려고 기를 쓰더니 이내 번듯이 누워버린다.

당포는 아랫목에다 손을 들이밀어 봤다. 골을 파지않고 돌멩이를 깔아 얹은 막구 들이라 불김이 시원잖았다. 엉덩이께로만 겨우 미적지근할 뿐 등짝을 붙인 곳도 웃 목이나 진배없이 썰렁했다. 식은땀이 흠벙지게 베인 탓으로 손을 쑤셔박기 무섭게 진득진득 손바닥이 밀렸다.

"방바닥이라고 얼음장 안여. 시상에, 이녀려 땀좀 봐여!"

"벨 걱정으 다 한당이. 이제 틀레먹었어. 언제 목숨으 놀 줄으 모르는데 무시기 상괌이야."

충금이가 설레설레 고개를 내젓는다.

"뗴엑기 이 사람! 먼녀려 소리를 고렇게 한당가? 얼뜩 인나서 웬수갚고 한판 억 씨게 살아사제!"

충금이는 당포의 말을 귓전으로 흘려버리는 모양이었다. 목구멍에 걸려 잘착하게 삭는 가래를 한웅큼이나 뱉아놓고 말을 잇는다.

"댕포르 일럴 오라구 한것은 벨게 앙이구… 내 죽더라두 매방이새끼 웬쑤르 갚겠 다구 하지 말라궁. 그노무새끼가 머저리 새끼 행세르 하긴 했지만 제라구 나르 쥑 이고싶어 그렇겠네? 저어 쥌 말으 듣구 그렁거니까 같은 팔째 타구난 우리들이 용 서르 해야지!"

"씨잘데 읎는 소리여. 자네가 인나면 몰라도 디져 자빠지면 고녀려새끼 쓸개를 볼 라서 육담고를 맹글께여!"

"기리문 앵이 된당이까!… 우리 쥌이 큰소리르 떵떵 하지만 목개 조씨가 야문에다 얼매나 탄탄한 줄으 넣고 있는 줄으 아네?… 당장 붙잽혀서리 너만 개죽음으 당한 당이까! 내 혼자만 죽으면 그만 아잉가… 기리구…"

당포는 넋빼고 앉아 충금이를 내려다 본다. 가쁜 숨이 얼추 목젓께에 다찼다. 충 금이가 죽는다는 사실은 천만번 꿈속이어야 옳지만 시시각각 틀려가는 꼴이 여차 했다 하면 웃비걷듯이[237] 숨줄을 거둘 본새였다.

"기리구 말이… 내 두 가지 부탁이 있당이. 찔기워 죽겠으면 음전히 강원도 땅에 서나 있을기지 무시기로 하겠다구 길성까지 왔는 줄으 모르겠거딩!… 곡봉이노무

---

237 내리던 비가 그치며 잠시 날이 개다

새끼르 어쩨문 좋네? 차라리 앙이 봤어야 옳을긴데 말입지… 그렁이까 한가지 부탁은 곡봉이르 댕포가 자식으 삼아달라는 말잉야!"

당포는 왈칵 치솟는 울음을 참으며 등돌아 앉았다. 금새 뜨끈한 눈물이 솟는다. 충금이가 눈치를 잡을세라 얼른 손등으로 눈두덩을 훔쳐냈다.

"기리구 또 하나는… 고영이 채수르 했다구 길성에 죽체앉지 말구 미역농새 두 판만 거두구 얼피덩 다른데루 뜨라궁! 똥쇠하구 힘으 합쳐서리 도적질으 해서라두 떠야한당이! 샀으 주겠지 하문서리 허새비 꼴악시르 하구 기다려 봐야 상포 한 필으 손에 쥘 줄으 아네?… 내 말으 가슴속에 새겨두라궁!… 깨깟한 뱃놈만 손으 보는게 길성이거덩…"

당포는 충금이의 말이 꿈속처럼 멀었다.

460. 곽암(藿岩) 19

"… 댕포!"

충금이가 다시 말을 잇는데 도삽이가 들어왔다. 흘낏 당포를 살피더니 부러 못 마땅해서 내뱉는다.

"병문안으두 좋지만 방문으 이렇게 열어놨응이 바램이 병으 더돋치게 할깁매. 흥막통에는 칩운 바램이 나쁜줄으 모릅매?"

당포는 도삽이의 투정 따위에는 관심도 없었다. 녀석은 요즘들어 바짝 낯을 가리고 나섰다. 낯을 가리는 연유가 두가지일 것이니, 하나는 똥쇠의 힘을 시샘하는 것이요, 또 하나는 채수자리를 따낸 당포의 처사를 못마땅히 생각하는 표징일 것이었다.

당포는 생각해 보는 거였다. 가난한 뱃놈들의 팔짜가 날이 갈수록 머릿살 어지럽게 돼가는 것도 따지고 보면 저들 생각만 쫓아 패거리를 짜대는 어리석음 때문일 지 몰랐다. 짚나라미도 합치면 이엉이 되려던, 가난한 뱃놈들끼리 어우르며 힘을 합쳐도 모자랄 판에, 걸핏하면 끼리끼리 토라져선 낯을 가리고 끝내는 원수갚음을 하고 나서겠다. 똥쇠의 힘이 저보다 세기로 그게 무슨 언턱거리[238]가 될 일이며 당포가 채수가 됐기로서니 딱이 앓아누운 충금이의 자리를 날름 챙긴 것이랴.

"새 채수르 보구 절으 해두 모자란데 기기 무슨 버릇잉야? 문안을 해주는 것만두 고맙잖네!"

충금이가 겨우 입술만 벙긋거리며 나무라자

"에구, 무슨 말으 이렇기 합매? 갈마개 채수는 지금으두 당시잉입매다! 똥쇠노무 새끼르 한판으 이겼다구 당쟁 채수르 산데문 이 도삽이두 버얼써 채수르 살았을겝매!"

도삽이가 진구렁에 빠진 방울나귀 뽄새로 휘휘 머리통을 내저었다. 당포더러 들으라고 부러 놓은 비양질이었다.

충금이가 물었다.

"댕포… 우계당 수량에서리 나르 욕으 많이 했쟁가?"

당포의 대답은 말이라기보다 그대로 토악질이나 다름없었다. 다스리면 그럴수록 울음이 자라고 그 울음은 목젖에 걸려 금방이라도 허파까지 게워낼 것만같았다.

"그려어!"

"… 에구, 내 그 때르 잊을 쉬없당이… 매방이노무새끼는 무짜떡 망구리르 들구서리 내 머리르 마스구 댕포는 썰개목으 휘둘러서리 내 허리르 뒤딜게 패구… 그 매방이노무 새끼가 지금으는 웬쑤랑이 팔째두 데럽궁! 앙이 그렁가?"

"그려! 모다 내 죄여!"

"무시기 그런 말으… 댕포!"

"그려…"

"내 인제 말으 하지만, 야문 감악에서 댕포르 살려낼 때하구 또 보쌈으 질러서리 댕포르 도망지르시킬 때하구… 정말 혼으 뺐당이! 일이 무시기 기리 에렙등지!…"

충금이는 도삽이를 멀끔히 건너다 봤다.

"도삽이 너노무새끼!"

"옛꼬망!"

"댕포채수르 자알 모시랑이! 이런 부체같은 뱃놈 없당이… 기리구 미역농새 두 판 치르문 길성으 꼭 뜨구!…"

충금이가 바글바글 가래를 끓였다.

461. 곽암(藿岩) 20

밖에서 멈칫멈칫 서스적거리는 소리가 들려 당포는 터엉 문을 열었다.

곡봉이녀석이었다. 여느 때 같으면 사부룩이 쌓인 눈밭에다 앙증맞은 짚신 발도 장을 찍어대며 지레 흥겨워 뜀박질 해댈 녀석이거늘, 웬일인지 체신에 안맞는 팔짱을 깊이 껴곤 시무룩히 죽어선다. 곁들여 먹포도 같은 눈망울 속으로 눈물줄이 흠벙지게 괬다.

"아주방이! 눈이 이렇기 펑펑 내리문 멕바우봉으 어쩨 칩매…"

당포는 짚신 꿸 틈도 없이 토방으로 내려섰다.

"이고오- 내 셰끼! 상뱃놈 내 곡봉이녀려 셰끼!"

당포는 예사스럽지 않은 곡봉이의 행태에서 벌써 황막한 설움을 짐작했던 것이었다.

"… 느 애비여?…"

당포는 곡봉이의 갈비가래가 삐그덕 거리도록 힘줘 안으며 묻는다.

"… 모르겠음! 아방이가 잠으 자는데 아참이구 지냑이구 내 모른다 하문서리 잡매다!… 얼피덩 일어납소, 하구 복달²³⁹으 쳤는데두 눈으 감꾸 쇠용이 없읍매다!… 가망이 아방이 눈으 봤덩이 눈깝주리르 닫구, 가슴의 대구 들어봉이 숨으두 앵이 쉽매… 아방이가 송쟁이 된 줄으 알 쉬 없어서리…"

"어이구우- 충금어… 니늠이 종내 가뿐지여? 어이구, 어이구우-"

당포는 멍울멍울 고이는 울음을 울다말고 손바닥을 펴 입을 틀어막았다.

하찮은 뱃놈하나 숨을 낳기로서니 갈마개 이씨 문중의 토방에서 곡성이 어찌 가하랴.

도삽이가 성큼 들어서는 당포를 살피더니 기여코는 등줄을 모질게 들먹인다. 엊저녁까지 원수이거니 여김했으나, 그래도 하루 삼반을 겨우 챙겨먹는 상것의 낯짝이 제 맘껏 울 마당이었던 모양이었다.

"에구, 에구우- 도삽이노무새끼 눈물으 흘리문서리 이렇기 울당이, 내 달레 설버서 울음으 우능기 앵입매에- 이럴쉬 있겠음? 삼반으 제대루 햄새르 엏구서리 먹어봤겠음, 앙이라문 잠으 제대루 자봤겠음!… 그때에두 한쉼 잠으두 못자구, 조반으 걸르구서리 개바우로 나갔읍매!… 채수가 무시기 죄르 지었다구 이렇기 죽습매까? 앙이, 무시기 송쟁으 될 팔째라구 약첩으두 제대루 못 쓰구서리 이렇기 갑매까?… 에구, 에구우-"

넋놓고 한 마당 넘더니 당포의 손을 힘주어 쥔다.

"채수! 목개 채수 매방이란 노무새끼르 어떻기 송쟁으 망글으문 좋겠음? 이노무새끼르 그냥 조이밥이다 치구서리 아작아작 뻑다구르 씹어먹어야 옳잖?… 눈으 감아두 이렇기 데럽게 눈으 감을 쉬 없음매!"

당포는 썰개목 치듯이 그저 멀뚱 굳어섰을 뿐이었다. 눈앞으로 생생하게 펼쳐지노니, 강원도 땅 '군선내' 수량에서의, 살아있는 충금이의 모습뿐 이었다.

"매방이라구 했음? 내 약조르 하구 그 간나새끼르 송쟁을 망글겠음!"

---

239 복달(扑㧻)하다 : 타이르고 격려하거나, 채찍으로 종아리를 때리듯 다그치다

어느 틈에 들어왔는지 똥쇠가 혼자말을 구시렁거렸다. 매방이와 '갈마개' 접꾼들의 사연은 벌써 익혔으되, 아직 낯짝은 한 번도 본 적이 없는 매방이었다.

462. 곽암(藿岩) 21

당포는 써늘하게 식은 충금이의 얼굴에다 미친듯이 제 볼을 부벼댔다. 물 사태가 극심할 때 '막간골장'을 막고 비비대기치는 뱃밥처럼 낯가죽이 닳을 지경이었다. 충금이의 가슴패기 위로 얼굴을 묻은채 이게 꿈이거니 발버둥을 쳐보지만 완연한 생시가 태질난[240] 뒤였다. 가무잡잡했던 충금이의 낯색이 웬일로 해읍스럼하게 핏기를 잃었으며 달근 숨줄이 새어나와야 할 입술은 굳게 닫힌 채 빼쪼롬히 내민 혀끝을 잘근 물고 굳은 것이랴.

복운영감의 기척이 일었다. 연신 '에엥에엥!' 해대며 마른 혀를 차대더니 쪽마루에다 손을 받치고 선채 머리통만 슬쩍 들이민다.

"섭다구 울음으 울어봐야 송쟁이 되비 살아날 택이 있네?… 내 기어쿠 야문에 고해서리 매방이노무새끼르 쥑일테잉가 고만들 하랑이!"

똥쇠가 가당잖은 소리란 듯이 복운영감의 독천장치는[241] 허세에다 쐐기를 박는다.

"에구 기런 말으 말씀이라구 합매! 목개 아아드르 얼매나 우뭉한 노무새끼들인데, 무시기라구? 내가 어쩨 사램으 죽입매까? 하구 딴전으 피우면 할말으 무시기 있읍매!… 매방이 그 아아가 채수르 때리 패쥑이는 일으 뉘기 봤다구 합데까?"

도삽이도 눈두덩을 쓸며 그제야 제정신 드는 모양이었다.

"똥쇠 말이 하나투 틀린거이 없읍매다! 뉘기 그 일으 본 사램이 있어야 말입지!… 야문에 고해봉이 종국으는 농갬님만 미친 사램이 될깁매… 기리구 거게서 고냥 송쟁이 됐다문 아양 모르겠지만서두 벌써 몇 날이 앓다 죽었읍매?…야문에다 고한다

---

240 세게 메어치기나 내던져지다
241 자기 마음대로 행동하는

궁? 쇠용 없는 일입매!… 에구, 에구우- 어쩨서 그 때 배르 몰구 황황 목개루 못 갔
었는지, 이렇기 억울할 쉬 없궁!"

당포는 혀를 깨물었다. 충금이가 그 꼴 됐을 법한 때에, 저는 덕포댁과 한 덩이
로 어우르며 하늘마저 갈아앉는 듯한 재미만 맛보고 있었지 않았던가, 하는 생각
이 치밀어서였다.

한 동안 한숨만 내뿜던 복운영감이 어렵상스럽게 입을 뗀다.

"… 죽은 사람은 죽은 사램이구, 지금으는 산사램이 정시잉이드르 차려야지 벨
쉬 없당이… 이것이 무시기 팔짠가?… 안깐으두 없는 사람이니 제대루 상측으 치
를 쉬도 없구, 기리타구 에구 갈마개 채수가 죽었읍매 하문서리 소문으 낼 쉬도 없
구!… 내 생각으 같다문 길성바다 용천농갬에게 채수르 보내주면 어쩔까싶궁… 너
어드르는?…"

복운영감의 의중은 너무나 뻔했다. 쌍뱃놈하나 죽었기로 땅파서 시신 묻으며 초
상을 치를 것이랴, 미역바위나 잘지켜달라는 맘으로 수장을 치름이 마땅할 것이라
는 뜻일 거였다.

당포는 이런저런 소리들을 꿈결처럼 듣고 있다가 충금이의 가슴패기에 묻었던 얼
굴을 그제야 들었다.

"영감님 말씀이 옳습녀… 개바우 앞에다가 해장[242]을 치면 혼이라도 펜안할 것이
구만요!… 지가 죽은 자링께 지죽은 자리에서 빽따구라도 놀아사제라우!"

당포는 허겁스레 방을 나와 버린다.

463. 곽암(藿岩) 22

'개바위'가 출렁출렁 사레머리를 쳤다.

---

242 海葬 : 바다에 지내는 장례

물지붕이 높게 일어서인지 여느 때같으면 두마리의 개가 납작 엎드려 주둥이를 맞부벼대는 형상이던 것이 오늘은 막 떨어진 질컹무른 얼레(자지)를 서로 핥아주는 양, 등줄을 눕혔다 세웠다 잘도 어우른다.

당포는 헛기침 몇 자락을 쥐어짠다.

울음이랄 것은 다 쏟아버렸던 관계로 새삼 욱받히는 설움이 따로 있을리도 만무했으나, 그 보다는 막간 두 골장에다 닻줄을 걸고 따라오는 두 척의 '귓배'가 너무 대견해서였다.

복운영감이 몸소 나서서 쉬이 쉬위 소문줄을 막았는데도 '공암'에다 곽세를 붙여 먹고사는 다섯골 가난한 뱃놈들이 저들 일인양 새벽부터 몰려들었다.

"요곳드르 어쩨 난리르 피우문서리 이러네? 아니, 무시기 뻣뻣한 상측이 났다구들 도산으 떠능가?"

갯가에 쪼그려 앉아 덩이덩이 몰려드는 패거리를 이쪽 번죽 저쪽 번죽 살펴대며 간이 타던 복운영감이었다.

"갈마개 젤어른, 그렇기 걱정으 앵이 하세두됩매다. 우리드르 먹을거이 없나 하구 걸신으 들어온기 아닙매. 죽은 채수르 수장으 친다는 말으 듣구 뱃길이나 전송으 할려구 왔읍매다! 물집붕이 높응이까 노질이나 도와 줄까하구."

'큰개' 뱃놈들의 말이었고, '하평' 뱃놈들도 질세라 끼어들었다.

"젤어른께서 말씀으 앙이 하세두 무시기 뻣뻣한 상측이 났다구 생각으 할 사램드르 한사램도 없음매다! 생각으 해봅소꽝. 팔째두 같구, 타구난 분복두 같응이까 용천놈갬에게 가는 길으 앞자리 서서리 가겠다는 말입매."

그 통에도 복운영감은 제 텃세를 챙기며 발끈 했다.

"무시기?… 팔째두 같구 타구난 분복두 같다구?… 앙이 어째서 그러네? 송쟁이 됐다구 하지만, 갈마개 이 복운이 채수는 문중방우에다 미역농새르 부쳤던 사램이구 너어드르는 공암에다가 세르 바치구 사는 사램 앙이쟌?… 되비 그런 말버릇으 났다가는 혼으 날 줄으 알으랑이!"

여기 저기서 '후웅- 기리타문 수장으는 어쩨 치능가!', '데럽구 앙이꼽아서 낯으들 쉬 없궁!' 하는 두런거림이 일더니, 남은 '용개'·'동호'·'마유' 세 골 녀석들이 약속이라도 한듯이 목소리를 높였다.

"죄선천지에 수장으 치는 목숨으는 뱃놈백기 더 있읍매까?"

"여기 몽인 사럼드르 마음은 다 똑 같을 겝매! 문중바우 농새르 짓는 다른 패드르는 물길으 막구 디리족체구 배르 마스구 했었는데, 갈마개 채수는 그렇기 앵이했읍매! 우리드르, 불쌍타 하문서리 뱃길으 터주구… 기기 고마워서리 이러는 겝매다!"

그말엔 복운영감도 잠잠했었다.

뱃놈들 말대로 송장을 수장(水葬)지내는 짓거리는 조선천지에 드물었다. 가난한 뱃놈들만이 즐겨 수장을 치던 것이었으니, 액운은 죽은 송장이 다 가져가고 큰복을 자손에게 대신 내려 달라는 무당 굿거리나 다름없었던 거다.

하찮은 뱃놈 수장에 '귓배' 두척이나 따라붙다니 이만하면 대초상이었다.

464. 곽암(藿岩) 23

마지막 인사라도 하듯이 '개바위' 발치가 눈앞인데 열 두척(尺) 높이의 물지붕이 이물을 끄응- 들어올렸다. 뻥뚫린 바위굴 속으로 쓰르르 꿜렁- 물이랑이 밀려가고 배는 '개바위' 코쟁이를 컹컹 찍어대며 겨우 옆구리를 세운다.

이물이 높이 들었다 가라앉는 통에 멱서리[243]에다 둘둘 말아 묶은 충금이의 시신이 잦바스듬히 일어섰다간, 당포의 가슴께로 '휘리장' 장목 넘어지듯 안겨왔다.

"이고오- 개바우여! 으쩨 니혼차만 디져가꼬 이려!"

당포는 충금이의 시신을 어린애 안듯 덥석 안아 두 팔 위에 비스듬히 눕혔다.

"파도가 이레체니 얼피덩 치구 봅세. 와난이 굴다가는 시신으 우리게 손으루

---

243 짚으로 촘촘히 결어서 곡식을 담는 데 쓰도록 만든 그릇

못치구맙메!"

"기릴겝매!"

"설으하문 무시기야? 이만하면 눈으 펜안히 감겠궁. 자아 얼피덩 칩세다. 얼러 안
듯이 기린다구 송쟁으 되비 숨으 쉽매까?"

여기 저기서 고함들이 터졌다. 아닌게아니라 배들 노는 꼴이 넘어갈듯 넘어갈듯
위태롭다.

"쩌그 굴 속의 옴목한 반데²⁴⁴다가 치면 따악좋겠제? 배를 고짝으로 대봐여."

당포는 이렇게 말해놓고도 속으로는 움찔 캥겼다. 물지붕이 높은 판에 기껏 두 발
벌려 일곱자씩이나 될 법한 굴속으로 뱃머리를 세우기란 하늘속의 별을 따듯 어려
울 것이었다.

당포의 생각은 이랬다. 충금이란 녀석 때문에 두 번을 다시 살아난 목숨이었다.
아무리 송장이라곤 하지만 그런 충금이를 끝간데 없는 양중 속으로 흘려보낸다는
것은 제할짓이 아니라는 생각이 들어서였다. 바위 속의 옴팡진 자리를 골라서, 멱
사리에다가 봉깃돌²⁴⁵을 매어 가라앉힌다 치면, 미역 딸 때마다 충금이를 볼수 있
을것 아닌가.

영락없이 불투정들이었다.

"에구망이! 미친소리르 작작 합소꼬망. 배두 배지만, 수장으 치는데 송쟁이 가망
히 갈안체있으문 그기 어데 수장입매?"

"무시기한다구 수장으 친다구 그런 소리르 합둥? 데럽은 팔째르 송쟁이 다아 쓸
어가지구 멀리 멀리 흘러가래구 수장으 치는겝지."

"맞습매다. 기리찮구서리야 떵떵 땅파구 상측으 치루지 무시기 한다구 이 고생이
겠음?… 멀리 멀리 떠내려가야 수장입지. 조상이 못 바친 세르 다 가지구 가구, 자
손에게는 액운이 없게서리 액두 다 가지구 멀리 멀리 흘러가야됩매"

---

244 '군데'의 방언. '곳'
245 '낚싯봉'의 방언. 낚시가 물속으로 가라앉도록 낚싯줄 끝에 매다는 작은 납덩이나 돌덩이.

녀석들의 말이 끝나자 똥쇠와 도삽이가 당포의 손에서 멱서리를 받아들었다.

"무시기라구 한마디 해얍지!"

도삽이가 당포를 내려다 봤다.

"… 헐 말이 읎서… 자알… 자알 가그라아- 이고, 요 급살맞을놈어 팔짜야! 허어?… 허어 차암, 요 꼴이 뭇이여!"

당포는 충금이를 마지막 눈에 담는다. 멱사리 둥둥 말린 충금이가 날 새자 죽어 자빠지는 외뿔 독각귀(獨脚鬼=도깨비)처럼 슬근 허공을 누우며, 첨벙 물속으로 떨어져 갔다.

465. 곽암(藿岩) 24

섬발치를 핥으려 와글짝보글짝 끓는 파도는 넓게 물이랑을 짜며 너울너울 양중을 향하게 마련이었다. 겉보기론 한사코 바위로 기어오르는것 같아도, 물속에서 이는 너울파도는, 으례 섬발치를 떠다밀며 한바다로 뒷걸음을 치는 까닭이었다.

수장을 친 송장이 고대 가라앉아 버리면 액을 멀리 쫓아보낼수 없으려니, 시신이 오래오래 떠오르며 멀리 흘러가야 액땜도 무르익을 거였다.

충금이의 시체는 억센 물지붕에 떠받히면서 너울파도를 탔다. 가물가물 가라앉는 듯 하다가도 물지붕에 얹혀 넓둥글 떠오르며 '개바위'를 뒤로했다.

"오랜만에 제대루 되는 수장으 보는궁. 송쟁이 이렇기 오래 떠서 흘러가야지 액으두 깨끗하게 따라가는 거잉가!"

"그렇기 말이!"

놋대를 쥔 똥쇠도, 창나무를 잡은 도삽이도, 좀 전과는 달리 낯색을 볼그대대하게 닳쿠며 신이 돋쳤다.

"갈마개 채수, 생전에두 부체같덩이 죽어서두 부체같이 용천에 듭매다!… 자아 갑세다."

"우리게 억울한 사정으 용천농갬에게 자알 아뢰줍소꽝! 미역농새야 어쩨 되든지 뱃길이나 제대루 터주십사구 말입매!"

다섯 골 뱃놈들이 화급스레 노를 저으며 따라 붙었다. 시체가 가라앉을 때까지는 따라가 줘야지 수장을 마무리하는 것이렸다.

이리 뒤척 저리 뒤척, 넘실넘실 떠 흐르는 충금이의 시체를 가운데에다 두고 양쪽으로 세 척의 배가 따라간다. 물이랑을 땅뛰기 삼고 상도소리를 튼다.

"자아- 앞소리 던지오오-"

"조옷쿠우- 던지오오-"

"어허넘차 어허야 넝차, 어화리넘차 어허야아"

"먹구가나 쓰구가나 세상만 허사로다. 사자님께 쉈다가세 들은척도 앙이하구 쇠 뭉치로 때리패구 어서바삐 가자하니 그렁저렁 옐날만에 용천원문 들어간다."

"어허넘차 어허야 넝차, 어화리넘차 어허야아"

"우두나찰 마두나찰 소리치며 달려들으, 무섭기두 끝이없구 두렵기도 측량없다 용천대왕 분부대로 대령하구 기다리니 남녀죄인 잡아드려 벌과하구 논죄헌다."

"어허넘차 어허야 넝차, 어화리넘차 어허야아-"

"수국천 나졸들으 앞뒤좌우 늘어서서 기치창검 삼열이 형장틀으 차려놓구 남녀죄 인 잡아들여 차례차례 정구하구 무슨죄르 지었느냐 바른데루 아되어라"

"어허넘차 어허야 넝차, 어화리넘차 어허야아-"

"간다간다 나는간다 길성용천에 나는 간다, 매잔디르 이불삼구 한손에다 호패차 구 길성용천 나는 간다아-"

"어허넘차 어허야 넝차, 어화리넘차어허야아-"

몃서리에 말려 흐르지만 충금이는 저 보내는 송귀접(送鬼接), 용천 수문장맞는 영 문접(迎門接)을 다 알고있는듯 싶었다.

충금이는 깊게 깊게 가라앉아 갔다.

466. 곽암(藿岩) 25

당포는 똥쇠의 말이 아무래도 심상찮아 견딜수없었다.

"소문으 들자항이 그 노무새끼가 경상도 뱃놈의 찾구있다는겝매. 그 간나새끼가 큰소리르 떵떵치지만 이 똥쇠 힘에 반두 못따라잡을김매. 배동이는 통 내밀구, 뼉다구는 오리발으 닮아서리 짧구, 기상으는 불쾌하답매다… 꼴악시르 이렇기 생긴 노무새끼르 압매?"

똥쇠가 이런 말을 건넸을때, 당포는 헐겁게 웃고 넘겼었다.

"짜깍시런 늠 허고는. 아니, 조선천지 곡곡방방에 흘러드는 타지늠덜이 한나 둘이란가?… 뱃때기가 봉봉허다?… 뼉따구가 모다 몽땅몽땅 질덜않다?… 낯색이 잔나비 똥구녁맹끼 홍시감이다?… 떼끼, 고런 새끼 나는 몰른다!"

이러고 흔연히 지났는데 날이 날마다 달라지는 소문은 그게 아니었다.

똥쇠는 흥이 돋쳐 듣는 족족 당포에게 일러바치는데

"기기 펠스럽단 말이! 쌍간나새끼가 찾구있는 사램이 경상도 합포땅의 제포 뱃놈이란겝매!… 채수가 항상 말했지 않았음둥? 뼉따구는 전라도 뼉따구지만 뱃놈세월으 살기는 제포에서 살았다구 말으 했쟁가?… 고영이 맴으 짠짠합매. 그노무 새끼가 무시기 미친 수작으 떨더라두 내무시기 상관 잉가 하문서리 음전으 떨다가두 똥개가 꺼름해지능겝매.… 짜아한 소문으두 상서롭지 않은데 그쌍간나 새끼가 또 이렇기 말으 한다구 합두구만… 안깐으 차구 왔을게라, 한답메다! 그 안깐으두 제포 간나라구 하문서리."

당포는 몇 날밤을 새우며 생각해 봤었다.

'고녀려셰끼가 뜽금없이 용총영감님 식솔인지도 몰려여… 고렇다고 치머언- 고녀려새끼 만나보는 일이사 천만번이락또 반갑제잉!… 그란디?… 그란디 용총영감님 행방을 물어본다치면 므시라고 답헌다?··· 시신도 못 챙겼는디 먼 낯짝을 쳐들고 쥐둥이를 놀려?··· 용총영감님 식솔이 아니라면 대체로 누구랑가?··· 덕포댁 씹자리 섞은 잡셰끼들이랑가?··· 세월이 요롱고롬 험악한디 으쩐 미친녀려 새끼들이 지집 년 행방 쫓아서는 길성땅에 까정 들어?··· 어림도 없응께!··· 고렇다면?···'

결국은 대명신 앞자리 자청해서 숫칼물고 나자빠지는 선무당처럼 정신만 아련해지고 말던 것이었다.

당포는 똥쇠의 낯짝을 살피며 어렵상스럽게 입을 떼었다.

"··· 쌍개라고 혔냐?···"

"무시기?"

"고녀려새끼가 거하고있는 반데가 쌍개라고 내동 말혔잖어"

"옛꼬망. 맞습매."

"니가 쌍개 한번 들어갔다오면 으짜겠냐? 고녀려 새끼하고 술 두어사발 뽈아댐 시러···"

"에구! 어째 지금에야 말으 합매! 내 벌써부터 그말으 할까하구 있었덩이···"

"두날 밤이면 될테제잉."

"두날 밤이 무시깁매? 한밤으 조두 벤통 없읍매!"

똥쇠가 금새 신이 난다.

467. 곽암(藿岩) 26

똥쇠의 소식이 사흘동안이나 감감했다. 늦어도 이틀이면 돌아오려니 했었는데 사흘째 해거름을 맞는데도 '큰개'로 내리는 '넉장마루'(사치四峙)엔 뿌연 눈보라만 내달렸다.

당포는 '오리펑'에 다녀오는 길이었다. 기껏 대여섯명 물색해 놨을 뿐 일을 시원찮게 치르고 말았다.

"어쩨 기상이 그렁가?"

복운영감은 당포에게서 석연찮은 기미를 짐작잡았는지 시무룩 묻는다.

"지집덜 씨가 말라뿐졌당게요."

"무시기라구? 그래서리 한 사램에게서두 약조르 못 받았단 말잉가?"

"대여섯 점은 찍어놨제만 고것도 딱뿐질러지게 내 팬이라고 믿을 것은 못되능갑소."

"에구, 읍버서 미치겠당이. 오리평까지 가서 겨우 다서이 점으 찍구 되비 돌아오당이!"

"일심을 살 만한 지집덜은 모다 즈그덜 일에 미쳐뿐졌는디 방도가 따로 있을 택이 있당가요."

"… 그렇기두 할게야. 공암에다 세르 바치구 미역농새 하는 제게 시나이드르두 일손이 모자랄 테잉가… 이거이 대새났궁! 내가 가서리 물색으 해야지 이러구 앉아있다가는 미역농새 파장으 보는거지……"

"고것도 빼쪽한 수가 없을 것이구만요."

"어쩨서?"

"큰개에서 용개까정 다섯 골 지집덜 헌티 약조받겠다는 말씀 아닝게뮤?"

"말으 해서 무시기야? 해마다 그잠소드르 우리게 미역농새르 도와줬쟁가? 올해라구 나 모른다 하문서리 낯으 돌릴 쉬 있겠네?"

"그랑게 말씀 아닝게벼? 문중바우 가진 호강덜 헌티 뱃길까정 죄다 뺐기고, 꺽했다 하면 후두러맞고!… 즈덜 사나덜 당하는 일을 눈깔 뻐언히 뜨고 보는 참인디, 고것덜은 쓸개쪽도 없어서 우덜 농사에다가 삯일을 넣어라우?"

"앞전으 두둑히 주면 되능깁지. 가매(솥)가 먼지르었구, 하루 일반두 겨우 끓일텐데, 앞전으 주겠다는데 가난한 뱃놈드르 안깐이 가망히 보구만 있겠네?…앵이 되겠궁. 내가 나서서 일으 해야지!"

복운영감이 긴 한숨을 푸우 뱉는다.

해마다 이때가 되면 문중바위 거느리는 호강들은 눈이 뒤집히게 마련이었다. '잠소'(잠수潛嫂=해녀)들의 일손을 서로 앞다퉈 마련해 놓으려는 싸움이던 것이다.

접꾼들의 장목(長木)이 제 아무리 실차기로 잠소들의 일을 어찌 당할까 보냐. 장목에 말려오는 미역이란 것은 잘해야 넉자에서 다섯발 깊이에 있는 묵은 뿌리(숙근宿根) 겹가지여서 상품이 못되는 반면, 잠소들이 열댓발깊이에서 따내는 미역들은 모두 초물(초생대初生帶)로 일등품이던 것이었다.

타지에서 삯일을 나서는 '출가잠소'(出家潛嫂)들이 '길성' 바다를 찾는 때는 빨라야 삼월중순- 그때가 닥쳤다 하면 호강들의 싸움은 무르익어 험악하기까지 하던 것이었으니, 그전에 제땅 잠소들을 충분히 맡아놔야 채곽기(採藿期)를 제대로 댈 수 있었다.

468. 곽암(藿岩) 27

"다른 개 노무새끼드르, 앞전으 더 뒤닦이[246] 앵겨주구 만지 잠소들을 맡아논겐가?"

"… 고랬을는지도 몰르제라우."

"기리타문 내가 앞전으 더 올려앵겨주면 되겠궁. 하루 사반으 멕여주구, 거게다가 한판 농새르 끊낼 때마다 조이 서이말으 샀 주면 어쩰궁? 다른 개새끼드르 하루 삼반으 멕여주구 농새 한 판에 조이 두말백기 더 줬었덴?"

복운영감이 합죽한 턱아지를 바르르 떨어대며 골머리를 썩히는데 도삽이와 접꾼 세 녀석이 우루루 토방으로 들었다. 도삽이의 어깻죽지에 걸린 장목이 유별스러웠다. 여느 장목보다 두곱은 길었다. 자세히 살펴본즉 열여섯자 길이의 장목 두개를 단단히 이었다. 접꾼녀석들이 들춰맨 해초다발을 토방에다 부려놨다.

---

246 두둑히

"젠! 봅소꽝!"

"… 이거이 무시기야?"

복운영감은 해초다발을 혜적여대며 낯가죽이 굳는다.

"보면 모릅매까?"

"이노무새끼, 뉘기 모른다구 했네?… 낙수 종자드르 앵이겐?"

"맞습매!"

"요런것드르 어드메서 메구와서리 도산으 떠능가, 저 웬쑤노무 새끼가!… 말으 똑똑이 해조야지!"

도삽이가 콧물을 패앵 풀어치고 나서 어처구니 없다는 듯 말한다.

"어드메는 어드메겠음? 서루 내게 제게 하문서리 봉으 치겠다구 찍구써는 개바우에서 감아올린젭매!"

"무, 무시기라구?… 무시기가 어쩌구 어쩨?"

"무시기가 어쩌구 저쩨구가 앵이구, 개바우 밑이 모두 낙수밭이라는 이말 입지."

"개바우 밑바닥이 낙수밭이라구?"

복운영감의 놀라는 기세가 금방이라도 꼴딱 숨줄을 놓을 븐새였다. 당포도 금새 입안이 탄다.

"… 에구, 에구우- 이런 일으 당하당이!… 아니, 요것드르 하나투 쓸데가 없는 것드르 앙이쟁가! 고동두 앵이구, 지름초도 앵이구!… 모두 콩생이라궁?"

"옛꼬망!"

"이노무새끼! 뉘기 너어노무새끼보구 대답으 얼피둥 하라구 달과챘녠?"

복운영감은 날름 대답하는 도삽이를 향해 버럭 소리를 내지른다.

"… 내 하두 이상해서리 장목으 두 개 단단히 메가지구 훑어봤지 않겠음? 굴속으 뒤지게지르하문서리 장목으 박구봉이 어드메구 할 것 없이 낙수종자드르 대풍입매!… 그것만두 대새났는데, 또 낙수 중에서두 데룹은 콩생이밭 앵이겠음?"

"이노무새끼! 도삽으 작작 떨으랑이! 기리타구 아무러면 콩생이밭만 대풍 났을

궁? 어쩌다가 콩생이밭에다 장목으 박았겠지… 내말이 틀레먹었네?"

여태까지 한마디 않던 접꾼녀석들이 그제야 입을 열었다.

"맞습매! 굴속으 다 뒤지개지르 했읍매!"

"… 어드메르 찍어봐두 콩생이만 짜아 깔렸읍매다!"

"도삽으 앙입매다!"

469. 곽암(藿岩) 28

복운영감은 '낙수'더미들을 뜯적거리며 거진 실성해 간다. 이리 뒤척 저리 뒤척 헤적거리던 손을 놓고 하늘을 바래 '허어-' 장탄식을 뱉는가 하면, 이내 팽개쳤던 '낙수'다발을 다시 눈앞에다 쳐들고 야릇한 웃음을 '끄으 끄으' 웃는다.

"내 올 미역농새르 못 보구 죽을 팔째궁. 그러쟨 담에야 이럴 쉬 있겠관디!… 납달미일에 내린 눈 받아서리 설수르 망글구, 그 설수르 아아드르 눈이 씻게 해죾응이 액으 낄 택이 없구… 채수르 수장 자알 치레죾응이 쥅할 짓는 깨깟하게 했잖겠네!… 기린데 어쪠서 이런 꼴악시르 되능가? 용천농갬께서 나르 쥑일 맘 앵야?"

복운영감이 실성하게도 됐다. 미역은 고사하고 '낙수'일 바에야 '지름'(기름조其廩藻[247])이나 '고동'(고동조高動藻[248])이라면 덜 섭섭할 것이었다. 데쳐서 무침을 해도 맛깔지고 국을 끓이면 그런대로 시원해서, '지름'이나 '고동'은 '낙수' 종자이되 천대받는 해초는 아니던 것이다. 하루 오반(五飯)을 먹는 호강들의 입에선 그런대로 별미요 하루 삼반 챙겨먹는 접꾼·잠소들이나 세호(細戶)들 밥상에선 진찬 행세를 하지 않던가.

그런데 녀석들이 메고 온것은 '낙수' 종자 중에서도 그중 쓰잘데 없는 '콩생이'(

---

247 해조류 중에 가지 끝이 밀알 같고 속이 빈 것
248 해조류 중에 녹두알 같고 속이 빈 것

太陽藻)[249]였던 것이었다. 가지끝에다 콩알만한 열매를 달아 이런 이름을 얻었는데, 사람은 물론이요 마소도 못 먹는 독초겠다. 쓰임새라는 것이 기껏 두 가지였으니, 삼줄 꼬듯이 방석을 만들어 삼복염천의 혹서를 피하는 것이요, 또 하나는 땡볕에 말렸다가 거둬 밭농사의 거름으로나 써먹던 것이다.

"차라리 잘 된 일입매! 공역으 쏟구나서 그때 알았으면 어쩔뻔 했음?"

도삽이가 죽어도 좋다며 바른 말을 해본다.

"쌍노무새끼! 무시기야? 개바우 바닥에 콩생이가 짜아 대풍 들었는데도 잘 된 일이라궁?"

복운영감이 벌떡 일어나 장목을 들고 나선다. 사정없이 후려팬다.

당포는 이 때다 하며 입을 열었다.

"쥔영감님, 도삽이 말이 틀린 디가 없소잉! 접꾼 삯이야 벨것 아니라고 치도 잠소들 앞전에다, 지름값에다, 공역이 을매간디요? 미역 딸 때 닥쳐서 이 난리를 당했다면 방도없이 폭싹 망해뿔졌읍니다요!"

명색이 채수의 말인데 또 거기다 대고 장목을 휘두를 수는 없는 일이었다. 복운영감은 슬며시 횟불을 끈다.

당포는 그 때를 놓치지 않고 간이 타게 속삭였다.

"목개놈덜헌티 개바우 내줘뿐지고 튼바우 몇개라도 더 봉박읍시다요!… 죽어나는 새끼는 매방이놈잉께!… 웬수도 갚고 을매나 오진당가요?"

"… 후웅- 그렇기 말이!"

복운영감이 철썩 허벅지를 때려붙였다. '콩생이'란 것이 그중 밑바닥에다 뿌리를 내리는 습성이겠다. '콩생이' 바닥을 눈치 잡을 리 만무에다 '콩생이' 덤불 속에는 으레 열댓발짜리 '번작'(줄상어)이 숨어 놀으려니, 매방이나 덥석한 입에 삼켜주십사-

---

249 해조류 중에 콩알 같고 속이 빈 것

470. 곽암(藿岩) 29

'갈마개'에서 '목개'에 이르는 뱃길로는 망화(魍火=도깨비불)를 켜든 배들로 북새통을 이뤘다.

정월 대보름의 '어부슴'이면 문중바위를 거느린 호강들의 세력다툼이 막바지 힘을 써댔다. 한척의 배라도 더 띄우려고, 또 켜들은 '망화'들의 색깔이 더 밝고 더 많게 할 양으로, 호강들은 몸소 뱃머리를 차고앉아 기를 써댔던 것이다.

'갈마개'에서 '목개'까지의 뱃길이라면 복운영감과 '목개' 김씨문중의 배들이 제 맘껏 누벼대는 놀판이었지만, 세절이 어엿한 상원(上元)²⁵⁰인지라 '용개'에서 '큰개'에 이르는 고깃배들도 섞여 붐빈다. 미역바위는 못 가졌으되 드문 생선이나 건져 먹고 사는 뱃놈들도 조밥을 쳐야 했기 때문이었다. '길성'바다에서야 미역농사를 붙여먹는 패들이 단연 상뱃놈이어서, 평소에는 술자리도 가려앉는 처지였지만, 이날 밤만은 고깃배들도 '채곽선' 고물을 따라잡으며 뱃길을 터도 됐다.

'목개' 앞바다의 '개바위' 물목이 이럴진댄, '무시곶'에서 '어랑단'에 이르는 '포항' 윗쪽 뱃길은 더한 난장일 거였다. '포항 김씨', '황진조씨', '우동포 박시', '대량화 최씨', '다진포 정씨' 등- 내노라하는 '길성바다' 호강들도 서로 위세를 재보기에 허리통이 뻑적지근하렸다.

복운영감은 달덩이를 올려다보며 연해 기침발을 쥐어짠다.

"채수, 어쩨 이렇기 따악 맞춰드네? 달 색미 좀 보랑이!… 기리구 달이 어드메루 테잡았능가 보랑이!"

"글씨말입녀! 미역농사 세판이 모다 대풍들 짐작입니다요!… 요것이 모다 충금이 덕분일 것이제!"

"그렇겠궁. 송쟁이 멀리 떠흘러갔다문서리?"

"화이고오- 말씀을 허덜 마시랑게요. 머던²⁵¹ 송장덜 같으면 고냥 갈앉어뿐졌을텐

---

250 음력 정월 보름날
251 '어떤'의 방언

디, 요 충금이란 늠은 한정없이 떠가뿐지더랑께요."

"에구, 고맙구 기특한 놈 앵야? 갈마개 액으 모두 가지구 갔응이 이렇기 좋은 날에 조이밥으 칠쉬 있잰!"

"말혀서 멋헐끄라우!"

당포는 목아지가 뻣뻣해지도록 달덩이를 올려다본다.

달빛이 물색이면 한해 내내 비가 많을 것이요 우량이 많다보면 바다로 육수(陸水)가 흘러들어 미역농사고 생선그물질이고 파장을 볼 것이었다. 또 달빛이 붉어도 한해 줄곧 가뭄이 극성일지니, 그렇게 되면 바닷물의 간끼가 짙어 생선들은 길목을 돌리고 미역 다발은 몽땅하게 짜들어 질거였다.

그런데 죽은 충금이가 떠 올려 준 '길성' 바다의 보름달 좀 보겠다. 하얗게 밝지도 않고 불그작작 붉지도 않다. 주황빛 진한 색깔이 물비늘에까지 무놀지고 있음이려니 영락없이 대풍의 조짐이 아니더냐.

거기다가 달의 기움세가 북쪽을 엇비스듬히 누워 남쪽을 향해 배를 불렸겄다. 북쪽을 향해 배를 불리면 밭농사가 대풍이요, 남녘을 향해 배를 불리우면 바다가 대풍든다 했더니라.

471. 곽암(藿岩) 30

달돋이 뿐이랴. 도깨비불 색깔도 유독 좋았다. 태워 없앨 도깨비불은 검붉게 칙칙하고 정성스레 모셔야할 도깨비불들은 혀끝에다 퍼런 불길을 물고 널름널름 잘도 탄다.

모두 다섯척. 맨 앞장선 배가 '길성' 땅 뱃놈들을 먹여살리는 도깨비불을 모셨다. '무수단'에서 '어랑단' 끝까지 이어 달리는 '상암산'(裳岩山=치매봉), '석봉이'(삼포봉三浦峰), '곽기봉'(郭奇峰=개기봉皆奇峰), '진작봉'(眞鵲峰), '삼분대'(三分臺), '신도령'(新道嶺), '치마봉'(馳馬峰), '무수치'(無水致), '교주봉'(交州峰=강릉산江陸山),

'무치'(舞峙=무대산無載山) 등, 열덩이 산의 기(氣)를 관장하시는 '산정소 영감'(山精□ 令監)님들의 불에다 또 '길성바다'를 다스리는 '용천량 영감'(龍天□ 令監)의 열한개 불이 오늘따라 영험이 퍼어렇다.

다음이 복운영감과 채수 당포가 탄 조밥배였다. 공반(貢飯)을 치면 고대 사르르 풀어져야할 '조이밥'이려던 오늘 칠 물밥은 유독 잘 지었겄다.

조밥배의 고물을 물고 따르는 배가 '차망 장포영감'(遮□ 帳布令監)을 모신 배다.

영감(도깨비) 중에서도 뱃길을 관장하시는 영험이려니 장포를 쓰고 다니면서 비바람을 막아주시겄다. 정포(正布)로 만든 차일속에 역시 퍼어런 불기가 담겼다.

그 다음으로 따르는 두 척의 배에 바위를 굴려 곤포(昆布)밭을 헤치는 '요', 뱃놈들의 정신을 빼앗는 '마량'(魔魎), 뱃길 앞에다가 느닷없는 신기루를 만드는 '허량' 등, 못된짓을 주관하는 도깨비 불을 가뒀다. 조밥만 치고나면 '방위남방 기영감'(方位南方 □令監)님께 청원하여 먼 남쪽으로 태워 흘려보낼 것이었다.

"후웅- 어쩨문 일으 이렇기 약조르 한것처럼 자알 치룰 쉬 있겠네!… 모두 납달 미일에 설수르 정셍스레 망글은 내 덕 앵야! 엊지냑에 꿈으 꿨지 안았겠네? 용천 도수문장이 문으 활짝 열어놓구서리 얼피덩 듭소 하문서리 절으 하는게야!… 내 웁버서! 아무리 꿈속이라지만 용천 도수문장이 내게 절으 하당이 길성땅 호강 어떤 노무새끼가 그런 꿈으 꿔보겠네?"

복운영감은 앞쪽을 내다보며 더욱 신이 돈다.

"저 횃불의 기르 보랑이! 열 한개 농갬님드르 불이 저렇기 좋당이! 내 오늘에 쓰려구 쌀레빗자리르 얼매나 정성으 디려 닳쾄는지르 아네?"

"… 고것이 모다 충금이늠 덕분 아닝게뮤!"

"그렇기!… 내 액으 모다 쓸어가지구 갔응이!"

복운영감은 개바위께를 바라다보며 이빨을 갈아댔다. 횃불들이 개바위 앞섶을 빙 둘러싼 것이 목개 패거리가 벌써 조밥을 치는 모양이었다.

"머저리노무 새끼드르! 콩생이 밭에다 돈줄으 내리는궁! 쇡은 줄으두 모르구 멱바우 두 개르 내게 줬응이 저아드르 머저리 앵이구 무시기겐?"

앞서 흐르던 배가 뱃머리를 돌리는 낌새였다. 횃불 하나가 뱅뱅 돈다.

맨 북쪽에 있는 미역바위 쌍바위(쌍부암雙婦岩)에서 줄곧 갈마개로 내리며 조밥을 쳐야 할 것이었다.

472. 곽암(藿岩) 31

이틀 밤을 뜬눈으로 꼬박 새우다시피 했다. '쌍개'에 다녀 온 똥쇠의 전언인즉

"그노무새끼 맴속으 똑똑이 알 수가 없거덩. 쌍간나새끼가 말으 하는데, 찾구있는 사램이 저어 아주방이라구 하문서리 에구에구 생전에 얼굴이라두 한 번 보구 죽었으면 원이 없겠다구 눈물바램으 하구… 또 어떤 때는 저어 친척뻘 되는 성예(兄)라구 하문서리, 어망이 아방이가 왜난으루 다아 저승에 갔는데 그 소식이라두 전하구 죽어야 할기 앵이냐구 엄살으 떨구… 기리다가두 술만 마셨다 하면, 내 이노무 새끼르 붙잽어서리 기어쿠 목아지르 매달구나서 죽으야지, 하문서리 이빨으 갈아붙인답매다. 그노무새끼 맴이 이렁이까 쇡이 종잡을 쉬가 있겠음?… 내 모른체 하문서리, 내 길성 갈마개에 사는데 대량화까지 뒤지개지르 해서라두 알아줄탱이 이름으 가르쳐줍소꽝 하문서리 앵기봤는데두, 그 간나새끼가 무시기 눈치르 잡았는지 이름으는 죽어두 앵이 가르쳐줍매다. … 기린데 내 곰곰이 생각으 해봉이까 그노무새끼가 찾는 사람이 채수가 틀림없거덩! 빽따구르, 기상으르, 말투르, 말으 해주는데 채수가 틀림없당이까…"

하던 것이다.

당포는 '쌍개'에 있다는 그 경상도 녀석의 정체를 쫓아봤지만 짐작만으로는 어림할 수 없었다. 확연한 것은, 친척뻘 된다는 말이나 동생이 된다는 소리는 말짱 거짓말이요, 제 말대로 기어코 당포를 붙들어서 자리개미질을 씌워야겠다는 앙심을 품은 녀석일 거라는 사실이었다.

그런 중에 더욱 야릇한 일이 생겼던 것이었다. 바로 엊저녁이었다.

당포는 눈을 감은채 자는 시늉을 하고 있었다. '쌍개'에서 '목개'까지의 뱃길이라야 기껏 하루- 그 녀석이 '목개'로나 떨어져선 주막에 들시면 일은 끝장나리라. 매방이가 그당장 얼씨구 절씨구 가르쳐주고 나설 것 아닌가… 그 녀석이 '목개'로 들기 전에 매방이를 쥐도 새도 모르게끔 처치해 버릴 수는 없을까- 하는 생각들로 머리속은 보글보글 끓었었다.

'목개가 뭇이여? 배를 붙일 자리로사 목개보담은 갈마개가 젤이제!… 고런다치면?… 하기사 고런 때는 벨시런 걱정이 없제. 수상시런 눈치만 잽혔다하면 쥑여뿐질탱께!… 저는 호랭이 굴속으로 지발로 걸어든 밥잉께!'

한숨 놓으며 모로 눕는데, 자는 줄만 알았던 똥쇠가 슬그머니 일어나 앉는 낌새였다. 당포는 녀석의 짓거리가 심상치않아 실눈을 뜨곤 자는체 코를 골아댔다.

똥쇠가 손을 뻗쳐 당포의 오른 손을 더듬었다. 당포의 손을 더듬거리던 똥쇠의 손길이 별안간 멈추면서 바르르 떤다. 왜놈들의 부질날에 싹둑 잘려나간 당포의 엄지와 검지를 꼬옥 쥔 채였다. 똥쇠는 당포의 뭉퉁한 손가락마디를 몇 번 쓸어대다가 슬그머니 손을 놨다.

"에구, 그노무새끼 말이 맞젠?… 그동안 어쩨 모르구 있었단 말이!"

똥쇠가 낮게 두런거렸다.

당포는 엊저녁 일을 부러 모른체 했다.

473. 곽암(藿岩) 32

새벽부터 일어나 뒷마당으로 안마당으로 뻔질나게 들락대던 똥쇠가 못마땅해서 쪽마루에다 엉덩이를 붙이는데

"에구, 앙이꼽구 데럽어서 어쩨 살겠관디! 괴깃 배드르 바다 젤이 되는 곳이래야지 똥숫개같은 미역이나 곤포가 젤 행세르 하는 길성이잉가 이럴 쉬 밖엔! 에엥-"

불투정이 사뭇 험악했다.

똥쇠의 투정을 모를 리 없는 당포다.

명색이 채수인 주제라 막무가내 모른체만 할수 없어 방을 나왔다. 도삽이와 접꾼 녀석들이 오들오들 몸뚱이를 떨어대며 청승스레 쪼그려 앉았다.

"에엥, 정말 살 맛 없궁. 다동마루 앞까지 가봤다 왔잖겐? 기린데두 어떤 한노무 새끼 기별으 주는 새끼가 없단말이!"

도삽이가 불퉁거리자 접꾼녀석들도 맞받는다.

"술기별으는 없다 하드래두 우리젠은 무시기라구 말으 해조야지 이렇기 모를 쉬 없음."

"뱃놈드르만 허새비 꼴악시르입매. 농새꾼들은 흥이 돋았당이까."

"밭농새르 하는 담살이나 미역바우 접꾼드르나 머슴으는 마찬가지지. 기린데두 어쩨 농새꾼 담살이드르는 날으 받구 미역바우 접꾼들은 날으 못 받는궁?데럽아 서!"

똥쇠가 그 말끝에 목소리를 높인다.

"뉘기 앵이랜? 공성땅으만 가두 농새꾼 담살이드르는 숫똥개 꼴악시르 아잉가!⋯ 바다 접꾼 드르 날이쟁쿠⋯ 여기 저기 술기별으 받구 술으 먹다보면 배통이 술중두 리가 된당이까, 후웅−"

녀석들의 말대로 새벽부터 막장 낌새다. 이월초 하루− 한 해에 단 한번 종놈들 놀 아보는 '노한'(奴閑)아니더냐. 양반놈들이 부르기를 '노한'이요 상것들말로는 '종 날'이었다. 밭농사꾼들은 '머슴날'이라 부르고 뱃놈들은 '접꾼날'이라 불렀다.[252] 머슴이나 접꾼들을 거느리는 호강들도 이날만은 술에다 음식에다 푸짐한 찬선(饌 膳)을 준비하고 하루 일을 푸욱 쉬게 하던 것이다. 그런데 복운영감은 한 마디 말

---

252 음력 2월 1일. 머슴날·일꾼날·노비날·나이떡날 등으로 불림. 이날은 바쁜 봄농사가 시작되기 전 온 집 안의 먼지를 털고 일꾼들을 배불리 먹이고 하루를 놀게 한다. 또한 지역에 따라 스무살 되는 청 년들이 성인 일꾼으로 인정을 받는 성인식을 하기도 한다.

이 없다.

주인의 행태가 이럴시면 술기별이라도 있어야함이 의당하렸다. 사발주둥이를 빼물고 투정을 놓는 술기별이란 대체 어떤 것인가.

'노한'날을 맞아 이십당년(二十當年)차는 총각놈들이, '오늘부터 나도 어른입니다'하며 어른들에게 술을 바치는 짓거리를 이르겠다. '노한'날에 스무살 먹은 것을 고하지 않고 술을 돌리지 않으면, 삼십이 넘어도 어른대접을 못받았다. 물론 하호(下戶) 상것들의 경우다.

그런데 이 '어른대접'이란 게 썩 서러운 것이었으니, '노한'날에 술을 돌려 스무살을 고한 녀석은 그 때부터 삿일을 할 자격을 얻게 되는 것이요 반대로 술돌림 없이 '노한'날을 얼버무리는 녀석은 삿일 자리에 낄 수가 없던 거였다.

그러니, 제아무리 천박한 접꾼녀석인들 '노한'날의 술돌림은 다들 치른 셈이었다.

"갈마개 이거이 파장난 곳이로궁. 술기별을 주는 새끼가 한나투 없승이 뱃놈 씨가 말랐다는기 앵야?"

474. 곽암(藿岩) 33

녀석들의 투정에 한마디쯤은 맞장구를 쳐줌이 옳을것같아 당포도 입을 뗐다.

"뻐언헌 소리 씨불대봐야 가슴만 애리고 쥐둥이만 뻐치다잉. 바로 고런 이치고 말고! 노한 날이면 술냄새로 온 갯가상이 벌벌 뜨고 끓어야 지대로 된 세월이제잉.… 술을 돌리고 시무살 묵은 낫살을 고헌 늠덜이 많어사 뱃놈덜도 많다는 요런 이친디, 한세끼 기별이 없응께 바로 접꾼노릇 헐 시무살배기는 씨도 없단 요런 말이여!… 이것이 믄 말이냐?- 뱃늠덜은 인저 다 망혔다는 징조제 믓이랑가?"

똥쇠가 맞장단을 친다.

"맞습매! 농새꾼 삿살이는 하더라두 뱃놈으는 앵이되겠다는 말입지."

도삽이가 설래설래 머리통을 내저었다.

"아양 기런것만두 앵일게야. 우리드르 알기로두 서이나 있젠? 독구장 기름장사 아아두 스무살으 찼구, 거게 사촌간두 둘이나 있쟁가. 기린데도 술기별으 못하는것 으 봅소. 기름장사라두 할 때라야말이지, 문중 바우 미역농새르 짓는 호강드르 길 목으 짚구서레 기름이란 기름으는 싹쓸이르 해났응이 무시기 장새앞자리르 제대루 할수있갠?… 술기별으 넣구싶어두 술으 살 힘이 없응이까 기린다궁!… 이러구봉이 길성바다 접꾼아드르 중에서 스무살으 막냉긴 새끼드르는 노한날 술으두 앵이 바 치구 뻔뻔하게 접꾼노룻으 하는 간나새끼들도 있을게야."

"… 있기만 하겠음. 많지비!"

똥쇠가 말끝에다 힘을 주는데, 뒤가 캥겼는지 접꾼들중의 한 녀석이 설면해서[253] 낮게 구시렁거렸다.

"… 그기야 죄가 될 수 없지비. 제게 고향 떠나서리 타지 접꾼으 살면 뉘기 노한날 술으 바쳤는지 앵이 바쳤는지 알 쉬 있겠음! 그렁이까 가난한 뱃놈드르 제게 고향 못 살구 타지 잠행할 쉬 밖에…"

이 좋은 날 술 한 잔 없다니- 하며 그저 목젖이 칼칼해서 모두들 한숨만 내쉬었다.

그런데 안마당을 돌아오는 복운영감의 발짝소리가 예사스럽지 않았다. 느닷없는 일을 시킬 양이면 악지가리질[254] 놓기전에 발걸음에다 부터 성깔을 뻗치고봐야 직 성이 풀리는 복운 영감이겄다.

내닫던 안짱다리를 뚜욱 멈추기 무섭게 눈꼬리를 치뜬다.

"간나새끼드르! 바다에서 난리가 터졌는데두 무시기 모작으 떨구있넨?"

걸핏하면 난리라는 말을 빌어 겁부터 주고보는 영감의 천성이려니, 당포부터 모 두들 심드렁해서 고개를 돌린다. 똥쇠의 말이었다.

"모작으 떨당이? 베락으 맞습매! 이 좋은 노한날으 어쩨 술 한사발두 없이 이렇기 보내능가 하문서리 눈물으 흘리구 있는 파잉데!"

---

253 서먹서먹하거나 어색함
254 '악다구니질'의 방언 (평북)

"얼피둥 바다루 나가보랑이까!"

"못합매! 술없는 노한날두 설운데 바다는 무시기? 헤엥-"

"우리 뱃길이나 간수르 해야지! 미역바우두 마찬개지구! 싸움이 앵겨서리 배가 뒤집히구 사램이 죽구 난리가 터졌는데 무시기야? 노한날으는 낼이라두 챙겨먹으면 되잖겐?"

그제야 모두들 정신이 바짝 들었다.

475. 곽암(藿岩) 34

"무시기 그런 일으?"

똥쇠가 자리를 차고 일어서고

"벨시런 꼴도 다 있여! 아니 으째서 해필이면 노한날 당혀서 씨벌늠덜이 지랄을 친당가요? 택도 없는 말씀을 요롷고롬 숩게 하시면 못쓰제요잉!"

당포도 아금니를 질끈 물었다.

"이것으 보라궁! 길성바다 용천농갬은 무시기 일으 하구서 나르 이렇기 면백으 주시능가? 너어새끼드르 개루 나가서리 너어 눈들으루 똑똑이 보문 알게 앵야?… 얼피둥 가서리 보라궁! 다스이 골 뱃놈드르 지금 초죽음으 된당이까!"

북운영감은 펄쩍펄쩍 뜀질이었다.

"술으 없이 노한으 보낸데두 우리드르 무시기 택으 잡았읍매까? 오늘으는 좀 펜히 쉽쉐다!"

"생각으 해봅소들… 앵이, 무시기 큰마당 잔치상으 받았다구 섧은 접꾼 아아드르 오늘에야 날으 잡았다문서리 송쟁으 자청한답매?"

"기렇기! 내 닭새끼 울음으 울때 버팀 쭈욱 말으 돌았잰겠음?… 바다가 앵기구 붙구 싸움으 붙기는 커녕이 되게 간간으 합두구만."

"젤! 술으 없어두 좋구 노한으 맞았다구 펠스럽게 찬선으 둠쭉하게 앵이 먹어두 상광 없읍매!… 채수 말씀두 그럴깁매. 오늘으는 거저 잠으 제 맘대루 잘쉬 있다면 그 뿐이 앵이겠음? 이거이 딱이 채수 맴뿐이 앵이구 우리드르 바램이기도 합매다!"

이 때 도삽이가 쩌엉 소리치고 나섰다. 그간 씨부렁댔던 접꾼녀석들이 고방 속의 쥐소리도 찌익-못 하겠다.

"기리타구 합세! 갈마개 이씨 문중 접꾼드르 무시기 대새났다구 간나새끼드르 싸움에 상광으 합매? 그 간나새끼드르는 뱃길으 트갔다구 저어드르 앵기구 붙구 썰구 찍겠구, 기린데 문중바우 스물 다서이 개지구 떠엉 떠엉 노르 잡는 우리드르 무시기 한다구 간나새끼드르 싸움에 틈으 쬡매까? 앵이 그렇슴?"

이런 추세로 나간다면 '갈마개' 복운영감은 느닷없이 실성하고도 남을 일이었다. 한숨을 다발 다발 내쏟으며 금방 시르죽다²⁵⁵ 간 이내 구리귀신²⁵⁶ 천성을 내보일랴 미치광(美致狂=미친사람) 본새 뺨쳐먹을 기세였다.

"에구, 용천농갬이 들으시면 화난으 점지 하시겠궁!… 너어드르 어쩨 이러네? 거저 가보랑이까 가보문 알끼라궁! 벌써 두 배 넘어가구 사램은 서이 죽었다하젠? 너어드르 역사르 생각으 해보랑이! 내 뱃길으 터지구 내 미역바우에서 송쟁으 뜨구 해두 모른다 하문서리 간간해보랑이. 종국에는 뉘기 손해잉가?… 내 너어드르 손해르 눈으 똑바루 뜨구 허세비르 보는 것처럼 가망히 있으란 말이? 아드르 쇡았다구 치구 가보재잉! 뉘기 노한날으 당해서리 이런 말으 하구 싶어 할겐? 난두 미치겠당이!… 야문노무새끼드르 짐승으 새끼드르 아잉가? 어쩨 관행채곽으 시켜놓구서리 갑재기 베락으 치능가? 서루 관행채곽으 주장하문서리 애무한 뱃놈드르 서루 앵기구, 송쟁으 되구!"

복운영감이 끄윽끄윽 울음을 운다.

---

255 기운을 못 차리고 생기가 없어지다
256 어떻게든 자신의 재물을 지키는 억척같은 구두쇠를 얕잡아 이르는 말

476. 곽암(藿岩) 35

　물론 줄 주울 눈물을 짜대진 않는다 하더라도 뱃구레가 들먹들먹 놀고 연신 손등으로 눈두덩을 훔치는 시늉을 곁들인다. 복운영감의 천성에 이만한 짓거리도 드문 것이었다. 잘잘못은 고사하고 한바탕 악지거리를 써대고 혓바닥이 얼얼하도록 욕바가지를 써대야 직성이 풀리는, 그 너볏한[257] 체통은 간곳없다. 짐짓 울음을 우는 척 간살을 부리면서도 접꾼들의 눈치를 흘끔흘끔 살피는 꼴이 '제발 나 좀 살려달라'는 통사정이나 다름없어 보였다.

　'노한'날 하루쯤은 하루종일 방구들에 누워 계집생각이나 는실난실[258] 꾸려보며 술이나 죽일 작정이었으나 이내 허망한 물거품이 되고 말았다. 하늘속의 별을 따기보다 어려운 접꾼자리를 지킬양이면 죽든 살든 간에 갯가로 내달려야 했다.

　"참말이랑가요? 머시기 뱃놈덜이 싯이나 죽어라우?"

　당포의 물음에 복운영감은 이제 살았다는 듯이 비위를 맞추고 나선다.

　"도삽이라문 내 베락으 맞는당이! 채수! 너어마저 쥌 말으 도삽이라구 하면 내 뉘기르 믿구 미역농새르 짓자겐? 에구 분해서리 숨으 간간 넘어가는궁! 에구우-"

　상앗대를 쥐고 나서던 똥쇠가 그 통에도 복운영감의 비윗장을 긁어놓고 본다.

　"그 쌍간나새끼드르 어쩨 해필이면 노한날에 바다에 나가서리 죽구 빠지구 지랄으 놓능가? 길성 길성 하문서리 소문이 좋덩이 공성바다 괴깃배 뱃놈드르 보다 더 팔째가 데럽궁! 공성바다 같았으면 노한날 일으 시키는 쥌은 쌍매지르 당합매다."

　여느 때같으면 다짜고짜 장목을 휘두르며 미쳐 날뛸 복운영감이 헛기침만 쥐어짜며 꾹 눌러참는다.

　어쩐지 조용하다 싶었는데 도삽이가 기어코 한마디 찔렀다.

　"이게 아방이르 잘못둔 죄 앵야? 이름으는 어쩨 도삽이라구 지어가지구서리 심심하문 말끝마다 도삽, 도삽, 하는궁?… 기리구 말입매다아- 공암에다 농새르 붙

---

257 아주 번듯하고 의젓한
258 성적 충동을 받아 야릇하고 추잡스럽게 구는 모양

이는 가난뱅이드르 서루 앵기는데 문중돌으 갖인 쥄이 무시기 상광이라구 이렇매?
저어들끼리 쥑이구 송쟁으 주물리는데 쥄이 어쩨 내일이다 하문서리 야당으 떠냔
말입매다!"

복운영감은 그 말에 더는 못 참겠다는듯이 눈을 세모꼴로 치뜬다.

"에구 저런 머저리 노무새끼 말으 하는 것좀 보랑이! 싸움이야 저어노무새끼들
끼리 앵겼지만 가망히 두구보면 뉘기 손해르 입는 줄으 아네?… 저어노무새끼드
르 쥑이구 패구하는 짓으 야문에서 알아보랑이. 또 민페가 어쩔구 관행채곽이 저
쩨구 논죄르 한다문서 또 다른 뱁으 망글구 나선단 말이야. 기리타문 또 뱃길이 문
제루 되구, 지선에 있는 사암드르는 모두 공암으루 된당이까!… 이렇게 되문 문중
바우 가지구 있는 호강드르만 망하는거 앵야? 내 바우만두 열 서이가 모두 다른 골
바다에 있지 않네?"

"그렁이까 가난뱅이드르 싸움으 못하게 패구 뒤딜기란 말입매?"

"말으 하제문 그렇지! 한새쿠 새끼드르 싸움으 말려야 된당이까!"

477. 곽암(藿岩) 36

복운영감의 절절한 하소가 한껏 수수러질 때쯤해서 당포는 못이기는척 녀석들을
데리고 갯가로 나섰다. 일돼가는 꼴을 넌지시 바라다만 보며 얼근덜근하게 간맞춤
할때가 아니다. 복운영감의 말대로 녀석들의 싸움을 못말린다면 영락없이 새우싸
움에 고래등 터지는 뽄새를 당할 것이었다.

'갈마개' 동쪽의 상대봉(上臺峰) 옆구리를 빠져 허리통이 부러져라 노를 저었다. '
무시곶'(茂時串=무수단舞水端) 반마장앞의 '신드리'(영암靈岩)에서 '개바우'에 이르
는 북쪽 뱃길로 네척의 배가 떴다.

"다섯 골 아드르 모두 나온게 앵야? 배가 너이나 되당이."

노를 겼던 똥쇠가 그 쪽을 뚫어져라 건너다보며 묻는다.

"미친소리르 작작 하랑이. 그 아드르 무슨 재주로 배르 너이나 띄을궁? 둘으는 가난뱅이들 배이구 둘은 구봉이네 배 아니문 목개새끼드르 배랑이까."

도삽이가 핀잔을 준다.

"맞습매. 두 척은 마생이 애잉가? 우리게가 똥줄으 태우는데 저어들이라구 음전히 있겠음. 새끼드르 싸움으 말리려구 나온 목개배들일겜매."

창나무를 잡고있던 접꾼녀석이 낌새를 훤히 짚어보고 나섰다.

"무시기 목개새끼드르?"

똥쇠의 눈이 빛났다.

"아서엿! 오늘은 목개늠덜하고 붙으먼 안되여 오늘은 문중바우 가진 늠덜찌리 같은 펜이랑께!"

"펠스럽지비. 죄없는 가난뱅이새끼드르는 뒤딜게 잡구 웬쑤노무 목개새끼들은 가망히 두당이!"

당포는 똥쇠의 마음을 벌써 들여다 봤던 것이다. 녀석은 매방이를 이때다 하고 때려잡을 심산일 것이었다.

"쥐둥이 봉허라는디도 나불나불 깡알데여. 고렇고럼 사리 밝고 맴 좋은 놈이 뭇헌다고 천덕꾸리 접꾼은 됐다여? 우덜은 쥔영감 시키는대로만 허면 되능겨!"

똥쇠의 일이라면 무턱대고 세살떨고 나서는 도삽이가 얌전히 있을 턱이 없었다.

"그렇기말이! 저엉 그렇기 살겠다문 얼피둥 접꾼노릇으 그만 둬얄지. 앵이라면 가난뱅이 펜으 들어서리 걸신들어 송쟁이 되든지! 문중바우 가진 농갬으 떠받들구 접꾼노릇으 할려구 악착으 떠능기 다 무시기야? 배통 뻣뻣하게 삼반으 먹구 이런 텃세두 부리는 맛 때뭉이 앵야?"

"에구 요골 그냥 어쩔까? 너 머저리 도삽이노무새끼, 어쩨 나르 못 먹어서 사사건건으 시비르 붙네? 음전히 있응이까 허세비로 보는 모양인데 기리타문 어데 죽어보겠네? 손꾸락으 한번 튕게줘두 고냥 송쟁이 될 노무새끼가!"

상앗대를 들고 나서던 똥쇠가

"허허 차암- 난리 터져뿐졌구먼!"

하는 당포의 탄식에 움찔 굳는다.

눈앞에 벌어진 광경은 생각보다 훨씬 험악했다. '가호'·'대포' 두 골 뱃놈들이 골장을 맞부벼대며 죽기살기로 싸운다. '쌍개' 배 한 척이 또 그새에 끼어들어 상앗대를 휘둘러대고, '마상이' 한 척이 그 주위를 늘근늘근 돌며 떴다.

478. 곽암(藿岩) 37

두 배가 엉켰다. 거진 제정신들이 아닌 모양이었다. 물이랑의 넓이만도 여섯자는 돼보였다. 배 길이가 삼장(三長) 짜리라면 물이랑의 끝(파두波頭)에 겨우 뱃머리와 고물이 걸쳐진다는 셈이었다.

그런데 '가호'·'대포' 두뱃놈들이 서로 뱃머리를 닻줄로 질끈 묶었다. 이물의 뾰쪽한 비우 먹힐 틈에다가는 봉깃돌마저 탄탄히 박아 서로 당겨대는 닻줄이 팽팽했다.

말하자면, 녀석들은 맞붙은 이물제를 사다리삼고 이쪽 배로 우루루 저쪽 배로 껑충 뜀질해 오르며 사생결단 싸우고 있는 것이었다.

머리가 깨진놈, 얼굴이 갈래갈래 찢긴 녀석들이 어우르며 죽을 작심들이었다. 그 통에 '쌍개' 뱃놈들이 끼어들어 '대포'편을 들었다가 엉뚱하게 다시 '가호'편을 들었다가 하는데, 상앗대가 겨냥한 곳이라는게 보기만 해도 끔찍스럽구나. 몸뚱이 어느 한곳 가리지않고 휘둘러대노니 타악 소리가 났다하면 갈비가래가 나리미[259] 꼴이요, 휘잉 허공을 내려꽂는다 하면 머리통이 금새 깨진 팥죽단지 꼴이었다.

"이쌍노무새끼들! 제구바우가 어드메 골 바다에 떴는데 너어드르 채곽권으 주쟁하는게야? 이 도둑노무새끼드르!"

"후응- 요곳드르 한나투 살려보낼 쉬 없지! 한아방이드르 한아방이 때버텀 우리

---

259 물고기의 가슴지느러미. 규범 표기는 '나라미'.

게 배드르 제구바우에다 농새르 붙이구 곽세르 물어왔다궁! 기린데 어쩨 우리가 봉으 못박네?"

"벱이 변한 것두 모르는 이 똥숫개새끼드르 우리게 배드르 너어 골에 백힌 사통바우 멱으 따두 된다 이깅가?"

"무시기라구? 고걸 너어드르 어쩨 딴데낸? 우리게는 관행이구 너어드르는 지선앵야?"

"마찬가지 앵야?"

매방이가 그 때다 하며 이물을 맞잡은 닻줄을 각두날로 꺼억 찍었다.

"한번만 더 난리를 피웠다가 죄다 관아 감악에다 쓸어 담을거얏!"

그 통에 '가호'배가 고물부터 일어서며 벌렁 넘어간다. '가호'배는 '평저삼각선'이려니 힘을 써볼데가 없는 '곤포채취선'이겠다.

두 녀석이 빠졌다. 한 녀석은 겨우 밑창 간막을 붙들었고 한 녀석은 배를 놓친다. 당포는 녀석을 향해 몰아갔다.

이물끼리 맞대고 있을 땐 뾰쪽한 뱃머리를 떨어대며 앙칼지게 독살이 올랐던 배지만 제 배의 길이보다 두 배만 큰 물이랑에 얹혔다하면 발랑 뒤집히는 꼴이 거북이 등가죽 엎듯하는 '평저삼각선'이었다.

'목개' 배는 그 주위를 뱅뱅 돌며 신나는 구경거리 하나 만났다는 본새였다.

"대여섯놈들 꼼짝없이 죽어야 다신 이따위 허튼짓 못할게지. 어느 뱃길이라구 감히 놀판삼구 쌈질인구?"

매방이는 지껄이면서도 닳쿤 정날 본새의 독기찬 눈길로 당포만 담는다.

물이랑에 실려 덤붕 떠올랐다가 이내 쓰르르 파곡(波谷) 속으로 가라앉아들며 열댓발은 달아나는 녀석을 잡기란 어지간히 어려웠다. 녀석이 다시 물지붕에 덩실 실리웠을때 당포는 배멋간을 용케 녀석의 등줄에다 끼어넣었다.

479. 곽암(藿岩) 38

골장막간에다 터억 엉덩이를 붙이고 앉아 엉뚱하게도 녹작지근한 하품만 쏟아내던 매방이가 징글맞게 웃으며 그제야 들으라는듯 비양질을 놨다.

"원 별 병신자식들 또 보지. 헐짓이 없으면 구경이나 허는 게지 물송장은 어쩌서 건져내구 지랄들이람?"

당포는 못 들은체 물에서 막 건져올린 '쌍개' 뱃놈만 내려다 봤다.

"에구, 에구 얼어 죽습매! 에구! 숨, 숨으 쉴쉬 없음!"

'쌍개' 뱃놈은 금방 죽을 기세였다. 콧속까지 얼어붙는 양 주둥이를 떠억 벌리고는 '하아, 하아-' 가쁜숨만 내뿜는다. 턱주가리가 더그럭 더그럭 떨대는데 바짝 마른 현삼초덤불이 대섭을 부벼대는 소리였다.

"거차암, 갈마개 채수란눔 딱허다아- 다 죽은눔을 건지긴 왜 건져내누?"

매방이가 다시 놀려대자 당포는 더는 참을 재간이 없었다. 버얼겋게 핏발선 눈으로 녀석을 쏘아본다. 눈을 부릅뜨면 그럴수록 매운 눈이 절로 감긴다. 녀석을 보면서 부터 줄곧 불똥튀는 눈싸움만 했던 연고일 것이었다. 눈알은 초피말을 뒤집어 쓴 듯 쓰리다 못해 아리다.

"매, 매방이 네 이녀려셰끼!… 네 이녀려셰끼!…"

야릇한 일이었다. 불질을 해대는 원한으로라면 혓바닥이 마르도록 원성이 쏟아져야 옳았다. 그런데 오장이 뒤틀리면서 제풀에 자즈러지는 소리란 것이 기껏 이 소리뿐이었다.

"녀석허군. 사람을 불렀으면 무신 말이 있어야지 이빨만 갈아대면 뭘 허누?… 그 녀석 닻줄걸기 전에 얼어죽을 눔인데 대상을 치르겠다는게야? 후웅- 눈에 훠언하고나. 관아에 불려다니노라 열탕 정수낭만 다 닳겠지!"

"… 니늠은 내손에 꼭 죽으여! 내 손에 꼭!…"

"끄 끄 끄 끄으- 제발 그렇게 좀 해다우. 덕분에 저승 구경이나 해보게… 멍청헌

눔 다 봤고오-"

당포는 등줄로 섬뜩한 소름발이 돋는다. 녀석이 혼연스레 '갈마개 채수란눔 딱혀다아-' 했겄다. 그렇다면 충금이를 수장지낸 일도 다 알고 있다는 말이었다. 제아무리 아귀 핏줄을 지녔기로 이쯤 흉악한 뱃놈도 조선바다에 있겠더냐.

"저노무새끼 신다리 한개르 부러뜨려줍세!"

"우리 채수보구 이런 욕으 하당이! 쌍간나 새끼 송쟁으 망글어조야지!"

도삽이와 똥쇠가 한마디씩 쏘아대자 '목개' 접꾼 녀석들이 기다렸다는듯 배를 몰아온다.

"목개 채수 탄 배가 이래뵈두 조선 동쪽바다는 다졌구다닌 마생이라궁! 어데 그 귓배 마사지는 꼴악시르 저엉 봐야겠넨?"

하는 소리도 잠깐이었다. 달겨든 '마상이'가 '귓배' 옆구리를 꿍- 벼락쳐 놓고 본다. '귓배'는 쓰르르 누워 흐르면서 겨우 일어선다. 한시만 지체했다간 꼼짝없이 배가 넘어갈 판이었다.

"내빼엿! 창나무 쥔 새끼 믓허능거엿!"

당포는 부르짖었다.

480. 곽암(藿岩) 39

당포의 배는 뱃머리를 남서쪽으로 돌려 세우기 무섭게 허겁지겁 내달았다. 알량한 외돛을 올렸다. 물이랑의 폭이 좁고 바람줄이 산산할 때라야 그나마 돛폭의 몫을 해대는 다섯자짜리 모초돛(띠돛=모범茅帆)이어서 자맥질만 급했지 배는 더 무거웠다. 그나마 노질로만 서둘다간 '목개' 녀석들의 '마상이'에 떠받혀 가라앉고 말 것이었다.

'마상이'의 뾰쪽한 뱃머리가 고물을 따라잡을때쯤 해서 배는 겨우 옆으로 쓸렸다. 그럴랴치면 '마상이'의 뱃머리가 쉬웅- 바람을 일구며 당포의 배를 아슬아슬

비껴 앞섰다. '마상이'는 성난 상광어 본새요 당포의 배는 상광어 콧부리앞에서 노는 숭어 꼴이었다.

'마상이'를 피하노라 창나무를 쥐고 거진 미쳐가던 똥쇠가 악을 쓴다.

"채수! 목숨이구 뭬구 저 새끼드르 쥑이구 맙세! 죽엄으 당할바에야 앵기구 봅세."

돛대가 부러질세라 썰개목이나 진배없는 돛대를 부둥켜안고 이리 저리 휩쓸리는 도삽이도 마찬가지였다.

"저새끼드르 미쳤쟁가? 우리게하구 저드르하구는 같은 펜인데 어쩨 우리르 쥑이겠다구 저러능가? 아주 막간 걸치구서리 붙어앵기는게 낫겠음!"

당포는 헛소리처럼

"아서! 아서여!"

그저 이 소리만 되씹었다.

매방이의 목소리가 독기에 차서 따라온다.

"당포 네누움- 네눔이 지금 미쳤겠다? 누가 네눔들 멱을 따겠다는게야? 다 죽은 놈을 왜 실어가냔 이런 말이렷다! 물속에다 던져넣어야지 후환이 없지 사체를 실어가면 증빙이 돼잖겠나! 어엉? 제눔들끼리 싸우다 죽었다구 고하면 그만일 것을 어찌 일을 꾸미겠다는 게야?"

당포는 귀를 틀어막았다. 매방이의 말뜻을 모를리었다. 복운영감의 당부도 바로 매방이의 말이나 다름없었을 것이었다.

그 때 다 죽어가는듯싶은 '쌍개' 뱃놈이 겨우 목소리를 튼다.

"대포배에두 한 사램 죽엄으 당했읍매! 가호 아드르하구 대포 아드르두 기렇구, 우리드르두 서루 사람이 쥑이진 않았읍매다!… 목개아드르 쥑였읍매!"

녀석은 겨우 말을 마치고나서 모가지 틀린 닭처럼 사지를 버릉거렸다.

'마상이'가 당포의 배를 쫓는 틈에 '대포'·'가호' 배들이 저들만 살았다 하며 줄행랑쳤다.

똥쇠가 무슨 생각을 했는지

"채수! 젠부탁으 들어주구 그 가매 밥으 먹구살자면 벨 쉬 없음매. 송쟁으 쳐넣구 봅세다!… 송쟁으 실어가문 일만 커집매다. 송쟁이 바른 말으 하겠음, 저어드르 원통한 사연으 제데루 고하겠음?"

"… 아적 숨이 붙어있여!…"

똥쇠가 '쌍개' 뱃놈의 상투를 잡고 요란한게 흔들었다가 났다.

"숨으 넘어갔읍매다! 봅소! 벌써어 얼어붙었잖겠음…"

'마상이'가 뱃길을 돌려잡는 것이 보였다. 당포는 '쌍개' 뱃놈을 내려다보고 앉아 거진 혼이 나간다.

481. 곽암(藿岩) 40

죽은 '쌍개' 뱃놈 돼 가는 꼴이 '비듬바늘' 안고 올라온 '오적어'(烏賊魚=오징어)였다. 다섯 가닥 바늘을 세치(寸) 길이의 나무토막에다 엇비스듬히 박고 그 바늘끝이 반쯤만 나오게끔 면포쪽으로 둘둘감아 도가니(추錘=봉돌)를 친 '오적어' 바늘 말이다. '비듬바늘'을 얼싸안고 둥개둥개 노닐다가 줄을 당기는 바람에 살이 물려 올라오는 '오적어'는 골장에 떨어지자 말자 제 색깔을 바꾸던 것이다.

'쌍개' 뱃놈이 그 본새였다. 끓던 피가 식었음이려니, 그 새 낯가죽은 푸르죽죽 굳고, 그 낯가죽 가운데로 불긋 불긋한 반점들이 어룽졌다.

한 판 미역농사도 거진 달포가 남았으려던 미리 뱃길 간수하겠고 싸우다가 죽은 뱃놈 목숨이 오늘따라 끝간데 없이 서럽다. 도대체 그 원숫놈의 뱃길이 무엇이랴.

가난뱅이 뱃놈들의 뱃길 싸움이란 것이 이렇더라.

가난뱅이 뱃놈들끼리 서로 주장 삼는게 '지선'(地先)이요 '관행'(慣行)이겄다. 미역바위가 저들의 골(里) 가까운 바다에 떠있으면 그 미역바위는 마땅히 그 바다에 가까운 뱃놈들이 채곽의 권리가 있다는 주장이 바로 '지선'이던 것이요, 먼 옛 적부터 뱃길을 터 왔던 다른 바다의 미역바위에서도 전례에 따라 미역을 딸 수 있다는 주장이 바로 '관행'이었던 것이다.

'공암'이란 바위가 관아의 작모에 의해 호강들의 '사암'으로 하나 둘 떨어져 가자 가난뱅이 뱃놈들은 '지선바위'·'관행바위'를 지키기에 눈들이 뒤집혔겄다.

'대포'·'가호'·'쌍개' 뱃놈들의 싸움도 알고보면 속사정이 뻔했다. 이를테면, '대포' 뱃놈들은 '신드리'(영암靈岩)가 저들의 지선에 있으니 저들 바위라는 우격다짐 이요, '가호' 뱃놈들은 '너희들이 언제 뱃길의 길이를 재봤더냐, 동쪽뱃길은 너희 들이 가깝지만 서쪽뱃길에선 가호쪽이 더 가깝다!'하는 주장이며, '쌍개' 뱃놈들은 신드리에서의 채곽은 옛부터 관행이니 어찌 너희 두골 뱃놈들만 미역을 따랴 하는 화풀이였던 것이다.

"신드리는 우리게 바우라궁!"

"에구 요골 어쩔까? 용천농갬은 무시기르 하시능가? 요런 명화적 새끼드르 물송 쟁으 치지않구!"

"이거 보라궁. 너어드르 신드리가 제게네 바우다 앵이다 어쩌문서리 앵기는데 그 거이 머저리짓이라궁! 야문에 가서리 고해볼궁? 신드리는 관행바우라궁!"

이렇게 시작된 싸움이 결국은 '기리타문 너어게드르 지선바우두 모다 관행바우잉 가 우리드르 들어가더라두 음전히 있으라궁!'하는 싸움으로 번졌던 것이다. 말하자 면 서로가 '지선'·'관행'을 주장하던 나머지 '지선바위'와 '관행바위'가 뜻모를 도깨 비싸움을 벌이며 뒤죽박죽 제 몫들을 못하게 돼버린 것이었다.

이 모두가 새벽 다르고 저녁 다른 관아의 형태 때문이었다. '지선'이면 '관행'이 없던지, '관행'이 있으랴치면 '지선' 채곽권을 없애든지 했어야할 터인즉, 관아는 이 아리숭숭한 두 가지 채곽권을 두리뭉실 굴려대며 곽세(藿稅) 걷워들이는 데만 혈안이었다.

482. 곽암(藿岩) 41

일은 어차피 벌어지고 말았다.

"에구 에구우- 내 이럴줄으 알았지. 너어노무 새끼드르같은 머저리새끼르 데리구 미역농새르 부치자는 내가 열번으 더 미친사램이지! 접꾼새끼드르 모두 머저리라문 채수노무 새끼가 지혜롭든지, 앵이라문 접꾼새끼드르 채수 일으 벤통없게 도와주든지 해야 할긴데, 어떻게 된 노무새끼드르 위아래가 똑같네?… 야문에서 알았응이 이제 어쩌자는 말이? 논죄마당으 피할 길이 없승까 이때다 하문서리 또 어떤 벱이 나올 줄으 모르는 일이 앵야? 문중바우 가진 사램들이 게우 살만하게 되니까는 되비 이런 일이 벌어지구… 야문벱이라는게 빈가매 얹혀놓구 불으 때는 버릇인데, 일이 커져서리 저어 가난뱅이새끼드르 관행채곽으 인정하구 우리게 보구 곽세르 걷우라구 하문 어쩌자는겐궁… 채수! 이 머저리새끼, 망하겠다문 너느무새끼 혼자서나 망할게지 무시기한다구 송쟁으는 신고 와서리 요런 화난으 불르네? 엥?"

복운영감은 멱서리로 덮어놓은 뱃놈들 시체를 흘끔거리며 또 한바탕 미쳐난다.

복운영감이 시키는대로 조 서말(斗)을 들고 '쌍개'·'가호'로 가래톳²⁶⁰ 돋도록 뛴 당포였다. 녀석들의 입을 막으려는 수단으로였다.

복운영감이 금쪽같은 조 서말을 풀면서까지 소문줄을 막는 연유는 이랬다.

"채수! 일으 벤통없게 해야 한당이, 너어드르는 모른당궁. 가난뱅이 새끼드르 두서이 송쟁 되능기야 내상관없는 일이지. 두 서이가 무시기야르 떼죽엄으 당한데 두 알 바 없쟁쿠!… 기린데 말입지, 야문에서 듣구서리, 어쩨 죽었능가, 무시기 일으 하다가 죽었능가, 달과췌문 관행뱃길으 놓구 앵기다가 그만 그렇게 됐읍매다 할 것 아잉가? 기리케되문 야문노무 새끼드르 또 지선채곽이 어쩨구 관행채곽이 어쩨구 하문서리 도산으 떤다는 이 말잉야! 기리다가는 민페가 저쩨구 어쩨구 하잉가 또 베락같은 벱으 망글구 만당이까!… 채수 너어 생각으 해보문 알끼궁. 재작년에

---

260 허벅다리와 불두덩 사이의 림프샘이 부어 켕기고 아프게 된 멍울

두 뱃길으 놓구 공암 미역농새 하는 가난뱅이 새끼드르 앵겼잖네? 그 때 베락같은 법으 망글은게 바루 관행이구 지선이구 다뭉개구 문중바우 가진 호강드르 편이 들어서리 관행뱃길 안의 문중바우드르 모두 바우 줼드르 사암으로 해줬더란 말이!··· 이제 게우 살갔다 했덩이 대새 난게야. 소문으 야문에서 접하문 또무시기 벱이 생겨날 줄으 어쩨 알겐? 그렁이까 소문으 짜아 퍼지기 전에 단속으 해야 한다궁. !"

복운영감은 당포와 뚱쇠, 도삽이, 이렇게 삼장(三杖. 장목의 내림으로 셋이 타는 말이니 곧 접꾼들 중의 세력을 쥔 세사람이란 뜻)을 떠나보내면서 신신당부를 했던 것이다.

그런데 죽은 뱃놈 두명의 시체를 실어왔던 게 화근이었다. 그렇게 소문을 막았는데도 '길성현'까지 고지가 됐고 서슬푸른 명까지 떨어진 것이었다. 검험(檢驗. 시체의 현지검증)을 실행할 것이 즉 시체를 한 치도 옮기지 말고 배에서 내렸던 '갈마개' 갯가에다 놔 둘 것이요 검험관(檢驗官)이 갈때까지 철저히 지키라는 것이었다.

483. 곽암(藿岩) 42

오랜만에 '갈마개'가 벌벌 끓었다. 물사태를 피할 양 닻줄을 거는 배들 빼고는 한 해 내내 조용하기만 하던 포구에 잇달아 닻줄이 걸린다. 장삿배도 고깃배도 '무수단'의 명고바위(명고암明孤岩) 앞에만 이르면 쪽집개부리(키)가 몸살을 내도록 동북간으로 뱃머리를 세우기 일쑤였겄다. 대부분의 배들이 장삿속 좋고 돈줄 흔한 '대량화'로 향하기 때문일 것이었다.

벌써 세척의 배들이 닻줄을 걸었다. '갈마개' 뱃놈들은 닻줄을 당기랴, 바람줄이 심상찮아 배들을 모래턱 높게 얹혀놓으랴 삭신이 곰삭을 지경이었다.

'다진'(茶津) 정씨가 제일 먼저 '갈마개'를 올라섰고 이어 '대량화'(大良化) 최씨, '포항'(浦項) 김씨가 요란한 나들이를 했다.

"너어드르 이 갈마개 줼 복운이르 다른개 새끼드르 앞에서 아양 분제 섬기듯이 해조야 한당이! 이거 보라궁. 너어드르 눈에는 언지나 보구 한 가매 밥으 먹구 항이까 내 거저 쇡이 좋은 젠만으루 백끼 더 뵐쉬밖엔 없겠지만 따제구보면 그거이 모두 내 근본이 좋은 때뭉이야. 내 어드메 뉘기구 내 어드메 뉘기구 버릇으 똥숫개처럼 놓더래두 눈으 똑바루 뜨구 갈마개 텃세르 퇵퇵히 해조야 한다궁! 너어들은 접꾼이 잉가 상잰으 모시듯 하면서두 한펜으로는 기침으 헛되이 짜대문서리 배통으 떠억 내밀구 갈마개 복운농겜 접꾼 노릇으 단단히 해주라궁. 알겠네?"

'길성' 바다 호강들이 하나 둘 모여들기 시작하자 복운영감은 입에 침줄이 마르도록 접꾼들을 모아놓고 신신당부했었다. 그런가 하면 똑같은 말을 하노라 '갈마개' 온 골을 쑤셔대며 부산을 떨었었다.

꽁지발로 갯가를 살피다가 닻줄이 걸리는 낌새만 짚었다 하면 짐벙지게[261] 가부좌를 틀며 헛기침 다발 부터 풀어놓는 '길성' 바다 호강들을 새알꼽재기[262]로 슬근 밑눌러 보던 것이다.

"이거이 오랜만이외다아-"

하면서 넉살을 떨면,

"에구, 내 한풍통으 들어서리 꼼짝 못했읍매다. 바램이 이리 체구 날쌔두 칩운데 먼 뱃길으 용케 오셨읍매다"

하면서 두리두리 접꾼들 눈치를 살펴대는 복운영감이 되레 측은할 지경이었다.

해거름 때쯤 해서 '우동포' 박씨, '황진'(黃津) 조씨가 찾아들었고, '솔골'(송호진松湖津)·'보촌'(寶村) 호강들은 저들 대신 접꾼 '삼장' 세녀석들을 줄세워 보냈다.

"앵이, 기린데 이 목개 가이새끼드르 어찌 기별이 없능가? 다들 제계들 일이다 하문서리 오는데두 목개 쌍노무새끼는 꼼짝않는궁!··· 에엥 데럽아서 어쩨 살겠관디!"

복운영감의 투정이 들렸다. 당포는 공청[263] 휑한 바닥을 방구들 삼고 누워있었다.

---

261 신명지고 푸지게
262 몹시 작고 보잘것없는 사람을 낮잡아 이르는 말.
263 空廳 : 물건을 쌓아 두는 곳으로 문이 없는 곳

"꼴악시르도 보기싫으니 내 눈에 뵈지 말라궁. 이 모든 일으 너노무새끼 죄값으루 제구 말테잉가!"

눈길만 마주쳤다 하면 이빨을 갈고 나서는 복운영감이 싫어 당포는 이틀째 공청에만 박혀 있었다.

새벽에야 눈치를 잡았다. '목개' 패거리가 들이닥쳤는 모양이었다.

484. 곽암(藿岩) 43

바다 속에다 '문중바위'들을 띄워놓고 일백사십리 뱃길을 주름잡는 '길성' 바다의 곽주(藿主)들은 거진 '갈마개'로 모여든 꼴이었다.

서로가 내노라 하며 허세를 부리는 처지여서 좌중은 야릇한 어색함이 감돌았으나 어떻든 술자리는 무르익었다. 냄새도 맡아 볼 수 없던 술이 질동이째 늘어섰다. '누럭개'(황암黃岩)에서 져나른 술이었다.

저들끼리 멀건히 낯짝들을 두루 살피다가 심심풀이로 해 보는 말이란 게 하냥 당포에 대한 욕설들이었다.

"머리르 짜구 생각해봐두 알 쉬가 없단 말입매다. 앵이 어째서 저어들끼리 찍구썰구 앵기다 죽은 송쟁으 신구온답매?"

"기렇기 말이- 몍밥으 먹구 장목에 손때르 묻힌 채수란 노무새끼가 저 젤 생각으 할 줄으 알아얘지 우리게하구는 아무 상광없는 송쟁으 신구오문 어쩌겠다는겜둥?"

"뉘기 앵이랍매? 내 그 생각으만 하문 웁버서 자다가두 웃음이 나온당이까."

한마디씩 하며 복운영감을 달달 볶아대는 거였다. 그때마다 복운영감은 인중골을 바짝 당기며 입술이 경풍을든양 쓴입맛만 대풍 들었다.

"내 멘목없읍매다. 팔째가 데럽아서레 내 저런 머저리 새끼르 채수르 삼구 농새르 붙힙매!… 엥, 쯔쯔쯔읏-"

그러고나면 고대 검숭한 턱수염다발을 쓸며 언제 그런 일로 걱정했었냐는 듯 태연들 했다. 올해는 누구네 미역농사가 대풍들 조짐이니, 공역과 운전(運錢)이 심대해서 이젠 미역농사도 허리뼈가 굽는다느니, 풍문에 듣자한즉 경상도 울산곽(蔚山藿)이 날로 상급행세를 하고 진가가 도성에까지 뻗친다니 큰일 아니냐, 조선천지에서 명천곽(明川藿)을 따돌리고 감히 어떤 미역이 진품행세를 할 것이냐- 하는 따위의 느긋한 말들만 주고 받는 것이었다.

'길성' 바다 호강들의 태도는 한치도 다급함이 없어 보였다. 그 흔연한 속셈들을 드러내 보이는양 은밀히 주고 받겠다.

"내일 미명이면 검험관이 당도할 것이궁. 접대와 지대에 쇡만 자알 뵈주면 될테잉가 그런 문제는 갈마개 곽주가 책음으 집소."

"펠스런 걱정으 다 합매다. 초검두 앵이 했는데 무시기 근심입매. 한새쿠 우리드르 주장으 밀어부치면 복검으 되비 할끼구…"

"맞지비. 뉘기 가난뱅이드르 주장으 듣겠읍매? 죽엄으 당한 사램의 사정으는 용천농갬백기 뉘기 알 쉬가 있겠관디. 초검이구 복검이구 문제르 삼을 일이 아닙매."

"기럼, 기러엄-. 야문 아드르 무시기 힘이 있어얍지.… 가마안- 우리드르 가지구 온 필지가 어찌 됩매까?"

"정포가 서이… 상포가 열 너이나 됩매. 이만하문 뒤둑하지!"

"뒤둑하당이? 그 정도가 앙입매다. 검험관이 눈으 똑바루 뜨지도 못할김매. 앙이 그렇슴?"

배에 싣은 태바리들의 쓰임새가 이쯤 훤하겠다.

485. 곽암(藿岩) 44

썰렁한 공청바닥에 쭈그리고 앉아있던 당포는 자꾸 제 육신을 떠나가는 듯한 혼줄을 본다. 이틀 동안 먹은 게 없었다. 도삽이와 접꾼 밑자리 녀석들이 들민날민 조밥이덩이를 날랐으나 한사코 뿌리쳤었다. 그래서인지는 몰라도 눈꺼풀 속에서 노는 것들이라는게 모두 헛것들 뿐이었다. 수장을 친 충금이가 멱서리에 둘둘 말린 채로 기우뚱 일어서선 물이랑을 타고 오는가 하면, 느닷없이 죽은 용총영감의 혼이 현신하는데 아슬아슬 아구맞춰진 뼈가래를 빼그덕거리며 다가와 와그르르 무너져 내리기도 하던 것이다.

눈을 껌벅껌벅, 귀바퀴를 잦바스듬히 세우며, 겨우 공청밖의 기척을 염탐해 봤다. 발짝소리가 다가왔다간 한동안 조용하고, 그 발짝소리는 공청 빗장 앞을 다시 맴돌다간 또박또박 사라져갔다.

"… 내 셰끼여!…"

당포는 낮게 부르짖었다. 무릎을 세우려고 기를 써보지만 허기와 추위에 간절여진 뼈마디가 풀썩 꺾이고 만다.

곡봉이놈 일 것이었다. 제단엔 당포 품이 그리워 제대로 밤잠도 못 이룰 것이었다. 공청 속을 들여다 보고 싶지만 키가 모자라고, 녀석은 높디높은 중동글만 쳐다보며 한숨짓다가 어쩔수 없이 돌아서 가는 것이리라.

당포는 몸뚱이를 부르르 떨며 충금이가 마지막 청원했던 말을 생각 해 봤다.

'미역농새 한 판만 걷구나면 얼피둥 길성바다르 뜨라궁! 상포 한 필이라도 지대루 몫으 챙길것 같네? 도적질으 해서라두 길성으 떠야 한다궁!'

당포는 충금이의 가래삭는 소리가 귓전에 더운 입김을 뿜는 듯 선연해서 또 힌치레 몸을 떨었다. 설마한들 죽기야 하랴. 어떤 고초라도 이겨내고 나선 곡봉이놈과 제 핏줄을 챙겨 '길성'을 뜨리라- 하는 생각이 다져지자 금새 누끔했던 덕포댁 생각이 간절했다. 거듭, 거듭 생각을 쫓아보거니와 가난뱅이 뱃놈들에겐 자식밖엔 달리 밑천될게 없다는 믿음이던 것이다.

이런 생각에 골몰해 있는데 공청 빗장이 드르륵 뽑혔다.

똥쇠였다.

"… 에구 얼매나 칩구 배고프가 심하겠음!"

당포는 어인 일인가 싶어 똥쇠만 멀끔히 올려다 봤다. 접꾼 밑자리들이며 도삽이며가 당포의 신세를 제 일처럼 안쓰럽게 생각하며 눈두덩들이 벌겋게 닳는 반면, 유독 똥쇠 혼자만 호강들의 술자리 잔심부름에 들떠 부사리처럼 숨을 헐떡이며 안채를 들락대던 것이었다.

도삽이의 귓속말인즉

"저 쌍노무새끼가 채수 자리르 탐으 내구있읍매! 정싱으 바짝 채려야 할낍매다!"

이랬으나, 당포는 못 들은체 그 말을 흘려버렸었다.

"… 으짠 일이랑가?…"

당포의 물음에 똥쇠는 뜨덤뜨덤 말을 이었다.

"어른드르 채수르 대리구 오랍매다.… 말으 안 전할 쉬도 없구, 이런 말으 하쟁이 쇡만 데럽구… 갑세다. 어쩌겠음?"

486. 곽암(藿岩) 45

당포가 공청을 나서는데 똥쇠의 오른손이 당포의 옆구리를 터억 감는다. 부축이는 양 간살을 떨지만 행여 당포가 줄행랑을 칠세라 미리 단속을 해두는 자잘모름한[264] 짓거리임을 모를 바 아니었다.

"에구 조심으 합세."

당포가 비칠거리자 똥쇠의 오른 손에 바짝 힘이 쥔다.

"이 손으 치우라궁. 두 날으 굶었다구 걸음으두 못 걸을 채수 아니라궁! 간대루 안채까지두 못 걸을 것 같네?"

어느새 도삽이가 튀어나와 똥쇠의 손을 맵게 뿌리쳤다.

"놔둬여. 얺혀강께 팬하구먼그려."

당포는 짐짓 태연했다.

---

264 자잘모름하다 : '자잘하다'의 비표준어

"가망이 두구 봐중이까 요 머저리 새끼가 못된 버릇으 놓는궁. 쥄이 날보구 데리고 오라구 했응이까 기리는데 무시기 택으 잡네?"

똥쇠가 눈알을 부라려 뜬다.

"기리타문 잘됐궁. 너어새끼는 한쪽으 메구 나두 한쪽으 메구가면 될테잉가!"

도삽이가 당포의 왼쪽 어깻죽지를 메고 나섰다.

"팔짜에 없는 복이제 머여?… 저드랑이 두쪽다 느덜헌티 맽기고 걸랑께는 양반 맹끼 심이 솟아여."

안마당에 끌려가 명석말이를 당하더라도 그때까지는 당당해 보자며 한발짝 두발짝 어치정거리는[265] 당포다.

녀석들은 서로 질세라 입씨름이었다.

"어쩨 그 쪽으루만 당기네?"

"똥쇠놈 힘이 장새라덩이 기기 앵이군. 너노무 새끼도 당기면 될테잉데."

"에구, 요골!"

"요골이 무시기야?"

"송쟁이 되구싶어서리 너 맘대루 노는게야?"

"허어, 윱버서! 쥐둥이르 닥치구 음전히 굴으라궁. 내 지금으는 부체됐다 하구서리 참구 있응이까."

"부체가 앵이문?"

"갈마개 접꾼이지!"

"에구 요골! 내 미친당이까!"

"에구우- 내 미친당이까!"

당포는 도삽이의 옆구리를 꼬집어 뜯었다. 힘으로라면 똥쇠를 당할 접꾼은 '갈마개'에 없겄다. 도삽이가 기미를 눈치챘는지 입을 다물었다.

---

265 기운 없이 느리게 걷다

옹기종기 앉은 여섯채의 바깥채를 돌아 안마당에 섰다.

"젠, 채수르 데리구 왔읍매다."

똥쇠의 말이 끝나자 벌렁 문이 열렸다.

'길성' 바다 호강들의 눈이 한꺼번에 당포의 얼굴로 못 박혔다.

"저노무새끼가 송쟁으 신구 온 채수입매?"

'목개' 김씨가 묻는다.

"… 그럽매다…"

복운영감은 명치끝이 당기는 낌새로 큰 숨을 내뿜으며 눈 둘 바를 모른다. 겉으로는 '길성' 바다 호강들의 비위를 맞추는 척 하나 속으로는 당포가 안쓰러울 것이었다. '목개' 김가라면 복운영감에게 있어 원수나 다름없지 않겠더냐.

"검험관이 오기 전에 우리드르 저노무새끼에게 보약으 조야 할낍매.… 송쟁으 신구 오느라구 고생으두 했을테잉가…"

487. 곽암(藿岩) 46

'목개' 김씨가 주살나게[266] 거드름을 피우자 나머지 다섯 호강들이 저마다 한마디씩 곁들였다.

"빽따구두 장새루 생겼구 허대 생긴 것두 멀쩡한 사램이 기기 무시기 머저리 짓잉가. 송쟁으 신구 오당이, 미체지 않구서리야!"

복운영감의 말대로 '황진' 조영감의 말이 그래도 점잖았다. 조영감의 말이 끝나자 내가 질소냐하는 투로 한마디씩 입정사납게 걸친다.

"너노무 새끼가 갈마개 채수라궁? 너어 어드메서 잠행한 머저리 새낀 줄으는 몰라두 그 정싱 개지구 장목으 잡았당이 웁버서 말으 못하겠당이. 저런 노무새끼는

---

266 매우 잦다

툇툇이 혼으 내조야지 벨 쉬 없읍매."

"명천곽이 특상목으로 조선천지에 명성으 떨치지만 바다는 언지나 탈으 망근 벱이 없구 미역농새르 짓는 데두 아야 간간했음! 앙이 그렇슴?… 기린데 저노무새끼가 화난으 부르당이! 에엥- 너어 생각으 해 보면 알끼궁. 천번 죽엄으 당해두 할말이 있녠?"

"그렇기말입매. 목숨으 붙이구 있는 것만두 다행입지."

"사설으는 따악 자룹세다!… 멩색이 채수란 노무새끼가 제게 쥌 사정으 모른다 하문서리 송쟁으 신구 올 때는 다른 앙가프므르 쇡으루 품었단 말입매. 치가 떨리구 치장벽으루 용태가 껼 일이쟁쿠!… 너노무새끼! 눈으 펜히 감으려면 말으 바른대루 해서리 너 쥌 은공이 갚아야 할기앵야? 어엉?"

'대량화' 최영감이 불호령을 내린다. 한동안 좌중은 조용했다.

"갈마개 곽주농갬두 무시기 말씀으 해조야지… 헤엠-"

'목개' 김가가 흘끔 복운영감의 눈치를 살핀다.

"… 할말이 무시기 있겠음! 거저 멘목없다는 소리 백끼 다른 말이 없읍매다…"

복운영감은 푸우 한숨을 내뿜으며 시들먹하게 한살돼 갔다.

'목개' 김가가 금새 숫칼 쥔 선무당 기세로 신이 난다.

"기리타문 시작으 합세. 미친노무새끼르 치유하는 양방으는 토생금으 앵기줴야 한다구 했음. 저노무새끼는 갈피줄로 꽁꽁 묶구 솔골 보촌 접꾼 삼장으 줄으 잡게 해서리 십리길만 갔다오게 합세."

'대량화' 최영감은 '그거 묘방입매다!' 하고 나서고 '다진' 정영감과 '우동포' 박영감, '포항' 김영감은 마지못해 '… 좋습매다아-'했다.

'황진' 조영감이 저윽히 놀랬다.

"토생금으?… 하절에나 기런 보약으 죄루 주능게지 이리 칩운 동절에 토생금으!"

"우리게 생각드르 기런데 무시기 근심으 합매? 갈매개 곽주농갬두 가망이 있는데… 솔골 보촌 삼장드르 여서이 얼피둥 나오랑이!"

당포도 도삽이도, 평대문 뒷쪽에 숨어 이 광경을 훔쳐보고 있던 접꾼들도 모두 어안이 벙벙했다.

"얼피둥 나오쟁쿠 무시기르 하능가?"

'목개' 김가의 호령에 '솔골'·'보촌'에서 온 삼장 여섯명이 우루루 달겨들어 당포를 묶는다.

488. 곽암(藿岩) 47

당포는 손가락 한 개 까딱거리지 않고 두 골 삼장녀석들의 삼줄을 그대로 받았다.

"이 새끼드르! 채수르 깡깡 동체메 서리 무시기르 어쩌겠다는 겐? 이거 노라궁!"

도삽이가 '솔골'·'보촌' 접꾼녀석들을 뿌리치며 길길이 뛴다. 녀석들 중의 하나가 도삽이의 옆구리를 뻥 내지른다.

"어떤 면전인데 이 새끼가 버릇으 이렇기 놓늠가. 가망이 앵이 있으문 뺙따구르 튕기서리 반죽엄으 망글태잉가!"

녀석들의 용춤추는 본새가 호강들의 으름짱을 뺨쳐먹고도 남았다.

"쥄!……"

도삽이가 안채 중청 앞으로 우루루 내닫는다. 비명 지르듯이 복운영감을 불러놓고 살기등등 노린다.

"… 도삽이 너는 아드르 데리구 나가랑이…"

복운영감의 눈길이 유화(流火=유성)의 꼬리를 쫓듯이 엉뚱한 하늘 속을 가른다.

"쥄! 이럴 쉬가 없음! 채수가 무시기 죄르 졌다구 이럽매까? 타지 접꾼 아드르 갬히 갈마개 채수르 쥄보는데서 깡깡 묶당이… 송쟁으 신구 온 것두 그렇습매. 목숨이 붙어개지구 있는 사람으 짐승이 앵이구서야 어쩨 되비 물속으로 처박습매까? 앙이 그렇슴… 기리구 말입매다, 두 사람 송쟁으 망글은 것두 따제구 보면 목개 아드르 입매! 그노무새끼드르 찍구 뒤딜기구 해서리 죽엄으 망글은 겝매! 목개 채수 내방이노무새끼가 부질으 휘두르면서리 사램으 쥑이구 우리게 배두 깡깡 박아댔음! 앵이, 어쩨서 갈마개 채수만 이 꼴악시르 됩매? 내 송쟁이 되두 좋응이까 말으 해봅소!"

도삽이는 거진 미친사람이었다.

"무시기라구? 목개 채수가 사램으 쥑였다궁?… 에구, 저노무새끼 뉘길 택으 잡능가?"

'목개' 김가가 자리를 차고 일어서며 부들부들 몸을 떨어댄다. 나머지 호강들은 부러 모른체 헛기침만 연방 내쐈다. 일의 내력을 어련히 짐작하랴만 모른체 해야 저들 실속을 차릴 수 있기 때문일 것이었다.

"… 너어 쥐등이르 닥치랑이까!"

복운영감의 목소리가 사뭇 신음이었다.

그 말끝에 '목개' 김가가 입장단을 선수친다.

"무시기르 하구 섰네? 저 채수노무새끼르 끌구서리 토생금으 시키랑이까!… 기리구 이노무새끼르 반죽엄으 뒤두룩 뒤딜게 패라궁!"

'솔골' 삼장 녀석들이 당포의 짚신을 벗겼다. 맨발이 드러나자 말자 개끌듯이 삼줄을 당긴다. '보촌' 삼장들이 도삽이의 몸뚱이를 싸다듬이질한다.

미친사람을 묶어 맨발로 땅을 밟게 하는 짓이 토생금(土生金)이렸다. 맨발로 땅을 밟게 하면 땅으로 부터 금(金)의 생령과 보기(補氣)를 얻어 광기(狂氣)를 멸한다던가.

당포는 꽁꽁 얼어붙은 땅을 밟으며 끌려나갔다. 이월 한절(寒節)에 토생금이라니- 기껏 구럭치(峙)를 넘었는데 발바닥은 짓물러 터져났다.

489. 곽암(藿岩) 48

당포의 발바닥은 차마 눈뜨곤 볼수 없을 지경이었다. 톱날같은 얼음결들이 삐적거리는 땅바닥을 맨발로 밟을 때마다 살가죽은 쩍 쩌억 갈라져나간다. 그렇잖아도 동창(凍瘡)든 발이려니 진물러터지다간 얼어붙고 하는 꼴이 흡사 도끼날을 받은 생나무 갈라지는 뽄새였다.

"채수!… 채수, 이기 무시기르 하는 짓입매? 채수르 배통 쩬 시나이로 봐줏덩이 기기 앵이궁! 내 서럽구 앙이꼽아서 살맛으 잃었음!"

그렇게 뿌리치는데도 함께 '토생금' 보약을 먹겠다며 따라붙었던 도삽이었다.

맨발로 어기죽대며 불퉁거리다가 이내 허억- 하고 느껴운다.

"… 나 살겠다고 이란다냐!… 뻗대질렀다가 알량한 목심 죽을깨비 이란데여?…"

"기리타문 무시깁매? 가난뱅이새끼드르 펜으 들어서리 한세쿠 바른 말으 합세다! 야문에서 검험관이 온당이까 이 때르 잡구 악으 써봅세!… 어쩨 이럽매? 무시기 죄르 졌다구 이럽매?… 탯줄으 체구나서 처음 울음으 우는겝매! 어쩨 도삽이새끼가 울음으 울도록 합매!"

"아서여! 자발머리 없이 눈물은 으쩨 짜고 그려?… 씨잘데 없는 짓이여. 씨벌늠덜이 신고온 태바리 안봤여? 검험관이고 믓이고 호강늠덜 똥꾸녁 뽈다가 섯바닥이 애릴꺼여! 일은 폴쎄로 끝나뿌졌응께… 도섭아, 으찌께든지 살고보자고잉! 이놈 말마따나 살고보자고잉!"

"그렁이까 바른 말으 하자는겝매!"

"곡봉이놈허고… 또 황진에 내 새끼도 있다고잉!"

"그까짓 얼라드르 어깨에다 메구서리 오백리길두 뜁매다."

"살고봐사 새끼들 어깨에다 메고 도망질이락도 놓제!… 검험관 앞에서 줸양반 시키는대로 고해뿐지는거여! 즈덜찌리 치고박고 허다가 디졌다고 말여. 약조 허뿐졌어잉?"

"… 옛꼬망…"

"우리 도섭이 장혀!"

"무시기르… 멘목 없지비!"

'솔골'·'보촌'의 삼장녀석들이 어느새 귀동냥을 한 모양이었다. 한마디씩 끼어든다.

"기럼, 기러엄- 바른 말으 고하다가는 송쟁이 되능게지."

"우리드르 무시기 너어드르 밉구 앙이꼽아서 이런 짓으 하겐?… 벨쉬 없당이까! 쥌 말으 듣구나서 죽엄으 면하구봐야 다른 방도르 생각 할쉬 있잖네?"

언 땅 위를 걷는 녀석들의 한숨이 열바람처럼 뜨거웠다.

세상사 돼가는 꼴 한 번 야릇하고나. 죄인을 수금(囚禁)한다치면 의당 함길도 수사(水使)의 전권이려던, '길성' 바다에서만은 수군의 병선(兵船) 한척 구경할수 없었으니, 죄의 다룸도 호강들 멋대로였다. 그도 그럴것이, 함길도 수영(水營)이란게 남쪽으론 '예원현'(預原=정평) 도안포(道安浦), '용진'(龍津=덕원) 조지포(曹至海), '안변'(安邊) 낭성포(浪城浦)요, 북쪽으로는 '서수라'(西水羅=웅기雄基) 조산포(造山浦)로 까마득한 뱃길이었다.

490. 곽암(藿岩) 49

당포는 어차피 '길성' 바다 호강들의 편을 들어야 했다. 사실 그대로 말했다가는 꼼짝없이 살인의 누명을 쓰게될 것이요, 그렇게 되면 검험의 결과에 따라 제꺽 관아에 수금 될 거였다.

그 뒤의 일은 뻔하였다. 한 사람도 아니요 두 목숨을 절단낸 대죄려니 어찌 살아남을 꿈을 엄두라도 내보랴.

'검험관'(檢驗官)을 맞아들인 '갈마개' 사람들은 또 허리뼈가 휘었다. '검험관의 왕복체유(往復滯留)에 관한 일체의 비용은 해당 촌읍(村邑)의 부담이니라'하는 법이 서슬푸르매, '갈마개'에 모인 호강들은 '갈마개' 사람들의 골즙을 짜내던 것이다. 그들이 가지고 온 정포·상포들은 막장에 이르러 적절히 쓸 양 꽁꽁 숨겨두곤 모른체했다.

'검험관'이 들이닥치기 전,

"너어 쥌두 좋구, 네 목숨으두 간수르 하려면 내 송쟁 됐읍매 하문서리 시키는대로만 하는게야.… 똑똑이 들으라궁. 검험관이 물음으 묻거덩, 제개들끼리 싸우다가 그리됐음, 내 눈으루 똑똑이 봤음, 기리구 그 관행뱃길이 없애야지 바다가 도산해 서리 하루도 펜히 지낼 쉬 없음!… 이러는게야. 자알 알아들었네?"

신신당부 하던 '목개' 김가의 말이 아니더라도, 당포는 그렇게하기로 이미 제스스로를 다짐한 뒤였다.

'검험관'들이 '길성' 바다의 호강들과 짜고 놀아나는 꼴도 어지간히 진득했다. 생선의 짝지느러미 본새로 서로가 아구 맞춰 주는데 한 치의 허술함이 없던거다.

초검관(初檢官=시체검증을 먼저 하는 사람)은 연 사흘 동안을 술만 퍼마시다가, 꼭 한나절 '신드리' 앞 바다를 흘러내리며 뱃놀이를 했다. 돌아가는 날 초검관은 '네눔의 말이 거짓이 아니렸다? 사체를 보아하니 저들끼리 싸우다가 근척(近尺)에서 상절했음이 분명 할시고!'하며 다그쳤고, 당포는 '그렇습니다요! 그짓말을 혔으면 지가 베락을 맞습니다요!'하노라 혓바닥이 닳을 지경이었다.

초검관은 '길성' 호강들의 베(布) 태바리를 절반 뚝 갈라 챙겨 올라간 연후 능청스럽게도 복검관(覆檢官=시체를 재검증 하는사람)을 내려보냈다.

복검관도 초검관이 했던 짓거리를 그대로 흉내 낼뿐이었다. 이틀 동안 술에 절여들다가 '신드리' 앞 바다의 뱃놀이를 어김없이 치겄다.

"그 하호해척들이 이곳에서 싸움을 벌였겠다?"

심심풀이로 한 마디 하면

"맞습매! 바루 여기서 그랬답매다.… 아무리 상것들이라구 서루 사램으 패쥑이당이!… 그 관행뱃길이란 것 때뭉입지! 바다가 한 시두 펜한 날이 없읍매다아- 해넴."

호강들은 복검관의 눈치를 살피며 헛기침을 쥐어짜던 것이었다.

복검관도 절반 남은 옷베들을 챙겨갖고 '갈마개'를 떠났다.

당포는 그 날 저녁 난생 처음으로 상다리가 휘어지는 밥상을 받았다.

"햄새두 벨루 없지만 배통 터지게 묵으랑이. 에구, 내 채수!…"

복운영감은 모가지를 한댕거리며 수다를 떨었지만 당포의 속마음은 부질 날처럼 시퍼렇게 독기가 서려갔다.

491. 곽암(藿岩) 50

'상암산'(裳岩山)을 북쪽으로 가늠하고 오리(哩)쯤 파고 든 골짜기였다. 서북간을 올려다보면 '상암산'의 정봉(頂峰)인 부체바위(관음봉觀音峰)가 댕경 모가지를 세웠다. 북쪽을 보고 곧추 내리면 '목개'(목진木津)요, 길을 서쪽으로 트고 돌다가 동쪽으로 내리면 삼포봉(三浦峰) 옆구리를 미끄러져 '운문대끝'(雲門臺 =운문대단雲門臺端)에 가 닿는다.

미역농사 한판이 시작되는 삼월중순- 당포는 이래저래 가랭이가 찢어지도록 바빴다. 바다에서 곰삭은 몸을 쉴새도 없이 그럴싸한 핑계를 잡아 '상암산' 골짜기로 숨어들어야 했다. 그럴 때마다, 아예 미역바위에서 밤을 새우며 미역을 지키겠다고 복운영감을 속였다. 덕분에 복운영감은 채수 한녀석 잘 뒀다고 우쭐거렸다. 뿐인가. 복운영감의 눈썹에 돋아난 용수(龍鬚)를 뽑겠다고 대든들 마다않게끔 당포를 턱 믿게 됐다.

"갈마개 복운이르 함부로 보구 앵기는 노무새끼드르 어찌되는 줄으 아네?… 천벌으 받는다궁!… 어쩨 기리되능가? 바로 이 용수 덕분 앵야! 이거이 영물이랑이까, 헤엠-"하며 늘상 다듬고 아끼는 한치 길이의 외가닥 털말이다.

'쌍개'를 비롯한 다섯 골 뱃놈들에게 있어 '갈마개' 채수 당포는 이제 원수나 진배 없었다. 그 일이 있은 후부터다. 다섯 골의 가난뱅이 뱃놈들이 마지막 힘으로 당포를 믿었으려던 당포는 녀석들의 기대를 저버리고 호강들의 편을 들고 말았지 않던가.

그 일이 있은 후- '길성' 바다의 호강들은 마음 턱놓고 거미줄을 치듯이 뱃길을 나눠가졌다.

이른바 관행채곽(慣行採藿)이 완전히 자취를 감추게 된 것이었다. 저들의 골 가까운 바다에 뜬 '지선바위'(地先岩)에서만 미역을 따야 했고 거기다가 터무니없는 곽세(藿稅)가 얹혔다. 그나마 지선바위 하나 변변찮은 가난뱅이 뱃놈들은 허리뼈 휘는 곽세를 물며 관유(官有)의 '공암'(公岩)에나 빌붙어야 했다.

가난뱅이 뱃놈들은 결국 '공암'의 머슴격으로 돼버렸다. 일에 비할시면 가당찮게 적은 품삯이었지만 일을 그만둘래야 그럴수도 없도록 꽁꽁 관의 감시에 묶였고, '지선바위'에다 목숨을 건 뱃놈들 역시 미역다발을 보고도 제대로 따낼 수가 없던 거다. 물결을 재울 양으로 쓰는 어고(魚膏)를 호강들이 몽땅 사들여 버린 때문이었다.

이런 '지선바위'들은 차츰 이름을 바꿔갔다. 둔갑질이 도깨비 수작보다 더 빨랐다. 호강들의 '사암'도 아니요 그렇다고 '공암'이 되는것도 아니었으니, 이를테면 궁성의 어떤 대감의 '문중바위'요 심지어는 뱃길도 아스라히 먼 '안변'(安邊) '낭성포영'(浪城海營)의 수사(水使)족벌의 '문중바위'가 돼버리던 것이었다.

뱃놈들은 '공암'의 머슴으로 묶이고 아녀자들은 호강들의 '문중바위'에서 품삯을 벌었다. '잠소'(잠수潛嫂=해녀)의 물질로 말이다.

'잠소'들의 무리에 뱃놈들이 섞여 마른침을 삼켜대고 미역농사 거둘랴 한창 제 정신들이 아닌 틈을 타서 당포는 '상암산' 골짜기로 파고든 것이었다.

492. 곽암(藿岩) 51

당포는 치렁치렁 내달리는 산어깨들을 가늠해보며 그날의 훤한 뱃길을 떠올려본다.

'포항' 북녘의 형제바위(형제봉兄弟峰)는 '복숙끝'(복숙단福宿端)과 '황진'을 숨닳게 달려 '신도령'에 이를 것이요, 거기서 다시 어깻죽지를 세우는 '신도령'은 '웃뫼'(상봉上峰)를 세워놓고 그새 '대량화'를 질러 '푸렁뫼'(청산靑山)에 가닿을 것이었다.

갯가로 달리는 산봉들이 또 가뿐 숨을 헐떡이고있을 거였다. 형제바위가 산속에다 골을 흘리며 허리를 뻗는 새에, 그밑 푸르디 푸른 갯가에다 곤포를 키우는 진학봉(眞鶴峰)은 물지붕의 허연 이빨에 뜯기며 바짝 엎디어 기어대면서 치마바위(치마봉馳馬峰) 허리춤을 파고들 것이었다.

당포가 이 산속을 점찍은 이유는 여러가지였다.

우선 '목개'가 바로 옆설기였기 때문이었다. '운문대' 끝에서 서남(西南)을 향해서 곧추 바다로 내리면, 북쪽으론 '포항'을 마주보겄다. 충금이의 원혼은 기필코 편히 쉬게 해야 하겠거늘 매방이녀석을 죽이고 북쪽 뱃길을 잡을랴치면 이만큼 은밀한 곳이 없던 거다.

또 덕포댁이 있는 '황진'이 '보촌'·'솔골'만 파고들면 기껏 이십여리 느긋한 뱃길임도 그랬다. 기별만 잘 닿는다면 매방이놈의 멱줄을 따고 곧장 흘러서 '황진' 갯가에 나와 있는 덕포댁을 달랑 싣곤 '대량화'로 갈 수 있을 것이었다.

'대량화'에만 가 닿으면 줄행랑 칠 길이 네갈래로 훤하렸다. '대량화' 등줄기를 파고들어 '꽁재'(산계치山鷄峙)만 올라서면 '죄막'(조막造幕)·'옛봉'(고봉리古峰里)·'명천'(明川=길성吉城), 그리고 '경성'(鏡城) 땅 교주봉(交州峰=강능산江陵山) 북녘의 '한개'(어대진漁大津)로 통하는 길이 뻗쳐있어, 몸 숨길 곳만 점치고 내달으면 그만이렸다.

"… 매방이늠 멱을 따고… 고녀리 새끼 멱줄을 싸악 갈라뿐지고 나서… 배를 내린다?… 쓰윽 배를 내린다?… 온냐! 보자아- 누가 죽능가 해보자, 온냐!"

당포는 주먹을 아스러져라 불끈 쥐었다. 배만 다 짜고나면 '대량화'까지의 뱃길은 손금 들여다 보듯 뻔했다.

달빛이 으슴프레한 날 밤을 골라 배를 내리고 어기차 노를 저을 생각을 해보니, 충금이의 원수갚음은 고사하고 '길성' 바다 호강놈들마저 사그리 쓸어잡은듯 가슴이 물큰하다.

곡봉이가 쪼르르 산골을 타내렸다.

"고렇고름 담박굴치면 뺙따구 뿌러지여. 내동 말했잖어, 바구는 사알사알 몬쳐감

시로 타사헌다고 잉… 그래, 아자씨 나무 했디야?"

"뒤지게지르 하문서리 애르 써두 마땅한 낭구가 없담매. 낭구르 열 서이나 쳈는데두 장작가비 뿐임매!"

"큰일났여!"

"아주방이가 기럼매다. 배르 짤끼 앵이라 뗏배르 짜문 될 테잉데 고집으 피운다구……"

"미친녀려 새끼 헛소리다잉. 짜기사 뗏배가 숩지만 뗏배는 원체 커서 바다로 내릴 수가 읍땅께. 그라고 금새 사람눈에 들켜뿐져."

배 짜는 일이 날로 어려워져 갔다.

493. 곽암(藿岩) 52

도삽이가 산늙을 올라왔다. 배꼽이 들어나도록 고의춤를 까내리며 혓바닥을 내두른다. 도끼자루를 내던지고나서 내뱉는다.

"에구 더워."

"아서여. 한끼들면 으짤라고."

"한풍으 잡아서리 죽었으면 차라리 좋겠궁…"

"… 방정맞은녀려 섯바닥을 고냥 카악!-"

"어려울게 무시깁매? 도끼두 있응이 카악 혀르 칩소꽝. 헤엥-"

걸음걸이를 휘뚝거리며 겨우 너설에다 등을 받치고 선다. 헉헉 가쁜 숨을 내쉬는 가슴패기가 앙상하다. 그도 그럴 것이었다. 벌써 열흘이 넘도록 제대로 끼니를 맞춘 적이 없다.

당포가 몰래 갖다주는 곡기래야 한 끼니 채우기도 어려울 것이었다. 허기를 면한 길이 없어 산길로만 십리밖인 탯골(태덕太德)까지 숨어들어 곡기는 도적질한다는 말도 들었다.

당포는 오늘도 멀쩡한 빈손으로 온 일이 면구스러워 눈 둘 바를 몰랐다. 그렇지
않아도 도삽이를 잡겠다며 눈들이 벌겋게 뒤집힌 참이었다. 그런 통에 곡기자루를
메고 온다는 것은 스스로 제 묘를 파는 짓거리나 진배없을 거였다.

생각할 수록 도삽이가 기특해서 가슴이 저려오는 당포다. 별의별 욕바가지를 씌
우며 같잖게 굴던 녀석이 당포가 채수 자리를 따내자말자 깍듯이 올려부르는 말주
변이며, 당포가 시키는대로 군소리 없이 곡봉이를 업곤 산속으로 처박힌 행태며가,
다 아무 뱃놈이나 할 수 있는 예사 일이 아니던 것이다.

"채수!…"

도삽이가 당포를 불러놓고 뒷말을 망설인다.

"… 또 그 소리겠제맹?… 뗏배를 짜잔 소리안여…"

"맞습매! 내 말대루 뗏배르 짭세다. 벌써 옜날이 넘두룩 옆판 한개두 못 베었음!…
도끼 하나르 가지구 배르 짠다궁?"

"… 으찌께든지 맹글고봐사 쓰여!"

"기기 어쩨 그렇슴? 배르 짜겠다구 허송으 하다가는 다 죽습매다!… 도끼로 깡
깡 찍어서리 낭구밥으 삼줄로 매구, 쪽집개 하구 창나무르 치구 범장 한개만 세우
면 됩매다!"

"씨잘데없는 소리여. 고런 뗏배로는 반마장도 못가서 뿌서진당게!"

"기리타문 고영이 고생으 할끼 앵이구 우리서이 죽구맙세다!… 생각으 해봅소! 채
수구 나구 뱃놈입매. 뱃놈드르 재주라는거이 그물으 죄구 장목으 박구 하능깁지 배
르 짜당이? 도끼 하나르 가지구 언제 목정으 망글구, 옆판으 썰구, 앞뒤 비우르 세
우구… 에구우- 될 일으 가지구 머리르 쎅혀얍지!"

"배를 못 짠다치면 니 말마따나 디질 수 백기 없제… 그라제만 뗏배는 짜도 허사
여. 그 무거운녀력것을 먼 재주로 내린다냐?"

"망글기가 어렵버서리 기리치 내리기는 쉽습매. 돌망이르 밑창에다 짜아 깔구서
리 줄으 당겨봅소."

"당나구 열마리가 끄슨다면 고롷고롬 될테제!"

당포는 기가막혀 한숨만 내뿜었다.

494. 곽암(藿岩) 53

"땅뗑이가 디럽다고 뱃놈덜까지 형편 읇단말여."

당포가 한숨에 곁들여 구시렁대자 도삽이가 화뿔을 세운다.

"뉘기르 보구 하는 말입매?"

"누구는 누구여? 함길도 뱃늠덜 들으라고 허는 소리다! 허엄-"

"앵이 어쩨 기럽매? 우리게 보기로는 채수가 헹팬없는 뱃사람이오다.… 전라도라구 했지비?… 말으 바로 하문 전라도 뱃놈드르 머저리란 말입지 헤엥-"

당포는 뱃길 하나 제대로 모르면서 밑두리콧두리²⁶⁷ 자근자근 따져묻고 나서는 도삽이가 얄밉다. 네놈 듣던 말든간에 말앟고 배길소냐 하며 맘놓고 빈정거려 본다.

"뱃놈덜은 그저 전라도 뱃놈덜이 쩰여. 내 낫살도 인저 뱃놈시월로 치면 근 갑이 다 찼는디이… 요 짧은 시월 안에서 탯줄 버텀 뱃놈체신인 새끼덜은 못 봐뿐졌응께.… 경상도 뱃놈덜이 억씨기는 원체 억씬디 오기가 너머 씨어서 탈이제. 남녁바다 으디든지 뱃길이라면 훤허고 물목 짚는 것도 구신이 다 돼뿐졌어. 야밤중이락도 대낮맹끼로 뱃길을 잡는디 올빼미가 섯바닥 내두를 지경이여.… 그란디 경상도 뱃놈덜 천성이 쪼깨 오기가 씨단말여. 저만 잘났다고 쌍태질하는 고녀려 성미만 쪼깨 다듬는다치면 상뱃늠덜이제잉."

"… 기리구?… 기리타문 함경도뱃놈드르는 어쨌음?"

"함경도?… 시상에 볼가지²⁶⁸ 같은 명충이 새끼덜이제. 물목 한나를 지대로 알기를 항가, 뱃길 한나를 지대로 짚을줄 앙가! 거그다가 성질덜은 불솥맹끼 디럽고 급

267 확실히 알기 위하여 세세히 캐어묻는 근본
268 '벌레'의 방언

하다봉께 일을 허는것도 소 씹허는것 맹끼로 푸욱 내질렀다가 빼뿐지면 고만이여. 숩게 말헌다치먼 일의 앞뒤도 모른다는 요런말이 되겠는디… 함경도 뱃놈덜이 농사꾼이제 뱃놈이라냐? 경상도 뱃놈덜 똥꾸녁만 뽈아도 몬질라여.”

“하앙- 내 웁버서!”

“… 강원도 뱃놈덜은 천년묵은 구랭이고…”

당포가 매방이를 생각하며 저도 몰래 빠드득 이빨을 갈아붙이는데 도삽이가 코웃음을 빈빈하게 터뜨리며

“쇡이 탑매다. 얼피둥 전라도 뱃놈드르 잘난 꼴악시르 구경합세!”

하며 혼자웃고, 콧방귀 뀌어대며, 섞갈리게 뱐죽거린다.[269]

“상뱃놈 중에 상뱃놈덜이 바로 전라도 뱃놈덜이여. 지 잘났다고 오기를 피우기를 항가, 성질 시키는데로 뚜닥뚜닥 겉손질 하기를 항가, 무담씨로 놈들 해꼬지혀서 지 잘 살겄다고 못된 궁리를 할 줄을 앙가… 눈꼴시럽고 오욕질 나도 꾸욱 참고 저 할 일들만 하는디이- 그렇다고 쓸개도 읎는 순둥이새끼덜이냐 하면 그것이 아니라고잉. 참다 못하먼 그 때는 바다물도 다 푸머뿐지겄다고 대든당께!”

“에구, 에구, 내 웁버서 미친다궁! 아무리 도삽으 떨어두 그렇지비, 바다 물으 품어내당이! 끄 끄 끄-”

바짝 약을 올려 배짜는 일에나 화풀이를 쏟게할 심산이었는데 도삽이는 배통이를 움켜쥐고 앙글거릴[270] 뿐이었다.

495. 곽암(藿岩) 54

당포는 금새 허망해져 버렸다. 도삽이의 천성이란게 터무니없는 언턱거리를 잡고 물근물근 얄기죽거려 놔야 제 성미를 못 죽여 암팡진 일손을 놀리던 것이었다.

---

269 겉모양만 반반하게 꾸미고 말이나 행동은 얄밉게 굴다
270 일부러 꾸며서 자꾸 웃다

함길도 뱃놈들을 몽땅 묶어 쓰레질로 얕추잡고 나서면 웃비걷듯이[271] 낯짝을 바꾸곤 주먹부터 휘둘러댈줄 알았고, 그쯤 독살이 올라야 '좋다궁! 두구봅세, 내 도끼 하나르 가지구 배르 망글어 놀태잉가!'하며 일손에 불이 붙을텐데, 녀석은 되레 장성세계[272] 느긋하다.

이런 본새로 나간다면 붙잡히기 전에 굶어죽기 십상이렸다. 멀지않아 한판 미역농사도 끝날터, 사월 초순부터는 두판 농사가 시작 될 것이었다. 땅뙤기란 땅뙈기는 미역다발로 덮히고 장목 두개만 세워 갈피줄을 묶는다 하면 '덕집'(건조가乾燥架) 행세를 하고 나서는 때가 미역농사의 두 판이라고 부르겠다.

배를 띄우기 그중 좋은 때가 바로 미역을 말리기 전의, 한창 눈코 뜰 새 없이 바쁜 한 판 농사때였다. 배들은 따낸 미역다발 실어나르기에 놋좆이 닳을 지경이요, 접꾼과 잠소들 역시 장목 훑음질을 하랴 자맥질을 하랴 제정신 차릴 새가 없던 거다.

이때를 놓친다 하면 일손들은 느긋해져서 염탐의 눈들을 속이기가 썩 어려울 것이었다. 바로 미역농사 세 판째인 오월 삼망께려니, 자낭(子囊)을 터뜨려 유자(遊子=유주자遊走子)[273]를 흘려내는 미역을 말라죽기 전에 따내면 됐고, 낙수(落首)나 흑대(흑대초黑帶草) 따위가 뿌리를 다시 내리지못하도록 숙근(宿根)을 뽑아내는 일이 고작이었다.

그러니까 '길성' 바다의 미역농사는 한판때의 상등품(上等品) 채곽, 그리고 두판 미역을 음건(陰乾)할 때가 그중 바쁜철인 반면, 세판 농사의 하등품(下等品)은 대부분 염건(鹽乾)하는지라 한껏 쉴짬이 많던 것이다.

'길성' 바다를 몰래 빠져나가자면 바로 이때가 적시려던, 천금같은 하루하루가 아무 실속없이 넘어가고 있는 것이었다.

"함길도 뱃놈으 한번만 믿어봅소. 내말대루 뗏배르 짜잔 말입매."

---

271 비가 그치며 잠시 날이 개다
272 징력(壯力)세다. 겁이 없고 마음이 군세어 무서움을 타지 아니하다.
273 조류(藻類)·균류(菌類) 등에서 볼 수 있는 운동성의 포자(胞子)

"뗏배는 안되엿!"

당포는 버럭 악을 썼다. 이렇게 철없는 뱃놈도 있는가 싶다.

도망칠 곳을 '대량화'로 점찍어 논 이유를 몰라서 하는 소리렸다. 다른곳은 희누르스럼한 암벽들이 갯가를 달리는 연고로 숨어들 자리가 마땅찮았다. 그러나 '대량화'는 소나무가 울울첩첩 갯가로 늘어서서 숨어들기로는 안성마춤이요, 거기다가 사방 네 갈래 길이 내지를 향해 트였지 않는가.

그런데 '대량화'로 가는 물길이 큰 난관이었다. '운문대'끝에서 '대량화'에 이르는 해안을 따라 한사코 남쪽으로 떠다미는 유별스런 물살 말이다. 내리기는 쉽되 오르기는 저승길처럼 험한 그 뱃길을 뗏배(벌선筏船)로 오르다니- 쉬운 말로야 남주(南走)하는 그 물살을 피해 양중으로 뱃길을 잡으면 그만일 거였다. 그러나 몰래 숨어들자면 해안을 바짝 껴고 그 물살을 거슬러 오르는 방법 밖엔 다른 수가 없다. 당포가 '평저삼각선'을 짤 궁리를한 것도 그 때문이었다.

496. 곽암(藿岩) 55

그 물살을 가리켜 함길도 뱃사람들은 '운구미살'(운구미해류雲九尾海流)이라 불렀다. '운문대'의 첫자와 '다진(茶津)' 북쪽 코쟁이 '고래구미'(古來九尾)의 끝 두 자를 붙여 지은 이름인 듯 한데, 그 연유인즉 물발의 흐름이 '운문대'에서 '고래구미'까지가 그중 거세기 때문이었다. 물론 '운구미살' '무수단'에서 '어랑단'(漁郎端)까지, 남북으로 뻗친 물살이긴 했으나 말이다. 더구나 호풍(胡風=편북풍偏北風)이 부는 날이면 물살의 빠름이 물경 두 절(節)을 넘어서기 일쑤였다.

배를 바다로 내리는 때도, 매방이의 멱줄을 따놓고 줄행랑을 칠 참도, 역시 밤뱃길을 택해야 할거였다. 그러자면 '마생이'나 '귓배'는 걸맞지 않았다. 평소에는 우습게 봐 넘기던 '평저삼각선'이라야 제 몫을 할 것이었다.

우선 배의 장폭(長幅)이 작아야 반마장 거리로 해안을 따라붙을수 있음도 물론이려니와, 유달리 뾰족한 이물과 펑퍼짐하게 퍼진 고물은 남으로 내려붙이는 물살을 거슬러 오름에 그쯤 알맞을 수 없었다.

이런 저런 사정은 깡그리 모른채 한사코 뗏배만 띄우자는 도삽이가 그 얼마나 설익은 뱃놈일것이랴.

"후웅- 잘됐궁! 배는 짤 재주가 없구 한새쿠 뗏배는 싫당이까, 기리타문 야양 산척[274]이나 될쉬 밖엔… 하루 삼반으 끓여먹구 배통 뒹뒹이 내밀게서리 곡기에다 햄새나 뒤둑이 져날릅소쌍!"

"저런 섯바닥 캉 물고 디질놈!"

"그런 욕으 어쩨 합매? 생각으 해봅소. 갈마개 접꾼 도삽이노무새끼가 어린 곡봉이르 데리구 도망질으 쳤다구 소문이 짜아할테구, 쥉이구 똥쇠노무새끼구 나르 잡겠다구서리 눈으 삭달처럼 뜨구서리 뒤지개지리 할테구… 채수만 믿었덩이 전라도 채수 당포란 사램은 머저리구… 어쩌겠음? 곡봉이새끼르 데리구 산척이라두 돼얍지! 팔째 데립궁, 후웅-"

도삽이가 턱없이 밉쌀스럽게 논다. 뗏배를 못띄울 참이면 뱃놈보다는 나은 양반행세를 해보겠다는 거다. 산속을 두루 누비며 짐승이나 때려잡고 약초뿌리나 캐는 산척(山尺)이 되겠다는 으름짱이었다.

당포는 기가 막혀 입을 다물고 만다. 눈알을 데룩거리며 당포의 눈치를 살피던 도삽이가 말했다.

"이러문 어쩔궁?… 포항 아래 고진개가 어떤 개보다두 간간합매[275]. 고진개루 내려서리 배르 도적질으 합세!"

"말도 아닌 소리여!"

"기리타문 산척팔째 뿐이궁!… 보촌 선장으 뫼셔다가 배르 짤탱가?"

건성으로 내뱉은 도삽이의 비양질 끝에 당포는 화들짝 놀란다. 우루루 달려가서

---

274 山尺 : 산에서 사냥을 하거나 약초 캐는 일을 업으로 삼는 사람. '해척(海尺)'은 뱃사람
275 조용하다

도삽이의 주먹을 움켜쥐었다.

"으째, 아니 으째 그 생각을 못 했다냐? 을라! 보촌 선장 솜씨는 길성바다에 죄다 깔렸제잉.… 보촌 선장을 업어오능겨!"

"… 어떻게 메구웁매?"

"헐수없제! 목아지에다가 작두날을 걸치고 끌고와사제!"

도삽이의 눈이 금새 퍼런 불심지를 담는다.

497. 곽암(藿岩) 56

몸살 났다는 핑계를 대고 닷새 동안이나 장목질을 그만 둔 당포였다.

복운영감은 거진 온종일 게거품을 끓여대며 준득준득한 욕설을 퍼부어댔다. 우루루 내달려와서는 부러 방문을 활짝 열어재끼며 길길이 뛴다.

"무시기라구? 몸치가 났다궁? 앵이, 뎅색이 채수란 노무새끼가 하루도 앵이구 몇 날으 구들으차구 눴네? 찔기워 죽겠으문 조용히 묏자리 파구 산속에서나 죽을기지 내 집 구둘으는 어째 차구 누워서리 이러네? 얼피덩 나오랑이까 무시기르 하넨? 당장 장목으 잡구 멱바우로 가든지 아니문 장목에다가 너어 봇쥠으 매달구 집으 나가든지 하랑이까? 에구, 저 굴곰같은 새끼 좀 보랑이! 진구리[276] 빽따구르 마스기 전에 말으 못 듣겠네? 엥?"

당포는 끄응- 모로 돌아누우며 못들은체 골 틀리면[277] 그만이었다. 그러면서 두팔을 벌려 닭몰으는 시늉인데,

"길성바다 용천농갬님! 갈마개 곽주 복운이가 이렇기 빕네다!… 광막풍으 몰아서리 이 방속으로 다아 체게합소! 저 채수노무새끼 한풍으 잡아서리 꼴딱 숨으 멎게 말입매다!… 우우우- 우우우- 바램아 체라, 더 쎄게 체라, 우우우-"

---

276 허리 양쪽으로 잘록하게 들어간 부분
277 골 틀리다 : 마음에 언짢아 부아가 나다

하며 경망스레 신들리는 꼴이 예사스럽지 않았다. 당포가 한창 바쁠때 꾀병을 앓고 누운 속사정이 이랬다.

나흘만 더 자면 '보촌'에 숨어드는 날이었다. 선장(船匠) 황영감을 업어오기로 도삽이와 약속한 날이 망일(望日=보름)이요, 그 망일이 바로 나흘 뒤였던 것이다.

아무리 목숨 내걸고 하는 짓일지라도 그런 큰일을 도삽이와 당포 단둘이 치러내기란 만난고생이 따를것, 당포는 그래서 그날 까지만이라도 푸욱 쉬며 근력이나 다스려놓자는 결심을 한 거였다. 망일 전 날에 '갈마개'를 떠나면 아예 산속에 박혀버릴 것인가 아니면 배를 내리는 날까지는 부지런히 복운영감의 미역농사를 도우며 '갈마개'에 남는 것이 양방인가- 하는 궁리로 머리골을 썩이며 나흘동안 편해봤던 것이었다.

그런 판에 똥쇠놈의 거동이 썩 야릇해진거다. 그러니까 당포에 대한 복운영감의 화풀이 역시 당포와 똥쇠를 한꺼번에 쓸어잡는 양수겹장이나 다름없었다.

당포는 구둘을 차고 누워 있으면서도 똥쇠나마 제 몫을 나름껏 해주려니 믿었었다. 그런데 그게 아니었다. 멱바위에서 밤샘을 하는 일이라곤 아예 마다 했고, 낮일이라도 손바닥 터지게 하느냐 하면 해거름때 되기가 무섭게 갯가 석장에다 닻줄을 걸던 것이다. 멱바위의 움막에다가는 접꾼녀석들만 오글오글 남겨놓고 말이다.

장목질은 하는양 마는양 문치적거리면서도 밤에 나가면 새벽닭이 자쳐 울어서야 돌아왔다. '구장목'에 갔다왔으니, '오리평' 쑴박재에서 깜빡 시들다보니 새벽이 됐네, 하며 그때마다 하는 말도 갈팡질팡이었지만 무엇보다도 궁금한 일은 녀석의 주둥이에서 풍기는 물큰한 술냄새였다. 기껏 접꾼 삼장의 맨밑줄에 있는 녀석에게 어떤 사람이 밤마다 술대접을 할손가.

498. 곽암(藿岩) 57

당포는 궁뚱망뚱한 한숨줄을 거푸 내뱉다가 봉창을 올려다 봤다. 희부슴한 열날

달이 '구장목' 범바위를 넘는 모양이었다.

"… 보촌 황영감만 업어다 놓고는 고냥 담박굴[278] 쳐서 오는거여. 배를 짤 때까지 장목질이나 매시랍고 몰강시럽게 해주는 거여잉… 그래사 눈치를 못 잡을탱께!… 열나흘 저녁에 황진으로 들어가먼 되여. 덕포댁헌티 곡기나 얻어다가 선장을 묶여 살려사제… 곡봉이가 맴에 걸려… 맴같어서는 덕포댁헌티 맽겨노먼 젤인디 똥쇠 늠이 탈이란 말이시… 내 사정 덕포댁 사정 쭈욱 꿰고 있는 똥쇠안여?… 흥, 지랄 방구같은 새끼!"

곡봉이는 역시 산속 움집에다 꽁꽁 숨겨두는 게 상책이다 싶었다. 이 생각 저생 각이 분주살스럽게 얽혀 모로 누웠다가 바로 눕고 바로 누웠다간 다시 뒤척이며 사지를 버르적거리는데, 뒷마당께에서 발짝소리가 다가왔다. 쓰르르 뒤꿈치를 빗질하다가 황급히 서너 발짝 쿵쿵 내딛는 본새가 가마골까지 오른 술기운을 못 다스려 겨우 떼놓는 비틀걸음이었다.

똥쇠놈 일 거였다. 거나한 술기운에 삭신의 옹두리뼈 마디마디가 흠뻑 절였을 것이리라.

"간나새끼 자는 모앵인가?… 아, 기리타구했지? 몸치가 돋쳤다구 그랬쟁가?… 후웅-"

잠시 멈춰서선 주사를 늘어놓는 듯 싶더니 벌컹 방문을 나꿔챈다. 더듬더듬 기어들더니 당포의 옆자리에 길게 눕는다. 당포의 오른손을 덥썩 쥔다. 얼마 전 까지만 해도 몰래 더듬거려 잡던 녀석이 요즘 들어서는 서슴없이 당포의 오른 손을 쥐고 나서는 똥쇠였다. 술기운만 얼큰했다 하면 동하는 버릇이었다.

"채수, 잠으 잡매?"

"…"

"에구, 기러지맙세. 잠으두 앵이 자문서리 대답이라도 해조야지. 보오다, 채수

---

278 '달음박질'의 방언

우-"

"이 손 놔여."

"좀 가망이 있으랑이까… 슬슬 만제보문 기분이 좋단 말입매다. 어쩨 이렇게두 몽글몽글하구 감체구, 간나 젖꼭지도 이리 감체지는 못할깁매."

"치란디도 그네, 불사시런 새끼 이손 치랑께!"

당포는 똥쇠의 갈퀴같은 손을 맵게 뿌리쳤다.

"고영이 화르 내구 그럴게 무시킵매. 손가락이 짤려두 아주 어여삐 짤맀단말입매.… 경상도 제포에서 왜노무새끼에게 짤리윘다 했음?"

"… 골백번도 더 묻능게벼. 섯바닥도 안아픈겨? 씨버럴-"

그 말에 녀석은 잠잠했다.

당포는 생각해 보는 것이었다. '쌍개'에 처박혀 당포를 밀탐한다는 그 경상도 녀석과 밀통한다치면 나들이의 짬이 맞질 않았다. 자시를 넘어 어슬렁 기어나가서 계명에 때맞춰 돌아올 수 있는 곳이라면 '구장목'이나 쑴박재 밑의 '축삼'일 거였다. '쌍개'는 꼬박 하루 한나절 길- 닫기 무섭게 돌아온다쳐도 사흘이 걸리겄다.

그렇다면 똥쇠에게 술망치를 안겨주는 어떤 녀석이 '구장목'이나 '축삼'으로 기어들었음이 분명했다.

499. 곽암(藿岩) 58

대체 그 녀석이 누구란 말인가. 금줄같은 술을 밤마다 똥쇠의 목줄로 넘겨주는 그 녀석은 무슨 연고 때문에 슬금슬금 '갈마개'로 다가드는 것이랴. 당포는 짐짓 똥줄이 탔다. 겉으로는 삼재살(三災殺)을 다 넘긴 듯 태연해 보지만 앉은자리 누운 자리가 모두 저승 악다구들의 밥상만같아 께느른한[279] 심사를 가눌 길 없었다.

---

279 일이 마음에 내키지 않고 몸이 피곤하여 기운이 없다

이런 마음은 산속에다 움막을 짓고서부터 부쩍 성했다. 그 전에는 느긋한 맘으로 쑴박재만 살피면 그만이었다.

낯선 녀석이 쑴박재만 올라섰다 하면 곧장 기별이 닿겠끔 미리 단도리를 해뒀음은 물론, 천하 장사 똥쇠, 죽어도 기어코 함께 죽겠다는 도삽이놈, 그리고 똥쇠같은 장사만 아니라면 근력 꽤나 좋은 당포- 이렇게 삼장녀석들이 한 매질에 싸잡아 주리를 틀면 그만이라는 넉근한 생각만 푸짐했었다.

잠행한 녀석이 구미호인들 그 몰강스러운 매질에 죽지않을 녀석이 따로 있을 법하며, 녀석의 흘린 피를 엎고퍼담듯이 기름복자[280]질을 해서 두동이를 만들어도 남겠다는 믿음 뿐이었던 것이다.

그런데 사정은 완연 바뀌었다. 도삽이의 등에 업혀서 곡봉이마저 산속에 숨긴 뒤, 똥쇠놈은 곧죽어도 채수 자리를 차지하겠다고 용심을 써대노니 부러 일손을 담봇짐[281] 챙기듯 하며 게으름만 피워대기 일쑤였다. '목개' 접꾼들이 하루 여섯 동(同)의 미역을 따내는데 반해서 똥쇠놈과 어우러 들며 놀판만 눈치잡는 접꾼녀석들의 장목질은 겨우 네 동을 채우던 것이었다.

그것만도 견딜 재간이 없거늘 똥쇠의 거동은 날로 수상쩍어 갔다. 뜻모를 소리만 구시렁대는데 필경은 도삽이의 행방에 깊은 의심을 품는 낌새였다.

이제 나오려니 짐작한 대로 똥쇠가 옹다물었던 입을 연다.

"채수, 사흘전 지냑하구 전날 지냑하구는 어드메에르 갔음? 몍바우에서 잠으 자진 않았쟁가?"

"… 머시냐, 그 머시냐아- 개바우 대신에 목개늠덜헌티 줏은 튼바우나 귀경할라고 지름개에다 닻줄을 걸어뿐졌어… 해찰하다 봉께로 한밤중이여. 택아지가 얼어붙는가 허고는 혼줄 뺐당께."

당포는 시치미를 떼었다.

---

280 기름을 되는 데 쓰는 그릇. 모양이 접시와 비슷하고 한쪽에 귀때가 붙어 있다.
281 '괴나리봇짐'의 방언

"… 기렇궁… 바우에서 밤으 세우당이 욕으봤음… 기런데 말입매다아-"

"또 뭇이랑가?"

"펠스럽지비! 그 도삽이노무새끼 말입매, 혼자 몸으로두 고생으 매구 혼으 뺄태잉데 무시기르 하겠다구 곡봉이새끼르 데려갔을궁?… 도망질으 노문서리 얼라르 업구 간다?…"

"… 내가 으찌께알꺼여, 그새끼가 미쳤등개비제."

"기렇궁… 기런데 말입매, 도삽이새끼 어드메루 도망질으 놨을꾸? 황진으루, 남쪽으루는 가호쌍개까지 뒤지개지 했는데두 종적이 없단말이!"

"용포쪽으로 갔을거여…"

당포는 심술궂게 거짓말 하고 봤다. '용개'라면 산속의 움집과는 택도 않닿는 남녘끝이것다. '길성' 바다 맨 끝자리까지 돌며 헛고생이나 소갈증 돋게 해보라는 심사였다.

500. 곽암(藿岩) 59

날이 새면서부터 쑴박재 쪽을 흘끔거리며 갯가만 서성대는 똥쇠였다. 잠소 여덟명을 싣고 접꾼들만 미역바위로 떠났다.

"너어새끼까지 몸치르 얻었다궁? 에구 에구 내팔째야! 채수노무새끼가 구둘으 체니까 이장노무새끼마제 하루르 쉰다궁? 당쟁 집으 나가라궁! 얼피덩 못 나가겐? 엥"

복운영감은 살기등등해서 다구치지만

"맘으 펜이 합소꽝. 진구리 뺙따구가 콩콩 결려서리 이럽매. 내일 오늘 일까지 하문 앙이되겠음? 내일으는 기어쿠 복치바우 멱을 따낼테잉가 두구봅세. 복치바우 멱만두 열 서이 동입매. 그거르 모두 따내고 말겠다는겁매."

똥쇠는 태연했다. 새벽같이 '용개'로 나들이를 하려니 하고 짐작 했는데 무슨 일인지 밑질기게²⁸² 갯가에만 처박혔다.

"정말잉가? 너어 나르 쇡이문 어떻게 되는지르 알겐?"

"알구 있읍매. 그렁거르 모르구서리야 명천녁으 따겠다구 접꾼노릇으 어쩨 합매."

"… 잘 아는궁. 기리타문 약조르 하랑이. 낼 복치바우 열 서이르 꼭 다 따겠다구!"

"따끈이는 모르겠지만 기어쿠 할겝매. 이 똥쇠노무새끼 맘으 먹은 일은 한새쿠 합매다."

"도삽으 떠는 거는 앵일기지!"

"옛꼬망."

"너어 말으 믿구 아드르에게 기별으 넣을테잉가… 배르 복치바우로 돌리라구 말이. 알았넨?"

"옛꼬망."

뒷짐을 지고 맴돌이를 하던 복운영감이 한곳을 건너다 보며 움찔 굳는다.

"이거 보랑이! 똥쇠야!"

"무시기르 말입매?"

"저노무새끼 접꾼 자리르 찾는 삯손이 아잉가?"

"어드메? 어느메말이?"

"쑴박재 밑이 보랑이까!"

쑴박재 쪽을 살피던 똥쇠가 금새 신명이 돋쳤다.

"맞습매다! 삯일으 물색하는 삯손이 입매. 장목으 걸쳐메구서리 봇짐으 매달았지 않음!"

"기렇기 말이!"

쑴박재를 넘어 막 길모퉁이를 돌아드는 녀석이 있다. 한 눈에 구척장신인데 장목 끝에다가 봇짐을 매달고 두리번 두리번 걸어든다.

---

282 밑질기다 : 한번 앉으면 좀처럼 일어날 줄 모르다

"저노무새끼르 얼피둥 붙잽으랑이. 한판 농새가 시작되기 전이라문 몰라두 두 판 농새가 눈앞에 닥쳤응이 접꾼으 구할 쉬 있어야 말이지!… 채수노무 새끼는 몸치르 앓지, 도삽이 노무새끼는 곡기르 도적질으 해서 도망질으 쳤지… 용천 농샘이 나르 위해서리 복으 주시능거 아잉가!"

"맞습매. 저 빽따구르 봅소. 접꾼 서이 일으는 혼자 하구두 남겠음."

"말으 할끼 무시기야? 내 접꾼새끼드르 다봤지만 빽따구가 저렇게 큰 새끼는 처음 본당이… 무시기르 하구 섰네? 얼피덩 붙잽으랑이까!"

"끌구 오겠음매."

"내 만지 집에 가 있을테잉가 거게루 끌구오라궁. 채수노무새끼 앞에다 떠억 세워놓구 볼꺼궁."

복운영감이 자쳐 걷는다.

501. 곽암(藿岩) 60

밖의 낌새가 심상치 않아 슬그머니 일어나 앉았다. 당포가 방문곁으로 슬금슬금 다가가 귀를 기울이는데 복운영감의 고함이 터진다.

"채수, 무시기르 하넨? 장새 접꾼이 왔응이 나오라궁!"

당포는 방문을 밀치자마자 멀뚱히 서있는 낯선 녀석의 허위대에 우선 놀랐다. 탯줄 사루고서는 처음보는 장사였다.

"날로보고 철사라꼬 해쌌제덜. 갱상도에서 쫓겨나다봉이 우쩨 우쩨 함길도 명천까지 백히안들었겠노.… 채수, 날로 이삐게 봐주이소."

철사란 녀석이 넙죽 절을 한다. 생긴 꼴로 봐서 장정 한 사람쯤 옆구리를 물어 두 동강 내는 '톱상어'를 빗댄 이름인 것 같았다.

당포는 두 번 놀랐다. 녀석의 입에서 경상도말씨가 튀어 나올 줄을 짐작이라도 했으랴. 그 놀람에 잇대어 꼬리를 무는 생각이, 녀석이 바로 '쌍개'로부터 야금야금 '

갈마개'로 먹어들어오는 그 사람 아닌가 하는 두려움이었다.

그런데 생김새가 듣던 소문과는 너무나 달랐다. 지금은 낯을 바꿨지만, 그적 똥쇠가 은밀히 전해준 경상도 녀석의 모습인즉 낯가죽은 불그뎅뎅하고 몸뚱이는 몽땅하게 짜들었다 했지 않았던가.

당포는 의중을 떠 볼 겸사해서 묻지도 않는 말을 던져본다.

"나도 제포여!"

"머시라? 웅천 제포 말잉교?"

"고렇당께."

"오매야아- 꿈이가 생시가! 명천바다에서 갱상도 사람을 만날 줄 우째 알았겠노?… 아고야, 성님요!"

철사가 화급스레 다가들더니 덥석 당포의 가슴을 안는다.

당포는 그제야 후우- 한숨을 내뿜었다.

"장목질 쑤셔박는 짓이사 누구한테도 안집니더. 제창 한산에서 모곽전 접꾼 안 살았십니꺼."

'제창'(濟昌) '한산'(閑山)이면 거제군(巨濟島) 밑 뱃길이요, '한산' 모곽전(毛藿田. 우모牛毛와 우뭇가사리加士里를 채취하는 곳) 소문을 못들은 경상도 뱃놈은 없었다. 녀석이 선뜻 이런 속사정을 털어놓는 것을 보면 분명히 제발로 걸어든 삯손 일 것이었다.

그뿐만이 아니었다. 첫대면부터 똥쇠와 트시작거린다.

"접꾼이 가슴으 안구 눈물으 글썽거리당이! 그렇게 맘이 약해가지구서리야 명천 멱으 어찌 따겠는궁?"

똥쇠가 빈정대자,

"이거 와 요레? 갱상도 채수를 만났는데 안미치게 됐나말따!"

철사가 발끈 성깔을 돋운다.

"빽따구만 크다구 다 장새 아니라궁 접꾼 이장 앞에서 그런 버릇으 놓당이."

"이 사람 와 요레 참말로? 접꾼팔짜 똑 안같나? 이거 어데가 아파서 콕 콕 쑤시대노!"

철사가 엉덩이를 떼며 독기가 시퍼렇자 복운영감이 끼어들어 겨우 밀린다.

"너어가 참으랑이! 앵기더라두 나중에 앵겨야지."

당포는 뭔가 듬직하다.

502. 곽암(藿岩) 61

당포의 짐작은 영락없이 맞아들었다. 철사란 녀석과 똥쇠는 이틀이 멀다하고 원수사이가 돼 버린 것이었다. 첫 날부터 으르렁대더니 벌써 두 판을 치렀다. 두 판 모두 철사의 이김으로 싱겁게 끝났다. 아드등거리는 똥쇠를 불끈 들어 어깨에다 메고는 갯가를 향했다.

"이 쌍간나새끼! 내 곡기가매인 줄으 아네? 지금 어느메루 가넨?"

철사는 아무 대꾸없이 여기저기 흘끔거리며 마냥 걷는다. 뒤도 돌아보고 멈칫 서서는 지나가는 배도 눈동냥질 하는가 하면, 콧물도 패앵 풀어치면서 어기죽 어기죽 걸을뿐이이었다.

"이거 내려노라궁."

"니 기분좋체?"

"싫을 택이 없지. 얼라같이 둥둥 얹혀서 강이까 젖으 먹구 싶궁."

"돌라케라. 내젖 주꾸마."

"에구, 여 간나새끼르!"

"알라가 디게 말또 잘 하제!"

이러면서 갯가에 이른다.

"니 춥나?"

"칩우문 어쩔텐?"

"카모 디게 덥나?"

"이 간나새끼르 가망이 봐좃덩이 송쟁이 되구 싶어 환쟁으 떠는궁… 그러타문 어쩔텐? 그래, 덥어 미치겠궁! 어쩔텐?"

"죽은사람 원도 들어준다 켓데이. 덥다모 고마 쪼매 열로 식히거라!"

철사란 녀석이 짚나리미 품질하듯 내던진다. 풍덩 소리에 이어 뽀그르 물거품을 올리며 갈아앉았다간 기를 쓰고 솟구친다.

"어푸 어푸우- 에구 칩어서 못살겠궁! 어푸 어푸우- 너어 철사란 노무새끼! 내 기어쿠 웬쑤르 갚구말테잉가 두구보라궁!"

두 판이 다 이 꼴이었다. 한 번 당해봤으면 알만도 하려던 미련스럽기가 복분자(覆盆子. 산딸기) 덤불 속의 딸구메곰(복분자를 따먹고 웅담을 졸이는 여름철의 곰) 뺨쳐먹게 아둔한 똥쇠렸다. 두 번 다 얼뚱아기 본새로 철사녀석의 어깨에 덩기덩기 실려가다가는 이꼴을 당하던 것이다.

무슨 속셈인지 복운영감은 그 때마다 쓴 입맛을 다셔대며 쓸개물을 졸여댔다.

"에구우- 눈으 뜨구는 못 보겠궁. 함길도 장새인 줄으 알았덩이 저 머저리새끼가 명천바다 망신으 톡톡이 뵈주능거 앵야?"

팔이 안으로 굽음이 의당하렸다. 복운영감 뿐 아니라 '갈마개' 사람들은 거개가 야릇한 분통을 씹어대던 것이다.

그러나 오직 한사람- 당포만은 오랫동안 앓았던 장치(腸痔. 숫치질) 뿌리가 빠진 듯이 후련했다.

당포는 철사녀석이 온뒤로 당초의 다짐과는 달리 이틀동안을 줄곧 장목질로 하루를 보냈다. 힘이 절로 솟아서였다.

철사란 녀석만 내 편이 돼 준다면, 그리고 저 녀석의 힘만 가세한다면 '보촌' 황영감을 떠매오기란 식은 죽사발 마시는일 아닌가- 하며 꼬박 두 밤을 고심하던 끝에, 당포는 기어코 '상암산' 속의 움집사정과 배를 짜야할 연유를 낱낱이 철사녀석에게 알려주고 말았다.

철사는 살판 만났다 하며 반겼다.

503. 곽암(藿岩) 62

그 말을 들은 뒤로부터 한시를 못참고 사람을 볶아댄다. 음특한 똥쇠가 염탐질에 눈꼬리가 찢어질 지경인데도 도무지 눈치가 없다.

"성님요, 두밤만 자모 갱상도뱃놈들 팔짜 세덕잡는다²⁸³ 앙잉교?"

장목질을 하던 철사가 고물 장쇠에다 터억 엉덩이를 붙이며 또 그새를 못참았다.

"쉬잇- 방정맞은 녀려 섯바닥!"

당포가 간이 타게 나무라는데도 녀석은 막무가내였다. 목소리만 죽였다 뿐이지, 기껏 이틀 뒤면 쩡쩡울리는 선장을 업어다가 배를 짤 우리들이 이까짓 장목질에 허리뼈가 휘다니 말도 아니다, 하는 투로 시쁘장스럽게²⁸⁴ 놀아난다.

"성님 간땡이도 디게 짝소고마, 어떤 새끼가 매락합니꺼? 강생이 매꼬로 팔도 쫓기댕기다가 복날 잡고 죽것제 안했십니꺼. 그란데 요 철싸새끼가 요레 운으로 탔는데 안 미치고 우짤낍니꺼? 성님요, 내 말이 틀립니꺼, 야?"

"씨벌늠! 똥쇠새끼 듣는당께!"

"좋소, 좋소고마. 고마 치삐립시더. 섯바닥이 용춤을 춰도 따악 두 밤만 억수 참을라니까네."

"암머언-"

똥쇠가 장목질을 서두르는 체 하며 고물쪽으로 게걸음 쳐왔다.

"펠스럽당이. 무시기 좋은 말으 주고받덩이 내 눈치르 잡구 어쩨 갑째기 간간해질궁?"

이틀 전의 당포와는 사뭇 달랐다. 철사녀석 말대로 길어야 두 날 밤만 참으면 배

---

283 勢德 : 권세의 딕덱
284 마음에 차지 않아 시들한 데가 있게

짜는 소리가 껑껑 울릴 것이었다. 그것도 내 배, 바로 내배다.

또 있다. 힘으로는 똥쇠를 당해낼 수 없음을 늘상 억울해 하며, 화뿔을 세우다가도 녀석의 보삽같은 발이 들썩했다 하면 고대 시르죽고 나섰더니라.

그러나 이젠 어림도 없는 일- 조선팔도 싹 쓸어 보기드문 천하장사 철사놈이 당포의 오른 팔 아닌가. 마음이 이쯤 뻑적지근하니 말도 걸질 수밖엔 없었다.

"니 시방 뭇이라고 했냐?"

똥쇠가 주둥이를 이죽거리며 웃는다.

"무시기 말으… 다른말이 앙입매. 장목질의 하장이까 채수하구 저 간나새끼하구 둘이서리 좋은 소리르 하는것 같쟁가?"

"근디 이 씨벌늠 섯바닥을 뽑아서 이화주 양효를 삼아사 쓴당가? 놈이사 먼말을 하든지 말든지 니가 먼녀려 상관이엿?"

"에구, 잘못으 했읍매다! 다른 맴으 가지구 한말이 앙입매. 거저 듣다봉까 무시기 말이 들렸구, 좋은 말이라문 같은 팔째끼리 함께 좋구보자, 이 맴이었음."

"화이고오- 뭇이여? 같은 팔짜?… 나는 채수고 니놈은 접꾼 이장이여잉!"

"맞습매!"

"섯바닥 또 한 번만 놀렸다치면 고때는 아조 저승길이여잉? 씨벌늠을 싸악 보듬어서 처박어뿐질탱께."

"명심으 하겠읍매!"

"알았으면 조용히 해잉!"

"옛고망."

당포는 철사의 어깻죽지에다 손을 얹곤 오랜만에 웃어봤다.

504. 곽암(藿岩) 63

복운영감의 숨넘어가는 소리에 화닥닥 일어나앉았다.

"철싸야, 철싸야! 얼, 얼피덩 나오랑이!"

당포와 철사는 서로 눈길만 마주친채 멀뚱거렸고 똥쇠는

"저 농갬이 어쩨 도산으 떨구 발광인가?"

하면서 욱대긴다[285].

늘상 엄살을 떨며 조라부려야 직성이 풀리는 복운영감이었지만 오늘 새벽만은 기미가 달랐다. 목소리며 내달아 오는 발짝소리며가 초상집에서 진부정 치는[286] 무당 기세였다. 믿었던 일 하나가 오지게 배끗거리지 않고서야 저럴 수는 없었다.

더구나 야릇한 조짐은, 의당 채수인 당포를 불러야 제 격이려던 군이 접꾼삼장 중의 신참내기 철사녀석을 숨닳게 부르는 일이었다.

"에구 무시기르 하넨! 철싸야 얼피덩 나오랑이까! 대새났다궁!"

셋은 방문을 차고 나갔다.

복운영감은 연신 '에구! 에구!' 해대며 가슴을 쓸어내린다. 입꼬리께에서 끓어대는 허연 백태를 손등으로 쓰윽 훑음질 하고 나서야 말했다.

"저어 갯가르 나가보라궁. 내 집으로 오구 있당이까!… 무시긴지 똑똑히는 알쉬 없지만 접꾼아드르 서이에게 장태르 메게 하구서리 저는 앞장으 섰당이까!"

당포는 영문을 몰라 물었다.

"말씀이 허망헙니다요. 으뜬 놈이 뭇을 장태메고 온단 말잉게라우?"

"뉘기냐구?… 목개 매방이노무새끼가 아드르 데불구 오구 있단말이!"

"… 뭇이여?"

"내 그노무새끼라문 꿈으 꾸다가도 한풍으 잡는데, 그것두 저어 혼자두 앵이구 거게다가 장태르 아드르에게 메게 하구서리!… 먼 데서 봐두 그장태가 콩생이 태바리랑이까!"

---

285 난폭하게 옥박질러 기를 억누르다
286 진부정 : 사람이 죽어서 생긴다고 하는 불길한 일. '진부정 치다' : 초상이 난 집에서 무당이 굿을 할 때, 첫 거리로 부정을 쫓아 버리다

똥쇠가 푸우- 한숨을 내뿜는다.

"기어쿠 일이 터졌궁. 내 이럴 줄으 알았당이까!"

복운영감이 발끈 성을 낸다.

"숫똥개노무새끼 같응이! 무시기 이럴 줄으 알았넨? 개바우르 목개새끼드르 탐으 내니까 우리로서두 어쩔쉬 없었쟁가? 간나새끼! 내 모른다 하문서리, 무시기라구? 기어쿠 일이 터졌궁?"

"요럴 때가 아니지라우. 우덜은 말을 합쳐사쓰게, 개바우 물밑바닥 사정은 절대로 몰랐다고 한정없이 우겨뿐져사 쓰요잉."

"그기야 말으 해서 무시기야?… 대새 난 것은 그게앵이구, 매방이 노무새끼 서리자처럼 만지 싸움으 걸구 나설테잉데, 채수 너두 기렇구 똥쇠도 기렇구…힘으로 그 새끼르 당할 장새가 있어야지?……"

복운영감이 철사를 흘끔거리며 헛기침을 쥐어짠다.

"마아 심심한 판에 잘 됐심더. 함길도 장사가 사움을 걸어 오는데 우짤끼요?갱상도 철싸놈이 안붙어주모 글마가 섧다 할낀데. 가입시더!"

철사가 앞장을 섰다. 그 뒤로 줄줄이 따라붙었다.

"이 집엔 사람없누?"

매방이가 느닷없는 양반행세를 하며 서뿟서뿟 마당으로 들어선다.

505. 곽암(藿岩) 64

매방이와 당포의 눈길이 마주친다. 한 동안 불김들이 지글지글 끓는다.

당포가 눈길을 돌리고 말았다. 녀석과의 막장이 이런 본새로 싱겁게 끝나서는 안 될 것이었다. 배를 내리고 그 배로 '갈마개'를 뜨는 날, 녀석의 정수리에다 도끼날을 박아 충금이의 원수를 갚아야 할 것이었다. 섣불리 건들었다간 관아의 튼튼한 밑줄을 조이고 사는 매방이에게 되레 당하기 첩경이리라.

"네눔들이 고생이지 뭐람. 다 채수를 잘못 만난 죄값이겠다아- 그 미역다발 내려놓구 쉬게나들."

매방이의 능청이 무르익었다. '목개' 접꾼녀석들이 콩생이다발을 끄응 부려놓는다.

"내 다른 일로 온게 아니우. 이 개바우미역을 팔려구 왔우."

복운영감은 등을 바짝 응등거리고 선채 말을 더듬는다.

"코, 콩생이르 내가 어쩨 살궁? 무시기 소리르 하는 겐지 알 쉬 없구만……"

"뭬라구? 갈마개 곽주어른이 이 미역을 안사겠다면 관에 고할까?"

"에엥- 어디 앞에서 말버릇으 이렇게 놓네? 콩생이르 멱으로 팔겠다는 목개 채수가 미쳤쟁가?… 아드르 그렇잖네?"

복운영감이 뒤쪽의 접꾼삼장 녀석들을 향해 묻는다.

"미쳐도 한 두불로 미친놈이 아니지라우! 개바우 콩생이가 으쩨 멱이 된당가? 살다살다 벨시런 배내씹 애리는 소리를 다 들어뿐졌오!"

당포의 말을 받아 이 때다 하며 똥쇠와 철사가 한 마디씩 걸쳐들었다.

"펠스럽당이! 개바우가 콩생이 밭이었었나?… 그건 기리타치구 말이, 너어드르 개바우에서 딴 콩생이르 멱값 받겠다는 것은 또 무시기야? 목개새끼드르 버릇이 헹펜없궁!"

"와 삼들 해쌌는지는 몰라도 한가지만은 말또앙이라. 고거 개붕알 아잉교? 묵토몬하는 개붕알이 와 미역이고? 그카고 갈마개 곽주가 개붕알로 미역값은 와 치노?"

복운영감은 별안간 의기양양해서 불호령을 안긴다.

"너어 목개 채수 들었넨? 이 상노무새끼, 목개 접꾼새끼드르는 갈마개 쉔 앞에서 그런 버릇으 노라구 배웠넨?"

매방이는 '갈마개' 접꾼삼장의 소리들은 못 들은체 했다. 복운영감만 물고 늘어진다.

"곽주어른 말씀 한 번 걸죽해서 좋수… 그건그렇구우- 이 미역을 사겠우 못 사겠우?"

"기린데 이 쌍노무새끼가 뉘기르 허세비로 보능가? 개바우는 너어 바우구, 거게서 따낸 콩생이두 너어게지 어째서 내가 사겠네?"

"개바우가 미역밭이라구 허풍을 떨구선 목개 튼바우 가져 간 사람이 누구여?"

"에구 나 미치겠당이! 개바우 미역농새르 함께 짓자구 사정으 했는데두 찍구 썰구 앵기문서리 기어쿠 차지한 새끼드르 뉘기겐? 튼바우는 너어들이 만지 주겠다구 항거 앵야? 물밑에 콩생이가 이랑으 파대는 줄으 우리가 알게 무시기야?"

506. 곽암(藿岩) 65

매방이가 한 발짝 두 발짝 복운영감 앞으로 다가들었다.

"갈마개 곽주지 목개곽주는 아니렷다? 두구보니까 몀바우 장사를 실차게 허지! 에엥-"

미처 피할 틈도 주지않고 복운영감의 멱살을 덥석 쥔다.

"에구, 아드르! 아드르!"

복운영감은 곧 쓰러질 듯 허영거리며[287] 비명을 질렀다.

똥쇠놈은 어인 일인지 기가 죽었다. 낯가죽이 금새 겉뜨물처럼 하얗게 변한다.

당포가 모른체 하는 연유는 달랐다.

'보촌' 황영감을 업어올랴치면 철사녀석의 덕을 톡톡이 입어야 할 것, 이런 때 녀석으로 하여금 매방이를 태질하게끔 놔둬서, 그 값으로 채수자리나 따게 함도 은공을 갚는 한가지 방편이리라- 하는 마음에서였다.

"콩생이 밭을 미역밭이라구 속였으니 으당 죄값을 치뤄야지! 저 콩생인지 미역인지 쌀 두 섬만 주구 사우!"

하며 매방이가 복운영감을 밀어붙였을 때, 당포는 철사녀석의 옆구리를 쿡 찔렀다.

---

287 기운이 없이 쓰러질 듯 자꾸 비틀거리며

철사는 눈치를 잡기 무섭게 슬근슬근 걸어 가 매방이의 손을 붙잡는다.

"와 요레? 영감님 목을 잡는 놈 또 처음 봤다 앙이가."

"어허- 이 손 치우지 못할까? 이놈 이거 어느 땅 꼬라린구?"

"머시라? 이 놈?"

"아쿠쿠우-"

어디를 어떻게 했는 지 매방이가 비명끝에 겅중겅중 매암돌기 시작한다.

"일마 이거 어데 새낀데 지 터 놔삐리고 갈마개에 와서 이래?"

"이눔이 힘 맛을 못 봤겠다?"

"씨르볼끼고?"

"그 말 좋고오-"

곧 죽어도 말끝을 길게 빼늘이는 버릇은 여전하다.

금새 둘이가 엉켰다. 철사가 매방이를 들어다가 와지끈 패대기를 치면 매방이의 발길질이 그새 철사의 옆구리를 찍는다. 두 녀석이 씨근벌근 싸우는데 흡사 암소 등어리를 타고 오르는 종우(種牛) 꼴이었다. 한 녀석이 깔아붙이면 눈 깜짝할새에 밀어붙이곤 되려 배퉁이를 탄다.

멈칫멈칫 낌새를 엿보던 '목개' 접꾼녀석들이 급기야 장목을 휘둘러댔다. 당포와 똥쇠도 장목을 들기 무섭게 도리깨질 해댔다. 말이 싸움이지 '갈마개' 접꾼삼장과 '목개' 접꾼삼장이 바다를 놓고 목숨을 건 것이나 진배없었다. 이긴 편에선 거미줄 같은 뱃길을 더 튼튼히 조일 것이요, 진 편에선 거미줄에 걸린 금귀충(金龜虫=풍뎅이)처럼 뱃길을 돌다 돌다 주눅이 들어갈 것이었다.

철사는 매방이를 어깨에다 들어메려고 하고 매방이는 한사코 안들리우려고 발버둥쳤다. 만만찮게 어우르던 힘자랑도 드디어 끝장이 나는가 싶었다. 버티던 매방이가 급기야 철사의 어깨에 실린다.

"춥나?… 앙이모 덥나?… 덥으면 열로 식혀사제!"

철사가 똥쇠에게 하던 버릇으로 갯가를 향했다.

"에구! 내 장새 채수!"

복운영감은 얼떨결에 뱉아놓고 당포의 눈치를 살핀다. 당포는 그 말이 싫지 않다.

507. 곽암(藿岩) 66

'보촌' 삼덕재(삼덕치三德峙)를 넘어 세녀석이 당굴(본리本里)로 숨어든다. 써늘한 달빛이 온 골을 안았는데 길 가로 즐비한 세버들 가지가 간드러지게 춤을 춰댄다. 광막풍치고는 기세가 얌전해서, 파르르 떨며 눕고 누웠다간 잦바스듬히 일어나는 세버들 춤이, 마치 남녀악(男女樂)과 당악(唐樂)이 어우르는 나라잔치의 경풍도무(慶豊圖舞)[288] 같았다.

"우짜다가 그런 새끼가 걸렸으니까네 철싸새끼 뿔이 백힜제 참말로 씬 장사놈이 씨르모 우짤라꼬? 택도없다 앙이거로."

하며 한사코 새치부리던[289] 철사녀석이 앞장을 섰고 그 뒤로 당포와 도삽이가 따랐다.

"곡봉이셰끼가 걱정되여."

"펠스런 근심으 다 합매. 그노무새끼 낯살만 얼라지 땅땅 여문 장정입매. 쇡이 좀 뒤딕해야 말입지."

"그라먼 뭇헐껴? 인자 쬐깐한 것이 잘나봐사 짐승 밥백끼 더 되여?"

"에구, 무시기 그런 말으! 움막 문이 좀 단단합매? 안으루 꽁꽁 걸구서리 음전히 있으라구 당부르 했응이까 대새날 택이 없음."

"허기사아- 즈 애비가 누구여?… 충금인디!"

"맞습매!"

"애비 피를 반만 받었어도잉!"

---

288 향악무. 조선 순조 때 비롯됨. 선모(仙母)와 5명의 무원(舞員)이 풍년을 하송(賀頌)하는 춤.
289 사양하는 체하다

"말으 해서 무시기야!"

귀엣말을 마치는데 철사가

"쉬잇-"

하는 소리와 함께 세버들 숲속으로 몸을 감춘다. 둘이도 따라 숨었다.

"얼피덩 나오랑이까! 이 명화적새끼드르 보촌채수르 몰라보구 말으 않듣당이!"

숨어드는 낌새를 잡았는지 녀석의 호령이 당겼다 풀어줬다 삼베 엮는 놀림대 본 새였다.

"억수 퍼마셨으니까네 걱정할끼 없꾸마!"

"아서여! 저녀리새끼 나헌티 토생금 줄때 내 모가지 끄스고 댕겼던 접꾼 채수새 끼랑께!"

"토생금? 그기 머꼬?"

"거시기냐 므시기냐아- 거 머시기 그런것이 있여! 조심을 안헌다치면 밥 뜸들다 가 죽되여!"

"성님요, 저거 억수 술로 퍼마신 새끼라니까네! 혼자 있을때 고마 반 쥑여놓고 보 입시더!"

철사는 말을 마치기 무섭게 화닥닥 세버들 숲을 뛰쳐나갔다.

"강생이 매꼬로 와 말이 많노?"

"너어 잘 만났궁. 에구 요골 어쩔까?"

"죽으모 팬한기라."

"말으 어쩨 기렇게 똑똑이 하네? 기렇지, 송쟁이 되문 펜할테잉가."

덜커덩 질커덩 한 판 제대로 붙는 소리가 일더니 고대 비명이 강그러진다.

"에쿠쿠우- 잘못으 했음! 복사리농갬인 줄으 몰랐음메! 보촌 채수노무새끼 이렇 기빕메다!"

그나마 얼마 안가서 비명마저 끊겼다. 혀를 빼물고 혼절이나 했을법 했다.

"장새는 장새궁! 저 철사새끼 말입매! 얼메나 힘으 장새루 썼으면 복사리농갬으루 봤겄음?"

도삽이가 훌쩍 길가운데로 뛰어나갔다. 당포도 따라 뛰었다. 복사리(미사리=털북숭이 산사람) 기세였다.

508. 곽암(藿岩) 67

팔자에 없는 '복사리' 영감도 돼 봤겄다. 당포와 도삽이는 힘이 절로 솟았다. 산짐승과 놀며 자고 산짐승이 먹는 나무껍질 풀뿌리를 먹으며 온 몸뚱이로 털이랑을 키우는 천하장사를 '복사리'라 부르겄다. 삼두세절의 두장(頭場)에나 나타나선 골고루 차린 음식상을 모조리 핥아 없애며 어른대접을 받는 복사리영감이 얼마나 부러웠던가.

우선 노한(奴閑)의 밥상만 봐도 그랬다. 하루 쉬고, 하루 배불리 먹는 '노한'날에마저 '갈마개' 접꾼녀석들은 영암(靈岩) 앞 뱃길에 나아가 죽을 고생을 치러야 했었거늘, 안채 앞마당엔 숙숙한 잿상이 차려지고 접꾼삼장만 빼돌린 복운영감 식솔들이 모두 모여 복사리영감의 대명길운(大明吉運)을 받느라 빼들린 모가지가 잘크라지게 밤샘을 했다던가.

한데 느닷없는 복사리영감 대접이 웬 떡이랴. 철사녀석의 힘이 그 얼마나 셌으면 '보촌' 일장(一杖=채수) 녀석의 입에서 영물(靈物)인 복사리영감의 부름이 서슴없었으랴.

철사녀석 덕분에 일등마(一等馬)의 함박삭모[290]가 돼보자는 마음은 당포나 도삽이나 마찬가지였다.

"씨벌늠을 아조 간땡이까정 도려내 뿐질라고 작심혔는디!… 얼라? 이새끼가 아조 죽었데여?"

---

290 함박(槊毛) : 말의 머리를 꾸미는 삭모. 삭모는 기(旗)나 창(槍) 따위의 머리에 술이나 이삭 모양으로 만들어 다는 붉은 빛깔의 가는 털.

당포는 철사녀석에게 질세라 한마디 읊조렸고, 도삽이는

"이노무새끼가 귀르 멀었궁. 내 아양 만지 말으 했거덩! 너어 뉘기르 믿구 장새노름으 하는 줄으 몰라두 내가 바루 복사리농갬이야! 너어 농갬 화르 찍구 썰면 어쩨 되는 줄으 아녠? 새완이드르 열 너이 힘으 합체두 길성바다 멱바우하구 곤포르 다 매치구 떨구게 하는 이 복사리농갬으 당해 낼 것 같네? 웁버서, 내 웁버서어- 하문서리 주문으 외었덩이, 알겠음 내 어쩨 모를 쉬 있겠읍매, 하문서리 뻐엉 나가 떨어지덩이, 기리타문 너어 근심 내가 삼지 했덩이 제게 오던 길으 되비 도망지르 치문서리 이러능게야. 잘못으 했읍매! 한 번만 봐주면 길성바다 화난으는 다시 부르지 앙이 하겠음!- 기린데 요게 무시기야? 어쩨 제게가 만지 죽네? 이거이 꿈으 꾸능겐가 생시잉가!"

하면서 제 천성 못버리는 허황한 거짓부렁을 강줄기 파 대던 것이었다.

"쪼매 미안 시럽구 섧하다 아잉교? 와 몰릅니꺼?… 성님들이 씨르도 한 판이먼 퍼진다 아잉교. 니기미 씨버얼- 내 죄 없임더! 요레 사알 튕겨줬는데 고마 복사리가 우짜고 절마가 우짜고 지랄 앙잉교?"

철사의 서그러지는[291] 입놀림에 둘은 불현듯 쑥스러워지고 말았다.

좀 전까지 큰소리 치던 '보촌' 채수는 길게 숨죽이며 뻗은채 말이 없다.

셋은 당굴 안으로 들어서 두 아름이 넘는 팽나무를 넘어서 달렸다. 해거름 전에 한 녀석이 죽지못해 아뢰기를, 당굴 앞 팽나무를 지나 두번째 집이 황선장의 거처라 일러줬겄다.

스르르 차악- 세 녀석이 담장을 넘어내렸다. 미역농사 두 판의 머리려니 돌아드는 담장마다 곤한 잠결속의 잠꼬대만 요란한 인시(寅時)였다.

---

291 서그러지다 : 너그럽고 부드럽게 되다

509. 곽암(藿岩) 68

"집으 잘 못 찾은게 아잉가? 선장집이 이럴쉬 있겠음."

"글씨로! 글마가 우리를 쐭인기라. 선장팔짜에 가난뱅이 뱃놈덜 매꼬로 요레 살 택이 있나."

담장을 타내린 도삽이와 철사가 멈치적 거리며 하는 소리들이었다.

아닌게 아니라 집 뽄새치곤 야릇하겠다. 웬만큼 산다는 사람들이면 한 담장 안에 다가 대 여섯채 딸집(행랑채)을 짓고, 앞마당에다간 안채를 앉혀 대문을 따로 쓰는 관습이 함길도 풍습이었다.

그런데 담장만 의연했지, 뒷마당 앞마당도 따로없고, 네 칸이나 겨우 됨직한 집 한 채만 달랑 앉았다. 드문 드문 널린 옆판(삼판杉板)쪽이나 마름질을 하다 만 비 우(飛宇. 배의 앞뒤 가림판)들이 아니라면 배를 모으는 선장의 집이랄 짐작은 한 군 데도 없었다.

"배 짜다가 망헌 모냥이여… 좌우당간 선장을 업어가사 항게로 쳐들어 가고 보 자고잉!"

당포를 따라 살금살금 기어대던 두 녀석들도 움찔 굳었다. 낡고 낡아 못쓰게 된 배 한척이 집안의 가보인양 비스듬히 누워있고, 그 배 바로 뒷쪽 방에서 호그르 호 그르 끓는 숨소리가 새나오고 있었다. 희뿌연 달빛에 드러나는 고물 장쇠 곁두리 틈으론 뱃밥이 박힌 채였다.

첫눈에 '삼판배'(三板船)였다. 장삿배들을 만나야 제 세월을 챙기는 '삼판배'려니, 곧 닻줄을 걸은 뱃놈들을 뭍으로 실어나르거나 아니면 짐바리를 뭍으로 나르는 육 태(陸馱)질에만 쓰이는 배였다.

바다에 띄운다치면 금새 가라앉고 말 낡은 배에 스며드는 물을 막을 요량으로 골 장 틈을 막은 뱃밥이 그대로 박힌 것을 보면, 아마도 맨마지막 육태질을 마감하면 서 큰 변을 만나, 다시는 배 모으는 짓이고 육태질이고 손을 떼고 만 흔적이 역력했다. 따라서 상기도 뱃밥을 그대로 쳐놓은 선장의 청대[292]같은 고집 역시 예사 뱃놈들의 생각대로만 점쳐보기로는 허망의 끝일 수도 있었다.

"… 자식드르 깨나문 대새납매! 가망히 불러 봅세다!"

"마아, 선장을 사알 불러놓고 보능기 묘방일것같꾸마! 영감이 날로 살려도고 꽐을 치모 그때는 끝장 보능기라. 사알 불러놓고 도끼로 멱줄에다 치박으모 무신 말을 또 하겠읍니꺼? 안그라요? 성니임-"

두 녀석의 말이 그럴싸 했다.

당포는 '삼판선'이 누워있는 뒷쪽 방 앞으로다 가들었다. 뒤따라오는 두 녀석들의 도끼날이 번쩍 들리웠다.

"선장영감님 지무시능겨?"

당포가 떠듬떠듬 말을 잇는데 방속에선 아무런 기척도 없다.

"… 선장농갬, 납매다! 문으 열어줍소, 납매다!"

도삽이가 젖배곯은 갓난장이 꼴로 사정을 해서야 기척이 일었다.

"나랑이? 너어 누군데 나르 찾네?"

기척이 일자마자 셋은 후닥닥 방속으로 뛰어들었다.

후우 후우- 불심지에다 대고 질화라기(화로) 속의 숯불을 들어 불어대는가 싶었다. 뿌옇게 방속이 밝아왔다.

510. 곽암(藿岩) 69

사람의 형체가 희부슘히 드러난다 했을 때 도삽이의 도끼날이 재빠르게 노인의 모가지를 겨냥했다. 도끼날이 노인의 모가지를 가로 지르며 시퍼렇게 섰다.

"소리르 지르문 농갬이구 뉘기구 모다 죽숩매! 시키는대루 음전히 있어야지 다

---

292 사계절 내내 푸른 대

들 삽매다! 알겠음?"

노인은 셋의 꼬락서니를 한 동안 두루 살피며 말이 없다. 노인의 눈빛이 겁에 질리기는 커녕 되려 초근초근 일의 낌새를 짚어가는 듯 했다.

"목심이 아깝다면 하자는 대로만 합시다요! 쥑일 맴은 한나도 읎제만 깡알대면 고 때는 헐수없이 멱줄을 따사헐탱께! 알았으면 죄용히 허드라고!"

당포도 은근슬쩍 도끼날을 휘저어대며 겁을 줘봤다.

"역사(役事)가 또 있능가?"

노인이 태연하게 묻는다.

"……?"

"야문에서 왔다문 배르 짜라구 하는 말일테잉데말이… 선장으 초발하는데 무시기 각두르 휘둘러대문서리 이러능가?"

방안 구석구석이며 고미께를 두리번 두리번 살피던 철사가 그제야 입을 열었다.

"영감요, 날로 보소! 우리들 야문에서 온 기 앙이라요."

노인은 실죽 웃었다.

"내 그럴 줄으 알았당까… 기런데 타지 잡색노무새끼드르 나르 달과체는 사연이 무시기네?"

언변 좋은 도삽이가 나선다.

"간간하랑이까 어쩨 목소리르 높이구 이럽매?… 농갬이 보촌 황선장 맞슴?"

"기리타문?"

"갑세! 얼피덩 갑세다!"

"… 어드메르?"

"어드메는 어드메야? 가제문 얼피덩 따라서얍지 목심으 간수르 합지!"

"… 배르 모으라는 소린궁?"

"바루 그렇슴!"

"… 어쩨서?"

"어쩨구 앵이구는 알아서 무시기르 합매까? 가제문 가장이까! 연장으 간수르 합소!"

"새완이드르 나 좀 보오다… 선장으 바다 호강인 줄으 아는 모양인데, 이 선상팔째라는게 가난뱅이 뱃놈드르 보다두 더 참욱하당이까! 내 오죽 했으문 네칸 움막으 직구서리 가매에 끓일것 없이 이렇기 살겠능가?… 아방이두 선장으 사셨는데 역사에 초발 당하구서리 병만 잡구 저승으 가셨쟨? 집으 짓는 대목은 하날이구 배르 모으는 선장은 짐승팔째라는게 앵야?… 연장에 녹으 슬은지두 오래라궁.… 배르 모으라궁? 미친소리르 작작 하랑이!"

이러다간 당포의 말대로 뜸드는 밥이 죽될법하겄다. 당포는 연장구레를 챙겨들고, 도삽이는 도끼날을 번쩍이며 엄포를 놓고, 그 짬 철사는 앞뒤가리지 않고 황선장을 어깨에다 걸쳐멨다.

"배르 모아서리 무시기르 할겐가?"

"길성바다르 떠날려구 이렇슴!"

도삽이의 참말이 행동거지와는 달리 섬서했다.

무슨 일 인지 황선장은 잠잠하다. 잰걸음치며 산 속을 향한다.

511. 곽암(藿岩) 70

황선장의 고집도 어지간했다. 만이틀 동안 먹는 일 마시는 일 마다하며 차라리 송장 되자고 버텼다.

"살콰줍소! 이렇기 빕매다! 오죽 참욱하문 농갬으 업어다가 이런 일으 하겠음?"

"길성바다 용천영감님헌티 빌어뿐질랍니다요! 요롷꼬롬 좋은 일 해 주신 어른 팬안히 저승자리 간수혀 주십소사 하고 말여… 배를 짜줘사 모다 산당께 그네요!"

도삽이와 당포가 절간에다 위패바탕 세워 모시듯이 간청을 했지만 황선장의 말은 똑같았다.

"머저리새끼드르! 배르 앵이짜문 각두날으 내 용천에다 찍으문 될기잉데 어쩨 자꾸 달과체넨?… 내 말이, 한아방이 아방이 뜻으 모다 못 잇구서리 지금으는 이렇기 팔째르 살지만 너어드르 무시기야? 배르 모으라궁?… 들어보랑이. 내 한아방이 하구 아방이 하구 모다 선장으 살다 가셨당이. 기런데 말이, 한아방이는 역사에 초발되서리 배르 너이나 모았다쟁가? 기런데 떼까비(깡패=악소)새끼드르 들이닥체서리 녹포르 모두 메갔다는궁. 그 화적새끼드르 한 짓으 가지구 디리 족체는데, 내 한아방이가 도적질으 했다문서리 뒤지개지르 하구 빡따구르 팅기구 했다능게야. 농갬이 그런 매질으 어쩨 견뎌내겠네?… 돌아가셨쟁가!… 한아방이는 기리타치구, 내 아방이 참욱하게 저승으 간것은 말으 하지말라궁! 쌀배(조선漕船)르 모으셨는데 나주도(전라도) 쌀배가 바람으 체구 해서리 도성 경강(京江=한강)에 삭망으 늦어서리 당도르했잖겐? 도사공은 목아지르 썰구, 우리 아방이는 일으 일부러 늦게 하문서리 녹포만 축으 냈다는 죄르 뒤집어 쓰구 경중²⁹³으 당하다가 숨으 넘어갔거덩… 보라궁! 너어드르 내 집으 앞에 있는 삼판으 봤을끼궁. 내 삼판으 끌구서리 마악 육태지르 마쳤는데, 내 아방이 죽엄으 기별으 들었잖넨! 오죽했으문 삼판으 엎혀 논 대루 선장질으 마치구 말았겠네?… 기런데 무시기야? 배르?… 너어새끼드르! 배르 모으는 선장을 나라에서 괄세르 한다구 잡색타지새끼드르 너어드르가 보촌 황선장으 읍쩌게 봤궁! 이거 보라궁. 집 짓는 대목(大木. 도편수)으는 배르 못 모아두 배르 짜는 선장으는 궁궐으 짓는다궁! 죽음으 당해두 내 너어드르 말으 좇아서리 배르 짜는가 보라궁! 에구, 요곳드르! 사램으 어찌보구 이러넨?"

하면서 늘퍽지근 누워 버티던 것이었다.

이러는 통에 당포는 이틀밤을 꼬박 새웠고, 철사 녀석만은 배를 몰고 '갈마개'로 들어갔다. 둘이가 철썩같이 약속했거늘, 복운영감이 채수의 행방을 물으면 '문중바위' 몃다발을 지키노라 바위 위 움집에서 밤들을 새운다고 말을 맞추기로 했었다.

---

293 警衆 : 본때를 보여 뭇사람을 경계시킴

이틀을 그렇게 버티던 황선장이 느닷없이 변했다.

"한아방이! 배르 짜줍소꽝! 기리야지 아방이 혼으 뫼시구 간답매다!"

곡봉이 녀석의 통사정에 '에구, 요노무새끼… 바다가 웬쑤잉가!' 하면서 눈물을 글썽거리고난 뒤였다.

512. 곽암(藿岩) 71

황선장은 멀건 조이죽을 후루루 마셔대며 힘을 모으는가 싶더니 이내 도삽이녀석이 패놓은 나무들을 훑어보며 산속 나들이를 하던 것이다.

"머저리 새끼드르! 벌선으 모아서리 대량화 물살으 오르겠다는겐궁?… 장작가비 장새르 하문되겠궁!"

하며 눈꼬리가 찢어지게 도삽이를 흘겨댔다.

당포나 도삽이나 답답해서 미칠 지경이었다. 저들의 생각대로라면 아무 나무나 텅텅찍어 고물비우만 세우고 뾰쪽한 이물재(선수船首)는 삼장목감 두개만 찍어 나무 못질을 먹이면 될성 싶은데, 황선장은 아침나절을 다 흘려보내며 나무 물색만 나서던 것이었다.

"너어 어쩨 벌선으 앵이짜구 창선(槍船)으 모을 생각으 했녠?"

황 선장이 걸음을 뚜욱 멈추고 당포를 뒤 돌아다 봤다.

"… 그것이사 뻔해뿡께 그랬제라우! 뗏배로 물살을 거슬른다 치먼 아조 죽기로 약조헌 벙충이새끼덜 짓이고… 남쪽으로다 끄셔 미는 물살을 지대로 밀고 올르자먼 그 배 백끼 더 있겄읍녀?"

"후웅- 나주도 뱃놈종자드르는 다르궁! 저 머저리 함길도 뱃놈 말대루 뗏배르 모았으문 배르 내리문서리 고냥 죽엄으 당했을거랑까!"

황선장은 또 도삽이를 흘겨댔다.

당포는 보란듯이 헛기침을 쥐어짰다. 창선이란 '평저삼각선'의 함길도 말이렸다.

이물의 뾰쪽 내민 본새가 창이나 다름없어 그런 이름이 붙었을 거였다. '보촌'의 황선장이 전라도 뱃놈을 칭찬하다니- 당포는 벌써 다 짠 배를 '운문대' 옆설기에다 내리는 기분이었다.

이나무 저나무를 물색하면서 허투루 마실이나 도는듯 싶던 황선장이 별안간 걸음을 뚜욱 멈췄다. 나무 앞에 서서 두가닥의 몸통이 비스듬히 올라뻗은 곳의 하늘을 우러르는 양 하더니, 풀썩 무릎을 꿇고 앉으며 두손을 모아 이마앞에 세우는 것이었다.

황선장은 몇번 머리를 조아리며 입속말로 무어라 읊조렸다. 그러고 나서 또 두갈래로 뻗어오른 가지를 한참이나 올려다 봤다.

"너어 무시기라구 부른다 했네?"

황선장이 당포를 돌아다 봤다.

"댕포, 댕포라 헌당게요!"

"움막에 조이 남아있넨?"

"말씀이라고 허십니까요! 영감님 끓여드릴 것이 서 너 되빡 됩니다요!"

"잘 됐궁! 가서 정한 맴으 가지구 얼피둥 가져오랑이!"

"한 옹큼이건 될끄랍녀?"

"그렇당이까!"

당포는 헐레벌떡 뛰었다. 그런데 야릇한 일이었다. 여태 느껴보지 못 했던 무서운 기운마저 들어 해발쭉하게 벌어졌던 입꼬리가 절로 당겨드는 것이었다.

뱃놈들이 제 성깔대로 부리는 것이 배가 아니던가. 뱃놈을 만나야 배도 제 구실을 하는 줄로만 알았으려던, 황선장의 거동은 아무리 생각해봐도 예사롭지 않던 거다. 배를 짤 재목을 만났기로서니 육순노인의 절이 그쯤 야젓할²⁹⁴수 있겠던가. 바다의 자식이 배요, 배의 자식들이 뱃놈이겠거니, 하는 생각이 새삼스러워져 소

---

294 점잖고 무게가 있다

름이 돋는다.

513. 곽암(藿岩) 72

황영감은 나무를 향해 큰 절을 세번이나 올렸다. 그리고 나서 한참동안 말이 없었다.

"보라궁… 용천농갬 복사리농갬 모다들 너어드르 펜으 들어주시잰! 어쩌문 이렇게두 딱 체맞는 나무르 점지하셌느냐 말이… 이렇기 좋은 나무르 주시당이!"

해놓곤 다시 횡뎅그렁한 눈길을 나무께로 못박는다.

"저 나무르 가지구 배르 짜겠다는 말이?"

도삽이가 당포의 귓바퀴에다 대고 소근댔다.

"쉬잇- 잠사설 틀덜말엇!"

"잠사설이 앙입매. 앵이 그렇슴? 저 나무 가지구서리 어떤 배르 모읍매까?… 저 나무르 베어서리 옆판으 삼겠다는 말이? 삼백예순 날으 썰어봅소. 옆판 한 판두 못 벱매다!"

당포의 생각이라고 도삽이의 말과 크게 다를바는 없었다. '길성' 바다 용천영감님과 '길성' 땅 열다섯 봉(峰)의 복사리영감이 점지하셌다는 나무가 당포의 눈엔 도시 하뭇하지가[295] 않던 터였다. 그래도 황영감 눈으로 보는 나무가 어련하랴 하며 톡탁치기[296] 싫어 허전하게 서있는데 도삽이가 기어코 더는 못 참았다.

"저 농갬 노망으 든 겝매! 겉만 부체 꼴악시르 하문서리 쇡으루는 우리드르 일으 망해먹겠다는겝매! 우리드르 각두르 목에 대구서리 메구 왔승이 농갬 맴속에 앙심으 앵이 품었을 쉬가 있겠음?"

"… 지달려봐여…"

---

295 하뭇하다 : 마음이 포근하고 흥겹다.
296 옳고 그름을 가리지 않고 모두 쓸어 없애다

"기렇지가 않슴! 대새 나기 전에 농갬으 달과쳅세! 머저리 짓으 그만두구 얼피둥 배나무르 찾아내라구 말입매… 내가 만지 썰문 어쩔궁? 우리드르 허세비루 보능가, 아양 이렇기 나간다문 죽엄으 될 줄으 알라구 말이! 엥?"

당포는 도삽이의 투정을 귓가로 흘리며 나무를 올려다 봤다.

예사스러운 나무와 짜장 다를 데가 없는 나무였다. 밑둥 한 그루가 곧게 뻗어오르다가 엇비스듬한 두갈래 애가지를 뻗었다. 장정 한 녀석이 똑바로 서서 두 팔을 비스듬히 세워올린 형상인즉 여기 저기 널려섰는 소나무가 다들 그런 모양새였던 것이었다.

그런데 한 가지가 달랐다. 여느 나무들은 밑둥은 곧되, 두 가지가 헤벌려 뻗어오름에 있어, 뒤로 쳐져 굽거나한 쪽이 바르면 다른 한 쪽이 안으로 휘어들기 십상이었다. 밑둥을 자르고 헤벌린 두 애가지 끝을 잘라 땅에 눕힌다면 한 쪽 가지는 하늘로 쳐들리고 다른 한쪽 가지는 땅에 붙는 꼴임에 어김없을 거다.

그러나 황영감이 거푸탄성을 발하며 올려다 보고섰는 나무는 두가닥 애가지의 높낮음이 자로잰듯 가지런해서 한치의 틈이 없는 것이었다. 덜컹쩔쿵 밑둥을 찍어 땅에 눕힐시면 단물쏟고 흐늘어진 계집이 옥문을 헤벌려 까곤 두가랭이를 반듯이 벌린 형상이렸다.

그러나 당포의 의문스러움은 하냥 같았다. 바라는 배가 함길도의 독특한 '평저삼각선'이려든 두삼(옆판)도 따로 댈 수 없는 세모꼴 나무를 베어 어떤 배를 짜겠다는 것이랴.

514. 곽암(藿岩) 73

당포가 매지근한 한숨을 내뱉고 있는 새에 이빨을 앙다물고 불투정을 설겅거리던 도삽이가 우루루 황영감에게 달겨들었다. 다짜고짜 멱살을 움켜쥐곤 상투꼭지가 한댕거릴 정도로 흔들어 댄다.

"농갬! 허튼 수작으 작작 하라궁! 뉘기 일으 망치겠다는 수작입매? 이 나무르 가지구 배르 모은다궁?"

"아서엿!"

당포가 도삽이의 허리통을 붙들고 늘어졌지만 녀석은 급기야 황영감의 머리통을 종주먹대며[297] 사뭇 미친다.

"에구, 요런 농갬은 카악 멱줄으 썰구 봐야한다궁! 이거 보오다, 뉘기르 쇡이겠다는 말이? 엥? 내 이래뵈두 길성땅 농새꾼 담살이르 살았구 길성 바다 웃장목 삼장으 살았다궁!… 이 나무로 창배르 짠다? 이나무르 꺼엉 찍어서리 배르 짠다문 밑판부터 올라가는 삼판으 어쩨 대겠다는게야? 어느 세월에 삼판드르 되비 썰구? 엥?"

당포의 힘에 못이겨 겨우 황영감의 멱살을 풀은 도삽이가 허연 백태를 끓여대며 헐씨근 거린다.

"하앙- 웁버서!… 에구 무시기 팔째가 이렇기 데럽어서 요런 꼴악시르 보능가!"

황영감은 모가지를 쓸어내리며 살맛없는 도리질만 푸졌다.

"봅소. 기리타문 사램이 말으 알아듣게 가르체주라궁. 함길도 창배는 나무 밑둥글으 까앙 찍어서리 옆판 두쪽만 올라가능가?"

황영감은 도삽이의 다그침 따위엔 아예 나 모른다 하는 표정이었다. 멀끔히 하늘만 우러르고 앉아 떡심풀리는 한숨만 거푸 뱉는다.

"… 함길도 창배르 어쩌문 기렇기 잘도 아네!… 그래, 너어 말이 옳타구 체구 말이, 너노무새끼 말대루라면 밑구멍(선저판船底板) 모아놓구, 삼판 두쪽으 올려세워서리 골장으 체구, 앞 뒤 비우판 음전히 올려붙여 망글으는가?"

"말으 해서 무시기야? 내 선장체멘으는 앵이되니까 삼판이 두 쪽인지 여서이 인지는 몰라두, 조선바다 오르구 내리구 하는 배드르 모다 그렇게 짜능겝매!"

잠잠하던 황영감이 도삽이의 이 말에 벌떡 일어섰다. 각두를 움켜 쥔 손이 번쩍 들

---

297 주먹을 쥐어지르며 을러대다

리우고 두눈에선 시퍼런 불심지가 이글거린다.

"너어, 요 보락지만두 못한 머저리 새끼! 뱃놈드르 어쩨 제 땅으 떠나서리 사방산 주하는 팔째인 줄으 아녠? 이렁이까 기렇탄 말이!… 함길도 뱃놈이란 노무 새끼가 제게드르 바다 창배르 어떻기 망글으는 줄도 모르니까 살아두 살아두 제게 바다에서 죽체살지 못하구 야문 호강드르 햄새아잉가!… 무시기라구? 죄선 팔도바다 배드르 다 그렇기 짠다궁?… 요 머저리새끼! 어떤 쥐엉지 간나가 너어같은 새끼드르 얼라라구 탯줄으 메구서리 열삭으 배통속에 담았녠?… 이노무새끼드르! 함길도 창배가 양중에 나가 짐바리르 나르구 괴기르 잡구 하는 장도리 쌈판이라구 옆판이 여서이가 올라가? 에구, 요 자손만대르 비렁뱅이 꼴악시르 하구 살 노무새끼드르!"

황영감이 풀썩 주저앉으며 얼굴을 감싼다.

515. 곽암(藿岩) 74

"무시기? 한새쿠 곱게 봐중이까 저노무 농갬 못하는 소리가 없궁. 앙이꼽구 데러운 야문새끼드르, 기리구 길성바다 문중바우 가진 호강드르 하는 꼴악시르르 앵이 보겠다문서리 하는 일인데 어쩨 애무한 우리드르 자손만대 비렁뱅이로 살라 하능가?"

도삽이가 펄쩍 뛴다.

"이노무 새끼! 쥐둥이르 가망히 두라궁! 너어같은 머저리 새끼가 길성바다 뱃놈이오다 하문서리 다른 바다에 가서레 접꾼으 살 생각으하문 몸써리가 쳐진당이!"

황영감의 낯색이 파르죽죽 죽었다. 곧 울음이 쏟아질듯 앙당그린 얼굴속으로 물지붕같은 주름살들이 깊게 패인다.

"에구, 제노무 농갬… 채수, 무시기르 하구 저노무 농갬 악담으 듣구만 섰음? 배구 무시기구 다 때리체구 신다리가 튕기나가더라두 걸어갑세! 살려보내문 짜아 소문으 낼테잉가 아양 송쟁으 치구 말이!"

이리뛰고 저리 나뒹굴어대는 꼴이 띰치²⁹⁸를 떨어내리려고 발광하는 황소모양이었다.

"후웅- 어쩨다가 사람 말한번 하는궁. 보촌 선장 죽엄으 당할라문 길성바다 뱃놈 손에서 송쟁되얍지 눈으 펜히 감을테잉가… 얼피둥 죽이라궁! 내 죽엄으 당해두 너 어같은 뱃놈새끼드르 위해서리 창배르 짤줄으 아넨? 어림두 없지, 내 함길도 창배르 짜문 대포(大鉋²⁹⁹=대패) 덧쇠(대패 덧날위에 끼우는 쇳조각)르 물구 혀르 썰구 말테잉가!"

황영감의 고집이 예사스럽지 않았다. 도삽이의 말대로 일을 그르치고자 꾀를 부려대는 것 같지도 않았으며, 팔짜가 사나와서 이런 일을 덤터기 쓴 사람의 화풀이라기에는 더구나 감이 멀었다.

필시 죽엄과 맞바꿔야 할 제나름대로의 청청한 오기가 있을 거였다.

당포는 나무 앞으로 자춤거리며 다가갔다. 외가닥 밑둥부터 두 갈래 갖바스듬히 뻗어오른 애가지를 구석구석 놓치지않고 눈에 담는다.

그때 불현듯 따앙 골머리를 때리는 생각 하나가 있었다. '덕원' 땅에서 '짬버들' 수량으로 들기 위해 '오포'바다에 다달았을 때던가. 텃세를 재며 몰고온 '오포' 뱃놈들의 '창배'가 제덩치의 네곱은 실히 넘는 '강선'의 이물 막간을 간단없이 받아놓고 봤을때

"에구, 배 깨집매다!"

하며 질겁했던 뱃놈들의 비명이겄다.

뒤만 펑퍼짐 벌어지고 이물머리(선수재船首材)가 유독 뾰쪽한 세모꼴의 '창배'가, 어떻게 만들어졌기에 그런 힘을 쓸수 있을 것인가- 하는 생각은 그때부터 줄곳 깊디깊은 궁금증이 돼왔던 터였다.

'밑판'을 미리 짜두고서, 양쪽 '옆판'이 가즈런히 올라가고, 앞뒤 '비우'에 옆판을

---

298 소의 안장 밑에 까는, 짚방석 같은 물건.
299 "퇴포(推鉋)는 나무를 깎이 평평히게 만드는 도구이다. 우리나라 사람들이 잘못 버역하여 대패(大牌)가 되었다. 중국 음 '퇴포'는 본래 '뒤판'이라는 소리와 더 가깝다." 정약용《아언각비(雅言覺非)》

맞춰, '장쇠'로 버팀나무를 치는 그런 식으로 만들어진 '창배'라면 덩치큰 '강선'을 들이받자마자 제 이물머리부터 깨져나갔을 거였다.

황영감의 옹고집은 '창배'를 어떻게 만드는지도 모르는 도삽이의 투정에다 대고 분통을 불솥처럼 자글자글 끓이고 있을 것이었다.

당포는 기어코 영절스러운[300] 생각을 떠올리며 탄성했다.

"맞십녀! 인자사 알었읍녀!"

516. 곽암(藿岩) 75

당포의 탄성에 황영감의 눈이 빛났다.

"무시기르 알았다는 겡야?"

"함길도 창배가 몸땡이는 쬐끄만 것이 으디서 고런 용심이 나오능가 허는 것을 알아뿐졌읍니다요."

황영감은 눈물을 갈쌍거리며 당포를 건너다 본다. 파르르 떨리는 입술에 노글노글한 실웃음이 얹힌다.

"그렁이까… 함길도 창선으 어떻기 망글으는 줄으 알았다는 말잉야?"

"암면입져!"

"함길도 뱃놈드르 제게 타구 다니는 창선으 어떻기 모으는 줄으 모르는데 나주도 뱃놈이 그것으 알당이! 이럴쇠도 있능가!… 그래 창선으 어떻기 모은다등야?"

"지 생각은 요렇십니다요!"

당포는 나무께로 다가가 밑둥을 죄안는다. 두가닥의 가지가 세모꼴 형상으로 비스듬히 뻗어오르는 그목을 집고 도끼날을 박는 시늉이겄다.

"여그를 카악 찍어냅지라우!"

---

300 아주 그럴듯하다

"… 에구!…"

"그라고나서는 두 가닥지를 석 발쯤 질게 잡고 두 끝을 나란히 쳐뿐집니다요!"

"… 에구!… 기리구나서리?"

"밑둥 친 데는 뱃머리가 되고 두가닥지는 옆판 맹색이 될텡께, 짜놓은 밑판만 못질혀서 맞추고 뒷비우만 올리먼 안되겠어라우?"

"요런 벤통으 없는 뱃놈으 보랑이!… 에구 장한 뱃놈같응이!"

황영감이 당포를 덥석 안는다. 눈을 질끈 감은채 당포의 뒷통수를 몇번이고 쓸어내린다.

"내 조상대대루 배르 모으문서리 살아왔지만 함길도 창선으 어떻기 모으는가를 당쟁 알아맞춘 타지 뱃놈은 처음 본다궁.… 창선으 처음 보는 타지뱃놈드르 꼴악시르랑이, 배통 떠억 내밀구 웁뻐서 미치겠다는 못된 버릇으 논단말이! 배 생긴 구색이야 엔간이두 못생겼응이까 그러기두 할테잉데… 미친노무새끼드르라궁! 함길도 창선모으는 뱁은 조선천지 서이 바다르 다 뒤지개지르해두 없다궁! 함길도 뿐잉야! 타지선장드르 엔간한 배르 다 모을 줄으 알지만 창선은 못모으지. 기리치만 보촌 황선장 나는 당걸루부터 주냄비까지 여덟가지르 다 짤 줄으 알구두 또 창선두 모은다궁!"

당포의 뒷통수를 쓸던 손을 스르렁 거둔 황영감이 도삽이를 향해 악을 썼다.

"너어노무새끼, 무시기야? 창선 삼판이 여서이가 올라간다궁? 두 돛대에다 아가릿대까지 단 당걸루르 짠다구 일곱쪽 삼이 올라가넨?… 함길도 창선으는 그대루 썰은 재목이 삼판이 되니까 삼은 두 쪽만 올리문 되구 밑둥 찍은 머리가 바로 뾰족한 이물 행세르 항이까 하판(荷板=전비우前非雨)으 따로 댈 택이 없지. 축판(舳板=後非雨)도 따로 마름으 앙이한다궁. 밑판 끝을 불기에 구어서리 휘게 하는 보짱질만 하문 흰 밑구멍 끝이 바로 축판 행세를 하능거야. 기런데 내가 일으 틀레먹자구서리 꾀르 피운다궁? 무시기 송쟁으 망글겠다궁?"

"에구, 이렇기 빕매다!"

그제야 도삽이가 넙죽 엎드린다.

517. 곽암(藿岩) 76

좀 전까지 삼백창 눈을 희번득대며 용골때질[301]치던 녀석의 너스레치곤 어지간히
얄똥치매라왔다[302].

"에구, 요 웬쑤르 어찌하문 좋네. 잘못으 빌겠다문 음전히 서서리 말으 할기지 어
쩨 절으 하문서리 도산으 떠넨?"

황영감이 휑 돌아앉자

"농객님, 내 함길도 창배 모으는 일으 몰라서리 그랬등기 아입매다! 맴이 고영히
급하다봉이 샹노무새끼 버릇으하구 만깁매.… 생각으 해봅소. 함길도 뱃놈으새끼
가 창배르 어떻기 망글이는 줄으 모르당이 말이 됩매?"

틈만 있으면 거짓뿌렁을 늘어놔야 피값을 하는 녀석인지라 눈썹 한 가닥 까딱않
고 씨부렁댄다.

"뻔뻔시런 쌍판대기를 고냥 화악 허버뿐지기전에 쥐둥이나 봉하라고!"

도삽이의 얼굴을 한 판 삼태질로 긁어놓고 난 당포는 고대 황영감 앞에 가 무릎
을 꿇었다.

"영감님! 요렇게 빕니다요! 요 불쌍헌 셰끼덜 영감님 맴 하나에 디지고 삽니다요!"

황영감은 헐근거리는 가슴패기를 몇차례 쓸어내렸다. 차근차근 읊는다.

"내 이래뵈두 본판 일곱자 짜리 짐배도 모아봤다궁. 삼판만두 두치 다서이 푼짜
리 대선 아이등야. 삼판 일곱짝으 썰어서리 마름질 하는데 되끼하구 자구[303]만 썼

---

301 심술을 부려 남을 화나게 하는 짓. 병자호란(丙子胡亂) 때 중국 청(淸)나라 장수인 용골대(龍骨
大)의 심술스런 성품 같다고 하여 생긴 말.
302 얄밉다. 얄똥-미룹다, 얄똥-시룹다
303 도끼와 자귀(나무를 깎아서 다듬는 연장의 하나)

응이 고생이 어쩼겠네?… 교주도[304] 정선목 속으 가지구 네모짜리 나무못으 망글으
는데 큰놈은 옆장이 두치구 뇜장이 한 치 다섯푼짜리라궁. 못만 자구질[305]으 하는
데두 손마디가 모다 마서지구 손바닥으는 피르 칠하구… 에구, 그 역사[306]랑이!…
염끼를 멕인 못만 박는 데두 허리빽다구가 휜다궁. 하판 모으는 일은 삘게 앙이야.
축판에다가 삼판으 맞춰야 항이까 본판 뒤를 축판 끝으로 불끼에 달궈서리 휘어
야 하는데 이 보짱질이라는게 얼매나 에려운 일인 줄으 아넨?… 불끼가 쎄문 나무
가 타구 불끼가 약하문 나무가 휘지르 앵이하구 항이까 몇 날 주야르 불 때구 물
으 발라주면서리 고생으 해야 하거덩. 축판에 댄 삼은 일곱이가 올라가는데, 맨 밑
에서부터 부자리구량, 지루배기, 장거리, 동두틈, 옥삼, 둘째구멍- 요렇게 일곱이
야… 내가 모은 짐배는 장이 일흔자 짜리 아이등야? 일흔 자 짜리 짐배는 칸이 너
이가 나왔다궁. 장쇠르 서이 치니까 기런게지… 곁집 한 채르 세우문 배는 다 모으
는게지!… 아방이가 내 등으 쓸어주시문서리, 보라궁! 너어 선쟁이 없으문 바다도
없는게야, 그렁이까 배르 아방이르 뫼시듯 해야지 바다 자식이 되능거다 하문서리
울음으 우셌거덩!"

황영감은 엄지로 두눈을 꾸욱 누른채 잠시 등줄을 들먹거렸다.

"창배르 짤래문 축판이 따로 없응이까 본판 뒤를 보짱지르 자알해야 하는데 불
으 피울쉬 있어야지! 내굴으 피웠다가는 당쟁 들킬게구… 나무두 생목으 거저 바
삐 써야하구… 내 말녠 팔째가 무시기 요렇기 데럽어서 이런 배르 짜야할궁! 배도
아닌 창배르 말이!"

---

304 交州道 : 지금의 '강원도'를 이르던 말
305 사귀질 : 자귀로 나무를 깎는 일
306 役事 : 규모가 큰 토목이나 건축 따위의 공사

518. 곽암(藿岩) 77

황영감은 연신 '에구 내 팔째! 에구, 어쩨 아이죽구 이러능가!' 해대며 팔풍받이[307] 앞에 선 허수아비처럼 몸을 가누질 못한다. 나무 밑을 뱅뱅 맴돌이 치다가는 척삼지에다 말뚝 박듯이 우뚝굳고, 이내 나무밑둥을 덥석 안고 헛소리를 여짓거리는가[308] 하면, 다시 수들수들 핏기없는 얼굴을 두 손바닥으로 감싸며 모질게 등줄을 떨었다.

"… 대새났궁!… 고루거각(高樓巨閣)으는 거짓말루도 짓지만 배는 금보연장걸이가 있어두 맴이 부정하문 못 모은다 했당이… 기런데 말이, 조상대대 선장으 잇는 보촌 황 삼대가 배두 허세비두 아인 배르 어쩨 짤궁?… 우뭉한 맘으 가지구 배두 아닌 배르 짜문 목숨으 살려주구 정한 맘으 가지구 배르 아이 모으겠다문 나르 죽일게구… 그렇잖넨?"

"말으 해서 무시깁매! 농갬이 배르 앙이 짜겠다문 모다 죽는 쉬 백기 없음!"

도삽이가 말을 딱 자르고 나서 당포의 눈치를 살폈지만 당포의 속마음은 녀석이 오랜만에 장단 한번 제때 맞춘다 싶었다.

미역 세판 농사가 무르익어 그늘에 갇혀있던 접렴(接簾=발대. 미역을 말리는 대발)이 쨍한 햇빛 나들이를 할때 쯤이면 배를 내리기는커녕 한발짝도 뗄수 없을 정도로 염탐의 눈들이 깔릴 것이었다. 세판 농사 머리 안으로는 죽어도 살아도 배를 띄워야 했다.

"영감님 속을 으쩨 몰르것읍녀? 오죽 폭폭하먼 죽이고 살리고 날시퍼런 소리가 나오것읍녀!… 고냥 뚝딱뚝딱 하나 짜주시게라여. 물에서 뜨기만 하면 된당게요… 고 댐으로 디지고 살고허는 것은 우리찌리헌티 딸렸응께 영감님 소관이 아닙니다요!"

당포의 애걸복걸마저 황영감에겐 비양질로만 느낌되는 모양이었다. 몸굿 치고나서 벌렁 나자빠진 애무당처럼 사지를 버르적거리며 게거품을 문다.

"에구, 요 머저리새끼르 보랑이까! 무시기? 물에서 뜨기만 하문 된다궁?… 너어

---

307 팔방에서 불어오는 바람을 다 받는 곳
308 무슨 말을 할 듯 말 듯 자꾸 머뭇거리다

대량화 오르는 물살으 몰라서리 하는 소리 앵야! 제대루 모은 창배라두 두 장 오르 문 한 장 떼밀리는데! 에구 에구우-"

황영감은 가슴패기를 텅 터엉 내리찍었다.

"나무가 생목이니까 기어쿠 보짱질으 맥여야 할긴데 보짱질으는 내굴[309]이 무서 워서리 맥일 쉬없구… 기리타문 분어고(鱝魚[310]膏=가오리 기름)라도 밑창에다 맥여 조야 할긴데 어드메 가서 분어고르 가져온다등야! 분어고르 아이 맥이문 밑창으는 물만 먹구 불어서리 탱탱 썩어날게 뻐언하구… 보짱질이구 분어고구 다 첸다체두 노만큼은 제대루 망글구봐야지 물살이 오를테잉데 참죽대는 앙이라두 노르 짤 나 무가 어데있넨?… 보짱질으 못했응이 뒷판으로 물이 쳴게앵야? 그 쎈노무 체는 물 으 어떤 뱃밥으로 막을텡가?… 에구우- 다 기리타 체자궁. 노, 노가 큰일이라궁! 그 꼬락시르한 배에 서이나 타구 어떤쉬로 배르 밀쳐낼탠?… 물에 내리자 되비 갈아앉 구 말테잉가 두구보랑이!… 에구, 요웬쑤드르!"

519. 곽암(藿岩) 78

꼼짝않고 앉아선 당포와 도삽이를 쏘아보던 황영감이 무슨 생각을 했는지 슬며 시 무릎을 세웠다. 눈길을 하늘 속으로 띄운다. 눈 가에로는 뜻을 알수 없는 열브 스름한 웃음기가 실리고 앙다문 입술꼬리 끝으로는 석연찮은 다짐이 잔물잔물[311] 익는다.

"… 애무한 죽엄으 당하는게 무서워서가 아이구 내 선쟁팔째르 타구난 죄 때뭉 에 배르 짜겠다궁!"

황영감의 이 말이 떨어지자

---

309 (함경도 방언)연기(煙) "앙이 땐 구묵에 내굴이 나겠음?"
310 《자산어보》에는 "가오리보다는 홍어의 이름"이라 함.
311 눈가나 살가죽이 조금 짓무르고 진물이 괴어 있는 모양을 나타내는 말

"영감님 고맙습니다요!"

당포는 허억- 잘큰거리는 울음을 물었고

"에구 장한 농갬님! 아잉기 앵이라 농갬님은 길성바다에 한나 남은 선쟁입매다!…
에구, 이 눈물으 팡팡 흘리는것으 봅소! 거저 고맙습매! 고맙습매에-"

도삽이가 펑퍼짐하게 주저앉아 꺼이꺼이 목을 놓았다. 제딴엔 하도 감격스러워
탈상제궤연 앞에서 텅텅 벽용을 치는 열녀 행세를 입내내는 것이려니 했었는데 그
게 아니었다. 눈물줄이 훈덕지근하게 볼따귀를 타내리고 부르르 부르르 떨어대는
턱주가리 위론 오진 울음이 늘컹늘컹 강풀 치고[312]도 남는다.

그때 황영감이 누그름한 한숨줄에다 섞어 내뱉던 것이었다.

"배르 짜문 무시기르 하넨… 너어드르 모다 죽엄으 당하는데 말이!"

"… 죽어라우?…"

"앙이 어쩨서 그렇슴?"

울음이 목젖에 걸린채로 둘이는 열고나서[313] 물었다.

"연해 사흘으 똑같은 꿈으 꿨거덩… 지낙마다 꿈으 꿨는데 검정말으 봤쟁가!… 너
어 서이 검정말으 타구 바다루 들어가더란 말이. 검정말으 꿈이 꾸다가 보문 벤통
없이 사램이 죽는다궁… 한아방이, 아방이 돌아가셨을 때두 꿈으 꾸다가 검정말으
봤단 말잉야.… 에구, 그 검정말이 바루 너어드르 저승사재란 말이!… 그 검정말이
바루 내가 짠 창배가 아이구 무시기넨?…"

등골이 섬뜩 저려옴은 당포나 도삽이나 마찬가지였다. 그러나 곧 초근초근 황영
감을 달래고 본다. 꿈 한 자락 핑계대고 끓던 밥 죽 될라.

"겸정말새끼고 백말새끼고 고런 잡것들이 무신 저승사잘랍디여? 으디까정 허망
헌 꿈짜락입니다요!… 우덜을 으떤 구신이 잡아묵어?"

"맞습매. 농갬 심신이 펜치 못해서리 그런 꿈으 꾼겝매.… 기리구 말이, 범한테 물

---

312 풀을 먹인 위에 또 된풀을 칠하다.
313 몹시 급해서 서두르거나 답답해서 졸라대며

레가두 정시잉만 차리문 된다구 했읍매!… 함길도 요 데럽구 앙이꼽은 바다에서 접
꾼으 살문서리 그런 꿈 때뭉에 죽엄으 맞춰 놀려문 벌써어 백번두 송쟁이 됐을겝
매!… 채수 앙이 그렇슴? 우리드르 언제부텀 그런 꿈으 무서워하문서리 살았음?"

도삽이가 도끼를 들고 서슴없이 나무께로 다가갔다. 힐끗 황영감을 돌아다 보고
나서 도끼를 번쩍 들어세웠다.

"요만큼 해서리 카앙 찍으문 되겠음? 자아 박습매다."

도끼가 훙 훙 소리를 내며 두어바퀴 허공을가른다.

"에구 저노무새끼! 부정으 타문 어쩔려구!"

황영감이 허겁지겁 달겨들었다.

520. 곽암(藿岩) 79

황영감은 도삽이의 손에서 도끼를 뺏아들어 너설[314]틈에다 세웠다. 종두리를 집어
들곤 조 한줌을 움켜쥔다. 황영감은 그때부터 딴사람이었다. 나무밑둥에 바짝 붙어
맴돌이를 친다. 손으로는 조를 뿌려대고 입으로는 연신 뭐라고 시물거린다[315]. 눈길
은 헤벌어진 두 가닥 가지끝을 떠다녔다. 모진 울음을 씹는양 파들거리는 눈꺼풀 속
에서 덧뵈는 눈빛이 어쩌면 저릿저릿한 기쁨을 잘착하게 삭히고 있는듯도 싶었다.

종두리 속의 조가 거덜나자 황영감은 나무 밑에 무릎을 꿇고 앉았다.

"긴선바다 용천농갱님 이렇기 좋은 나무르 내리주셔서 천만번 고맙습매다아- 제
이 나무르 마름해서리 창배르 짤랍매다! 동남서북 산신앞에 소원성취 발원하는 것
은, 이 배르 타는 뱃사램드르 병고재난 액재쇠멸 하구, 귀인상봉 재수대통해서 명
과 복을 주십소사아-"

황영감은 넓죽넓죽 세 차례나 절을 올리고나서 일어섰다.

---

314 험한 바위나 돌 따위가 삐죽삐죽 나온 곳.
315 입술을 약간 실그러뜨리며 소리 없이 자꾸 웃다.

"정한 맘으 가지구 찍어야 한당이. 바삐 찍지말구 서이 숨에 한번씩 도끼날으 박으라궁."

도끼를 받아쥔 도삽이가 손바닥에다 퇴퇴 침줄을 맥이고, 적삼소매를 동동 말아올리며, 정강이를 까딱 까딱 분주스럽게 놀아난다.

- 터엉 -

도끼날이 나무밑둥에 박혔다. 도끼날이 세 숨에 한 번씩 박힐 때마다 황영감의 입에서 울음같은 가락이 뽑아져 나왔다.

청제강신 삭북(朔北)드셔 곤륜오악(崑崙五嶽)을 내리신제,

함길도라 대치 세워 두만수(豆滿水)로 띠를 삼구,

소홍(小紅) 서두(西頭) 연면(延面) 성천(城川) 사수(四水) 뱃길 작지하셔 삭

주바다 열었응이,

엉야 덩기 상서뒤이 -

강남연 솔씨받아 오악대평 뿌렸덩이

쇠부덩(小不等) 대부덩(大不等)³¹⁶이

기린양성 되얐고나,

팔도목 일륙수에 삼팔목도 하구많아

부덩방목(不等方木) 처처마다 청자성주입수헌데,

엉야 덩기 상서뒤이 -

삭북바다 뱃사람들아 청자목 성주목은

대편수(都邊首)에나 넘겨주구,

---

316 주로 대궐에서 나무 크기의 등급을 이르는 말로 쓰였음. 쇠부덩(소부등)은 '그다지 작지 않은 등급'. 굵지도 작지도 않은 중간 정도의 나무. 대부덩은 큰 나무.

금도끼 옥도끼 연장망태 둘러메구.

천송(天松)으로 쇡을 켜구 향춘으로

노나 삼자.

엉야 덩기 상서뒤이-

동방청제(東方靑帝) 남방적제(南方赤帝) 서방백제(西方白帝) 북방흑제(北方黑帝) 사신(四神)께 비옵나니,

이 배를 타는 사람 선팔십 후팔십(先八十 後八十) 강태공 일백육십을 백대천손(百代千孫) 할것이요,

뱃길천리 도박마다 만석(萬石)만 내릴것이,

어떤 선장 솜씨던가 그 배 한 번 잘모았다,

그 배 정말 잘 모았다,

엉야 덩기 상서뒤이-

황영감은 울고 있었다.

521. 곽암(藿岩) 80

미역농사 두 판째의 거둠새가 흥이 돋게끔 대풍을 맞았다. 짐배들이 뻔질나게 들락대고 '대량화'에서 내리는 장삿배들도 오랜만에 사흘거리로 뱃길을 터왔다.

미역 세판 농사는 아무래도 접꾼들의 일감만 푸짐하게 벌려놓는가 싶다. 상등목(上等目)은 거진 따낸 뒤라 '낙수' 종자들 중에서도 흑대·적발이(적발초赤髮草)·지종 따위의 숙근(宿根)들을 도려내고 특히 콩생이의 뿌리는 남김없이 뽑아내야했다.

미역바위의 접꾼들이 그중 싫어하는 판이 바로 세 판 농사를 당해 낙수종자들의 숙근들을 쳐내는 일이겠다. 두 판 농사 때까지 팔꿈치가 동강날 정도로 억척스레

장목질을 하던 접꾼들도 두 판 농사 막장이 닥쳤다 하면 느닷없는 꾀병을 잡고 슬그머니 접꾼자리를 내놓기 예사였다.

하나 둘 씩 타지로 뜨는 접꾼녀석들이 제판으론 얼추 익힌 버릇을 한답시고 장목 끝에다가 봇짐을 달랑매고 슬금슬금 떠나던 것이다.

"에구 저노무 새끼!"

집을 나서는 접꾼녀석의 뒤꼭지를 눈꼬리 찢어지게 노리며 발을 동동 굴러대봤자 뒤꼭지가 하나 둘이라야 말이지.

"에구 저노무새끼두 간단 말이?"

눈을 희번뜩대며 홧김이 숫구멍 닳게 오른 복운영감은 견디다 못해 우루루 뒤쫓아 앞을 막아서게 마련이었다.

"너노무새끼, 그토룩 사정으 봐주구 멕여주구항이까 지금으는 이런 버릇으 놓당이! 장목에다가 봇짐으 메구서리 어드메 바우로 가넨?"

"바우로 가당이 당치도 않습매. 사지 뼉따구가 모다 마사졌응이 일으 할 쉬가 있음?"

"후웅. 기럼 농새꾼 담살이르 하겠다는거궁?"

"그렇습매."

"농새꾼 담살이르 할레문 어쩨 장목끝에다 봇짐은 걸구서리? 그건 멱바우 접꾼 하겠다는 삭손이드르 버릇이랑이까."

"기런 줄으 몰랐음."

"그건 그렇다체구 말이, 생각 좀 해보라궁. 지금이 어떤 때넨? 지금 거둠질으 자알 해조야지 멩년 미역농새르 지데루 짓는다는 것으 모르넨?"

"압매다… 그레두 어쩌겠음. 몸통으는 말으 앙이듣구… 요런 꼬락시르 삼반으 어떻기 먹습매?"

"삼반이라구?… 너어 바른대루 말으 해보라궁. 삼반이 배통 못 채워서리 그러쟁가? 기리타문 내 오반이라두 챙기 줄테잉가 되비 돌아가자궁 얼피덩!"

"… 싫습매!"

"무시기라구?… 못 간다궁!"

"어쩨 그렇슴?"

"기렇지 않아두 말으 할까 했지… 야문에 공납한 내 미역으 가지구 도산으 떤다 궁. 납공물에 흑대가 많이 섞였다구 말이!"

"그것이 어쩨 내 잘못임매?"

"머저리새끼! 접꾼노무 새끼드르 일으 그렇기 했응이까 그렇쟁쿠.… 야문에다 고 하기 전에 얼피덩 가장이까."

엉뚱한 핑계를 내세워 녀석들을 제독주고[317] 나섰지만 그 때마다 녀석들은 장목을 내던지고 줄행랑을 놓던 것이었다.

522. 곽암(藿岩) 81

미역바위 접꾼, 그것도 '문중바위'를 가진 호강들의 접꾼이 되고자 마른침줄을 껄 떡대며 '길성'바다를 찾아 든 녀석들이, 두 판 농사가 저물어 간다치면 손바닥 털고 나서는 이유들도 여러가지였다.

첫째는 낙수종자들의 숙근들을 쳐내는 일이 꽤는 섬뜩하고 음충맞은 일이었기 때문이었다.

그 중에서도 '적발이'의 뿌리를 도려내는 일엔 모두들 넌덜머리를 떨어대던 것이 다. 제아무리 배짱좋고 힘이 장사고, 거기다가 웬만한 무서움기따위엔 아랑곳 없 이 시설궂게[318] 놀아나는 녀석일지라도, 물속에서 머리통이 솟기 무섭게 혼을 뺏기 던 것이었다.

"에구, 말, 말 송쟁으 봤다궁! 그것두 말목아지 앵야!"

---

317 제독주다 : 상대편의 기운을 꺾어서 감히 다른 마음을 먹지 못하게 하다.
318 매우 수선 부리기를 좋아하여 보기에 실없다

겁질린 녀석이 와들와들 몸뚱이를 떨어대기 일쑤요, 그사연을 모를 바없는 접꾼 삼장은 배퉁이를 걷어차 다시 물속에다 처박는다.

"우뭉스런 노무새끼! 무시기야? 말송쟁으 봤다궁? 일으 하기 싫응이까 엄살으 떨 구, 에익키이-"

물속으로 다시 처박힌 접꾼녀석은 아예 동동 뜬채로 혼절하는 흉내를 내게 마련, 갈피줄을 쥔 사람은 어쩔수없이 줄을 당겨 죽기살기로 엄살을 떨어대는 녀석을 끌 어 올릴 수밖에 없었다.

죽은 말의 머리가 하필이면 미역바위 밑에 옴싹않고 박혀있을 것이랴. 그 사연 이 이렇더라.

한 뿌리에서 잎이 나오고, 그 뿌리 가운데에서 줄기가 뻗어 다시 두 날개의 잎이 펴는 미역도 일렁거리는 물속에서 볼작시면 불어터진 계집의 산발처럼 소름이 쭈 뼛솟으려던, 이 '적발이'의 뿌리내림은 어지간히 야릇하겠다.

뿌리에서 뻗은 줄기가 또 줄기를 치고 그 줄기마다에서 다시 가지가 돋아 수 백의 애가지를 치는데, 흡사 천사만루(千絲萬縷)의 기세로 어긋맞게 엉클어짐에다가 또 그 색깔이 벌그죽죽 하렸다. 일렁얄랑 하느작거리는 본새가 보면 볼 수록 말의 갈기 요, 뿌리를 붙인 바위는 갈깃머리를 뒤집어 쓴 말의 목덜미처럼 헛뵈게 마련이었다. 엄살을 피워대는 접꾼녀석들에게 발길질을 하며 제딴엔 간지라기 행세를 해보지만 접꾼삼장들이 녀석들 보다 앞서 그 같은 섬뜩함을 겪음한 처지였었다.

둘째는 '흑대'며 '적발이'의 뿌리 내리는 곳이 모두 넉 발 이상 뻗치는 깊은 물속 이라는 사실이었다. '지종'만 두어 발 쯤의 윗쪽에다 뿌리를 붙일 뿐 '흑대'·'적발이' 는 얄궂게도 미역다발이 붙는 바위 층에다가 뿌리를 박았다.

갈피줄로 몸뚱이를 묶고 어떤 때는 다섯 발을 더 내려 멱질을 해보는데, 기껏 서 너뿌리 뽑아냈다 하면 숨이 턱에 찼고 허파가 터져날 듯 가슴이 옥죄었던 것이다. '잠소'들의 텃세도 어련해서 '적발이'나 '흑대'를 쳐내지 않으면 멱질할 생각을 딱 자르고 나서겄다.

거기다가 '흑대'를 두고 접꾼과 '잠소'들이 심심찮게 으등그렸다. '어고'가 흡족해서 물결을 재워 놓은 날이면 모르되, '어고'는 동이 나고 물결마저 이는 날이면 '흑대'의 둔갑질이 어지간하던 거다.

523. 곽암(藿岩) 82

물이 깊어 장목의 길이가 못 미치는 곳의 미역을 따내기 위해 잠소들의 멱질이 있는 것이려던, 이 잠소들의 놀아대는 꼴이 문중바위 거느린 호강들 뺨쳐먹게 접꾼들을 방뎅이 밑에다 깔고봤다.

'흑대'의 둔갑질이 그때마다 화근이긴 했다. 미역을 따겠다고 물속으로 들어간 잠소들이 제 배꼽노리께를 칭칭감은 갈피줄이 다 풀리기도 전에 뽀그르 호그르 솟아오르는 것이었다.

"흑대가 짜아 합매다. 만지 흑대르 체야지 미역으 따구말구 합지비."

하며, 비 오실 때나 입자던 도롱이를 추위를 막을양 둘러쓰고 버티던 거다.

"엔간히 앙심으 품으라궁. 멱바우 접꾼이 잠소드르 종내기인 줄으 압매? 어저만 해두 어고르 뿌리구 봉이까 미역이 짜아 했는데 갑재기 흑대밭이란 말이?"

"애무한 소리르 칩소! 흑대가 있응이까 기럽지 무시기르 한다구 앙심으 품겠음?"

"이거 미칠 일이궁. 물결이 체서 그렇지, 궈래 눈이 효치[319] 눈입매!"

트시작 거리던 접꾼은 마지못해 물속으로 뛰어들어야 했다. 물살이 너울지는 탓인지 아닌게 아니라 흑대밭이었다. 숨은 허파를 터뜨릴 양 차오르는데 뿌리쌔로 뽑아낼 짬이 어디 있던가. 잡히는대로 잎을 훑음질 해놓고 올라온다.

물속으로 들어간 잠소가 팽팽히 갈피줄을 당겨대며 방정을 놓던 터라 접꾼들은 고대 갈피줄을 거두게 마련이었다.

---

319 효치(梟鵄) : 올빼밋과의 새. 야행성이라 낮에는 사물을 제대로 보지 못함.

"봅소. 일으 빙충이루 해두 분수가 있읍매. 흑대르 체라구 했지 언지 미역으 체라구했음?"

"무시기?"

"미역으 체서 다 흘려보내구서리 딴소리르 한당이까."

"쌰앙- 만지는 흑대라구 하구 나중에는 멱이라궁? 에구 능구렝 간나!"

"무시기? 능구렝 간나? 접꾼팔째에 말버릇 정말 데렵궁!"

"에구 요고올- 접꾼팔째가 어쩼다는겐? 화양년의 간나 같응이!"

"비렁뱅이가 남우 욕으는 어쩨하구 난리네?"

"후옹- 비렁뱅이라두 너어같은 간나 두 바리루 준데두 안깐³²⁰으 앵이 삼는다궁!"

"물곳간에서 입성으 갈아입는데 가망 가망 따라온 사램으는 뉘기넨?"

"… 내 언지 그랬네? 내 든 것으 보구서리 따라들어 온 화양년의 간나가… 후옹-"

"에구 저 뻔뻔한 기상으 해가지구!"

듣다못한 잠소들이

"에구 말만 들어두 열풍으 잡겠네."

"난두 입성으 갈아입을 때는 물곳간에 들으야지."

"물곳간이 그렇기 간간항가?"

저마다 한 마디씩 읊조리고

"저노무새끼 기상이 어쩨 뇌릿뇌릿³²¹하더랑이!"

"정수낭 단물으 뉘기 다 앗아 먹은줄으 인제 알겠궁. 말만 들어두 신다리까지 뻣뻣하쟁가, 에구우-"

접꾼들도 허리통을 베베 틀겄다.

잠소들과 토시락대는 이 까짓 일 쯤이야 굳이 싫을게 없었다. 그러나 따낸 미역이 동(同)은 줄었네, 흑대가 섞였네, 날뛰는 복운영감 때문이었다.

---

320 '아내'의 방언
321 '노릇노릇'의 방언

524. 곽암(藿岩) 83

미역을 '흑대'로, '흑대'를 미역으로 속아 보기 일쑤인 연유가 이랬다.

따내고 보면 생김새부터 어련하게 달랐지만 물속에서는 어느 것이 미역인지 흑대인지 분간키 어려울 정도로 서로 비슷하던 것이다.

우선 '흑대'의 뿌리내림이 미역이 붙는 층차(層次)의 하대(下帶)여서 그 어우러지는곳이 같을 뿐더러, '흑대'의 빛깔이 미역과 같이 거무스름해서 내노라 하는 잠소도 깜빡 속게 마련이었다.

복운영감의 성화만 아니라면 '흑대' 핑계대고 잠소와 접꾼이 으르렁대는 끝장이 싫을 까닭이 없었다. 그 물곳간 재미 말이다.

옷을 갈아입고자 물곳간을 찾은 잠소 뒤를 슬그머니 따라붙어 팔자타령 몇 가닥 주고받다 보면 살을 섞는 일쯤 시부러기[322] 치러 낼수있겠다.

"에구망이! 뉘기?"

"쉬잇- 납매."

"입성으 갈아입는데 어쩨 이런 짓으합매까."

"… 다른게 아이구… 내 흑대르 멱으루 알구서리 체낸 일 말이, 쥔한테 말으 하겠음?"

"… 맴으는 그렇지 않습매… 그렇지만 미역이 많이 실했지 않았음둥."

"그기야… 기렇지 않아두 샀으 자르겠다구 택으 잡는데 그 일으 쥔이 알문 샀두 못 받구 쬐께나거덩. 잠소팔째나 접꾼팔째나 거게서 거겐데 좀 어여삐 봐조야지!"

"… 어여삐 봐주문 어떻기 보답으 하겠음?"

"말으 잘 못 알아듣겠궁."

"… 에구 딱두하지비!… 입성으 갈아입게 얼피덩 나갑소꽝…"

접꾼녀석은 계집의 젖가슴을 덥석 쥐고 엎어진다. 연놈들의 사지가 억박적박 어

---

322 시부저기 : 별로 힘들이지 않고 슬쩍.

굿걸친다.

"내 벌써부터 반했거덩!"

"에구, 그런 도삽으!"

"도삽이 아이랑이까.… 꾸욱 참구 눌러체서 기렇지 내 오래 전부터 혼은 뺐겼었다궁!"

"에구!"

한편으론 이쯤 꿀맛같은 덤도 챙길수 있었지만 미역이 줄었다고 길길이 뛰는 복운영감의 화풀이를 당해내기란 죽기보다 어렵던 것이었다. 미역농사 두판 끝물이면 어고도 바닥났을 때려니 이런 일은 기실 어고로 물살을 잠재울 수 없기 때문에 일어나는 일이었다. 호강들의 미역농사도 어고없이는 이러려든 가난뱅이 뱃놈들의 미역농사 거둠새는 짐작하고도 남을 일 아니던가.

접꾼들이 미역바위를 떠나는 그 마지막 이유는 잠소들 없는 미역바위의 일이 신명나지 않아서였다. 토실토실한 몸매로 음기 꽤나 그들먹 찬 젊은 잠소들은 두 판 농사의 머리부터 봇짐을 챙겨 거진 떠났고, 남은 잠소들이라는게 계집구실 하기엔 한물 너웃 지난 늙숙한 여우들이던 것이다. 물속에서 솟은 젊은 잠소를 부축한답시고 해동청(海東靑=송골매) 날부치 채듯 덥석 휘감아 보는 재미도 없이 무슨 낙으로 장목질에다 자멱질을 할것인가.

말송장 같은 '적발이'를 쳐내야 하는 짓, '흑대' 때문에 당하는 곤욕, 젊은 잠소없는 바위는 한사코 싫었던 것이다.

525. 곽암(藿岩) 84

가마에다 불질을 먹이고 앉았던 당포는, 이만하면 '갈마개' 채수 노릇 한 번 막장까지 후환없게 치러냈다는 생각에 잠겨 있었다.

두 판 농사를 거두고 난 접꾼녀석들이 벌써 네 명이나 길을 떠난 뒤요, 나머지 두

녀석마저 꼼짝 못하고 구들을 차고 누웠다. 거기다가 접꾼 이장(二杖) 철사녀석 삼장(三杖) 똥쇠녀석마저 갖은 꾀를 부려가며 한사코 힘든 일은 마다하던 것이었다.

당포는 낙수종자들의 숙근을 쳐내는 일을 거진 도맡아 해냈었다. 오직, 이 판만 넘기면 영원히 '갈마개'를 떠난다는 생각, 그리고 보촌 황선장이 짜준 창배로 목숨 붙어있는 날까지 억척스레살며 기어코 뱃놈 한세상을 그럴싸하게 꾸려보겠다는 다짐이 그런 일손을 있게 해줬으리라.

낙수종자의 훑음질에서부터 염장미역을 삶아내는 불질에 이르기까지 눈코 뜰새 없도록 바쁜 열흘이었다. 당포의 이같은 일손놀림 때문에 복운영감만 제 세월 만났다. 불질 먹이는 당포옆에 잔망스레 쪼그려 앉아 탐삭나룻을 쓸며,

"내 원 벨 꼴으 다 본당이까. 멱바우에다 농새르 붙이고서리 요런 대풍으는 처음이라궁. 미역두 자알 붙었지만 그보다두 삶구 염장치기 무섭게 실어가당이! 미역이 아무리 대풍났다 체두말이, 대량화까지 실어나르자문 공전이 또 얼마겠네?… 물곳간에 들어가기도 전에 벌써 여서이 바리가 황곡여각한테 실레갔다궁.… 이게 모두 내 채수 한사램 자알 둔 덕분 앵이구 무시기겐!"

하뭇해서[323] 당포의 등을 도닥거려 주던 것이다.

아닌게 아니라 그런 느긋함이 절로 솟을만 했다. 두 숨 삶아낸 미역이 간물을 먹는다치면 기다리고 있던 '황곡'(黃谷)·'청배미'(청룡리靑龍里) 여각주인들이 다투어 실어가던 것이었다.

오늘만 해도 두 바리(수레)는 삶아냈으리라.

당포는 하초가 뻐근해서 시원한 오줌발이나 뽑아낼 요량으로 무릎을 세웠다. 염장질을 하고 앉은 잠소 뒤로 똥쇠가 바짝 붙어앉았다. 한 손으로는 나뭇단을 만지작거리는 척, 또 한 손은 계집 방댕이 속으로 쑤욱 뻗쳤다.

"… 손으 칩소!"

---

323 마음이 포근하고 흥겨워서

계집이 방맹이를 뭉기적대면서 낮게 뱉는다.

"눈치르 봉이 뵐루 싫진 않은 모영인데, 무시기··· 물곳간이 휑하단 말이··· 간간해 서리 뉘기 볼 사램두 없구···"

"에구 모릅매다!"

"지냑에 나오라궁."

"··· 그런 말으!···"

"어저 지냑으는 어쩨 아이 나왔네?"

"··· 에구 뉘기 듣습매다."

계집이 머리통을 훼훼 내돌려대며 당포를 흘끔 눈에 담았다.

당포는 부러 똥쇠의 손목을 질꿍 밟고 지나갔다.

"에구구! 눈으는 무시기로 보자구 박았단 말이?"

퉁방울 눈을 부라리던 똥쇠가

"주막에서 철싸새끼가 만내잡두구만"

했다.

526. 곽암(藿岩) 85

당포는 술 생각보다도 철사란 이름에 마음이 끓었다. 급하게 내닫는다는 것이 또 계집의 등줄을 무릎으로 박아놓고 봤다.

"펠스럽습둥! 어쩨 두 사램으 돌레체면서리 치구 썰구 합매?"

잠소노릇일랑 그만 두고, 이젠 늙은 남편 따라 첨산에도 오르내리며 꽁밥(졸밥= 꿩을 잡기 위해 놓는 밥)이나 치면 딱 알맞을 마흔 살 다 찬 계집이, 똥쇠가 제 사나 이라도 되는 양 사풍스럽게[324] 툭 내쏘고

---

324 변덕스럽고 경망스럽게

"흥- 철싸란 이름으로만 들어두 정시잉이 뒤박지르 하는궁. 시나이, 간나, 골라가문 서리 줴박을 것은 무시깁매?"

똥쇠도 웃음엣짓[325]이라기엔 판이 다르게 찌그렁이 붙는다.[326]

황밤 두어개 연놈들 정수리에다 먹여봤으면 쳇증이 가시겠다 하며 주먹을 불끈 쥐어보던 당포는 그만 돌아서고 말았다.

'갈마개'에 남은 잠소들이라는 것들이 거진 방댕이만 지꺼분하게 벌어진 늙은 계집들이었다. 삶아낸 미역다발에다 간기를 먹이는 염장질이나 일손붙이며 조 한 되라도 더 이고 가겠다고 억척들을 떨었다. 피둥피둥한 씹두덩을 종기종기 떨며 젊은 잠소들은 타지 향발한 터이려니, 오죽하면 쓰잘 데 별로 없는 저런 계집들을 손안에 든 마합(馬蛤=말씹조개) 본새 삼았을 것이랴, 하는 생각에 잇대어 똥쇠놈의 짓거리가 측은하게까지 여김된 터에다, 무엇보다도 앞으로 열흘 안팎이 당포로서는 처신을 깨끔하게 해야 한다는 생각 때문이었다. 배를 내리는 날까지는 죽은 사람이다 다짐하며 움죽어 살기로 작심한 당포였다.

당포는 주막을 향해 걸으면서, 제가 떠날 때를 맞춰 '갈마개'도 접꾼녀석들 살 맛나는 세월이 돼가는가 보다, 하는 생각을 했다.

우선 떵떵거리며 술을 파는 주막이 그랬다. 술 한 사발 마시려면 복운영감의 눈을 피해 '오리평'까지 넉재비 밤길을 오가야 했거늘, 미역농사 한판 끝장 무렵에 버젓이 주막이 서선 술사발을 돌리게끔 되다니, 야릇한 조화였다.

'귀락말'의 젊은 잠소가 내놓고 주모행세를 하기 전까지만 해도 주막은 복운영감이 접꾼들의 비위를 맞출 심사로 뚝딱뚝딱 엮은 움집이었다. 미역농사 두 판 막장에 즈음해서 슬겅슬겅 줄행랑 놓는 접꾼들을 달래보고자 큰 맘 먹고 움집을 세웠던 것이다. 접꾼들을 휘어잡을 양방은 술밖에 없음을 꼭집고 나섰던 거다.

---

325 별 뜻 없이 웃기느라고 하는 짓
326 찌그렁이(를) 붙다 : 남에게 무리하게 떼를 쓰다.

그런데도 두판 끝무렵을 당해 접꾼들은 하나둘 '갈마개'를 폈다. 술이고 뭐고 '적발이' 뿌리뽑기나 '흑대' 쳐내는 일은 죽어도 싫다는 배짱들이었다.

복운영감은 움집에다가 불을 놓을 기세로 화뿔이 돋쳤다. 그 무렵, 철사가 복운영감에게 매달렸다. '갈마개'가 썰렁한 곡절도 주막이 없는 탓이다. 그러니까 장사배가 눈돌림질 아니냐, 하루만 굶어도 뻣뻣하게 녹처지지만 하루 술로 닷새를 사는 사람들이 뱃놈이다, 마침 오갈데 없는 잠소가 있으니 아예 주모를 세우자-

결국은 철사의 말이 먹혀들었다.

527. 곽암(藿岩) 86

나중에 들은 풍문이었지만 철사와 '귀락말' 잠소가 벌써 전에 내통했었다던가.

요즘 들어 철사녀석과 더욱 쌍불심지 지글거리며 돌아 선 똥쇠의 귀띔인즉

"에구, 말으 말랑이까! 물곳간 앞 지나는데 뒤지게르 체는 소리가 심상치 않더란 말이. 꽁모가지르 튕겨놨을 때처럼 도산으 떨덩이 간나 목소리가 간간해지더란 말이!… 무시기 일이 났는가 하문서리 눈으 대봤쟁가?… 에구우- 그런 참욱한 꼴이랑이! 철싸노무새끼가 잠소르 깔구 덮구서리 일으 벌리는데…"

하면서 치를 떨더니 두 귀를 틀어막던 거였다. 낭궁음(娘宮陰=처녀막)이 뾰드득 뾰드득 뚫리면서 내지르는 비명이었음이려니 잠소의 찢는 듯한 목소리가 고미 지간을 다 울리더란다.

"웬숫놈 멱줄 따기로는 따악 목을 짚어뿐졌는디 으째 고냥 놔뒀데여? 너사말로 철싸놈 못갈아마셔서 환장치는 새낀디 말여."

당포는, 철싸와 당포가 둘이만 싸고돌며 야비다리치는게 제 눈엔 독가시인지라, 둘이의 사이를 이간질 하는 심보려니 하며 불퉁스레 내쐈었다.

"… 지금으는 말으 할 쉬 없음!… 내 무슨 낯으 들구 지금에야 내 근심으 털어놓겠읍매?"

한참 푸우 푸우 한숨줄을 트던 녀석이 이쯤 뜻모를 소리를 뱉아놓곤 등돌아서 버리던 것이었다.

"꼬랑지 야닯개 돋은지는 폴쌔잉께, 인자 한나 남은 꼬랑지가 애머리 치고 돋을라고 저 요사를 치제맹. 후웅- 구미호셰끼! 그란다고 철싸놈허고 나허고 이갈고 돌아선다다야?"

당포는 그 적 생각이 나서 이렇게 중얼거렸다.

술기운이 거나한 철사가 야드름한 이마를 번뜻 들면서 반겼다.

"아고 성님요, 와 요레 사알사알 늦장 부립니꺼? 나는 고마 쏙이 타서 히떡 디비지겠는데 성님만 와 요레 태평한지 모른다꼬!"

해놓고는 부스개를 향해 또

"보그라, 싸게 술로 가오니라. 채수성님 왔다아이가."

했다.

"쉬잇- 입방정 쫌 고만 떨랑께 그네! 요로코롬 술만 퍼묵다가는 은제 속말 씨부러뿐질 지 몰르겠다!"

당포는 철사의 콧뱅이를 감꼭지 따듯 오지게 비틀었다 놨다.

"머시라?… 내참 성님도! 날로 머로 보고 요레쌌소."

당포는 우선 산속 사정이 급했다. 다녀왔으면 고대 집으로 올 것이지 술 중두리 껴고앉아 이게 무슨 허세랴 싶은 거다.

"그래, 자암 되야 가다냐?"

당포의 물음에 철사는 우선 남은 술사발부터 비우고 나섰다. 술망치가 열개라도 그렇지, 우선 당포에게 남은 사발을 권하고 편한 자리나 양보해야 옳거늘, 녀석은 앉은자리에서 한 치도 옮겨앉을 생각이없다. 벌써부터 채수노릇 행세해보는 것인가싶어 당포는 개운찮다.

"귓구멍 골았여? 묻는말에는 답도 안허고, 에엥- 잡셰끼!"

철사가 희무르죽죽한 웃음을 물며 똑바로 당포를 건너다 본다.

528. 곽암(藿岩) 87

"말또 마소. 내 고레 이삔 배는 첨봤다 아잉교!"

"믓이였?"

당포는 철사의 손목을 덥석 쥐었다.

"아니, 창배가 벌써 짜져 뿌렀디야? 엉?"

당포가 다그쳐 묻는데 어린 주모가 술망치를들고 왔다. 당포는 망치째 꿀꺽꿀꺽 넘겼다. 소갈증에다 포창[327] 겹친 방울나귀 함죽 물을 비우듯한 소리였다.

"… 시상에!…"

꿈만 같았다. 도끼날을 목에다 대고 황선장을 업어오긴 했으나 엊저녁 까지도 미덥지않던 일이었다. 배 짤 나무 하나 고르는데 그처럼 사람 간장을 녹여대고, 뱃놈 되고 나서는 처음 듣는 노래를 읊조리며 멀근멀근 찰진 울음을 짜내던 영감의 낯색이며, 생나무를 무슨 재주로 '속' 따로 켜고 '변' 따로 도려내느냐, 연기가 무서워서 보짱질을 못할바에야 짜놔도 뜨자마자 가라앉는다- 그토록 아근바근[328] 때만 부리던 일손에 무슨 신명이 내려 종독들게 일을 마쳤단 말이던가.

술망치를 놓자마자 뜨끈뜨끈한 눈물줄을 짜대는 당포였다.

"… 고렇고롬 이삐여?… 참말그려?…"

당포는 깨적눈 되겠다며 끈끈한 눈물이 엉키는 눈꼬리를 쓰윽 손등으로 쓸어낸다.

"참합디더…"

"삭망께에 내리면 되았고 말고!"

"짱만 맥이모 다 끝난다 아잉교."

"믓을 맥여야?"

"머라카드노… 와 있잖노 거, 꼬랑지뿌리로 요레 사알 꿈이가 올리는 일 말이지

---

327 疱瘡. 천연두
328 서로 마음이 맞지 않아 사이가 멀어지는 모양을 나타내는 말

러."

"보짱질?"

"맞소고마."

"… 내(연기)가 필틴디!… 나무 꼬실리다가 내가 올르먼 들킬텡께 보짱질은 못하시겠다고 내동 그려싸시드니 먼 일이래여?"

"다아 철싸셰끼 덕분 아잉교."

철사가 상투고미를 벅 버억 긁어대며 해바르게 난체 해본다. 당포의 얼굴에서 무릎까지 두리두리 살피며, 그 적마다 헛기침 몇 자락 울궈내는 품이, 흡사 다 넘어가던 배를 파개지(파래박=뱃밥이 헐려 뱃 속으로 흘러든 물을 퍼내는 바가지)로 살려낸 장한 뱃놈본새였다.

"… 니 덕분이라니?"

"할배 꼬라지도 말이 아입디더. 저레 못 묵꼬 일만 하모 고마 히떡 디비질로 우째 아노."

"잡사설 질게 털덜말고 싸게 배얘기나 허랑게."

"할배 말이 요랍디더. 마지막으로 배로 모으는데 보짱질 안멕인 배로 우째 짜노, 고마 죽어도 보짱질로 멕이고볼꾸마, 요랍니더. 도삽이 글마는 누구를 죽일라꼬 요레쌌노얏, 미친다 아잉교. 고레 내가 도삽이 글마 요레 사알 다듬어 안줬나…"

"도삽이늠을 팼여?"

"고마 안죽을만치 사알 건드레 줬심더… 우짜든동 배로 짜고 봐사 쓸거 아이요? 고레 내 불로 지펴서 안줬나. 고레 하고낭이 할배가 춤을 덩실둥실 추면서 고마 금새 좋아 죽십디더."

529. 곽암(藿岩) 88

철사가 벌떡 일어나 덩기덩기 둥덜실 황선장의 춤을 흉내내고 나섰다. 목소리 높여 가락을 트는데 단숨에 배때 벗으려고[329] 용을 쓰겄다.

　에이려여 놓자, 롯차 치자아-
　망월 보락꼬 솟은 명월
　망월도 좋체만은
　강남갔던 강남새가 옛집을 찾아든다.
　그 달 그믐 다 보내고
　사월이라 파초일에 앞집 선봉 광등 달고,
　뒷집 선봉 후봉딸네 우리 선봉 어데갔나,
　에이려여 놓자, 롯차 치자아-

　백년 천년 잘살자꼬 한양 간 선비님요,
　금등옥등 앞세우고 청부사 적부사 온다더니,
　우째 아이 오시능교,
　오기사야 온다는데 칠성판에 눕어온다,
　금등 옥등 어데 두고 칠성판에 와 눕었오,
　에이려어 놓자, 롯차 치자아-

당포는 여기서 따악 말을 끊고 나섰다.
"방정 지랄 뜰덜말엇! 고녀려 타령은 집터 닦음시러 대보름날 지녁에 망깨치는 사설이라고잉!"
철사녀석이 오똑 굳어섰다.
"아고야아- 내 고마 씨껍했다 앙이거로!… 우째 요레 갱상도 가락을 잘또 아요?

---

329 배때 벗다 : 말이나 행동이 아주 거만하고 약삭빠르다

야아?"

"뜬금없는 소리여잉. 내동 말혔는디 고새 까묵었당가? 나, 이 댕포, 갱상도 제포에서 뱃놈청춘 다 늙었다고 통보했을텐디."

"… 그라모어-… 내 우째하모 성님 춤가락 한번 보겄오?"

당포는 또 울음이 치받쳐 모가지를 떨궜다.

"춤 출 맴 씨도 없여!… 시상에, 시상에 말여 보촌 선장영감님이 그래 고렇고롬 일손을 놀리셨는디 댕포가 갈마개 깔고 앉어서는 지만 잘났다고 춤지랄을 뜬다?… 택도 없땅께 그네!"

"그라모 고마 차삐립시더."

"누가 머라여 고레뿐지자고!"

당포의 태도가 너무 갑작스러웠던 모양이더라. 철사가 곧 죽어도 한 가락 더 뽑겄다며 부자지 함께 쥐고 놀아본다.

　구월이라 초아흐레 왜놈 땅 시집간 내 홍양(鴻陽=기러기)

　그땅도 옆 땅을 오늘도 찾는데 한번 가신 우리님네

　다시 올 줄로 와 모르는고,

　에이러여 놓자, 롯차 치자아-

당포는 사수리살 날듯 몸뚱이를 돌려 철사에게 달겨들었다.

"철싸 이늠! 니가 으쩨 날 자꼬 쥑일라혀냐, 엉? 짱질만 맥이먼 배도 뜨고말여… 이 좋은 경사에다 으쩨 자꼬 칠성판만 씨불대고, 거그다가 왜놈덜 땅간 홍양새가 으쩐다고?… 웜매에- 요것을 으디 살점버텀 돌려뿐진당가! 화이고오-"

당포는 그 적 '제포'에서의 식구들 모가지가 댕경댕경 떠올랐던 거였다.

530. 곽암(藿岩) 89

"하아- 요라모 몬쓰능교. 하아 와 요레?"

철사가 당포를 떠밀쳐냈다. 슬그머니 건드려놓은 것 같았는데 당포는 두어 발짝 떵나가떨어졌다.

엉덩이를 땅바닥에다가 널브데게 깔고 앉아선 꿈인가 생시인가 하며 철사를 우럭 우럭 쏘아보던 당포는 이내 고개를 내저었다.

백 번 천 번 생각해도 낮살 먹은 녀석의 행태로선 이쯤 잔망스러울 수가 없다. 철 사녀석 했던 짓이 짜장 당포의 맘을 긁어놓겠다며 부러꾸며 본 일이었겠는가. 미덥지 않던 일이 눈앞에서 이뤄졌고, 그것도 그쯤 탄탄한 본새의 창배가 마름됐으려던, 제깐엔 어깻죽지 떨어지게 만흥이 절로 솟았으리라. 뱃놈들의 천성이란것이 슬퍼도 기뻐도 제 어릴 적 키워주던 바다만 흥건하게 떠올려 보는 것, 춤가락이 인정답게 사드러지고 뱃놈 뻣뻣한 허리뼈가 계집 사지처럼 연굽이치는데 접꾼살이 하는 저라고 경상도 바다가 안떠올랐을것인가.

당포는 엉덩이를 투덕투덕 털며 일어섰다.

"동상!… 내가 잘못혔네잉…"

"… 머 또 요라요? 남세스럽고로.… 고마 싸악 잊고 마십시더!"

녀석이 먼저 쓸데없는 소리 딱자르고 술이나 퍼넣자 하더니 턱주가리 한번 씰룩 댄 그쯤에 다시 말을 잇었다.

"생각좀 해보입시더. 누구는 지고향없고 지바다 없능교? 내 요런소식 전할라네 까네 고마 춤도 쫌 추고싶고 소리도 한가락 뽑아보꾸마 카고 안했십니꺼. 칸데 내 맥살로 잡고… 그기머꼬? 섧다앙이가!"

"왜늠덜 말만 들어도 치가 떨려서 그랬등겝맨!"

"와요?"

"… 왜난즉에 제포으서 내 아부지, 내 지집, 내 쎄끼, 요렇게 싹 씨러서 다 왜늠헌티 죽어뿐짓여!"

"아고야아- 폭폭해서 내 미친다 앙이가. 왜난에 풍지박산된 갱상도 뱃놈이 와 성님 한나요?"

"허기사!"

철사는 잠시 어글어글한 낯짝을 파들파들 떨어대고 나서 술사발을 건넸다.

"… 그런 얘기 인자 고마 치삐립시더… 그란데말따. 내 우쨌으모 좋은 일 하는건강 몰른다 아이요!"

"…?…"

"내 생각으로는 말따, 삭망께 밝은 밤에 배 내릿다가는 다 죽심더."

"아니, 으쩨 그려?"

"월색 좋은 밤에 도망질로 친 셰끼덜 한 셰끼 없따꼬. 와 그럴꼬?… 보수. 사람형체가 다 들이비치는데 은제 배 내리고 은제 사람덜은 숨십니꺼?"

"그래도 그 편이 백번 낫다고! 배를 내릴라면 우선은 배고 사람이고 눈깔에 뵈사쓰여. 시꺼면 반데서 배는 으찌께 내린당가? 횃불을 킨다?… 어림도 없여! 횃불 켰다가는 먼첨 들켜뿐지네. 그라고 설혹 들킨다치도 달이락도 있어사 지대로 도망질을 치제잉!"

"성님요, 안 그렇심더! 날로 믿으소! 살라카도 고레 합시더!"

당포는 더 개염낼 수도 없었다.

531. 곽암(藿岩) 90

당포는 일이 손에 잡히지 않았다. 마지막 일이다 싶어 여섯 개 문중바위를 두루돌며 애잔지근한 정을 주어도 봤다. 그러나 마음같지 않게 일손은 부질없게만 놀았다.

철사녀석의 의향을 좇아 배 내리는 날을 그믐 칠야로 바꾼 뒤 부터 생긴 병이었다. 어찌 생각해 보면 철사녀석의 말이 옳은 듯도 싶고, 달리 생각해 보면 모조리

떼죽엄 당하자는 미련한 짓거리인 듯도 싶어, 어리뚝한 제못남에 진저리가 쳐지
던 것이었다.

그럴리야 없겠지만, 일이 잘못되어 줄행랑칠 때의, 그 줄통 뽑을새도 없는 깜깜절
벽 말이렸다. 배를 버리더라도 목숨이 온전해야 원수갚고 살 세월도 있을터, 그런데
한 발짝 앞마다 녀설이 깔린 험한 산길을 무슨 재주로 짐작잡을것인가.

당포는 속으로 날짜를 짚어갔다. 배를 내리기로 한 그믐밤도 기껏 여드레 남았
을뿐이었다.

멍하니 바다만 내다보고 앉았던 똥쇠가 또 그 듣기싫은 적쇠가락 장단을 친다.

"채수! 잘못 했읍매! 이 똥쇠노무새끼 죽엄으 당할때는 한아방이 아방이 마구 불
르문서리 죽겠음!"

술만 거나했다하면 불철주야 해대는 헛소리다. 땅을 치며 울먹대다간 금새 실실
웃고 실실 웃는가하면 다시 청승맞은 울음을 무는 녀석의 짓거리에 어지간히 이골
이 난 당포였다.

"또 한 번만 씨불대봐엿! 고때는 아조 숨줄을 끊어놀텡께!"

시샘도 어지간해야 참고 말고 할 터인즉, 녀석은 밑도 끝도 없는 소리를 나불대며
철사와 당포의 사이를 벌집내고자 무던히도 질겼다.

"그렁이까 하는 말입지. 채수손으로 나르쥑이줍소! 얼매나, 에구 얼매나아 팬하
겠음."

"네에라 요 급살맞을 세끼! 사람을 놀레묵어도 분수가 있는디, 아니 니가 나헌티
먼 잘못을 혔다고 낮이고 밤이고 나를 볶으냥께?"

당포는 오늘만은 못 참겠다며 벌떡 일어나 똥쇠의 배퉁이를 벼락쳐 놓고 봤다. 녀
석은 배퉁이를 움켜쥐면서도 야릇한 웃음끼를 물을뿐이었다.

당포가 찬소름을 오싹 일구는데 복운영감이 허겁지겁 내달아 왔다.

"에구, 댕포야 댕포야아!"

"......?"

"얼피덩 주막에 가보랑이. 매방이란 노무새끼가!…"

"예에?"

"그노무새끼가 떠억 버테구 앉아서리 너르 보자구 한단말이!… 철싸노무새끼가 있다문 얼매나 좋겠넨? 기런데 하필이문 그노무새끼 큰말에 들어갔젠?"

"… 석장에 닻줄 걸은 배는 씨도 없는디 그셰끼가 으디로 기어들었단 말잉게라우?"

"내가 어찌 알겐?… 내지루 잠행했겠지!"

"… 지놈 혼자여?"

"에구 말으 말라궁! 접꾼새끼드르 다서이 끌구 왔당이까!"

당포는 난처했다. 하필이면 이런 때 녀석이 주막을 차고 앉았다니- 당포는 어지러운 생각에 몸둘 바를 모르면서도 걸음은 주막을 향했다.

532. 곽암(藿岩) 91

모든 것들이 다 변해도 한결같이 변할 줄 모르는 녀석이 매방이었다. 언젠가 철사녀석의 매질에 그쯤 호되게 당했고, 거기다가 당포의 신세를 이쯤 갈상스럽게 만든 사람이 제놈일진대, 차끈한 낯짝 빤히 쳐들고 '갈마개' 나들이를 순화롭게 해내는 일만도 그렇다.

여느 뱃놈들 같으면 죽어도 '갈마개' 땅은 밟지 않을 터요 설혹 '갈마개'를 밟았다 손친들 주밋주밋 주눅들며 숨을 자리부터 점찍어 놓고 봤을거였다.

그런데도 녀석은 내 언제 '갈마개' 땅에 와서 망신살 한번 뻗힌적 있더냐 하는 본새로 태연하다. 유독 긴 두팔을 널름거리며 술사발에다 자란자란 술을 따른다. 꿀꺽꿀꺽 마시고 나선 삼동네[330] 술꾼이라도 만난양 히죽 웃는다.

---

330 三동네 : 양옆과 앞에 이웃하여 있는 가까운 동네

"거 술맛 좋타아- 세상천지 쓸모없는 갈마갠줄 알았더니 인저 주막도 서구… 이러다간 목개 성님말 되겠다구 억척을 떨겠군."

해놓고 나서 퉁방울 눈을 데룩거리고 섰는 접꾼녀석들에게 째앵 한마디 던진다.

"이런 상것들허구는! 년석들아, 네눔들은 목개채수만 상좌여? 갈마개 채수를 봤으면 으당 선대면을 해야지. 갈마개채수는 아직까진 당포인데 말씀이지."

매방이의 말이 떨어지자 접꾼녀석들이 입모아 인사를 닦는데 '그동안 펜안했음둥?' 하겄다.

영문을 몰라 어리둥절 혼줄빼고선 당포를 향해 매방이가 또 목소리에다 날을 세웠다.

"저런 벙추같은 년석! 년석아 채수답게시리 굴어야지 뭘 어쩌겠다구 멀뚱멀뚱 섰누? 밑자리들이 인살 허면 장목처럼 뻣뻣이 서설랑 먼저 인사를 받는게야!"

당포는 그제야 제정신이 들었다.

'까불랑대봐야 닷새 뒤면 니늠은 시상에 없여! 고때까정 이 댕포늠 몰캉몰캉 죽어줄텡께 으디 니늠 맘대로 썹어봐여!'

속으로 이쯤 주살질 치며 녀석 앞에 가 터엉 엉덩이를 붙였다.

"네눔들은 개에나 나가설랑 갈마개 바람이나 쐬구 오렴. 그리구 그 철싸년석 비췄다 하면 곧장 알리구."

매방이의 말에 '목개' 접꾼들이 우루루 몰려나갔다.

매방이가 당포의 귀바퀴를 잡아 끌었다. 귀바퀴를 통째 뜯어 낼 기세였다.

"웜매매- 귀때기 찢어지엿, 요 씨벌늠아!"

"후웅- 그 엄살은 여전하군. 년석아 귀때기 찢어지는 게 상관이야?… 내 말 똑똑히 새겨두렸다… 이 매방이란 늠 죽어두 살아두 네눔과 한패거리야! 어쩐 곡절인 줄 알겠니?"

"……"

"내 그럴 줄 알았지이- 네눔 신세 한 판 재초장 되는군!… 네눔 곡성머리루 정했다면?"

"뭇이엿?"

"더군다나 그뭄이래지?"

당포는 온 몸의 피가 싸아- 발등으로 몰려 어질어질 눈앞이 흐렸다.

벌떡 일어서서 뒷걸음질을 쳤다. 주막을 나서기 무섭게 뛰었다.

대루퇴(大淚堆)

533~562

제1부 황년(荒年)

제2장 주망창해(蛛網滄海)

533. 대루퇴(大淚堆) 1

삭망께의 밝은 밤을 택해 배를 내리자던 약속이 그믐칠야로 바뀐뒤부터 당포는 밤을 꼬박 새우다시피 했다.

마음도 가뜩 불편할 지경인데 똥쇠놈 하는 짓거리가 날로 야릇해져 갔다.

그 화통같은 성깔은 어디다 팽개쳤는지 걸핏하면 철사녀석 매질에 골병이 들어갔고, 그때마다 둘이의 주고받는 말도 야릇했다. 트시작거리며 얼러붙다가도 종내는 철사녀석 앞에서 풀썩 무릎을 꿇었다.

"니 참말 무릎 안꿀까?"

"에구! 에구! 내 무시기 죄르 지었다구 이러네? 너어 맘대루 찍구 썰구 했으문 됐지 무릎으는 어쩨 꿀라하네?"

"말로 똑똑이 하그라!… 니 하루 살끼가 아니모 니 명까지 살끼가? 엥?"

"… 그기야 내 명까지 살으야지! 이 고생으 하구 지금 송쟁된다문 눈으 어쩨 팬히 감겠넨?"

"말또 자알 하제! 그라모 당장 무릎꿇고 빌라 안카나?"

똥쇠는 멀뚱멀뚱 구경 하고 선 사람들을 살펴대며 마지못해 무릎을 꿇던 것이다. 어금니를 빠드득 갈아 붙이며 연신 '에구! 에구!' 해봤자 별 수 있던가. 끝내는 두 손바닥을 싹싹 부벼 대며 몸부림치는데.

"이렇기 빌었응이 인제 됐겠궁… 에구우- 한아방이, 아방이이- 이꼴악시르 봅매? 에구우-"

한편으론 손바닥 닳게 빌고 한 켠으론 청승스레 울부짖으며 제 풀에 지쳐가던 것이었다.

보다 못한 당포가 달겨들어 팔목을 붙들고 나서면

"성님은 와 요레쌌오? 쏙을 모르모 디비져 잠이나 자소얏!"

보수졸(堡守卒=천참-요새를 지키는 병졸)이 거렁뱅이 죽패듯 떠다밀기 일쑤요, 영문을 몰라 헛기침만 내뱉던 복운영감도 어쩔 수 없이

"채수!… 앙이 지금으는 채수 아이지!… 철싸! 너 어쩨 이러넨? 하루 이틀 아이구 요렇기 튕기대문 죽음을 당하지 말라는벱 있넨? 그러문 너만 사램 죽인 죄르 받잖겐! 똥쇠 저노무새끼 죄가 있으문 쥌헌테 고하구서리 당쟁 야문감악에 쳐넣으문 될낀데 어쪠 이러능가? 이 쥌에게두 말으 못할 죄르 저노무새끼가 진겐가?"

하며 어렵상스럽게 다가들어도 한쪽 팔로 둥떠다밀며 시러배자식 행티를 하던 거였다.

"쥌이고 주인이고 사정 알아서 머할라꼬 요라요!"

그래놓고 나선 똥쇠 무릎을 지그시 밟아댄다. 낮게 씹는다.

"하모, 하모오- 니 목숨 니가 안챙기모 누가 챙기줄끼고? 자스윽- 요레 잘난 놈이 우쨰 고레?"

이런일이 있을 적마다 똥쇠놈은 방구둘 깨지게 몸부림을 쳤다.

"채수!… 에구 채수!…"

불러놓고 나선 고대 입을 다물었다. 겨우 그루 잠이 들었다 하면 또 울고불고 난리였다.

어린것 배내짓처럼 주둥이를 씰룩씰룩 몸뚱이를 뒤척뒤척, 요란한 잠멋을 끄지르던 똥쇠가 벌떡일어나 앉는다.

"채수! 매, 매방이르 부룹세다!"

534. 대루퇴(大淚堆) 2

당포는 똥쇠의 그말에 자리를 차고 일어났다. 저도 몰래 녀석의 어깻죽지를 부둥키며 무릎을 세웠다. 멱살을 잡힌 녀석이 청무우밭 속의 율무기처럼 고개를 빳빳이 쳐들고 마주 선다.

꿈인가 생시인가. 당포는 녀석이 했던 말을 되씹으며 곯마르게 치를 떨었다.

"시방… 시방 뭇이라고 혔쟈?"

"들었으문 알아얍지. 매방이르 부르자구했읍매!"

"머여?… 아니, 뭇이여?… 매방이늠을 불러?"

"딱두합매! 그랬다구 말으 하지 않습매까?"

"매방이를 불르쟈?"

"옛꼬망!"

"그랑게에… 니늠이 말헌 매방이란 셰끼가 쩌끄 목개 채수 사는 그 웬숫늠 말이지야?"

"맞습매!"

"허어- 아니 으쩨 그려?"

당포는 멱살 잡은 손에 절로 힘이풀린다. 마음은 이 당장 똥쇠녀석의 정수리를 찍어 죽여놔야 한다고 끓어대지만 사지는 말과 달리 제 멋대로 버르적거리며 죽을날 잡아 논 구들더께[331] 본새였다.

---

331 구들에 겹겹이 앉은 거친 때. 늙고 병들어 늘 방안에만 있는 사람을 놀림조로 이르는 말

눈앞에서 팽그르 팽그르 돌아대는 헛것들이 오색 불을 켜는 통에 그만 멍청히 서선 무양무양 해지는 짬이었다.

화뿔을 세울랴치면 죽기살기로 주먹질을 해대든지 아니면 모른채 넉살떨며 녀석의 의중이나 짐작짚어야 했을 것을, 이젠 꼼짝없이 들켰구나 하는 맘을 봐주기라도 하려는 듯 비리척지근한 단내만 헉 허억 내뿜고 섰으려니, 똥쇠 생각으로는 아마도 이제야 네가 어쩔소냐 하는 으름장인가 보더라. 되레 당포의 두손을 꼬옥 움켜쥐곤 소증사납게[332] 말문을 트겄다.

"내 말으 아이 했지만 그간 매방이르 두어번 만나봤읍매."

"……?"

당포는 놀랄 힘마저 녹작지근 쇠진한 뒤였다. 희끄므레한 눈을 뜨고 녀석의 주둥이만 담고있을 뿐이었다.

"… 채수는 매방이노무새끼르 웬쑤, 웬쑤 하문서리 기어쿠 송쟁의 망글겠다구 속으 태우지만 그노무새끼 채수 웬쑤아입매!… 만날때마다 쇡으 털어놓는데 개바우르 가지구 갈마개르 찍구썰구한 일으두 따제구보문 댕포채수르 위해서리 그랬답매!… 그거이 어쩨 그렇는가 하구 물어봤덩이, 갈마개 채수 하는 꼴악시르가 허세비두 상좌허세비 짓만 골라가문서리 한다는겝매. 아무리 팔자가 데럽다구채두 일으 벤통없게만 하겠다구 쥘 시키는대로만 하문 손해르 보는 노무새끼는 댕포뿐이라는겝매. 그래서리 화르 바짝 체게 해서리 댕포가 빽따구 값으 하게 하려구 아양 썰구 찍었다지 아님둥?… 매방이 말으는 이렇습매!… 갈마개 채수하는 꼴악시르로는 채수에서 접꾼 이장으루 되비 떨어지구, 그리다간 되비 삼장으로 떨어지구… 그렇이까 제게가 웬쑤가 되서라두 댕포르 빽따구 쎈 뱃놈의 망글겠다구 앙이꼽은 짓으두 하구 화두 체게 했다는겝매.… 봅소! 이 똥쇠노무새끼 말으 들어봅소!… 함께 살자구 이렇습매! 함께 살구봅세다, 채수!"

---

332 하는 짓의 동기가 좋지 못하게

535. 대루퇴(大淚堆) 3

똥쇠의 낯짝이 당포의 눈앞으로 크게 다가든다. 너부데데한 쌍판 가운데로 툭 불거져 열린 두눈이 저글저글 끓고, 상투 옆설기로 너덜너덜 흘러내린 머리칼은 쇠채(미역의 사투리)다발이요, 바짝 움켜 쥔 손은 홍천을 오르다 지쳐 떠밀리는 '은구어' 머리통에 박히든 각두날이라- 거기다가 떠억 벌어진 앞가슴은 미역농사 한 판 끝무렵을 당해 빈 곳마다 기우뚱 선 쇠채 따깨비(지접편地接篇=미역을 말리는 발) 아니더냐.

당포는 흐려가는 정신을 애써 모으며 비영비영한[333] 제 몸뚱이 추세우기만 바빴다.

방바닥에 털썩 주저앉으며 위패 바탕서듯 간신히 두팔을 버티자니 문득 벼락질처럼 떠오르는 생각이 있었다.

느닷없이 '갈마개'로 잠행한 매방이가 어렴상없이 했던 말-

"삭망 밤을 피해 더군다나 그믐밤이래지?… 곡성머리라구 했겠다?"

그 목소리가 다시 귓청을 울려대는 것이었다.

그러면 그렇지. 그믐밤을 들먹대고 '곡성머리'를 말할때부터 품었던 의심이었다. 누군가가 필경 매방이녀석과 밀통해서 배내리는 날의 일들을 낱낱이 고해 바쳤으리라, 했던 의아스러움이 음우(장마) 뒤에 해돋듯 말짱하게 드러나던 것이다.

"… 한나만 물어보자!… 요참 그문밤 일을 그세끼 훤허게 일꼬있나. 요런 말이 제잉?"

"말으 해서 무시깁매!"

"… 아니, 으찌께 했깐디 그세끼가 훤허게 알고 있데야?"

"그기야 이 똥쇠가 말으 했음!"

"웜매에- 다덜 디져뿐졌구나아-"

당포는 찰바당 간쪽이 내려앉는다. 방벽으로 기우뚱 선 육명목을 슬근 집어들었

---

333 병으로 몹시 야위어 기운이 없다

다. 이젠 뭐가 어쩌고 무엇이 어쨌느니 시시콜콜 따지기 전에 무턱대고 녀석의 숨결을 끊어놓고 보는일 뿐이었다. 육명목을 잡은 손이 부르르 부르르 떨리는 통에 우선 휘둘러대고 봤다. 녀석의 얼굴이 함박만하게 봤을때 당포는 미간을 겨냥하고 육명목을 힘껏 들이밀었다.

그것도 잠시였다. 똥쇠가 육명목을 사뿐 나꿔채기 무섭게 녀석의 발바닥이 당포의 모가지를 지근지근 밟고 뭉갠다.

"에구! 에구 요 허새비 채수노무새끼! 너어무새끼가 길성바다 채수르 살으잉가 접꾼새끼드르 요 꼴악시르 팔째두 과하다 하문서리 애무한 죄르 쓰면서두 택도 못잡구 송쟁되는 거라궁!"

"그려, 그려! 차라리 나를 쥑여도라! 철싸늠은 아무 죄도 없어! 내명을 걸고 빌어뿐지는디 철싸늠은 증말로 죄가 읍다잉! 지발로 나만 쥑이고 철사새끼헌티는 손트럭도 대덜말어!"

당포는 번듯이누워 녀석의 손아귀에 쥐어진 육명목이 제 양미간에 텅텅 내리꽂히기만 기다렸다.

그때였다. 방문이 벼락치듯 열리면서 철사의 얼굴이 열린다. 낯선 사내들도 옆에 붙어섰는데 어림짐작에도 서넛쯤 됐다.

"와 요레? 니 까묵었나? 오리평에 드가 어고로 메고와야한다. 아이가!"

철사가 똥쇠의 목덜미를 끌었다.

536. 대루퇴(大淚堆) 4

철사의 손에 끌려가는 똥쇠의 꼴이 가관이었다. 좀 전까지만 해도 매방이 녀석을 들춰대며 울근불근 용심부리던 녀석이 망종(亡終=임종)당한 치장(齒長=늙은이)처럼 번듯이 누운채 눈거풀을 차악 내리깔고 끌려나간다.

"철싸야, 살 사알 끄서도 되여. 어어? 그러덜 말어! 대그빡 깨진당께!"

밉긴해도, 똥쇠의 모양이 너무 안쓰러워 당포는 철사의 손을 붙잡아 보지만, 철사는 아랑곳없다.

"요 주막강생이 셰끼! 나는 새복참부터 일나가 사람 모은다꼬 쎄가 빠지는데, 니는 와 방속에 팬히 눕어가 애만 채수로 씨비고드노?… 니 참말로 하루 살끼가 아니모 니 명까지 살끼가?… 머라꼬? 목개채수 매방이가 우짠다꼬?"

철사는 당포의 만류에도 눈돌림하며 언젠가처럼 불끈 들어 패대기치기 무섭게 짓두들긴다.

"에구 에구! 그만 두랑이까! 지금으는 접꾼 한사램이 귀할 때 아이쟨?… 그렁이가 내 뭐라덴? 밤낮으루 술으 쳐먹구 그럴끼 앵이라 정싱으 똑바루 체리라구 얼매나 부탁드했넨?"

보다 못한 복운영감이 똥쇠의 머리통을 쓸어주면서 또

"펠스럽당이. 너하구 철사하구 그렇기 의가 좋덩이 어쩨 갑째기 웬쑤드르 돼서리 치구 박구하는지!"

했다.

복운영감의 그말에 철사가 발끈 성을낸다.

"말로 바로 하소! 내언지 저놈아캉 성님 동생캤능교?"

"그기 무시기 욕이라구 화르내구 그러넨? 심심하문 서루 앵기구, 치구 박구 하문서두, 되비 주막으 함께 가구 밤새도록 술으 함께 먹구 했응이까 해본말이."

"… 자알 알았오꼬마. 지름이나 가지러 갈꺼로.… 인나그라, 퍼뜩!"

철사가 똥쇠의 멱살을 잡아 옥척(屋脊=용마루) 세우듯 했다. 똥쇠는 푸욱 고개를 떨군채 철사의 뒤를 따른다.

한켠으론 짠한 생각이 드는 당포다. 그래도 철사녀석 보다 먼저 정을 나눴던 똥쇠겠다. 그것도 예사스러운 인연이 아니요 덕포댁 서방노릇 했던 녀석 아닌가. 어쨌거나 계집도 싫다며 당포를 따라나선 녀석과 이런사이가 된것이 마냥 맘에 걸렸던 거다.

낯선 녀석들만 궁금한 당포였다. 복운영감에게 물었다.

"쩌늠덜은 뭇이라요?"

"지름 메러가는 일꾼앵야. 나두 처음 보는 사램들이잉가.… 잘 된 일이지. 조이 닷말으 준데두 지름으 메구 산길으 가는 일으 한새쿠 싫다는 일꾼들이거덩. 철사노무새끼 재주는 알아조야지."

철사의 뒤를 따르는 똥쇠가 당포를 돌아다 보곤 했다.

'그랑께 맴을 바로 써사…'

당포는 녀석이 한 편 밉고 한 편 측은했다. 그저 죽지않을 정도로만 매질해서 녀석의 입을 막고봐야 할 일, 오늘따라 철사녀석을 믿는 마음은 하늘만 같았다.

537. 대루퇴(大淚堆) 5

당포는 닻줄을 거두면서도 그 생각뿐이었다. 한 발 두 발 닻줄이 감길때마다 빠드득 이빨이 갈렸다.

왜 진작 녀석을 목졸라 죽이지 못했던가 하는 후회스러움만 드셌다.

똥쇠녀석 말이다. 감쪽같이 자취를 감췄다. 철사놈 말을 따르자면 '오리평' 부싯재(부석치富石峙)에서 녀석을 놓쳤다 했다.

"내 고레 불여시 새끼는 첨봤다 앙이가. 날로 보고 채수채수 간살로 떨더니 복통 사그라질 때까지 한숨시들라꼬 안캅디꺼. 고마 뺙따구가 다녹는 듯싶게 배는 아프제, 창새기는 땡기제, 그놈마 말대로 한잠 시들었다 앙이가… 배때지도 좀났다싶고 해서 글마로 찾응이 어데 털시래기 하나 뵙니꺼? 지름까지 둘러 매고 사알 도망 가뿐진기라!"

어고가 없는 탓에 흑대를 쳐낸답시고 미역을 쳐흘려보내는 일이 잦던 터라 '오리평'에 나들이해서 어고를 함께 메고 오던 길이었으니, 철사의 말에 달리 의심을 품을 건덕지가 없었다.

도망질을 놓는 녀석이면 제 몸뚱이도 간수하기 어려운 일이려든 어고를 담은 삼망치까지 둘러메고 자취를 감췄다니 더욱 가증스러웠다.

당포는 접꾼녀석들 몰래 각두를 뱃밥속에다 감췄다. 어고를 둘러메고 줄행랑 친 것을 보면 필경 '황진'에 숨어 들었으리라. 엉뚱한 매방이놈을 들먹이며 뜻모를 헛소리로 당포의 혼줄을 빼놓고 당포가 제 정신을 못 차리고 갈팡질팡 하는 틈에, 한발 앞서 덕포댁을 나꿔 챌 속셈이었음이 분명했다.

당포의 속맘은 세면질로 '흑대' 쳐내는 일을 벼락같이 해치우고 나서 곧장 '황진'으로 달릴 작정이었다. 몃질 세차례를 치러내고나도 험한 산길을 타는 똥쇠녀석보다는 이틀을 앞서 가닿을 거였다. 녀석을 잡자마자 각두날을 가슴패기에다 꽂아 숨을 끊어놓곤 그길로 산속으로 빠지면 바로 그믐밤을 대서 배를 내릴수 있것다.

철사가 접꾼녀석들의 눈치를 흘끔흘끔 살펴대며 바짝소근댔다.

"성님요, 꼭 내 시키는대로 일로해야 합니더!"

"알았어!"

"흑대 치내는 일은 고마 차삐리소! 쪼매만 늦어도 일이 틀어진다 아이가. 황진에 드가자 말자 배는 저놈마들한테 돌려보내고… 알았제?"

"흑대는 치사 써. 그래사 저늠덜이 눈치를 못챌탱께."

"그러다가 늦으모 우짜고?"

"글씨 걱정허딜 말엇!"

당포는 철사의 손을 꼬옥 쥐었다 났다.

"그라모 고때 보입시더. 그뭄날 아적(아침)에 드갈꾸마!"

"… 그날 봐여…"

당포는 뒤뚱뒤뚱 노는 뱃머리가 다가들자 마자 배로 뛰어 올랐다. 각두를 감춘 구덕삼태를 들어다가 고물 막간의 뱃밥을 쳤다.

배가 미끄러지기 시작했다. 철사녀석이 손을 흔들어주고 복운영감이 석장을 딛고 선채 미끄러지는 배를 가늠하고 섰다.

당포는 아금니를 질끈 물고 마지막 보는 '갈마개'를 눈에 담는다.

538. 대루퇴(大淚堆) 6

닻줄을 감아들이기 무섭게 뱃머리는 북녘을 향했다. 이대로 저어 간다면 '개바위'에 가 닿을것이었다.

당포는 창나무를 슬근 뺏쥐었다. 그리고 뱃머리가 남서향 하도록 힘껏 쪽집게 부리를 틀었다.

"어쩨 이럽매?"

창나무를 건넨 접꾼녀석이 놀란다.

"으째 놀래고 지랄을 뜰어?"

"그렇게 아이구… 이대루 간데문 밤바우 아입매까?"

"맞았여. 글로 가능거여."

당포가 천연덕스럽게 말하자 접꾼녀석들의 울화가 금새 애무당 잡을 기세였다.

"채수! 이러지 맙세다. 아무리 육명목 팔째 타구난 접꾼 말장새끼드르라구 없는 일으 아양 망글어서리!"

"펠스럽지 않구! 바다루 나가문 쉘 눈으 우리드르 정탐으 할 쉬 없구, 이장(二杖) 철사두 없구 일으 거저 하문서리 되비 닻줄으 걸문 되는게 아입매? 기런데 무시기 상당으 잡는다구 밤바우부터 장목질의 함둥?"

"… 맞슴! 밤바우 흑대 체는 일으는 벌써 끝났음매.… 빽따구 좀 쉐구봅세!"

"씨불대지덜 말여. 채수가 밤바우로 가자는디 먼 사설덜이여?"

당포는 아직도 석장끝에 오똑선 복운영감을 눈에 담는다. 들리지는 않아도 복운영감의 질척한 탄성이 귀에 선하다.

"에구! 장한 내 채수노무새끼! 일으 벤통없게 하는 저꼴악시르 좀 보랑이까! 밤바우부터 장목질으 하문서리 여서이 바우르 다아 흑대로 체겠다는 맴 아잉가! 갈마개 복운이 팔째, 이거이 사램복으는 타구 났거덩!"

하면서 느믈느믈 인중골을 떨고있을 것이었다.

당포가 노린 것도 바로 이것이었다. 허리뼈 휘도록 장목질을 해도 하냥 미덥지
않아 지나는 뱃길에다가도 염탐의 눈을 띄우는 복운영감 천성이겄다. 뱃길을 '무
시곶' 서남으로 돌려 복운영감의 의심을 깡그리 빼들려놓고나서, 심심풀이로 '밤
바위'(석률암石栗岩) 물밑에나 두어 번 자멱질 할랴치면, 걸치적 댈것이 없으렸다.

쉬흔 두 자 거웃한 높이의 '밤바위'가 눈앞으로 떠왔다. 복운영감이 부리는 문중
바위 중에서 그중 남쪽으로 쳐진 바위였다. 미역이 붙는 꼴이야 다른 바위보다 못
했지만 상등곽(上等藿)만 유독 대풍 드는 바위였다. 그래서 미역농사 한판 끝무렵
이면 장목질이 끝나게 마련이었다.

"안혀도 될일을 억척시럽게 허자는것이 안여. 고냥 건성으로 한번만 멱질허고나
서 뜰거여. 내 약조허제. 다른 바우에서는 일안혀. 누구 한번만 처백혔다가 나와
여."

주둥이가 삼발망태 꼴이던 녀석들이 서로 앞다퉈 삼줄을 허리통에다 감고 나선
다. 딱 한번만한다는 말에 금새 신명이 돋는 양이었다.

접꾼 한녀석이 첨벙 물속으로 빠져들었다. 당포는 삼줄을 쥔채 다른 생각에만 골
똘해 있었다.

느슨느슨 놀던 삼줄이 별안간 요동을 쳤다. 당포마저 끌어들일 기세로 삼줄이 당
긴다.

539. 대루퇴(大淚堆) 7

"요 급살맞어 디질 셰끼가 으째 요 지랄방정이데여?"

당포는 물밑에서 놀아대는 접꾼녀석의 짓거리를 훤히 짚어보며 부러 삼줄을 풀
때까지 풀어놓고본다.

미친년 산발한 본새로 흑대덤불이 너우적거렸을 거였다. 상투고미께로 쭈욱 뻗쳐오르는 무서움기에 얹혀 제판으론 진바구리(한창 먹기 시작하는 영특한 오월곰) 때려잡았다 싶은 꾀가 떠올랐을것, 바로 한번 자먹질이면 일을 파하겠다는 채수의 말이겠다. 한번 잠겼다 솟으면 그만일 일을 제구태여 가쁜숨 참아가며 저만 곱죽어날 연고가 무엇이뇨 하는 잔꾀가 생김에이르러 미역밭을 소찌르는 일을 당장 거두고 싶어 안달일 것이었다.

"으디, 누가 먼첨 심이 파하는지 헐때까지 혀보자! 아나, 아나아- 얼래? 그레도 저 잡셰끼 꾀부리는것좀 보랑께!"

당포는 이물머리에 매단 삼줄이 다 풀려나갈때까지 줄을 주고봤다. 그뿐인가. 삼줄을 줄대로 주고나서도 엉뚱한 생각마저 떠올려 보는것이렸다.

'빙신 육갑떨다가 쓸개창이 보타서 디질 철사람늠! 시상에, 일이 으쩐 판인디 그 똥쇠셰끼를 놓치냔 말여! 화이고오- 얼척없어서 섯바닥도 쉬잖당께!… 고래서 머리빡은 똥물만 들고 심만 장새새끼인 늠은 씨잘데가 없는거여잉.… 나같었었담 봐라고! 심은 없어도 대그빡 한나로 똥쇠셰끼 딱잡고 나섰을팅께… 똥쇠 고녀려셰끼가 오리평에 지름 가질러가다가 도망쳤겄지?… 지늠이 한 시락도 후딱 도망질을 놓는다치면 필시 이 배말을 내려서는 대동으로 빠졌을 것이여잉!… 잔나비셰끼 낭구타다가 낙상헌다고, 지가 물길로 대뺄라먼 가호바다 아니면 요짝배끼 더 뜬데여? 따악 요짝일 것인디!… 눈깔에 비쳤다 허먼 각두날로 고녀려셰끼 눈깔을 뽑아뿐질탱께!'

이런 생각 속에 삼줄을 내려다 보고 앉았지만 오늘따라 '무시곶' 끝머리로는 배 한척 뜬게없다.

- 쑴버덩 철벙-

물밑에 든 녀석이 어찌나 삼줄을 잡아 채는지 이물머리가 밀어 올리는 물지붕을 받고 내려앉았다.

한가지 야릇한 조화가 있긴했다.

그만큼 삼줄을 풀어줬으면 삼줄이 다 풀리기전에 녀석의 몸둥이가 솟았어야 옳았다. 그런데도 삼줄은 바투 당기는 판이요, 삼줄 노는 본새가 이리 저리 갈피를 못잡는다.

"어엉?… 요녀리셰끼 삼줄을 지목아지에다 칭칭 감꼬 지랄뜨능겨?"

당포의 말에

"그렁이까 만지 삼줄으 당겼어얍지! 줄으 한새쿠 중이까 목아지르 감은 모옝입매!"

접꾼녀석이 불퉁거린다. 한 녀석이 시겁잖은 소리들은 치우라는듯 삼줄을 신살내리게 감아줘며 하는 소리였다.

"대새났음! 괴기에 물린겝매! 콩생이밭에 사람같은 괴기가 숨어산다구 했음! 에구우- 이노무셰끼 불쌍해서리 어쩔궁!"

당포는 그제야 제 정신이 들었다.

와락 달겨들어 삼줄을 당겼다.

"……?"

당포는 별안간 힘없이 감겨드는 삼줄을 쥔 채 망연했다.

540. 대루퇴(大淚堆) 8

녀석이 큰 물고기에 물린 낌새는 아니었다. 녀석의 허리통을 덥석 문체로 사람같은 고기가 요동을 쳐봐라. 삼줄은 끊어질 듯 팽팽히 당겨져야 옳았고 삼줄이 사방으로 어지러져야 옳겠다. 그런데 둥 두둥 떠오른가 싶던 삼줄이 그나마 아무 힘없이 널름널름 당겨질뿐- 그렇다면 두 가지 일 뿐이었다.

녀석은 필시 고기의 톱날같은 이빨에 내포(內包=속창자)마저 갈갈이 찢겨 이미 숨이 멎었던가, 아니면 흑대다발에 지레 놀라 잠시 혼절을 했던가 하는 둘중 하나일 것이리라.

삼줄이 막타래가 되고 녀석의 몸뚱이가 둥덩실 물위로 떠올랐다.

"웜매- 길성바다 용천영감님! 고맙고 고맙지라우!"

당포는 눈앞에서 튕겨대는 오색성(五色里=불티)을 보며 풀썩 주저앉아 버렸다.

녀석은 멀쩡했다. 조금전에 기를 절한양 눈을 희멀겋게 뜨고 있었고 삼줄이 녀석의 몸뚱이를 실타래 삼아 겹겹이 감겨있을 뿐이었다.

"애무한 송쟁으 보는가 했덩이 얼매나 천행잉가!"

"그래 말이!"

"뉘기 아이랜!"

접꾼녀석들도 걸쭉한 안도의 한숨을 내쉰다.

녀석은 꼼짝않고 누웠다. 허리뼈는 장쇠에 걸린 채물간 생선처럼 머리통 따로 아랫도리 따로, 골장에다 처억 몸뚱이를 늘이우고 뻗었다.

"요셰끼가 필시 잔꾀를 부렸을 것이라고. 느그덜 눈깔로 똑똑이덜 보라고!…뭇이여? 열발짜리 번잭(톱상어)헌티 물렸어야?"

"… 귀신이 곡으 할 일입매!"

어떤 녀석은 계면쩍어 중얼거리고

"에구! 요 간사한 노무새끼르! 에구, 어떻기 쥑이문 좋겠네!"

또 어떤 녀석은 아직도 송장같은 녀석의 멱살을 움켜쥐고 목졸라 죽일 시늉이었다.

그 바람에 녀석이 주둥이를 씰룩씰룩, 몸뚱이를 뒤척뒤척, 나간 혼줄을 거둬들이는 낌새였다.

"에, 에구우우- 아, 아방이… 어, 어망이이…"

당포는 녀석의 몸뚱이를 향해 와르르 달겨들었다. 당포를 따라 접꾼녀석들도 녀석을 에워싸고 바투 띠를 조인다.

"여봐, 여봐엿!… 근디 이 씨벌늠이 또 디진 신청헌당게! 화이고 요것을 고냥 이렇기 카악-"

당포가 주먹을 불끈 세워 녀석의 가슴패기를 겨냥하자 접꾼녀석들이 기겁해서 끼어든다.

"이 머저리 노무셰끼! 말으 하라궁. 채수 손에 되비 송쟁되겠다는겐?"

그 말에 녀석이 번뜩 눈을 떴다.

"물, 물밑에 사램이!…"

"사램이 있음!"

"머엇?"

당포도 접꾼들도 등글납대대하게 주저앉는다.

"… 에구 에구우- 그노무새끼가, 그노무새끼가 주검으 돼가지구서리… 나르 뻔히 올려다보구누웠음!… 에구, 에구우- 똥, 똥쇠노무새끼말이!"

541. 대루퇴(大淚堆) 9

"에구망이! 그럴수가!…"

접꾼녀석들이 역빠르게 설움을 물며 부르짖었다. 녀석들이 웅성대는 통에 배가 곧 넘어갈듯 몸살을 떤다.

당포는 거진 혼줄이 나간채였다. 목젖께에 번버듬히 걸린채 물큰물큰 솟는게 필 경은 피삭는 비명이겠지만, 소리 한 마디나 놀람의 형용 한자락 할수 없도록 혀가 굳던거다. 그러면서도 손은 저도 모르게 삼줄로 허리통을 묶고 있었다.

"나두 박히구 봅세."

"꿈이 아이구서리야 지름으 메러 가는길에 도망지르 친놈이 무시기르 한다구 물 송쟁이 되개지구 눕어있겠음? 저노무새끼가 헛것으 본집지!"

"눈으 똑바루 뜨구 보자궁!"

녀석들은 저마다 물속으로 뛰어들 기세였다.

당포는 그제야 정신이 들었다.

"모다 처백히면 배는 누가 잡는데여? 시방 맨정신들로 이려? 노만 놨다치면 배는

지멋대로 흘러가 뿐지는디 모다 디지잔 말 아니고 믓이다냐? 지랄덜 고만 떨고 삼
줄 자알 잡고 노질이나 지대로 혓!"

당포는 녀석들을 당조짐³³⁴ 해놓고 풍덩 물속으로 뛰어들었다. 기껏 다섯 발쯤 무
자맥질을 해 들어갔을 때 흐물흐물 물살에 노는 송장이 눈에 들었다.

송장의 낯짝이 함박만하게 어롱대고 두 팔이 잠떳 하는 양 쓰렁쓰렁 놀아댄다.
상투가 풀린 탓이려니… 흐늘어져 노는 머리칼이 낙수 잔가지에 섞여 어우렸다.

당포는 말발굽 형상으로 오목하게 패인 섶여로 내려 우선 송장의 머리칼을 말아
쥐고 봤다.

"어억!"

참았던 숨을 몰아쉬며 잘팡지게 놀란탓으로 갯물이 두어 모금 목구멍을 넘어내
렸다.

똥쇠였다. 낯가죽 한쪽이 거진 떨어져 나갔다. 각두날로 자근자근 썰어댄 본새
였다.

당포는 똥쇠의 머리칼을 움켜쥐고 삼줄을 당겼다. 그리고 곧장 물위로 솟아오르
기 시작했다.

그런데 야릇한 일이었다. 삼줄이 당겨지기 시작하는데도 시신은 꼼짝 않는다. 당
포는 시신의 옆구리를 더듬어내리며 다시 바닥으로 내렸다.

닻줄이 두 정강이를 이무기 또아리 틀듯 감다가 반발 남짓 바위틈으로 숨었다. 그
닻줄 끝에 봉깃돌이 꽁꽁 감겼고 닻혀가 대롱대롱 매달렸다. 봉깃돌이 바위틈에 박
혀 있기에 시신이 떠오르지 않는 연유를 그제야 안다.

당포는 숨이 목구멍까지 차는 통에 닻줄을 놓곤 떠오르고 만다. 당포가 시신에서
두어 발 떠올랐을 때, 등짝만도 두어 자 실히 되는 유모(시해矢蟹=살게) 한 마리가
닻가지같은 집게발을 쳐들곤 시신께로 다가들었다. 이어 또 한 마리가 노처럼 생긴

---

334 정신을 차리도록 단단히 단속하고 주의를 줌

발자(撥子=뒷다리)를 흐늘대며 물 속을 헤엄치더니 시신의 낯짝 위로 내려앉았다.

"맞슴?"

"똥, 똥쇠노무새끼 맞슴?"

"에구 얼피덩 말으 합소! 송쟁이 똥쇱매?"

당포가 뱃전에 오르자 마자 녀석들은 침줄을 말리는 거였다.

542. 대루퇴(大淚堆) 10

당포는 녀석들의 물음따위쯤 생각밖이었다. 만갈래 거미줄치는 의혹이 머릿골을 채우는 통에 한숨 전주를[335] 짬이 없었다.

철사의 말대로라면 녀석이 '밤바위' 밑에 송장되어 있을 턱이 없었다. 어고마저 훔쳐서 '부싯재' 넘었다면 곧장 북쪽으로 숨어들었거나 아니면 당포가 행여나 하고 바랐던대로 이 물길쯤에서 배를 타고 남으로 내려야 했을 것이었다.

녀석이 물송장된 일만도 사단잡을 일이려든 녀석의 몸뚱이를 칭칭 감고있는 닻줄이며 봉깃돌이 웬 일이랴. 필시 누군가가 똥쇠를 죽여 물에 뜨지않도록 봉깃돌을 채워 가라앉혔으리라.

당포는 생각의 끝에 덩실 떠오르는 철사의 얼굴이 보였다.

'… 철사늠이 죽였여!…'

온 몸뚱이로 소름발이 돋치면서도 한편으론 뜻모를 홀가분함이 이는 당포였다. 오죽 미쳐 날뛰었으면 죽여 없앴을 것인가. 배 내리는 일을 휜히 밀탐한 녀석이었으니 되레 철사를 다그쳐 세우며 너더분하게 놀아댔을 거였다.

어쨌거나 눈에 가시같은 똥쇠가 없어졌으니 이젠 한시 바삐 배를 몰아 '황진'으로 들면 만사는 내 뜻대로라는 생각- 당포는 천연덕스럽게 얼굴을 들었다.

---

335 전주르다 : 다음 동작에 힘을 더하기 위해 중간에 한 번 쉬다

"똥쇠르? 건져얍지! 멀리 멀리 액으 몰고 가게서레 수장이라두 체조야지 눈으 팬히 감지않겠음?"

접꾼들의 성화에 당포는 고개를 살래 살래 내저었다. 일이 제대로 성사될랴치면 녀석들을 속여 한시 바삐 뱃머리를 돌리는 수밖에 다른 묘안이 없었다.

"저늠이 헛것을 봤여… 송장은 먼 송장이여? 지집 단속곳이 바구 틈새기에 백히가꼬 헐레춤을 추여!"

당포의 말끝에 그제사 제정신을 말짱 차린 녀석이 펄펄뛴다.

"에구! 무시기 그런 말으 함둥? 똥쉽매다! 저엉 내말으 믿기지 않데문 아드르 모다 물속으로 백히라구 합소!… 똥쇠노무새끼가 봉깃돌으 매구 죽엄으 당했음매!"

"그래도 저녀리 새끼가!"

당포는 상앗대를 쥐어들고 간단없이 타작질을 앵겨놓고 본다. 때맞춰 다른 녀석들이 당포 말에 홀딱 씌웠다.

"머저리노무새끼 음전히 굴으라궁. 그러면 기립지 똥쇠새끼가 어째서 밤바우 밑에 물송장이 됐겐? 어고르 들체매구 도망질으 쳇는데말이."

당포는 그 때를 놓치지 않고,

"어서덜 노를 저엿!"

악쓰기 무섭게 창나무를 휑 돌려 쥐었다. 흑대는 미쳤다고 치느냐, 그런 일은 사그리 제쳐놓고 '황진'으로 바삐 들어라, 배는 접꾼녀석들게 돌려보내라- 신신당부하던 철사의 말이 귓청을 울려댔기 때문이었다.

거기다가 똥쇠녀석의 머리통을 향해 집개발을 세운채, 너부데데한 발자를 혈름거리며 물속을 헤엄치던 유모가 생각나겄다. 똥쇠의 볼따귀를 덥석덥석 뜯어먹는 생각만도 섬뜩했지만, 그보다도 유모가 설치는 일이 더 급했다. 유모가 헤엄을 치면 반드시 큰 바람 칠 징조라 했지 않던가. '황진'에 가 닿기 전에 큰바람을 만나면 일은 그당장 낭패렸다.

배는 북녘을 향해 뱃머리를 떤다.

543. 대루퇴(大淚堆) 11

당포는 물론이요 도삽이와 어린 곡봉이녀석 또한 무릎을 꿇은채로 움쭉않았다.

내일 밤이면 어떻든 배를 내릴 것이었다. 그런데 황선장의 낌새가 종잡을수 없었다. 이제야말로 서로간에 혓바닥 닳도록 뜻을 모아 배 내리는 일이 어복포돼야[336] 하겠거늘, 황선장은 먹고 자는 일 마다하며 아예 딴사람이 된 거였다.

벌써 이틀째를 그 모양새에서 한치 다름없이 버티어 앉았다. 낮이면 서북간의 '관음봉'을 향해 바다를 등돌려 앉았고 밤이면 '관음봉'을 뒤로 하고 바다쪽을 향해 앉는 짓이 고작이었다.

이틀을 저렇게 버티노니 애간장 녹는 사람은 당포와 도삽이었다.

"농갬님! 그러다간 숨으 넘어갑매다! 어쩬 정성으로 배르 모으셨는데 지금으는 말으 딱 끊구서리 이럽매? 말씀으 해조얍지!"

밤이면 덜그덕 덜그덕 턱주가리를 떨며 앉은 황선장에게 달겨붙어 도삽이가 통사정이었고

"불쌍헌 뱃놈덜 싯이나 살려주셨는디 인자사 믄 부아가 돋쳐서 요러십니까? 몰국이라도 냉기고 쪼깨 지모시기라도 혀세야지 안쓴답녀?"

낮엔 당포의 하소가 다글다글 끓어댔지만 황선장은 막무가내였다.

어찌 보면 실성한 듯도 싶었다. 겨우 입을 열었다 하면 엉뚱한 푸념이 새는데

"… 후웅- 내 창배가 운구미살으 오른다궁?… 머저리새끼드르! 두 판 삼두 기렇구 밑구멍(선저판船底板) 접간(接間=이음새)두 모다 간으 못맥였다궁!… 후웅- 기런데 내 창배가 어떻기 물에 뜨겠네? 보라궁! 물으 받자마자 갈아앉구 말테잉가…"

이런 부정탈 소리뿐이었다.

"에구 저노무 농갬! 배르 모았응이 죽엄으 당하겠다문 농갬 혼자 당할깁지 어쩨 한 쎄바지루 쓸어서리 함께 죽자합매?"

---

336 (무엇이) 아주 수가 나다

참다못한 도삽이가 이쯤 서러운 욕설을 퍼붓는데도 황선장은 그 강팔진[337] 성깔마저 차곡차곡 잠재우며 히죽거릴 뿐이었다.

황선장 하는 본새를 따라 이틀 아침 하루 밤을 무릎꿇고 꼼짝 않았겄다. 매운 눈 속으로 팽그르 잠기는 눈물 때문에 눈꼬리가 짓무르는 당포였다.

눈을 똑바로 뜨며 문드러지는 사지를 추스려본다. 몸뚱이는 대근하되[338] 눈길만은 꿈만같은 생시를 담고 당양한[339] 분별을 찾는다.

황선장은 '관음봉'을 향해 앉았고, 어쩌면 저리도 예쁜 창배는 뱃머리를 바다로 향한채 선굿하다 지친 무당 머리통 본새로 이물을 상큼 쳐들곤 앉았다. 그옆으로는 배를 내려가며 배의 밑판에다 받칠 한발짜리 댐나무들이 스무나문짝 가지런히 쌓였다. 고물에 맨 닻줄을 어기차 당기며 댐나무들만 받쳐간다면 지금 당장이라도 '운문대' 끝으로 스렁 스르렁 내릴 기세였다.

"농갬이 죽을 작쟁으 한깁매! 이젠 조이 한나두 없음!"

도삽이가 당포의 귀에다 소곤댔다. 녀석의 눈빛에 황선장쯤 제쳐놓고 일이나 서둘자는 뜻이 얺혔다.

544. 대루퇴(大淚堆) 12

도삽이는 당포가 멈칫거리고 있는 틈에 벌써 일어나 툭 투욱 중의가랭이를 털고 나섰다. 녀석의 행티가 다소 잔망스럽기로서니 막무가내 도삽이만 나무랄 수도 없는 당포였다.

당포가 헐레벌떡 들이닥쳤을 때, 죽은 제 부모 망혼이라도 본듯, 앞뒤 안가리는 잘큰한 울음부터 쏟고봤던 녀석이었다. 곧 죽은들 되레 허황한 본대 재며 끈적끈적

한 요변덕을 떨어야 직성이 풀리는 천성임에도 그 뜨거운 울음에 실리우는 말이라는 게 그렇게 절절할수 없었다.

"에구 에구, 채수가 아이 오구 어쩌겠음! 보오라, 당시잉이 채수 댕포가 분명합매?… 에구, 기어쿠 오셨궁! 이제야 이 도삽이노무새끼 송쟁이 아이란 것으 알겠궁!"

당포의 볼따귀가 아릴 지경으로 제 구레나룻을 써그르 써걱 부벼대며 눈물만 함방지게 짜대던 녀석이 이내 화뿔을 돋우며 얼러방치고[340] 나섰다. '관음봉'을 향해 죽은듯 앉아있는 황선장의 뒷꼭지에다 황밤 먹이는 시늉을 곁들이면서 말이다.

"펠스런 농갬 다 봅매. 배르 짜문서는 욕으 하구 눈으 찢구 도산으 떨던 농갬이 배르 마추구나서리 갑재기 부체 됐음! 먹는 것두 싫구 말으 하는 것두 싫답매다. 내 영문으 알구 싶어서리 무시기르 어쩨야 됩매 하문서리 빌어두 대꾸르 해조야지 말이!… 조이 한톨 남은게 없음! 엊지냑에 태덕으로 되비 숨어들구 봤지 않겠음? 기린데, 에구 말으맙소! 도적이 들어서리 햄새구 곡기구 마구 뒤지개지르 해간다구 야문 순라노무 새끼드르 짜아 깔렸읍매다!… 이 도삽이두 이제는 태덕에 못갑매. 기런데 저 농갬 하는 짓으 보오다! 조이갱[341]으 아껴뒀다가 디레두 아이먹구… 나하구 곡봉이새끼는 배통이 허리빽다구에 차악 디리붙어두 못먹는 조이갱으… 저러다가 죽으문 농갬 송쟁으 어드메 갖다묻구 창배는 언지 또 내리겠음?"

이렇듯 얌통머리[342] 없게 놀아봤던 녀석이려니 황선장이야 죽든 살든 간에 우리들 일이나 서둘고 보자는 녀석의 속셈이 새삼스러울 것은 없었다.

당포의 마음도 도삽이와 같았다. 황선장의 하늘같은 은혜를 저버린다면 천벌을 맞을 것이로되, 그렇다고 가만히 앉아죽자며 버티는 황선장 때문에 일을 그르칠 수는 없는 일 아닌가.

---

340 얼러방치다 : 얼렁뚱땅 넘기다.
341 조를 쑤어 만든 죽
342 '얌치'를 속되게 이르는 말

"… 댕포!"

황선장이 오랜 만에 사람의 이름을 부른다.

"네예, 여그 있읍녀!"

"… 내 창배말이… 물에 뜨긴 뜨는겐가?"

"말씀이라고 허십니까요! 요렇고름 딴딴하고 이삔 배는 인자사 츰 봅니다요!"

"… 기리타문 어쩨서 그뭄야반에 배를 내리겠다는겐?… 어쩨서 곡성머리루 내리겠다는겐?"

"… 사정이 고렇고름 배꼈읍지라우! 다 우리들 좋자고 허는 짓입녀!"

"갈래문 오늘 지냑으 가구… 곡성머리 물살에는 배도 못뜬다궁… 이 왠쑤노무 새끼! 나는 내 창배가 뜨는 것으 보구싶단 말잉야!"

황선장은 다시 '관음봉'을 우러렀다.

545. 대루퇴(大淚堆) 13

촉백(蜀魄=소쩍새)의 울음이 오늘 밤따라 피를 토한다. 자쳐우는 가락마다 피멍울이 욕창되는듯 유난히도 울음소리가 허기졌다.

곡봉이는 곤히 곯아 떨어졌고 당포와 도삽이가 움집 고미 새로 뜬 별을 올려다 보며 나란히 누웠다.

황선장의 기침소리가 간간이 촉백 울음속에 섞인다. 낮에 부리던 고집 그대로 이젠 등만 돌려 바다쪽을 향해 앉았으리라.

황선장의 고집을 꺾을 양으로 손바닥 발바닥 닳게 빌어봤지만 허사여서 고대 움집으로 들고 말았었다. 당포나 도삽이나 내일 밤을 위해 싫커장 잠이나 자 두자는 속셈으로였다. 그런데 밤이 깊어 갈 수록 잠은 달아나고 되레 눈거풀이 절로 열리는 거였다.

'곡성머리' 물살에서는 배도 못 뜬다, 배를 내릴 작정이면 차라리 오늘밤으로 서둘러라- 했던 황선장의 뜻모를 말을 되새김해보지만 영문을 알 수 없는 당포였다.

우선 '곡성머리'를 본 적이 없었다. 귀동냥질로 들은 풍월이지만, '운문대끝' 동쪽으로 열 석 자 높이의 바위가 떴으니 그 바위가 '곡성머리'요, '운문대끝'과 '곡성머리' 사이를 빠지는 물살은 여느 물살과 달라서 배를 뱅글뱅글 석마(石磨=맷돌)질하는데 그 연유가 물속으로 엇구부슴히 뻗친 '여'[343] 때문이라는 것- 그저 이 정도가 알고있는 것의 전부였다.

도삽이마저도 흔연스레 생각하는 터에 당포만 굳이 가슴을 태울 필요가 없을 성싶었다. 배 내리는 날을 느닷없이 바꾼 일, 또 배를 내릴 곳을 '곡성머리'로 바꾼 일이며, 거기다가 똥쇠의 죽음을 곁가지 쳐 의심을 줄달아 봤지만

"에구, 채수는 벨 걱정으 다 합매. 철사노무새끼가 오죽 자알 일으 꾸몄겠음. … 똥쇠가 죽엄이 당한게 섧지만 철사새끼로서두 어쩔 쉬 없응이까 기렇게 했다구 생각으 해조얍지… 똥쇠한테는 안된 말이지만 어쩌겠음? 죽을 놈으는 죽구 살 놈으는 살아얍지!… 기리구말입매, 저 선장농갬 말으 아조 아이 들었다 체야 한단 말이. 농갬이 노망으 들어서리 제 정시잉 앙이거덩."

눈치 한 번 빠른 도삽이었지만 이쯤 느긋했고 딴은 녀석의 말이 옳을듯도 싶었다.

"채수…"

"말 해보랑께."

"저 사귀조(思歸鳥)[344] 울음으 들어봅소. 솥캉, 솥캉, 하구 울잖겠음, 사귀조 울음이 캉 카앙 하문서리 쇡이 비우면 흉년이 든다했음. 가매가 횅비어서리 곡기가 없다는 말이! 솥짝 솥짝 하구 울으야지 풍년이 든다 아이했음? 곡기가 꽈악차서리 가매가 작다는 뜻이라두궁."

---

343 물에 잠겨 보이지 않는 바위를 '초'(礁)라 한다. 이에 해당하는 우리말은 '여'다.
344 두견잇과에 속한 새. 소쩍새·두견杜鵑·귀촉도歸蜀道·자규子規·두백杜魄·불여귀不如歸·촉혼蜀魂·망제望帝·원조怨鳥·촉백蜀魄·임금새·접동새·주각제금住刻啼禽·두우杜宇 등이 모두가 두견새를 달리 지칭하는 이름. 두견새를 정확하게 구분짓자면 소쩍새(천연기념물제324-6호)와는 엄연히 다른 종인데 옛 시인들에게는 이 두 종류의 울음소리가 비슷하며 모두 너무도 구슬프고 처량하다해서 대개는 같은 의미의 시구(詩句)나 시제(詩題)로 사용했다.

"… 그려서?…"

"그래서는 무시기가 그래섭매?… 우리드르 떠나는 세월으 자알잡았다 요 말입지. 길성땅이구 길성바다구 흉년들게 뻐언합매. 바다 접꾼 살기두 에렵구 농새꾼 담살이두 못 삽매다."

그 때였다.

"갈마개채수 있으문 얼피덩 나옵소." 움집 밖에서 낮게 속삭인다.

546. 대루퇴(大淚堆) 14

당포와 도삽이는 화들짝 놀라 일어났다. 이 깜깜한 산속을 야행해서 움집에 이른 녀석이 귀신이란 말인가 사람이란 말인가.

당포의 상투끝이 오진 찬소름을 얹고 쓰르르 또아리를 튼다.

"각, 각두르 죄구 간간해 봅세!… 어떤노무 새낀지 정탐해서리 허튼 수작으 놀 짐작으만 잡았다하문 그냥 배통을 가르구 봅세!"

도삽이가 숨을 졸이며 당포의 귀에다 바짝 소근댔다.

당포는 손을 더듬거려 각두를 집어들었다. 도삽이의 말대로 숨죽여 봤다.

움집밖의 녀석이 슬금슬금 엉덩이걸음을 떼놓는 낌새였다. 발 뒤꿈치가 사그작사 그작 끌린다. 그소리가 멈추는가 싶더니 움집 벽설대를 툭 툭 찍는다.

"갈마개채수 있으문 얼피덩 나오라는데 무시기르 합매?"

녀석이 간타게 속삭인다.

당포와 도삽이는 여차직 하면 각두날을 녀석의 이마에다 박을 양으로 각두 쥔 손을 허공에다 세웠다.

"이런 머저리 채수 같응이! 지금이 어쩰 땐데 잠으 퍼진단 말이… 보오다, 보오다! 아, 얼피덩 나오랑이까!"

녀석이 욕지거리마저 섞어대며 연달아 지저거린다.

"어쩌겠음? 베락같이 튕기문서리 저노무새끼 신다리르 부러뜨레 놉세다… 채수는 머리르 마스구 나는 신다리르 썰구보문 아이 되겠음?"

"… 쬐끔만 더 지달려 보자고잉! 지가 대그빡을 들에밀든지 으짜든지 허고 말것잉게!"

녀석이 둘이의 귀엣말을 짐작잡은 모양이었다.

"나오라문 나와조얍지 일으 됩매. 아이 나오겠다문 불으 놀테잉가!"

숫제 벽설대를 무너뜨릴양 덜컹덜컹 흔들어댄다.

당포는 생각해 봤다. 녀석이 명화적 패거리가 아니라는 것은 당양하겠다.

노략질에다 사람 목숨 파리잡듯 끊고사는 명화적이라면 굳이 움집 벽설대로 바짝 기어들어서는 간이 타게 속삭거릴 이유가 없었다. 벼락같이 들이닥쳐 싸잡으면 그만 아닌가.

더군다나 큰 소리 내지르지 않고 숨죽여 낮게 뱉는 말이 야릇했다. 필경 황선장 몰래 당포만 만나자는 속셈 아니겠더냐.

또 한 가지- 채수면 채수지 구태여 갈마개 채수, 하고 부르는 낌새가 다른 개 접꾼녀석임에 어김없을 것이었다.

"… 으쩐늠이래여?… 우덜 일을 훤히 알고있응께로 기어들었을틴디!… 도다체로 으뜬늠여?"

당포의 말끝을 물고 녀석이 다시 속살댄다.

"나하구 가문 다 압매! 갈마개채수르 위해서리 이런 짓으 하는거잉가!"

도삽이가

"한새쿠 앉아있으문 무시기르 합매. 선장농갬 알문 대새나잉가 우리드르 만지 나가구봅세!"

"… 그려!…"

당포는 도삽이를 따라 움집 밖으로 나섰다.

547. 대루퇴(大淚堆) 15

움집 벽설대에 바짝 붙어앉았던 녀석이 슬며시 허리통을 세우는가 싶었다.

"딴 생각허면 고냥 쥑엿! 각두가 둘이여!"

당포의 으름장에 녀석은 물컹한 웃음을 함살함살 웃는다.

"뉘기 손엔 각두 없나?… 걱정으 말구 얼피덩 따라오기나 합소."

"… 철싸늠이 보냈여?"

"철싸구 무시기구 내 그런노무새끼 모릅매. 살구싶으면 따라오구 송쟁 되구싶다 문 그만 두랑이까!"

녀석은 말을 마치기 무섭게 팻돈 들고 줄행랑 치는 떠돌이처럼 경중경중 내달았다. 캄캄한 산길을 잘도 탔다.

당포와 도삽이는 허겁지겁 녀석의 뒤를 따르고 봤다.

반마장 좀 남게 걸었을까, 숲 사이로 화톳불이 널름거렸다.

"에구, 매방이가 아이겠음!"

도삽이가 당포 뒤로 몸을 숨기며 질겁했다.

화롯불 가에 다른 녀석과 함께 매방이가 앉았다. 불길에 드러나는 매방이의 얼굴이 능갈치게웃는다.

"니, 니늠이 으짠 일여?"

당포는 쌓아올린 탑새기가 와그르 무너져 내리는 기분이었다. 달근숨만 푸짐할 뿐 말문은 턱 막힌다.

"저런 벙추같은 놈 보래지. 네늠같은 환갑무짜를 동무 삼은 죄루 이 고생이지 뭐람?"

매방이가 낯짝에서 웃음기를 싸악 거뒀다.

"므시여?"

"그 창배 잘두 생겼더라… 치장은 심두 못 쓸게 뻔하구, 네늠 둘이서 배를 내리자면 오죽 난사겠냐 말씀이지!… 그래서어- 내 목개 장사 둘을 대리구 왔겠다?"

"……?"

"당포 네눔! 귓청 안뚫았다면 똑똑이 들어두렸다.… 길성바다 뜰려거던 아예 오늘 밤으루 떠!"

"요런 급살맞을 늠!"

"급살이구 당살이구 시키는대로 허는게얏!… 내일 야반에 배를 내리다간 다 죽어! 네눔을 이렇게 살려보내는 것두 내 마지막 정표로 알구 세월 좋을 때 다른 바다에서 만나두 괄세말렸다!"

매방이는 천천히 무릎을 세웠다. 슬슬 당포께로 걸음을 잰다.

"당포 네눔! 녀석아 그만 철딱서니없는 행태를 거둘때도 됐어. 언제까지 배내똥345재리면서 방감치 행세를 하련?… 원수를 삼을래면 철싸눔을 삼을게지 어쩐탓으로 이 매방이를 원수삼구 지랄을 떤담!"

당포는 각두를 불끈 세워들다말고 맥이 풀린다.

매방이가 하는 짓거리가 당포의 일을 훼방놓고자 물불 안가리는 본새렸다.

그러나 매방이 패거리와 한판 엉켜붙다간 배도 내리기전에 개죽음을 자초하는 짓이나 진배 없었다. 둘다 죽고나면 곡봉이녀석을 어찌할 것인가.

당포는 혀를 깨물며 부르짖고 만다.

"지발 요 댕포를 살려도라! 훼방놓지말고 가도라! 저승에 가서라도 니늠 은혜 갚고 말거여! 증말여!"

당포는 도삽이의 옆구리를 싸안기 무섭게 줄행랑 쳤다.

548. 대루퇴(大淚堆) 16

그믐칠야, '석뫼'(삼포산三浦山) 낮은 골속으로 횃불 두 개가 혓바닥을 널름댄다.

---

345 배內똥 : 갓난아이가 먹은 것 없이 맨 처음 싸는 똥

하늘이 도와주는 듯싶다. '길성' 땅 험산 속에 어쩌면 이렇게도 얌전한 내림길이 있었더냐. 두어발짝 편히 걷는다 하면 서고 눕고 잦바스듬히 쓰러지는가 하면 다시 일어나는 각양의 너설들이 판을 쳤으려던, '석뫼'의 옆구리에서 내리는 길이 배 내림에 딱 걸맞도록 훤히 뻗겄다.

배 밑창으로 당목들이 깔리기 무섭게 스르르 스르르 절로 내리는 창배였다.

배를 내림에 있어 그중 힘드는 일이 이물 닻줄을 당겨대는 짓이려든, 오늘 밤 따라 뱃머리는 바다를 흐르는 양 덩더꿍 덩더꿍 저혼자 앞서내리고, 되레 고물 닻줄을 암팡지게 죄면서 스런스런 내리도록 간장단 맞춰주는 일이 더 힘들 지경이었다.

황선장은 이물머리에다 손을 얹은채 한발짝 두발짝 걸음을 떼는데 흡사 꽃상여 단강(短杠)을 메고 따르는 상도꾼 본새였다.

"채수 보오다! 내 말이 얼매나 따악 들어맞음? 에구, 철사노무새끼 어쩨 이렇기두 일으 자알 꾸몄겠음! 이런 길으 장만해 놓당이!"

"맞으여! 모다 철싸늠 덕이여!"

한 마디 말이 없던 황선장이 입을 열었다.

"어쩨 이렇기 늦능가!"

"너머나 빨리 내리면 밑창이 끌켜뿐집니다요"

"… 창배 말이 아이구… 아적에 오겠다던 그 철싸노무새끼 말이…"

아닌게 아니라 그 일 하나만 마음에 걸리던 참이었다. 염탐의 눈길을 피해 길을 멀리 잡았다쳐도 너무 늦는다 싶은 철사녀석이었다.

"길으 알구있응이까 걱정으 앵이 해도 됩매. 일으 꾸민것두 철싸구 이 길으 가르체준 사램두 철싸노무 새끼잉가 벤통없게 따라올겝매."

"으짜면 곡성머리 앞 개에 먼첨 가있을지도 몰라여."

"참 그럴 쉬도 있겠궁."

당포와 도삽이의 말에 황선장은 굳게 입을 다물었다.

당포는 배를 내리면서도 짬짬이 생각해 보는것이었다. 설혹 철사녀석과 엇갈렸다

친들이 조그마한 창배로 '운구미살'을 오르려는 우리보다야 녀석의 팔자가 훨씬 낫다 싶었다. 녀석의 힘을 입어 운수대통했음은 새삼 고마와하며 생색을 내보자는 생각만은 아니었다. 힘으로 보나, 넉살로 보나, 접꾼들을 후리는 솜씨로 보나, '길성' 바다 어느 곳에도 철사녀석만한 채수감도 없을거였다. 만에 하나 서로 엇갈려 당포는 떠나고 철사는 '길성' 바다에 남는다손 쳐도, 뱃놈들 한 세상이라는 것이, 떠나고 남고, 죽고 살고하는것이 팔자 아니더냐.

'으디이- 갱상도 제포 뱃늠 댕포허고 갱상도 뱃늠 철싸늠허고 한 판 자알 해보드라고잉! 우리덜찌리 조선 삼방 바다는 다 갈고 보자고!'

당포는 '곡성머리' 앞 개에 먼저 가 있을 지도 모를 철사를 떠올리며 이렇게 다짐해본다.

"물소리가 들립매다! 가망히 들어봅소!"

곡봉이녀석이 숨닳게 내달아왔다.

549. 대루퇴(大淚堆) 17

곡봉이녀석의 말에 모두들 걸음을 뚝 멈췄다. 황선장은 이물 머리에다 얹었던 손을 거두곤 그 자리에 굳어섰고, 당포와 도삽이는 너댓발짝 우루루 내달아 보다가 장승처럼 역시 굳었다.

물소리였다. 귀바퀴가 선뜩해질 정도로, 호그르 첨벙- 호그르 철썩- 끓는 물지붕 소리에 용천 열여섯대문 수문장들의 찬입김이 섞여 든다. 거푸 흉어만 치른 바다의 원성일듯 싶거니와, 제철에 비늘 한쪽 입가심 못한 용천 총냥이들의 앙상한 뼈가래들이 덜그덕 덜그덕 뼈추렴을 하는 소리도 같았다.

"… 여그서 으디 짝으로 내리사 쓴답녀? 사방이 씨커메서 짐작 잡을 수 없는디!"

당포가 쓸개물 닳는 소리를 하자 곡봉이녀석과 도삽이가 횟불을 이리 저리 비춰대며 법석을 떨었다.

그러나 횃불에 드러나는 것들은 그 빛무리에 잠시 물든 희부연 형상들일 뿐이었다. 말하자면, 빛무놀이 널름댈 때마다 바위가 나무로 변하고 나무가 금새 바위가 되는데 불길만 거웃 죽는다 하면 그저 귓청을 울리는 물지봉 소리 뿐이었다. 어찌 생각하면 바다 위의 작은 여에 서있는듯도 싶고 또 달리 생각을 좇아보면 바로 발치 밑이 '운문대' 끝의 벼랑처럼 여김되기도 했다.

"… 영감니임-"

"선장농깸 말으 해줍소! 한 사램이 닻줄으 잡구 배르 밀어체내문 어쩔궁? 배가 물에 뜬데문 닻줄이 요리저리 놀아대거덩. 닻줄 잡은 사램으는 나중에 닻줄 감으문서리 오르구 다른 사램드르 만지 줄으 더듬어잡구서리 체오르문 됩매다!… 기런데 발판으 어드멘지 짐작으 잡을쉬 없단 말이!"

"그려! 도샙이말대로 해뿐지면 되여. 먼첨 배를 밀어내고 보자고."

당포는 댐나무들을 배 밑창에다 가지런히 깔았다. 도샙이가 뱃머리에 매달은 닻줄을 당길 양으로 대여섯 발짝 앞을 더듬어 내렸다.

"아드르!… 음전히들 굴으랑이!… 서편으 정해놓구서리 배르 더 올레조야 한당이. 여기서 배르 밀어체문 닻줄으 놓친당이까!"

황선장의 목소리가 뜸불질을 무색하게 넉자근히 닮았다.

"무시기라구? 앵이 어쩨 그렇슴? 예까지 내리는데두 빽다구가 다 튕겼는데 어쩨 배르 되비 올리자는겜매?… 서편으루 올리자구?… 기리타문 왔던 길으 되비 더 오르자는 말이 아임둥?"

도샙이가 날 시퍼렇게 목소리를 높이며

"망끼가 들었대문 거저 농깸 혼자 음전히 눈으 감으문 됩매… 사램 말이 이렇기 독해서리야 아이 되겠지만두, 다른 방도가 없응이 어쩌겠음… 좋은 일으 해주셨응이 인제 펜히 눈으 감소꼬망! 농깸은 보촌으 들어가던지 말던지 우리드르하구 맺은 인연으는 끝이 났음!"

박정스럽게 낯짝을 바꾼다.

"후웅- 그럴 줄으 알았지… 기리치만 내 말으 들으라궁. 물소리르 들어보랑이까!… 곡성머리는 저쪽이란 말이…"

550. 대루퇴(大淚堆) 18

과연 황선장의 말이 맞는듯 싶었다. 서쪽을 향해 귀를 종그리고 선 당포와 도삽이는 그쪽에서 들려오는 괴이쩍은 울음소리를 듣는다.

"농갬 말이 맞슴! 만지는 도이새끼드르 울음으 울구 나중에는 주을 뱃놈드르 울음으 울쟁가?"

'곡성머리'에 관한 소문이라면 아무래도 '길성' 바다 뱃놈인 도삽이가 당포를 웃잡을 것이었다. 녀석이 말을 마치자 말자 고물께로 바짝 붙어 배를 밀어댈 기세였다. 뱃머리가 서쪽을 향해 뱅그르 돌고 황선장은 곡봉이녀석이 쳐들은 횃불 밑으로 납작 엎드려 밑창에다 댐나무들을 받쳐 눕히고 있었다.

아닌게 아니라 두 울음 소리들이 번갈아 일었다. 철버덩 하고 '운문대' 발치를 후려대는 물지붕 소리에 얹혀 숨가쁘게 자쳐울다간 회창회창 끝자락을 삼키는 울음소리- 그리고 쏴르르 밀려나는 물살에 섞여 그제야 녹실녹실 문드러지는 울음소리- 이 두 울음소리들이 으히히히 높게 울고 우워우워 낮게 울며 번갈이친다.

먼저 우는 울음은 삼백 마흔 다섯 자(尺) 높이의 '운문대' 끝 발치에서 이는 도이(刀伊=여진해구女眞海寇)들의 곡성이요, 나중에 우는 울음은 '곡성머리'의 허리를 쓸며 내리는 물살에다 원성을 토해놓는 주을온사(朱乙溫社=함경북도 경성군 주을)땅 남석(南石) 개(浦) 뱃놈들의 곡성이라 하더라.

'운문대' 끝에서 '포항'에 이르는 바다를 가리켜 '대루퇴'라 부르는데, 그 바다에 숨어사는 두 울음소리에 대한 내력이 이렇던 것이었다.

고려 현종(顯宗) 19년 10월, '용진'(龍津=함경남도 원산)에 입구(入寇)한 여진해구 열다섯 쌍이 '진명구'(鎭溟口=함경남도 덕원)를 빠져 북쪽으로 도망치는데, 중랑장

(中郞將) 박홍언(朴興彦)과 '진명선병도부서'(鎭溟船兵都部署)의 익선이 추격하여 '운문대' 끝에다 도이들을 몰아붙였겠다. 때마침 썰물 때라 적선(賊船)들은 '운구미 물살'에 말려들었고, 그날 따라 '운구미 물살'의 맷돌질은 배도 갈아댈 기세였더니라. 도이 이백예순 여명이 떼죽음을 당하면서 귀중중한 곡성들로 바다를 채웠느니, 그 울음이 지금까지 내려오겄다.

'주을은사' 땅 '남석개' 뱃놈들의 곡성은 또 무엇이랴.

황조(皇祖=이성계) 3년 사월, '남석개' 앞바다에 집채만한 경어(鯨魚=고래)가 떠밀렸었더니라. 서로 싸우다가 죽어 떠밀린 일백여 자 짜리 큰 고래였다더라. 그 전해에 이같은 일이 있어, 고래를 운물(運物)하는데 기 백명 뱃놈들이 초발되어 갖은 곤욕을 치렀던 터라, 아예 버릴 맘으로 벌선 스무척에다 매달고 바다를 향했겄다. 더구나 누구의 짓인지 명월주(明月珠=고래의 눈) 두 쪽을 상큼 도려냈음이려니 죽음을 각오하고 멀리 나아가 고래를 버려야 했었다더라. 때마침 큰바람이 일어 벌선들은 한없이 떠밀려 '운문대' 끝까지 흘러내렸는데, 경어가 '곡성머리'와 '운문대끝' 사이로 떠밀리는 통에 벌선 스무척은 옴싹 해볼 틈도없이 닻줄들을 끊고 떠밀렸고, '남석개' 뱃놈들은 모두 물송장이 됐음이려니, 그 뱃놈들의 울음이 하냥 끓어 온다는 내력이더라.

551. 대루퇴(大淚堆) 19

황선장은 이물에 걸린 닻줄을 어린 곡봉이녀석에게 건네주곤 대신 횃불을 들었다. 황선장이 치켜세운 횃불의 빛무놀이 그믐칠야의 사위를 한 뼘 만큼씩 먹어재며 '곡성머리' 앞 개로 향한 사력장(沙礫場=자갈밭)을 밝힌다.

"어엉야아 덩기이-"

제딴엔 젖먹던 힘을 다 쓴답시고 닻줄을 당겨대며 젖버듬히 눕다간 그만 털썩 나뒹굴고 마는 곡봉이녀석이었다. 그런 곡봉이녀석을 불끈 일으켜 세우며, 녀석이 선

소리 잡던 '엉야 덩기이-'를 맞소리 틀며 죽어도 여한이 없는 세월을 만난듯싶은 도
삽이요, '운문대'를 할퀴며 우는 듯 웃는 듯 맨방떨어대는 도이들의 곡성이며 '곡성
머리'를 쓸어내리면서 꺼이꺼이 누그름한 분원을 삭히는 '남석개' 뱃놈들의 울음을
들으며 여지껏 살아온 남녘바다의 해조음을 몽땅 쓸어 듣고있는 듯 싶은 당포였다.
　당포와 도삽이는 횃불의 빛무놀에 저마다의 눈길이 얹힐 때마다 흡벙진 땀줄속
으로 흐르는 웃음을 웃었다. 그저 두 울음소리들이 섞여대는 '운문대'만 가늠하며,
댐나무 받치고 뱃머리 끌고, 고물 들어올리기 바쁘게 다시 댐나무를 깔아대며 엉
야 덩기 배를 옮겨갔다.
　앞서 걷던 황선장이 무릎을 꺾곤 풀썩 쓰러진다.
　"농갬님, 정시잉으 차립소꽝!"
　도삽이가 소리칠때마다
　"걱정으 말랑이까아… 난두 모르는 새에 신다리가 튕겠당이…"
　하며 눈치를 잡힐새라 조마거리지만, 건성으로 느끼기에도 황선장의 죽음은 발치
아래로 다가 온 듯 싶었다.
　황선장이 몇 발짝 더듬짚지 못하다가 또 무릎을 꺾었다. 그 바람에 횃불이 너설
모서리를 찍으며 눕는다. 횃불은 뜨적지근 닳쿤 기름기를 너설위로 흘리는 양 불길
이 그 기름기를 후르르 덮으며 잠시동안 퍼렇게 일다 죽었다.
　당포와 도섭이가 바삐 내달려 황선장의 몸뚱이를 싸안았다.
　"… 내 말이… 지금으 생각 하이까, 그 철, 철싸노무새끼 생각이 옳궁… 만지는 그
노무새끼 무시기 역모르 꿰미능가 하문서리 속으로는 원망으 했쟎?… 기린데 말
이… 지금으는 어쩨 그노무 새끼가 곡성머리 앞개루 배르 내리겠다고 했는 줄으 알
겠당이… 도이새끼드르, 기리구 남석개 새끼드르, 배만 보문 서로 골장에 오르겠다
구 울음으 울거덩… 그렁이까 삭북 바다 배드르 언지 곡성머리 앞으루 뱃길으 잡덴
가 말잉야… 물길으는 데럽아두 삭북 바다에서는 곡성머리 대루퇴 물길이 그중 간
간하거덩… 그럴 쉬백기 더 있겠녠? 우선 사램드르 눈두 없구 뱃길두 간간하구…"

도망질으 체는데야 만지는 염탐꾼이 없어야지!"

황선장은 하늘하늘 떨리는 손을 뻗쳐 둘이의 몸뚱이를 더듬거렸다. 당포의 팔뚝이 그 손길에 잡힌다.

"… 댕포 네녠?……"

"영감님, 그렀읍녀."

"뱃길으 자알 테구서리 대량화 가문 말이… 내 자식노무 새끼 나주도 옥구 사투산(사투봉射投峯) 어드 메서리 배르 모으구 산다궁… 아방이 요렇기 죽엄으 당했다구 말으 전해주랑이…"

황선장이 입술 위로 거품을 끓였다.

552. 대루퇴(大淚堆) 20

황선장은 그 말을 끝내고 이내 잠잠했다.

"… 농갬이 숨으 넘긴 모앵입매."

도삽이가 황선장의 얼굴께로 횃불을 낮추었다. 희멀겋게 치켜뜬 눈이 밤하늘을 흘겨대고 밍근하게 겨우 움직이던 다리가 길게 뻗는다.

"허어-"

당포는 곁낫질같은 신음을 내뱉을 뿐이요.

"그렇기 물에 뜨는 배르 보겠다구 하녕이 곡성머리 다 와서리 어쩨 이렇기 허망하게 가세는궁!"

도삽이도 이 탄식밖엔 달리 할 말이 없다.

"한아방이 지금 죽었음?"

곡봉이녀석이 당포와 도삽이의 틈을 비집고 서며 묻는다.

"… 그래… 눈으 팬안히 감구 저승을 갔쟁가…"

도삽이가 곡봉이의 등짝을 팽그르 돌림질 해놓고 황선장을 들쳐맨다.

"한데다 죽엄으 버리구 갈쉬는 없지비."

"연장이라고는 가두뿐인디 땅은 멀로 파서 모신당가."

"… 농갬 죽엄 앞에서 매정한 말으 하는 줄으는 몰라두 땅으 파구 할 새가 없음. 돌망이르 줏어다가 죽엄으 쌓구 봄세다!"

도삽이의 말이 옳았다. 내림길을 내린 탓으로 이만큼 빨리 갯가에 다달을수 있었다. 그러나 '운문대' 쪽을 향해 다시 비스듬한 오름길을 올라야할 판이었다. 제아무리 건성으로 먼가래 친다[346] 하더라도 꽤오랜 시간을 잡아먹을 것이었다.

당포는 돌멩이를 나르면서도 행여 잊어먹을세라 황선장의 마지막 말만 되뇌었다.

'… 옥구 땅이라… 보안(保安=전라북도 부안군扶安郡)땅 말이겄제… 사투봉이란 소리도 들었었는디 배 짤 낭구들이 쩝쩝 섰다고 혔제… 사투봉?… 고녀려 산이 월고산(월고리산月古里山)일 꺼여… 초발 나온 선쟁덜이 배를 짠다는 반데말여…'

돌멩이가 사지를 다 덮고 마지막으로 황선장의 머리통 위로 엇구부슴히 얹힌다.

"대량화까정만 흘러갔다 허면 고냥 내지 사방으로 담박굴[347] 칩니다요! 영감님 말씀 전허고 나서 디져도 디질탱께 저승 복좌나 팬안허게 덮고 누우시게라우!"

당포는 올망대[348] 거두듯 두 손을 털고 돌아섰다.

"채수가 발원으 아이해두 농갬 저승은 팬안할겝매… 농갬 천성이 좀 정결하세얍지 말이!… 배르 다 내렸다체두 농갬은 못 탑매! 우리드르 서이에다 철싸까지 너이 아잉야?… 그렁거 저렁거 다 아셨응이 요렇기 지금의 때르 맞춰서리 숨으 넘긴 겝매!"

그렇다쳐도 황선장의 죽음은 너무나 허망했다. 그제야 콧날을 싸잡고 매운 울음을 삼켜보는 당포다.

"얼뜩 끄섯!"

---

346 객지에서 죽은 사람의 송장을 임시로 그곳에 묻는 일
347 '달음박질'의 방언(전남).
348 고기를 잡는 올망을 칠 때 쓰이는 긴 장대

도삽이가 이물 닻줄을 잡고 용심을 써대고 당포는 고물을 밀쳐내노라 죽을 힘을 써본다.

그 때였다.

"아방이 저 불으 봅소!"

앞서 걷던 곡봉이가 오똑 멈춰선다.

553. 대루퇴(大淚堆) 21

당포는 고물장쇠에다 앞가슴을 얹은채로, 도삽이는 이물 닻줄을 어깻죽지에다 걸친채로, 곡봉이가 가리키는 숲을 노려본다.

횃불 놀음새로 보아 거치른 너설은 다 타내린 듯 싶었다. 횃불은 잠시 그 자리에서 멈칫거리는가 싶더니 고대 이쪽을 향해 강종강종 뜀질이었다. 정강이 부러진 방울나귀의 외알제기 본새로 별안간 다가드는 걸보면 이쪽 횃불을 발견하곤 내달려오는가 싶었다.

"이제야 오능가? 철싸노무 새끼말이!"

"… 고녀려 셰끼배께!"

둘은 힘이 절로 솟는다.

"끄스자아, 가사 좋고오-"

"엉야 덩기, 좋고 말구우-"

두어발짝 배를 옮겼을때 내달려오던 횃불이 눈앞에서 뚜욱 멈춘다. 불무놀에 드러나는 얼굴들이 네개나 됐다.

"어엉?"

"… 기어쿠 따라쳇궁, 요 웬쑤노무새끼드르!"

당포와 도삽이가 어리둥절해서 가쁜 숨만 내쉬는데, 매방이가 장목질을 서둘면서 셋을 산속으로 몰아세운다.

"당폰가 뭔가 이철딱선 없는 놈아! 뭘허구 섰는게야? 묵은초 장사지낸 애비렁이 꼴루 서있다간 다죽엇!"

매방이의 호령에 장단맞추는 장목질이 때만났다하며 우악스레 논다. 세녀석들이 휘두르는 장목이 허리고 엉덩이고 가리지않고 앞타작질을 앵긴다.

당포와 도삽이는 창배 삼판을 방패삼아 맴을 돌며 각두를 찾는다. 기껏 한발 남짓한 곳만 둥글넙대하게 밝히는 횃불이려니 각두가 어느곳에 있는지 짐작할수도 없었다.

"녀석들아 뭘 허누? 머리통을 바사서라두 재빨리 몰아대라는데!"

매방이의 다그침 끝에 세 녀석들은 장목질에다 뒷발질마저 곁들여 조여들었다.

"머저리 새끼드르! 얼피둥 말으 안들으면 너노무새끼드르 때뭉에 우리드르 팔째두 저승 곳바리 신세랑이까!"

"머리르 마스서리 기절으 시키구 봅세!"

"그기 좋겠궁."

녀석들이 우루루 싸조인다.

당포도 도삽이도 거진 혼줄이 나가는듯싶었다. 몇날을 굶은데다가 배를 내린답시고 여력마저 다 동냈을 것이었다. 설령 각두를 쥐어준대도 휘두르다말고 제풀에 쓰러지고 말일— 당포는 죽더라도 창배 곁에서 죽으려니 다짐하며 뱃머리를 싸안고 늘어진다. 혓바닥을 동강내어 죽을 작심이었다.

"섯빠닥 짤라뿐지기 전에 매방이 니늠헌터 원굿 한번 치고보자! 매방이 니늠! 철천지 대웬숫늠! 저승 열두 대문으다는 핏똥으로 쳐발르고 지옥에 떨어져서는 곱창새기까지 다글다글 타다가 디져라잉!… 뇌엿, 뇌여어— 요뱃머리는 못논다!"

곡봉이녀석의 울음이 강그러지기 시작할때였다. 당포와 도삽이를 싸안고 산속을 향해 뒷걸음 치던 녀석들이 소스라친다. 이내 갈팡질팡 숨을 곳을 찾는다.

눈 깜짝할 새에 사위가 밝아온다. 횃불 한개가 그새 두개, 세개로 접을치더니 여나믄개 횃불이 뱅둘러친다.

554. 대루퇴(大淚堆) 22

그 횃불들이 뒤쪽에서 다시 열댓개 횃불들이 불을 밝힌다. 사방은 순식간에 횃불들로 둘러싸였다.

횃불들이 창배를 싸곤 달무리처럼 띠를 조인다. 그와 때를 같이해서 와자한 웃음들이 터지는데 마치 차곡차곡 쌓아놓은 반병두리[349] 더미가 무너지는양 요란하고, 우루루 달겨드는 발짝소리는 오지끈 똑딱 정방목도 쓸어버릴 기세였다.

악패듯 조여들던 떼거리가 또 한차례 웃음들을 터뜨리며 멈칫 굳었다.

"도, 도섭이, 얼뜩 곡봉이새끼 업고 튀엿!"

간쪽 하나쯤 떨어뜨릴 기세의 악지쓰는 소리가 당포의 벌 벌 끓는 혓바닥에 얹혔을 때에야 주위는 별안간 소란스러워졌다. 도망질을 놓는 녀석들이며 그 녀석들을 몰아잡는 녀석들이며가, 격지격지[350] 어우러들며 난장을 만들어내는 것이었다.

그 통에도 대명신 영험을 받은 운좋은 녀석들이 몇놈 있었다. 설흔 개 횃불 틈을 비집곤 용케 첩첩산중으로 모습을 감춘 녀석들이려니, 매방이녀석이 데려온 세 녀석에다 곡봉이녀석을 들쳐업고 사라진 도섭이놈이었다.

"어쿠, 어쿠우-"

비명이 곱죽는가 싶었는데 매방이가 나뒹군다. 떼거리가 우루루 달겨들어 사지한 가닥씩을 붙잡고 옴싹못하게 뼈가래를 죈다.

당포는 그 때까지도 제정신이 아니었다. 다만, 눈길 속에 곡봉이녀석과 도섭이가 들지 않는다는 사실- 이것만으로 겨우 희뿌옇게 트여오는 제정신이었다.

당포의 팔아름은 상기도 '노판곡목'(艫板曲木=선수재)을 꼬옥 안은 채였다. 만귀잠잠해지는[351] 듯한 착각이 일면서 아련한 꿈자락이 펼쳐지겄다.

부친 병삼노인의 상투머리인가- 아니면 승주댁의 목덜미인가- 아니었다. '구차

---

349 음식을 담는 데 쓰는 놋그릇의 하나
350 여러 겹으로 쌓여 붙다
351 萬鬼潛潛하다 : 깊은 밤에 모든 것이 다 잠든 듯 고요하다.

례' 땅 '고사말'을 마지막 떠나던 조부의 등짝인 듯도 싶고, 거기다가 느닷없이 '진
상채복선' 노를 젓던 공발영감의 팔뚝인듯도 싶은 '노판곡목'이었다.

한 순간의 헛것들이 생각의 무늬들을 얽고 짜고 해대더니 기어코는 희부슴히 만
경되는 뱃놈하나를 마지막으로 그려주겄다.

'고사말' 물탕에다 '토방렴'(土防簾)을 채려놓고 끈질기게 버티다가, 끝내는 토호
의 불호령에 물탕을 내주면서 원살지게 울음 울었던 놀보녀석의 허벅지였다. '토방
렴' 양 귀퉁이에다가 장목 두받힘 세워놓곤, 이 물탕은 놀보 건전(乾箭=건방렴)이
니라 하며 악을 쓰는 통에, 관노들의 물타작질이 놀보녀석 허벅지 하나를 댕경 부
러뜨리고 나섰었다.

"외약다리[352]는 느그덜 묵어! 요 다리는 치덜 못헐팅께! 내 토전이엿! 놀보늠 토전
묵겄다먼 요 다리목때기도 쳐도라아-"

악받이 치풍거려봐야 놀보놈만 못 살아 날 팔자였었다. 마지막 장목을 또아리 틀
고 반마장 되는 개펄을 질질 끌려갔었던 놀보녀석의 한쪽 허벅지가 기어코는 싹둑
잘려나갔고, 녀석의 시신이 개펄을 먹어 든 밀물에 휩쓸려 흔적도 없이 사라졌을
때, 그 때 맞춰 놀보녀석 식솔들도 자취를 감췄었던가.

555. 대루퇴(大淚堆) 23

당포는 그 놀보녀석의 허벅지를 싸안고 울었던 펄펄 끓던 그 '고사말' 한낮 속에
서 영바람을 앞세우며 긴긴 개펄을 울며 건너지르던 거였다.

"놓덜 말엇!… 놀보 느늠, 더더 꽈악쥐엿!"

당포는 울음같은 소리를 빽지르며 볼따귀의 거죽이 짓물릴 지경으로 '노판곡목'
을 싸안는다.

---

352 왼쪽다리

당포는 팔아름 속에서 버드름하게 빠져 개펄에 얹히는 허벅지 한개를 봤다. 보름사리 두 물때의 썰물에 실리는 낙장생(落帳生=해조의 일종)처럼 물결머리에 빈미주룩[353]이 형체를 내밀다가 고대 가라앉고, 가라앉았다간 다시 얼보이는[354] 그 허벅지가, '곡성머리' 앞의 창배 뱃머리가 아니라는 사실을 그제야 안다.

설흔개는 됨직한 횃불들의 혓바닥이 널름 널름 두발 밤하늘을 먹어들며 사위를 밝혔다.

"… 놔엿!… 요것 노랑께!…"

몸뚱이를 버르적거려 보며 젖니 떨어지게 용심을 써보던 당포는 그만 혀를 깨물고 말았다. 어느 새에 전신이 꽁꽁 묶였다. 시척지근한 웃음기를 문 녀석들이 그런 당포를 매작지근히 내려다본다.

당포는 녀석들의 차림새를 보다말고 경풍잡은듯 놀란다. 어찌된 일인가. 녀석들은 모두가 포졸들이었던 것이었다.

한 가운데로 죽은듯 앉아있는 매방이녀석을 본다. 갖은 매질을 졸경치르고 난 녀석은 거진 골즙이 바다나가는 낌새려니, 녀석이 고개를 들적마다 뜸맞춰 떨어지는 육모방망이질에도 하냥다짐[355]을 마친 중죄인처럼 히적히적 웃는다.

"이노무새끼 버릇으 보랑이! 지금의 때가 어쩐땐데 쌜옹두리 조옷케 웃음으 웃녠? 에익키이"

한녀석이 매방이의 머리통을 가차없이 후린다.

'… 저, 저런 빙신놈 봤당가!… 지늠 디질자리도 아닌디 으짠다고 지늠이 통매질은 지껏이다 허고 저른댜!'

당포는 꿈속만같아 씨부렁거린다. 좀 전까지만해도 일을 훼방놓겠다며 앙갚음을 터다지던 녀석이 무슨일로 저런 곤욕을 제스스로 치르는지 알 수 없었다.

---

353 물체의 끝이 비어져 나올 듯이 조금 길게 내밀어져 있는 모양
354 얼보이다 : 빛이 이지럽기나 히여 분명하게 보이지 않다
355 일이 잘되지 않을 때에는 목을 베어도 좋다는 결연한 다짐

"이보라궁! 저 머저리 새끼드르는 저게 스스로 그물에 든게야!… 기런데 말이, 네 노무새끼 어쩨 우리 일으 훼방놓구 앙가프므 하겠다구 나섰넨? 이번 역모에 너어 목개 주인이 무시기 수작으 펀게로궁! 내말 틀레먹었넨?"

머리통에 내려꽂히는 방망이질이 사뭇 타작마당 속의 탯돌을 겨냥한 본새로 영락없다.

"년석들 말두 많구우- 목개 주인은 어쩨 걸구 넘누?… 내 이지경 된 것은 죄다 저 당포란 동무년석 잘 못 둔 죄랄밖엔! 내 저놈 살려내겠다구 젓배 곯더니 종내는 이 꼴루 죽는게야아- 강원도 우계땅 뱃눔, 그간 길성바다 채수노릇 하면서 호강세월 살았지!… 원대루 죽이랄 밖엔!"

매방이가 얼굴을 들고 태연히 밤 하늘을 우러른다.

"저노무새끼가 댕포 맞능가?"

포졸녀석이 말을 바꾼다.

556. 대루퇴(大淚堆) 24

한 녀석이 널름널름 노는 횃불 앞으로 나섰다. 사지를 아긋 아긋 재며 당포 앞으로 다가섰다.

"댕포!… 요 강생이새끼!… 내가 누꼬? 낯짝 쳐들고 보라 안카나? 으흐흐흐-"

짐승의 울부짖음 같은 야릇한 웃음을 아르렁 쏟아놓고 난 녀석이 상투를 통째 뽑아댈양 힘껏 비틀어 쥔다. 녀석의 웃음소리가 '삼포봉' 설흔 골을 다 메아리지는 듯 멀리 멀리 울려퍼진다.

버텨보다가는 머리털이 몽땅 빠질 지경, 당포는 녀석이 비틀어 쥐는 대로 얼굴을 들었다.

"… 어엉?…"

당포는 녀석의 낯을 올려보다 말고 눈을 까뒤집는다.

"와, 와 시껍하노?"

"… 니가, 니가! … 아니, 니늠이 누구여?"

"와?… 내 고레 당하고 말꺼로 맘묵었나?"

당포는 목젖께에 걸려 끓어대다가 싸르르 명치 끝으로 되내리는 숨줄을 가눈다. 피가 식는다.

아릿 아릿 일렁대는 물지붕이 바다를 연다. 경상도 '웅천'(鎭海市) 땅의 '원개'(원포동院浦洞) 바다요 그 바다는 그새 '수치'(水治) 앞의 '주치뱅이'로 변한다.

한 녀석이 '맬배'(멸치 선들망어선) 장쇠에 터억 걸터앉았다. 그렇다. '제포'땅 왜놈들과는 한통속이요, '제창'(거제도) 수졸들과도 사촌 삼고 사돈네 팔촌 삼는 녀석- 먹성이놈이다.

숫칼 쥔 오세미 뽄새로 미쳐 날뛰는 먹성이가 낫날을 휘둘러대고 당포는 달겨드는 녀석의 앞가슴을 안고 엎어진다. 녀석의 손에 쥔 낫날이 다섯치는 실히 되게 녀석의 가슴패기에 꽂히는가싶다. 낫날 새를 질컹 무르게 적시며 핏줄이 흐른다.

"어구구우-"

당포는 손바닥으로 얼굴을 싸안는다.

"댕포 보거로! 느닷없이 간살로 떤다꼬 니놈아 목심 다시 살아날 줄로 아나?"

당포는 여전히 띠를 조이고 섰는 횃불들을 본다. 그제야 먹성이의 얼굴이 지워지고, '소징개'(경상남도 거제군 송진포松眞浦)로 향하던 그 적의 뱃길이 거뭇 죽는다.

상투를 베베 틀어죄곤 빠드득 이빨을 갈아대는 녀석의 눈길에서 그 적 뱃길하나가 또 살아난다.

먹성이놈은 골장위에 죽어뻗었는데 배 한 척이 당포를 따라온다.

"먹셍이가? 시방 어데 가는 참이가?"

누군가 먹성이 배를 알아보고 소리친다. 그 목소리가 다시 악을쓴다.

"저거 누꼬?… 댕포 아닌가베?… 먹셍이 심일로 받고 소징개에 드가나?"

그 목소리가 다시 살아나 '삼포산'을 울리고있는 것이었다.

"어이구! 어이구우-"

당포는 그제야 꼼짝없이 죽을 일을 안다.

당포의 상투를 틀어쥐고 있는 녀석. 노질 경합을 벌이며 한사코 당포를 따라오다 되돌아갔던, 바로 '댓골'의 치풍이녀석 아닌가.

557. 대루퇴(大淚堆) 25

그제야 생각나는 것이 있었다. 죽은 똥쇠녀석의 말이 귓전으로 살아난다.

'쌍개'로 부터 '갈마개' 언저리를 야금야금 먹어들어 왔던 경상도 뱃놈- 낯가죽은 불그뎅뎅하고 몸뚱이는 몽땅하게 짜들었다는 그 정체불명의 녀석이 바로 치풍이더란 말인가.

"배로 짜가 야반도주 칼라했다꼬!… 막장 일이 요레 될끼 머꼬말따. 내 댕포 불쌍해서 고마 섧다 앙이거로… 배 차암 이삐게도 짰네."

치풍이가 당포의 머리통을 맷방아 삼고 텅 텅 삼판에다 찍어댄다. 그러면서 한 숨 돌릴 사이, 창배 이물 고물 두루 돌며 얼뚱아기 달래듯 슬슬 쓸어보면서 비양질이었다.

당포는 점점 흐려져 가는 눈길로 먹장 밤하늘을 올려다 본다. 이젠 꼼짝없이 죽었다 싶다. 당포의 행적을 밀탐해서 삭북바다 '길성'까지 흘러들었다면 필경 먹성이 놈 원수갚자며 칼을 갈아댔을 거였다. 뱃놈 패거리도 아니요 관노와 포졸들이 손에 손에 횃불을 밝혀들곤 데글데글 밀알진 낯짝들로 당포를 내려다 보고 있지 않는가.

'… 요롷게 디져서는 안되는디!… 요참에사 말고 살아사 쓰는 것인디!… 허어-'

"이눔아야 머라꼬 쥐두이 좀 놀려보거라. 하늘만 치다보모 우짜노? 하늘속에 머 또있나.… 문디이셰끼! 댕포 니눔 요레 결박짖고 보이 요 치풍이놈 시방 히떡 디비 저 죽는다케도 원이 없능기라! 에이키 요셰끼!"

손이나 발길질로 네놈을 타작질해야 원한이 풀릴리 없다 하는 속셈인 모양이었다. 횃불을 당포의 얼굴 가까이 들이미는가 싶었는데 벼락질처럼 지져놓고 본다.

당포는

"웜매매 뜨거! 웜매에-"

울부짖어놓고 깜빡 혼줄을 뺐긴다.

'… 철싸아- 철싸 요놈아아… 요랄 때 현신 혀서 나, 나 좀 살레도라아- 믄 지랄허고 있간디 요 당포놈 디지는 꼴도 못 보능겨!… 길성바다 용천영감니임, 철싸새끼 좀 보내주시게라우!…살, 살아사쓰겠읍니다요!… 끝끝내 살아사 쓰겠읍니다요…'

흐리멍텅한 눈길 속으로 매방이녀석의 모습이든다. 꼿꼿이 앉아 버티는 듯 하되 절반은 죽은 반송장이었다. 머리통이 황갈때기 떨어지듯 땅바닥으로 꺾이다간 겨우 일어선다.

'… 나땜시 애만 느놈까지 요꼴이여… 느놈 말을 들었어야 혔는디!… 느놈이 댕포 살리겠다고 고런 짓을 헌다고 생각이라도 해봤겄냐- 막장까지 훼질놓고 나 죽일라고 환장헌 줄로만 알었제!… 시상에, 시상에에- 죽을라고 봉께 벨시런 일도 다 있냐안…'

이런 생각을 하는 참인데, 줄행랑친 매방이놈 패거리와 도삽이를 쫓아 숲속으로 들어갔던 관노들이 돌아왔다.

"어느메루 튕겼는지 짐작으두 못잡겠음. 그믐밤이 되잉가 거저 깜깜해서리…"

치풍이가 별 일 아니라는듯 시뽓하게웃는다.

"차아삐리라 고마… 댕포, 너 반가운 자슥 한놈 볼레? 보모 반가워서 고마 울음이 터질끼다. …"

558. 대루퇴(大淚堆) 26

죽은듯 말이 없던 매방이가 귓청은 밝았는지 오기 사납게 자드락 거렸다[356].

---

356 자꾸 성가시게 하다

"저런 개같은늠들 보래지. 지옥 열두대문 문턱마다 왕무짜[357]에다 독지나리 영접을 받을늠들!… 이늠아, 내 간쪽이다 하면서 턱밑었던 늠이 웬수로 둔갑질을 하는데, 무어야? 반가워서 울음이 터져?… 네이늠드을- 이런 대죄 짓구 명대로 살것같니? 독지나리 이빨에 삭신이 열백점 뜯겨죽을테니 두구보련!"

치풍이가 금새 미쳐날뛴다.

"보소들! 와 고레 혼빼고 섰노말따, 저런 뻔뻔스러운 셰끼로 쎄가 빳게 고마 쥐두이로 삐지야 않되겠나! 멀 하고 섰오덜?"

그제야 빙 둘러섰던 녀석들이 와르르 매방이에게 달겨들었다. 육모방망이에다 장목까지 합세한 매질이 악마구리떼 숨줄을 끊는 항마검(降魔劍) 가르듯 한다.

매방이는 이내 늘컹무르게 뻗는다. 완연 기를 절한 모양이었다.

"자 인자 선뵐 때도 됐다고마. 퍼뜩 나오니라!"

치풍이가 으흐흐 심사사납게 웃어젖힌다. 얼마안가서 한 녀석이 당포앞으로 나선다.

"아고야, 내 성님 와 요꼴이 됐노? 우짜다가 요레 됐노, 엥?"

녀석이 비위좋게 주살떠는데 목소리가 귀에 익었다.

"누, 누구여?…"

당포는 천근같이 무거운 눈거풀을 열고 녀석을 을려다 본다.

"요레해사 날로 알아볼낀가?"

녀석이 헐름대는 횃불을 제낯짝 가까이 쳐든다 녀석의 얼굴이 불무놀에 드러났다.

"어엉?… 철, 철싸!… 니가 구신이나 사람이냐?"

당포의 입에서 비명이나 다름없는 울부짖음이떨어진다.

"우째? 내가 구신이라꼬?… 이놈아를 우째해사 지정신이 들기가!"

철사녀석이 발등으로 당포의 턱아지를 슬근 받쳐들더니 뻥 내지른다. 두 번세

---

357 '뱀'

번- 당포는 가물거리는 정신 속에서 겨우 귀짓대를 연다. 철사녀석의 목소리가 검 질기게 고막을 채운다.

"보그라 댕포! 맴이사 이게 꿈이가 생시가 할끼다. 하제만 요래 밝은 생신데 우짤 끼고?… 요 철싸말따, 치풍이성님 따라 니 잡겠다꼬 갈마개에 백히등기라!미련시 런 니가 그런 날로 알아봤을 택이 없제… 우짜면 그렇게도 내 말대로만 해주는 지 일로 꾸미기가 고레 수울 수가 없더라꼬!… 우짜든동 니같은 솔방곰새끼는 첨 본기 라. 내 부탁 한 자리 들어줄레?… 저승에 가서는 지발로 철 좀 들거로! 그렇게 멍청 해가꼬 우째 뱃놈 되겠더노?"

철사와 치풍이가 개씹[358]앓이 든 사람 본새로 찌걱대는 눈물기까지 흘리면서 땀 빠지게 웃어젖혔다.

"치풍이성님요, 요 댕포새끼 어데 반가워 합니꺼? 눈꾸멍에다 생불씨고 날로 잡 아묵겠다 아잉교."

"… 철싸느늠!… 니늠이, 니늠이!… 시상에 철싸니늠이!…"

당포는 혀를 깨문다. 금새 짭짤한 핏물이 한입 그득하게 괸다.

"쎗바닥을 썰어사 알끼가 이 자슥!"

559. 대루퇴(大淚堆) 27

철사녀석이 돌계집 구박하다 지친 팔방잡놈 본새로 당포의 상투를 휘휘 맷돌질 해대다간 명치 가래를 쿡쿡 찍어대며, 가뭄 둠벙 푸듯한 온갖 타래박질 줄잡는데 신명이 돋쳤구나.

그때마다 당포는 버글버글한 피거품을 문채 비명만 내질렀다. 차라리 타악 끊기 면 그 당장부터 만사태평해질 목숨이려던 가드락가드락 잇대는 숨줄이 광풍에 몸

---

[358] '다래끼'의 방언

살떠는 활벌이줄처럼 겨우 버티는 것이렸다. 이젠 눈물도 말라 두해 가뭄의 푸서리[359]에 뜸한 빗방울 지듯, 그렇게 솟다간 시들고 시드는가하면 다시 맵게 겨우 한 방울 맺히다 말았다.

"보거라. 엄살로 고만 떨고 선장영감 우쨌노?… 날로 보거라. 선장영감 죄가 니 죄보다 더 안크나! 그 영감 있는 데만 퍼뜩 대도 니 죄가 반은 감해질낀데 와 요레? 저승길이 고레좋나? 엥?"

철사녀석의 발바닥이 당포의 모가지를 짓누르기 무섭게 사박스러운[360] 황밤 주먹질이 또 벼락질이었다.

당포는 바로 눈앞에서 어른대는 녀석의 발바닥을 가늠하고 죽을 힘을 다 써봤다. 두 손바닥 속으로 물컹 안겨 들었다 짐작됐을 때 엄지발가락 한 개 젖꼭지 삼아 무작정 절끙 물어뜯고본다.

"아고얏! 아고고오- 요 뿔짱대같은 새끼! 내 발꾸락 묵꼬 독까시 올리겠다 하제!"

철사의 사단잡을 태질에 이어 포졸녀석들의 방망이질이 입담간[361]에 갈비짝을 뜯어놓고 본다.

당포는 죽을 힘을 다해 앙당물었던 철사녀석의 발가락마저 힘없이 내뱉아내고 말았다. 널름대는 횃불들이 거진 일백개는 되는가 싶고 깜깜했던 하늘속으로 느닷없는 햇살이 살무놓겨 오는가도 싶었다. 그나마 지근버근 버티던 마지막 혼줄이 제 몸뚱이를 떠나는 징조였다.

"… 영…, 영감님은 돌아가셨어… 저, 저승으로 가뿐졌여어…"

"머시라?"

"… 가뿐졌어!…"

"진작 말로 고레 해사 안쓰겠나. 그러네까네, 베도 다 짰겠다 고마 쇠용될것도 없

---

359 잡초나 나무 따위가 무성하고 거친 땅
360 독살스러우며 아멸찬
361 立談間. (말하는) 잠깐 사이.

고 하니까네 니가 쥑예삐릿다 요 말 앙이거로!"

"… 베, 베락맞으여!… 느늠덜 고런 말 씨불대면 자손 천대까정 베락맞으여!…"

"… 그래, 어데다가 송장쳤노?"

당포는 가물대는 정신을 애써 모으며 손을 뻗쳤다. 손가락질을 하다말고 털썩 팔뚝이 쳐진다.

녀석들의 발짝소리가 우루루 내닫고, 연해서 돌무더기를 들어내는 소리들이 질커덩 덩컹 울리는 듯도 싶었다.

"여보소덜 요 난리로 보소! 선장영감 돌맹이로 대가리로 치가 요레 쥑여놨다 앙이가!"

철사녀석의 수다인듯 싶었고

"놀래 자빠질 일또 앵인데 와 시껍해가 쎗바닥 내둘르고 지랄뜨노? 내 안카더나! 저놈아 저거 사람잡는 구신이라니까네… 내 동무 먹셍이 고레 쥑있제에, 제포 사람덜 고레 쥑이놓고 왜놈덜 통정 살라꼬 제창 드갔던 마구라니까네!"

치풍이의 목소리인 듯 싶었다.

560. 대루퇴(大淚堆) 28

그 날 밤따라 '곡성머리'를 흔들어대는 물지붕 소리들은 '삼포산' 골골을 다 울려놓고도 모자란듯 꺼이 꺼이 울음가락들을 엔굽이치던[362] 것이었다.

꿈에 그리던 그 뱃길- 당포와 매방이는, 이튿날 새벽, '운구미살'을 거슬러오르는 '마상배' 장쇠에 나란히 묶인채 '대량화'에 가 닿았다. 사흘을 꼬박 걸어 '명천현'(明川縣) 뇌옥에 수금(囚禁)된 몸이었다.

뇌옥 중동글이를 덜그덕 덜그덕 흔들어대며 매방이놈이 또 불투정을 논다.

---

362 굽이진 곳에서 휘돌아 흐르다

"당폰지 떡폰지 네에미 씹불질을 칠 늠아, 년석아 머리통 좀 내밀구 날 좀 봐다우."

죄상을 안 터라 '명천현' 관아에서 어련히 조처했겠다. 하필이면 벽설대 한 칸 사이 질러 따로 나눠 가뒀으렸다. 녀석이 제아무리 악태잡고 날뛴들 서로 낯짝 보긴 심히 어렵더라.

당포는 뇌문 중동글이를 움켜쥔 채 멍청히 서 있을 뿐이었다.

매방이놈이 어서 날 죽여라 하는 본새로 악을 쓴다.

"병추[363] 삼대를 설망태 용두질[364]로 말아 생긴 녀석, 요 당포늠앗! 네늠 죄가 이리도 클 줄 알았대면 네늠 혼처 죽게시리 고냥 놔두는건데 말씀이지, 어이구우- 내 이 무슨 미친짓을했누?… 이 매방이늠이야 네늠같은 먹짜를 동무삼은 죄다, 또 네같은 쓸데없는 년석 살리겠다구 지랄환장을 떨었으니 백 번 죽어 마땅허다 치자아- 헌데 말씀이야, 네늠 하나 때문에 몇 사람들이 개죽엄을 당해야 허누? 어엉?"

당포도 슬며시 화뿔이 치미는 터였다. 미련한 동무 잘 못 둬 한창 용심 쓸 뱃놈 세월에 개죽음 당하는 제놈 신세를 모를 리 있으랴. 그러나 죽으면 나란히 저승 갈 놈들- 이제야 말고 서로 이승 원혼 위로해 주며 차근한 맘으로 죽음을 맞아야 도리이거늘, 녀석은 뇌옥에 갇히자마자부터 악지부리며 실성해 가는 것이었다.

"이승이나 저승이나 매 한가지일 거여! 니늠허고 나허고 둘이 죽으면 고만 아니여! 이승에서는 웬수간이었제만 저승 원로 가는디 고만씨불대여."

"저런 고현늠 또 봤고오- 네늠 목숨 따위가 문제되구 나겉은 천한 뱃놈 목숨이 또 중사될게 씨두 없지! 말 한 번 걸구 찰지다아- 네늠 말대루 둘이만 나란히 저승대문 들어서면 누가 뭐래니? 년석아, 네늠 때문에 갈마개 복운영감은 고사허구 식솔들이 모다 갇혔어!"

"므, 뭇이엿?"

당포가 펄쩍 뛰며 기겁하는데 옥사장이들이 와르르 몰려들었다. 매방이를 끌어

---

363 벙어리
364 남성의 자위

내는 양옆 뇌옥이 소란하고, 이어 당포의 양 어깻죽지에 자리개미덧줄이 치렁- 걸린다.

'길성' 땅이 통째 끓는 논죄마당임에 어련할 것인가.

당포는 논죄마당에 끌려나가 비칠 쓰러짐과 함께 온갖 요란한 사람 목자들을 눈에 담는다.

"으윽-"

당포는 두리번대다 말고 혀를 깨물었다. 거진 반 송장이된 복운영감이 꿇어앉아 가쁜 줄을 잇고 있고 치풍이, 철사놈이 의기양양 섰구나.

561. 대루퇴(大淚堆) 29

명색이 논죄마당이되, 당포를 비롯해서 복운영감과 매방이는 진작 논죄를 결한 것이나 진배없었다. 당포를 뒤쫓는 치풍이와 철사 패거리가 이미 두 삭 전부터 관문에 밀고하여 그 죄상을 낱낱이 고지했던 터요, 부러 창배 짜는 일 마저 거들며 배내리는 날을 꼭 짚어 일망타진한 바이려니, 대역(大逆)의 사죄(死罪)를 이미 형조(刑曹)에 보고하여 재심(再審)이 달고된 뒤였다.

그런 때문인지 논죄마당을 주관하는 현감의 태도는 한껏 차분하다.

"네놈 혹여 분원이 있거던 차제에 고하여라. 억울하게 수금됐으면 그 연유를 말하고 죄가 없다면 구두공술(口頭供述)해보렸다아-"

당포는 할 말을 잃는다.

"당연지사로고. 경외수령(京外守令)도 마땅히 직수아문(直囚衙門)[365]인지라 역도를 수금함이 의법관행일 것이요, 네놈들의 대죄 백일당양하니 어찌 다른 변고가 있으랴! 이미 의정부에 고하고 형조 재심을 결한 터, 전하께 알고한 뒤 의금부 삼심(三

---

365 조선 시대, 범죄자를 잡아서 형조로 통고하지 않고 직접 구금할 수 있는 권한을 가졌던 기관

審)마저 마쳤으니 삼복계(三覆啓)[366]를 준한바라아- 대역을 논죄하는 준엄함이 추상 같을 것인즉 죄상을 목목 경청하여 함흥부 차사원(差使員)[367]이 동감토록 하렸다!"

현감은 쩌렁 헛기침을 짜고나서 목소리를 높인다.

"하삼도 전라 해척 당포라 했느냐?"

당포는 또 입을 다문다. 천만번 죽을 마당이되 전라해척(全羅海尺)이란 물음에 날름 대답하기 싫었다.

"삼포왜란 당하야 조선민 골육이 절한즉에, 네놈은 조선민이되 왜첩자와 밀통하여 먹성이를 살해하고, 길성 내지 잠행하야 온갖 모작했던터라. 그죄만도 육시에 처하려던 봉산에 입산하야 송목 일십주를 절하며……"

당포는 이대목에 이르러 죽을 작심하고 항변한다.

"아닙니다요! 왜첩자와 밀통한 늠은 먹셍이요, 먹셍이를 도와서 제창바다 들낙댄 늠도 저 치풍이란 놈입니다요! 창배 짠 죄로 디진다면 천만번도 죽겄읍니다만 그 누명만은 절통허고 분헙니다아-"

현감이 서릿발 일구며 호통치더라.

"네 이노옴- 변고가 부질없으려던 어찌 간망을 떨어 삼겠다느냐!… 네놈 저승 이를테니 목목 경청하렸다아-"

대명율(大明律) 사백오십육 개조(簡條) 목목에 여관된 죄 육시(戮屍)[368] 능지(陵遲)[369]가 합당한데, 길성 봉산(封山) 삼포산에 무단 입산 자행하야 송목 일십수 절하고, 재목을 낭손하야 평저선을 조선하며, 그 평저선에 도승하여 도주작모 하였겄다- 송목 일십주 절한 죄는 장(杖) 일백에 전가이사(全家移徙) 처한다고 경육전에 밝혔거늘, 네놈 골육 세망하여 일점 혈육 없다하니, 이 죄를 전시하여 참수 엄행 단

---

366 조선 시대, 사형죄에 해당하는 죄인을 세 번 심사하여 임금께 아뢰던 일
367 중요한 임무를 지워 중앙에서 임시로 파견하던 직원
368 시체의 목을 베는 형벌을 내림
369 대역죄를 지은 죄인을 머리, 몸뚱이, 팔, 다리를 토막 쳐서 죽이는 극형

죄하되, 네놈 목을 참수하여 시신은 또 육시절단 이형하되 길성 골을 경중하여 효시 방순할 것이로다! 죄상 적벌(謫罰)이 이렇거늘 참수대형 시행할 때 까지만이라도 각죄대성 실행하여 망혼이라도 개전할지라아-"

당포의 입에서 허기진 웃음이 샌다.

562. 대루퇴(大淚堆) 30

"교주도 미세해척(未稅海尺) 매방이라 했더냐?"

매방이놈 낯색이 울근불근 화뿔을 키운다. 현감의 불호령 뺨쳐먹게 목소리 한번 굵은 백호 포효더라.

"미세해척이 무엔지 제 자알 모르지만두 강원도 바다 뱃놈임엔 어김없오이다. 죽더라두 내죄는 알아야 하겠으니 세세목목 이르시오!"

현감이 읊는다.

"네놈 호적 상고해봤더니 미세해척 삼대손이라. 선대 미납이면 당대필납함이 조선의 법도거늘, 그죄도 경미하야 길성 내지 잠행하고, 조선 대역 당포놈 도와 보촌 황선장 탈치하야 무단 조선 조력터니, 급기야는 당포 대역과 합세하야 황선장을 또 살해터니, 그 죄만도 미급하여 일망타진 관명(官命) 받든 토포리(討捕吏)에 난동한 죄에- 장(杖) 일백에 수군충군(水軍充軍) 벌과하야 원지변방(遠地邊方) 논죄하노라!"

현감은 자들어지는 숨을 몰아쉬고 매방이는 제성깔 어디 갈세라 끄 끄 끄-잦웃음친다.

"길성땅 갈마포 이 복운 토호라 했던고?"

"에구 맞습매다!"

복운영감이 넙죽 경배 하는구나.

"갈마포 채수 일장목(一杖木=접꾼우두머리)이 대역중죄 저지르고 잠피한 줄 알

앉으렸다?"

"에구, 너무 애무합매다! 댕포노무새끼 그런 죄인인 줄으 짐작으두 못했읍매!"

"어허- 변고가 허황토다아- 경육전에 밝혔거늘 부랑인(浮浪人)과 중죄인은 필히 관고(官告)할지라- 함에도 불구하고 전라해척 당포놈을 일장목에 선급(先及)하야 길성현 민심을 누란의 위급으로 진전한 죄- 경육전 벌과 찰독하니 갈마포 토호 이복운의 죄과는 풍교(風教) 강상(綱常)에 위배될 지라, 참수엄벌이 가하나 칠순치장(七旬齒長) 감안하야 오가통(五家統)370 제(制)에 준할지니 장 (杖) 일백에 도삼년(徒三年)371을 벌하노라아- 방축전리(放逐田里)에 준하노니 이후 삼년은 왕경출입(王京出入) 금할지라!"

형감이 숨 한 번 돌리는 새에 치풍이와 철사놈이 득의양양 나서는구나.

"너희들 비록 웅천제창 해척이되 중죄인을 포착(捕捉)하야, 도망인과 적도(賊徒)를 일망타진 조력한 공- 경육전에도 논거했거니와 너희들을 논상(論賞)하야 절세대대 귀감을 삼겠노라아-"

초 이틀 밤- '길성현' 뇌옥 속엔 두 사람의 시신이 뇌옥의 정문을 흘기며 누웠다.

두 눈을 껌벅대며 살아있는 사람은 오직 매방이 뿐, 당포와 복운영감이 차례로 이승을 등졌더라.

복운영감의 혓바닥 타는 공술(供述=진술)은 백번 천번 부실했으니, 고신(拷訊=고문)에 못이겨 저승길을 떠났고, 당포는 곡봉이놈 업고 줄행랑친 도삽이와 제 씨를 품고 사는 덕포댁을 떠올리며 스스로 혀를 잘라 목숨을 끊었던 것이었다.

당포의 세상을 등진 세월, 삼십년 하고 두해였다.

---

370 다섯 집을 하나로 묶어 '統'이라 부르는 제도로, 명목상으로는 어려운 일이 생기면 서로 한 집처럼 도우면서 보살피게 할 목적으로 시행하였지만, 실제로는 가난한 농민들의 도망을 방지하기 위해서 실시한 농민의 통제정책

371 도형(徒刑)의 최고형으로, 3년간 관아에서 노역시키던 형벌. 도형은 조선 시대의 형벌로 노역 기간에 따라 1년,1년 반,2년,2년 반,3년의 5등급으로 나뉘었다

작가연보

천승세 年譜

1939년 전남 목포 출생

1958년 동아일보 신춘문예에 〈점례와 소〉 당선.
        단편 〈내일〉(현대문학.10월)이 1회 추천.

1959년 단편 〈犬族〉(현대문학.2월) 2회 추천완료. 단편 〈운전수'(대중문예.5)
        〈예비역〉(현대문학.7월) 발표.

1960년 단편 〈四流〉(현대문학.10월), 〈解散〉(현대문학.3월),
        〈姉妹〉(학생예술.3월), 〈쉬어가는 사람들〉(목포문학.3월) 발표.

1961년 단편 〈矛와 盾〉(자유문학.9월), 〈花嶹里 솟례〉(현대문학.11월),
        〈살모사와 달〉(소설계) 발표. 성균관대학교 국어국문학과 졸업.

1962년 단편 〈누락골 이야기〉(신사조.3월), 〈春農〉(토픽투데이),
        〈째보선장〉(신사조) 발표.

1963년 단편 〈憤怒의 魂〉(자유문학.2월), 〈물꼬〉(한양.12월) 발표.

1964년 단편 〈봇물〉(신동아.10월), 〈村家一話〉(한양), 〈麥嶺〉(한양.6월) 발표.
        1월 경향신문 신춘문예에 희곡 〈물꼬〉(1막) 입선, 3월 국립극장 장막
        극 현상모집에 〈滿船〉(3막 6장) 당선.

1965년 희곡 〈등제방죽 혼사〉(農園.11월) 발표.
        1월 한국일보사 제정 제1회 한국연극영화예술상 희곡상 수상.

1968년 단편 〈맨발〉(신동아.6월), 〈砲大領'(세대.10월),
        희곡 〈봇물은 터졌어라우〉(농원), 중편 〈獨湯行〉(현대문학.9월) 발표.

1969년 단편 〈분홍색'(월간문학.1월) 발표. 한국일보사 입사.

1970년 단편 〈從船〉(월간문학.4월), 〈그날의 초록〉(월간문학.10월),
        〈感淚練習〉(현대문학.12월) 발표.

1971년　단편 〈돼지네집 경사〉(월간문학.4월), 〈貧農〉(신상.9월),

　　　　〈主禮記〉(신동아.10월) 발표. 제1창작집 《感淚練習》(문조사) 출간.

1972년　제2창작집 《獨湯行》 출간. 한국일보사 퇴사.

1973년　단편 〈누락골 보리풍년〉(독서신문), 〈배밭굴 청무구리〉(여성동아.4월),

　　　　〈달무리〉(한국문학.11월), 〈불〉(창작과 비평.겨울),

　　　　중편 〈落月島〉(월간문학.1월) 발표.

　　　　3월~5월 북양어선에 승선하여 북양어업 실태 취재.

1974년　단편 〈朔風〉(문학사상.3월), 〈雲州童子像〉(서울평론.5월),

　　　　〈暴炎〉(월간중앙.8월), 〈黃狗의 비명〉(한국문학.8월) 발표.

　　　　소년장편소설 〈깡돌이의 서울〉(학원1974.7~1976.3) 연재.

　　　　한국문인협회 소설분과위원장 被選.

1975년　단편 〈산57통 3반장〉(전남매일), 〈義峰外叔〉(전남매일),

　　　　〈種豚〉(독서생활.12월) 발표. 3창작집 《黃狗의 비명》(창작과 비평) 출간.

　　　　8월 창작과 비평사 제정 제2회 만해문학상 수상.

1976년　단편 〈백중날〉(뿌리깊은 나무.창간호), 〈토산댁〉(월간중앙.2월),

　　　　〈돈귀살〉(한국문학.11월) 발표. 장편소설 〈四季의 候鳥〉(전남매일) 연재,

　　　　장편소설 〈落果를 줍는 기린〉(여성동아1976.10~1978.3) 연재.

1977년　단편 〈방울 소리〉(여원.12월), 〈인천비 서울비〉(독서신문), 〈뙷불〉(소설문예),

　　　　〈梧桐秋夜〉(문학사상.6월), 〈斜鼻先生〉(월간중앙.10월),

　　　　〈쌍립도 可絶이여〉(기원) 발표. 중편소설 〈李次道 福順傳〉(소설문예),

　　　　〈神弓〉(한국문학.7월) 발표. 4창작집 《神弓》(창작문화사) 출간.

1978년 장편소설 〈黑色航海燈〉(소설문예.2,3월) 2회 연재되고 중단.

　　　　〈奉棋士의 다락방〉(월간바둑.1977.5~1978.7) 연재,

　　　　단편 〈혜자의 눈꽃〉(문학사상),〈細雨〉(문예중앙),

　　　　〈꿈길밖에 길이 없어〉(월간중앙.9월) 발표.

　　　　장편소설집《깡돌이의 서울》(금성출판사),《四季의 候鳥 상.하》(창작과 비평),

　　　　《落果를 줍는 기린》 출간.

1979년 단편 〈靑山〉(독서신문) 발표. 산문집《꽃병 물 좀 갈까요》(지인사),

　　　　5창작집《혜자의 눈꽃》(한진) 출간.

1980년 단편 〈不眠의 章〉(음양과 한방.2월), 중편 〈天使의 발〉 발표.

1981년 장편소설 〈船艙〉(광주일보1981.1~1982.10.30.) 연재.

1982년 제4회 聲玉文化賞 예술부문 大賞 수상.

1983년 꽁뜨집《대중탕의 피카소》(우석) 출간.

　　　　국제 PEN 클럽 한국본부 이사 被任.

1984년 단편 〈彈奏의 詩〉(예술계.12월),

　　　　장편소설 〈氷燈〉(한국문학1984.8~1986.2) 연재.

1985년 단편 〈滿月〉(동아일보) 발표. 국제 PEN클럽 한국본부 이사 重任.

1986년 단편 〈耳公〉 발표. 꽁뜨집《하느님은 주무시네》 출간.

　　　　자유실천문인협의회 상임고문 被任.

　　　　대표작품선《砲大領-상》,《이차도 福順傳-하》(한겨레) 출간.

1987년 꽁뜨집《소쩍새 울 때만 기다립니다》(장백) 출간.

1988년 수필집《나무늘보의 디스코》(삼중당) 출간.

1989년 시 〈丑時春蘭〉 외 9편(창작과 비평.가을) 발표.

1990년   장편소설 〈순례의 카나리아〉(주간여성 1990.6.15.~1991.4.28.) 연재.

　　　　 장편소설 〈黑色航海燈-氷燈 2부〉(옵서버 1990.5~1991.3) 연재.

1993년   에세이집 《번데기가 자라서 하늘을 난다》(열린세상),

　　　　 낚시에세이집 《하느님 형님 입질 좀 봅시다》(열린세상) 출간.

　　　　 중편소설집 《落月島》(예술문화사) 출간.

1995년   시집 《몸굿》(푸른숲) 출간.

2007년   소설선집 《黃狗의 비명》(책세상) 출간.

2016년   시집 《山棠花》(문학과 행동) 출간.

2020년   암으로 투병중 전신으로 암세포가 전이되어 약 2개월 와병 후

　　　　 11월 27일 영면.